Asche über Isura

Alarich Herrmann

Asche über Isura

Historischer Roman

Umschlagmotiv Münze:
Keltischer Münzfund in Moosburg.
Zur Verfügung gestellt durch das Heimatmuseum Moosburg

Erste Auflage 2008

Coverbild: Marcus/Shotshop.com
Umschlaggestaltung: Graphik Design
IKM Design Isabella Kovacs, München

Printed in Germany

ISBN 978-3-940609-12-0

www.spielberg-verlag.de

***

Alarich Herrmann, geboren 1940 in Temeschburg/Rumänien, lebt nach einer Odyssee durch halb Europa seit 1945 in der Nähe von München. Nach einem Studium der Technik und der Wirtschaftswissenschaften in München, arbeitete er zehn Jahre für internationale Beratungsgesellschaften als Managementberater, danach mehr als dreißig Jahre als freiberuflicher Unternehmensberater. In dieser Zeit war er auch für diverse Zeitungen journalistisch tätig.

Seit vielen Jahren befasst er sich mit den Spuren, welche Römer, Kelten und Germanen in unserem Land hinterlassen haben. 2004 begann er eine historische Roman-Trilogie zu diesem Thema zu verfassen.

„Asche über Isura“ ist der erste Band dieser bereits fertig gestellten Trilogie.

Mehr als zweitausend Jahre danach:
Alex und Kathrin, zwei junge Leute, stoßen bei den Sieben Rippen in der Isar überraschend auf Bruchstücke einer Tontafel. In einem keltischen Fürstengrab finden sie weitere Scherben, die auf verblüffende Weise zusammenpassen. Mit Spürsinn, Phantasie und Intuition lassen sie die Geschehnisse um die Druidin Pona wieder aufleben. Dabei stoßen sie auf rätselhafte Spuren …

Prolog I – Göttergedanken

Der Morgen dämmert. Das Sonnenrad rollt hinter dem Nachtsaum hervor. Erste Strahlen der Sonne zucken wie Lichtblitze über den Horizont und tauchen den Himmel in ein schwellendes Lichtbad.

Das Licht übergießt *ihre* Gesichtszüge honiggelb. *Sie* blinzelt in die Helligkeit, reibt *ihre* Augen wach und murmelt nachtmüde: »Endlich Sonnenaufgang, Sonnenwärme für *meine* Glieder. Sie sind kalt geworden in der Asche der Dunkelheit.«

Der Gedanke daran lässt *sie* frösteln. *Sie* hebt *ihren* Arm und spreizt die Finger der linken Hand, als wenn *sie* etwas von sich weisen will. Für einen Augenblick verharrt *sie* in der Bewegung und betrachtet gedankenverloren das Lichtspiel der Sonnenstrahlen, die zwischen *ihren* Fingern wie Goldstaub tanzen. *Sie* sammelt ihn mit *ihren* Augen ein und streckt beide Hände dem Licht entgegen, so als wollte *sie* dieses näher zu sich heranziehen. *Sie* fühlt die prickelnde Wärme über *ihre* Finger gleiten, beobachtet die Sonnenscheibe, die sich aus den Tiefen hinter der Himmelslinie hervorschiebt, größer und strahlender wird und sich schließlich ganz von der Nacht dahinter befreit.

Tastend gleitet *ihre* Hand entlang des Horizonts; *sie* fühlt keine Grenze dahinter, nicht das Ende der Nacht oder den Anfang des Tages. *Sie* erwartet es auch nicht.

»So muss es sein, wie der Anfang, der kein Ende kennt«, denkt *sie* zufrieden.

»Die Welt ist aus *meiner* Vorstellung entstanden, ist *meine* Wahrheit und gilt für jedes lebende und erkennende Wesen, das sich in der Welt dort unten bewegt und die Sonne vor dem Himmelsrand erwartet.«

Weiße Wolkenfäden ziehen über das dunkle Land unter *ihr*. Das Sonnenrad löst sich nun vollends vom östlichen Horizont und rollt entlang seines Strahlenkranzes, folgt dem Lauf des Danuvius nach Westen, der Mutter aller Flüsse, entlang weiter Ebenen, dampfender Wälder, lässt Seen und Flussläufe aufblitzen und die schroffen Felsspitzen der Blauen Berge weit im Süden aufleuchten. Die Schneefelder an den Flanken der Felsabstürze erstrahlen in hellem, gleißendem Licht vor der dunklen, unendlichen Weite des Meeres im Süden.

Ihre Augen folgen einem Nebenfluss des Danuvius nach Süden, dessen Kiesbänke weiß leuchten, bis hin zu einem von schlanken Silberpappeln bestandenen See im mittleren Flusslauf. Lächelnd verweilt *ihr* Blick auf dem mit blühenden Seerosen bedeckten Wasserspiegel. Der See umschließt einen Höhenrücken, welcher die Auenlandschaft weithin sichtbar beherrscht. Auf ihm duckt sich ein Dorf, geschützt durch einen mächtigen Erdwall und Graben. Zwei Flüsse strömen dem Höhenrücken zu. Es scheint, als würden deren Arme den mächtigen Hügel schützend umfassen und sich dort, wo sie zueinanderfließen, die Hände reichen; die eine Hand ist dunkel, die andere grün. Ein magischer Ort.

Kinder spielen auf den Kiesbänken, Frauen waschen ihre Wäsche am Seeufer, Männer gehen ihrer morgendlichen Arbeit in den Werkstätten, Ställen und auf den Feldern nach. Holpernd fährt ein mit Grünfutter beladener Ochsenkarren über die Brücke des Grabens in das Dorf. Ein Ruderboot überquert den See und bewegt die Seerosenblüten sacht mit seiner Bugwelle. Zärtlich streicht *sie* über die Seerosen, die sich dem Morgenlicht entgegendehnen. Mit flinken Fingern pflückt *sie* mehrere Blüten, zupft Blütenblätter aus, legt sie auf *ihre* Handfläche und bläst behutsam darüber. Nachdenklich betrachtet *sie* die seidigen Blätter, wie der Wind sie erfasst, durch Wolkenschleier trägt, den Sonnenstrahlen übergibt, auf denen sie weiterschweben, als trügen sie Vogelschwingen.

»Nehmt *meine* Botschaft mit euch, ihr seid beredte Zeichen von *mir*, nach denen die da unten suchen«, spricht *sie*, während eine Wolke von Blütenblättern wirbelnd aus *ihrer* Handfläche aufsteigt und zu den andern tanzt. Jauchzend halten die Kinder ihre Hände auf und fangen die Blütenblätter auf, welche die morgendliche Brise heranweht. Die Mütter starren verwundert in den Himmel und deuten es als gutes Omen, dass Blütenblätter vom Himmel schweben. Sie mochten wohl von den Seen aus den Wolken stammen, über denen die Götter wohnen.

Ihr Blick fliegt hinter das östliche Gebirge, hinaus auf die große Steppe, die sich dahinter unendlich weit ausdehnt, bis an den Rand des Meeres mit dem dunklen Wasser, das ruhig glitzernd unter *ihr* liegt. *Sie* gewahrt graue Rauchfahnen und flackernden Feuerschein, saugt den Brandgeruch versengter Kornfelder, brennender Städte und Dörfer ein. *Sie* hustet. Krächzend kreisen dunkle Wolken aufgeregter Krähen über dem vielfachen Tod unter ihnen. Eine düstere Masse von Pferden, Männern mit Waffen, Frauen und Kindern, Wagen und Vieh, stampft in einer Dunstwolke aus Schweiß und Blutdampf entlang dieser Feuerspur.

»Sie schüren das Feuer, das sie verbrennen wird; noch sind es andere, bald werden sie es sein, die der Tod ereilt«, murmelt *sie*.

Weiter im Westen, am Knick des Danuvius in der Ebene, wo der Flusslauf dem Sonnenuntergang folgt, bietet sich das gleiche Bild.

Eine bunt gekleidete Schar von Fantasiegeschöpfen, Erdgeistern und Göttern folgt in einem wirren Getümmel angstvoll den Wagenzügen der Flüchtenden. An der Spitze hastet der Keltengott Taranis. Er trägt das geweihte Feuer in einem Bronzekessel vor sich her, Esus schleppt auf seinen Schultern einen Galgen, und Teutates, der letzte dieser Dreifaltigkeit rollt unermüdlich ein mit Wasser gefülltes Fass, mit dem er kaum Schritt halten kann. Ihnen folgt Cermunnos mit seinem Hirschgeweih und der Schlange mit dem Widderkopf, Epona führt eine ihrer edlen Stuten, Moccus der Schweinegott, reitet auf einem Eber, Dagda keucht vor einem Wagen, auf dem sich eine riesige Keule und der Zauberkessel mit dem Krafttrunk befinden, und die Göttin Artio führt einen Bären am Nasenring hinter sich her. Eine unübersehbare Menge weiterer Götter kann mit ihnen kaum Schritt halten: vielköpfige, verwachsene und wundergestaltige Tierleiber mit Menschenköpfen, Fische mit Bärten und kleinen Füßen, Gnomen, die schwer an ihren viel zu großen Köpfen tragen, Kraniche, bewaffnet wie Krieger, Feuer speiende Hunde, Fratzenköpfe mit Menschenleibern. Sie alle fliehen westwärts vor den Feuern, die alles versengen was sich ihnen in den Weg stellt.

Im Feuersturm selbst, Kopf an Kopf mit den Reiterhaufen, eine Schar ähnlicher Geschöpfe, Götter und Erdgeister, welche die vor ihnen Flüchtenden unerbittlich jagen.

»Wie sie diesen dort vorne gleichen«, denkt *sie*, »wie ein Ei dem anderen. Einst werden sie, wie die dort vorne, Gejagte sein, denn sie stammen aus der gleichen Brut menschlicher Fantasien. Noch ahnen sie es nicht. Es muss wohl so geschehen«, sinniert *sie* traurig.

»Als Helfer hatte *ich* sie gerufen, zu Göttern der Menschen haben sie sich aufgeschwungen und *meinen* Auftrag missachtet.«

Sie betrachtet zum wiederholten Male, nachdenklich geworden, die jämmerlichen Götterhaufen, die sich nur durch die Menschen unterscheiden, mit welchen sie ziehen. Zufrieden stellt *sie* fest, dass die drei Matres nicht in diesem Elendszug zu sehen sind.

»Die mütterlich sanften Wesen haben die Herzen der Menschen erreicht«, denkt *sie*, »auf sie kann *ich* auch in Zukunft bauen.«

»Nehmt uns mit«, hört *sie* die flüchtende Götterschar schreien, brummen und bellen, »wir haben euch stets jene Zeichen gesandt, die ihr wolltet. Jetzt verlasst ihr uns. Ist das euer Dank?«

Sie betrachtet mitleidig die mit zwei oder mehreren Beinen laufenden und trippelnden, dabei keuchenden, schnaufenden und schwitzenden Götter und Halbgötter, Erdgeister und Gnomen, sieht deren verschrobenen Aufputz, sieht die unsinnigen Zeichen, die sie mitschleppen. Menschenwerk, von Druiden erdacht und den Menschen eingeflüstert. Zeichen der Götter sollten es sein! Sie haben die Welt dieser Menschen zu einem einzigen Mythos ihrer selbst gemacht, in dem *sie* keinen Platz mehr haben sollte.

»Euch ereilt nun jenes Schicksal, welches ihr den Menschen listig eingefädelt habt«, ruft *sie* mit hallender Stimme, *sie*, Nerthuna, die Erdenmutter; dabei faucht ein Nebelwirbel auf die Götterschar hinunter, wabert um sie und wirft ihnen einen Nebelschleier über:

»Teutates, Esus, Taranis, Eufignuix, Epona, Artio, welche Namen ihr euch sonst noch zugelegt haben mögt, ihr werdet *mich* nun anhören! Ihr alle, die ihr euch in stattlicher Vielfalt vermehrt habt! Auch du Dagda auf deinem Eber. Ihr habt die Zeichen verkehrt. Ob männliche oder weibliche Götter, alle wurdet ihr durch euch selbst schwanger, kamt nieder mit Ausgeburten eurer Fantasie, die ihr den Menschen über listige Druiden einflüstern ließet, ausgestattet mit unmenschlichen Eigenschaften und mit vermeintlicher Klugheit. Nun seid ihr die Opfer eurer selbst, des Mythos', den ihr um den Verstand der Menschen gesponnen habt. Seht euch an, klägliche Schöpfungen aus euch selbst! Die vor euch ziehen, zumindest einige von ihnen, haben eure Lügen erkannt. Sie wissen, dass es nicht ihr Land ist, auch nicht eures, das sie verlassen, nicht jenes, welches in ihrer Zukunft auf sie wartet, niemals ihres sein wird, wie von euch eingeflüstert. Sie ziehen das Entwurzeltsein vor, wollen sich von euch befreien, um sich selbst zu verstehen, und sie werden *mich* wieder finden. Sie flüchten vor euch, wollen ihre Willfährigkeit abschütteln, die euch und ihren Wünschen entspricht. Alles ist für sie austauschbar geworden. Einst wird ihre Ortlosigkeit enden, weit im Westen und in einer fernen Zeit. Ihr hieltet die Zurückgebliebenen mit falschen Botschaften, habt ihnen ein Paradies versprochen, das nun in Rauchfahnen verweht.«

Sie deutet vorwurfsvoll mit *ihrer* Hand zu den Rauchgebirgen zurück, erfasst mit *ihrem* Blick den unter dem Nebelschleier kauernden Haufen und deutet mit einer Kopfbewegung nach hinten.

»Richtet euren Blick zurück und ihr könnt sehen, was ihr angerichtet habt. Warum helft ihr nicht dort, wo Menschen verbrennen und verbluten, Menschen, die euren Zeichen vertraut haben? Nun, ihr könnt es nicht; ihr solltet mit ihnen verbrennen. In der Sklaverei, die sie erwartet, wird ihre Unmündigkeit geringer sein, als in der Freiheit mit euch. Die da vorne«, *sie* weist mit einer Hand erneut auf den Wagenzug, der den Danuvius entlangzieht, »handelten anders, vertrauten euren Zeichen nicht, fanden *mich* nicht dahinter. Sie sind klug, klüger als ihr alle! In den Jahren die vor uns liegen«, dabei weist *sie* mit ihrem Arm nach Westen, »wird der Lebensatem

euch verlassen. Lauft nur vor dem Zeitwind davon! Er wird euch einholen, in alle Himmelsrichtungen zerstreuen, und jeder einzelne von euch wird aufgehen im namenlosen Staub der Steppe. Die Staubwolken tragen eure Namen und Zeichen mit sich, verwirbeln sie und werden in sich zusammensinken, so wie die Angst vor euch. Niemand wird sie je wieder lesen können. Ihr werdet an euch selbst ersticken und man wird kaum ein verwittertes Zeichen finden, das von euch kündet; vielleicht werde *ich* zulassen, dass mancher Fluss, mancher See oder ein Gebirge euren Namen tragen wird. Ihr werdet in abfälligen Schilderungen weiterleben, welche die Nachwelt staunend in den Schriften jener lesen wird, die hinter den Blauen Bergen lauern, einer Schar von Göttern huldigen, gleich euren, beliebig austauschbar wie euresgleichen. Cäsar, der Prokonsul vielleicht und später Tacitus oder Strabon, oder wie sie sonst heißen mögen; sie werden es sein, die euch beschreiben, listig mit ihren Absichten vermischt.
Ihr wart dazu ausersehen mir zu helfen, den Menschen meinen Willen zu übermitteln. Diesen Auftrag habt ihr vergessen, euch in ihren Köpfen zu dem erhoben, was ihr sein wolltet, aber nie sein könnt. Ihr berauschtet euch an der Macht, die nicht eure war.«

Teutates, einer der Götter, hebt den Arm. Nur die Hand ragt, gleich einem ausgebleichten Holzstück, aus dem Nebel. »Während *du* da oben thronst, die Menschen *dich* suchen«, antwortet er aus den Dunstschwaden, dabei streckt er den Arm vollends aus der Nebeldecke, »wenden sie sich an uns. Ihre Fragen beantworten wir. Wir stehen ihnen bei; und wo bist *du*?«
»Teutates«, antwortet *sie*, »nicht sie finden euch, sondern ihr sucht sie, ja verfolgt sie, oft unerbittlich. Ihr legt Blutspuren, verursacht ihre Nöte, um ihnen dann ihre Wünsche erfüllen zu können, die sie von euch fordern. Wie listig ihr handelt! *Ich* stehe jenen bei, die den Willen haben *mich* zu suchen, denen, die *mich* schließlich finden, die es sich nicht einfach machen und nicht versuchen, im Tierblut unsinnige Zeichen zu lesen, das Blut zu trinken, den Urinfluss heiliger Stuten zu deuten oder sie zu besteigen. Ihre Druiden geben nicht vor, Erkenntnisse bei euch gefunden zu haben, die doch nur Wahnvorstellungen sind, um sie den Menschen mitzuteilen. Sie bleiben sich treu, trennen nicht die Häupter ihrer besiegten Feinde ab, um deren Hirn zu schlürfen, um deren Kraft aufzunehmen, um unbesiegbar zu werden.

Die Menschen dort«, dabei weist *sie* nach Westen, »suchen neue Formen – den alten, für sie neuen Glauben. Dazu brauchen sie die Dynamik der Ortlosigkeit. Sie suchen mit ihren Herzen nach *mir,* erinnern sich zurück an das, was es einmal gab. Sie leiden, wenn sie eure Zeichen nicht verstehen,

eines Tages nicht mehr beachten und eure Strafe erwarten, bis sie erkennen, dass ihr nicht über die Macht hierzu verfügt.
Es war ein Fehler von *mir*, euch zu schaffen, euch den Menschen zur Seite zu stellen, euch zu vertrauen. Ihr zerfresst ihre Seelen!«

Sie wendet sich zu den Wagenreihen, die sich durch eine Talenge am Danuvius mühen, dessen Lauf entgegenziehen, ihren Weg unbeirrt fortsetzen, vorbei an schäumenden Stromschnellen und über schier unpassierbare Wege, unter furchterregend hohen Felswänden und in dichten Wäldern.

»Diese hier«, dabei weist *sie* mit *ihrer* Hand erneut auf den Wagenzug und deutet mit dem Daumen die Strecke an, welche der Zug wandern wird, »erwarten Mühen und Entbehrungen. Sie haben Gefahr auf sich genommen. Jene die wissen, dass sie *mich* finden werden, sind nicht nur auf dem Weg in eine neue Heimat, nein, bereits auf dem Weg zu *mir*. Es wird noch lange dauern, bis *mich* alle finden, auch die kleinsten Geister. Die im Westen siedeln, zu denen sie ziehen, haben bereits Gefallen an den fremden Göttern gefunden, die von Süden mit den Legionen der Römer kamen. Auch diese Götter werden untergehen, wie ihr, mit einem Unterschied: Von ihnen wird es viele Statuen geben, aus Stein und Bronze geformt. Man wird sie einst ausgraben, bewundert die handwerkliche Kunst an den Figuren, erschauert vor ihrem Alter, versucht deren Gedanken und die ihrer Schöpfer zu lesen, abgeleitet aus den Sagen und Geschichten, die kluge Geister niederschreiben werden. Rasch wird man bemerken, dass sie den Menschen nachempfunden sind, deren Schöpfung sie sind; launisch, tückisch und lasterhaft wie sie – vielleicht auch gut und weise.«

Sie schweigt für einen Moment, sieht entrückt in die sich vor *ihr* öffnende Ferne des Horizonts und fährt fort:

»Ja, die Menschen in der fernen Zeit werden sich dafür interessieren, um sich selbst zu verstehen. Sie werden von deren Streitigkeiten, Listen und Intrigen, über deren Kämpfe und Liebesleben lesen, und sie werden den Kopf schütteln über soviel einfältige Ernsthaftigkeit. Fein ausgedachte Geschichten, Stoff für Märchen und Sagen, für Helden, über die man lächelt, sich freut oder weint, sich mitunter mit ihnen vergleicht. So werden sie denken. Nicht mehr und nicht weniger.

Selbst das habt ihr unterlassen; denn eure Druiden schreiben nichts auf, ihr untersagt es eigennützig. Stirbt ihr Stand, wird das Gedächtnis dieser Menschen sterben, werdet ihr mitsterben. Am geschriebenen Wort hätte man eure Irrlehre erkannt, die ihr den Druiden eingeflüstert habt; an ihrer Macht, am Nutzen für euch, werden sie zugrunde gehen – mit euch.

Betrachtet die mächtigen Städte im Vorderen Osten des Mittleren Meeres, Teutates: Längst haben die Wüsten sie verschlungen; sie sind aus dem Gedächtnis der Menschen verschwunden, wurden zerstört, zerfielen. Im Sand findet man nur mehr die geschäftlichen Aufzeichnungen ihrer Kaufleute und Priester, ja auch von diesen. Die Schriften ihrer Weisen, der Chaldäer, die *mich* in den unendlich weiten Sternennächten gesucht hatten, *mich* endlich fanden und erkannten, mit *mir* sprachen und beteten, um ihre Völker weinten. Sie schrieben von den bevorstehenden Veränderungen und verwahrten die Schriftrollen, -tafeln und -scheiben in sicheren Höhlen, geschützt vor dem Zugriff der Priester und deren Götter. So bewahrten sie das Gedächtnis der Menschen aus jenem Land, obwohl diese es nicht wollten und selbst verloren. In nicht allzu langer Zeit werden kluge Weise die Schriften finden, sie enträtseln und lesen. Sie werden ihre Schlüsse ziehen und einige werden das Buch der Bücher verfassen.

Ihr seht *mich* als Frau, andere sehen einen Mann in *mir*. Beides ist nur das Einzige, das über allem thront. Merkt euch, Teutates, und all die anderen! Das *eine* ist nicht Frau, nicht Mann, sondern nur das *eine*. Es trägt nicht eure jämmerlichen Fratzen und wohnt nicht in Ausgeburten von Körpern wie den euren. Jetzt bin *ich* die Erdenmutter, zu anderen Zeiten werde *ich* vielleicht Erdenvater sein, das *eine* ersetzt das *andere* nicht, *es* ist immer das gleiche, *beides* in *einem*.

Ihr aber seid viele unter Vielen, beliebig ersetzbar und austauschbar. Ihr solltet *mir* Hilfe sein; ihr habt euch gegen *mich* gestellt, beachtet *meine* Regeln nicht und die Zeichen, welche der Himmel schreibt, habt ihr in die falsche Richtung gedreht. So werdet ihr an euch selbst zugrunde gehen, auch wenn ihr irgendwann noch einmal triumphieren werdet. *Ich* kann und werde darauf warten; die Menschen werden sich entscheiden, für *mich* entscheiden, wenn sie *mich* finden werden.«

Sie wendet sich von der Götterschar ab, schnippt mit *ihren* Fingern den Nebelschleier zurück. *Ihr* Blick fliegt nach Westen, zu dem Gebirge mit den schwarzen Wäldern, das den breiten Strom über viele Meilen begleitet. »Es ist *mein* Fluss, der Fluss der Erdenmutter – nach den Vorstellungen der dortigen Menschen.« *Ihr* Blick wird nachdenklich.

»Das Volk in den Schwarzen Bergen erwartet das gleiche Schicksal, welches die Stämme im Osten bereits erleiden, und so wird es auch jenen ergehen, die auf der anderen Seite des Flusses siedeln und die von Norden herandrängen. Sie werden *mich* bei ihren Erfolgen vergessen und begierig das Neue aufsaugen. Erst nach ihren Niederlagen werden sie *mich* wieder suchen. Sie starren sich über den Fluss hinweg an und denken, dass drüben eine andere Welt beginnt, die sie unbedingt besitzen müssen. Doch es ist die gleiche Welt. Sie ähneln sich mehr als ihnen bewusst ist; noch wissen es nur wenige, auf beiden Seiten. Wenn sie *mich* erkennen, wird es keine Grenzen mehr geben. Bis dahin wird noch viel Zeit verrinnen. Zu lange für sie.«

Bei diesen Gedanken seufzt *sie* und fängt heranziehende Wolkenschleier ein. Sie gleiten durch *ihre* Finger und hinterlassen unzählige Wassertropfen. Mit einem weitausholenden Armschwung nach Osten schüttelt *sie* die Tropfen ab. Zufrieden blickt *sie* zum Lauf des Flusses hinunter, wo sich inmitten des Wassers ein Tempel erhebt. Nun regnet es dort. *Sie* will es so und die Menschen sind dankbar, denn die Felder brauchen diesen Regen, den *sie* mit einer Armbewegung bewirkt hat.

»Auch dieses Land wird bald unbewohnt sein«, denkt *sie*, »bevor es jene besiedeln werden, weit aus dem Norden und Osten kommend, die *meine* Botschaft verstanden haben.«

Sie eilt zurück nach Osten, dem dunklen Meer zu, sieht über die Schulter auf die Mäander der Danuviusmündung, die sich in das Land krallen, als sträubten sie sich etwas aufzugeben. *Sie* überfliegt das Meer nach Süden in das Hochland, umsäumt von hohen Bergen und Steppen. *Sie* bemerkt die flimmernde und trockene Hochebene unter sich, die grünen Flussadern darin, das bewässerte Land, die friedlichen Dörfer und Städte.

»Ihr da unten werdet besonders lange brauchen, bis ihr *mich* gefunden habt. Eine weise Frau wird zu euch kommen, eine der euren, und ihr werdet auf ihre Botschaft erst hören, wenn ihr die bitterste Niederlage eurer Geschichte erlitten habt. *Ich* sehe sie bereits. Noch ist sie weit im Westen, doch sie findet ihren Weg zu euch und wird ihre Ortlosigkeit beenden, mit ihr das Kind. Ihr braucht das Leid, das euch zur Besinnung bringt, denn auch ihr habt um euch die vielen falschen Götter geschart, die nichts bewirken, sondern euer Verderben beschleunigen.«

Lange betrachtet *sie* die Schaf- und Rinderherden in den Bergen, das wohlbestellte Land, der trockenen Ebene abgerungen, Menschen bei der Ernte, beim Bau von Bewässerungskanälen oder ihrer Häuser in den Dörfern und Städten.

»Ihr seid begabt, mehr als andere es sind. Warum genügt euch das nicht? Warum sät ihr Zwiespalt bei euren Nachbarn, Zwiespalt in euch selbst, wenn ihr doch nur Niederlagen erntet? Warum vergeudet ihr eure Kraft für andere Herrscher, weit von eurem Land entfernt, warum nutzt ihr sie nicht für euch?«

Sie bläst auf das Land und sieht zufrieden, wie der Staub der Steppe vor den üppigen Oasen in sich versinkt, die Menschen ihn nur mit einem flüchtigen Blick würdigen.

»Es wird nicht so bleiben, ihr Selbstgerechten, Leid und Tod werden sich bei jeder Zeugung mit euch paaren, bevor ihr euch besinnt; *ich* dachte es so, auch für die anderen.«

Prolog II – Tod am Danuvius

Die Sonnenscheibe hängt tief über dem Horizont. Das noch vor kurzer Zeit in der Hitze flimmernde Grasland zeigt in diesen Abendstunden seine trockenherbe Schönheit, nimmt erhabene Konturen an und verströmt den ihm eigenen Gras- und Viehgeruch. Nicht mehr lange, dann unterlaufen ihre tief einfallenden Strahlen den Dunst und Staub des vergangenen Tages und die dunkelrote Sonnenscheibe wird mit einem Aufleuchten den Steppenrand berühren, ihn für kurze Zeit aufglühen lassen, den Himmel darüber mit einem warmen rötlichen Schimmer überfluten und langsam in der Nacht versinken.

Noch ist es nicht soweit. Die tiefstehende Sonne malt lange Schatten auf das ruhig dahinströmende Wasser – ein Abbild der Pappeln und Weiden am Ufer, die wie Arme auf dem Fluss ruhen, Vorboten der nahenden Nacht. Behände entwindet er sich ihrem Griff, gleitet an Schilfinseln und Schwemmholz vorbei und sucht seinen Weg in unbekannte Ferne. Die Zweige der am Ufer kauernden Büsche hängen müde in der Strömung, so als würden sie Erfrischung darin suchen, und dennoch sind sie willkommener Halt für das an ihnen dümpelnde Schwemmgut. In der abendlichen Stille am Fluss hört sich das Plätschern der Wellen wie Frohlocken an, diesen Armen und Händen stets entkommen zu können. An manchen Stellen fallen Sonnenstrahlen auf die Wellenscheitel, spielen mit ihnen, tanzen die Schaumkämme entlang, die in vielen Farben schillern und leuchten; ein unermüdliches Spiel bis es dunkel wird.

Inmitten dieses Lichtspiels pflügt ein Hengst mit kurzen Schwimmstößen durch das Wasser, dem Flussufer zu. Sichtlich genießt er die Kühle des Wassers und erhofft sich saftiges Gras hinter den Bäumen, auf der Weide am Fluss. Er hält seinen Kopf dicht über dem Wasserspiegel, und sobald Wellen über sein Maul und seine Augen schwappen, schnappt er mit den Lippen danach, beißt auf den Schaum der Wellenkämme, schnaubt unwillig über seine Erfolglosigkeit und bläst das in seine Nüstern eingedrungene Wasser mit einem Strahl von sich. Die Strömung schließt sich plätschernd hinter dem Kopf des Pferdes und breitet die helle Mähne über dem Widerrist aus, wie ein aus Haarfäden geflochtener, schwebender, in Wellen dahin gleitender Schild. Aufmerksam verfolgen die Augen des Tieres jede Bewegung der jungen Frau an seiner Seite. Es bläst die Luft zufrieden aus, sieht ihr zu, wie sie bei jedem Armzug prustend einen Wasserschwall aus ihrem Mund stößt, der klatschend in den Fluss zurückfällt. Die junge Frau hält die Zügel des Pferdes zwischen ihren Zähnen fest und beeinflusst mit gezielten Kopfbewegungen die Schwimmrichtung des Pferdes. Von Zeit zu Zeit hebt sie ihren Kopf und mustert den dunklen Uferstreifen, so als wenn sie etwas fühlt und erwartet, sich aber nicht darüber im Klaren ist, was sie beunruhigt.

Nur mehr eine kurze Strecke trennt die ungleichen Schwimmer vom Schilfgürtel des Ufers, durch den ein Steg, wie ein ausgestreckter Arm, weit in den Fluss hinausragt. Die junge Frau hört bereits das vertraute Gluckern der Wellen an den Pfählen; alles ist wie immer, wie sie es erwartet. Ihr Gesicht entspannt sich zufrieden, die Spur eines Lächelns taucht in ihren Augen auf. Von einem zum anderen Moment erstarrt es in ihren Mundwinkeln, ihre Nackenhaare richten sich wie Borsten auf. Erst spürt sie die Gefahr, dann hört sie das heimtückische pfeifende Fluggeräusch. Ein rascher Blick verschafft ihr Gewissheit: Mit tödlich blitzender Doppelschneide federt ein Speer auf sie zu; er gilt ihr. Blitzschnell weicht sie mit einer Körperdrehung aus, sodass die Waffe sie verfehlt. Kaum hat sie die Bewegung beendet, taucht ein zweiter Speer über den Schilffahnen auf. Mit schmalen Augen verfolgt sie den wippenden Schaft, ordnet ihre wild auf sie einstürmenden Gedanken und weiß in diesem Moment, dass dieser ihr Pferd treffen wird.

Wie gelähmt verfolgt sie die Flugbahn der Waffe, welche die arglosen Schwimmzüge ihres treuen Begleiters jäh beenden wird. Die Zeit dehnt sich wie eine Ewigkeit aus, eine Ewigkeit, die dennoch so kurz ist, dass sie ihr keine Zeit gewährt, sich dem Willen des Unbekannten zu widersetzen, der am Ufer hinter dem Schilf lauert. Verzweifelt reißt sie an den Zügeln des Pferdes, der Speer aber stürzt wie ein gieriger Raubvogel auf das Tier zu und bohrt sich in die wallende Mähne des Widerrists. Unerbittlich ringt der Tod das Leben des Tieres nieder. Nichts ist in diesem Moment umkehrbar, alles ist endgültig. Ein Strahl dunklen Blutes rast am Schaft des Speeres hoch, das Tier schreit qualvoll auf, sein Röcheln verquillt im blutigen Schaum, der aus dem Maul tritt. Langsam dreht der Hengst sich zur Seite, presst wie ein Mensch seine Lippen aufeinander, sieht die Frau mit schmerzhaft geweiteten Augen an und versinkt im Wasser. Blasen steigen auf, eine schaumige Blutlache breitet sich aus und treibt langsam ab. Die junge Frau starrt auf das in der Strömung kreiselnde Blut, presst die Arme auf ihre Brust, ihre Finger krallen sich ineinander und sie schreit die Qual aus sich heraus, die ihr Herz schier zerreißt.

Niemals würde sie diesen Todesschrei vergessen und die verzweifelten Augen des tödlich getroffenen Tieres. Sie atmet schwer unter der Last dieses Augenblicks und sieht mit fassungslosem Entsetzen den dritten Speer, der kraftvoll wippend über dem Schilfgürtel erscheint und auf sie zufliegt. Mehr einer Eingebung folgend als gewollt, wehrt sie diesen im letzten Moment mit einer geübten Armbewegung ab, und es gelingt ihr, den Schaft zu umklammern. Sie fühlt das fremde Holz an ihrer Hand entlanggleiten und mit ihrem Arm im Wasser versinken. Angewidert riecht sie den Pferdegeruch vom Schaft hochsteigen. Sie weiß, wer ihr gegenübersteht. Lauernd starrt sie zum Schilfgürtel. Unbändiger Zorn steigt in ihr auf, verdrängt für einen winzigen Moment ihre Trauer. Sie hebt Arm und Speer aus dem Wasser und schleudert ihn mit aller Kraft auf die wehende Schilfmähne zurück. Ihr Instinkt führt die Armbewegung, die den Speer der Flugbahn folgen lässt, auf welcher er herangeflogen kam. Ein gellender Schrei lässt eine steile Falte auf ihrer Stirn erscheinen. Abwägend und kalt, gleichzeitig hilflos, presst sie ihre Lippen aufeinander und ihre Augen leuchten triumphierend auf.

In diesen Bruchteilen eines Augenblicks, in dem das Rachegefühl alles in ihr beherrscht, wird ihr vollends bewusst, welch tödlicher Gefahr sie gegenübersteht. Sie atmet tief ein, wirft sich seitlich in das Wasser, taucht mit kräftigen Armzügen unter und schwimmt dem Grund des Flusses zu. Weit hält sie ihre Augen geöffnet, bis sie das Flussgras erreicht und sich daran festklammert. Seitlich von ihr erscheint, wie aus dem Nichts, ein Schwarm riesiger Äschen, die mit ihren steilen Rückenflossen einen weiteren Speer von ihr abdrängen, der sich im moorigen Flussboden verfängt. Das Gewirr glänzender Fischleiber umwirbelt sie wie ein lebender Schild. Als ein letzter Speer durch das Wasser fährt, sich wie ein Stör nähert, wehren die Äschen ihn mit Hunderten von Schwanzschlägen ab. Kraftlos gleitet der Schaft an ihrer Schulter entlang und taumelt dem wallenden Flussgras entgegen. Entschlossen fängt sie den Speer mit einer Hand ab, mit der anderen hält sie sich am Flussgras fest. Fünf Speere wurden geworfen zählt sie, dabei entweichen fünf Blasen ihrem Mund.

»Die Speere müssen drei Männern gehören. Zwei davon trägt üblicherweise jeder der Steppenkrieger mit sich. Nur der des Dritten fehlt«, rechnet sie sich aus. »Diesen habe ich getroffen und nichts wird mich aufhalten alle zu töten.«

Wie eine Schlange schiebt sie sich am morastigen Flussboden entlang und erreicht unbemerkt den dunklen Uferstreifen. Der Fluss ist hier sehr tief, und fürs erste fühlt sie sich in Sicherheit. Sie geht mit der eingeatmeten Luft sparsam um, bewegt sich langsam am Ufer entlang, obwohl sie darauf brennt, Rache zu üben. Dicht unterhalb des Uferschattens lässt sie sich flussabwärts treiben, bis der Schilfgürtel wie eine dunkle hochaufragende Wand durch das Wasser schimmert. An diesem Uferstreifen kennt sie jedes Schilfrohr, jeden Binsenbüschel und jede Elle der Böschung; es ist ihr Fluss. Ihr Vater brachte ihr hier das Schwimmen bei und sie jagte mit einer

Kinderlanze ihre ersten Fische unter Wasser. Flüchtig registriert sie, dass sie noch immer den letzten dakischen Speer in der Hand hält.

»Die Männer aus der Steppe also wieder«, murmelt sie, und die Worte sprudeln in Luftblasen aus ihrem Mund.

Vorsichtig taucht sie zwischen dem Schilf auf, dort, wo die Landzunge sich, vom steil aufragenden Ufer herabfallend, in den Fluss schwingt. Vorsichtig biegt sie ein Büschel Schilfhalme zur Seite. Drei Pferde stehen vor der Hütte ihrer Eltern. Zwei dakische Krieger spähen angestrengt auf den Fluss, dessen Wasser im Abendlicht bereits dunkel geworden ist. Sie halten ihre Bogen abschussbereit in den Händen; ein weiterer Mann liegt bewegungslos am Boden, seine Ledermütze einige Schritte daneben.

»Er hat es verdient«, denkt die junge Frau zufrieden, dabei denkt sie an ihr totes Pferd. In diesem Moment wird ihr eine grauenhafte Erkenntnis bewusst, die wie Eiseskälte über ihr Herz kriecht und ihren Entschluss bestärkt. Sie schiebt sich wie ein Biber aus dem schützenden Schilf heraus, gleitet hinter eine Buschgruppe und schleicht gebückt zur Rückseite der Hütte, dorthin, wo sie ihre Speere aufbewahrt. Unentdeckt lehnen sie an der Hüttenwand; bis heute dienten sie der Jagd, nun würden sie den Zweck erfüllen, für den sie auch gedacht waren.

Traurig betrachtet sie die Waffen, streicht fast zärtlich über die vertrauten hölzernen Schäfte, als wolle sie ihnen gut zureden, sie besänftigen, auf das vorbereiten, was sie nun erledigen müssen. So eng wie möglich kauert sie sich an das Flechtwerk der Hüttenwand, unterhalb eines Fensters, dabei wagt sie es nicht, einen Blick in das Innere der Hütte zu werfen. Konzentriert beobachtet sie die Krieger, die unverwandt auf den Fluss starren. Sie nimmt zwei ihrer Speere und huscht näher zu den Ahnungslosen heran. Blitzschnell wirft sie einen nach dem anderen auf die Männer. In dem Moment, als diese durch die Luft federn, weiß sie, dass die Speere treffen würden. Sie beachtet ihren Flug nicht weiter, wendet sich ab und presst die Hände auf ihre Ohren, um die Todesschreie der Getroffenen nicht hören zu müssen. Tödliche Stille umgibt sie. Eine Weile bleibt sie abwartend stehen, verstummt vor dem Unfassbaren, das sich ereignet hat. Unentwegt zucken ihre Schultern hilflos auf und ab, und sie hebt ihren Blick nach oben, als suchte sie nach etwas. Er gilt der Erdenmutter; sie möge ihr verzeihen, dass sie zum ersten Mal getötet hat.

»Andernfalls hätten sie mich umgebracht«, rechtfertigt sie sich stumm, »ich musste zu meinem Schutz und um meiner Eltern willen so handeln.«

Mit zögernden Schritten nähert sie sich den Toten, schiebt die Körper mit der Fußspitze auf den Rücken und starrt in deren Augen. Sie folgt einem inneren Zwang, muss die Gesichter betrachten, muss aus ihnen lesen, was sie vermutet, um ihr Inneres zu beruhigen, um sicher zu sein, dass sie die

Menschen zu Recht getötet hatte. Sie findet die Bestätigung, welche sie sucht, nicht aber die erhoffte Erleichterung.

»Es sind grausame Augen, Augen die töteten, um des Tötens willen«, denkt sie angewidert.

»Aus ihnen spricht der unbändige Wille nach Sieg und Überlegenheit, kalt und gefühllos; und nun sind sie in einem unerwarteten Tod erloschen, selbst im Sterben nicht an sich zweifelnd.«

Die Toten verströmen einen widerlich scharfen Geruch, eine Mischung aus ranzigem Schweiß, Pferdegeruch und verfaultem Fleisch. Die Lippen der Männer sind ungläubig an den Zähnen hochgezogen, das Blut beginnt bereits an ihnen zu gerinnen. Auch darin ist ihr letzter Gedanke zu lesen. Angeekelt wendet sie sich ab und denkt: »Mit denselben Augen betrachteten sie meinen Vater und meine Mutter, und sie nahmen mit ihnen Maß für ihre Waffen, bevor sie gnadenlos töteten.«

Mit einer ratlosen Geste löst sie das Band, welches ihr dunkles Haar im Nacken zusammenhält, schüttelt ihren Kopf, sodass die Haare wirbelnd um sie fliegen und Wassertropfen versprühen, durchkämmt es mit den Fingern, strafft es und bindet es gedankenverloren erneut hinter dem Nacken zusammen. Entschlossen nimmt sie eine der Filzhauben der Toten und wirft sie in hohem Bogen in den Fluss.

Flussabwärts sieht sie eine Staubwolke aufsteigen, welche die Abendsonne rötlich färbt. Sie weiß, welche Gefahr sich darunter verbirgt. Ruhig treibt sie die Pferde zusammen und bindet sie aneinander.

Nach diesen Vorbereitungen betritt sie die Hütte, löst behutsam die fest ineinander verschlungenen Hände ihres Vaters und ihrer Mutter voneinander, trägt die Toten aus der Hütte und legt sie vorsichtig auf deren Pferde. Keine Regung zeigt sich in ihrem Gesicht. Sie lädt all das auf, was ihren Eltern wichtig war und ihr selbst wichtig erscheint. Gelassen beobachtet sie von Zeit zu Zeit die Staubwolke, die sich bedrohlich genähert hat und springt schließlich katzenhaft auf ihr Pferd. Ohne sich umzusehen reitet sie in Richtung ihres Dorfes, welches eine Meile flussabwärts in der Ebene liegt, am Knick des Flusses nach Westen.

Während des Rittes starrt sie verzweifelt auf die geschlossenen Augen ihres Vaters. Dabei empfindet sie, dass sein Kopf ihr in der Bewegung des Pferdes aufmunternd zunickt. Traurig sieht sie dieses Lächeln um den Mund des Toten, das ihn selbst im Augenblick seines Todes nicht verließ, wie auch ihre Mutter. In Gedanken malt sie sich die Szene aus, die sich abspielte: Der Vater sah seinen Mörder furchtlos an und lächelte dabei. Er verzieh ihm die bevorstehende Tat bereits jetzt, und das war sein erwartetes Todesurteil; denn Opfer zittern angesichts des Todes in Furcht, liefern den Beweis für die

Überlegenheit eines Kriegers, der in solchen Momenten mit seinen Waffen über Leben und Tod entscheidet.

»Wie unerträglich muss den Kriegern aus der Steppe die Furchtlosigkeit der beiden erschienen sein, die sie zwanghaft mit den Schwertern aus den Gesichtern tilgen mussten.«

Hinter ihr erhebt sich aus der Staubwolke wüstes Geschrei. Die dakische Reiterhorde entdeckt die Toten. Die Daker heulen auf, treiben mit wütenden Beinschlägen ihre Pferde zu einer wilden Jagd an, versuchen ihr den Weg abzuschneiden. Besonnen treibt sie ihre Pferde zu schnellerem Lauf an und achtet auf die Lasten, die sie tragen.

Wie in einem Traum hört sie vom Dorf her Männer schreien. Sie vernimmt, wie die Brücke über den Graben herabgelassen wird, hört den dumpfen Hufschlag ihres Pferdes und der anderen Tiere auf den Bohlen der Brücke, registriert das Quietschen der Torflügel, das Mahlen der Seile auf der Trommel und den dumpfen Aufschlag der Brückenbohlen auf die Mauer.

Nachdem sie in Sicherheit ist, weist sie nur auf die Pferde und sinkt in sich zusammen. Pona sieht nicht, wie ihre Verfolger mit einem Pfeilhagel empfangen und nach kurzem Kampf vertrieben werden, einige Tote hinter sich zurücklassend.

Tagelang verlässt sie die Hütte nicht, in welcher sie im Dorf gewohnt hatten, wenn ihr Vater diese der Einsamkeit am Fluss vorzog; und das war selten. Sie grübelt über das nach, was ihr Vater schon so lange prophezeit hatte und nun Realität geworden war.

Von Trauer erfüllt sucht sie Trost im Tempel, wirft sich vor dem Schrein der Göttin Epona zu Boden und betet. Verzweifelt ruft sie in ihren Gebeten die Göttin Epona und andere Götter ihres Volkes an, sucht nach einer tröstenden Kraft, welche nach den Lehren der Druiden die Menschen an diesen heiligen Plätzen umgibt und in sie strömt. Doch die Götter senden ihr kein Zeichen. Sie fühlt nichts von dieser Kraft, nur eine schweigende Leere umgibt sie. Vergeblich ringt sie um einen Fingerzeig, aber das Gesicht der Göttin glotzt teilnahmslos auf sie herab, als wäre nichts geschehen, als wären ihre Bitten wie ein Windhauch an ihr vorbeigeglitten.

Eine Stimme erhebt sich in ihrem Innern und flüstert ihr zu: »Sie wird dir nicht helfen, Pona, wie auch die nutzlosen Stelen nicht. Besinne dich auf die Worte deines Vaters und setze sein Vorhaben fort. Du weißt, wovon ich spreche!«

Pona blickt um sich – niemand ist zu sehen, der zu ihr gesprochen haben konnte. In einer Anwandlung von Zorn reißt sie eine der steinernen Stelen aus dem Boden und schleudert sie auf die Göttin. Die Fratze der Göttin zersplittert und aus dem klaffenden Spalt züngelt eine Schlange.

»Das also ist dein wahres Gesicht!«, schreit sie verzweifelt, »in dir lauern Tod und Verderben, dein Schutz ist wertlos, wie das Holz aus dem du geschnitzt wurdest. Die Mythen, welche um dich erdacht wurden, sind verlogen. Mein Vater hatte Recht!«

Es waren ihre letzten Worte im Tempel der Epona am Danuvius.

In wilder Flucht stürzt sie aus dem düsteren Tempel, ohne die entstellte Göttin nur mit einem Blick zu würdigen, und rennt in die Nacht der Menschen.

Am nächsten Morgen steht eine dunkle Rauchsäule über dem Fluss, unweit der Stelle, wo der Fluss von Westen heranfließt, um sich unverhofft nach Süden zu wenden. Sie steigt von dort auf, wo die Hütte des Druiden steht, drängt steil nach oben und stößt wie ein warnender Finger in den Himmel.

Mit müden Schritten kehrt eine gebeugte junge Frau zum Dorf zurück. In den schwelenden Trümmern der Hütte am Fluss lässt sie ihre unbeschwerte Jugend zurück. Der Wind frischt auf und treibt den Rauch, zusammen mit ihren Träumen, entlang des Danuvius nach Westen.

Prolog III – Donau 1941

Der Himmel gleicht in dieser Morgenstunde einem alles überspannenden blauen Seidentuch, von dem aus die Sonnenstrahlen über die Ebene tanzen, bis hin zu den letzten Nebelfahnen am Fluss, die zurückweichen und in schillernden Farben verdampfen.

Vom Uferschatten zur Mitte des Flusses hin weht eine kühle Brise. Schnatternd taucht eine Entenfamilie unter dem Schwemmholz nach Fressbarem. Viehherden weiden auf den Wiesen entlang des Flusses, bis in den Horizont gestaffelt, wo sie sich in unendlich kleinen Punkten verlieren. Es scheint, als wenn die Ebene zwischen Himmel und Erde noch gähnen und erst langsam erwachen würde, auch wenn die Hirten um die Herden reiten und Hunde sie laut kläffend begleiten.

Von Nordwesten her zieht brummend ein Bombergeschwader seine milchweiße Spur über dieses friedliche Stück Himmel, den Karpaten entgegen.

Auf dem Fluss tuckert das Passagierschiff »Donauwellen« dahin, welches vor einer Stunde den Hafen von Budapest verlassen hat. Mit voller Kraft schieben die Dieselmotoren den Schiffskörper der Strömung entgegen.

Ein junger Mann lehnt an der Reling. Fröstelnd hält er den Kragen seines Mantels um den Hals gepresst, so dass die Knöchel der Hand weiß aus der geröteten Haut hervortreten. Gedankenverloren beobachtet er das am Schiffsleib vorbeigleitende Wasser, die blau schillernden Ölflecken darauf, die auf den schmutzigdunklen Wellenkämmen hüpfenden Schaumkronen. Unter seinen Fußsohlen spürt er, wie das Schiff unter der Kraft der Antriebsschrauben ächzt und vibriert, und er riecht den verwirbelten Rauch des Schiffsdiesels. Er mag diesen Geruch, wenn die Motoren, richtig eingestellt, unter Höchstlast laufen.

Als er das Dröhnen der Flugzeugmotoren hört, blickt er auf, zählt unwillkürlich die silbern glänzenden Punkte am Himmel und folgt ihnen, bis nur mehr die Kondensstreifen im Morgendunst des östlichen Horizonts übrig bleiben. Sie verwehen am Himmel zu Schlieren. Über sein Gesicht huscht für einen kurzen Moment ein Lächeln. Es gilt mehr diesem Bild, welches die Milchstreifen auf das Blau malen, als der Tatsache, dass er sich mit diesem bedrohlich wirkenden Kampfgeschwader identifiziert. Er starrt noch in den Himmel, als die Flugzeuge verschwunden sind, denkt bereits an etwas anderes, das ihn beschäftigt. Scharfe Falten erscheinen um seinen Mund. Sie verdrängen das starre Lächeln und geben seinem Gesicht einen bekümmerten Ausdruck, der seine Gemütslage der letzten Tage widerspiegelt. Nachdenklich schiebt er einige Sonnenblumenkerne in den Mund und beginnt darauf zu kauen, ohne zu registrieren was er tut.

»Unsere stolzen Flieger«, sagt eine Stimme neben ihm, »sind sie nicht beeindruckend? Die Männer dort oben in den Bombern erledigen Tag für Tag ihren Auftrag, bringen mit ihrer Tapferkeit bei jedem ihrer Einsätze unser Land dem Sieg einen Schritt näher! Ein um das andere Mal!«

Der Mann an der Reling kneift die Augen zusammen, als er den Kapitän so schwärmen hört – es ist tatsächlich der Kapitän des Schiffes, der mit leicht geöffneten Lippen und leuchtenden Augen den längst verschwundenen Fliegern nachsieht. Eine Fahne mit einem Hakenkreuz flattert hinter ihm. Sie hinterlegt seinen Auftritt treffend. Der Mann an der Reling betrachtet das im Wind knatternde Tuch und antwortet nicht.

Mit einem schnellen Blick mustert er die Augen des Kapitäns in seiner adretten Uniform, sieht den verklärten Blick voller Stolz und Zuversicht und bevor er etwas erwidert, presst er seine Lippen aufeinander, sodass von seinen Worten nur mehr ein Stöhnen übrig bleibt. Er speit die Schalen der Sonnenblumenkerne aus und beobachtet die Wellen, auf denen sie davon tanzen.

»Ist Ihnen nicht gut?«, fragt der Kapitän besorgt und beugt sich über den schlaff an der Reling hängenden Mann.

»Es ist alles in Ordnung«, brummt der junge Mann und starrt weiter auf das Wasser. Der Kapitän resigniert; mit diesem Passagier würde er wohl keine Unterhaltung anfangen können. Verdrossen entfernt er sich. Der junge Mann richtet sich erleichtert auf, während er die langsam untertauchenden Höhenzüge des Ostufers von Budapest ein letztes Mal mit seinen Augen festhält, so als suchte er aus der Erinnerung etwas, das diese Stadt betraf. »Aquincum lag auf der anderen Seite«, denkt er.

»Die Legionen des Tiberius zogen mit blitzenden Helmen nach Osten, während die Flussschiffer den Römern nachsahen und sie bewunderten, wie es der Kapitän bei den Flugzeugen empfand. Glanz und Ruhm des Römischen Reiches sind längst verweht und auch die Flugzeuge werden eines Tages vom Himmel verschwunden sein.«

Wie zur Bekräftigung schlägt er auf das Geländer und hört dem hohlen Klang des Stahlrohrs nach.

»Vergänglich«, murmelt er, »vergänglich, wie auch die Gegenwart, wie der Glanz dieses Reiches, das in den Köpfen der Menschen um mich existiert.«

Vor den Augen des jungen Mannes tauchen Bilder aus der jüngsten Vergangenheit auf, die er in seinem Inneren immer noch fassungslos anstarrt und nicht verarbeiten kann. Die zigtausend, an der Donau aufgereihten Bauernwagen ziehen an ihm vorbei, entladen von den Habseligkeiten der Menschen, denen man ein neues Zuhause versprach. Er sieht auch die verlassenen Wagen seiner Familie, seines Vaters und seiner Mutter darunter, seiner Brüder und Schwestern.

Ein eindrucksvolles Bild, empfindet er, diese tausendfachen Kopien, peinlich genau ausgerichtet, abgestellt an der unteren Donau. Einmalig für Fotografen, welche die bekümmert herabhängenden Deichseln, die nach innen gekippten Räder und sorgfältig verzurrten Aufbauten auf Film bannten. »Der Reiz dieser traurigen Symmetrie hatte etwas Bewegendes und zugleich Endgültiges«, denkt er, »stumme Zeugen der Geschichte, sich selbst überlassen, nur noch mit Vergangenheit beladen. Für eine Zukunft in Stich gelassen, von der man eigentlich nichts weiß, die aber Traumfeuer in den Menschen entfacht hat.« Er brummt vor sich hin: »Das ist nun mehr als ein halbes Jahr her und meine Familie befindet sich bereits im äußersten Nordosten des Landes, in ihrer neuen Heimat. Ich denke, ihre Träume werden inzwischen erloschen sein.«

Seine Gedanken kreisen in diesem Moment um seine alte Heimat, können sich nicht davon lösen. Er erinnert sich an die Erntezeit weit zurückliegender Jahre seiner Kindheit, wie die Erntewagen mit aufgetürmten Getreidebündeln dem Hof zufahren, sich knarrend dem Willen der Furchen des Wegs und den Zugtieren fügen. Er schmeckt den Geruch des scharfen Bremsenöls auf seinen Lippen, denkt an die Wettfahrten, die er den anderen Bauernsöhnen damals lieferte, über Stoppelfelder, im Sand der Dünen, von denen aus man das Schwarze Meer so herrlich sehen konnte. Er denkt an die Schlittenrennen im Winter, als die Räder von den Wagen entfernt und durch Kufen ersetzt wurden, an die wehenden Atemwolken der Pferde, an das Prickeln der Eiskristalle auf seinem Gesicht. Er riecht den Rauch der Dungfeuer an den Wintertagen und den duftenden Tee im Samowar, denkt an das Heulen der Wölfe in strengen Winternächten, wie er sich als kleiner Junge hilfesuchend an die Beine der Mutter flüchtete und sich geborgen fühlte.

Während die Bilder vor ihm ablaufen seufzt er tief auf. Es sind Bilder einer Vergangenheit, welche nicht mehr zurückzuholen ist.

Und dann kamen diese letzten Spätsommertage, die in seine Gefühlswelt so tief einschnitten. Die Ernte war bereits eingebracht, die Menschen begannen sich für den Winter zu rüsten. Fremde Offiziere sprangen aus ihren Geländewagen und stapften durch den Staub zum Kirchplatz. Die einen sprachen schriftdeutsch und polierten ihre Stiefel an den Vorhängen des Gemeindehauses. Die anderen deutsch und russisch, ihnen war der Staub auf ihren Stiefeln egal. Sowohl die einen als auch die anderen bedrängten und beschwatzten die verängstigten Menschen und rissen der Zukunft das Tuch vom Gesicht.

Sie malten in bunten Farben das Bild eines sorglosen Lebens, das die Menschen erwarten würde, übertünchten die Erinnerungen an die Vergangenheit mit neuen Hoffnungen, schürten Ängste vor einer falschen Entscheidung für ihre Zukunft.

»Euer Blut muss in der Heimat fließen, dort wo alle Menschen eure Sprache sprechen und zusammenstehen«, sagten die einen, die deutsch sprachen, dabei sahen sie drohend nach Osten und fühlten die schweren Pistolen an ihren Hüften hängen.

»Dieses Land wurde mit eurem Blut und Schweiß der Steppe abgerungen und wird euch weiterhin ernähren, weiter glücklich machen. Wollt ihr dies alles im Stich lassen?«, fragten die anderen, die russisch sprachen, und ebenfalls nicht wirklich meinten was sie sagten. Die Menschen verstanden beide Sprachen. Sie entschieden sich für das Neue, für das Land, wo man ihre Sprache verstand. Von ihm ging eine Blut- und Bodendynamik aus, der sie sich nicht entziehen konnten.

»Es war keine Wahl zwischen dem einen oder anderen«, denkt er, »die Würfel waren bereits gefallen, als die Menschen befragt wurden. So gesehen waren es Drohungen«, empfindet er, »verpackt in verschleierte Verheißungen. Sie erzeugten Zukunftshoffnungen, die unerreichbar bleiben würden. Kaltblütig manipulierte man ihre Ängste und letztlich ihre Hoffnung, diese zu überwinden. Nun treiben sie in der Ortlosigkeit, in der mancher von ihnen keinen Halt mehr finden wird.« Ein Schauer läuft über seinen Rücken.

»Ich habe andere Träume!«, denkt er, »nun macht die Ortlosigkeit sie unerreichbar. Dieser Zustand beschwört Angst herauf und sucht nach Antworten, die ich nicht geben kann. Sie wird mich nicht mehr verlassen, sich in meinen Gedanken festsetzen und in meinen Kindern weiterleben. Was ihnen von mir bleiben wird, werden diese innere Unruhe und unbeantwortete Fragen sein; denn meine Zeit ist bemessen und ich werde ihnen keine Antworten mehr geben können. In der Blutspirale der nächsten Jahre werde ich zusammen mit vielen anderen eine namenlose Spur hinterlassen.«

Zornig spuckt er den Sonnenblumenbrei aus seinem Mund in das Wasser.

»Eines Tages werden meine Söhne über das Wenige nachdenken, was sie von ihrem Vater erfahren, werden Fragen an jene stellen, die mich kannten und weiter nach Antworten suchen, auch in den Gräbern von Menschen, die ebenfalls die Ortlosigkeit ertrugen, wie ich es in den Hügelgräbern am Schwarzen Meer und an der unteren Donau empfand.« Er fühlt in seiner Brusttasche das Notizbuch dieser Aufzeichnungen. »Eines Tages werden sie meine Gedanken lesen und ihre Schlüsse daraus ziehen. Wo und wann sie es tun werden, das wissen die Sterne. Vielleicht wird das Leben ihre Fragen beantworten, werden sie Antworten aus der Vergangenheit erhalten. Vielleicht ihre Sicht für die längst vergangenen Kulturkreise schärfen, und die Botschaft für sich erkennen, die ich glaube gefunden zu haben.« Er sieht traurig auf den Fluss und denkt, wie gut es war, die Tagebuchnotizen und Skizzen seiner heimlichen Grabungen am Unterlauf der Donau mitgenommen zu haben.

»Vielleicht werden sie diese eines Tages lesen«, murmelt er vor sich hin.

Sein Blick tastet sich flussaufwärts, folgt dem Knick des baumbestandenen Flusses, der seinen Lauf abrupt nach Westen ändert und sich in der Ebene verliert.

»Er fließt aus der Richtung unserer Zukunft«, sinniert er, »der Zukunft meiner Kinder und der Vergangenheit unserer Familie, die einst aus dieser Richtung nach Osten zog. Was mag vor uns liegen?«

Seine Augen blicken ins Leere.

»Das werden sich jene auch gefragt haben, deren Reste ich in den Gräbern fand; doch hatten sie es je gewusst?« Der Himmel über ihm antwortet nicht auf seine stumme Frage, er schweigt beharrlich hinter seinem strahlenden Blau.

Entschlossen stemmt er sich mit einem Ruck vom Geländer ab, als wolle er sich von diesen Gedanken lösen. Er balanciert über das soeben mit Wasser gereinigte Stahldeck, bemerkt den Matrosen, der ein Geländer streicht, atmet den Geruch der Ölfarbe ein und beginnt zur Kajüte hinabzusteigen; dabei lässt er all das an Deck zurück was ihn bekümmert.

Ein warmes Gefühl durchströmt ihn, als er an seine Frau denkt, an den dreijährigen Sohn und den Säugling, der in der Wiege schlummert. Zusammen schwimmen sie mit diesem Schiff der neuen Heimat, ihrer Zukunft entgegen, die ihm nur mehr für eine kurze Zeitspanne vergönnt sein würde – so fühlt er.

Leise betritt er den Raum. Der süße Milchgeruch, der ihm entgegenschlägt, die plappernde Stimme des Dreijährigen, die beruhigende Stimme seiner Frau, das Schmatzen des nuckelnden Säuglings – das alles lässt ihn die vertraute Geborgenheit empfinden, die seine Ängste vertreibt. Unschlüssig sieht er zur Treppe zurück und schließt die Türe.

Der fremde Wagenzug

Über dem Fluss, den die Kelten Isura nannten, hing in der flimmernden Mittagshitze eine weithin sichtbare Staubwolke. Sie erneuerte sich unentwegt, kroch entlang des von Bäumen bestandenen Uferwegs und sank auf das Gras und die Blätter des Buschwerks und der Bäume. Seit Tagen bewegte sie sich langsam am Westufer entlang, dem Flusslauf entgegen, ein völliger Gegensatz zu dessen schneller, an manchen Stellen reißender Strömung. Murmelnd spülte das Wasser den Staubschleier vom Ufergras und den Ästen hinweg, die in der Strömung hingen. Dort, wo der Fluss von Kiesanschwemmungen in ein tieferes Bett gedrängt wurde, schimmerte er dunkelgrün, an flachen Stellen leuchtete er in hellem Grün auf, wenn die Sonnenstrahlen das Wasser durchdringen.

Auf der anderen Uferseite, hinter Buschwerk verborgen, hielt ein Trupp keltischer Krieger und beobachtete angespannt das Geschehen auf der anderen Seite des Flusses. Seit dem frühen Morgen verfolgten sie den fremden Wagenzug, der unter dieser Staubwolke am Ufer entlangkroch. Fuhrwerk um Fuhrwerk holperte hinter dem anderen einher, knarrend und ächzend, Rad um Rad mahlte durch die Furchen, wirbelte immer neuen Staub auf, der sich am Ende der endlosen Wagenreihen zu einer riesigen Staubsäule auftürmte. Neben den Wagen trotteten erschöpfte Menschen. Sie bemerkten weder den Staub noch die kleinen Schönheiten des Flusses und die sich verändernde Landschaft. Vollbepackte Wagen, so weit das Auge reichte, Tiere mit halb geschlossenen, von unzähligen Fliegen gequälten Augen, in knarrende Holzjoche eingespannt. Hundertfache Kopien, staubüberdeckt, Staub verursachend, gezeichnet von Entbehrungen. Geduldig ertrugen die Menschen die Launen des Wetters, den Geruch aus Schweiß und getrocknetem Kot, den Hunger und die Anstrengungen. Seit Wochen schon. Es schien, als wollte der Staubschleier die Mühsal dieses Zuges gnädig verbergen und schwebte dennoch wie ein mahnendes Zeichen über ihm. Selbst die Spatzen, sonst eifrig im Dung der Tiere in den Wagenfurchen pickend, hatten es aufgegeben etwas Fressbares zu finden.

Mit Peitschengeknalle trieben die Wagenführer ihre Zugtiere voran. Über deren Ausdünstungen schwirrten Fliegenschwärme. Tausende von Fliegen befielen die Tiere und belagerten deren Augen und triefende Nüstern. Pfeifende Peitschenhiebe hielten die gierigen Insekten zeitweise von den Tieren ab; sie zerstoben im trockenen Knall der Lederriemen, um sie erneut anzufallen. Knirschend wühlten die mächtigen, mit Eisen beschlagenen Speichenräder tiefe Furchen in den Weg, nährten mit jeder Drehung die Staubwolke über dem Wagenzug. Die Fuhrwerke legten sich ächzend und knarrend von einer Seite zur anderen. Manchmal stockte der Zug, dann zupften die Ochsen hungrig am hohen Reitgras, so als sammelten sie daraus Kraft, um die Wagen in einem neuen Anlauf ein Stück Wegs weiter nach vorne zu bewegen.

Männer griffen mit schwieligen Händen in die Speichen der Räder und halfen den Fuhrwerken über besonders schwierige Hindernisse. Auf einigen Wagen stöhnten Kranke und Verwundete, wenn sie hart hin und her geschüttelt wurden. Lederplanen, über Holzgestelle gespannt, schützten die Menschen auf den Wagen und deren Hab und Gut vor der Sonnenhitze, vor Staub und Regen.

Auf einem der Wagen saßen Handwerker und erneuerten Speichen sowie Laufkränze von Wagenrädern. Die Arbeit ging ihnen nur mühsam von der Hand. Ein kleines Schmiedefeuer rauchte auf einem anderen Wagen. Apathisch bewegte ein Halbwüchsiger den Blasebalg. Mit matten Handgriffen legte der Schmied den glühenden Eisenbeschlag um eine Radnabe; es gelang ihm erst nach mehreren Anläufen. Bläulicher Rauch verkohlten Holzes stieg auf. Bei der nächsten Rast würden einige Räder ausgetauscht werden. Mit Kurzschwertern, wuchtigen Streitäxten und Bündeln von Wurfspeeren bewaffnete Krieger sicherten die Spitze und das Ende des Wagenzuges. Sie führten mit fahrigen Händen ihre müden Pferde an den Zügeln. Am Ende des Zuges knarrten die Wagen der Dungsammler, welche den Kot der Tiere einsammelten, in Holzformen pressten und auf Trockengestellen stapelten. Sie legten Brennstoffvorräte an, die der Wagenzug in manchen Gegenden, die er durchzog, dringend benötigte.

Weit hinter dem Wagenzug stolperte ein älterer Mann neben seinem Pferd durch die Wagenfurchen; auf dem Pferd hingen Hacken und Schaufeln. Er war der Letzte, der die Toten des Zuges sah. Soeben hatte er wieder ein Grab ausgehoben und den Segen der Götter gemurmelt. Seine Worte holperten mutlos über seine aufgesprungenen Lippen, wie die Wagenräder in den Wegfurchen vor ihm. Traurig starrte er auf den Grabhügel zurück, unter dem wieder ein Opfer des Hungers und der Strapazen seine Ruhe gefunden hatte, wie in so vielen Gräbern entlang ihres Zuges. Die Tote hatte alles ertragen und nun ihre Erlösung und Ruhe gefunden. Er seufzte, als er sich ein letztes Mal umsah und in den Staubwirbeln den dunklen Erdhügel suchte, den er eigentlich nicht mehr sehen wollte.

Ein Trupp berittener Krieger auf der anderen Seite des Flusses beobachtete das Schauspiel den ganzen Tag über; erst als es dämmerte verschluckte sie der dichte Auenwald.

Seit Wochen, Tag um Tag, bot sich dieses Bild; nur die Landschaft veränderte sich, ohne dass die Menschen den Wandel bemerkten. Der Fluss, dessen Fließrichtung sie entgegenzogen, war schmaler geworden, die dicht bewaldeten Hügelketten des Hochufers traten näher an den Wasserlauf heran, die Zuflüsse wurden kleiner. Vor ihnen tauchten die blauen Schatten eines unbekannten Gebirges auf, das so nahe wirkte, doch Tage entfernt war. In den Hartholzauen wuchsen Seidenweiden, Graupappeln, Ulmen und Eichen. Dicht und üppig wachsende Weichholzauen umsäumten tiefe Altwasser, an deren Ufer Sumpfdotterblumen, Blausterne und Schlangenwurz blühten. Libellen schwirrten taumelnd über der Wasseroberfläche. Schilfbüsche und Brennnesselfelder bewuchsen die zahlreichen Kiesbänke, auf denen große rund geschliffene Schwemmsteine lagen. Niemand nahm von der herben Schönheit Notiz. Nur Essbares zählte. Was die Natur zu bieten hatte wurde gesammelt: Bärlauch, wilde Beeren, Sauerampfer, Pilze von Weidenstrünken und Wiesenrändern, Brennnesselspitzen und viele andere Kräuter.

Weit vor dem Wagenzug ritt ein Mann. Aufmerksam musterte er die Umgebung, glitt immer wieder vom Pferd und pflückte Kräuter oder nahm sie nur in seine Hand, um daran zu riechen. Nichts entging ihm, auch die fast unsichtbare Bewegung auf der anderen Uferseite nicht. Der Mann blieb gelassen. Er nahm seinen Speer, trat ans Ufer heran, beobachtete eine Weile die Strömung, um die Waffe blitzschnell ins Wasser zu stoßen. Der armlange Fisch schlug wild um sich, als er den Speer herauszog und mit einem Stein den Kopf des Tieres zermalmte. Zufrieden lächelnd bestieg er sein Pferd, wendete es und ritt zurück.

An der Spitze des Wagenzuges entstand Unruhe. Mehrere Reiter kehrten von einem Erkundungsritt zurück. Sie parierten ihre Pferde vor einer jungen großgewachsenen Frau. Ächzend mühten sie sich von den Pferden, verbeugten sich ehrerbietig und berichteten, dass sie eine Meile flussaufwärts einen Tempel gesichtet hätten, der mitten im Fluss errichtet worden war. Die Angesprochene, offenbar die Führerin des Wagenzuges, hörte aufmerksam zu, glättete mit beiden Händen das Haar über ihren Schläfen und meinte:

»Ich habe davon gehört. Es ist das Heiligtum auf den Sieben Drachenrippen. Die Stämme der Vindeliker, am Unterlauf der Isura, erzählten davon. Der magische Platz wurde der Epona geweiht, auch diese Menschen dort oben verehren sie, wie wir«, erläuterte sie mit heiserer Stimme und deutete zu den Hügeln. Noch ein anderes Problem beschäftigte sie, das sie sofort ansprach.

»Habt ihr einen geeigneten Lagerplatz gefunden, auf dem wir länger rasten können?«, fragte sie die Männer erwartungsvoll und ergänzte, mehr zu sich selbst sprechend: »Die Tiere sind am Ende ihrer Kräfte, die Kühe geben keine Milch mehr, Frauen und Kinder sind erschöpft, die Männer ebenso. Einige der Wagen benötigen dringend größere Ausbesserungen und unsere Vorräte müssen ergänzt werden. Sechs Monde sind wir unterwegs, nun ist es Zeit für eine längere Rast. Einige Meilen flussaufwärts, dort wo ein Fluss namens Ampurnum in die Isura fließt, werden wir auf einem Handelsweg nach Westen ziehen; das wird der beschwerlichste Teil unseres Zuges sein, wie einer der Händler berichtete, die ich am Danuvius traf, bevor wir diesem Flusslauf folgten.«

Sie blickte bekümmert über die Wagenreihen und auf die Hügel im Westen.

»Etwa eine viertel Meile flussaufwärts können wir unsere Wagenburg aufbauen, hochweise Pona«, schlug der Anführer der Krieger vor.

»An dieser Stelle weiten sich die Auenwiesen und bieten ausreichend Platz für unsere Wagenburgen«, dabei wies er mit dem Daumen über seine Schulter.

»Kein schlechter Platz und dazu noch in der Nähe eines Heiligtums. In dessen Bannkreis wird niemand es wagen uns anzugreifen«, antwortete die mit Pona Angesprochene nachdenklich.

»Wir müssen mit den Bewohnern dieser Gegend verhandeln«, sinnierte die hoch gewachsene Frau und fuhr mit den Fingern durch ein Spinnennetz, in dem sich einige Insekten verfangen hatten. Nachdenklich betrachtete sie die noch lebenden Fliegen und löste sie aus den feinen Fäden, die sie festhielten. An die Männer gewandt sprach sie den angefangenen Gedanken aus:

»Es hätte uns auch nicht gefallen, wenn eines Tages so viele Menschen an unseren Dörfern vorbeigezogen wären. Sie werden sich beruhigen, wenn wir ihnen unsere friedlichen Absichten deutlich machen. Unser Stamm ist auf das angewiesen, was sie uns verkaufen werden. Vielleicht sind die Stämme hier gastfreundlicher als wir denken und erlauben uns, eine längere Rast einzulegen. Quinus berichtete, dass sie uns seit mehreren Tagen argwöhnisch beobachten. Dabei geben sie sich die größte Mühe, unbemerkt zu bleiben. Die vielen Krieger und Menschen unseres Wagenzuges jagen ihnen Angst ein, doch wir sollen glauben, dass niemand uns beobachtet.«

Pona bemerkte die Unsicherheit in den Gesichtern der Männer, erkannte ihren Bedarf an weiteren Erklärungen und fuhr daher fort:

»Einen Überfall halte ich für nicht wahrscheinlich. Sie werden ihre Möglichkeiten richtig einschätzen. Dies wäre außerdem das Unnötigste, mit dem sich unser Stamm zum jetzigen Zeitpunkt herumschlagen müsste.«

Gedankenverloren richtete sie ihren Blick auf die Hügelketten des Hochufers und schob ihre Finger durch das verschwitzte schwarze Haar, über dem sich der Staub wie eine Haut gelegt hatte.

»Ich werde mit einigen Männern zum Dorf auf dem Hochufer reiten und mit ihren Führern Kontakt aufnehmen. Quinus, was meinst du dazu?«

Der Angesprochene, ein dunkelhäutiger und schlanker Mann, etwas größer als Pona – er war in diesem Moment von einem Erkundungsritt zurückgekehrt – legte sein Gesicht nachdenklich in Falten. Er übergab sein Pferd einem der Krieger und bedeutete diesem mit einer Handbewegung, den Fisch aus der Satteltasche zum Küchenwagen zu bringen. Quinus war stumm. Dieses Stirnrunzeln war eine seiner Eigenheiten, die bei ihm hervorstachen, vor allem wenn er besonders konzentriert arbeitete oder nachdachte. Pona wusste, dass sie sich auf seine Meinung unbedingt verlassen konnte. Der Heiler übermittelte seine Gedanken nicht immer mittels seiner Mimik und Gestik, sondern er gebrauchte auch aus Ton gebrannte Schüsselchen, die jeweils einen griechischen Buchstaben trugen und die er auf einem Brett mit kleinen Mulden auslegte. Dazu hatte er ein weiteres Brett, auf dem er die Schüsselchen alphabetisch in mehreren Reihen aufbewahrte. Gespannt beobachtete Pona den stummen Mann, wie er die Schüsselchen auf die eingearbeiteten Mulden im Brett legte.

Pona las: »Abwarten, Zeichen beobachten, handeln, vielleicht Besuch abwarten.«

Der dunkelhäutige Mann sah sie bedeutungsvoll lächelnd an, worauf die Führerin des Wagenzuges nickte.

»Es ist vernünftiger, wenn wir abwarten, was die Bewohner dieser Gegend unternehmen werden, meint Quinus, dann können wir angemessen reagieren. Sie werden zu uns kommen. Was meint ihr dazu?«

Einer der Männer antwortete: »Auch ich bin Quinus' Meinung, Pona. Wir sollten abwarten und diese Zeit zur Ruhe für uns alle nutzen.«

Damit war für die Männer das Thema erledigt, doch nicht für Pona. Quinus füllte die Buchstabenschüsselchen in die Beutel zurück, mit ihnen das Brettchen. Dann nahm er die Leinensäckchen mit Kräutern an sich und ging zu seinem Planwagen, vor dem bereits einige Kranke auf ihre Behandlung warteten.

Pona warf Quinus einen dankbaren Blick nach. Dieser Mann hatte einen untrüglichen Instinkt und konnte Situationen erfühlen, bevor andere sie mit ihrem kühlen Verstand ausdeuten konnten. Auf seine Meinung konnte sie sich verlassen und sie war bisher immer gut beraten gewesen. An diesem Tag blieben dennoch Zweifel in ihr.

»Lasst die Rinder, Ziegen und Schafe auf die Weiden am Fluss treiben, sie nehmen dort niemandem etwas weg«, wies Pona die Krieger an, die mit vorangeritten waren.

Die Boier waren geübt, ihre Lager schnell aufzubauen und sie den Gegebenheiten des Geländes geschickt anzupassen. Innerhalb kürzester Zeit entstand auf den Auenwiesen eine langgezogene Wagenburg mit einem inneren und äußeren Wagenring. Es mochten an die fünfhundert Wagen sein, die das Lager in Doppelreihen umgaben. Zufrieden beobachtete Pona die Vorbereitungen, als sie den Lagerplatz abschritt.

»Unsere Wagen sind wie ein beweglicher Schutzschild, gespickt mit Speeren unter den Wagen und in den Speichenrädern – für den Fall, dass Gefahr droht. Der Schild kann wie ein Igel seine Borsten aufrichten. Leicht wird er nicht zu überwinden sein«, dachte die Fürstin in ihr, nicht ohne Stolz – »den Bewohnern auf den Hügeln aber erscheint die Wagenburg uneinnehmbar, und sie muss von ihnen daher als Bedrohung empfunden werden«, antwortete die Druidin in ihr, nicht ohne Sorge.

»Gleich einem Unwetter ziehen wir Boier in ihr Land. Ein Stamm, der ihnen unbekannt ist, und so zahlreich, dass sich Angst in die vindelikischen Dörfer auf den Hügeln geschlichen haben muss. Was führt ein Stamm im Schilde, der sich mit einem solchen Wagenwall schützt, müssen sie sich fragen. Seit Jahren leben sie hier in Frieden. Fremde sind als Händler und Handwerker gerne gesehen – und nun unser überraschendes Erscheinen. So gesehen wird Angst ihr weiteres Handeln bestimmen.«

Pona war mit dem Ergebnis ihrer Überlegungen unzufrieden. Letztlich sprach alles gegen ihren Stamm, wenn sie sich in die Gedanken der Vindeliker hineinversetzte.

»Wie auch wir, scheuen sie eine kriegerische Auseinandersetzung. Was aber sollte sie veranlassen zu glauben, dass auch wir so denken?«, gestand sie sich ein.

»Am Zustand der Menschen und Tiere unseres Wagenzuges werden sie einschätzen können was uns bewegt. Sie sollten wissen, dass wir Nahrungsmittel benötigen, nicht mehr«, beruhigte sich Pona weiter.

»Ein gewinnbringendes Geschäft wird niemand ausschlagen, auch sie nicht. Es sei denn, wir gäben ihnen Anlass zur Furcht vor uns!« Sie runzelte ihre Stirn.

»Den gibt es wohl und daher muss ich handeln!« Sie zupfte an ihren Augenbrauen. »Verhandlungen also! Verhandlungen um Getreide und Fleisch.«

In diesem Moment fühlte Pona, dass sich ein anderer Mensch – oben auf den Hügeln – mit dem gleichen Problem befasste, das sie gerade beschäftigte.

»Ich nehme an, die Vindeliker werden als erste ihre Druiden zu uns schicken; ich würde das Gleiche tun. Sie haben längst erkannt, dass wir Kelten sind. Auch wenn wir einem anderen Stamm angehören, wird man einen Druiden nie angreifen, darauf bauen sie«, beruhigte sie sich und dachte hinzu: »Dieser Platz in der Nähe des Tempels würde unserem Stamm nicht nur körperliche, sondern auch innere Kraft verleihen. Hier verlaufen magische Kraftlinien, die sich auf den Sieben Drachenrippen im Fluss vereinigen.«

Vision

Ihre Überlegungen beunruhigten die Druidin einerseits, andererseits sah sie voraus, dass es Verhandlungen geben und man ihnen schließlich die benötigten Vorräte verkaufen würde. Nie hatten sie ihre Vorahnungen getäuscht, sie trafen stets zu, und es würde auch diesmal so geschehen.

Ähnlich war es in der alten Heimat gewesen, als sie den Entschluss gefasst hatte, mit dem Stamm nach Westen zu ziehen. Über einen langen Zeitraum hinweg hatte sie die Veränderungen in ihrer Heimat – am mittleren Danuvius – mit zunehmender Besorgnis beobachtet. Sie sah die Gefahren voraus, die in vielfältiger Form heraufzogen. Fremde Reitervölker, vor allem Daker und Skythen, drängten heran, raubten Vieh und Vorräte, töteten oder verschleppten Menschen. Hinzu kam, dass die Sonne die Ernten in den letzten Jahren verbrannte und das Vieh auf den trockenen Weiden nicht mehr gedieh. Die Zeichen aus der Zukunft hatten Schlimmes für ihren Stamm angekündigt.

Auch der innere Zustand ihres Stammes bereitete ihr Unbehagen. Die Menschen waren träge und gefühllos geworden, blind für die Zeichen, die heraufzogen, selbstgefällig über das, was sie besaßen. Sie überschätzten sich und das, was sie glaubten erreicht zu haben. Die Wertvorstellungen ihres Volkes lösten sich zunehmend auf, und der Stamm liefe Gefahr, früher oder später zugrunde zu gehen. Leichte Beute für innere und äußere Feinde, und von denen gab es in dieser Zeit genügend.

Pona hatte mit Quinus das Für und Wider damals sorgfältig abgewogen. Beide versuchten mit ihrem klaren Verstand eine Lösung zu finden, die gefühlsmäßig durch ihre Visionen bereits gefunden war, ihnen längst das vorgegeben hatte, was zu tun war; dennoch wollte sie die Entscheidung für die Menschen ihres Volkes nachvollziehbar darstellen können, wollte sie überzeugen. Lange zögerte sie. Heute empfand sie, sogar zu lange – bis schließlich ihr Entschluss fest stand: Nur ein Exodus konnte ihr Volk zu dem zurückführen, was sie verloren hatten und noch verlieren würden, wenn sie in der alten Heimat blieben.

In solchen Gedanken schritt sie die Wagenburg ab. Die Erinnerungen an die Vergangenheit bekümmerten und verfolgten sie, nahmen vor allem in den letzten Tagen an Kraft zu.

Pona wollte zu ihrem Wagen zurückkehren, als sie unvermittelt stehen blieb. Ihre Stirn umwölkte sich und ein gequälter Zug schärfte ihre Mundwinkel, dabei kaute sie mit den Zähnen auf ihren Lippen.

»Warum denke ich gerade jetzt an die Vergangenheit?« Bilder zogen vor ihrem geistigen Auge auf, die sie in ihrer Deutlichkeit bestürzten. Sie schloss die Augen und in diesem Moment tauchte hinter der Vergangenheit die bittere Wahrheit der Gegenwart auf, die sie in ihren Visionen vorausgesehen hatte. Sie sah die längst erwarteten Totenvögel aufsteigen. Ihr Flügelschlag versprühte Bluttropfen. Sie krächzten heiser und hielten in ihren Schnäbeln blutende Fleischstücke. Pona wusste, was dies bedeutete. Jetzt, zu dieser Stunde, an diesem Tag, ereilte die zurückgebliebenen Brüder und Schwestern das Schicksal, über welches sie sich so viele Gedanken gemacht, vor dem sie die Zurückgebliebenen gewarnt hatte.

Sie sah deutlich das Gemetzel vor ihren Augen, hörte die Schreie der Sterbenden, Verwundeten und Verstümmelten, sah die vielen Toten, brennende Dörfer, jammernde Frauen und Kinder, die dem ungewissen Schicksal der Sklaverei entgegengingen. Sie richtete sich in voller Größe auf, sank wieder in sich zusammen und schrie ihre Empfindungen und ihr ganzes Leid heraus: »Unsere Brüder und Schwestern sind dem Feind erlegen. Jetzt, in diesem Moment! Warum, Allmächtige Erdenmutter, warum?«

Pona stand mit geschlossenen Augen inmitten einer aufgeregt zusammenlaufenden Menschenmenge, taumelte und wand sich in Schmerzen. Sie hob ihre Hände in den Himmel, hielt ihre Finger wie Krallen nach oben gerichtet und klagte weiter.

»Warum habt ihr Götter das zugelassen, es sind doch eure Geschöpfe, sie hatten sich eurem Schutz anvertraut!« Ihre Worte erstickten fast und dann schrie sie: »Euer Schutz ist nichts wert!«

Schaum quoll aus ihren Mundwinkeln, tropfte auf ihren Umhang und hinterließ eine Blutspur. Ermattet sanken ihre Hände nach unten und hingen schlaff an ihr herab. Ihr Körper schüttelte sich wie in einem Fieberschauer. Quinus trat besorgt zu ihr, stützte sie vorsichtig und führte sie zu ihrem Wagen.

Die Boier waren bestürzt und warfen sich auf die Knie, neigten ihre Häupter, beteten zu den Göttern und gedachten der Freunde, der Verwandten und aller Zurückgebliebenen, die sie kannten. Dabei beschlich sie das Gefühl, dass sie die falschen Götter um Hilfe anriefen.

Der Tag endete drückend schwül, wie er angefangen hatte. Schwärme von Rauchschwalben umkreisten das Lager und jagten mit ihrem unermüdlichen »Witt, Witt« ihrer Beute nach. Ihr Brustkleid leuchtete weiß vor dem dunklen Himmel. Pona starrte auf das Hochufer im Westen. Finstere Wolken zogen auf, ein Gewitter kündigte sich an.

Die düstere Wolkenwand, welche den Horizont vollends überzogen hatte, entsprach ihrer Stimmung. Sie hatte sich wieder von ihren schrecklichen Visionen erholt und sich der Realität gestellt, in der sie sich befanden; sie überlegte, was zu tun war.

»Ein Gewitter würde uns allen gut tun, es löst das Aufgestaute nicht nur in der Natur, sondern auch in uns. Die Blitze werden wie Hoffnungsstrahlen sein, die uns den Weg zeigen, wie und dass wir es schaffen können und werden.«

Mit schmalen Augen verfolgte sie die sich drohend verdichtenden Wolkentürme. Über der dräuenden Wolkenwand zuckten unzählige Blitze, gefolgt von krachenden Donnerschlägen. Ein heftiger Wind kam auf, wirbelte Staub und Blätter auf. Die Schwarzpappeln am Rand des Auenwaldes bogen sich tief im ersten Anlauf des aufkommenden Sturmes. Erste Tropfen klatschten auf die Zelte und die Planen der Wagen, welche sich aufblähten.

»Auch der Himmel ist zornig über das, was unseren Brüdern und Schwestern widerfuhr«, dachte Pona traurig. Müde lehnte sie sich an ihren Planwagen.

»Ich muss an die Zukunft denken, ich verwalte sie für meinen Stamm«, murmelte sie zum wiederholten Male. Sie riss ein Büschel Gras aus, warf es in den Wind und beobachtete, wie die Grashalme fortgetragen wurden.

»Das ist die Realität. Der Wind hier, das Gewitter, die Menschen meines Clans und vor allem die Bewohner dieser Gegend, über die ich mir weiter Gedanken machen sollte.« Entschlossen richtete sie sich auf.

»Das Gewitter würde die Menschen auf dem Hochufer abhalten, noch heute etwas gegen unseren Wagenzug zu unternehmen, falls sie es vorhätten«, dachte Pona beruhigt.

Sie legte einen Lederumhang über ihre Schultern und trat aus dem Vorzelt ihres Planwagens in den stärker werdenden Regen. Fasziniert beobachtete sie das ungestüm hereinbrechende Gewitter, fühlte den Wind, der sie fauchend anfiel und die Regentropfen, die auf ihren Umhang klatschten. In immer kürzeren Abständen fuhren Feuerstrahlen über den Himmel. Krachend antworteten die Wolken.

»Die Götter streiten, sie sind sich uneinig über das, was unseren Brüdern widerfahren ist«, dachte sie. Die Regentropfen verdichteten sich zum Prasseln eines Wolkenbruchs. Hagelkörner tanzten über die Wasserpfützen. Menschen und Tiere verkrochen sich und ertrugen geduldig die Zeichen der Götter, wie sie es dachten und kannten.

Sie beobachteten ihre Druidin, die unbeweglich im Regen stand. Es schien, als würde sie mit den Göttern Zwiesprache halten. Sie war eine Auserwählte, das fühlten sie in diesem Moment mehr denn je. Unablässig klatschten die schweren Tropfen auf ihre Schultern, ihre Haarsträhnen und ihr Haarzopf begannen zu tropfen; nach einiger Zeit lief das Wasser in Bächen an ihr herab.

Pona liebte den Regen und dessen stete Bewegung. Er spülte alles von ihr ab was sie bedrückte, ließ sie klarer denken. Der strömende Regen glich der Zeit, die unerbittlich und scheinbar ziellos weiterlief und dennoch ihre Bestimmung hatte.

Sie leckte das Wasser von ihren Lippen und schmeckte den Regen, als wäre es süßer Wein. Hoch aufgerichtet hielt sie in der Hand ihren Druidenstab, in dessen goldener Mondsichel sich die Blitze widerspiegelten, so als würde sie Antworten an die Götter senden. Die Wärme des Bodens verdampfte in den Regenfahnen. Dunstschwaden stiegen auf, die nach warmer Erde, Gras und Blattgrün rochen. Dies waren die Zeichen der Wirklichkeit, war das Leben, welches der Regen spendete, ein Teil der Hoffung für die Zukunft, in der ihr Stamm ankommen würde.

Mit dem Gewitter schlug das Wetter um. Der an diesem späten Nachmittag einsetzende Regen hielt bis in die Nacht hinein an.

»Die nächsten Tage werden regnerisch bleiben und die Straßen unpassierbar machen. Eine längere Rast ist schon deshalb unausweichlich«, dachte Pona zufrieden und zog ihren Umhang enger um sich.

»Ähnliches mochten sich die Menschen in den Dörfern auf dem Hochufer gedacht haben, als sie sich in ihren Hütten verkrochen, um den Stimmen der Götter zu lauschen.«

Entschluss

Mäandernd fuhren ungezählte Blitze in die Wälder auf den westlich gelegenen Hügeln. Die krachenden Donnerschläge hallten in den menschenleeren Gassen des Dorfes nach. Schwalben jagten tief über den Hüttendächern nach Fliegen, die sich noch nicht verkrochen hatten. Das Licht des Tages war düster geworden.

Als sich Cavarinus, der Schmied, müde vom Pferd gleiten ließ, zerplatzten erste Regentropfen im Staub des Tempelvorplatzes. Er gab seinem Pferd einen aufmunternden Klaps auf die Flanken. Eilig galoppierte es dem Stall zu, es kannte seinen Weg. Mit bedächtigen Schritten strebte Cavarinus dem Tempel zu.

»Sie erwarten mich bereits ungeduldig, da bin ich mir sicher. Einige von ihnen werden von ihrer Angst schier zerfressen sein«, dachte er belustigt.

»Wie einfach die Wahrheit der Kelten dort unten am Fluss ist. So einfach wie menschliche Bedürfnisse es nur sein können. Kaum eine der Druidinnen würde ihm abnehmen, dass die Angelegenheit mit den Boiern am Fluss so leicht zu lösen war, wie er sich das vorstellte. Hoffentlich wird sich unser Hochweiser nicht deren Meinung anschließen!« Er seufzte bei dem Gedanken daran, was ihm bevorstand.

»Man wird meinen Bericht wie ein unlösbares Problem zerreden, zeitraubend nach einer Lösung suchen, die sich allein aus meinen Worten ergeben würde. Vor allem diese alte Hexe aus Burucum würde wieder keifen und sich zur Wortführerin derer aufspielen, die gegen alles sind was fremd ist.«

Es widerte ihn an, als er an die alte Druidin dachte. Bereits jetzt wusste er, was sie sagen und wie er ihr antworten würde.

Cavarinus streifte seinen Umhang ab, schüttelte ihn aus, legte ihn über das Geländer des Tempelumgangs und betrat den Innenraum. Ein Schwall warmer Luft schlug ihm entgegen. Da er vor kurzer Zeit noch durch die Isuraauen geritten war, empfand er die Schwüle im Tempel besonders drückend. Ausschließlich Frauen, Druidinnen, hatten sich im Tempelraum versammelt. Auf einem erhöhten Sitz saß der Hochweise, der einzige Mann in diesem Raum. Als sich ihre Gesichter fragend dem Eintretenden zuwandten, dehnte Cavarinus zuerst seine mächtigen Schultern. Er fuhr mit seinen Ellbogen nach hinten, so dass die Schulterblätter knackten, massierte anschließend seine Oberschenkel, strich sich durch Bart und Haare und rieb die Nässe aus ihnen. Dies alles tat er aufreizend langsam. Gespannt verfolgten die Versammelten die Bewegungen des Mannes, begierig seine Botschaft vielleicht aus der Sprache seines Körpers lesen zu können. Er wartete auf die erste Frage von ihnen, wachsam wie ein Luchs, und er wusste von wem sie kommen würde.

»Was ist, Cavarinus?«, unterbrach eine alte Druidin ungeduldig das erwartungsvolle Schweigen.

»Was hast du uns zu berichten?«

Cavarinus ließ sich stöhnend auf einer Bank nieder und streckte seine Beine aus. Er beachtete die Fragestellerin nicht und ließ sich nicht zu einer schnellen Antwort verleiten. Umständlich strich er Wassertropfen aus seinem Bart und wischte sich mit dem Handrücken Regentropfen und Schweiß von der Stirn. Danach massierte er mit dem rechten Mittelfinger seine Schläfe und begann schließlich zu sprechen: »Hochweiser Indobellinus, ehrwürdige Druidinnen!«, dabei wandte er sein Gesicht dem auf einem erhöhten Platz sitzenden Mann zu, der ihm aufmunternd zunickte.

»Wie wir vermutet haben, gehört dieser Wagenzug zum Stamm der Boier. Ihr habt, wie auch ich, bereits von ihnen gehört, denn die Clans am Unterlauf der Isura haben uns einiges von ihnen berichtet. Es hat sich bestätigt. Sie flüchteten vor den Reiterhorden der Daker aus ihrer Heimat, am Mittellauf des Danuvius – wie so viele andere Stämme – das wussten wir alle. Seit gestern beobachtete ich mit meinen Männern den endlosen Wagenzug in unserem Stammesgebiet. Es mögen etwa fünfmal Hundert Wagen sein, die wir gezählt haben.«

Er zog ein Lederstück aus der Tasche, überprüfte seine Aufzeichnungen, nickte und berichtete weiter:

»Menschen und Tiere haben keine Kraft mehr, um weiterzuziehen. Auf den Wagen liegen erschöpfte Frauen und Männer, Kinder und Kranke. Ich habe den Eindruck, dass sie in friedlicher Absicht durch unser Gebiet ziehen wollen. Das ist auch die einhellige Meinung der Männer, die mich begleiteten.«

Er unterbrach sich, starrte bedeutungsvoll auf die versammelten Frauen und warf einen flüchtigen Blick auf den Hochweisen.

»Nur wenige tragen Waffen. Eine Druidin von hohem Wuchs ist ihre Anführerin. Sie strahlt Würde aus, und ich meine sie ist eine Frau, der das Wohl ihres Volkes über alles geht. So, wie sie sich inmitten der Menschen bewegt, kann es nicht anders sein. An ihrer Seite beobachteten wir einen dunkelhäutigen Mann. Wir nehmen an, dass er der Heiler des Stammes und enger Vertrauter der Druidin ist.«

Er unterbrach seine Worte und betrachtete seine Zehen, die er unter den Riemen der Sandalen fortlaufend bewegte.

»Über mehrere Tage verfolgten wir die Boier und wir sahen, wie sie schließlich ihre Wagenburg in der Nähe der Sieben Drachenrippen aufschlugen, nahe unserem Tempel. Etwa zweitausend Männer begleiten den Zug. Ihr wisst was das bedeutet! Wir können gerade tausend Krieger aufbieten, dein Dorf, weise Cura, mit eingerechnet.«

Er wandte sich der ungeduldigen Fragestellerin von vorhin zu, betrachtete die Angesprochene abschätzend und fuhr fort:

»Die Krieger tragen reichlich Schmuck, und man kann davon ausgehen, dass sie genügend Gold besitzen.«

Er machte wieder eine Pause, so als wenn er seinen nachfolgenden Worten mehr Nachdruck verleihen wollte.

»Wir sollten mit ihnen verhandeln. Sie werden Vorräte benötigen und sich vor allem ausruhen wollen!«

Cavarinus richtete seinen Blick prüfend auf den jungen Mann auf dem erhöhten Platz vor sich. Dieser erwiderte seinen Blick und nickte zustimmend.

»Ich, der Schmied Cavarinus, habe nun alles gesagt, was wir beobachtet haben«, befand er und streckte sich zufrieden aus, strich über den Fellbezug der Bank und fühlte dessen beruhigende Kühle.

»Soll der Druidenrat nun entscheiden, was zu tun ist«, fügte er in Gedanken hinzu und stellte sich verdrießlich die Diskussion vor, die nun folgen würde.

»Indobellinus, ihr Druide und Fürst, wusste was zu tun war – so wie er, Cavarinus.« Wieder fühlte er dieses unangenehme Gefühl in sich hochsteigen.

»Einige der Druidinnen werden sich ereifern, darüber streiten, wie sie handeln sollen. Den Entschluss ihres Hochweisen würden sie nicht ändern können, das wusste Cavarinus. Indobellinus war seiner Meinung, das hatten ihm seine Augen und dessen zustimmendes Nicken verraten, während ich meinen Bericht vortrug.«

»Was ist, wenn es nicht so ist?«, zischte Cura boshaft durch ihre schmalen Lippen. Es war die Alte von vorhin.

»Vielleicht leiden die Kranken an einer Seuche, die ansteckend ist? Wir hörten von durchfahrenden Händlern, dass im Süden des Danuvius die Beulenkrankheit um sich gegriffen hat. Kannst du, Cavarinus, bei Epona beschwören, dass es nicht so ist?«, fragte die alte Druidin Cura mit ihrer krächzenden Stimme.

Cavarinus schnäuzte in seinen Ärmel, bevor er antwortete, machte keinen Hehl aus der schleimigen Spur auf seinem Hemd, zerrieb sie zwischen seinen Fingern und sah die Druidin verächtlich an:

»Natürlich kann ich das nicht, und ich will es auch nicht, Cura. Wie sollen wir das wissen, bevor wir nicht mit ihnen gesprochen haben? Gespräche sind das Erste, was wir versuchen sollten, bevor wir unser Misstrauen vertiefen und vielleicht die Waffen sprechen lassen, die du uns Männern so gerne in die Hände legen würdest. Ich könnte dir berichten, dass die Männer lüstern sind, jedem Rock nachstellen, von Pestbeulen gezeichnet sind, Säuglinge zum Wohle ihres Volkes opfern und bereits damit angefangen haben, dein Dorf auszuspähen. Du würdest es begierig als Wahrheit in dich aufsaugen.«

»Pah, die Meinung eines Mannes! Unausgegoren wie junges Bier und nicht der Wirklichkeit entsprechend«, schnaufte die Alte verächtlich.

»Meine Meinung ist die«, fuhr sie fort, »sie wollen uns überfallen und sich mit Gewalt holen was sie benötigen: Vorräte und viele andere Dinge, die sie mit Recht bei uns vermuten. Deswegen sollten wir uns in den Dörfern verschanzen und auf ihren Abzug warten. Keine Gespräche, keine Verhandlungen! Sollen sie doch weiter das Gras und die Kräuter am Fluss fressen und das Wasser aus ihm saufen!«

Ihre Augen nahmen einen boshaften, grausamen Glanz an, dabei sah sie sich Beifall heischend in der Runde um. Sie erntete keine Zustimmung. Auch die unentschlossenen Druidinnen starrten mit unbeweglichen Gesichtern vor sich hin.

»In deinen Gedanken schwelt das Gefühl einer steten Bedrohung, die du gegen dich selbst gerichtet fühlst, weil du selbst gefährliche Gedanken in dir trägst«, antwortete Cavarinus, ohne die Druidin anzusehen.

»Das ist unerhört, man sollte Cavarinus aus dem Tempel werfen!«, schrie Cura schrill.

»Gerne werde ich selbst deinen Wunsch erfüllen«, antwortete Cavarinus ruhig. »Mit Menschen deiner Art in einem Raum verweilen zu müssen ist unerträglich, das rieche ich förmlich. Man kann mit ihnen nicht reden, denn sie sind mit Ängsten, Hass und Vorurteilen angefüllt wie diese Därme in unseren Räucherkammern mit Fett und Speck!« Aufreizend gemächlich erhob sich Cavarinus und strebte dem Ausgang zu.

»Bleib hier Cavarinus, geh nicht, bevor die anderen Druidinnen ihre Meinung geäußert haben!«, mischte sich der Hochweise in den Streit ein.

»Wie seht ihr anderen die Absichten der Boier?«

Er wandte sich an die Frauen auf den Bänken vor sich und fuhr fort: »Befragen wir unsere Götter nicht bei jeder Gelegenheit? Suchen wir nicht fortwährend Antworten bei ihnen? Warum sollten wir diese Fremden nicht anhören, eben diese Boier? Ich denke, wir müssen ihnen mit offenen Herzen begegnen. Nur so werden wir wirklich erfahren, ob sie Schlechtes hinter ihren Schilden verbergen, was sie wirklich vorhaben, wohin sie ziehen wollen. Bei den leisesten Anzeichen, dass uns Gefahr droht, können wir das tun, was Cura vorgeschlagen hat.«

»Unser Hochweiser Indobellinus hat Recht! Wir sollten morgen eine Abordnung zu ihnen senden«, meinte eine Frau mittleren Alters mit leuchtend rotem Haar.

»Es sollten nur Druidinnen sein, denn unser Stand ist auch bei ihnen hoch angesehen. Die Boier sind wie wir Kelten. Es ist nicht Keltenart Druiden zu ermorden, die verhandeln wollen.«

»Casina, dein Glaube an das Gute ist unendlich, doch ich wittere Gefahr«, ließ sich die Alte wieder vernehmen, dabei hob sie ihr Gesicht und ihre Nasenflügel bebten, als röche sie die Gefahr bereits. Sie musterte die Angesprochene unfreundlich.

»Cavarinus hat uns seine Beobachtungen mitgeteilt, die für sich sprechen«, antwortete Casina. Sie vermied bewusst, die Druidin Cura anzusehen und sprach weiter: »Nur weil ihre Vorräte erschöpft sind, müssen sie doch nicht auf Raub und Plünderung aus sein. Cavarinus hat es deutlich gesagt. Sie scheinen nicht arm zu sein.«

Der junge Druide Indobellinus hielt sich aus der nachfolgenden Diskussion heraus. Er wusste, dass nun die unterschiedlichsten Meinungen aufeinanderprallen würden. Hatten die Frauen sich endlich beruhigt und ihren Standpunkt gefunden, würde er, Indobellinus, zu einem Ergebnis kommen, und welcher Art es sein werde, das stand für ihn bereits fest.

Das nachfolgende laute Stimmengewirr gab ihm Recht. Gelassen ließ der Hochweise die Druidinnen gewähren, lehnte sich in seinen Stuhl zurück und hörte aufmerksam zu. Sollten sie ruhig ihren Gefühlen freien Lauf lassen und sich ihre Unsicherheit eingestehen. Was zu tun war, würde ohnehin er entscheiden. Beruhigt registrierte er, dass sich die Druidin Casina nicht daran beteiligte. Ihre Blicke trafen und verstanden sich.

Geduldig ließ er das zeitweise Gezeter, vor allem das von Cura, über sich ergehen, beobachtete die Gesten und den Gesichtsausdruck der Druidinnen und hörte deren Worten zu. Schließlich hielt er es für angebracht, den Meinungsverschiedenheiten ein Ende zu bereiten. Bedächtig hob er die Hand und pochte mit seinem Druidenstab mehrmals auf den Steinboden.

Als es still geworden war, begann Indobellinus zu sprechen:

»Eure Meinungen sind sehr verschieden, ehrenwerte Schwestern. Sie entspringen eurer Sorge um unsere Dörfer, und das ist redlich. Ich werde mich, das solltet ihr wissen, nicht weigern mit den Boiern zu verhandeln. Es ist zumindest einen Versuch wert. Daher sollten wir darüber abstimmen, was wir tun müssen. Ihr hört richtig, ich sagte »müssen«! Die Mehrheit soll das

Richtige für unsere Clans entscheiden, es sei Eponas Wille. Hebt nun eure Hand, wenn ihr dafür seid mit den Fremden zu verhandeln!«

Er sah sich aufmerksam in der Runde um, und ein Lächeln spielte um seine Lippen als er dachte: »Wie einfach diese Dinge liegen! Ich bin mir sicher, die Druidin der fremden Kelten denkt wie ich.«

Nur Cura und zwei ihrer Druidinnen ließen ihre Hand im Schoß ruhen, alle anderen stimmten mit ihrem Handzeichen für Verhandlungen mit den Fremden. Zufrieden flog Indobellinus' Blick über die Versammlung, und er verkündete den Entschluss: »Morgen Abend werden alle, die wir hier sitzen, zum Tempel auf den Sieben Drachenrippen aufbrechen, die Boier dort erwarten und sie anhören. Mir scheint, sie benötigen dringend unsere Hilfe. Du, Cura, wirst mit deinen Druidinnen zu den Boiern reiten und ihnen unsere Entscheidung und Einladung überbringen. Sie mögen eine Abordnung zum Heiligtum auf den Sieben Drachenrippen entsenden, wo wir sie gemeinsam erwarten werden!«

Missgelaunt sah sich Cura in der Runde um:

»Ihr werdet sehen, dass diese Entscheidung falsch ist«, murrte sie. Sie zupfte an den Haaren, die aus ihrer faltigen Oberlippe hervorsprossen.

»Gut, Indobellinus, wir werden das tun, was von uns erwartet wird. Sollten meine Leute und ich der Hinterlist dieser Boier zum Opfer fallen, steht ihr in der Schuld der Götter.« Sie sah sich aufreizend um, ohne dass dies die anderen beeindruckte.

Ein teuflischer Plan nahm in diesem Augenblick in ihren Gedanken Gestalt an, während sie weiter sprach. Mit diesem Plan würde sie alle überzeugen, dass der Entschluss der Mehrheit falsch gewesen war. Die Boier wären gezwungen, in Feindschaft weiterzuziehen. Auch dem Hochweisen Indobellinus würde ihr Plan schaden, triumphierte sie innerlich, in Vorfreude auf das was sie vorhatte.

Es regnete bis spät in die Nacht hinein, und als sich der abnehmende Mond für kurze Zeit zwischen den Wolken blicken ließ, ritt eine Gruppe von Druidinnen tief verhüllt in Richtung des Dorfes Burucum.

Einladung

Nebelverhangen begann der nächste Tag im Lager der Boier. Der Regen hatte in den Morgenstunden aufgehört. Zahlreiche Feuer brannten auf den aus Steinen errichteten Feuerstellen unter offenen Lederzelten. Darüber hingen zahlreiche Kessel mit dampfender Suppe an Eisengestellen. Zerstampfte Roggenkörner wurden mit wildwachsendem Gemüse, Kräutern aus den Auenwiesen und mit Trockenfleisch gemischt und mit ein wenig Fett aus den geräucherten Därmen ergänzt. Diese wässrige Suppe war seit vielen Tagen die einzige Mahlzeit, die den Boiern blieb, für das geliebte keltische Brot reichte das vorhandene Getreide nicht mehr aus. Nur Kleinkinder bekamen ein wenig Milch, welche einige Kühe noch gaben. Nach Wochen anstrengender Wanderung versiegte bei nahezu allen die Milch. Die nächsten Tage auf den saftigen Weiden am Fluss würden wieder für mehr davon sorgen.

Die Boier waren dieses kärgliche Mahl gewöhnt. »Esst tüchtig«, ermunterten die Mütter ihre Kinder, »die Suppe wird für heute die einzige warme Mahlzeit für euch bleiben. Wenn ihr mehr essen wollt, müssen wir in den Wäldern nach Beeren suchen.«

An diesem ersten Ruhetag schwärmten die Frauen aus, sammelten in den Wäldern und Wiesen Kräuter, Wurzeln, Beeren und Pilze, die Männer legten Fischreusen aus und jagten auf der anderen Seite des Flusses nach Hasen, Rehen und Wildschweinen, in der Hoffung den Speisezettel der nächsten Tage ein wenig aufbessern zu können.

Das Lager wurde auf Anweisung von Pona für einen längeren Aufenthalt eingerichtet. Außerhalb der Wagenburg wurden über Gruben tragbare Notdurfthütten aufgebaut, und die Handwerker richteten ihre Werkstätten ein, in denen sie mit den dringend erforderlichen Reparaturen an Wagen, Werkzeugen und dem Geschirr der Zugtiere begannen. Frauen flickten Kleidungsstücke und Schuhe, Gebrauchsgegenstände des täglichen Lebens wurden gereinigt oder erneuert, Kleider gewaschen.

Die Kinder nahmen die neue Umgebung sofort für sich in Beschlag. Fröhlich schreiend tollten sie auf den Kiesbänken am Fluss und im flachen Wasser. Sie teilten die Sorgen ihrer Eltern nicht, entdeckten all das für sich was Kinderherzen höher schlagen lässt. Erleichtert sahen die Mütter ihrem unbeschwerten Spiel zu. Das Leben folgt wieder einer Normalität, empfanden sie, wenn diese sich auch an den Gegebenheiten des Lagerplatzes ausrichten musste. Auch sie schöpften ein wenig Zuversicht und Kraft, vertrauten ihrer Fürstin, die alles wieder zum Guten wenden würde.

Abends besuchten Pona und Quinus die Großfamilien an ihren Feuern und erkundigten sich nach dem Befinden der Männer, Frauen und Kinder. Wo es nötig war, behandelten sie Kranke und Verletzte. An diesem ersten Ruhetag hatten sie nicht viel zu tun, stellte Pona nach ihrem Rundgang zufrieden fest. Die Menschen erholten sich zusehends. Eine ruhige Nacht und die Aussicht auf eine längere Rast zeigten eine erste Wirkung.

Quinus hatte irgendwann, nach dem Rundgang, auf seinem Brettchen Worte formuliert, was an diesem Tag geschehen war. Hatte Pona seine Worte gelesen, zeichnete er sie abends auf, fügte seine Empfindungen und persönlichen Anmerkungen hinzu. So verfuhr er seit dem ersten Tag ihres Wagenzugs. Inzwischen hatte sich eine ansehnliche Zahl von Lederrollen angesammelt. Sie waren das Gedächtnis des Wagenzuges, und würden sie je besiegt werden – was jeder weit von sich schob – könnten ihre Bezwinger das lesen, was sie erlebt und erlitten hatten. Ob sich diese dann noch über ihren Sieg freuen würden?

Pona erwartete ungeduldig den nächsten Tag. Sie nahm an, nein sie wusste es, dass die Hügelmenschen – so nannte inzwischen jeder die Bewohner der Hügel – im Laufe des Nachmittags eine Abordnung zu ihnen schicken würden. Vermutlich würden sie vorschlagen, sich im Heiligtum über den Sieben Drachenrippen zu treffen. Verhandlungen auf geweihtem Boden, inmitten dieses magischen Kraftfeldes, konnten nur ohne List und Tücke erfolgen. Andernfalls würden die Götter ihre Strafe auf dem Fuße folgen lassen. Eine kluge Person hatte sich dies ausgedacht, das fühlte sie, vielmehr ihre Visionen sagten es ihr. Dieser Mensch würde ihnen ein friedliches Angebot unterbreiten und ihnen seine Hand zur Hilfe entgegenhalten. Erfreut nahm sie wahr, dass sich vor ihrem inneren Auge eine männliche Gestalt abzeichnete, die jene Person sein musste, welche ihnen diese Botschaft zukommen lassen würde.

»Wahrscheinlich konnte diese Person den Widerstand der eigenen Leute besänftigen und ihren Willen zu Verhandlungen durchsetzen«, dachte sie zufrieden.

Einer inneren Eingebung folgend, sprang sie voller Elan über die Deichseln von zwei aneinandergestellten Wagen. Vorsichtig sah sie sich um. Niemand hatte ihre spontane Kraftaufwallung beobachtet. Pona trat aus der Wagenburg heraus und spähte in Richtung des Heiligtums.

Wie Pona es erwartet hatte, näherten sich drei Personen zu Pferd.

»Quinus, Magalus, rasch!«, rief sie ins Innere der Wagenburg. »Besuch aus den Hügeln naht.«

Quinus antwortete mit seinen Handzeichen und nickte zufrieden. Pona antwortete ihm auf die gleiche Weise. Auch sie beherrschte seine Zeichensprache.

Langsam schritten sie den Ankömmlingen entgegen. Mit Erstaunen erkannte Pona, als sich die drei Reiter auf Sichtweite genähert hatten, dass es Frauen, Druidinnen waren. Furchtsam wichen die beiden Jüngeren hinter die Ältere zurück, als sie den dunkelhäutigen Quinus neben Pona bemerkten.

Pona trat den Ankömmlingen mit ausgestreckten Armen entgegen.

»Seid uns im Namen Eponas willkommen!«, begrüßte sie die fremden Druidinnen und verbeugte sich. Die Ältere von ihnen musterte Pona erstaunt und misstrauisch zugleich. Sie verhehlte nicht ihre gegen die Fremden vorgefasste Abneigung, die sie im Tempel so vehement vertreten hatte.

»Ich bin Pona, die Druidin und Führerin dieses Wagenzuges der Boier«, fuhr die junge Druidin fort und lächelte der Alten freundlich zu. »Dies ist Quinus, unser Heiler«, sie deutete auf ihn, der seitlich vor ihr stand, »und dieser Mann an meiner Seite ist der Edle Magalus, Gebieter über unsere Krieger.« Sie deutete auf ihn und die Männer, dabei ließ sie ihre Arme sinken.

»Mein Name ist Cura, ich bin die Druidin des Dorfes Burucum auf dem Hochufer im Westen«, bequemte sich die alte Druidin zu einer Antwort. Sie zeigte keine Gefühlsregung. Mit einer knappen Kopfbewegung wies sie in die bezeichnete Richtung, ohne in Ponas Augen zu sehen, während sie mit dem Lederriemen des Zügels spielte.

»Ich will es kurz machen«, fuhr sie fort. »Unser Hochweiser, Indobellinus, bittet euch zu Verhandlungen in das Heiligtum auf den Sieben Drachenrippen, denn wir nehmen an, ihr werdet uns einiges erklären wollen.«

Pona suchte die Augen der alten Druidin, die unruhig hin- und hereilten. Es gelang ihr nicht. Sie fühlte, dass diese Druidin ihnen nicht wohlgesonnen war und etwas ausführte, zu dem der Hochweise sie gezwungen hatte. Entschlossen schob sie dieses Gefühl beiseite und antwortete freundlich: »Überbringt eurem Hochweisen Indobellinus die Antwort von Pona, der Fürstin und Druidin der Boier. Sie nimmt das Angebot gerne an. Sie wird mit diesem Mann hier«, dabei wies sie auf Quinus, »zu euch kommen, ehrwürdige Cura.«

Pona legte besondere Betonung auf das Wort »ehrwürdige«, denn sie fühlte, dass sich die Druidin gegenüber dem Hochweisen Indobellinus, aus einem ihr unbekannten Grund zurückgesetzt fühlte. Das Gesicht der alten Druidin entspannte sich bei Ponas Worten und sie erwiderte etwas freundlicher: »Noch an diesem Tag, nach Sonnenuntergang, erwartet euch unser Fürst und Druide!«

Nach dieser Auskunft wendete sie ihr Pferd und ritt ohne Gruß von dannen. Für Cura war das Gespräch beendet. Sie hegte in diesem Moment ihr Misstrauen weiter, witterte Gefahr für sich und ihre Begleiterinnen und hatte es daher eilig, die Fremden zu verlassen, denn je länger sie mit ihnen zusammen war, desto schwerer würde sie ihre Vorurteile aufrechterhalten können.

»Heute Abend, nach Sonnenuntergang, werden wir bei euch sein!«, rief Pona ihr nach, doch die Druidin beachtete ihre Worte nicht.

Quinus und Pona sahen sich beredt an. Sie hatten den gleichen Gedanken, den der dunkelhäutige Mann mit wenigen Handbewegungen bestätigte.

Tempel auf den Sieben Drachenrippen

Mit den letzten Sonnenstrahlen schlüpfte Pona in ihr besticktes Druidengewand. Sie hüllte einen weißen erlesenen Pelzumhang um ihre Schultern und legte ihren prächtigen Torques aus Goldschüsselchen an. Sie wusste, dass dies nur bei Männern üblich war – außerdem war er für eine Frau zu wuchtig und schwer – doch sie hatte in der Vergangenheit so vieles getan, was sonst nur Männer taten und daher focht sie dies nicht mehr an. Das Metall fühlte sich auf ihrer Haut kühl an. Sie biss auf einen der Ringe und dachte an das viele Gold, das sie besaßen, welches sie aber nicht essen konnten. Einer Gewohnheit folgend betrachtete sie in einem silbernen Spiegel ihr Gesicht, überprüfte den Sitz der Gewandfibeln und Ketten, umfasste den Druidenstab mit der goldenen Mondsichel und bestieg ihr Pferd. Quinus ergriff ebenfalls seinen Stab mit der silbernen Schlange, auch er hatte sich in einen weißen pelzbesäumten Umhang gehüllt. Langsam ritten die beiden flussaufwärts. Als sie auf Sichtweite zu der inmitten der Isura liegenden Kultstätte herangeritten waren, hielt die Druidin an und betrachtete nachdenklich den Tempel, der mindestens zwanzig Fuß hoch auf den Felsen über dem Fluss errichtet worden war.

»Ein kühner Bau«, meinte sie zu Quinus, »beeindruckend schön dazu. Die Geschichten, die man uns am Unterlauf der Isura über dieses Heiligtum erzählt hat, waren nicht übertrieben«, ergänzte sie bewundernd.

Die Felsen bildeten sieben Reihen unterschiedlich breiter Felssäulen, auf dem das Gebäude ruhte. Der Tempel war aus Holz errichtet worden und maß sechzig Fuß auf jeder Seite. Die Fläche unter den Sieben Drachenrippen hatte man mit Steinen erhöht, umlaufend durch mächtige Holzbohlen gesichert, die vom Fluss schäumend umflossen wurden. An der Seite des Sonnenuntergangs führten flache Stufen einer Rampe aus dem Wasser, sodass die Plattform unter dem Gebäude bequem von Reitern erreicht werden konnte.

»Sie befindet sich so hoch über dem Fluss, dass sie bei Hochwasser selten überschwemmt wird«, überlegte Pona.

Auf der Westseite befand sich im Giebel des Gebäudes eine Öffnung. Pona erkannte mit dem geschulten Blick einer Druidin, dass bei Sommersonnenwende die untergehende Sonne exakt darin stehen würde.

Vorsichtig näherten sie sich dem Heiligtum, ritten durch den Fluss, erreichten die Fläche unter dem Tempel und banden ihre Pferde zu den anderen, die bereits dort standen. Pona fühlte, dass unsichtbare Augen jede ihrer Bewegungen aufmerksam verfolgten. Man traute ihnen nicht, obwohl sie unbewaffnet und ohne Begleitung zum Tempel gekommen waren. Man überließ nichts dem Zufall. Eine gewundene Treppe mit flachen Stufen führte nach oben in die Tempelräume. Fackeln beleuchteten den Aufgang.

Pona und Quinus ordneten ihre Gewänder, nahmen die Druidenstäbe zur Hand, stiegen vorsichtig nach oben zum Tempelumgang und betraten das Tempelinnere. Aus ihrem Augenwinkel gewahrte Pona, wie Quinus eine Hand über den Beutel mit den Buchstabenschüsselchen legte. In ihrem stummen Einverständnis bedeutete diese Geste, dass Pona während des Gesprächs auf seine Hände achten sollte.

Aufgeregtes Stimmengemurmel empfing sie, zusammen mit einem Schwall warmer Luft, vermischt mit dem Rauch eines Feuers und weiteren unterschiedlichsten Gerüchen. Pona hatte die Angewohnheit, sich nicht nur auf das zu konzentrieren, was sie sah, sondern auch auf das, was sie roch.

Als sie den von flackernden Fackeln beleuchteten Innenraum betraten, herrschte augenblicklich Stille. Der Raum, stellte Pona fest, als sich ihre Augen an das Dämmerlicht gewöhnt hatten, war mit Bänken zugestellt, die im Halbkreis um einen verschlossenen Holzschrein gruppiert waren.

Auf einem erhöhten Sitz vor dem Schrein der Epona saß ein junger Mann, dessen Erscheinung sie vom ersten Moment an eigentümlich berührte und dessen Nähe sie intensiv spürte.

»Es war der Druide gewesen, den ich in meinen Gedanken gesehen hatte«, dachte sie beruhigt, »der Hochweise des Dorfes, Indobellinus.« Ein wohliger Schauer lief über ihren Rücken.

»Er ist aus meinem Holz geschnitzt!«

Als Pona die Versammlung näher betrachtete war sie verwundert, denn nur Frauen hatten sich in dieser erlauchten Runde zusammengefunden. Zwar hatte sie gehört, dass in dieser Gegend viele Clans von Druidinnen geführt wurden, hier nur Druidinnen anzutreffen, überraschte sie dennoch.

Pona trat in den mit Fackeln matt ausgeleuchteten Halbkreis vor dem Hochsitz und verbeugte sich höflich vor dem Druiden. Als sie ihren Kopf hob und einige Begrüßungsworte sprechen wollte, trafen ihre Augen auf die des Druiden. Nur mühsam verbarg Pona ihre Verwirrung, als sie das Erstaunen in seinen Augen sah, die etwas Gesuchtes gefunden zu haben schienen, so wie sie es in diesem Moment selbst empfand. Verlegen senkte sie ihre Augen. Pona fühlte, dass der Druide sie weiter beobachtete. Sie nahm all ihre Kraft zusammen, als sie ihren Blick wieder auf ihn richtete und mit heiserer Stimme zu sprechen begann, zögernd, als würde sie nach den Worten suchen, die sie sich bereits zurecht gelegt hatte.

»Seid gegrüßt, ehrwürdiger Hochweiser!«, hörte sie sich sagen und war sich bewusst, dass er die Verlegenheit in ihrer Stimme bemerken musste.

»Seid ebenfalls gegrüßt, ehrwürdige Druidinnen! Ich bin Pona, die Druidin der Boier«, fuhr sie stockend fort, dabei neigte sie ihren Kopf in Richtung der Versammelten. Pona zählte acht Frauen, die im Halbkreis um den Schrein und ihren Hochweisen saßen und die beiden Fremden interessiert musterten. Auch die alte Druidin war unter ihnen, welche die Einladung überbracht hatte. Außer der Alten bestaunten alle unverhohlen die stattliche Erscheinung der beiden und vor allem die dunkle Haut des Heilers der Boier. Männer wie ihn sah man selten.

»Epona segne euch und möge euren Worten Kraft verleihen und uns Vertrauen entgegenbringen«, fuhr Pona fort und deutete durch leichtes Verneigen ihres Kopfes zu dem Schrein an, dass sie die Göttin dahinter meinte. Sie fühlte in diesem Moment, dass ihre Erscheinung Eindruck gemacht hatte und hätte selbstbewusst weitersprechen können, doch sie konnte es nicht. Der Druide auf dem Hochsitz kam ihr zu Hilfe, obwohl ihn der Anblick der fremden Druidin ebenfalls nicht kalt gelassen hatte.

»Was hat euch in unser Land geführt, ehrwürdige Druidin?«, fragte der Hochweise Indobellinus mit brüchiger Stimme und gesenkten Augen, während er wiederholt die Toga über seinem Schoß glatt strich und die verbliebenen Wellen in seinem Umhang anstarrte, als wäre er darüber erstaunt. Dabei klirrten Armreife aus Glas und Schiefer an seinen Handgelenken. Wie nach einem Halt suchend umfing seine linke Hand den Torques aus Bronze an seinem Hals.

Langsam gewann der Hochweise seine Fassung zurück. Er schien sich an einer Zierscheibe seines Umhangs festzuhalten, hob seinen Blick und musterte die Druidin, wie man einen Gesprächspartner interessiert ansieht, mit dem man eine Verhandlung beginnen will. Neugierig überflog er Ponas Kleidung, sah den Druidenstab und den Torques aus reich verzierten kleinen Goldschüsselchen, die kostbaren feingearbeiteten Fibeln, die goldenen Zierplatten an ihrer Brust und den pelzbesäumten Umhang.

Als seine Augen die ihrigen erneut trafen, gab er seinen inneren Widerstand auf. Er konnte sich ihrem Blick nicht mehr entziehen, versank in ihren Augen, als wenn kein Tempel und auch nicht die Versammlung der Druidinnen existieren würden. Etwas sprach aus diesen Augen, etwas, was er zu kennen glaubte, was er lange gesucht hatte. Er konnte, nein er wollte es nicht zulassen, was er urplötzlich empfand. Befangener als er sich eingestehen wollte, hielt er dem Blick der jungen Frau stand. Schließlich senkte er seine Augen und nestelte nervös an einer Kleiderfibel.

Pona war es nicht anders ergangen. Sie rettete sich in weitere Auskünfte über sich und ihren Stamm, sprach hastig und vergaß dabei zu atmen, sodass ihre Stimme manchmal keuchend klang und ihre Worte gelegentlich übereinander stolperten.

»Ich bin die Druidin der Boier, auch deren Fürstin, Hochweiser Indobellinus, mit meinem Namen Pona den Göttern anvertraut. Mein Begleiter ist Quinus, unser Heiler. Die Götter der Boier haben mich mit der Führung unseres Wagenzuges betraut, der nun in eurem Stammesgebiet lagert. Unser Volk befindet sich auf dem Weg nach Westen. Der große Fluss an der Grenze zu Gallien, der Rhenos, ist unser Ziel. Wir wollen uns in dem Gebiet niederlassen, welches die Römer zu ihrem Herrschaftsbereich zählen.«

Sie hielt nach ihren Worten atemlos inne, so als erwartete sie eine Antwort.

»Ich rede wie ein kleines Mädchen, das um eine Antwort verlegen ist, plappere, rette mich in belanglose Worte, obwohl ich dem Hochweisen gerne andere Dinge sagen würde«, dachte Pona während sie weitersprach.

»Im Namen meines Volkes bitte ich euch, einige Zeit in eurem Stammesgebiet lagern zu dürfen. Menschen und Tiere sind erschöpft und bedürfen ausgiebiger Ruhe. Das Wichtigste aber: Wir möchten unsere Vorräte bei euch ergänzen.«

»Sie uns gewaltsam nehmen, vermute ich!«, hörte Pona die Stimme der Druidin, die sie am Nachmittag aufgesucht hatte. Sie wandte sich an die alte Frau, reckte sich tief einatmend zu voller Größe auf, so als wenn sie mit dieser Körpersprache ihre Worte bekräftigen wollte. Mit fester Stimme antwortete sie der alten Druidin: »Ich bin betrübt, dass ihr uns diese Absicht unterstellt, weise Cura. So haben wir es bisher auf unserem Zug nicht gehalten. Ich erkläre nochmals«, dabei wandte sie sich an den Druiden auf dem Hochsitz, »dass wir mit Gold und Pelzen bezahlen können; von beidem haben wir genug. Doch all das kann man nicht essen. Zwei Wochen liegen zurück, seit wir das letzte Stück Brot gebissen haben. Wir bitten euch, uns das benötigte Korn zu verkaufen und um die Erlaubnis, für mehrere Tage an der Isura lagern zu dürfen.«

Pona musterte nach ihren Worten die Gesichter der Druidinnen, so als wenn sie in deren Mienenspiel nach Übereinstimmung suchen würde. Als niemand antwortete, heftete sie, wie um Hilfe bittend, ihren Blick auf Quinus. Dieser sah sie mit großen Augen ruhig an, wies mit ihnen unmerklich auf das Brett, auf dem er, wie wenn er spielen würde Buchstaben gesetzt hatte.

»Mitleid, Gefühl!«, las sie auf dem Brett von Quinus, der es spielerisch wieder leerte.

»Ja, er hat Recht!«, dachte Pona. Sie sollte auf das Mitgefühl dieses Druiden und der Frauen um ihn setzen, erkannte sie. Sie konnten nachfühlen, was derartige Lebensumstände für die vielen Kinder und Frauen bedeuteten. Die Druidinnen in diesem Tempel waren selbst Mütter und hatten täglich für ihre Familien zu sorgen. Sie würden ihre Worte gut verstehen.

»Denkt daran«, betonte Pona, »wie es euch und euren Familien in unserer Situation ergehen würde.«

Ohne auf die Antwort seiner Druidinnen zu warten, antwortete der Hochweise, während er Ponas Blick nun gefasster standhielt: »Ehrwürdige Pona, ihr sprecht mit einer ehrlichen Sprache zu uns, aus welcher die Sorge um euer Volk zu lesen ist. Ich, Indobellinus, der Hochweise des Dorfes auf dem Seerosenhügel und Fürst dieses Landes, sowie meine Schwestern, wir werden euch das geben was ihr benötigt. Allerdings unter einer Bedingung: Niemand darf Waffen tragen, nur die Krieger, welche ihr zur Jagd einteilt. Zu sehr fürchtet jeder in unserem Stamm die Waffen fremder Männer. Jagen könnt ihr in den Hügeln im Osten des Flusses, dort werden euch unsere Jäger nicht begegnen.«

Pona hatte keine andere Antwort erwartet, dennoch war sie erleichtert. Sie atmete hörbar durch, als die anderen Druidinnen zustimmend nickten. Nur die alte Cura verschloss ihr Gesicht und starrte vor sich auf den Boden, während sie mit ihrem Druidenstab rätselhafte Zeichen in den Sand scharrte.

»Die fremde Druidin ist eine Frau, der wir alle vertrauen können«, dachte Indobellinus entspannt. »Ich sehe und fühle ihr Herz aus ihren Augen schlagen.«

Er hielt ihren Blick unbefangen fest und genoss die Wärme in ihren Augen; Indobellinus konnte und wollte seine Augen von ihren nicht lösen, in denen er Vertrauen las und mehr.

Pona durchströmten die gleichen Empfindungen, und auch von ihr wich die Spannung. Die beiden Druiden fühlten ihre Gemeinsamkeit fast körperlich, als wenn sie sich in diesem Moment berührt hätten. Die Druidin der Boier war bisher keinem Mann begegnet, der so anziehend auf sie wirkte, ihr Herz im ersten Augenblick so erreicht hatte, wie dieser Druide auf dem Sessel vor ihr es fertiggebracht hatte.

Casina, der Vertrauten des Hochweisen und ranghöchsten Druidin, war nicht entgangen, was sich in den Blicken der beiden jungen Menschen anbahnte. Die erfahrene Frau sah die Druidin der Boier nun in einem anderen Licht als vor dieser Unterredung. Sie sah in ihr nicht mehr die Hilfe suchende Führerin eines Wagenzuges, sondern eine Frau, die das Herz ihres Druiden Indobellinus erreicht hatte. Vor allem das erfüllte sie mit Freude.

»Wer sein Herz erreicht, muss etwas Besonderes sein«, dachte sie. Von ihren, sonst so feinfühligen weiblichen Intuitionen warnte sie keine bei dieser

Einschätzung. Angeregt lauschte sie Ponas Worten, beobachtete ihre Gesten und prüfte den Klang ihrer Stimme, die sich in Übereinstimmung mit dem befand, was sie sagte.

»Es wird doch nicht das eingetreten sein, was ich mir für Indobellinus so lange gewünscht habe?«, dachte sie erfreut.

»Eine Frau, wie geschaffen für Indobellinus. Der Göttin sei Dank, dass er es selbst erkannt hat! Oder sollte ich mich irren?«

Cura saß wie versteinert auf ihrem Platz. Auch sie hatte die Augensprache und die Gefühle bemerkt, welche zwischen Indobellinus und der fremden Druidin aufkeimten. Zudem verwirrte sie auf unerklärliche Weise dieser teuflisch dunkle Heiler, der stets mit seinem Brettspiel beschäftigt war, als würde ihn das alles hier nichts angehen. Sie schüttelte sich vor Widerwillen und dachte in diesem Moment nur mehr an ihren Plan, den sie so rasch wie möglich verwirklichen wollte. Der schwarze Heiler der Boier registrierte als einziger ihre Regungen, las ihre Gefühle und setzte wie triumphierend eines der Buchstabenschüsselchen auf das Brett, so als hätte er ein Spiel gewonnen. Es war der Anfangsbuchstabe des Namens der alten Druidin.

In diesem Moment flog durch das dunkle Sonnenloch am Giebel des Tempels ein Vogel. Er krächzte und ließ vor Pona eine Seerosenblüte fallen. Ein Raunen ging durch die versammelten Druidinnen. Epona hatte ihre Zustimmung gegeben und dieser Frau ihr Vertrauen ausgesprochen. Die Frauen verbeugten sich ehrfürchtig vor diesem Zeichen. Die Göttin hatte gesprochen. Pona bückte sich und nahm die Blüte behutsam in ihre Hand, für sie war es eine Blüte, die ihr die Allmächtige Erdenmutter gesandt hatte, gleich der, die sie in ihrem Amulett am Halse trug.

Fasziniert beobachtete der Hochweise den Vorgang, dabei zuckten seine Mundwinkel. Obwohl er innerlich aufgewühlt war, wirkte sein Gesicht teilnahmslos. Dass die Göttin auch ihm ein Zeichen gesandt hatte, schien ihn nicht zu berühren.

»Seine Gefühle verwirren ihn«, dachte die Druidin Casina, die das Augenspiel der beiden beobachtet hatte. »Er braucht Zeit, das lese ich in seinem Gesicht, und so gesehen wäre es richtig, wenn er diese Unterredung jetzt beendete.«

Als hätte der Hochweise ihre Gedanken gehört, befand er mit rauer Stimme:

»Ich denke, es ist alles gesagt, ehrwürdige Druidin der Boier.« Er machte Anstalten, sich zu erheben. Pona sah den Hochweisen verunsichert an, was ihn zögern ließ.

»Weiser Indobellinus, etwas müsst ihr noch wissen. Erlaubt mir, dass ich euch die Liste der Waren überreiche, die wir benötigen.« Schnell fügte sie hinzu:

»Ich nehme an, es wird einige Zeit erfordern, sie aus den Dörfern eures Stammes heranzuschaffen.«

»Casina wird alles veranlassen«, antwortete Indobellinus – kühler als beabsichtigt. Er wies auf die Druidin. Pona ließ sich nicht beirren, trat zu Indobellinus und überreichte ihm eine Lederrolle, auf der sie den Bedarf der Boier sorgfältig verzeichnet hatte. Dabei vermied sie, ihm in die Augen zu sehen. Ihre Bewegungen und der Duft ihrer Weiblichkeit nahmen den Hochweisen erneut in ihren Bann. Wie abwesend reichte er die Rolle weiter. Casina entrollte das Leder und überflog die Aufzeichnungen. Während Pona sich der Druidin zuwandte, konnte Indobellinus der Versuchung nicht widerstehen, Pona ein letztes Mal zu betrachten, als wollte er ihren Anblick in seinem Gedächtnis festschreiben. Er bewunderte ihre Größe, sah die jugendlichen Brüste, die sich unter ihrem Kleid abzeichneten, die weichen fraulichen Rundungen ihres Körpers und das Profil ihres Gesichtes – alles was er bereits gesehen hatte, immer wieder sehen wollte.

Als Pona seinen Blick fühlte, wandte sie sich ihm zu, suchte und fand seine Augen. Ein letztes Mal genoss sie die Wärme und die Bewunderung in ihnen. Sein Gesicht öffnete sich zögernd und ließ ein Lächeln zu.

»Geht nun, weise Pona!«, sagte er mit weicher Stimme.

»Teilt eurem Volk mit, wie wir entschieden haben. Ich nehme an, es wird zufrieden sein. In zwei Tagen erhaltet ihr Nachricht, wo ihr die Waren abholen könnt. Epona sei mit euch!«

Mit diesen Worten erhob er sich. Pona verbeugte sich höflich und wandte sich dem Ausgang zu. Wie im Traum verließ sie den Tempel. Sie ging mit mehr unbeantworteten Fragen, als sie gekommen war. Unwillkürlich schüttelte sie sich und fühlte mit den feinen Härchen an ihrem Rücken den Stoff ihres Hemdes.

Pona und Quinus saßen auf und ritten schweigend aus dem Tempel. Quinus musterte die Druidin forschend von der Seite. Diese starrte mit abwesendem Blick auf das Blütenblatt in ihrer Hand, spielte mit ihren Fingern damit und schien in sich hineinzuhorchen. Quinus schüttelte den Kopf, dabei umspielte ein verständnisvolles Lächeln seinen Mund.

Einige Zeit später, es war bereits dunkel geworden, ritt Indobellinus zusammen mit den Druidinnen zum Dorf zurück. Der junge Mann starrte nachdenklich auf die voranreitenden Fackelträger; sein Pferd trottete den anderen nach. An der lebhaften Unterhaltung der Frauen, welche die Begegnung mit der fremden Druidin und dem Heiler beredeten, wollte er sich nicht beteiligen. Mit einer unwilligen Bewegung fuhr er über seine Augen, so als wollte er ein Bild aus ihnen wischen. Eine warme Hand legte sich auf seine Schulter und eine weiche Stimme fragte: »Ist es denn so ungewöhnlich, wenn man sich im ersten Moment des Zusammentreffens mit einem Menschen, den man noch nie gesehen hat, in diesen verliebt? Unterdrücke die Sprache deines Herzens nicht, Indobellinus; es hat zu sprechen begonnen! Versuche es nicht! Du hast ihr Herz erkannt, denn der Weg zur Seele eines Menschen führt über die Augen. Sie hat es gleichermaßen empfunden.«

Indobellinus und Casina blieben ein wenig hinter den anderen zurück und der Hochweise brummte leise:

»Casina, du warst in all den Jahren wie eine Mutter zu mir. Mit dir kann ich unbefangen darüber sprechen, was mich bewegt.« Er zögerte.

»Es ist, als wenn ich sie schon ewig kennen würde, wie kann das sein?«

»Indobellinus, du bist wie sie ein Mensch, der Dinge, die ihm in der Zukunft widerfahren werden, bereits im Voraus sehen kann. Von dieser Frau aus deinen Visionen hast du dir bereits ein Bild geformt, sie in deinem Herzen aufgenommen, deine Vorstellung von ihr aber tief in deinem Innersten verwahrt. Die Begegnung mit dieser Druidin hat dieses Bild nun in die Wirklichkeit deiner Gefühle gebracht – und du hast sie erkannt. Auch ihr wird es ähnlich ergangen sein. Deshalb nimm' diese Botschaft deines Herzens freudig auf, weise sie nicht zurück! Eine Begegnung mit dieser Frau hast du lange ersehnt. Ist es nicht so?«

Sie blickte forschend auf den Hochweisen, der gedankenverloren nickte, und sprach behutsam weiter: »Nun ist die Frau deiner Träume in dein Leben getreten, Indobellinus, und du wehrst dich dagegen, dass sie wirklich existiert! Vertraue ihr, sie wird dich glücklich machen. Aus ihren Augen las ich die gleiche Erkenntnis. Sie wird sich in diesem Moment mit ähnlichen Gedanken befassen, vielleicht mit dem Heiler sprechen, der ihr Vertrauter ist.«

Casina sprach in einer Weise von dieser Begegnung, als wenn die Zukunft von Indobellinus und dieser jungen Druidin glasklar vor ihr läge. Während ihrer letzten Worte erreichten sie das Tor des Dorfes, das die begleitenden Krieger hinter ihnen verschlossen.

Um die Menschen zu beruhigen befahl Indobellinus, die verstärkten Wachen der letzten Nächte vom Mauerwall abzuziehen. Nur mehr die übliche Nachtwache sollte ihren Dienst versehen.

Danach betrat er sein Haus, schloss die Türe und schob den Riegel vor. Erleichtert atmete er auf und tauchte in der Einsamkeit seines Hauses unter, die er so liebte. Hier war er nicht mehr der Hochweise und Fürst dieses Dorfes, sondern der Mensch Indobellinus.

Mit seinem Druidenhemd streifte er all das Förmliche und Strenge von sich ab, war nur mehr ein junger Mann, wie viele im Dorfe, mit all ihren Träumen und Zwängen. Bedächtig entkleidete er sich vollends, wusch sich ausgiebig, spülte seinen Mund mit einem Kräutertee und legte sein Schlafgewand an.

In dieser Nacht lag Indobellinus noch lange in seinem Schlaffell wach und gab sich seinen Gedanken an Pona hin. Er empfand mehr denn je, wie groß und leer sein Haus war, seit seine Mutter gestorben war. Sehnsucht nach dieser Frau stieg in ihm auf, welcher er an diesem Abend so bedenkenlos sein Herz geöffnet hatte. Er fühlte, dass es ihr ähnlich erging, ihr, die in einem der Wagen unten am Fluss vergeblich nach Schlaf suchen mochte wie er. Ihre Gefühle strebten zueinander und würden sich, so dachte er, irgendwo zwischen ihnen in der Nacht finden. Die Druidin der Boier würde hier bleiben, und sie würde dieses Haus mit ihrem Leben erfüllen, sagte ihm sein zweites Gesicht, das ihn noch nie getäuscht hatte; er selbst würde alles dafür tun, das schwor er sich. Mit den ersten Geräuschen des herannahenden Morgens schlief Indobellinus endlich ein.

Pona erging es ähnlich. Sie bat Quinus, als sie zu ihrem Wagen zurückkehrte, einen Spaziergang mit ihr zu unternehmen.

»Ich kann diesen Mann einfach nicht aus meinen Gedanken verbannen«, gestand sie ihm, als sie die Wagenburg verließen.

»Er hat etwas in mir ausgelöst, das mich tief getroffen hat. Ich muss mit jemandem darüber sprechen, damit ich meine Gefühle richtig einschätzen kann, sicher sein kann, dass ich nicht träume.«

Quinus nahm Ponas Hand, als sie zum Fluss gingen. Niemand verstand die Druidin besser als dieser einfühlsame Mann, dem an diesem Abend nichts entgangen war. Während sie am Fluss standen, sprach Pona unentwegt und Quinus antwortete ihr mit der Sprache seiner Hände.

Beruhigt kehrte Pona zu ihrem Wagen zurück. Das Gespräch mit Quinus hatte ihr Gewissheit über ihre Gefühle verschafft. Sie verschnürte das Ledertuch am Wageneingang und entkleidete sich. In einer Tonschüssel wusch sie sich mit einer duftenden Seife und streifte ihr Nachtgewand über.

Dann spritzte sie aus einem Fläschchen Rosenwasser auf ihren Halsausschnitt und auf den Ansatz ihrer Brüste, dabei drehte sie sich beschwingt um sich selbst, als würde der Duft sie berauschen. Ihr Nachtkleid blähte sich wie eine Blüte auf. Verträumt verfolgte sie die Bewegung des Kleides und atmete angeregt den Geruch des Duftwassers ein, während sie dem ausschwingenden Kleid zusah.

Pona nahm einen Silberspiegel, hielt ihn vor ihr Gesicht und starrte auf ihr Ebenbild, prüfte ihre Figur, indem sie den Spiegel an sich herabgleiten ließ, nahm einen zweiten zur Hand und murmelte versonnen: »Wie sah er mich? So?«, dabei hielt sie den einen vor sich hin.

»Oder so?«, während sie den anderen hinter sich schob und das Spiegelbild ihres Rückens in dem vor sich gehaltenen Spiegel betrachtete. Sie konnte mit dem zufrieden sein, was sie sah, und sie war es auch, als sie die Spiegel zur Seite legte. Lächelnd errötete sie, als ihre Fingerspitzen mit den Blütenblättern der Seerosen spielten, die Quinus aus einem Teich in der Nähe gepflückt hatte und nun in einer Schale schwammen. Versonnen pflückte sie eines von ihnen, führte es an ihre Lippen und küsste das Blatt. Die seidenweiche Feuchtigkeit des Blütenblattes gab ihr das Gefühl, als wenn sie Indobellinus' Lippen berührte.

Handel mit Gefühlen

Nach zwei Tagen traf eine Abordnung der Vindeliker im Lager der Boier ein. Pona hörte den Hufschlag der Reiter bereits, als sie sich in Höhe der Sieben Drachenrippen befanden. Sie trat aus ihrem Planwagen und freute sich darüber, dass ihnen endlich die langersehnte Nachricht überbracht werden sollte. Der Erste, der vor ihr auftauchte, war deren Anführer, ein Krieger mit stechenden Augen. Der Mann ließ keine Absicht erkennen, sich vorzustellen oder ihr die Ehrerbietung zu erweisen, die man höflicherweise einer Hochweisen entgegenbrachte. Auch die Krieger, die diesen Mann begleiteten, verhielten sich nicht anders.

»Ihr solltet einen Wagenzug zusammenstellen und die gewünschten Waren im Dorf über den Sieben Drachenrippen, auch Burucum genannt, abholen«, bequemte er sich schließlich mürrisch, die Botschaft zu überbringen, welche man ihm aufgetragen hatte. Der Mann hieß Modunus, wie Pona später hörte. Er sah sich aufmerksam in der Wagenburg um und es schien, als wenn er jede Kleinigkeit begierig in sich aufsaugen würde, als wenn er irgendetwas suchte.

Pona übersah sein herausforderndes Benehmen. Sie wies ihre Krieger an, unverzüglich mehrere Wagen vorzubereiten, dabei ließ sie den Mann nicht aus den Augen.

»Wollt ihr und eure Männer nicht rasten, einen kühlen Trank zu euch nehmen?«, bot sie gastfreundlich an. Der Anführer schüttelte unwillig den Kopf.

»Ich werde warten«, meinte er und ritt weiter im Lager auf und ab, wobei er misstrauisch die Vorbereitungen der Boier beäugte. Pona schrieb dieses Verhalten der Neugier des Mannes zu, denn sicher hatte er ein derartig großes Wagenlager noch nie gesehen. In ihr aber stieg Unbehagen auf, das seine Gegenwart in ihr auslöste. Sie kannte diese Sorte von Männern. Derartige Männer waren berechnend, taten für Geld und ihren Vorteil alles was von ihnen gefordert wurde. Gefühllos und kalt. Irgendetwas warnte sie vor diesem Mann und sie fühlte, dass dies nicht ihre letzte Begegnung mit ihm sein würde.

Quinus näherte sich ihr und hielt sein Sprachbrett in der Hand, auf das er einige Worte gesetzt hatte. Pona las: »Vorsicht, er riecht nach Wolf!«

Sie nickte und Quinus leerte danach die Buchstabenschüsselchen in seinen Beutel.

Eine Kolonne, bestehend aus einem Dutzend Fuhrwerken, bewegte sich dem Dorf Burucum zu, dem Ort auf den Hügeln über den Sieben Drachenrippen. Die Krieger der Vindeliker, zuvorderst dieser Modunus, wiesen dem Wagenzug den Weg.

Pona hoffte dort auf Indobellinus zu treffen. Ein Gefühl beschlich sie bei diesen Gedanken an ihn, das sie mehr und mehr verwirrte, je weiter sie sich dem Dorf näherten. Quinus ritt neben ihr. Der stumme und feinfühlige Heiler konnte die Gedanken erahnen, welche Pona bewegten. Quinus bewegte seine Hände, als wäre er in ein stummes Zwiegespräch vertieft. Er musste seine Gedanken formulieren, die Pona betrafen. Dabei sah er immer wieder auf die Druidin, die seltsam erregt, zugleich aber gelöst wirkte.

Als der Aufstieg zum Hochufer und schließlich das Dorf vor ihnen auftauchte, ritt Pona zu Modunus und sprach mit ihm. Der vierschrötige Krieger nickte, wobei Ponas Gesicht enttäuscht wirkte. Sie sah sich kurz um, nickte Quinus zu und galoppierte mit Modunus dem Dorf zu.

Cura, die alte Druidin, empfing sie bereits am Tor des Befestigungswalles. Mit finsterer Miene fragte sie: »Wo ist euer Gold, von dem ihr gesprochen habt?«

»Seid ohne Sorge«, erwiderte Pona.

»Nur wenn ich die Waren sehe, werde ich euch mein Gold zeigen.«

Sie schlug dabei auf die bronzene Börse, die an ihrem Gürtel hing, sodass die Goldschüsselchen darin leise klirrten.

»Wo ist euer Hochweiser? Nur ihm werde ich mein Gold aushändigen.«

»Ruhig, habt Geduld, meine forsche Druidin, ihr müsst zuallererst mit mir vorlieb nehmen.«

Cura musterte Pona spöttisch, die Unbehagen in sich spürte.

»Wenn eure Wagen beladen sind, dann werdet ihr hören, wie wir den Handel mit euch zu Ende bringen wollen.«

Die Hände der alten Druidin klammerten sich ineinander und sie genoss die Nägel ihrer Finger, welche sich in ihre Handballen gruben; es waren ihre Krallen, die diese Pona noch zu spüren bekommen sollte. Ein Gefühl von Vorfreude überkam sie, als ihr Blick die Druidin streifte.

Quinus verzeichnete die Waren sorgfältig, die aus verschiedenen Vorratshäusern herangeschafft und auf den Wagen verladen wurden. Er verglich sie mit seiner Liste. Pona stand neben ihm und verfolgte mit wachsamen Augen die Verladung. Kaum war der letzte Sack verstaut, trat Cura heran und eröffnete ihr: »Deine Leute können mit ihren Wagen abfahren. Du und dieser Nachtschwarze dort«, dabei deutete sie auf Quinus, »ihr werdet mit mir und meinen Kriegern zum Dorf auf dem Seerosenhügel reiten. Dort werdet ihr Indobellinus das Gold aushändigen. Bis dorthin seid ihr unser Faustpfand. Lasst uns jetzt aufbrechen!«, schloss sie ihre Worte, drehte sich um und ließ Pona stehen.

Der Weg, dem Pona und Quinus mit Cura und ihren Kriegern folgten, führte am Hochufer der Isura entlang, auf dessen Höhen sich einzelne Gehöfte schmiegten. Schließlich stießen sie auf einen Fluss, der sein dunkles Wasser über eine Stromschnelle in die Isura ergoss. Am Ufer dieses Flusses, vor den Hügeln im Westen, erstreckten sich weite Felder und Weiden. Pona sah Frauen, die auf den Feldern Unkraut jäteten, um sie herum spielten Kinder. Sie beobachtete interessiert mehrere Männer, die an der Uferböschung Schlingpflanzen von den Bäumen zogen und eigenartig geformte Blütenzapfen in Körben sammelten. Fette Rinder standen auf den Wiesen, bewacht von jungen Burschen zu Pferd.

»Ein reiches Land«, dachte sie, »die Erdenmutter meint es gut mit ihnen.«

»Der dunkle Fluss ist die Ampurnum, Druidin der Boier, und die Blütenzapfen trinken wir in unserem Bier«, hörte sie die spöttische Stimme von Cura hinter sich, der ihre Verwunderung nicht entgangen war.

»Wir werden nicht weit hinter dem Zusammenfluss der Isura mit der Ampurnum eben diesen Fluss überqueren und zwischen den beiden Flüssen entlangreiten, dann die Landzunge erreichen, die den Zugang zum Dorf auf dem Seerosenhügel bildet. Das Dorf steht auf einem, für die Kelten dieser Gegend, heiligen Ort, und er genießt den besonderen Schutz Eponas.«

Es waren ihre letzten Worte zu Pona, bevor sie das Dorf erreichten. Cura entfernte sich und ritt verdrossen zwischen ihren Kriegern weiter. Die Reitergruppe überquerte einige seichte Altwasser, deren Wasserspiegel in dieser Jahreszeit beträchtlich gesunken war.

Diese seltsamen Schlingpflanzen, welche die Männer von den Bäumen zogen, beschäftigten Pona besonders. Sie überwucherten viele Bäume entlang des Weges. Noch nie hatte sie solche Pflanzen gesehen. Verwundert betrachtete sie die geheimnisvollen Schlinggewächse und die hellen Blütendolden. Als sie eine davon in ihren Fingern zerrieb, verströmten sie einen herben würzigen Duft.

»Warum verwenden sie diese Blütenzapfen für das Bier?«, fragte sie sich und schüttelte resigniert ihren Kopf, als ihr keine Antwort dazu einfiel.

Pona staunte, als ein Dorf in ihrem Blickfeld erschien, hoch auf einem mächtigen Hügel gelegen: »Wie schön dieses Dorf ist! Es muss das auf dem Seerosenhügel sein, in dem der Hochweise wohnt.«

Verträumt betrachtete sie die weißgetünchten Giebel der Häuser und ein Gefühl von Geborgenheit stieg in ihr auf.

Der Reitertrupp, mit Cura an der Spitze, schwenkte nach Osten, ritt durch den Auenwald und erreichte einen kleinen See, der zwischen den Bäumen blau hervorschimmerte.

»Seltsam, diese Farbe, ist der Fluss Isura nicht grün und der andere fließt in einer dunklen moorigen Farbe durch die Auen?«

Pona schüttelte verwundert ihren Kopf. Kurz darauf stießen sie wieder auf die Isura und ritten an ihr entlang, bis sie im Süden des Hügels auf eine Landzunge einschwenkten, dem Zugang zum Dorf. Pona registrierte den tiefen Graben, der die Landzunge nach Südosten hin unterbrach. Hinter dem Graben sicherte eine gallische Mauer diesen schwächsten Punkt des Dorfes ab.

»Das Dorf ist gut befestigt, wir könnten diese Mauer und den Graben nur mit viel Mühen überwinden, wenn wir angreifen müssten«, dachte Pona abwägend.

Sie schämte sich augenblicklich über ihre Gedanken. Solche kriegerischen Überlegungen waren ihr eigentlich fremd.

Eine weitere Überraschung erwartete sie, als der Reitertrupp die Landzunge vor dem Wall überquerte. Im Westen des Dorfes erstreckte sich ein riesiger See, der, so weit ihre Augen reichten, mit Seerosen bedeckt war. Sie hielt ihr Pferd an und genoss andächtig dieses wunderbare friedliche Bild: das dunkle Wasser, die fleischigen grünen Blätter und die roten und weißen Blüten, die zwischen ihnen schwammen.

»Ein Wunder«, murmelte sie in ihr Staubtuch.

»Ja, es ist ein Wunder«, hörte sie die Stimme von Cura neben sich, so als wenn diese ihre Worte gehört hätte.

Inzwischen war es Mittag geworden. Die Sonne hatte Mühe, sich zwischen den Wolken hin und wieder hervorzuschieben. Es war schwül. Pona befürchtete, es könne jeden Augenblick zu regnen beginnen. Doch sie hatten Glück, der Regen blieb aus.

Als sie in das Dorf ritten, standen viele Menschen entlang der Hauptstraße vor ihren Häusern. Pona spürte das Interesse der Menschen an ihr und Quinus. Die Dorfbewohner ließen ihre Arbeit stehen und liegen, um die Druidin der Boier und deren Heiler zu sehen, die einen so weiten Weg hinter sich gebracht hatten. »Vielleicht hat sich die Hautfarbe von Quinus herumgesprochen«, dachte Pona, »und unsere Körpergröße.« Eigentümlich berührte es Pona, dass sich die Gesichter der Menschen für einen Moment verdüsterten, als sie Cura und deren Krieger bemerkten.

Für die Gefühle der Menschen, mit denen sie im Laufe ihres Wagenzugs in Berührung gekommen waren, hatte Pona in den letzten Wochen ein feines Gespür entwickelt. Sie konnte aus Gesichtern und nicht ausgesprochenen

Worten mehr lesen als andere – auch dank Quinus. Wenn sie mit einem der vielen fremden Stämme entlang ihres Weges Kontakt aufnahmen, waren sie meist nicht willkommen. Hier auf dem Seerosenhügel war alles anders. Warum es so war, konnte sie sich nicht erklären. Das Dorf und die Menschen waren ihr so vertraut, als würde sie beide schon lange kennen. Sie sah die fremden Frauen offen und freundlich an. Diese hielten dem Blick nicht nur stand, sondern erwiderten ihn, winkten ihr freundlich zu und tauschten mit ihren Nachbarinnen ihre Empfindungen und Eindrücke aus.

Pona kam aus dem Staunen nicht heraus. Die Hauptstraße war mit großen glattgeschliffenen Flusssteinen aus der Isura gepflastert. Alles war sauber und gepflegt, kein achtlos weggeworfener Unrat lag auf den Straßen und somit stank es auch nicht, vor allem an drückend schwülen Sommertagen wie diesem.

Andere Gerüche riefen wehmütige Erinnerungen wach: der Rauch der Herdstellen, vermischt mit dem Duft kochenden Gemüses, bratendem Fleisch und würzigem Zwiebelgeruch, den sie so liebte. Unter den Dachvorsprüngen trockneten auf langen Schnüren Pilzschnitzel, deren Geruch würzig zu ihr herüberwehte. Sie sah keine Schweine, Hunde und Katzen, die auf der Straße im Abfall wühlten, keine Abfallgruben vor den Eingängen der Häuser. Anders als in den Dörfern ihrer Heimat, sammelte man hier den täglichen Abfall in Gruben hinter den Häusern, die man mit Holzbalken eingefasst hatte, wie sie wenig später feststellen konnte. Die Leute warfen ihren Unrat nicht auf die Straße, verließen sich nicht gedankenlos auf die streunenden Tiere, wie sie es aus den Dörfern der Boier kannte. Der Ort war weiträumig angelegt, und der Wall, mit dem Palisadenkamm und den zahlreichen Wehrtürmen vor den steil abfallenden Hängen, bot seinen Bewohnern sicheren Schutz.

»Hier könnte ich mich wohlfühlen!«, dachte Pona und errötete in diesem Moment über einen aberwitzigen Gedanken.

Schließlich erreichten sie den im Nordwesten des Dorfes gelegenen Hof des Druiden Indobellinus, direkt neben dem Tempel gelegen. Erstaunt sah Pona, dass in den Nischen des Tempelumgangs, aus denen in anderen Dörfern der Kelten oft Totenschädel grinsten, nur kleine steinerne Figuren und Stelen angebracht waren. Zumindest das war auch in ihrem Heimatdorf so gewesen.

Modunus und die Krieger blieben zurück, Cura begleitete Pona und Quinus zum Anwesen des Druiden. Die Hofstelle des Hochweisen umgab ein pfahlgekrönter Wall. Von hier aus hatte man einen herrlichen Blick auf den See mit dem schwimmenden Seerosenteppich. Blühendes Gehölz,

Blumen und Kräuter der Flussauen wuchsen unterhalb der zugespitzten Pfähle auf der Dammkrone. Ein Holunderstrauch beugte seine weit ausladenden Äste mit bereits reifen Beerendolden über das Dach des Wohnhauses. Eine blühende Rosenhecke rankte sich über die Krone der Umwallung und senkte ihre Triebe über die Pfahlreihen. Der Innenhof war gepflastert, auch ein Brunnen war vorhanden, in dessen Nähe ein kleiner Garten mit Gemüse und Kräutern angelegt worden war. Schöpfgeräte aller Art standen daneben. Das Bild vermittelte Pona eine friedliche Atmosphäre, die im Gegensatz zum eigentlichen Zweck des Befestigungswalles stand, welcher den Hof umgab. Das alles kannte sie nicht. Es war für sie mehr als ungewöhnlich, dass Blumen, Kräuter und zugespitzte Palisaden in friedlicher Eintracht nebeneinander existierten und nicht alles der Verteidigung des Dorfes unterordnet war.

Indobellinus erwartete Pona am Tor zu seinem Hof. Sie bewunderte sein schwarzes Haar, das auch im matten Tageslicht noch glänzte, sein längst vertrautes Gesicht, die langgliedrige Gestalt und die feinen, gefühlvollen Hände. Vertraute Gefühle überschwemmten sie, als ihr Blick in seine Augen eintauchte. Sie starrte auf ihn, alles um sie verschwamm und war vergessen. Pona schreckte aus ihren Gedanken auf, als Indobellinus sie willkommen hieß. Beinahe tonlos erwiderte sie seinen Gruß, als wenn er sie nicht sonderlich berührt hätte.

»Sie denkt an etwas anderes«, dachte Indobellinus traurig, »vielleicht nur an das Geschäft, das sie abzuschließen gedenkt!«

Als er ihren brennenden Blick auffing, verstummten die Zweifel in ihm. Pona fasste sich endlich ein Herz und stammelte verlegen: »Ich bin glücklich, dass ihr uns die gewünschten Waren übergeben habt. Im Namen meines Volkes danke ich euch, ehrwürdiger Indobellinus, vor allem der vielen Frauen und Kinder, auch meiner Krieger wegen.«

Quinus, der an ihrer Seite stand, musterte die Druidin eigentümlich. Was war mit dieser sonst so beherrschten Frau geschehen, deren Verstand stets so vorzüglich funktionierte? Quinus erahnte die Gefühle von Pona, die sie mit ihrem Verhalten diesem Mann offenbarte.

»Hoffentlich geht das gut! Alles wird von ihm abhängen«, dachte er und zuckte hilflos mit seinen Schultern.

Der Hochweise Indobellinus erwiderte ernst: »Es ist gut, eine Druidin als Führerin zu haben, deren Gedanken sich vor allem dem Wohl ihres Volkes unterordnen. Beehrt mein Haus und seid mein Gast, hochweise Pona.«

Indobellinus erkannte ihre Befangenheit, war davon eigentümlich berührt und half ihr mit seiner Natürlichkeit, diese zu überwinden. Einladend trat er zur Seite und wies mit beiden Händen auf das Wohnhaus.

»Ich möchte mit der Druidin der Boier allein sprechen«, entschied er, an die Druidinnen und zu Quinus gewandt. Die Angesprochenen verstanden diesen Wunsch, nur Curas Gesicht verfinsterte sich.

Gemeinsam betraten sie den Wohnraum seines Herrenhauses. Wie von fern her hörte Pona den Holzboden knarren, als er voranging.

»Nehmt Platz, hochweise Pona«, sagte Indobellinus und wies auf einige Stühle. Die Druidin hatte den Eindruck, dass er weit von ihr entfernt sprach und sich bewegte, dennoch überschwemmte seine Nähe sie mit einer Erregung, die sie keinen klaren Gedanken mehr fassen ließ. Benommen trat Pona zu einem der fellbedeckten Stühle am Tisch, ohne sich zu setzen. Verwirrt hielt sie sich am Stuhl fest. Sie atmete tief durch und schloss ihre Augen. Als sie meinte, ihre Fassung einigermaßen im Griff zu haben, öffnete sie ihre Augen und sah sich zögernd in der Wohnhalle um. Die Einrichtung des Raumes, jeder Gegenstand atmete etwas von Indobellinus' Wesen, verriet erlesenen Geschmack bei der Auswahl der Gerbrauchsdinge.

Indobellinus beobachtete Pona besorgt. Ihre Befangenheit entging ihm nicht und er überlegte, wie er der Druidin helfen könnte, ihre Fassung wieder zurückzugewinnen. Natürlich wusste er, dass er selbst der Grund für ihr Verhalten war, wusste, dass er in diesem Moment der Stärkere war. Doch es lag ihm fern, die augenblickliche Schwäche der Druidin zu seinem Vorteil zu nutzen, auch nicht für das noch abzuschließende Geschäft. Solche Gedanken waren ihm fremd. Vielmehr war er von ihrem Vertrauen gegenüber ihm angetan, ihre Befangenheit nicht hinter einem Schutzschild zu verbergen, sondern ihn an ihren Empfindungen teilhaben zu lassen.

Mit dem Einfühlungsvermögen, das er von seiner Mutter gelernt hatte, spürte Indobellinus, dass Pona seine Hilfe brauchte. Vorsichtig nahm er sie am Arm und drückte sie auf einen Stuhl. Leise und beruhigend begann er zu sprechen und führte die Druidin behutsam in die Wirklichkeit ihrer Begegnung mit ihm zurück.

»Erhieltet ihr alle Waren, die ihr aufgeschrieben habt? Seid ihr zufrieden?«, begann er vorsichtig zu fragen und schwenkte die Lederrolle in seiner Hand, die sie ihm vor Tagen ausgehändigt hatte.

Indobellinus erwartete von Pona keine Antwort und fuhr fort: »Auf dieser Rolle habe ich unseren Preis hinzugefügt. Hier!«

Er schob die Lederrolle über den Tisch und deutete darauf; unterdessen beobachtete er die Druidin aufmerksam. Pona rollte das Leder auf und überflog die in griechischer Schrift verfassten Aufzeichnungen, hinter denen Indobellinus Zahlen vermerkt hatte.

»Was bedeuten diese Zahlen?«, fragte sie, noch immer nicht ganz bei der Sache.

»Die Anzahl der Goldschüsselchen, die ihr mir schuldet – und zwar Muschelschüsselchen der Boier«, sagte er.

»Ich bemerkte im Tempel einige von ihnen an eurem Hals und nahm an, dass ihr damit bezahlen würdet. Sie müssten unseren entsprechen, dachte ich. Ihr Gewicht ist mir bekannt.«

Indobellinus schwieg und suchte nach Übereinstimmung in ihren Augen. Nur ihr warmer Blick begegnete ihm, der etwas anderes ausdrückte. Für einen Moment war er verunsichert, doch er fasste sich rasch wieder.

»Lasst uns gemeinsam vergleichen, ob meine Vermutung stimmt. Ich hoffe, die von mir vermerkten Abrechungen sind richtig«, fuhr er unbeirrt fort. Er näherte sich einem Tisch auf dem ein Gerät mit zwei ellenlangen Armen stand, die in ihrem Zentrum gelagert, leicht hin und her pendelten, wobei sich ein Zeiger an einer bogenförmigen Skala entlang bewegte.

»Legt eines eurer Goldschüsselchen in die Schale auf eurer Seite, ich werde eines von unseren auf die andere legen.«

Indobellinus fasste eines seiner Goldschüsselchen mit zwei Fingern und legte es auf die ihm zugewandte Schale, dabei hielt er den Arm der Waage fest. Pona nestelte aus einem Beutel eines ihrer Goldschüsselchen heraus und ließ es vorsichtig auf die Schale auf ihrer Seite fallen. Die Arme des Geräts schwankten heftig von einer Seite zur anderen. Der Zeiger aus Bronze tanzte entlang einer gewölbten Skala, mit der gleichen Anzahl von Kerben auf beiden Seiten der Wölbung. Genau über der mittleren Kerbe, auf dem Scheitelpunkt der Wölbung, blieb der Zeiger nach einiger Zeit leicht zitternd stehen.

»Etwas Ähnliches habe ich mir gedacht, denn ihr Boier seid Kelten wie wir; zumindest haben wir Gemeinsamkeiten im Gewicht der Goldschüsselchen festgestellt. Ich denke, dass unsere Münzer sich ohnehin an dem Muster der Goldschüsselchen der Boier orientiert haben. Euer Geld ist weithin ein Vorbild. Seht hier: Die Waage zeigt an, dass das Gewicht auf eurer Seite dem auf meiner Seite gleicht.«

Pona beobachtete den Zeiger. Sie hatte ein derartiges Gerät noch nie gesehen, doch sie begriff dessen Funktion sofort.

»Wäre unserem Volk dieses Instrument früher bekannt gewesen, wir hätten auf dem Weg hierher viel Gold gespart. Ihr seid ehrlich zu uns«, bemerkte Pona.

»Endlich legt sie ihre Befangenheit ab«, dachte Indobellinus und betrachtete sie liebevoll.

»Und was wäre, wenn mein Goldschüsselchen auf eurer Seite gelegen wäre?«, fragte sie.

»Tauscht sie ruhig aus, es gibt keinen Unterschied, ob gleich schwere Teile auf der einen oder anderen Seite liegen«, erwiderte Indobellinus.

»Lasst es gut sein, ich vertraue euch«, sagte Pona.

Indobellinus sah sie forschend an. Er war beglückt über das Vertrauen, das aus ihren Augen sprach. Der Moment strahlte eine Nähe aus, welche es den beiden erleichterte, ihre Gefühle zu offenbaren, die sie füreinander empfanden. Zum ersten Mal lächelte Pona und suchte seine Augen.

»Ich fühle mich zu euch hingezogen«, unterbrach er das Schweigen mit belegter Stimme, »seit ich euch im Tempel begegnet bin.«

»Nur hingezogen, Indobellinus? Nicht mehr?« Sie wich seinem Blick aus.

»Für mich sind es unbeschreibliche Gefühle, die mich bestürmen«, sagte sie leise. »Viele Frauen mögen dir ihre gestanden haben, meine sollen daher nur mir gehören.« Sie senkte ihren Kopf. Verwirrt bemerkte Pona, dass sie die höfliche Form der Anrede verlassen hatte.

Seine Antwort schien aus einer unendlichen Ferne zu ihr zu dringen, so als würde sie träumen: »Pona, ich liebe dich, seit dem Moment, als du den Tempel in der Isura betreten hattest«, hörte sie ihn sagen.

»Sag mir das, was nicht über deine Lippen kommen soll, was noch nie eine Frau zu mir gesagt hat! Sag es hier in meine Augen hinein!«, bekräftigte er. »Erst dann wird mein Herz beruhigt sein.«

Indobellinus trat auf sie zu, nahm ihren Kopf vorsichtig in beide Hände und suchte ihre Augen. Ihre Lippen öffneten sich staunend.

»Auch ich liebe dich, seitdem ich dich im Tempel auf den Sieben Drachenrippen das erste Mal sah«, flüsterte Pona. Sie versenkte ihre Augen in seine, und dieser Blick schmiedete ein Band, das beide ein Leben lang verbinden sollte.

Indobellinus fasste sich als Erster. Er zögerte einen Moment, denn ihm wurde der eigentliche Grund ihrer Zusammenkunft wieder bewusst. Draußen erwartete man ein Ergebnis von ihnen.

»Ich muss das Geschäft so schnell wie möglich hinter mich bringen«, dachte er, »auch wenn sie denken könnte, ich sei geldgierig und mein Handeln und meine Worte seien nur an diesem Geschäft interessiert.«

In diesem Augenblick war er wieder der Druide und Fürst, der zum Wohle seines Volkes handeln musste.

»Lasst uns das Geschäft besiegeln!«, hörte er sich sprechen.

»Man wartet draußen auf uns.« Rasch fügte er hinzu, dabei senkte er seine Stimme:

»Wir sollten uns morgen Abend wieder sehen, Pona, beim Tempel auf den Sieben Drachenrippen.«

Sie nickte. Einerseits war sie enttäuscht, dass er das Gespräch so schnell beenden wollte, andererseits hatte sie Verständnis dafür und seine Worte erinnerten auch sie an ihre Pflichten.

Indobellinus erhob sich, trat auf sie zu, nahm die Rolle aus ihren Händen, legte sie auf den Tisch und breitete das Leder aus, dabei strich er sich eine Haarsträhne aus der Stirn und stellte fest: »Es sind genau achtmal zwei Hände von deinen Goldschüsselchen, die ich von dir bekomme. Rechne selber nach, Pona!«

Indobellinus atmete ihre Nähe ein, den wohltuenden Duft, der sie umgab, als sie sich über das Leder beugte. Nur mühsam unterdrückte er den Wunsch sie zu umarmen.

»Deine Rechnung ist die meine, es ist ein guter Preis«, erwiderte Pona ohne nachzudenken. »Ich vertraue dir, Indobellinus. Lass mich nur noch die Ladeliste mit dieser hier vergleichen. Sie überflog die Zahlenreihen und nickte.«

Sie hätte ihm auch das Doppelte bezahlt, gestand sie sich ein, hätte er es auf dem Leder verzeichnet. Pona nahm die Börse von ihrem Gürtel und zählte die Goldschüsselchen ab, die aus ihren Fingern klappernd auf den Tisch glitten. Zufrieden sah Indobellinus auf das Gold, schob die Schüsselchen mit beiden Händen zu einem Haufen zusammen und zog diesen mit einer Armbewegung an sich. Forschend sah er auf Pona und meinte vieldeutig: »Ich glaube nicht, dass wir noch ein zweites Mal Geschäfte dieser Art zwischen uns abwickeln müssen. Morgen Abend, nach Sonnenuntergang, werden wir ungestört an der Isura reden können, und niemand wird ungeduldig auf das Ergebnis unseres Gesprächs warten, wie es heute der Fall ist.«

Indobellinus sah ihren fragenden Blick.

»Dein Volk kann bei uns an der Isura bleiben, Pona, solange ihr es für notwendig erachtet. Ihr seid uns herzlich willkommen!«

Sie näherte sich ihm, umfasste zärtlich seine Wangen mit beiden Händen, glitt mit ihren Fingern entlang seiner Haarsträhnen und versuchte seine Stirnfalten mit ihren Lippen zu glätten. Sie traf auf seine Lippen und sie vergaßen alles um sich herum.

So bemerkten sie das hasserfüllte Gesicht nicht, das sich in diesem Augenblick von einem der Fenster entfernte.

Pona trat als Erste aus dem Haus. Ein Gefühl beschwingte sie, als würde sie über der Erde schweben. Der wolkenbedeckte Himmel strahlte ihr heller entgegen als er wirklich war; alles um sie schien von einem Freudentaumel erfasst zu sein. Die Blätter der Bäume hinter den Palisaden tanzten im Wind, die Büsche winkten ihr freudig zu und die Blumen am Wall beugten sich im Wind flüsternd zueinander.

Sie bemerkte Quinus bei den Pferden und ging auf den Heiler zu. Wortlos sahen sich die beiden an. Pona nickte unmerklich. Sie bestiegen ihre Pferde, winkten dem Druiden noch einmal zu und ritten durch das Tor, überquerten den Reitersattel und strebten der Isura zu.

Indobellinus stieg auf den Wall und sah ihnen nach. Als die Reiter seinem Blickfeld entschwunden waren, blieb er noch lange am Wall stehen. Zögernd kehrte er in sein Haus zurück und warf mit einer Handbewegung die Türe hinter sich zu.

Pona und Quinus erreichten die Wagenburg am Fluss exakt zu der Zeit, als auch die Wagen mit den Vorräten eintrafen. Erleichtert trat ihnen Magalus entgegen.

»Weise Pona, wir alle danken dir und Quinus. Die Götter waren euch wohlgesonnen und auch unserem Stamm. Alles wurde geliefert was wir benötigen und einiges mehr.«

»Edler Magalus«, antwortete die Druidin, »nicht nur die Götter können derlei bewirken, es sind vor allem die Menschen, die für ihr Leben sorgen müssen, und das haben wir getan.«

Sie wies die Männer an, die Nahrungsmittel zu den Vorratswagen in der Mitte des Lagers zu bringen.

»Verteilt die tägliche Ration für die einzelnen Herdfeuer! Die Frauen sollen zur Feier des Tages Brot backen! Einige Fässer Bier müssen heute auch dran glauben!« Jubel brach aus und man bereitete alles vor, um ein bescheidenes Fest zu feiern.

Zweitausend Jahre später – Zeitungsmeldung

Alex wedelte mit der aufgeschlagenen Morgenzeitung über seiner Kaffeetasse.

»Ich wusste es! Lies das, Mutter!« Er hielt ihr die aufgeschlagene Seite vor die Nase und deutete begeistert auf einen Artikel.

»Ohne Brille kann ich das nicht lesen.« Seine Mutter schüttelte ihren Kopf, dabei konnte sie sich die Bemerkung nicht verkneifen, dass er ihr ausnahmsweise diesen Artikel auch vorlesen könne. Sie sah ihn belustigt an.

»Was macht dich denn so aufgeregt, Alex? Du hast einen Blick wie damals an dir, als unsere Katze überfahren wurde du das arme Wesen, eingeklemmt im Gepäckträger deines Fahrrades, wie eine Beute nach Hause gebracht hast.«

Er beachtete ihre Bemerkung nicht.

»Gut, ich werde dir kurz erklären, was in diesem Artikel steht. Prinzipiell ist es für mich nichts Neues, aber als archäologischer Fund in unserer Stadt ist es etwas atemberaubend Neues.«

Er begann zögernd, die Zeitungsnachricht für seine Mutter zu interpretieren.

»Gestern wurde hinter der Begräbniskapelle ein Keller für ein Wohnhaus ausgehoben. Seit einiger Zeit ist es üblich, dass in der Innenstadt jeder Aushub von Anfang an unter den kritischen Augen eines archäologisch geschulten Mannes des Amtes für Denkmalschutz erfolgen muss. So lief es auch in diesem Fall ab.«

Er nahm einen Schluck Kaffee und fuhr fort: »Und was glaubst du fand man?« Er starrte auf seine Mutter, so als erwartete er von ihr eine zutreffende Antwort.

»Mach es nicht so spannend, Alex!«, drängte seine Mutter.

»Ein Katzenskelett aus der Steinzeit, vielleicht ein Goldschatz der Kelten«, rätselte sie irritiert.

»Oder eine Leiche aus dem Dreißigjährigen Krieg?« Er sah sie entrüstet an und schüttelte den Kopf.

»Immer denkst du an Schätze oder Leichen, die ein Geheimnis umgeben. Bei diesen Gedanken läuft dir sicher ein Schauer über den Rücken, wie wenn irgendein Verbrechen aus der fernen Vergangenheit aufgeklärt werden könnte.« Wieder machte er eine Pause.

»Ich habe irgendeine Antwort gegeben, ohne an das zu denken was du mir unterstellst«, erwiderte seine Mutter schmollend. Er achtete nicht auf ihren Einwand und fuhr fort:

»Das was gefunden wurde ist viel bedeutsamer. Bedeutsam für uns, für unsere Stadt.«

In seiner Stimme schwang dieser begeisterte Unterton mit, den seine Mutter immer dann bei ihm bemerkte, wenn es um archäologische Ausgrabungen in der näheren Umgebung ging. Dabei dachte sie an seinen toten Vater, der die gleiche Leidenschaft hatte wie ihr Zweitgeborener. Als sie ihn kennen lernte, berichtete er ihr von den Gräbern, die er am Schwarzen Meer heimlich ausgegraben hatte. Er erzählte ihr Einzelheiten, erklärte ihr seine Gedanken bei den Funden mit einer Leidenschaft, dass sie sich schon wegen seines Enthusiasmus in ihn verliebte. Errötend dachte sie, dass sie sich damals nicht in ihm getäuscht hatte. Er war bei allem, was er tat und wofür er sich entschlossen hatte, mit ganzem Herzen dabei. So empfand sie auch sein beharrliches Werben um sie als aufrichtig. Er hatte eine unnachahmliche Art und konnte die Menschen um sich mit seinen Gedanken begeistern. Natürlich auch sie. Einige dieser Funde hatte sie, auf ihrem langen beschwerlichen Weg in die neue Heimat, in diese Stadt mitgebracht. Es war ein Vermächtnis von ihm und sie hatte es bisher nicht vermocht, ihrem Sohn ausführlich von der Leidenschaft seines toten Vaters zu berichten und sich von diesen Schätzen zu trennen, obwohl sie wusste, dass sie damit eine Sehnsucht in ihrem Sohn nach seinem unbekannten Vater stillen würde. Sie löste sich aus diesen Gedanken und hörte ihren Sohn weitersprechen; dabei hatte sie das Gefühl, als wenn sein Vater aus ihm spräche.

»Hör genau zu, Mutter!«, sagte er und las vor.

»Man hat Spuren eines Befestigungsgrabens gefunden, der an der engsten Stelle des Plateaus, auf dem unsere Stadt liegt, vor mehr als zweitausend Jahren gegraben wurde. Er hatte die Landzunge nach Südwesten hin abgeriegelt. Genau so habe ich mir das vorgestellt. Nur so konnte es gewesen sein!«

Er deutete auf den Zeitungsartikel, der mit einer Schnittzeichnung und Fotos ergänzt worden war.

»Vor mehr als zweitausend Jahren existierte ein bedeutender Ort auf dem Areal unserer Heimatstadt. Es war eine keltische Siedlung. Die Siedlung erstreckte sich über die gesamte Fläche unserer Altstadt, somit über eine erstaunlich große Fläche. Sie war nicht eines dieser kleinen Dörfer, deren Spuren auf den Höhenzügen entlang der Amper oder Isar, flussauf- und abwärts ausgegraben wurden, sondern der damals wohl bedeutendste Ort dieser Region«, begeisterte er sich und rieb sein Kinn.

»Auch einen Tempel muss es gegeben haben. Ich vermute, er stand auf dem Platz, wo später die Grabkirche errichtet wurde – vermutlich war er ein besonderes Heiligtum für die damaligen Menschen.« Er strich sich fahrig über die Stirn.

»Leider ist alles überbaut worden. An einzelnen Stellen hat man ein paar Scherben ausgegraben, aber nichts, das die Existenz eines größeren Ortes hätte nachweisen können, wie ich ihn hier vermute. Die Kelten errichteten ihre Dörfer und Festungen gerne an Orten, die durch steile Abstürze oder Wasserläufe geschützt waren oder auf Höhenrücken zwischen dem Zusammenfluss von Flüssen. Auch hier bei uns erkannten sie diese günstige Lage zwischen Amper und Isar und nutzten sie für sich, wie vor ihnen vermutlich auch Siedler in der Steinzeit.«

Er sah seine Mutter gedankenverloren an, die inzwischen ihre Brille gefunden und ihm die Zeitung aus der Hand genommen hatte. Sie las den Artikel nun selbst, denn seine Erklärungen waren ihr zu wenig einleuchtend, kamen ihrer Meinung nach nicht auf den Punkt.

Alex verlor den Faden zur Realität um sich. Vor seinem inneren Auge erschien das Dorf mit seinen keltischen Bewohnern – die schilfgedeckten Hütten, die weißen Giebel und der aus den Firsten quellende Rauch der Herdfeuer, den er deutlich roch. Er stellte sich vor, welche Lebensfreude diese Kelten, die man als letzte vorgeschichtliche Siedler dieses Höhenrückens vermutete, hier auslebten. Keltische Krieger, die an Herbsttagen wie dem heutigen, nach der Jagd, mit ihrer Beute die Brücke über diesen Graben überquerten, durch das Tor im Wall in das Dorf einritten. Ihre Frauen empfingen sie, hatten Bier gebraut und dickbauchiges Brot gebacken, und sie feierten mit ihren Clans den Jagderfolg der Männer. Der Höhenrücken, auf dem das Dorf stand, war sicherlich ein magischer Ort in ihren Vorstellungen. Dieser Ort war jeden Tag ein Fest wert, so einmalig empfanden sie dessen Lage, durch steil abstürzende Hänge zu den Flüssen und durch die umliegenden Seen gut geschützt, mit einer Aussicht auf das Isar- und Ampertal, wie es schöner nicht sein konnte. Ihre Felder lagen südwestlich des Dorfes, wo sie Korn, Linsen und Rüben anbauten und ihr Vieh weiden ließen. In ihren Werkstätten entstanden handwerklich einmalige Erzeugnisse, die diesen Lebenskünstlern nur so aus der Hand flossen. Diese Kelten von damals liebten ihre Siedlung, in der sie das genossen, was sie pflanzten, züchteten oder jagten. Bei ihren Festen legten sie kunstvoll angefertigten Schmuck an und trugen einfallsreich gestaltete bunte Kleidung, lebten ihren Genusssinn bei üppigem Essen und reichlich Bier oder Met aus. Sie liebten die warmen Frühlings- und Herbsttage, wenn die winterlichen Berge zum Greifen nahe lagen, dabei ihr Fernweh nährten. Sie erfreuten sich an dem Blick auf die beiden Flüsse und den See, die sie umgaben und auf die benachbarten Dörfer entlang der fernen Höhenrücken. Das Dorf war eingebunden in den Fernhandel mit Salz, mit Bernstein, mit edlem Holz von den Flößern aus den Bergen, mit Eisenbarren aus Manching und der römischen Provinz Norikum und mit griechischen Waren aus Marseille. Wäre dieser Ort über der Isar im alten Griechenland gelegen, hätten die Bewohner versucht, ihre Macht und ihren Einfluss auszuweiten, den Ort und seine Befestigung noch weiter auszubauen. Die Kelten aber, auf diesem Hochplateau, genügten sich selbst. Es reichte ihnen das, worüber sie verfügten und an diesem Ort genießen konnten. Dafür dankten sie ihren vielen Göttern. Für jeden Bedarfsfall ließen sich ihre Druiden einen geeigneten Gott einfallen, der mit allem ausgestattet war, was sich mit ihren Wunschvorstellungen deckte. Größeren Ehrgeiz entwickelten sie nicht. Sie wollten ihr Dasein in dieser gesegneten Umgebung genießen, ihre Feste feiern, sie ließen Besucher und Fremde an ihrer Lebensfreude teilhaben und konnten sich nicht vorstellen, dass Feinde dieser Idylle ein Ende bereiten könnten. Diese fast kindliche Vertrauensseeligkeit machte sie verletzlich, denn sie dachten nur selten daran, große, befestigte Städte zu bauen und mächtige Fürstentümer zu begründen, um ihren Einfluss auszudehnen und sich damit selbst auch besser zu schützen. Ihnen genügte die Lage hoch über den Flüssen, befestigt mit einem Ringwall und Wassergraben. Diese dem Leben vollends zugewandten Menschen erschlossen sich das Land in einer Kreativität, die sich in großartigen Erfindungen niederschlug, immer darauf bedacht, sich das Leben so angenehm wie möglich zu machen. Das eisenbekränzte Speichenrad, geschmierte Achsen mit Bronzelager auf Eisenachsen, Drehschemel der Vorderachse ihrer Wagen, das Fass, die Radwendepflüge, Erntemaschinen, mehrschichtig geschmiedete Waffen – wie der viele hundert Jahre später aufkommende Damaszenerstahl – Werkzeuge, deren Form sich bis heute nicht verändert hat. Immer hatten sie ihr eigenes Wohlergehen im Auge, die Freude an ihren Schöpfungen und ihrem irdischen Dasein. Und wenn sie in den Krieg zogen, geschah es wie Cäsar es beschrieben hatte:

»Ihre Führer balzten wie Hähne voreinander und forderten sich zum Zweikampf heraus; es glich dem Schaulaufen von Gladiatoren oder den Reden von Senatoren im alten Rom. Unterlag einer der Führer, war die Schlacht meist entschieden. Sie genossen den Kampf wie das Bier, den Met, den Schinken der Schweine und das Brot ihrer Frauen. Und dann tauchten Feinde auf, mit denen sie nicht gerechnet hatten und sie verließen ihre Siedlung.«

Der junge Mann stutzte. Das passte nicht zu dem Puzzle, das er in seinen Gedanken zusammengefügt hatte.

Alex schüttelte sich bei diesen Gedanken, in denen sich sein angelesenes

Wissen und seine Fantasie vermischten. Er schaute auf seine Mutter als sie vorlas:

»Ein Grabungsschnitt ergab, dass dieser Befestigungsgraben etwa fünf Meter tief gewesen sein musste. Die Sohle maß etwa zehn Meter und bestand aus einer Lehmschicht. Eine Schlickschicht deutet darauf hin, dass der Graben über längere Zeit mit Wasser gefüllt war. Der Abstand zwischen den beiden Uferkronen maß zwanzig Meter.«

Alex' Mutter legte die Zeitung zur Seite und meinte: »Wie kann man dies anhand der Erdschichten so genau feststellen?«

Alex antwortete seiner Mutter nicht gleich, sondern sinnierte: »Das Tor mit der Brücke lag vermutlich vor dem Gelände der heutigen Begräbniskapelle und des sie umgebenden Friedhofs.«

Er sah seine Mutter fast mitleidig an.

»Die Grabungsschnitte lassen eine genaue Rekonstruktion der Bodenverhältnisse zu, denn die Oberfläche des geschaffenen Bauwerks war danach anderen Einflüssen unterworfen als das Material, mit dem der Graben durch Menschenhand oder infolge Verfall und Verwitterung später gefüllt wurde. Stell' dir das folgendermaßen vor: Wenn der Teich in unserem Garten irgendwann zugeschüttet wird, erkennt man nach Jahren, anhand der unterschiedlichen Schichten, was über Jahre in ihm verrottete und was eingefüllt wurde. Es ist nach Tausenden von Jahren noch an den unterschiedlichen Färbungen des Bodens erkennbar: organische Reste, unberührte Muttererde oder eingefülltes Material. Damit könnte man das Profil dieses Teiches exakt rekonstruieren.«

»Wenn schon«, sagte seine Mutter, »ich verstehe immer noch nicht, was dich daran so aufregt.«

»Mutter«, sagte er, »es ist die Geschichte unserer Stadt, die aus dem Boden spricht, Rückschlüsse zulässt und uns von den damaligen Menschen berichtet, die hier gelebt haben. Wir müssen nur die Zeichen richtig lesen. Der Graben beschützte einen Ort mit Häusern wie unseren, natürlich einfacher gebaut; es wohnten Familien darin, es bestand ein Gemeinwesen. Sie haben die Äcker auf der Hochfläche entlang der Bundesstraße bewirtschaftet, Vieh gezüchtet, in den Seen und den beiden Flüssen gefischt, im Wald um uns gejagt. Der Graben war ein lebenswichtiges Bauwerk an der schwächsten Stelle dieses Dorfes oder der kleinen Stadt, gekrönt von einer Mauer, sicher einer Art ›murus gallicus‹, wie man sie an vielen anderen Orten bereits ausgegraben hat.«

»Na und?«, entgegnete sie. »Ein Graben, ein Wall, mehr nicht. Wer sagt denn, dass er zum Schutz des Ortes angelegt worden war. Vielleicht nur zur Entwässerung, als Abfall- oder Fäkaliengrube, den weiteren Verlauf des Grabens kennt man ja nicht.« Alex schüttelte den Kopf.

»Für Fäkalien legten sie Gruben bei den Häusern an, wie du es von eurem Bauernhof her kanntest; keine riesige Grube, in welche das gesamte Dorf seine Notdurft verrichtete.«

Alex schüttelte entrüstet seinen Kopf.

»Wie sollte das geschehen? Würdest du denn in der Nacht, bei Wind und Wetter, zweihundert Meter und noch weiter gehen?«

»Das sicher nicht, aber der Nachweis, dass eine Siedlung existierte, ist mit diesem Graben dennoch nicht gegeben«, widersprach sie eigensinnig.

»Mutter, löse dich von diesen starren Vorstellungen! Vielleicht wird irgendwann eine Tiefgarage in der Stadt gebaut werden, und dann wird man auf tiefere Schichten und weitere verborgene Spuren stoßen, die dich überzeugen können. Jetzt kennen wir eben nur diesen Graben. Ein Ort von damals brauchte einen schützenden Erdwall mit Wassergraben, und deshalb ist dieser Graben und Wall, worüber in der Zeitung berichtet wird, der Beweis für die Existenz eines Ortes. Hätte man ihn sonst angelegt? Den Abmessungen nach zu schließen war er ein nicht so leicht zu überwindendes Hindernis. Wissenschaftler haben ihre Erfahrungen. Sie lesen im Boden wie in einem Geschichtsbuch, und das ermöglicht ihnen erstaunliche Rückschlüsse. Bedenke, unsere Stadt ist die älteste südlich der Donau in Altbayern – außer Regensburg natürlich. Das sollte dir zu denken geben.«

»Und wenn schon, mich überzeugt das nicht. Unsere Stadt wurde viel später gegründet. Wäre das Skelett eines Menschen oder eines Tiers aus dieser Zeit in dem Graben gefunden worden, dann könnte ich mir das vorstellen. Aber so? Keine Spur von Menschen, nichts!«

Sie schüttelte den Kopf, legte die Zeitung beiseite und trank einen Schluck Kaffee.

»Ich verstehe deine Vorbehalte nicht, Mutter. Dein Mann hat in seiner Heimat Hügelgräber geöffnet und begeistert formulierte Notizen hinterlassen. Du hast uns selbst davon erzählt und diese Aufzeichnungen wie ein Heiligtum aufbewahrt. Wir durften sie bis heute nur teilweise lesen.«

»Das war etwas ganz anderes«, sagte sie. »Dein Vater hat Gegenstände gefunden, die leider im Krieg verloren gingen«, log sie und dachte an die Scherben, eine Fibel, einen Ring und Schmuckketten, die wohlbehütet in einer Truhe lagen.

»Das waren handfeste Beweise, dass die von ihm geöffneten Hügel von Menschen aufgeschüttet wurden und keinesfalls Laune der Natur waren.«

Alex hatte inzwischen die Zeitung aus der Hand gelegt. Mühsam trennte er die Semmel auseinander, wobei das stumpfe Messer an der Kruste entlangquietschte.

»Man sollte die Messer wieder schleifen lassen«, sagte er.

»Ich habe es jahrelang gemacht, jetzt könntest du oder einer deiner Brüder das übernehmen«, entgegnete seine Mutter vorwurfsvoll.

»Ein wenig von der Zeit, die du mit dem Studium dieser alten Spuren und Scherben verbringst, könntest du dringend erforderlichen Arbeiten widmen, die hier im Haushalt anstehen. Ich schaffe das alleine nicht mehr!«

»Ist schon gut«, brummte er, dabei holte ihn das schlechte Gewissen der Gegenwart ein, das er immer dann empfand, wenn sie ihre Hilflosigkeit so deutlich herausstrich, obwohl sie beileibe nicht hilflos war. Er stand auf, nahm die Schleifmaschine aus einem Unterschrank der Küchenzeile, sortierte die Messer aus, die zu schleifen waren und begann mit der Arbeit. Dabei biss er in die Semmel, in denen er das Korn schmeckte, das auch die Menschen vor zweitausend Jahren so geliebt hatten wie er.

»Jetzt muss es doch nicht sein«, sagte seine Mutter, »kannst du das nicht später erledigen?«

»Nein«, sagte Alex und beobachtete die Funken, die beim Schleifen von den Schneiden sprühten. Und wieder stellte er sich vor, wie die Funken nicht an einer Schleifscheibe versprühten, sondern unter den Schlägen der Schmiede des Keltendorfes auf glühenden Eisenteilen.

Die Druidin und der Druide

Pona verließ vor Einbruch der Dämmerung die Wagenburg und schlich zur Isura. Als sie das Gurgeln des Wassers vor sich hörte, atmete sie tief durch. Nur Quinus hatte sie anvertraut, wen sie am Fluss treffen wollte. Sie sah zur Wagenburg zurück. Niemand war ihr gefolgt.

Die abendliche Ruhe gehörte nun ihr und ihren Gedanken. Sie liebte das Alleinsein zu dieser Tageszeit – kurz vor Einbruch der Dämmerung – diese wohltuende Stille, nur unterbrochen vom Schnattern aufgeregter Entenfamilien, den Rufen der Nachtvögel und dem ruhigen Plätschern des Wassers.

In Gedanken versunken machte sie sich auf den Weg zur Kiesbank hinter den Sieben Drachenrippen. Unversehens brach die Dämmerung herein. Die Bäume am Ufer begannen im verlöschenden Abendlicht aufzuleben – nur für wenige Augenblicke – teilten sich in den bizarrsten Bewegungen und Formen mit, die sich ein Mensch so nie hätte ausdenken können. Pona erkannte markante Köpfe mit weit aufgerissenen Mündern, fantastische Tiergestalten, Menschenkörper in ausdrucksvollen Posen oder nur Formen, die für sich selbst sprachen, nichts darstellten; dennoch verstand sie deren Sprache. All das rief unterschiedliche Gefühle in ihr hervor, die kaum jemand nachempfinden konnte. Es war Ponas Art die Natur zu verstehen, deren Vergangenheit zu erfühlen, zu versuchen, ihre Zeichen und Bilder, ihre Botschaften zu verstehen und ihre Geschichten zu lesen. Die Bäume standen seit langer Zeit an diesen Orten, nahmen alles in sich auf was um sie herum geschah. Sie wuchsen damit heran und warteten auf Wanderer wie Pona, welche ihre lautlose Bildersprache verstanden, die die darin verborgenen Botschaften, die Empfindungen und Erlebnisse nachfühlen konnten. Vor allem dann, wenn alles ruhte, kein Windhauch die Konturen verfälschte, vermochte sie wie in einer Schriftrolle darin lesen. Nur in dieser kurzen Zeit, zwischen Sonnenuntergang und Dunkelheit, teilten sie sich mit, führten Zwiegespräche mit jenen Menschen, die sie verstanden. Von ihnen erhofften sie Verständnis, das ihnen nur wenige Auserwählte gewähren konnten, die mit ihnen in Einklang standen, und Pona gehörte zu ihnen.

Sie kauerte sich zwischen die Reitgrasbüschel und betrachtete den ausdrucksstarken Bilderreigen, der ein Teil der Geschichte dieses Flusslaufs in sich trug. Langsam flossen die Figuren zu grauen Schemen zusammen und die Dunkelheit nahm die verschwimmenden Bilder in sich auf. Pona genoss diese Zeit, in der sie ihren Gedanken freien Lauf lassen, Körper und Geist in die Natur dehnen konnte. In diesen Momenten streifte sie alle Kümmernisse des Tages ab.

Sie wusste, dass dieser Abend für ihr Leben entscheidend sein würde. Auch die Natur um sie schien dies zu fühlen, bereitete sie vor und begleitete sie sorgsam auf dem Weg dorthin.

Als die Nacht Pona einhüllte, die Schatten zu Schemen verschwommen waren, hob sie den Saum ihres Kleides hoch, zog ihre Sandalen aus und setzte ihren Weg zu den Sieben Drachenrippen fort. Bei jedem Schritt spürte sie an ihren Fußsohlen und Waden die feuchten Gräser entlang gleiten, die eine wohltuende Kühle auf ihrer Haut hinterließen, und sie hatte manchmal das Gefühl, als würden die Gräser sie beruhigend streicheln wollen.

Inmitten des Flusses bemerkte sie einen Lichtschein, der mit jedem Schritt, den sie weiterging, heller wurde. Es schien, als wenn das Licht auf dem Wasser schwebte. Als sie um ein Schilffeld bog, sah sie die weiß schimmernde Kiesbank, auf der ein Feuer flackerte. Niemand war zu sehen. Vorsichtig näherte sie sich dem tanzenden Flammenschein.

»Das Licht ist der Weg, er führt zum Ziel«, hörte sie hinter sich eine Stimme. Blitzschnell drehte sie sich um. Indobellinus stand lächelnd hinter ihr. Er genoss ihren Anblick, als sähe er ein überirdisches Wesen. Das weiße Kleid umfloss ihren Körper wie eine zweite Haut. Sie wirkte auf ihn wie eine weiche Blüte, deren Blätter sich in der Dämmerung geöffnet hatten. Pona löste sich aus ihrer Überraschung.

»Du hast mich ganz schön erschreckt, Indobellinus. Mich, die euer Land so wenig kennt und annehmen könnte, dass mir einer dieser Flussgeister auflauern wollte und mich ...« Indobellinus winkte lachend ab.

»Wenn überhaupt jemand, dann ich! Hast du dieses Land erst einmal kennengelernt, vielleicht auch deren Flussgeister, ich könnte mir vorstellen, dass du uns alle lieben lernst, Pona.«

Indobellinus fasste sie leicht am Arm und führte sie zu einem Fell. Danach trat er zum Feuer und wendete die darauf bratenden Fischspieße. Zischend verdampfte das abtropfende Fett und verströmte einen würzigen Geruch.

»Ich habe uns einige köstliche Fische zubereitet, wie du siehst«, sagte er stolz.

»Sie werden dir schmecken! Ohne versteckte Gräten natürlich, sodass du das Fleisch in der Dunkelheit gefahrlos vom Skelett lösen kannst. Ihren Bauch habe ich mit Kräutern der Auenwiesen gefüllt, sie verleihen dem Fisch einen unnachahmlichen Geschmack.«

Pona antwortete nicht. Sie beobachtete das Spiel der Flammen um die Fische und seine starken Hände, die sich an den Spießen zu schaffen machten.

»Geschenke der Götter von der Isura«, sagte er versonnen und schob mit einem Stock einen der Spieße steiler über das Feuer.

Aufmerksam verfolgte sie jede seiner Bewegungen, so als wollte sie diese in ihrem Gedächtnis festschreiben, um sie irgendwann aus ihrer Erinnerung hervorholen zu können, wenn sie sich nach ihm sehnte. Nachdenklich sagte sie: »Das Plätschern des Flusses, die Ruhe um uns, der Duft des Fisches und manch anderes rufen schmerzliche Erinnerungen in mir wach, Indobellinus. Ich fühle mich in meine Heimat versetzt – und dennoch bin ich an der Isura. Hier wie dort sind und waren es ähnliche Momente, die mir das Gefühl geben, den falschen Göttern entwischt zu sein, die jeden Moment unseres Lebens bestimmen.«

Indobellinus setzte sich zu ihr. Schweigend beobachteten sie die Flammen.

»Vermisst du deinen Danuvius, Pona?«, fragte Indobellinus behutsam in die Stille hinein. »Sehr«, antwortete sie.

»Die Gedanken an unser Dorf am Danuvius verfolgen mich manchmal in meinen Träumen, mitunter auch tagsüber – wie vor einigen Tagen, als ich das Schicksal der Zurückgebliebenen am Danuvius gefühlt und gesehen habe.«

»Ich ahnte es, als ich deine traurigen Augen sah. Was ist geschehen?« Indobellinus sah die junge Frau teilnahmsvoll an.

Pona erzählte von den beklemmenden Visionen der letzten Tage und davon, dass sich ihre Befürchtungen bewahrheitet hatten. Schweigend hörte er ihr zu und wartete geduldig, bis ihr Schmerz wieder verklungen war.

Nachdenklich malte er mit einem Holzspan Zeichen in den Sand, während er langsam zu sprechen begann. Es schien, als wollte er jedes Wort, das seine Gedanken beschreiben sollte, einer Prüfung unterziehen.

»In meinen Visionen sehe ich ähnliches für unser Volk voraus«, sagte er.

»Auch wir werden, nein wir müssen unser Land verlassen. Frag' mich nicht warum und wann! Ich weiß nur, dass wir es tun müssen. Seit einiger Zeit beunruhigt mich dieser Gedanke, und er gewinnt zusehends an Kraft.«

»Wir Kelten sind offenbar dazu verdammt, stets nach einem neuen Land suchen zu müssen, immer in Bewegung zu bleiben«, antwortete Pona. Indobellinus nickte.

»Die Wanderschaft unserer Stämme endet in den Herzen der Menschen, die weiter wandern und weiter leben müssen, erst dann, wenn viele Mächte und deren Herrscher die Zeitläufe durchquert haben. Manche werden für kurze Zeit Erfolg haben, die meisten aber kläglich scheitern. Meine Visionen sagen mir, dass das weite Land um diesen Fluss, viele Länder entlang anderer Flüsse und Meere – im Herrschaftsbereich der Römer und weit darüber hinaus – in einer fernen Zeit eins sein und in Frieden miteinander leben werden. Die Völker werden zusammenfließen, wie das Wasser der Bäche aus den Hügeln, das sich friedlich mit dem der Flüsse vereinigt und weiter in den Danuvius fließt, der sich in das große Meer ergießt. Das Wasser kennt keine Grenzen, keinen Besitz, doch besitzt und bestimmt es alles und erhält die Seen und Meere am Leben. Dieser Weg ist unendlich weit, noch zu weit für uns, zu weit für die Zeit in der wir leben und für die Menschen unserer Stämme.«

»Nein, Indobellinus«, erwiderte Pona sanft.

»Denk' an die keltischen Vorstellungen über unser Erdendaseins, das viele Leben durchquert. Wir beide werden einst diese ferne Zeit erreichen, auch wenn wir in diesem Leben nicht so lange zusammenbleiben sollten, wie wir uns das wünschen. Ist es nicht Teil unserer keltischen Vorstellung, dass wir nie sterben und in anderen Menschen weiterleben werden? Diese ferne Zeit gestalten wir beide mit, schon jetzt!«

»Deine Gedanken sind mir nicht fremd, Pona. Doch wie kann ich unsere Stämme zu den ersten Schritten in diese Zukunft bewegen?«, fragte er nachdenklich. »Bedenke die knapp bemessene Zeit, die uns bleibt.«

»Wir werden sie so schnell wie möglich nutzen«, murmelte sie, umfasste seine Hand und starrte auf den Boden vor sich.

»Ich denke, dass wir das Verhalten der Menschen nur ändern können«, erwiderte Indobellinus, »wenn wir ihnen Lebensregeln vorgeben, die den Glauben an die Allmächtigen lebensnah unterstützen.«

»Du sprichst mir aus dem Herzen, Indobellinus. Auf unserem Zug an die Isura musste ich leider erkennen, dass nicht nur ein starker Glaube die Gemeinschaft zusammenschweißt, sondern auch verbindliche Lebensregeln erforderlich sind. Da uns noch niemand diese Regeln vorgegeben oder vorgelebt hat, rufen wir Kelten – auch bei kleinen und großen Verfehlungen – unsere unzähligen Götter an. Wir suchen Halt bei ihnen, erhoffen mit Opfergaben ein mildes Urteil oder einen Hinweis zu erhalten – einer der Götter wird immer ein Zeichen geben und verzeihen. Vielleicht werden sie das als richtig ansehen was wir getan haben oder noch tun werden. Auch uns Druiden nehme ich davon nicht aus. Und genau diese Lebensregeln sollten wir gemeinsam formulieren.«

Indobellinus antwortete nicht, sondern sah sie nachdenklich an. Dann stand er auf und ging zum Feuer.

»Die erste Regel dieser Nacht, die ich mir vorgegeben habe ist die«, sagte er scherzhaft. »Serviere der Frau deines Herzens keinen verbrannten Fisch!« Er lachte, zog zwei Spieße aus dem Feuer und roch daran.

»Die Fische sind gar. Hier also die Begrüßung von der Isura.« Er verbeugte sich, reichte ihr den Spieß und fügte hinzu: »Ich denke, in der fernen Zeit wird dieser Fisch an den Sieben Drachenrippen noch genauso gut schmecken wie heute Abend. Er wird dann immer noch einen Kopf besitzen, wenig Gräten, köstliches Fleisch und knusprige Flossen. Und es wird Menschen geben, die ihn mögen. Vielleicht sind auch jene dabei, die nach unseren Regeln leben, die wir jedoch noch formulieren müssen.«

Indobellinus ließ sich neben Pona nieder und zog zwei Mundtücher aus seiner Tasche.

Krachend biss er in die Schwanzflosse des gerösteten Fischs und kaute genüsslich darauf.

»Wie heißt dieser Fisch?«, fragte sie, »er riecht vorzüglich.«

»Forelle, Pona, ein Fisch, der das Köstlichste ist was in unseren Flüssen schwimmt. Natürlich nur dann am besten, wenn ich ihn für die Frau meines Herzens zubereitet habe«, ergänzte er stolz.

Vorsichtig begann sie an den Flossen zu knabbern, dann löste sie mit ihren Fingern etwas Fleisch von der Bauchseite ab.

»Herrlich«, meinte sie, »du bist nicht nur ein mächtiger Druide, sondern weißt auch, wie man eine Frau auf ihre Verführung vorbereitet.«

»Nur wenn sie es selbst möchte«, entgegnete er. Verlegen lachend warf er die Reste seines Fisches in das Feuer.

Als beide gesättigt waren, zog er aus einem Bündel einen Lederschlauch, öffnete ihn vorsichtig, entnahm einem anderen Beutel zwei Becher und füllte sie mit dem Inhalt des Schlauches.

»Dies ist das Wasser der Weisheit, rot und herb schmeckend. Ein gallischer Händler hat diesen Wein aus dem Süden mitgebracht«, erklärte er. »Das köstliche Getränk stammt aus den Vorräten des Tempels, und warum sollte der hochweise Druide nicht eine Kostprobe für sich verwenden?«

Sie tranken sich zu.

»Einen solchen Tropfen habe ich seit langem nicht mehr genossen, zudem gestohlenen Wein«, stellte Pona fest. Sie leckte genüsslich die restlichen Weintropfen von ihren Lippen.

»Griechischer Wein am Strand der Isura«, erklärte Indobellinus und nahm einen weiteren Schluck. »In Nächten wie dieser entfaltet er seine verborgenen Fähigkeiten, flüstert uns seine Wahrheiten zu.«

Sie tranken sich zu und er füllte die Becher erneut. Pona reckte sich zufrieden und lehnte sich an Indobellinus' Schulter.

Eine Weile saßen sie stumm nebeneinander, genossen den blinkenden Sternenhimmel und fühlten sich in dieser nächtlichen Einsamkeit aneinander geborgen.

»Sieh dir dieses Sternenbild an, Indobellinus«, unterbrach Pona die Stille und deutete auf den Großen Wagen. »Trägt es nicht mehr als alle Sternbilder dort oben etwas von uns Kelten in sich? Es wandert ruhelos mit Wagen und

Deichsel über den Himmel. Unendlich viele Sterne ziehen es. So wie wir Kelten unsere vielen Wagen auf der Erde voranbewegen und letztlich nie zur Ruhe kommen.«

Mehr für sich bestimmt, fügte sie hinzu:

»Alles erscheint mir wie ein Traum. Warum hat das Schicksal uns beide zueinander geführt, Indobellinus? Warum du? Warum nicht ein anderer Mann? Warum ich und nicht eine andere Frau?«

Pona rückte auf dem warmen Kies näher an ihn heran. Sanft legte sie ihre Hand um seine Schultern. Sie fühlte seine Wärme, die ihr entgegenströmte und streichelte seine Hand, die sie fest in ihrer hielt.

»Weil uns die Allmächtigen für eine Aufgabe ausersehen haben, die wir nur gemeinsam meistern können«, antwortete er, »und weil wir uns lieben.«

Einem plötzlichen Einfall gehorchend, erhob sich Pona.

»Für diese Gemeinsamkeit von Mann und Frau haben die Druidinnen unseres Volkes einen uralten Brauch überliefert. Er wird uns beide im Geist und im Körper vereinen, ohne dass wir uns berühren. Er wird uns die gemeinsame Kraft schenken, die wir auf unserem unendlich langen Weg brauchen, ob im Leben oder im Tod. Dieser Ort, an den Kraftlinien der Sieben Drachenrippen, ist der beste hierfür, den man sich denken kann. Eigentlich wird dieses Ritual bei Hochzeiten durchgeführt, doch wir werden es für uns jetzt vollziehen.«

Pona begann mit Flusssteinen eine Lemniskate – eine liegende Acht – in den Kies zu scharren.

In jeder der beiden so gebildeten Schlaufen entzündete sie ein Talglicht. Sie näherte sich Indobellinus, zupfte mit einem Ruck aus seiner Schläfe, dann aus ihrer, einige Haare aus. Er schrie leicht auf und verfolgte gespannt ihre weitere Handlung. In die eine Schlaufe der Lemniskate legte Pona zur Linken sein Haar auf ein Lederstück, zur Rechten ihr Haar und beschwerte es mit Steinen.

Am Schnittpunkt der beiden Schlaufen setzte sie eine Tonschale ab, betrat diesen Punkt selbst, legte ihre Hände flach auf den Boden und rief die Allmächtige Erdenmutter an. Dabei murmelte sie ein Gebet. Anschließend hob sie ihre Handflächen wie Schalen dem Himmel entgegen und betete zum allmächtigen Erdenvater. Dann verneigte sie sich nach Norden, Osten, Süden und Westen und erbat den Beistand der Winde aller Himmelsrichtungen. Daraufhin begann sie die Schlaufe der weiblichen Seite, mit ihrem Haar in der Mitte, nach rechts zu umwandern, anschließend umrundete sie die der männlichen Seite in der gleichen Richtung; dabei murmelte sie Worte, die er nicht verstand.

Siebenmal zählte er, während er ihren Bewegungen gebannt folgte, schritt sie das magische Zeichen ab. Anschließend entzündete sie in der Schale im

Zentrum ein schwach glimmendes Feuer. Mit geschlossenen Augen kam sie auf ihn zu, fasste ihn bei der Hand und führte ihn zu der brennenden Schale. Mit einer schnellen Armbewegung warf sie ihre Haare in die Glut, die knisternd verbrannten. Indobellinus erahnte, dass er sich der Magie dieses Augenblicks nicht entziehen konnte, schloss die Augen und fühlte eine unbekannte Kraft in sich hineinströmen. Schwerelos begannen seine Hände mit denen Ponas zu verschmelzen. Er empfand, als ob sich sein Körper auflöste und sich mit dem von Pona vereinigte. Ihre Gedanken wurden eins. Er wusste nicht, wie lange dieser Zustand währte, ob er wach war oder nur träumte, als er sie neben sich flüstern hörte: »Unsere Vereinigung ist vollzogen. Fühlst du mich in dir, so wie ich dich in mir fühle?«

»Ja, es ist als würde ich deine Weiblichkeit in mir tragen«, antwortete er in Gedanken versunken.

»Dann lasst uns allen danken, deren Beistand ich eingangs erbeten habe. Sie werden uns im weiteren Leben beistehen.«

Lange schwiegen sie, saßen eng aneinandergelehnt und beobachteten die Sterne. Deren Bewegungen schienen so unendlich langsam, und dennoch konnten sie in dieser Nacht deren Wege mit ihren Augen verfolgen.

Indobellinus atmete tief durch.

»Wenn das Leben unserer beiden Stämme in dieser Harmonie verlaufen würde, wie glücklich müssten wir alle sein. Diese sanfte Macht deiner Zeremonie bedeutet eine Nichtherrschaft des Weiblichen, der wir Männer uns gerne stellen, da wir nicht beherrscht werden und dulden können, selbst nicht zu beherrschen.« Er warf einen Kieselstein in die Dunkelheit und sie hörten das Aufklatschen im Wasser.

»Bekümmern dich die furchtsamen Menschen deines Volkes nicht auch, Pona? Es gibt leider zu viele davon auch in meinem Volk«, sinnierte er vor sich hin. »Diese Verzagten, die jeden ihrer Schritte von irgendwelchen der unzähligen Götter oder Erdgeister absegnen lassen. In allem, was geschieht, Zeichen dieser vermeintlich starken Götter suchen, blutige Opfer bringen, sich sinnlose Zufälligkeiten als deren Fingerzeige weismachen lassen.«

Pona richtete sich auf und sah auf Indobellinus.

»Und das alles geht von uns aus, von den Druiden«, ergänzte sie. »Viele unseres Standes wissen nicht, dass sie mit ihren Weissagungen die Unwahrheit sprechen, zu sehr sind sie von der Macht ihrer Worte berauscht, die ihnen vermeintlich die Götter einflüsterten. Und jene, deren Handeln sie bestimmen, unterwerfen sich diesen Unwahrheiten.«

Indobellinus starrte vor sich hin und kratzte mit einem Flussstein ein Muster in den Kies, das er sofort wieder verwischte.

»Wir beide werden ihnen einen mutigeren Glauben lehren müssen«, fuhr er fort, »den Glauben an sich selbst und an die *eine* und den *einen*, die Erdenmutter und den Erdenvater, die zu etwas Allmächtigem verschmelzen werden – zu den Allmächtigen. Unsere Stämme haben vergessen, dass es einst den Glauben an eine einzige überirdische Autorität gab, von der alles kam und zu der alles ging. Auch in diesem Land hier, in dem Land, das du verlassen hast und in jenem Land, welches ihr erreichen wollt. Sie suchen ihre Regeln in den vielen Göttern, daher müssen wir ihnen Regeln auferlegen, die den Vorstellungen der Allmächtigen entsprechen. Sie müssen alle Lebensbereiche erfassen und die Menschen ihr tägliches Leben danach ausrichten lassen. Spätestens dann werden die vielen Götter überflüssig werden, da viele von ihnen nur für eine Regel stehen können – und nicht einmal das.« Pona nickte.

»Vor allem wir Druiden haben uns zu weit von unserem Glauben an die Erdenmutter entfernt«, erwiderte sie, »und es wird für viele unseres Standes ein mühsamer Weg sein, sich wieder auf den Ursprung zurückzubesinnen. Ich wage zu behaupten, dass es viele von uns nie schaffen werden. Eine Wanderschaft, wie sie mein Stamm begonnen hat, bedeutet auch für uns Druiden eine Möglichkeit sich neu zu orientieren. Es wäre zumindest ein Anfang.«

Pona schmiegte sich wieder an Indobellinus.

»So wie es mir und meinem Volk widerfahren ist«, sprach sie weiter. »Die in uns vorhandene eigene Kraft zu entdecken, für sich zu nutzen und das eigene Schicksal in die Hände zu nehmen, das war einer der Gründe, die mich bewogen haben, meine Heimat zu verlassen – abgesehen von den äußeren Gefahren, die unübersehbar heraufzogen.« Indobellinus sah Pona erstaunt an.

»Mit niemandem konnte ich bisher über diese Dinge sprechen, und sie beschäftigen mich in der letzten Zeit immer mehr«, stellte er fest. »Nicht einmal mit Casina konnte ich es tun. Wie kommt es, dass so viele deiner Gedanken meinen gleichen?«

Er musterte sie ernst und gab sich selbst die Antwort: »Weil unsere Gedanken diese Götterschar hinter sich gelassen haben und wir nur die Autorität dieser Kraft anerkennen und an sie glauben.«

»Auch für mich gilt die eine allmächtige Kraft, die ich vorhin angerufen habe, an die unsere Vorfahren glaubten, aus deren Fleisch wir geschaffen wurden und deren Lebensregeln wir vergessen hatten«, antwortete Pona.

»Wie seltsam«, fuhr sie fort, »du bist der erste Mensch, außer Quinus, mit dem ich darüber sprechen kann, ohne dass ich ihm meine Gedanken Schritt für Schritt erläutern muss. Diese allmächtige Kraft hat mich in der Tat auf den Weg befohlen, in dieses Land geführt und wird dich und mich gemeinsam weiter begleiten.« Sie horchte in sich.

»Dann müsstest du, Indobellinus, mit deinem Stamm irgendwann dieses Land verlassen. Ist es das was dich bewegt?«

»Ja, Pona! Auch wir müssen dieses Land verlassen. Aus ähnlichen Gründen wie du sie beschrieben hast. Den Menschen meines Volkes dies beizubringen, dazu bedarf es allerdings großer Überzeugungskraft, und auch manche List wird erforderlich sein. Es ist für mich daher wie ein Zeichen der Allmächtigen, dass die allmächtige Kraft dich in das Land der Vindeliker geführt hat. Gemeinsam mit dir wird es mir leichter fallen, diesen Weg zu beschreiten. Wir Druiden sind für die Zukunft unseres Volkes verantwortlich, wie wir bereits festgestellt haben, und daher kann auch ich mich dieser Verantwortung nicht entziehen. Die Zukunft muss von uns bedacht werden, mit klaren Vorstellungen, die als Lebensregeln, von denen wir sprachen, jedem Menschen verständlich sein müssen, ohne Zeichen der vermeintlichen Götter zu bemühen, die uns nicht helfen können.«

»Deren Strafe müsste uns augenblicklich niederschmettern, wenn es sie gäbe«, antwortete Pona lächelnd.

»Sie existieren eben nicht«, erwiderte Indobellinus bestimmt.

»Da ist noch etwas, Indobellinus, das mich beschäftigt.« Pona fasste nach seinen Händen und betrachtete sie, dabei streichelte sie seine Handrücken.

»Was geschieht mit uns, wenn ich mit meinem Stamm weiterziehe, was wird aus uns beiden?«, fragte sie nachdenklich.

»Seit Tagen denke ich darüber nach«, antwortete er leise und seine Augen schienen feucht und traurig. »Wir werden einen Weg finden, Pona. Die Allmächtigen haben uns nicht zusammengeführt, um uns wieder zu trennen. Lass' uns daher nicht weiter darüber grübeln, diese Nacht gehört uns, nur uns. Was danach geschieht, darüber werden die Allmächtigen befinden.«

Indobellinus umfasste mit beiden Händen ihren Nacken, zog sie an sich und küsste sie. Pona erwiderte den Druck seiner warmen Lippen und warf alles von sich ab.

Der Fluss plätscherte um die Kiesel am Rand der Kiesbank und befeuchtete sie unermüdlich. Nachtvögel flogen unbeirrt, ihrem Trieb folgend, in der Dunkelheit an ihnen vorbei und Fische sprangen plätschernd über die Steine in der Uferzone. Die Wasserlilien verströmten ihren schweren Duft und der Tau legte sich auf das Schilf hinter ihnen. Die beiden jungen Menschen vergaßen die Zeit und waren nur für sich da, betraten gemeinsam ein uraltes Land, das sie für sich entdeckten. Sie verschmolzen in der nächtlichen Stille und gaben sich ihr bedingungslos hin. Isura und Danuvius flossen zueinander, so wie es die Natur wollte.

Mitten in der Nacht richtete sich Indobellinus auf und meinte: »Deinen Gedanken, dass wir einiges von dem, was wir heute Nacht gedacht haben, niederschreiben sollten, den muss ich wohl geträumt haben. Sieh dir das hier an!«

Er zog aus einem Lederbündel einen flachen Gegenstand. Es waren zwei Brettchen, eines davon hob er an, dabei rückte er näher ans Feuer.

»Dies ist eine der Tonplatten, auf der ich die Abgaben für den Tempel vermerken wollte. Wir beschreiben sie für gewöhnlich, doch irgendwie sind sie in meinen Taschen geblieben. In dieser Nacht sollten wir beginnen, das, was wir gedacht haben, niederzuschreiben. Mit einer gemeinsamen Niederschrift würden wir zumindest unsere Gedanken sammeln können, um die Lebensregeln zu formulieren, die in unseren Köpfen existieren und für unser weiteres Leben bestimmend sein sollten.«

Er nahm einen bronzenen Griffel aus dem Ledertuch und ritzte mit schwungvollen Zügen eine Seerosenblüte in den feuchten Ton ein.

»Dies ist das Zeichen, das unsere beiden Clans darstellt. Das Schicksal hat es so gewollt, dass es Seerosen sind.«

Er hielt ihr das Brettchen mit der flachen Tonscheibe vor die Augen.

»Und nun ritze unten rechts deinen Namen ein, lass' aber so viel Platz, dass ich meinen noch davor setzen kann.« Pona sah ihn überrascht an.

»Eine Erinnerungen an die erste gemeinsam verbrachte Nacht, Indobellinus, mit all unseren Hoffnungen und Träumen?« Sie strich sich eine Haarsträhne aus dem Gesicht. »Welch wundervoller Gedanke!«

»Ja, das ist er, denn diese Tafel soll uns stets begleiten. Eine zweite Tafel werden wir irgendwann vergraben und mit dem gleichen Text versehen«, erklärte er ihr.

Schwungvoll setzte sie ihren Namen in griechischer Schrift darunter und reichte ihm die Tafel zurück. Indobellinus setzte seinen Namen davor. Im Bewusstsein der Feierlichkeit ihrer Handlung, drückte sie ihren Daumen hinter ihren Namen in den weichen Ton.

»Auf dem unbeschriebenen Teil werden wir das einritzen«, sagte er, »was wir in dieser Nacht gedacht und gesprochen haben. Und das ist nicht wenig. Wir werden klein schreiben müssen. Wahrscheinlich wird die Tafel nicht ausreichen. Vielleicht nehmen wir eine zweite, oder deren Rückseite. Wer weiß! Wenn wir einst unsere Vermählung gefeiert haben, werde ich dir diesen Text vorlesen. Zuvor trockne ich sie in der Sonne, lasse sie beim Töpfer brennen und bewahre sie gut auf.«

»Das wird nicht nötig sein«, sagte Pona und zog lächelnd einen Beutel aus ihrem abgelegten Bündel. »Wir können unsere Gedanken noch heute Nacht gemeinsam verfassen, nicht erst in den nächsten Tagen. Quinus hat eine Methode entwickelt, die das rascher ermöglichen wird; ich zeige sie dir.«

Sie zog eine der Fackeln näher zu sich heran, breitete vorsichtig ein Lederstück aus und legte eine Vielzahl von kleinen Beuteln vor sich hin.

»Jeder von ihnen enthält griechische Buchstabenschüsselchen. Es ist kein Spiel, wie ihr im Tempel dachtet. Wir können unseren Text anhand dieser Schüsselchen entwerfen und dann in die Tafel einritzen.«

Mutter Erde hat unsere Gedanken geführt, hat uns die Gefahren sehen lassen ... setzte Pona den Anfang des ersten Satzes. Er sah ihr bewundernd zu und fuhr fort:

die sich unbemerkt anbahnen und sie sprach zu uns:..

Fasziniert betrachtete er die aneinandergesetzten Buchstaben, die Pona mit ihren Worten ergänzte.

»Es ist genial, was sich Quinus da ausgedacht hat.« Rasch nahm er die Tafeln und ritzte den ersten Satz ein. Danach flossen ihnen die Gedanken wie ein nicht versiegender Quell zu, sodass sie nach kurzer Zeit die Texte Satz für Satz gelegt und die Tafel auf beiden Seiten beschrieben hatten.

»Nun kann sie gebrannt werden, und dann werden wir eine weitere anfertigen.«

Sie leuchtete mit einer Fackel über die Tafel. »Für die Lebensregeln allerdings, die uns vorschweben, werden wir noch viel Zeit benötigen«, sagte Pona nachdenklich.

Indobellinus legte das Brettchen wieder über die Tafel und wickelte alles in das Lederbündel.

»Wenn du mir untreu werden solltest, werde ich eine gebrannte Kopie dieser Tafel auf deinem Kopf zertrümmern«, meinte er scherzhaft, »und das wird schmerzen, denn gebrannter Ton ist hart, und so wirst du dich dann an unsere erste gemeinsame Nacht erinnern.«

Sie lachten und freuten sich wie Kinder über das Erste, was sie gemeinsam geschaffen hatten.

Das Feuer brannte noch als sie aufbrachen.

»Es wird von selbst erlöschen«, sagte Indobellinus und pfiff leicht durch die Zähne. Aus der Dunkelheit näherte sich ein Pferd und rieb seinen Kopf freudig an seiner Schulter.

»Die Allmächtige beschütze dich, Pona, meine Gedanken tun es ohnehin.«

Er nahm sie heftig in die Arme, und es dauerte einige Zeit, ehe er sein Pferd bestieg und davonritt.

»Alles blieb hinter uns.«, murmelte Pona, als sie allein zurückblieb und den verklingenden Hufschlägen nachhorchte.

»Für Stunden waren wir losgelöst von den vielen kleinen und großen Problemen dieser Welt, den Pflichten die uns fesseln, waren frei von deren

Enge. Und nun braucht mich diese Welt wieder, der ich mich nicht entziehen will.«

Sie gab sich einen Ruck. Der erste Lichtschein des nahenden Morgens erschien im Osten und, in Gedanken versunken, trat sie ihren Rückweg zur Wagenburg an.

Vor dem Tempel auf den Sieben Drachenrippen hielt, inmitten des Flusses, ein Reiter und verharrte starr wie eine Statue. Das Wasser der Isura umspülte die Fesseln des Pferdes und der untergehende Mond warf den Schatten des Reiters auf die Mauern des Tempels. Das Augenpaar des Reiters starrte zum Feuer auf der Kiesbank, beobachtete die Flammen vor der schweigenden Wand des Waldes. Das Sternenlicht verfing sich in den Augen und ließ sie zeitweilig aufglühen. Ruhig lagen die Hände auf dem Sattel, die Handflächen waren nach oben gerichtet. Sowohl in der linken als auch in der rechten Hand lag ein im Mondlicht gelb leuchtendes Amulett. Als das Feuer bis auf einen glühenden Rest niedergebrannt war, hob der Reiter beide Hände vom Sattel, hielt sie gegeneinander und wölbte die Handflächen zu einer Schale. Mit einem leisen Klirren fielen die beiden Schmuckstücke aneinander. Rasch bewegten sich die Hände nach oben, öffneten sich und bernsteinfarbene Seerosenblätter begannen auf den Mondstrahlen zu schweben. Der geheimnisvolle Reiter blies ihnen hinterher, Lichtstrahlen begannen sich in Wellen zu bewegen, erfassten die Blütenblätter in einer tanzenden Bewegung und schwebten dem Lichtpunkt auf der Kiesbank zu.

Der schwarze Umhang blähte sich in einem aufkommenden Windhauch auf und verhüllte sein Gesicht. Er strich sich das Tuch aus der Stirn, faltete die Hände auf dem Schoß und murmelte: »Es wird alles einfacher werden als ihr denkt. Vertraue sie dem Mann und er der Frau – und vertraut beide *mir*, dann werdet ihr euch wieder finden, wie ihr euch jetzt gefunden habt.«

Lange hielt der Reiter seinen Blick auf den bernsteinfarbenen Lichttanz gerichtet, der in der Dunkelheit verschwand. Nach einem Klaps auf den Hals des Pferdes durchquerte er die Isura und sprang mit einem gewaltigen Satz über den Tempel der Epona. Klatschend fiel ein Wasserschwall auf das Dach des Gebäudes, drang in den Tempel ein und warf den Schrein der Epona vom Sockel. Die Knochenscharniere der Flügeltüren zersprangen, der Schrein stürze um und die Göttin blieb mit dem Gesicht auf der Erde liegen.

Zweitausend Jahre später – Fund an der Isar

Wie ein wasserumspültes Fragezeichen schmiegte sich die Kiesbank in den Isarbogen. Sie war das eigenwillige Ergebnis einer Laune der Natur, das irgendwann, bei einem der letzten Frühjahrshochwasser, von den abfließenden Schmelzwassern hinterlassen worden war.

Zugegeben, diese Eigenwilligkeit der Natur konnte einige Fragen aufwerfen. Allein ihre Form, ihr Profil und ihre Lage waren erklärungsbedürftig. Warum waren gerade diese Flusssteine und das Schwemmgut, aus der sie bestand, an dieser Stelle angeschwemmt worden? Man hätte fragen können, welche Geschwindigkeit die Wasserströmung haben musste, damit das Geschiebe des Flusses sie in dieser Form und an dieser Stelle hinterlassen konnte, ferner welche Hochwasserhöhe, welcher Staudruck damals an der Flussbiegung bestand. Warum existierte sie nicht als geometrisch korrekter Kreisbogen oder in der Form einer Mondsichel. Der Mond bestimmte am Meer doch auch über Ebbe und Flut, warum nicht auch über den Verbleib des Geschiebes?

Dem jungen Mann, der bequem ausgestreckt in der Sonne lag, stellte sich keine dieser Fragen. Warum auch? Er nahm diesen Einfall der Natur nicht einmal bewusst wahr und nutzte im Moment nur das Angenehme dieser Besonderheit für sich. Er lag einfach nur auf dieser Kiesbank und seine Arme ruhten entspannt neben ihm. An seinen Schenkeln, dem Bauch und der Brust fühlte er die Abdrücke der Kieselsteine und die Flusskühle aufsteigen. Er roch den moosigen Geruch des grün schimmernden Wassers, wenn die Sonnenstrahlen es durchdrangen. Sein linker Arm hing schlaff im Wasser, die Strömung hob die Hand manchmal sacht an; dabei entstand ein gurgelnder Strudel, der an ihr auf- und abtaumelte. Wenn sie wieder zurückglitt, zerplatzte er in einem schmatzenden Geräusch und spritzte einige Wassertropfen auf seine Arme. Seine Zehen hatte er tief in den Sand gebohrt, auch an ihnen fühlte er die gleiche angenehme Kühle. Mit lässiger Bewegung schaltete er ein Kofferradio ein. Halb dösend hörte er den Nachrichten zu.

»In ...«, er verstand den Namen des Landes nicht, »nördlich des Hindukusch gelegen, wurde der langjährige Bürgerkrieg beendet und ein Waffenstillstand geschlossen.«

»War das nicht dort, wo sein verstorbener Freund vor Jahren Messungen der Radioaktivität vorgenommen hatte – damals, Jahre nach dem Unglück von Tschernobyl?«, fragte er in sich hinein.

»... in der Zeit, nachdem der Eiserne Vorhang gefallen war und die Sowjetunion sich auflöste?«

Für einen Moment widmete er sich diesen Erinnerungen und überhörte die nachfolgenden Meldungen.

Bei der Nachricht, dass sich die Regierungskoalition mit der Opposition um ein Gesetz stritt, zog ein unbehagliches Gefühl über seinen Nacken. Als er hörte, dass die Tabaksteuer erhöht, ein Rauchverbot eingeführt werden sollte, Telefonieren mit dem Handy am Ohr während des Autofahrens noch härter bestraft werden sollte, man künftig beim Arzt zuerst Geld hinlegen müsse, um überhaupt behandelt zu werden, fühlte er das Unbehagen förmlich von seinem ganzen Körper Besitz ergreifen. Missmutig dachte er daran, wie dies alles ein Mann mit Gipsarmen wohl anstellen müsste. »Natürlich mit dem Mund ...«, dachte er belustigt. Er schüttelte bei dem Gedanken an die neuen Verordnungen seinen Kopf. Wieder neue Verordnungen, die ein Stück Freiheit kosteten und die Verwaltung weiter aufblähten. Mit dem Kinn schob er seinen Unwillen in den Sand und fragte sich, warum er überhaupt gewählt hatte.

Die da oben schienen die Sorgen und Wünsche der Menschen nicht mehr wahrzunehmen. Sie dachten nur an die Staatsfinanzen, drohende Neuverschuldung, bürdeten den Menschen einerseits mehr auf und versprachen andererseits Verbesserungen der Lebensqualität. Das alles zog die Menschen in eine immer bedrohlicher werdende Abhängigkeitsspirale, die sie irgendwann ins Nichts schleudern würde.

»Es sind die Wünsche der Bürger«, argumentierten die Politiker und wussten, dass dies nicht der Wahrheit entsprach. Hämisch formulierte er ihre Argumente nach: Noch mehr und gleichzeitig bessere Straßen, modernste Bahnstrecken, umfassenderen Umweltschutz, erhöhte Sicherheit vor Terrorismus und, und, und ... Er dachte an die Erholungsuchenden an den Wochenenden oder bei Ferienbeginn, welche die Schnellstraßen verstopften, in den endlosen Staus auf den Straßen oder im Gewühl der Abfertigungshallen von Flughäfen. Sie ließen ihren Freizeitfrust an sich selbst, ihrer Familie oder an den Mitreisenden vor oder hinter sich aus.

»Für diese Lebensqualität schwatzen sie uns das alles auf«, dachte er missmutig.

»So schnell wie möglich mit Auto, Bahn oder Jet, mit prall gefülltem Gepäck von A nach B rasen. An den Flughäfen Kontrollen biometrischer Daten, Leibesvisitationen und unangenehme Fragen. Wenn eine stählerne Hüfte piepste kam automatisch die Frage: ›Tragen Sie eine Waffe? Weg mit dem Gürtel!‹ Ist es das, was die Menschen wünschten, die Freiheit, nach der wir alle streben?«

Sein Kinn schob noch mehr Sand und Kieselsteine zur Seite und blieb schließlich in der Kuhle ruhig liegen, wie wenn er resigniert hätte.

»Diese Art von Fortschritt engt unsere Freiheit eher ein«, erregte er sich in Gedanken, »nagt an unserer Autonomie, bis von ihr nichts mehr übrig ist.«

»Kräfte, die unsere Weltordnung beseitigen wollen«, würden Politiker antworten, »müssen mit der Aufgabe individueller Freiheiten bekämpft werden, zum Wohle der Allgemeinheit.«

Dies war eine ihrer stereotypen Aussagen und sie setzten noch eins drauf: »Will man Sicherheit für die Allgemeinheit, kann auf die Privatsphäre eines einzelnen Menschen keine Rücksicht genommen werden. Daten von Menschen müssen gesammelt werden, um die schwarzen Schafe unter ihnen zu finden!«

Er dachte an die geplanten DNA-Datenbanken, die biometrischen Dateien, an die Ausweise mit den Datenchips, die versteckte Abfragen gestatten würden. Sein Kinn in der Kuhle bewegte sich.

»Wir müssen Opfer bringen, Junge«, pflegte sein Onkel zu sagen, der Bruder seiner Mutter, »viele kleine Freiheiten aufgeben, um der gemeinsamen Freiheit, unserer Demokratie willen. Das hätte auch dein Vater gesagt, wenn er noch leben würde«, fügte er in hartnäckiger Regelmäßigkeit hinzu.

Er glaubte es nicht und dachte mit Zuneigung an den unbekannten Mann aus der Vergangenheit, den er in solchen Momenten immer sehr nah bei sich fühlte, obwohl er ihn nicht kannte.

Und da gab es noch andere dieser schwarzen Schafe, die sie längst für uns geortet hatten. Anders denkende Menschen, Menschen mit anderer Hautfarbe, Kultur und Religion, Raucher, deren Sucht zuerst ihr eigenes und dann unser vermeintlich gemeinsames Geld kostete.

Alkoholiker von Fall zu Fall. Natürlich nicht die Weintrinker. Selbst ist man nicht gemeint, denn Wein ist ein Stück europäischer Kultur; gibt es nicht seit Jahrtausenden die viel gepriesenen Weine? Nein, Wein ist in dem Sinn kein Alkohol, er gehört seit Anfang unserer Kultur zu uns, ist Teil unserer Träume, wird von unseren Dichtern und Musikern besungen. Denn Träume sind nur eine Gefahr, wenn sie Realität werden, und Dichter sind harmlose Papiertiger!

Rauchen, Tabak dagegen kam erst spät auf, ist sozusagen eine eingeschleppte Sucht, etwas Fremdes. Das Rauchen von Tabak ist keine europäische Errungenschaft, gehört nicht zu unserer Kultur, ist daher eine Gefahr für uns, ein gesundheitliches Risiko, es muss durch harte Steuern und Rauchverbote eingedämmt werden.

Dass die Menschen bei der Wahrnehmung ihrer Mobilität, einer ihrer größten Freiheiten, wie sie meinen, wesentlich größeren Gefahren ausgesetzt sein würden, das erwähnten sie nicht.

Beim Gedanken an das Rauchen fiel ihm ein, dass er seine Pfeife zu Hause gelassen hatte.

»Zu gerne würde ich eine schmauchen«, dachte er und versuchte sich den Geruch der blauen Rauchkringel vorzustellen und den Geschmack des Tabaksaftes am Mundstück.

»Es ist meine Freiheit damit umzugehen; ich plündere damit mein Budget und blase dieses in Rauch aufsteigende Budget nicht einem Nachbarn ins Gesicht. Natürlich rauche ich zugunsten von Steuereinahmen, womit irgendwelche Bauvorhaben finanziert werden: zum Beispiel Beseitigung von Gefahrenstellen im Verkehr, Projekte, welche die Gesetzeslage erfüllen, Hochwasserschutz, Abwehr des Terrorismus, Sicherung der Grenzen, Auslandseinsätze des Militärs.«

Es drängte sich ihm der Gedanke auf, als müsse unsere Welt mit immer neuen Gefahren zum Zittern gebracht werden, seien sie von den Politikern nur ausgeheckt worden oder sogar zu verantworten.

»Angst macht gefügig, ist daher willkommen, um neue Verordnungen zu schaffen, die unseren und natürlich ihren eigenen Wohlstand bewahren und vermehren würde. Gezielte Gutachten, vor oder nach überraschenden Katastrophen werden neue Bedrohungen aufdecken, die Spirale der Einschränkungen fortsetzen, sodass wieder einige Freiräume per Gesetz oder Verordnung beseitigt werden müssen, um unsere Freiheit zu schützen. Irgendwann gibt es sie nur mehr als Fiktion in den Köpfen, alle glauben daran, aber niemand besitzt sie.«

Unwillig bohrte er mit seinen Zehen im Kies und fühlte die beruhigende Kühle der Kiesbank in seinen Füßen hochsteigen.

»Man sollte diesem Land den Rücken kehren«, beschied er, »irgendwo in einem anderen Land neu anfangen, wo noch Freiräume bestehen.« Er verwarf den Gedanken.

»Die Menschen dort träumen ohnehin nur von unseren Freiheiten, meinen aber nur unseren Fortschritt und Wohlstand. Ihre Sehnsucht gilt seltsamerweise dem Land, das ich wegen meiner unerfüllten Träume verlassen würde, in dem die Freiheit wie eine verkümmerte Pflanze nur in den Ritzen von betonierten Autobahnen wächst, immer in Gefahr, überrollt zu werden. Wäre die Freiheit wirklich eine Pflanze, könnte ihr Samen vielleicht überleben«, dachte er, »Jahrzehnte überdauern, aufbewahrt in Samenbanken, wieder ausgesät werden und grünen, wenn die Zeit reif ist.

Vielleicht sollte man doch Politiker werden und gegen diese Überlegungen vorgehen!«

Bei diesen Gedanken fühlte er sich in dem kleinen Mikrokosmos, in dem er sich gerade befand, wohler denn je, frei und uneingeschränkt, niemandem verantwortlich. Langsam kehrten seine Gedanken auf die Kiesbank zurück, die sich die Freiheit nahm, unerlaubt den Platz nach dem alljährlichen Hochwasser zu wechseln und ihre selbst erdachte Form zu wählen; niemand konnte sie daran hindern. Auch Generationen von Flussbauingenieuren nicht. Das war Vergangenheit, zumindest für diesen Fluss, an dem die Naturschützer wieder Oberwasser gewonnen hatten, im wahrsten Sinne des Wortes.

»Gestern fanden Archäologen in der Nähe von Ankara«, hörte er den Nachrichtensprecher, »in einer Höhle in den Bergen verborgen, mehrere, vermutlich zweitausend Jahre alte Tontafeln. Es handelt sich um Aufzeichnungen galatischer Druiden aus dieser Zeit ...«

Er registrierte die letzte Nachricht ohne innere Anteilnahme, speicherte sie irgendwo in seinem Gedächtnis. Je weiter er dem Bogen seines Gedankenfluges gefolgt war, desto weiter hatte sich alles von ihm entfernt, existierte irgendwo, und war ihm jetzt einerlei. Ein Lächeln huschte um seinen Mund. Müde schloss er seine Augen und begann vor sich hinzudösen.

Inzwischen lief bereits die freitägliche Musiksendung. Er wurde etwas wacher. Hits waren angesagt. Die ganz Jungen fieberten dieser Sendung Woche für Woche entgegen. Dabei dachte er belustigt, wie er sie selbst vor Jahren Woche für Woche herbeigesehnt hatte.

»Leider sind die Botschaften in dieser Musik manchmal platt und schal, lassen aber zumindest ein Stück persönlicher Freiheit zu«, sinnierte er. »Jeder kann seine Gefühle und Empfindungen darin ausleben wie er möchte, und niemand kann ihn dabei einschränken.«

Die Sonne stand hoch am Himmel. Er hob einen Fuß aus der Kuhle und setzte ihn auf dem Kies ab. Erschrocken zog er ihn zurück.

»Die Sonne heizt die Steine der Kiesbank gewaltig auf«, dachte er, »man kann kaum barfuß auf ihnen gehen.«

Er fühlte mit seinen großen Zehen an den Steinen und versuchte sich an die Hitze zu gewöhnen.

»Wärmevorrat für die Nacht«, dachte er zufrieden und hob träge seinen Kopf, als er an die angenehmen Temperaturen der kommenden Nacht dachte.

»Der Kies wird die gespeicherte Wärme wieder ausstrahlen.«

Er richtete sich auf, verschränkte beide Hände hinter dem Nacken, bog ächzend seinen Rücken nach hinten durch, streckte sich und stöhnte wohlig. Nachdem er sich erhoben hatte, hüpfte er zum erfrischenden Wasser. Zufrieden ließ er die Kühle auf sich einwirken und frischte sich ab.

»Die Sonnenwärme wird wenigstens nicht besteuert«, sagte er laut vor sich hin, dabei versuchte er das Gurgeln und Rauschen des Flusses zu übertönen, »und das Liegen auf einer Kiesband auch nicht. Baden im Fluss ist wegen der Kolibakterien verboten«, erinnerte er sich, »rein prophylaktisch, gaben die Behörden bekannt. Wann dieses Verbot aufgehoben werden sollte, würde man rechtzeitig erfahren. War es möglicherweise bereits aufgehoben?«

Er schob die Gedanken eines folgsamen und vernünftigen Bürgers weit von sich, spürte dabei einen Anflug von Zufriedenheit in sich aufsteigen und watete tiefer in die erfrischende Strömung. Schließlich hechtete er flach in das Wasser.

»So, wie ich es jetzt tue, sollte ich meine Freiräume künftig bewusster nutzen und sie nach meinem Gewissen gestalten«, ging es ihm durch den Kopf, als er mit offenen Augen durch das Wasser tauchte. Nachdem er einige Zeit gegen die Strömung geschwommen war, ließ er sich wieder bis zu seinem Lagerplatz zurücktreiben und legte sich triefend auf die heißen Kieselsteine.

Der Radiosender spielte immer noch die Hits der Woche. Einen der Songs summte er mit, hier in dieser Umgebung gefielen sie ihm besser als anderswo. In diesem Moment war er mit sich und der kleinen Welt um sich zufrieden. Sein Blick fiel auf ein primitiv anmutendes Angelgerät: eine Schnur mit einem Korken als Schwimmer, ein Angelhaken, eine selbst gefertigte Angelrute, daneben eine Tragetasche aus Leinen mit der aufgedruckten Reklame eines Baumarktes. In einer Dose bewegten sich einige Würmer im befeuchteten Humus.

»Wie ich heute gefischt habe, tat man es schon in uralten Zeiten«, dachte er als er die Würmer sah. Dabei fiel ihm seine perfekte Angelrute ein, die aus Glasfaser bestand, Kurbel und Aufwickeltrommel besaß und sonst noch allerlei Schnickschnack. Sie lag zu Hause unbenutzt herum. Wahrscheinlich befand sie sich in einer der Flohmarktkisten seines Bruders. Großvater hatte sie ihm geschenkt, er wollte aus ihm einen passionierten Fischer machen, wie er es selbst war. Daraus war nichts geworden, denn der alte Herr war seit einem Jahr tot. Er erinnerte sich an dessen Begräbnis, bei dem eine Abordnung von Fischern mit ihren Angelhaken Rosen in das Grab senkten, als letzten Gruß sozusagen. Das war eine Warnung an die Würmer, die sich von diesem Grab fernhalten sollten, sonst würden sie an dem Haken einer

Angel enden. Es waren seine Gedanken, nicht die der Fischerkameraden seines Großvaters.

Mit einer Weidenrute angelte er nach seinem Handtuch mit den weißblauen Rauten, das wenige Schritte von ihm entfernt in der Sonne trocknete.

»Die Kolibakterien aus der Isar werden sich auf ihm rasend vermehren«, dachte er belustigt.

»Sie werden mich gemäß Verordnung anfallen, wenn ich es jetzt benutze; und dennoch werde ich es mit Freuden verwenden!«

Nur einige Meter flussabwärts dümpelten mehrere bauchige Fische tot in einem kleinen Wasserbecken, das er mittels angehäufter Flusssteine vom fließenden Wasser abgetrennt hatte. So konnte seine Beute nicht weggespült werden und blieb frisch. Nachts würde er ein Feuer entzünden und die Fische am Spieß braten. Der Speichel schoss ihm bei diesem Gedanken an den Zähnen entlang, weiter über die Lippen und tropfte über das Kinn auf den Kies. Er freute sich auf die leckere Mahlzeit, auf das Feuer, an dem er mit seiner Freundin sitzen würde, auf die nächtliche Kiesbank um sie herum mit all den Geräuschen der Nacht und einem unendlichen Sternenhimmel.

»Wie wird sie erst strahlen«, dachte er zärtlich.

»Ihre Freude erscheint zuerst in ihren Augen; stundenlang könnte ich ihr dabei zusehen, und ich würde immer wieder eine kleine Aufmerksamkeit nachschieben, damit diese Augen nie aufhören sich zu freuen.«

Aus seinen halblangen hellblonden Haarsträhnen rann Wasser in warmen Schlieren über seine braunen Schultern und tropfte auf die Oberarme. Wohlig spürte er, wie die Feuchtigkeit in den Sonnenstrahlen verdampfte. Mit der Handfläche der linken Hand bedeckte er einige bunte Kieselsteine, als wolle er einen kostbaren Fund schützen. Rote, grüne, gelbe, weiße hatte er gesammelt, gut für eine Kette, die er anfertigen würde, ein Unikat, nur für sie.

Flussabwärts ragten einige mit Moos bewachsene Felsen aus dem Flussbett, wie faulende Zähne eines Riesen, verwittert und vom Fluss angenagt. Das Wasser plätscherte und rauschte um diese Felsgruppe unwillig über dieses Hindernis, das sich seiner Strömung entgegenstellte, wie schon seit Jahrtausenden. Noch immer!

Er legte sich wieder auf den Bauch, schob einen Unterarm unter sein Kinn und starrte interessiert auf eine fingerlange dreieckige Scherbe, die er vor sich in den Sand gesteckt hatte. Sie war ziegelrot, etwa fingerdick, die Bruchkante vom Wasser abgeschliffen und auf einer Seite mit einem dunklen Belag überzogen. Entschlossen stützte sich der junge Mann wieder auf, als hätte eine faszinierende Idee sein Interesse entfacht. Er kratzte mit dem Nagel des Mittelfingers vorsichtig an dem grüngrauen Belag. Offenbar vermutete er etwas Besonderers dahinter. Nachdem er die Schicht so nicht entfernen konnte, tauchte er mit einem lässigen Armzug die Scherbe in das Wasser neben sich, nahm einen angesplitterten flachen Kieselstein zur Hand und begann den Belag vorsichtig abzuschaben.

Als das Tonstück von der Schicht befreit war, spülte er die Reste mit Flusswasser ab und legte sich wieder auf den Bauch. Die Scherbe befand sich nun dicht vor seinen Augen, und er betrachtete eingehend die gereinigte Fläche. Verwaschene Linien tauchten vor ihm auf, die scheinbar ohne System das Tonstück überzogen. Es waren gerade und geschwungene Linien, keine war durchgängig erhalten.

»Verwitterungsspuren«, dachte er. »Doch hier!«

Er richtete sich auf, rieb etwas von dem Schlamm zwischen den Steinen darüber, dabei führte er seinen Zeigefinger auf eine leicht vertiefte Stelle, die von einem Daumenabdruck stammen konnte. Ja, zumindest seine Daumenkuppe passte in die Wölbung. Deutlich war links davon ein Zeichen zu erkennen, das wie ein symbolisierter Fisch aussah, nur die Schwanzflossen waren nicht vollendet. »Natürlich«, dachte er, »es muss ein Fisch sein. Hier am Fluss allemal!«

Der Fisch sah aus, als wäre er auf seinen Schwanzflossen in den Boden gesteckt worden. Er drehte die Scherbe mehrmals hin und her und stutzte.

»Das ist ja keine Darstellung eines Fisches, vielmehr ein Schriftzeichen! Ja, das ist es!«, zischte er durch die Zähne.

»Ein griechischer Buchstabe, ein Alpha; das Zeichen war ihm aus der Geometrie bekannt. Doch Griechen hier? Eines ihrer Schriftzeichen auf dieser Scherbe hier an der Isar?«

Ihm fiel ein, dass einst Kelten dieses Land bewohnten und deren Druiden die griechische Schrift beherrschten. Das war plausibel, denn in dieser Gegend hatte dieses rätselhafte Volk viele Spuren hinterlassen. Träge hob er den Kopf und sah zum grünen Saum des Auenwaldes hinüber, als suchte er etwas.

»Auf den Hügeln dahinter lagen ihre Siedlungen«, überlegte er.

»Hatten Archäologen nicht einige Gräber in den rechts und links der Isar gelegenen Auen im Rahmen einer Rettungsgrabung erforscht? Aber eine Schrifttafel?«

Ihm fiel spontan eine Fernsehmeldung ein: Forscher hatten in der Nähe von Ankara derartige Tontafeln gefunden. Er erinnerte sich auch an die Radiomeldung von vorhin.

Er streckte sich wieder auf dem Bauch aus, das Tonstück mit den Schriftzeichen hatte er dicht vor seinem Kinn niedergelegt und schützte es mit seiner untergeschobenen Hand vor dem Kies. Respektvoll starrte er auf das Zeichen. Im Hintergrund leuchteten die Kieselsteine der Sandbank, aufgereiht wie weiße Zähne eines Fisches. Ein Käfer kroch über die Scherbe, verhielt auf dem Alphazeichen, ruderte unentschlossen mit seinen Fühlern und kroch dann weiter. Er beobachtete den Käfer und überlegte, ob dessen Artgenossen vor zweitausend Jahren genauso über die Tafel gekrochen sein mochten.

»Die Scherbe stammt von Kelten, die hier gefischt und Buchstaben in eine Tontafel eingeritzt hatten«, dachte er, während er die Bewegungen des Käfers weiter verfolgte.

»Was mochten sie auf dieser Schrifttafel niedergeschrieben haben, hier an der Isar, mitten im Fluss, vor den Felsen, die im Volksmund die Sieben Rippen hießen? Nein, Fischer waren damals der Schrift nicht mächtig. Druiden durften keine ihrer Gedanken und Rituale niederschreiben, wenn überhaupt geschäftliche Abrechnungen verfassen? Kaufleute, Handwerker, die ihre Berechnungen durchführten, konnten sie überhaupt Texte niederschreiben. Waren sie es gewesen? Auf gebrannten Tafeln? Wofür? Das gab keinen Sinn.«

Nachdenklich hob er die Tonscherbe hoch, drehte sie mehrmals in seiner Hand und spann diesen Gedanken weiter.

»Die Hand, die Finger, der ganze Körper des Menschen, welcher diese Schrift eingeritzt haben mochte, dessen Daumenabdruck noch deutlich zu sehen war, lag vermutlich in einem der Gräber, die man unlängst in der Nähe ausgegraben hatte. Was für ein Mensch war er? Welche Gedanken mochten seine Hand geführt haben, als er dieses Zeichen einritzte? Welchen Text beschloss dieser Buchstabe? Vielleicht ritzte der Kelte sie mit einem Federkiel ein? Schuf er den Daumenabdruck absichtlich oder zufällig? Der junge Mann begnügte sich schließlich damit, dass der Buchstabe zu einer Botschaft gehörte, zu Gedanken, die er nicht kannte. War es eine Frau, ein Mann? Alt oder jung? Wie sah die Person aus, wie war sie gekleidet? Fragen über Fragen. Ich muss es herausfinden, doch wie?«

Der junge Mann glättete seine Halskette auf der Handfläche, und er betrachtete die Patina auf der Innenseite des silbernen Medaillons.

»Sie trugen Halsketten wie ich, nur kostbarer als meine und mehr davon«, überlegte er. Dabei versuchte er sich die Augenfarbe der Menschen vorzustellen, welche die Schmuckstücke aus den Gräbern in den Isarauen ausgewählt und des Tragens für würdig befunden hatten.

»Schmuck dieser Art liegt doch in einer Vitrine im Heimatmuseum«, überlegte er. Vor seinen Augen tauchten die Beschreibungen und Auflistungen eines archäologischen Berichtes auf. Er hatte die Fundstücke gesehen. Unter den Schaukästen wurden aufgeführt: eine goldene Zierscheibe, eine bronzene Maskenfibel, ein schwerer Armreif aus Gold, ein Armreif aus buntem Glas, einer aus Schiefer, ein goldener Fingerring mit durchbrochenem Pflanzenzierrat, eine korallenverzierte Fibel, ein Amulett aus Bernstein, eine silberne Kette – Ende der La-Tène-Zeit – stand darunter, circa einhundert Jahre vor Beginn unserer Zeitrechnung.

Welche Geschichten könnten sie erzählen! Sie begleiteten einen Menschen, hörten seine Worte, bewachten seinen Schlaf, sahen wie er liebte und litt, waren mit seinen Hautresten und dem ihm eigenen Geruch behaftet. Ein Leben lang. Schließlich gaben ihm Verwandte die Schmuckstücke mit in sein Grab. Sie waren für immer mit ihm verbunden, selbst als man sie in seinem Grab fand.

Seine Gefühle und Empfindungen befassten sich zunehmend mit den Menschen dieses rätselhaften Volkes. Er versank tief in Gedanken über diese Menschen, die einst dieses Land bewohnten und aus unbekannten Gründen aus ihrer Heimat, seiner Heimat, diesem Land hier, verschwanden. Fragen schwirrten durch seinen Kopf, erste Antworten und neue Fragen entstanden daraus.

»Sie konnten doch dieses schöne Land, ihre Heimat, nicht leichtfertig und freiwillig verlassen haben«, dachte er. »Vielleicht waren sie übergroßen Herausforderungen nicht gewachsen? Vielleicht war der Glaube an ihre unzähligen Götter, die bei all ihren Entscheidungen eine Rolle gespielt haben, die treibende Kraft? Was bewog sie zu diesem Schritt? Die ausgegrabenen Siedlungsspuren wiesen in der letzten Schicht überall Brandspuren auf. Konnte man Krieg ausschließen, oder ...«, dachte er träge, als er vergeblich gegen seine Müdigkeit ankämpfte. Seine Gedanken versiegten, die Felsen verschwammen hinter seinen halbgeschlossenen Augen zu Mauern, die Kieselsteine befanden sich als Zähne im Maul eines riesigen Fisches, der mit seinem Schwanz ein Zeichen in eine, auf dem Kiesbett liegende Tonplatte schlug. Er schlief ein und träumte, dass die Zeit an den Zeichen der Scherbe zurücklief, über die nicht mehr vorhandenen Teile der Tontafel und bei dem Buchstaben »Alpha« anhielt. Er sah einen, mit einem Glasring geschmückten Unterarm, eine Hand, die über seine Stirn strich und sein Amulett betrachtete. Ein fröhliches Kichern ließ das Glas leise klirren.

»Alles hat seinen Sinn«, dachte er, während seine Träume ihn mitnahmen, weit zurück in eine Vergangenheit, wie er sich diese austräumte.

Spurlos verschwunden

Quinus rieb sich die Augen, als er aus dem Wagen trat. Die Strahlen der aufgehenden Sonne blendeten ihn. Gemächlich schlenderte er zum Gebetswagen. Seitdem sie sich auf dem Wagenzug befanden, traf er sich, jeden Morgen vor Sonnenaufgang, mit Pona zum gemeinsamen Morgengebet an diesem Wagen.

»Seltsam«, dachte er, »noch nie war ich früher als sie hier. Was mag geschehen sein?«

Er wartete eine Weile, doch die Druidin kam nicht. Besorgt ging er zu Ponas Planwagen, und als sich auf sein wiederholtes Rufen niemand im Wagen bewegte, schlug er den Ledervorhang zurück. Die Felle waren unberührt. Bestürzt starrte er auf das leere Lager und eine böse Ahnung stieg in ihm hoch.

Er wusste, wohin Pona in dieser Nacht gegangen war. Dort musste er zuerst suchen. In diesem Moment sah er in Gedanken das höhnische Grinsen der Druidin Cura vor sich. »Sie steckt dahinter, ich konnte es in ihrem Gesicht lesen!«

Leise führte er sein Pferd aus der Wagenburg. Nichts regte sich, die Menschen schliefen noch, und einen der Wachen, welcher Quinus ansprach, beruhigte er mit der Bemerkung, sein Gebet in der Stille des Waldes verrichten zu wollen. Eilig ritt er zum Tempel, sah die Reste des Feuers auf der Kiesbank und verfolgte die Trittspuren auf dem Kies. Ihm entging nicht ein einziger Stein, der sich verschoben hatte. Nach kurzer Zeit fand er die Spur der Druidin im Gras, verfolgte sie und fand rasch die Stelle, wo man Pona überfallen hatte, so wie er es geahnt hatte. Nachdenklich hob er eine Fibel auf, die sich von Ponas Gewand gelöst hatte, betrachtete sie und drehte sie nachdenklich in seinen Fingern um.

Ein kurzer heftiger Kampf musste stattgefunden haben. An den Spuren sah er, dass mehrere Männer daran beteiligt waren. Gegen sie hatte Pona nicht die Spur einer Chance. Quinus strich mit seinen Fingern einen Wollfetzen von einem Grashalm, fand noch einen zweiten und konnte sich vorstellen, wie sich das alles abgespielt hatte. Er folgte einer kurzen Schleifspur, dabei hob er noch mehrere dieser Wollfäden auf.

»Sie haben ihr einen Sack über den Kopf geworfen und sie damit weggeschleppt«, dachte er.

Die Spuren waren noch frisch, und er hatte keine Mühe, ihnen bis zu einem Bachlauf zu folgen.

»Um ihre Spuren zu verwischen, benutzten sie diesen Bachlauf«, überlegte Quinus, »doch irgendwann müssen sie ihn verlassen haben.«

Er fand die Stelle nach kurzem Suchen, danach mündete die Spur in einen vielbefahrenen Weg. Quinus sah sich ratlos um.

»Die Hügel!«, dachte er in einer plötzlichen Eingebung.

»Ich würde einen Gefangenen in den Hügeln verbergen, in irgendeinem Dachsbau oder in einer Erdhütte.«

Quinus sah auf die helle Färbung des Himmels und wusste, dass Eile geboten war.

»Die Männer werden noch vor Sonnenaufgang zurückreiten und können jeden Moment auftauchen«, dachte er. »Niemand soll mich bemerken. Erst dann werde ich weitersuchen.«

Kaum hatte sich Quinus hinter einer Buschgruppe verborgen, als auf dem Weg aus dem Wald ein Reitertrupp auftauchte, der in Richtung Burucum ritt.

»Also doch die Totenkopfleute, wie ich es geahnt habe, und an der Spitze reitet dieser verdammte Modunus. Alles ist ein Werk dieser Hexe Cura«, dachte er grimmig und kühlte seinen Zorn an dem kalten Stahl des Dolches an seinem Gürtel.

Quinus wartete eine Weile, bis die Reiter seinen Blicken entschwunden waren und ritt zu der Spur, die deutlich sichtbar auf dem Weg verlief.

»Die Stelle, an der sie auf den Weg ritten, werde ich finden«, dachte Quinus.

»Sie werden Pona vom Weg aus in die Hügel getragen haben. Also dürfte sich das Versteck nicht weit von hier entfernt befinden«, überlegte er, während er aufmerksam den Weg entlangritt und schließlich den Waldgürtel erreichte. Als er die Stelle fand – hier mussten einige Pferde länger gestanden haben, das sah er an den zahlreichen Spuren – folgte er den kaum erkennbar umgeknickten Halmen und leicht gebeugten Himbeerstauden, Kräutern und Farnen. Die Krieger hatten sogar versucht die Stauden und Halme wieder aufzurichten, doch Quinus' geübten Augen entging nichts. Es genügten ihm einige wenige Hinweise, zum Beispiel die Raupen, die an den Stielen der Stauden wieder zu den angefressenen Blättern hochkrochen. Er beobachtete die Kriechgeschwindigkeit der Tiere und konnte an ihrem zurückgelegten Weg erkennen, wann sie durch die Schritte der Männer von den Blättern abgestreift worden waren. Da sich die Männer beeilt hatten, konnte er in etwa die Entfernung abschätzen, wo das Versteck liegen musste.

Quinus versteckte sein Pferd an der Stelle, an der auch die Entführer es getan hatten und huschte die Spur entlang. Als er einen Abhang hinabgleiten wollte, hörte er unter sich dumpfes Stimmengemurmel.

»Hier ist also die Höhle«, dachte er und schob sich Handbreit für Handbreit den Abhang hinab. Aus einem Loch im Moos stieg eine dünne

Rauchfahne, und als er in das Loch spähte, erkannte er zwei Fackeln und hörte deutlich die Gespräche von zwei Männern, die offenbar zur Bewachung der Druidin zurückgelassen worden waren. Vorsichtig schob er sich zurück, kroch den Abhang hinauf und eilte zu seinem Pferd.

Auf dem Ritt zur Wagenburg überlegte Quinus was er tun sollte. Er kam zu dem Entschluss, Pona nicht zu befreien. Wenn er die Gedanken von Cura richtig beurteilt hatte, drohte der Druidin jetzt keine Gefahr. Die Druidin würde für ihre Absichten das Ritual der Amtseinführung von Indobellinus nutzen, das unmittelbar bevorstand. Sie wollte Pona ihren Göttern opfern, um Indobellinus damit zu schaden. Grimmig ballte der Heiler seine Faust und war fest entschlossen, dieser Frau das Handwerk zu legen. Wie sie das bewerkstelligen wollte, hatte er durchschaut. Sein Plan würde ihr Vorhaben durchkreuzen und das Problem Cura ein für allemal lösen, auch wenn Pona darunter leiden musste. Sie jedenfalls würde es verstehen und ihm verzeihen.

Als Quinus zur Wagenburg zurückgekehrt war, eilte er zu Magalus. Mit einigen Handbewegungen erklärte er ihm, was geschehen war. Dieser verstand seine Handzeichen, scharte einige Krieger um sich und sie nahmen gemeinsam die Suche auf. Wo sie damit beginnen mussten verriet Quinus nicht. Die Männer sollten selbst versuchen, die Spuren der Entführer zu finden. Würden sie nicht vorankommen, er würde ihnen helfen, doch nur soweit, dass es seinem Plan nicht schadete. Finden durften sie Pona auf keinen Fall, sonst könnte sein Plan durchkreuzt werden. Quinus fühlte sich bei seinem Vorhaben nicht besonders glücklich, da er davon überzeugt war, dass niemand seinen Plan gutheißen würde; Pona aber würde seine Gedanken verstehen und ihm verzeihen. Die rechtschaffenen Männer zu belügen schmerzte ihn, doch beim Gedanken an das Ergebnis seines Plans beruhigte er sich und seine Augen leuchteten triumphierend auf.

Gemeinsam mit den anderen brach er zum Tempel auf. Sie fanden die Feuerstelle, Spuren von zwei Menschen – die von Indobellinus und Pona –, Fischreste und die Lemniskate. Hufspuren wiesen in Richtung des Seerosenhügels. Das mussten die Spuren des Druiden sein. Nachdem die Boier die Spuren von Pona nochmals genau untersucht und verfolgt hatten, fanden sie an einer Stelle zertrampeltes Gras, eine Schleifspur, und nicht weit davon entfernt führte eine breite Spur mehrerer Reiter nach Westen.

Quinus sah mit heruntergezogenen Augenbrauen auf Magalus, dann auf die Spur und zum Hochufer. Dieser erriet seine Gedanken. »Die alte Druidin aus dem Dorf Burucum«, sprach er seine Befürchtung aus. Quinus hob seine Hände, hielt sie nachdenklich flach vor sich hin, bewegte die Finger, die Handflächen nach unten gerichtet, wie wenn er damit einen Schritt vor den anderen setzen wollte und zog sie in einer kurzen Bewegung auseinander, dabei schüttelte er seinen Kopf.

»Du meinst, eine Verfolgung wäre sinnlos.«

Quinus nickte und wies mit der Hand in Richtung des Seerosenhügels. Magalus verstand und sie ritten mit den Kriegern zum Dorf auf dem Seerosenhügel.

Cavarinus, der Schmied, sah die Reiter als Erster. Er war stets früh auf den Beinen und an diesem Tag derjenige, welcher die Tore zu öffnen hatte. Verwundert bemerkte er die Krieger, die in voller Bewaffnung auf das Dorf zuritten, an ihrer Spitze Quinus, der Heiler. Hastig rief er einige Männer zusammen, die das Tor sicherten. Dann kehrte er in sein Haus zurück.

»Rasch, Casina, suche Indobellinus auf! Bewaffnete Boier sind vor unseren Toren erschienen!«

Die Frau eilte zum Hochweisen. Indobellinus tauchte schlaftrunken im Eingang seines Hauses auf. Casina berichtete vom Reitertrupp der Boier. Der Druide war zutiefst erschrocken und ahnte in diesem Augenblick was geschehen war.

»Casina, ich weiß was die Boier bewegt. Sie suchen ihre Druidin. Ich verbrachte die Nacht mit ihr am Fluss, wie du als Einzige weißt. Sie ist nicht in die Wagenburg zurückgekehrt«, folgerte er und strich sich verzweifelt über die Stirn.

»Ich muss mit ihnen sprechen, bevor etwas geschieht was wir alle beklagen müssten. Lass' Quinus, den Heiler, in unser Dorf! Seine Handzeichen verstehe ich gut!«, rief er der forteilenden Druidin nach.

Während die Krieger des Dorfes das Torhaus und die Mauer besetzten, erreichte Indobellinus den Wall am Tor. Verwundert beobachtete er von seinem Aussichtspunkt aus, wie zwei Männer der Boier ihre Waffen ablegten und sich dem Dorftor im Laufschritt näherten.

»Öffne die Tore, Cavarinus!«, wies Indobellinus den Schmied an. »Habt keine Angst vor den beiden Boiern, sie kommen in friedlicher Absicht!«

Beunruhigt verfolgte Indobellinus das Gebaren des Heilers, der erregt mit seinen Armen fuchtelte. Er formte Worte, die gurgelnd auf seinen Lippen endeten. Indobellinus verstand seine Erregung, noch bevor er das Tor erreicht hatte. Er wusste was geschehen war.

»Pona, die Druidin der Boier, hat die Wagenburg heute Morgen nicht erreicht und Spuren deuten darauf hin, dass sie entführt wurde«, erläuterte Indobellinus den Umstehenden die Zeichensprache des Heilers. Während seiner Erklärungen verdichtete sich sein Verdacht zu einer schrecklichen Gewissheit. Er mochte es nicht glauben, doch es konnte nicht anders geschehen sein ...

Quinus lief durch das Tor und wiederholte seine erregte Zeichensprache.

»Cura hatte ihre Finger im Spiel«, entrüstete sich Indobellinus. »Sie hat Pona entführen lassen, jedenfalls denken die Boier so«, sagte er sich, während er vom Wall zum Tor herabstieg.

Er winkte Casina zu sich und unterhielt sich kurz mit ihr. Diese nickte. Indobellinus wandte sich an Quinus, der heftig atmend das Tor erreicht hatte.

»Hochweiser Quinus, wir ahnen die Ungeheuerlichkeit, die sich ereignet hat! Eure Gesten sagen es mir. Seid euch sicher, unser Dorf beteiligte sich nicht an dieser Tat! Auch wir vermuten, dass die Totenkopfleute um Cura hinter dieser Heimtücke stecken!«

In diesem Moment erhob sich vor den Toren wüstes Geschrei. Die zurückgebliebenen Boier hatten ihre Waffen drohend erhoben und erwarteten eine Reitergruppe, an deren Spitze Cura ritt.

»Cura will uns mit ihrem Besuch weismachen, dass sie nichts mit der Entführung zu tun hat!«, zürnte Indobellinus.

Eile war jetzt geboten. Er musste einen Kampf verhindern. Indobellinus schwang sich auf ein Pferd und ritt aus dem Tor. Quinus folgte ihm im Laufschritt.

»Halt!«, rief Indobellinus in Richtung der Boier.

»Es würde eurer Druidin und auch Quinus nicht gefallen, wenn Blut flösse!«

Er schlug einen Bogen um die Boier und hielt sein Pferd vor Cura an, musterte die Druidin eindringlich und sagte: »Die Boier verdächtigen dich und die Leute deines Dorfes, dass ihr es gewesen sein könntet, die Pona entführt haben. Sag, was ist daran, Cura! Was hast du gegen diesen Verdacht zu entgegnen?«

»Es ist eben dieser Gedanke, warum wir zu euch geritten sind«, antwortete die Alte.

»Einer unserer Leute sah fremde Reiter, als er vor Sonnenaufgang vom Fischen in das Dorf zurückkehrte, und einen Gefangenen, den sie mit sich führten. Wir dachten, euer Dorf wäre überfallen worden. So folgten wir der Spur der Reiter. Sie führte an unserem Dorf vorbei in die Hügelwälder, dort verloren wir sie. Und dann ritten wir zu euch.«

Cura musterte Indobellinus mit geheuchelter Bestürzung und hob hilflos ihre Achseln.

Ratlos blickte der Hochweise Quinus und Cura an; der Stumme nickte und begann mit seinen Händen zu sprechen. Indobellinus folgte seinen Gesten bis dessen Hände wieder ruhig auf dem Sattel liegen blieben und antwortete: »Gut, ihr sagt, eure Krieger werden die Sache selbst in die Hand nehmen, aber versprecht mir, dass keine Feindseligkeiten zwischen uns entstehen! Auch wir werden das Unsere dazu beitragen, eure Druidin zu finden! Ihr habt freie Hand, könnt euch unter Waffen in unserem Stammesgebiet bewegen, wie es eure Suche erfordert!«

Quinus sah den Druiden dankbar an und verbeugte sich. Als er an Cura vorbeiritt, hielt er vor ihr, musterte sie mit unbewegtem Gesicht, zog ein Tuch über seinen Mund und ritt weiter.

»Er misstraut der alten Druidin und die Allmächtige weiß, dass er richtig fühlt«, dachte Indobellinus und erschrak.

»Quinus ist ein kluger Mann. Er fühlt die Gedanken anderer Menschen deutlicher als wir und hat erkannt, dass Cura etwas zu verbergen hat. Auch ich teile seine Meinung.«

Indobellinus wandte sich der alten Druidin zu und befahl ihr: »Cura, ich erwarte in zwei Tagen einen Bericht darüber, was eure Suche nach Pona ergeben hat! Sucht die Hügel ab, dreht jeden Stein um! Die Götter mögen euch dabei helfen!«

Nach diesen Worten ritt er mit hängenden Schultern und gebeugtem Kopf zum Seerosendorf zurück.

Der kurze Zwischenfall sorgte an diesem Tag für weniger Gesprächsstoff im Dorf als üblich, bevor die sonst so geschwätzigen Menschen ihr Tagesgeschäft begannen. Zu normalen Zeiten wäre alles ausgiebig diskutiert worden, doch in diesen Tagen befassten sie sich vor allem mit dem bevorstehenden Fest der Amtseinführung ihres Druiden.

Die Männer und Frauen hatten für diese Festlichkeiten noch viel vorzubereiten, denn gleichzeitig wurde auch das Fest der drei Matres gefeiert sowie ein großer Markt im Dorf auf dem Seerosenhügel abgehalten.

Es mochte eine Woche vergangen sein. Indobellinus erhielt inzwischen von einem Boten Nachricht aus Burucum. In dem Schreiben der Druidin Cura war nichts enthalten, was ihn zufriedenstellen konnte.

Noch etwas anderes bereitete ihm Sorgen. Casina brachte schlechte Nachrichten vom Tempel auf den Sieben Drachenrippen. Sie fand den Schrein der Epona umgestürzt am Boden liegen.

»Hat das eine mit dem anderen etwas zu tun?«, fragte er sich.

»Würde dieses Ereignis im Tempel bekannt werden, könnten die Menschen im Seerosendorf dies den Boiern anlasten.« Er dachte an die besonnene Casina und beruhigte sich.

Ein weiterer Tag verging. Am Morgen des darauf folgenden Tages stürzte Cavarinus außer Atem in das Haus des Druiden und wies mit seiner Hand nach Osten.

»Hochweiser Indobellinus, die Boier sind aufgebrochen! Ihr Wagenzug bewegt sich soeben an unserem Dorf vorbei! Überzeugt euch selbst!«

Erleichterung sprach aus seinem Gesicht. Er zog Indobellinus mit sich.

»Dort, seht euch das an!«

Auf der Ostseite des Walls stehend, sahen sie die endlosen Wagenreihen und Herden den Reitersattel queren, begleitet von einer riesigen Staubwolke, dem Geschrei der Wagenführer und dem Brüllen der Rinderherden. So wie die Boier gekommen waren, zogen sie nun weiter, sie würden die Ampurnum überqueren und den Weg westwärts in die Hügel nehmen.

Nachdenklich meinte Indobellinus zu Cavarinus: »Die Boier sind ein mächtiger Stamm und Quinus ist wahrlich ein kluger Mann. Er zieht nur zum Schein weiter, um die Entführer zu täuschen und seine Leute zu beschwichtigen. Sie werden in den Hügeln lagern, weit genug entfernt, als dass Curas Späher sie entdecken könnten. Der Heiler aber wird zurückkehren, nicht eher ruhen, bis er Pona gefunden hat. Vor allem soll sich Cura in Sicherheit wiegen, davon bin ich fest überzeugt! Wenn Quinus nicht schon mehr weiß, als wir alle ahnen!«

In Gedanken stellte sich Indobellinus die Frage, ob das bevorstehende Fest etwas mit dem Verschwinden von Pona zu tun haben könnte.

Er dachte an alle Möglichkeiten, aber fand keine einleuchtende Erklärung.

»Ich werde versuchen, mit der Allmächtigen Kontakt aufzunehmen. Wann mir das gelingen wird, steht in den Sternen. Zumindest kann ich für Pona beten und sie ihrem Schutz anvertrauen.«

Indobellinus setzte, abwesend und in seine Gedanken vertieft, einen Schritt vor den anderen, als er den Weg zu seinem Gehöft zurückging.

Als die Ruhe seines Hauses ihn wieder umgab weinte er, wie er es noch nie getan hatte. Und er schämte sich seiner Tränen nicht.

Die Flößer

Morgendliche Nebelschwaden hingen tief über den Niederungen an der Isura. Die Blätter schliefen noch an den Ästen der Büsche und Bäume, sie warteten auf den frischen Windhauch, der sie aufwecken würde, um ihr Spiel mit dem Wind zu beginnen, das an manchen Tagen zu einem wilden Kampf ausartete. Ein Nachtvogel flog mit dunklen Schwingen am Rande der Morgendämmerung entlang, dem nachtstarren düsteren Auenwald entgegen. Er hielt die letzte Beute der Nacht in seinen Fängen, um sie in seinen Horst zu tragen. Der Fluss strömte leise murmelnd an den Kiesbänken entlang, suchte sich seinen Weg durch das mit großen rundgeschliffenen Steinen übersäte Flussbett. Fahl leuchteten deren trockene Oberseiten in der Dämmerung. Noch ruhte die Natur im letzten Atemzug der Nacht, ihn ausatmend würde sie erwachen.

Weit im Osten erschien ein fahles Licht und breitete sich am Himmel aus. Die Nachtfrösche in den Altwassern verstummten. Nur eine kleine Zeitspanne, dann würde die Sonnenscheibe den Saum des Horizonts durchstoßen und die ersten Strahlen über das sommerliche Land ausbreiten. In Bäumen und Büschen flatterten Vögel, die ihre Nachtstarre ablegten und mit vielstimmigem Gesang das erste Licht des keimenden Tages begrüßen würden. Erste Strahlen huschten über den Himmel zum Fluss hin, rangen den Morgennebel nieder und drängten ihn in schattige Winkel zurück. Die Landschaft in den Auen verlor ihr lastendes Grau. Das Wasser des Flusses schimmerte grün unter dem aufblitzenden Licht. Die Halme des Rohrglanzgrases an der Böschung dampften, und Tautropfen leuchteten in der Morgensonne auf den Blättern der Sumpfdotterblumen, aufgereiht wie die Perlen einer Glaskette. Im Schilfröhricht saß eine Rohrweihe und beobachtete einige Teichkröten, die, erschöpft von ihrem nächtlichen Konzert, unbeweglich unter dem Wasserspiegel an einer Binse hingen.

Gut versteckt hinter einer Schilfinsel zeichneten sich die Umrisse von langen, miteinander verbundenen Baumstämmen ab. Zwei Flöße ankerten in einem Seitenarm des Flusses, beladen mit Verschlägen und Ballen. Daneben schliefen auf einer Kiesbank einige Männer in ihren Fellen.

Ein junger Mann hetzte aus dem dämmrigen Wald heran. Keuchend ließ er sich auf das sandige Ufer fallen, atmete tief durch, streckte die Arme von sich und fühlte genussvoll die frische Morgenluft durch seine Lungen strömen. Er hatte es sich zur Gewohnheit gemacht, mit dem ersten Morgenlicht Flussauen zu durchstreifen. Danach ließ er den Morgen in einem immer gleichen Ritual an sich herankommen. Er pflückte mehrere Halme des Sumpfsauerampfers und begann auf dem saftigen Kraut zu kauen, schob den in seinem Mund verschwindenden Stiel langsam von einem Mundwinkel zum anderen, während er in das Flussbett watete. In hohem Bogen spuckte er den grünen Brei auf das Wasser und beobachtete, wie dieser tanzend davonschwamm. Beidhändig schöpfte er Wasser und warf es in einem Schwall gegen seinen nackten Oberkörper und sein nachtmüdes Gesicht. Anschließend wusch er sich sorgfältig. Die Kühle der herabrinnenden Tropfen breitete sich prickelnd auf seiner Haut aus. Wohlig schüttelte er sich. Ein Nebel aus feinen Tröpfchen breitete sich um ihn aus, als er prustend das Wasser aus seinem Mund blies.

Einer der ruhenden Männer richtete sich auf und rief schläfrig: »Heh, Iduras, du bist so laut wie ein balzender Erpel. Lass uns noch ein wenig schlafen, wir haben einen anstrengenden Tag vor uns!«

Der Mann ließ sich wieder müde zurücksinken und rollte sich bis über die Ohren in sein Fell ein.

Ohne auf das Murren des Langschläfers zu achten setzte der junge Mann seine Körperpflege fort. Mit einer schnellen Handbewegung zog er eine Wasserfahne über sein straff nach hinten gekämmtes blondes Haar, das er im Genick zusammengebunden trug und glättete es unter der Feuchtigkeit mit beiden Händen nach hinten. Er legte sein Gesicht in das Wasser, wusch es und rubbelte seinen Schnauzbart. Danach rieb er sich mit seinen Handflächen trocken und streifte sein Hemd über.

Nach und nach erwachten die Schlafenden. Es mochten zwei Dutzend Männer sein, die sich aus den Fellen herausschälten, sich gähnend räkelten und dem Beispiel des jungen Mannes zögernd folgten.

Dieser hatte inzwischen begonnen, auf einigen aufgeschichteten Flusssteinen mit Zunder und Feuerstein ein Feuer zu entzünden. Vorsichtig blies er in die winzige Glut, die sich durch den Zunder fraß, legte kleine Holzspäne hinzu, bis kleine Flämmchen hochzüngelten. Nach kurzer Zeit brannte ein Feuer, dessen flackernder Schein auf dem dunklen Wasserspiegel unter dem Schilf verspielt auf- und abtanzte. Der würzige Holzrauch breitete sich in Schwaden über die Flöße aus und wurde vom Morgenwind weiter über das Altwasser getragen.

Kurze Zeit später dampften zwei große Kessel auf dem Feuer, und der Geruch duftender Kräuter und würzigen Fleisches kündigte an, dass Tee und Morgensuppe bald fertig sein würden.

»Männer, hört her!«, ließ sich ein massiger dunkelhaariger Mann vernehmen. Er sprang auf eines der Flöße, während die Schilfhalme hinter ihm zusammenraschelten. »Bevor wir unser Frühstück einnehmen, muss ich euch auf das vorbereiten was heute ansteht. Ihr wisst, wir sind einige Meilen vom Dorf auf dem Seerosenhügel entfernt, an dem wir mittags anlanden werden. Die Bewohner des Ortes erwarten uns mit diesen Waren«, dabei deutete er auf die zahlreichen Fässer und Ballen, die sorgfältig festgezurrt auf den Holzplattformen der Flöße gestapelt lagen.

»Der größte Teil davon, vor allem das Salz, ist für das Seerosendorf bestimmt. Wir werden die Waren gegen Goldschüsselchen eintauschen, damit Stoffe, Werkzeuge, Beschläge, Räucherschinken, Käse und getrockneten Fisch für die Heimreise erwerben und natürlich einige Fässer Bier, das zu dem besten gehört, welches dieser Landstrich hier zu bieten hat. Was aber eure ungeteilte Begeisterung finden wird: Wir werden die Anzahl von zehn Händen an Schwertern mitnehmen, die wir im letzten Jahr beim Schmied Cavarinus in Auftrag gegeben haben.«

Zustimmende Rufe begleiteten diese Nachricht. Er fuhr fort: »Wenn die Sonne sich über den Waldsaum schieben wird, schwimmen wir mit den Flößen weiter zu den Sieben Drachenrippen, wo wir im Dorf auf dem gegenüber liegenden Hochufer, sie nennen es Burucum, den Rest des Salzes abliefern und es zusammen mit den Baumstämmen in Pferde umtauschen werden, mit denen wir in die Blauen Berge zurückreiten wollen. Sie freuen sich auf unser Hartholz und werden aus unseren dicht gewachsenen Eichenstämmen Wagenräder, Achs- und Drehgestelle fertigen.«

Er blickte in die Runde.

»Hat einer von euch Fragen an mich? Jetzt ist der beste Zeitpunkt, sie zu beantworten.«

Es meldete sich keiner der Männer, und er ergänzte: »Das Beste habe ich vergessen: Morgen wird auf dem Seerosenhügel ein Fest gefeiert, das flussaufwärts und -abwärts seinesgleichen sucht. Sie nennen es das Fest der drei Matres.«

»Zuallererst ist es ein heiliges Fest, Männer, denn es wird ein Fürst in sein Amt eingeführt, ein Hochweiser«, sprach er mahnend weiter.

Freudige Stimmen unterbrachen ihn, einer der Männer rief: »Das Fest der Matres in diesem Dorf ist berühmt, Zingerix! Es soll dort die besten Weiber entlang der Isura und Ampurnum geben!«

»Deine Weiber, Gundix, kannst du im Bierrausch suchen«, rief er lachend dem Mann mittleren Alters zu, »dann werden alle schön sein, die einen Rock tragen! Vielleicht befindet sich sogar ein junges Mädchen darunter, das dich erwählen wird und dann ehelicht! Allerdings müsste auch sie betrunken sein!«

Gutmütiges Gelächter folgte seiner Ansage.

»Hütet euch vor ihnen«, warnte der Floßführer, »hier haben die Frauen das Sagen, auch wenn ein Druide über allem wacht! Hat eines dieser Mädchen von der Isura euch erhört, heißt es noch lange nicht, ihre Zuneigung gewonnen zu haben. Sollte es aber so sein, wird sie den Erwählten hartnäckig in ihren Fängen behalten und er wird für ewig an ihren Rockschößen hängen bleiben. Leider geschieht es in jedem Jahr, dass einer unserer jungen und heißblütigen Flößer die Gunst eines der Mädchen vom Seerosenhügel gewinnt und hierbleibt.«

Die jungen Männer grölten begeistert. Sie alle hofften, dass sie bei diesem Fest der Matres ein wenig mit dem Feuer der Liebe spielen konnten – das wäre ganz nach ihrem Geschmack. Wie man sich erzählte, waren die Frauen vom Seerosenhügel nicht nur schön, sondern auch sehr leidenschaftlich.

»Deswegen sind wir doch mitgefahren, und so gesehen könnte es tatsächlich geschehen, dass du alleine nach Hause fahren musst!«, scherzte einer der Männer. Zingerix sah den jungen Mann mitleidig an und atmete tief durch.

»Seid euch da nicht zu sicher, Männer! Vielleicht werden die Frauen und Mädchen vom Seerosenhügel – bereits während des Festes – einige von euch in Schimpf und Schande aus dem Ort jagen! Ihr seid Maulhelden, denn nicht alles hängt von euch ab! Außerdem gibt es beträchtliche örtliche Konkurrenz!«

Auch die Worte ihres Floßführers konnten die Männer aus den Blauen Bergen nicht von ihrer Vorfreude abbringen. Vielmehr erfasste sie eine derbe und laute Fröhlichkeit. Waren sie noch am Abend müde und verdrossen in ihre Schlafsäcke gekrochen, versprühten sie jetzt Witz und Lebensfreude. Sie warfen sich scherzende Worte zu, malten sich all das aus, was sie erleben würden. Kurzum – das Morgenmahl geriet zu einem kleinen Fest. All die Mühen, der Ärger und die Anstrengungen, die sie auf dem Weg hierher ertragen hatten, waren vergessen – als hätten sie nie existiert.

»Es ist jedes Jahr das Gleiche«, dachte Zingerix.

»Auf dem Seerosenhügel gebärden sich die Männer wie Kinder in Erwartung ihres Spielzeugs, und werden sie selbst zum Spielzeug, merken sie es nicht einmal! Sie werden es selbst herausfinden müssen!«

Der Floßführer starrte vor sich hin und erinnerte sich an seine jungen Jahre. Er war nicht anders gewesen.

»Sollen sie sich freuen! Bis dahin wird sie noch eine Menge harter Arbeit erwarten, da wir einige Geschäfte abzuwickeln haben!« Dass diese sich lohnen würden, wusste Zingerix bereits jetzt.

»Übrigens, was ich noch sagen wollte.« Er sah sich in der Runde um.

»Ich werde nur einen Teil eures Lohnes ausbezahlen, denn in eurem Übermut könntet ihr alle Goldschüsselchen verprassen, auf die eure Familien zu Hause warten!«

Die Männer knirschten mit ihren Zähnen hinter den Brotscheiben, in die sie gerade bissen oder hielten für einen Moment den Löffel im Mund und ertränkten ihre Antwort in der Morgensuppe.

»Wer etwas kaufen will, kann dies nach dem Fest erledigen!«, schloss er seine Worte.

Nachdem alle Vorbereitungen für die Abfahrt beendet waren, legten sich die Männer mit ausgebreiteten Armen auf den Boden und verrichteten ihr Morgengebet.

Die Sonne hatte zusehends an Kraft gewonnen. Dampfend begann sich die Feuchtigkeit von den Blättern der Bäume zu lösen. Das Ufergras richtete sich auf, je mehr Nässe von ihm wich. Erste Bienen summten emsig um die Wasserlilien, Seerosen und Sumpfdotterblumen. Einige Flussuferläufer lauerten auf den Kiesbänken nach Fressbarem, dabei vollführten sie mit ihren wippenden Körpern ein seltsames Schauspiel. Drüben in den Altwassern, hinter einem Schilfgürtel, gründelten und schnatterten mehrere Entenfamilien. Entlang der Hartholzaue strich ein Habicht; mit kehligem Schrei begleitete er die Suche nach Beute. Die Sonnenwärme sammelte den Geruch des Wassers, der Gräser und Blumen in den Weichholzauen ein und entfachte ein laues Lüftchen, das die Männer nicht mehr bemerkten.

Mit einem Ruck lösten einige Flößer die Halteseile der Flöße vom Ufer, stießen sie mit Stangen vom Ufer ab, bis die beiden hölzernen Ungetüme langsam von der Schilfinsel abtrieben. Je ein Dutzend Männer schob, mittels langer Stangen, die beiden Flöße an, die lautlos zur Flussmitte glitten. Ruhig bewegten die Floßlenker mit beiden Armen ihre Steuerruder und gaben ihren Mannschaften gezielte Anweisungen.

»Schiebt mehr auf die Mitte zu!«, rief der des ersten Floßes, »dann wird uns die stärkere Strömung in der Flussmitte erfassen und schneller vorantreiben!«

Als die Flöße Fahrt aufgenommen hatten, legte sich die Unruhe, und die hölzernen Ungetüme schwammen behäbig flussabwärts.

Zusehends verbreiterte sich das Flussbett, das Wasser der Isura floss träger dahin, änderte seine Farbe von einem hellen Grün zu einem samtenen, dunklen Moosgrün. Fragend sahen die Männer ihren Floßführer an.

»Das sind untrügliche Zeichen dafür, dass wir uns dem Seerosenhügel nähern«, erklärte Zingerix, als er die Färbung betrachtete. »Das Wasser der beiden Flüsse Isura und Ampurnum vermischt sich bereits weit vor dem Seerosenhügel – vor allem bei hohem Wasserstand. Daher die Verfärbung, die ihr bemerkt habt. Im Westen des Höhenrückens werdet ihr eine weitere Überraschung erleben!«

So weit sie sehen konnten, war der mächtige und ausgedehnte Hügel von Seitenarmen und Altwassern der beiden Flüsse umgeben, nur unterbrochen von kleineren baum- und schilfbestandenen Inseln.

»Nach etwa eine Meile vereinigen sich die beiden Flüsse endgültig«, fuhr Zingerix fort. »Wir werden von Westen her anlanden und umfahren daher die Nordostspitze. Wären wir auf Pferden unterwegs, müssten wir im Süden über die einzige Landverbindung zum Dorf reiten und eine lange Holzbrücke überqueren. Ihr werdet erstaunt sein, wie gut dieser Seerosenhügel befestigt ist und wie viele Häuser sich hinter dem Wall verbergen! Seht, dort drüben!«

Er wies auf einen schmalen Landrücken, der sich wie eine Matte zwischen den beiden Höhenrücken wölbte, unterbrochen von einem Wasserlauf, der von einer Brücke überspannt wurde.

»Männer, ihr werdet bald mit eigenen Augen sehen, wie schön die Dörfer im Land der Vindeliker sein können!«, rief er ihnen zu, mit einem Anflug von Begeisterung in seiner Stimme.

»Dieser Ort hat noch etwas ganz Besonderes an sich, Männer, etwas das ich sonst nirgendwo gesehen habe! Die Götter haben dem lang gestreckten Höhenrücken, auf dem das Dorf und die Äcker liegen, die Form einer Mondsichel geschenkt. Ihr wisst, welch heiliges Zeichen diese für uns Kelten darstellt!«

Kurz darauf glitt der Höhenrücken seitlich an ihnen vorbei. Sie sahen zahlreiche mit Schilf gedeckte Dächer und weiße Giebel hinter dem Ringwall hervorblitzen. Die Flößer stießen ihre hölzernen Gefährte mit ihren Stangen gegen die leichte Strömung zur Nordseite des Seerosenhügels hin und begannen sie zu umrunden.

Einige von ihnen standen am Bug der Flöße, die mit dem gehörnten Kopf eines Bergbockes, einer Gemse, verziert waren – dem Zeichen ihres Clans. Als sie die Nordostseite umrundet hatten, spähten sie überrascht auf die weite Wasserfläche, die sich im Westen des Höhenrückens ausdehnte. Rufe des Erstaunens wurden laut, als sie das Bild aufnahmen, welches sich ihnen in selten gesehener Schönheit darbot. So weit das Auge reichte bedeckten blühende Seerosen, in allen Farbschattierungen, weite Teile des Sees. Die Blütenteppiche wurden nur unterbrochen von einer Fahrrinne, aus der das dunkle Wasser schimmerte, das von der Ampurnum heranfloss und ihnen den Weg zum Landeplatz wies.

»Wo haben die Leute nur diese Seerosen her, Zingerix?«, begeisterte sich Iduras, ein blonder junger Mann. Seine Augen leuchteten.

»Das dunkle Wasser, die großen fleischigen Blätter, die weißen und roten Blüten, dort die rosafarbenen; sehen sie nicht aus wie der Almenrausch in unseren Blauen Bergen?«

»Diese herrlichen Seerosen sind ein Geschenk der Götter«, antwortete Zingerix, »den Menschen auf dem Seerosenhügel zur Obhut anvertraut, zum Wahrzeichen des Seerosenclans geworden und ihnen heilig. Man spricht den Blüten große Heil- und Zauberkraft zu. Eine Einschränkung gibt es: Sobald die Seerosen nicht mehr blühen, muss der Clan diesen Ort verlassen – so heißt es in einer Weissagung.«

Falsches Gold

Mit gestrecktem Galopp fegte ein struppiges kleines Pferd entlang des tiefgrünen Flusses. Der nur mit einer Hose bekleidete junge Reiter hing tief über dem Hals des Tieres, dabei krallte er sich an dessen Mähne. Sein Gesicht glühte vor Begeisterung. Mit einem gewaltigen Satz flog das Pferd über einen munter plätschernden Bachlauf hinweg, der nicht weit entfernt in die Isura mündete. Auf der anderen Bachseite standen im Sonnenlicht Fliegenschwärme, die blitzschnell auseinander stoben, als er mitten in sie hineinsprang, sein Pferd wendete und den Bachlauf hinaufjagte.

Das Pferd trug keinerlei Zaumzeug. Die Lippen des Jungen bewegten sich unentwegt am Ohr des Pferdes, als wenn er mit ihm sprechen würde. Mit unvermindertem Tempo stürmten Pferd und Reiter dem steilen Hochufer zu. Nach kurzer Zeit erreichte er die Hochfläche, und vor ihm öffnete sich der Blick zu einem von Wasser umgebenen Hügel, auf dem das Seerosendorf lag. Er jagte über die Landzunge, welche das Hochufer mit dem Hügel verband, hinauf zum Ringwall und ritt durch das weit geöffnete Tor. Zielstrebig hielt er auf einige stattliche Gebäude zu. Der Junge parierte das Pferd, und noch bevor es zum Halten kam, glitt er vom Rücken des Tieres. Der Schwung, den er dabei erhielt, drückte ihn zu dem Eingang des Gebäudes. Gerade noch konnte er sich mit beiden Händen am Torpfosten abstützen. Als er wieder sein Gleichgewicht gefunden hatte, atmete er tief durch und strich sich eine nassgeschwitzte Haarsträhne aus der Stirn. Er betrachtete mit verzückten Augen einen glänzenden Stein, den er in einer Faust hielt. Vorsichtig, seinen Blick auf den Gegenstand fixiert, den Arm nach vorne geschoben, stapfte er auf den Hütteneingang zu, der sich wie ein schwarzes Loch vor ihm auftat.

Ohne darauf zu achten, ob sich in der Hütte jemand aufhielt, sprudelte er los: »Cavarinus, Cavarinus, sieh dir an was ich gefunden habe! Es ist Gold, echtes Gold! Wo bist du?« Niemand antwortete ihm. Der Junge kehrte um und tauchte aus dem Dunkel der Hütte wieder auf. Seine begeisterten Rufe hatte man in den Werkstatthütten gehört. Schlagartig hörte das Hämmern auf. Aus einem der Gebäude, mit Ruß geschwärztem qualmendem First, trat neugierig ein breitschultriger Mann ins Freie und wischte sich mit dem Handrücken den Schweiß von der Stirn; dabei entstanden schwarze Streifen. Er nahm die speckige spitze Ledermütze vom Kopf, klopfte sie am Oberschenkel aus, streifte die schmutzigen Hände an seinem Lederschurz ab und ging dem Jungen entgegen. Langsam gewöhnten sich seine Augen an das helle Licht hier draußen. Prüfend musterte er den Jungen als wenn er befürchtete, dass mit ihm nicht alles in Ordnung sei: »Was ist so wichtig, Junge? Habe ich richtig gehört, habe ich das Wort Gold gehört?«

»Ja, Vater. Sieh dir das an!«, dabei hielt er ihm den glänzenden Stein entgegen.

»Wir haben im Fluss einen großen Goldstein gefunden, nicht nur die winzigen Körner, die wir sonst herauswaschen, sondern einen richtigen Klumpen Gold!«

Mit leuchtenden Augen legte der Junge seinem Vater das Fundstück auf die Handfläche. Er atmete tief durch und sprudelte aufgeregt heraus: »Sieh, wie das Gold in der Sonne glänzt, ist es nicht wunderschön?« Einige Knechte des Gesindes hatten ihre Arbeit ebenfalls unterbrochen, traten aus den Hütten heraus und umringten die beiden.

Cavarinus nahm den glänzenden Stein in seine große rußverschmierte Hand. Er betrachtete ihn sorgfältig von allen Seiten, roch daran und strich über die wie geschliffen wirkenden Flanken, welche ein Sechseck bildeten. Abwägend wog er ihn in seiner Hand auf und ab. Er lächelte seinen Sohn an, der ihn vertrauensvoll anstrahlte: »Nun, Celtillus, der Stein ist wirklich schön, er glänzt und erfreut das Auge, fühlt sich in meiner Hand aber leichter als Gold an! Ich will dir etwas zeigen!«

Er nahm aus seinem Gürtel einen kleinen Schmiedehammer, legte den goldglänzenden Klumpen auf einen großen Flussstein, den er mit der Innenseite seines Fußes zu sich herangezogen hatte und schlug mit einem wuchtigen Schlag auf das vermeintliche Gold. Der gelbe Stein zerstob in einem sprühenden Kranz goldglänzender kleinster Teile. Die Erde rundum sah danach wie mit Goldstaub bestreut aus.

»Das ist Katzengold, mein Sohn!«, erklärte er ohne Umschweife. »Ein wertloser Stein. Er glänzt nur wie Gold!.«

Cavarinus schwieg, sah seinen Sohn bedeutungsvoll an und fuhr fort: »Du siehst, mit einem Schlag ist der falsche Schein zersprungen und du bist einen Traum ärmer! Das richtige Gold würde niemals so zerfallen, sondern sich verformen!«

Ungläubig sah der Junge seinen Vater an, starrte auf den golden schimmernden Boden, formte mit seinen Lippen lautlos das nach, was sein Vater gesagt hatte und konnte nicht begreifen, dass sein Traum so jäh in viele kleine Teile zerfallen war.

»Aber ..., aber ...«, suchte er nach geeigneten Worten, »... alle haben gesagt, es wäre Gold«, erwiderte der Junge mit Tränen in den Augen.

»Sie wollten dich ärgern, Celtillus! Nimm es ihnen nicht übel! Sie selbst haben das Gleiche erlebt und du solltest diese Erfahrung mit ihnen teilen! So wollten sie es!«

Vater und Sohn schwiegen. Der Schmied steckte den Hammer in den Gürtel und wandte sich an die Umstehenden: »Ihr könnt wieder an eure Arbeit gehen, Leute! Ihr seht, wir sind nicht reicher geworden! Zufälle mehren nur selten unsere Habe, wir müssen also weiter mit Arbeit danach trachten!«

Während dieser Worte legte er Celtillus liebevoll seine große Schmiedehand auf die Schulter und rieb beruhigend mit seinem Daumen dessen Schlüsselbein. Trotz der mächtigen Hand strahlte die Geste große Zärtlichkeit aus. Lachend und schwatzend entfernten sich die Umstehenden. Cavarinus führte Celtillus zum Brunnen und ermunterte ihn: »Trink zuerst ein wenig! Du bist ja ganz erhitzt! Spül' deine Enttäuschung mit dem Wasser hinunter!«

Während dieser Worte griff er nach einer Holzkelle, die am Rand des Holzbottichs lehnte, schöpfte Wasser und reichte sie dem Jungen. Dieser trank in tiefen Zügen daraus und goss sich den Rest ins Gesicht. Danach wischte er sich mit beiden Händen die Tropfen von den Wangen. Vater und Sohn standen noch eine Weile schweigend vor dem goldglänzenden Staub.

Als Cavarinus sah, dass der Junge sich wieder einigermaßen beruhigt hatte und er ihn wieder allein lassen konnte, meinte er: »Geh' ins Haus und spiele auf deiner Flöte, du kannst ihr wahre Wundertöne entlocken und unsere Druidin wird sich heute am Abend bei eurer Unterweisung über das Lied freuen, das du gekonnt vortragen wirst! Außerdem werden deine Mutter und Schwestern bald vom Beerensammeln zurück sein. Du kannst ihnen dann ausgiebig von deinem Fund erzählen und ihnen berichten, was ich dir gesagt habe! Ich muss jetzt weiterarbeiten, der Zierdolch unseres Fürsten erfordert noch einige Arbeit!«

Mit diesen Worten entfernte er sich, und die dröhnenden Schläge aus der Schmiedehütte verrieten, dass er seine Arbeit fortsetzte. Celtillus fand nur mühsam seine Fassung wieder. Er saß noch eine Weile vor dem goldglänzenden Kreis auf dem Boden und tastete mit seinen Fingern vorsichtig darüber. Abwägend hob er die golden gefärbten Finger vor seine Augen, betrachtete sie und schüttelte den Kopf. Schließlich erhob er sich und machte sich auf die Suche nach seiner Flöte.

Er suchte eine Weile unschlüssig in dem Durcheinander vor seinem Bett, in den bunten Steinen, den glänzenden Muscheln, den Holzpfeifen aus Haselnussholz, den geschnitzten Waffen und Figuren, in all den kleinen Dingen, die ein Junge im Laufe der Zeit wie eine Elster ansammelt. Eine Weile kramte er weiter und als er die Flöte nicht fand, beschloss er, sie nicht finden zu wollen.

Celtillus hatte eine andere Idee: Rasch lief er zu dem Stein, um welchen der Boden mit Gold überpudert schien, strich den Staub und die Körner vorsichtig in einen Beutel, lief zu seinem Pferd und schwang sich auf den Rücken des Tieres. Eilig ritt er den Berg hinunter in Richtung Isura, über die Landzunge hinweg, vorbei an den Kuhfladen auf dem Weg, in dem einige Hühner pickten und dem Abfall, der am Rand des Weges zur Abholung bereitlag, in dem Hunde und Ziegen nach Fressbarem suchten. Celtillus war entschlossen, sich für die Demütigung bei seinen Altersgenossen zu rächen. Er dachte an Nadena, in die er ein wenig verliebt war. Auch ihr wollte er beweisen, dass man sich nicht ungestraft über ihn lustig machen durfte. Sie hatte sich an diesem Streich beteiligt, davon war er überzeugt. Wahrscheinlich malten sich seine Spielkameraden gerade aus, wie er im Dorf ausgelacht wurde und sich danach kleinlaut verkriechen würde. Bei diesem Gedanken blitzten seine Augen triumphierend auf. Kurz darauf sah er die Gruppe der Jungen und Mädchen, wie sie eifrig schwatzend und lachend ihre Siebe füllten, sie schwenkten und spülten, wieder füllten, schwenkten und spülten. Dabei prüften sie, wie man es ihnen gelehrt hatte, ob der Inhalt glänzenden Sand enthielt. Schimmerte etwas golden, wurde der Inhalt in ein am Flussrand bereitstehendes Fass geleert, dessen Inhalt in einem nächsten Arbeitsgang erneut gesiebt wurde.

Er hielt an, betrachtete aus der Entfernung eine Weile die fleißig arbeitende Gruppe, sprang entschlossen vom Rücken seines Pferdes und führte es zu den anderen. Mit einem schadenfrohen Lächeln nahm er den Beutel von seinem Gürtel, schüttete den Inhalt auf seine Handfläche und ballte die Faust darum. Danach watete er langsam zu seinen Freunden in das Flussbett. »Na, was meinte dein Vater zu dem Fund?«, empfing ihn Nadenas scheinheilige Frage. »War es Gold?«

»Ihr wisst doch, was es war! Nur Katzengold, aber jeder irrt sich einmal, manche auch zweimal«, fügte er bedeutungsvoll hinzu und sah Nadena an, die diesen Blick nicht bemerkte.

»Der Schein trügt eben, aber das macht mir nichts aus!«, hörte er sich sagen, während er innerlich die Fäuste ballte.

Die Schadenfreude der anderen hielt sich in Grenzen, wie er feststellte, und ließ ihn zögern das zu tun, was er sich vorgenommen hatte. Sein verletzter Stolz siegte schließlich. Er nahm ein Sieb, füllte es mit Sand und begann zum Schein mit der gewohnten Arbeit. Die glänzenden Bruchstücke hielt er fest in der geschlossenen Faust am Rand des Siebes.

Während sie weiterarbeiteten, stieß er in einem unbeobachteten Augenblick die Faust vor Nadena auf den Grund des Flusses, genau an der Stelle, wo das Mädchen ihr Sieb nachfüllte, öffnete sie und drückte die gelben Körner auf den sandigen Grund. Von allen unbemerkt, spülte er seine Handfläche im Wasser ab und zog die Hand schnell an sein Sieb zurück. Schweigend arbeiteten sie weiter. Nach einiger Zeit füllte das Mädchen ihr Sieb an genau dieser Stelle und begann in kreisenden Bewegungen die neue Füllung zu waschen. Plötzlich hielt sie mitten im Kreisen inne, setzte ihr Sieb auf ein Knie ab und wies auf den Sand: »Schaut her, hier ist Gold!«, rief sie aufgeregt. »Es ist Gold!«

Die Mädchen und Jungen unterbrachen ihre Arbeit, legten ihre Siebe auf die seitlich vor ihnen verankerte Holzplattform und umringten Nadena, die stolz ihr Sieb in Händen hielt. Gemeinsam begutachteten sie den vermeintlichen Goldstaub, während Nadena ihn prüfend durch ihre Finger gleiten ließ. Einstimmig kamen sie schließlich zu dem Ergebnis, dass ihr offenbar ein schöner Fund gelungen war. Nachdem sich die allgemeine Begeisterung gelegt hatte, meldete sich Celtillus zu Wort: »Halt, ich bin der Meinung, dass dies kein Gold ist!«

Die Mädchen und Jungen sahen ihn erstaunt an. Wollte er sich rächen, oder wusste er mehr?

»Zum einen, seht euch das an!«, dabei nahm er Nadena das Sieb aus der Hand und hielt es ihnen entgegen. »Diese vermeintlichen Goldkörner liegen über dem Sand. Echtes Gold ist schwerer und bleibt daher unter dem Sand liegen, dicht am Sieb. Und noch etwas werde ich euch zeigen!« Vorsichtig nahm er das größte Korn zwischen die Fingerspitzen, ging zum flachen Kiesufer, suchte sich einen geeigneten Flussstein aus der in seine Hand passte, legte das Korn auf einen Stein und schlug darauf. Das kleine Teil zersprang zu einem Häufchen feinen goldgelben Mehls. Er blickte seine Altersgenossen triumphierend an. Fassungslos sahen ihm die anderen zu.

»Seht her wie leicht es ist!«, dabei blies er den Staub mit einem Atemzug vom Stein. »Katzengold ist eben leichter als Gold und zerspringt, wenn man darauf schlägt. Ihr habt euch getäuscht, alle! Manche irren sich eben zweimal!« , spöttelte er.

Ohne ein weiteres Wort darüber zu verlieren, kehrte er zu seinem Sieb zurück.

Nadena warf den Siebinhalt zornig in den Fluss, betrachtete das aufspritzende Wasser und kehrte zu ihrem Platz zurück, füllte ihr Sieb und setzte das Goldwaschen fort. Sie musste diese Enttäuschung erst verdauen und schwieg mit mürrischem Gesicht. Nach einiger Zeit zischte sie ihm zu: »Jetzt fühlst du dich wie der allergrößte Flussgeist!«

»Nein, Nadena«, sagte Celtillus, »ich habe einmal genau zugehört und zugeschaut, als man mir meinen Irrtum erklärte. So etwas passiert mir kein zweites Mal, dir sicher auch nicht mehr!« Er verzog sein Gesicht zu einem

Grinsen, begann zu lachen, immer lauter, bis auch sie mit blitzenden Zähnen mitlachte.

In der Zeit der größten Mittagshitze beendeten sie das ungeliebte Goldsuchen, legten sich in den Schatten eines Baumes, verzehrten das mitgebrachte Fladenbrot und Käse, tranken Wasser aus einer der vielen Quellen, die aus der Uferböschung in den Fluss sprudelten. Der Nachmittag würde ihnen gehören, denn sie wollten noch einige Vorbereitungen für das Fest treffen, das am nächsten Tag beginnen würde. Außerdem hatten Nadena und Celtillus – für ihren morgigen Auftritt – noch eine Unterweisung bei der Druidin.

Sie reinigten ihre Siebe, verstauten sie in einer schilfgedeckten Hütte und ritten schwatzend und scherzend dem Dorf zu.

»Unsere Arbeit war heute nicht ergiebig«, meinte einer der Jungen. »Für mich«, antwortete Celtillus, »war der Tag zumindest lehrreich!«

Als sie zum Dorf zurückkehrten, ritten sie am Festplatz vorbei, hinter dem sich auf dem Hochplateau, soweit ihre Augen reichten, die Felder des Dorfes nach Westen, Süden und Osten erstreckten. Die Kinder sahen eine Weile zu, wie Verkaufshütten aufgebaut, Spielgeräte für die Kinder zusammengefügt, Geschicklichkeitsspiele für die Krieger, Schießstände sowie Brat- und Schankbuden errichtet wurden. Auch sie würden in den nächsten Tagen ihren Spaß daran haben.

»Ich werde beim morgigen Fest das erste Mal den Hammer schlagen!«, ließ sich einer der Jungen vernehmen.

»Du?«, spöttelte ein anderer. »Aufschneider! Wie willst du ihn heben, geschweige denn damit schlagen?«

»Ihr werdet es morgen sehen, denn ich habe zu Hause geübt!« Sie beließen es dabei.

Hinter dem Festplatz dehnte sich ein riesiges Zeltdorf aus, in dem einige Feuer brannten. Der Duft von gebratenem Fleisch zog bis zu ihnen hoch.

»Ich bekomme gehörigen Hunger, wenn ich diese Feuer sehe und rieche«, meinte Celtillus und sog den Geruch in sich ein. »Am liebsten würde ich zu den Männern und Frauen dort gehen und mir ein Stück Braten holen.«

»Du weißt, wir dürfen das Lager der fremden Gäste nicht betreten, Celtillus«, ermahnte ihn Nadena.

»Ich weiß, Nadena«, sagte Celtillus und deutete auf das entstehende Lager. »Hast du die riesige Ansammlung von Pferden und Ochsen dort hinten gesehen? Eine derart große Anzahl hat noch nie hier geweidet.« Er starrte begeistert zu den Weiden.

»Die Besucher werden von Jahr zu Jahr mehr, meint mein Vater«, bemerkte Nadena.

»Lasst uns weiterreiten!«, fuhr sie fort. »Wir können mit unseren Eltern morgen all das besichtigen, was uns alleine nicht erlaubt ist!«

Bevor sie die schmale Landzunge zum Dorfhügel überquerten, griff Nadena in den Arm von Celtillus und wies nach Osten: »Sieh, die Flößer aus den Blauen Bergen sind eingetroffen! Wie in jedem Jahr kommen sie pünktlich!«

Sie winkten den Männern aufgeregt zu, die lebhaft zurückgrüßten. Gespannt beobachteten die Jungen und Mädchen, wie sich die vollbepackten riesigen Flöße auf der Isura voranbewegten. Sie sahen die Männer mit den langen Stangen hantieren und bewunderten die Stapel von Ballen und Kisten, die auf dem Floß verteilt waren. Diese Flößer auf ihren Gefährten aus mächtigen Baumstämmen hatten sich, da sie Jahr für Jahr immer zur gleichen Zeit eintrafen, tief in das Gedächtnis der Kinder eingegraben. Ohne sie würde beim Fest auf dem Seerosenhügel etwas fehlen.

»Ich freue mich schon auf das Fest der Matres und auf die Weihe des Fürsten«, flüsterte Nadena Celtillus zu. »Du auch?« Celtillus hörte ihre Frage nicht, sondern hielt seinen Blick unverwandt auf dieses seltene Schauspiel gerichtet, und er fühlte eine beklemmende Sehnsucht nach der Welt dort draußen in sich aufsteigen, aus der die Flöße heranschwammen.

Die Jugendlichen trennten sich, einer nach dem anderen verschwand in einer der Hütten. Schließlich ritten Nadena und Celtillus alleine dem Ende des Dorfes zu.

»Bis heute Abend bei Casina«, rief Celtillus Nadena zu, »im Versammlungshaus beim Tempel! Wir werden das Lied von Esus üben – weißt du die Verse noch?«

»Hoffentlich«, erwiderte sie abwesend und errötete. Denn sie hatte in diesem Moment an etwas viel Schöneres gedacht.

Ankunft im Dorf auf dem Seerosenhügel

Gespannt erwarteten die Männer auf den Flößen die Berührung mit dem Ufer. Sie hielten die Schubstangen gegen das Ufer gerichtet, um den letzten Schwung des Floßes abzufangen. Dort sahen sie eine Unzahl von kleinen Booten. Einige waren auf den Sandstreifen des flachen Ufers gezogen, andere fest am Ufer und an einem Landesteg vertäut worden. Sie hüpften in der Bugwelle der Flöße auf und ab. Weiter unterhalb der Lände wuschen einige Frauen Berge von Wäsche, kleine Kinder spielten um sie herum im flachen Wasser mit Kieselsteinen und Schiffchen aus Rindenstücken. Zahlreiche Bewohner des Dorfes hatten sich an der Floßlände eingefunden, in der vordersten Reihe neugierige Kinder, die erschrocken zurückwichen, als sie die langen Stangen der Flößer auf sich gerichtet sahen, die den Aufprall am Ufer vermindern sollten.

Zingerix betrat als Erster das Ufer. Er warf sich zu Boden und dankte den Göttern für das vorläufige Ende ihrer Fahrt. Die Männer warteten auf den Flößen, denn erst dann, wenn die Begrüßung durch den Hochweisen erfolgt war, durften sie an Land gehen. Vom holzbewehrten Wall näherte sich eine Gruppe weißgekleideter Druidinnen. Inmitten von ihnen schritt ein hochgewachsener Mann, der seine Begleiterinnen beträchtlich überragte. Das dunkle Haar fiel ihm lang über die Schultern, sein Gesicht strahlte eine Würde aus, welche die Neuankömmlinge in ihren Bann schlug. Ehrfürchtig wichen die Dorfbewohner vor der Gruppe zurück. Den Männern auf dem Floß blieben die Münder offen stehen. Einen so großen Mann hatten sie noch nie gesehen.

Ihre Bewunderung entging ihm nicht und er musterte mit seinen dunklen Augen die Männer auf den Flößen. Unter seinem Blick hatten sie das Gefühl, einer Prüfung unterzogen zu werden. Ein freundliches Lächeln umzog seinen Mund mit dem mächtigen Schnauzer, als er seinen Willkommensgruß sprach: »Seid gegrüßt von der Göttin Epona, Zingerix, Edler aus den Blauen Bergen und deine Männer! Seid willkommen auf dem Seerosenhügel!«, dabei fuhr seine Hand wie segnend in Richtung der beiden Flöße.

»Wie ich sehe habt ihr wertvolle Fracht geladen!« Er betrachtete die beiden vollbepackten Flöße interessiert.

»Einiges davon wird sicherlich für uns bestimmt sein!«

»Seid auch mir gegrüßt, edler Indobellinus und die Druidinnen an deiner Seite!«, erwiderte Zingerix den Gruß. »Es ist mir und meinen Männern eine

Ehre, dass der Hochweise uns selbst begrüßt! Teutates sei mit euch, der uns auf den Wassern beschützt hat!«

Er verneigte sich ehrfürchtig vor dem Druiden. Danach wandte er sich an seine Männer und rief ihnen zu: »Ihr könnt jetzt an Land gehen, man hat uns willkommen geheißen!«

Zielstrebig betrat der Druide das erste der beiden Flöße. Eine der weißgekleideten Frauen begleitete ihn mit einem Korb. Vor den Ballen und Kisten hielt sie an und rief: »Seid geweiht, ihr Güter aus den Blauen Bergen, seid Epona geweiht, von der alles kommt und zu der alles geht!«

Sie griff in den Korb und streute geweihten Sand auf die Ballen und Kisten.

Während sie die Waren abschritten flüsterte Indobellinus seiner Begleiterin zu: »Hoffentlich verdrehen diese Männer nicht wieder so vielen Frauen und Mädchen unseres Clans die Köpfe – wie in jedem Jahr! Denk an das morgige Fest der Matres, Casina! Mehrere von ihnen haben das Zeug dazu!«

»Wenn ich mir die Männer so betrachte, ist deine Befürchtung nicht unbegründet, Indobellinus. Aber wie ich Zingerix kenne, wird er sie im Griff haben«, flüsterte sie zurück.

»Und wenn es geschehen würde? Hat nicht Blutauffrischung aus den Blauen Bergen unserem Dorf stets gut getan? Wer wen verzaubert hat wird immer unbeantwortet bleiben, denn es geschieht in den verschwiegenen nächtlichen Auen und niemand von uns ist dabei.«

Indobellinus schmunzelte über ihre Bemerkung.

»Jedenfalls erhalten einige Frauen, die diese Blutauffrischung empfangen haben, etwas von dieser Floßladung«, antwortete er leise.

Nach der Weihe verließen sie gemeinsam das letzte der beiden Flöße.

»Cavarinus und die Wagen werden gleich eintreffen!«, rief der Druide Zingerix noch im Fortgehen zu.

»Das, was im Tempel gelagert wird, könnt ihr einstweilen mit den anderen Waren abladen! Cavarinus und seine Leute werden euch behilflich sein!« Indobellinus und die Druidinnen entfernten sich.

»Iduras, sorge dafür, dass die gekennzeichneten Ballen und Fässer entladen werden! Schafft sie auf die Wagen!«, wies Zingerix den jungen blonden Mann an seiner Seite an, dabei deutete er auf die bereitgestellten Ochsenkarren.

»Die Knechte des Schmiedes werden gleich zur Stelle sein und euch helfen! Beeilt euch! Ihr wisst, die Sieben Drachenrippen warten noch auf uns! Danach ...«, er sprach nicht weiter, sondern klatschte aufmunternd in beide Hände, um seinem Wunsch und der Freude auf den Ausklang des Tages mehr Ausdruck zu verleihen.

Indobellinus und die Druidinnen hatten sich kaum entfernt, als aus dem Tor des Befestigungswalles ein breitschultriger Mann den Abhang zum See hinuntereilte. Schon von weitem rief er mit tiefer Stimme: »Sei willkommen Zingerix, du Liebling der Flussgöttin Vinde, Verführer der Flussnixen und Sieger über die Wassergeister der Isura!«

Der so Angesprochene wandte sich um, und sein Gesicht strahlte bis hin zu den Ohren als er sah, wer der Mann war.

»Cavarinus, Herrscher über die Hämmer der Isura, Gebieter über Eisen, Bronze, Silber und Gold, ich freue mich, dich wieder zu sehen!«

Die Männer umarmten sich herzlich und suchten freundschaftlich die Augen des anderen.

»Hast du alles mitgebracht, so wie jedes Jahr?«

»Alles ist wie jedes Jahr, nur die Männer sind andere, wie wir es immer halten«, antwortete Zingerix lachend. Aber du wirst deine Waren erst erhalten, wenn wir einen ordentlichen Schluck eures köstlichen Bieres getrunken haben!«

»Dafür habe ich gesorgt. Deine Männer bekommen auf meinem Hof zwei Hütten zugewiesen, denn alle Hütten auf dem Festplatz am oberen Sattel sind voll mit Gästen. Sie können sich dort einrichten, wenn ihr von den Sieben Drachenrippen zurückgekehrt seid – und dann wird es das versprochene Bier geben. Du allerdings, Zingerix, wirst mein Gast sein!«

Es verlief alles so, wie Zingerix es sich vorgestellt hatte. Das restliche Salz und das Holz der Flöße konnten sie äußerst gewinnbringend im Dorf über den Sieben Drachenrippen, namens Burucum, verkaufen. Sie erwarben mehr als zwei Dutzend Pferde, mehrere Amphoren mit Honig und Fässchen mit Schmalz und Schweineschinken. Beim Schmied Cavarinus, seinem Freund, würde Zingerix die Waren für die Zeit bis zum Ende des Festes einlagern und dann in die Blauen Berge mitnehmen.

Nachdem sie in Burucum ihre Geschäfte abgewickelt hatten, nahmen sie ein ausgiebiges Bad in der Isura, wuschen sich an einer Quelle am Ufer und zogen sich um. Die Flößerkleidung wurde mit der bunten und verzierten Kriegertracht vertauscht, und sie legten ihre Halsketten und Armringe an. Keiner wollte dem anderen an Stattlichkeit nachstehen. Stolz trugen sie die Schilde in den Armschlaufen, mit dem Zeichen des Bergbockes auf dem Schildknauf, und gürteten ihre Waffen. Ihre Helme, die ebenfalls mit den Hörnern ihres Wappentieres verziert waren, hatten sie mit Flusssand blank gescheuert. Jeder sollte, wissen woher sie kamen und dass man sie beachten musste.

Während Zingerix über die abgewickelten Geschäfte zufrieden nachdachte, blickte er nachdenklich auf die stattliche Reitergruppe. Sein Blick fiel auf den blonden Iduras, dabei grub sich eine steile Falte in seine Stirn. Der junge

Mann wirkte geistesabwesend, wie wenn er nichts um sich hören und sehen wollte und trottete den anderen nur nach.

»Ungewöhnlich für ihn«, dachte Zingerix.

»Er ist unser bester Jäger und in seiner Umgebung entgeht ihm für gewöhnlich nichts. Doch seitdem wir das Dorf Burucum verlassen haben ...«

Ihm war nicht entgangen, wie die Augen des jungen Mannes jeder Bewegung des dunkelhaarigen Mädchens folgten, welche die Druidin Cura begleitete und die Warenlieferung notierte. Er hatte die heimlichen Blicke bemerkt, welche die dunkelhaarige Schöne dem blonden Mann zuwarf, wie sie mit ihren Augen lockte und er ihren Blick feurig erwiderte.

»Beim Fest der Matres wird es um ihn geschehen sein«, dachte Zingerix wehmütig.

»Ich werde, so ist es wohl ein Gesetz dieses Landes, wieder einen meiner Männer verlieren, einen der Besten des Clans. Was haben die Frauen dieser Gegend an sich, welche Macht wirkt auf uns Männer aus den Blauen Bergen, die uns so betört?«, fragte er sich nachdenklich.

Mit einer Handbewegung verscheuchte er diese Gedanken und spähte erwartungsvoll auf den Seerosenhügel, der inzwischen ins Blickfeld der Reiter geraten war.

Sie verließen die Isura, überquerten mehrere dem Seerosenhügel vorgelagerte Seitenarme, durchschwammen mit ihren Pferden einige Altwasser, erreichten schließlich die langgezogene Geländesenke vor dem Dorf und näherten sie sich dem Wassergraben, über den eine Brücke zum Tor führte. Die Torflügel waren weit geöffnet und die Flößer zogen stolz über die Hauptstraße zum Hof des Schmiedes.

Inzwischen berührte die Sonne bereits die Hügel im Westen. Einige Wolkenstreifen zogen rot aufflammend über sie hinweg. Bald würde die Dunkelheit heraufziehen und mit ihr der abendliche Dunst, welcher die Auen und Wasserflächen um den Seerosenhügel verschleiern würde. Nachdenklich genoss Zingerix das Bild, das sich ihnen bot, als er vom Pferd gestiegen war.

»Der morgige Tag wird von der Sonne verwöhnt, ein würdiger Beginn unseres Besuches und ein erholsamer Tag für euch!«, rief er seinen Männern zu und beobachtete den Weg der rot glühenden Sonnenscheibe, die sich langsam unter den Horizont schob.

»Zwei von euch treiben die Pferde in die Koppel von Cavarinus' Hof! Kennzeichnet sie, wie immer, mit unserem Clanzeichen an den Ohren!«

Gemächlich schulterte er einige Ledertaschen und bedeutete den anderen ihm zu folgen.

Cavarinus hatte die Reiter schon von ferne gesehen und erwartete sie bereits am Eingang seines Hofes, der sich am nordwestlichen Rand des Dorfes befand. Als die Flößer seinen Hof betraten, begrüßte er jeden von ihnen per Handschlag und verkündete: »Die Pferde sind versorgt! Essen und Trinken ist vorbereitet! Unsere Geschäfte müssen daher bis morgen warten. Zuerst sollten wir uns das Bier gemeinsam schmecken lassen, welches unsere Frauen für das morgige Fest frisch gebraut haben! Casina wird später zu uns kommen, sie widmet sich noch den Druidenschülern, die ein Weihespiel einüben«, erklärte Cavarinus, als sie durch das Tor seines Anwesens schlenderten.

»Ihr habt euch einen neuen Palisadenzaun zugelegt«, bemerkte Zingerix. Er wies auf die hölzernen Mauerzinnen, auf das Tor des Ringwalles und auf die Umwallung des Hofes und der Schmiede.

»Die Zeiten sind unsicher geworden, Zingerix«, antwortete Cavarinus. »Die nächtlichen Überfälle auf alleinliegende Gehöfte und kleine Dörfer nehmen seit letztem Jahr zu, und allerlei Gesindel treibt sich in den Wäldern herum. Wir vermuten, dass es vor allem keltische Banden vom Adriatischen Meer sind. Vor Generationen wanderten sie aus unserem Land nach Süden aus. In den letzten Jahren wurden ihre Siedlungen und Städte von den Römern unterworfen, und seither sind sie eine Plage geworden. Sie wollen nicht begreifen, dass es ihr eigenes Unvermögen war, weshalb sie den Römern unterlagen. Sie wählten offenbar die falschen Waffengenossen und waren von ihrer Unbesiegbarkeit mehr als überzeugt.«

»So wie viele von uns Kelten es denken«, ergänzte Zingerix.

»Nun müssen sie das Ergebnis ihrer Selbstüberschätzung am eigenen Leib verspüren. Viele von ihnen stehlen, was sie für ihr Leben brauchen, von unseren Bauern, anstatt dafür zu arbeiten. Arbeit und damit Brot wäre für alle vorhanden und auch genügend Land«, meinte Cavarinus.

»Ich kenne das Problem, Cavarinus. Auch wir in den Tälern der Blauen Berge haben damit zu kämpfen, vielmehr die Raeter«, antwortete Zingerix nachdenklich.

»Die Krieger der Kelten vom Adriatischen Meer bis hin zum Ligurischen Meer haben nie gelernt zu arbeiten, sondern nur zu kämpfen und Beute zu machen. Im Kampf gegen diese Banden werde ich die Schwerter gut gebrauchen können, die ich bei dir im letzten Jahr bestellt habe. Hast du sie fertiggestellt?«

»Über diese Schwerter wirst du staunen, Zingerix! Ich habe eine neue Technik beim Schmieden und Härten angewandt, dazu Verzierungen eingearbeitet, die dich begeistern werden! Die Schwerter sind schöner verziert, biegsamer und härter geworden als alles andere, was ich bisher geschmiedet habe! Aber lass dich überraschen, morgen ist auch noch ein Tag!«, vertröstete er den Floßführer, der glänzende Augen bekam.

Anschließend besichtigten die beiden Freunde den Hof des Schmiedes. Bereitwillig zeigte ihm Cavarinus all das, was er in der letzten Zeit verändert und neu geschaffen hatte: seine Schmiede mit dem riesigen Blasebalg und mehreren Schmiedefeuern, größere Stallungen, auf Stelzen gebaute Vorratshäuser und die schmucken Häuser der Bediensteten. Das Anwesen war, wie eine kleine Burg, von einem hohen Schutzzaun aus angespitzten Pfählen umgeben. Nach dem Hof des Druiden war sein und Casinas Anwesen das stattlichste auf dem Seerosenhügel.

Unterricht im Tempel

Sieben Kinder trafen nach und nach im Tempelbezirk ein und versammelten sich in einer Hütte neben dem Tempel. Die Sonne war an diesem Sommerabend noch nicht untergegangen. Ihre letzten Strahlen schienen durch die Giebelöffnung des Gebäudes, das genau nach Westen ausgerichtet war. Die Druidin wurde von der Abendsonne in ein rötliches Licht getaucht und ihre roten Haare leuchteten wie Kupfer auf. Aufmerksam musterte sie mit ihren grünen Augen die Schüler und stellte fest, dass sie vollzählig versammelt waren. Links von ihr hatten vier Jungen Platz genommen, rechts fünf Mädchen. Es waren die Druidenschüler, die sie seit über fünf Jahr in Glaubensdingen unterwies. Sie dachte daran, dass sie diese Kinder, deren Alter weniger als fünfzehn Jahre betrug, noch weitere zehn Sommer unterweisen musste. Casina seufzte dabei und freute sich dennoch über diese jungen Menschen, die bei den Unterweisungen große Ernsthaftigkeit bewiesen. Es würde noch viel Zeit und Mühe kosten, sie zu Druiden zu heranzubilden, bis sie ihrem Volk von Nutzen sein konnten. Sei es bei der Deutung von Zeichen der Natur, oder wie sie zu den Menschen darüber sprechen mussten, sei es in der Rechtssprechung, oder bei den jährlichen Festen und Riten, die das Jahr der Kelten bestimmten. Wenigstens waren es neun Kinder, die nach einem Jahr härtester Prüfungen übrig geblieben waren.

»Celtillus, deine Fibel ist nicht ordentlich gesteckt! Ein Druidenschüler sollte es besser wissen«, ermahnte sie den schlaksigen Jungen, »schon mehrmals habe ich dir das gesagt!« Dabei sah sie den Jungen liebevoll an, anders als es ihre Stimme ausdrückte. Wie eben eine Mutter ihren Sohn ansieht.

»Habt ihr die Reinigung eurer Hände durchgeführt?«, fuhr sie fort. Sie ging zu jedem Einzelnen von ihnen und musterte sie eingehend. Das Ergebnis ihrer Kontrolle schien sie zufrieden zu stellen, denn sie klatschte aufmunternd in die Hände.

»Nun, ich sehe ihr seid bereit und wir können beginnen! Ihr werdet jetzt die Verse, welche man bei der Anrufung des Esus verwendet, gemeinsam sprechen! Morgen soll euer erster Auftritt sein, also konzentriert euch! Eure Eltern und das Dorf erwarten, dass ihr zeigen werdet, was ihr gelernt habt! Celtillus, nimm' die Flöte und begleite uns! Die Melodie kennst du ja! Heute wollen wir Melodie und Verse gemeinsam proben! Achtet dabei auf meine Handzeichen!«

Nach mehreren Stunden, brach sie den Unterricht ab. Es war bereits dunkel geworden und sie hatte einige Fackeln angezündet, die den Raum spärlich beleuchteten. Casina war zufrieden. Die Kinder würden morgen einen eindrucksvollen Auftritt haben und sie freute sich darauf.

»Lasst uns zum Abschluss das Gebet an Epona sprechen!«, forderte sie die Kinder auf; dabei enthüllte sie eine Statue, die eine mild lächelnde Frau mit großen Brüsten zeigte. Ihr Körper wuchs aus einem Pferdeleib, auf ihren angewinkelten Armen hielt sie einen Wolf und einen Früchtekorb eng an ihren Körper gepresst.

Die Kinder warfen sich ehrfürchtig auf die gestampfte Erde, sie wagten nicht aufzuschauen. Zufrieden lächelnd blickte Casina auf die Jugendlichen, die am Boden verharrten, warf einige Körner Harz in eine Schale, in der Glut glimmte und sprach das Gebet an Epona. Beschwörend hob sie beide Arme und streckte die geöffneten Handflächen nach oben.

»Herrin über das was von der Erde kommt und in die Erde geht, Herrin über das was auf der Erde wächst und uns ernährt, Herrin über alle Tiere der Wälder und Auen, Herrin aller Fische im Wasser und Vögel am Himmel, sei uns gewogen, halte Gefahren und Tod von uns ab, Stürme, Wasser und Blitzschlag! Segne das morgige Fest, das dir geweiht ist und bewahre die Menschen vor Streit, Missgunst und vor unbedachten Taten! Vor allem nehme unseren Hochweisen an, der uns morgen als Fürst anvertraut wird!«

Zweitausend Jahre später - Fund an den Sieben Rippen

Der junge Mann wachte von einer Berührung an seinem Körper auf. Er schlug verwirrt die Augen auf und starrte auf einen braun gebrannten Fuß. Ein Reif aus bunten Korallen schmückte die Fesseln. Im Halbschlaf starrte er auf die zartgliedrigen Zehen, die perlmuttfarbenen lackierten Nägel. »Die beiden Zehen in der Mitte sind länger als die übrigen und haben Druckstellen«, dachte er. Sein Blick glitt weiter nach oben, entlang der Wade zum Schenkel, bis sein Blick auf schwarzes Tuch stieß. »Schwarzes Tuch, gerupfte Schamhaare! Nein, sie hüllten sich doch stets in weißes Tuch«, murmelte er verwirrt. Auf seinem Bauch spürte er einen Fuß, der sich feucht anfühlte. Der Sand unter den Zehen drückte sich schmerzhaft in seinen sonnenverbrannten Bauch.

»Es tut weh, mein Bauch, die Sonne!«, protestierte er, langsam in die Realität zurückkehrend. Der Kies knirschte und zwei dunkle Augen tauchten vor seinem Gesicht auf, schwarzes Haar fiel über sein Gesicht. Eine Hand strich es zur Seite. Die Augen lächelten ihn an. Sie gehörten zu einem Paar sanft geschwungener Lippen. Ein feiner Geruch strömte ihm entgegen.

»Wie wundervoll sie riecht, diese Mischung aus Sonnenöl und Eigengeruch«, dachte er. Er schob dem Mädchen sein Gesicht entgegen, küsste die Augen, küsste den Mund und versank für eine Weile wortlos in ihren Lippen, so als wollte er ergründen, ob sie der Wirklichkeit angehörten. Nach einiger Zeit schob das Mädchen ihn sanft von sich und meinte etwas außer Atem: »Dein Traum muss herrlich gewesen sein, dein Kuss spricht Bände!«

»Du hast mich wundervoll geweckt, warum nicht schon früher?«, antwortete er und sah sie liebevoll an.

»Es hat länger gedauert, ich musste mir noch einiges von dem Lernstoff reinziehen. Du weißt, ich werde nächste Woche in Geschichte geprüft und plage mich mit den Kelten herum. Vielleicht kannst du mich ausfragen?« Sie nahm ein Buch in die Hand und schwenkte es vor seinen Augen.

»Leg' es zur Seite«, meinte er und zog die Achseln hoch, »zuerst nehmen wir ein erfrischendes Bad, du wirst vom Radfahren verschwitzt sein!«

»Nichts lieber als das«, seufzte sie, »aber noch bevor es dunkel wird, musst du mich abfragen, denn nachts wüsste ich etwas Besseres. Dann will ich dich befragen.«

»Ich auch«, meinte er scherzhaft, »aber erst dann, wenn wir diese Fische hier vertilgt haben.«

Er deutete auf seinen Fang. »Oh, die habe ich noch nicht bemerkt«, sagte das Mädchen, ging an den Rand der Kiesbank und beugte sich bewundernd über die in den Wellen dümpelnden Fische.

»Das sind sicher Forellen. Sollten sie eine Überraschung sein, so ist sie dir gelungen«, strahlte sie ihn mit dunklen Augen an, genau so, wie er sich das vorgestellt hatte.

»Ich habe so etwas geahnt«, fuhr sie fort, »denn Pfeffer und Salz habe ich mitgebracht, auch ein wenig Brot. Etwas davon muss allerdings morgen für unser Frühstück übrig bleiben.«

In einer spontanen Gefühlsaufwallung zog er das Mädchen fest an sich und meinte: »Du denkst wie die Frau eines Jägers, die bereits auf dessen Beute gewartet und dabei in Gedanken schon deren Zubereitung überlegt hat.«

»Nicht ganz«, meinte sie lächelnd, »ein wenig Fleisch habe ich sicherheitshalber mitgebracht, denn Jäger sind nicht immer erfolgreich.«

Sie fassten sich an der Hand und hüpften über die heißen Steine dem Fluss zu, wateten in das munter fließende Wasser, bis es ihnen über den Nabel reichte.

»Wie kurz meine Beine sind!«, rief sie, »und dennoch stehe ich auf dem Flussboden.«

»Manches erscheint anders, als es wirklich ist ... war«, meinte er versonnen und schlug vor: »Wir sollten das kühle Wasser genießen und mit den Kolibakterien Lotterie spielen! Komm, lass uns bis zu den Felsen schwimmen; am mittleren, dort hinten, treffen wir uns! Du kennst unseren Platz!«

Ohne auf ihre Antwort zu warten warf er sich der Strömung entgegen, schwamm mit kräftigen Armzügen eine Weile dagegen an und tauchte in einer Rolle nach unten weg. Er wiederholte das Gleiche mehrmals. Als er genug davon hatte, ließ er sich zurücktreiben. Mit hängenden Armen und Beinen schwebte er im Wasser, das ihn langsam auf die Felsen zu trieb.

Sie war vor ihm dort. In einer kleinen sandigen Nische, die sich zwischen zwei Felsen schmiegte, hatte sie sich ausgestreckt. Die mittlerweile tief stehende Sonne schien warm auf diesen geschützten Platz zwischen den Felsen im Fluss. Hier konnten sie sich von der Sonne trocknen lassen, bevor sie wieder zurückschwimmen würden. Als er auf den Kiesrand kroch und die sandige Nische zwischen den Felsen sah, hatte er, wie immer wenn er sich hier befand, das Gefühl, sich in einer Nische dieser Welt zu befinden, die nur ihnen beiden gehörte.

»Wie herrlich es hier ist!«, rief sie ihm entgegen.

»Fern von dem Keltenwissen in dem Buch dort hinten auf der Kiesbank, nur mit dir alleine. Weißt du, dass meine Mutter es nicht gerne sieht, wenn wir hier die Nacht verbringen? Sie meint, es könnte uns etwas zustoßen. Der nahe Flughafen und so weiter ... Ich glaube, sie trauert ungenutzten Gelegenheiten nach, vor denen sie damals Angst hatte. Mein Vater hingegen war der Meinung, dass hier der richtige Platz für zwei Verliebte sei.«

»Er hat für solche Dinge eben mehr Verständnis, weil er sich an seine Jugend zurückerinnert, an wahrgenommene Gelegenheiten«, erwiderte er, als er sich zu ihr legte.

Sie ruhten eine Weile schweigend nebeneinander und spielten mit ihren Fingern, er mit der rechten Hand, sie mit ihrer linken. Sie lauschten auf das Plätschern des Wassers, hörten die Strudel um die Felsen gurgeln und zerplatzen. Ein stetes Murmeln umgab sie. Es beruhigte, bemächtigte sich ihrer Gefühle und begann Geschichten zu erzählen.

Lange lagen sie schweigsam beieinander, bis er schließlich die Stille unterbrach und sich aufstützte.

»Das, was du vorher von den Kelten sagtest, ist nur die eine Seite der Medaille. Hier!«

Er schob seine Badehose nach unten, bis blonder Flaum sichtbar wurde, und zog aus der kleinen Innentasche eine fingerlange Scherbe.

»Die Scherbe habe ich an diesem Platz gefunden. Es ist ein Fragment von irgendetwas, vielleicht von Kelten gefertigt; und sieh' dir das hier an: ein Buchstabe, ein Alpha!«

Er erzählte ihr von seinen Vermutungen und beschrieb ihr die Vorstellungen, die er mit der Scherbe in seiner Hand und der damaligen Zeit verband. Sie wusste, dass er sich in diesen Dingen auskannte und lauschte gebannt seinen Schilderungen.

»Das, was du mir erzählt hast, ist mehr als in dem Geschichtsbuch stand, aber dennoch wirst du mich ausfragen müssen.«

Sie strich ihm zärtlich über sein blondes Haar. Ihre dunklen Augen beugten sich über ihn, ihr Haar fiel auf sein Gesicht, duftend und aufregend. Sie flocht sein Haar und ihres zu einem kleinen Zopf.

»Sieh, wir beide eng ineinander verschlungen, zwei so große Gegensätze in einem derart schönen Teil!«

Sie ließ den Zopf los, der sich wieder auffächerte und tastete mit ihren Lippen über sein Gesicht, über seinen Hals und seine Brust. Mit einer schnellen Handbewegung löste sie ihr Bikinioberteil, und ihre kleinen Brüste legten sich zart an ihn. Er hielt den Atem an, zog vorsichtig an der Schleife, die ihr Höschen zusammenhielt und streifte es zur Seite. Sacht streichelte er ihren Rücken, nahm ihre aufregenden Brüste behutsam in seine Hände und küsste sie. Sie legte sich auf ihn, seufzte leise auf und wippte mit ihrem

Körper, wie auf einer Schaukel. Ihre braunen Körper begannen zusammen zu fließen, wie das Wasser des Flusses, ihre geflüsterten Worte fanden zueinander, sie fühlten ein Strömen in sich, das alles mit sich riss. Nur sie waren da und hatten das Gefühl, als hielte ihre Gemeinsamkeit Jahrtausende an. Sie war seine erste große Liebe, er war ihre allererste und große Liebe zugleich. Die Felsen waren ihre Burg, ihr Tempel, der sie und ihre Träume vor allem dort draußen schützte.

»Dieses Teil hier«, sagte er nach einer langen Zeit und nahm die Scherbe wieder zur Hand, »hat mich am Nachmittag zu ein paar Versen angeregt. Vor allem dieser Buchstabe hier; denn meine Gedanken an dich begannen mit deinem Namen, vielmehr dem letzten Buchstaben davon ... Kathrin oder Katharina. Ich werde dir das Gedicht später auf der Kiesbank vortragen, denn ich brauche eine Kulisse, das Feuer, die Bäume, die man von dort aus sieht! Ich werde wie ein keltischer Barde davorstehen und die Verse dem erlauchtesten Publikum vortragen, das ich kenne!«

Sie sah ihn zärtlich an und flüsterte ihm ins Ohr: »Nein, nicht dort, jetzt und hier ist der richtige Moment, bitte!«. Er setzte sich auf ihre Oberschenkel, umfasste ihr Gesicht mit beiden Händen, sah ihr in die Augen und begann leise zu sprechen:

Aus deinen rosa Wangen
geboren, schwarze Rosen,
im Lichtspiel der Sonne,
verspielt geformt,
verwoben im Schattenspiel
von Gräsern und Blumen,
in den Armen des Windes.
Bewegte Zweige
auf meinem Gedankenbaum,
mäandernd,
hinter meinen Augen gelegen.
Weit bist du weg von mir,
bist dennoch nah.
Du duftend schwarze Rose.
Den Strauß, den ich gepflückt
aus deinen Augen,
halt ich ganz fest in meinen Armen.
So wie auch dich, ich fühl es.
Obwohl du fern von hier.
Der kühle Wind ...

Er unterbrach sich, als sich aus ihren Augen eine Träne löste. Sie legte ihre Hand auf seinen Mund und sah ihn an, wie sie ihn noch nie angesehen hatte. Aus ihren Augen sprach nicht mehr das junge Mädchen, sondern eine reife Frau mit einem weisen, uralten und immerjungen Blick.

Sie nahm ihm die Scherbe aus der Hand, die er immer noch zwischen den Fingern hielt und sprach, wie von einer inneren Stimme angetrieben: »Ich fühle es, auf dieser Scherbe stand etwas, das zwei Menschen betraf, zwei die sich liebten! Halte mich für verrückt, aber dieses Zeichen hat eine seltsame Magie! Für manch einen mag es nur aus ein paar Linien bestehen, ein Buchstabe aus einem beliebigen Text darstellen, Aufzeichnungen von Geschäften vielleicht. Für mich ist es ein Bruchstück ihrer Gefühle, die gedacht und erlebt, dann in den Ton eingeritzt wurden. Nicht nur darin lebten sie weiter, sondern in irgendwelchen Menschen, hier oder weit weg von diesem Ort, dort wo wir es nie vermuten würden.«

Seine Gedanken folgten ihrer Vorstellung, er sah deutlich eine Tafel vor sich liegen, versehen mit einer Unmenge von Schriftzeichen. Die Oberseite war ziegelrot, die Ränder vom Brennofen leicht geschwärzt. Der letzte Buchstabe in der rechten unteren Ecke war dieses Alpha mit dem Daumenabdruck. Ganz oben, in der rechten Ecke, sah er eine stilisierte Blume, dazwischen einen Text. Verwirrt wischte er diese Vorstellung aus seinen Gedanken. Kathrin sah ihn fragend an.

Verschwörung

Cura, die alte Druidin des Dorfes Burucum, rieb ihre Hände. Das Geschäft mit den Männern aus den Blauen Bergen war einträglich gewesen, hatte vor allem ihr selbst Nutzen gebracht. Zufrieden schloss sie ihre Tontafeln weg, auf denen sie ihre persönlichen Geschäfte stets sorgfältig verzeichnete. Bei Gelegenheit würde sie diese auf Lederrollen übertragen. Doch das hatte Zeit.

Der fellüberzogene Sessel knarrte, als sie sich fallen ließ. Erleichtert atmete sie durch. Endlich waren die wichtigsten Schreibarbeiten erledigt, mit denen sie sich nur ungern befasste. Sie blickte von ihrem Stuhl aus zufrieden durch das Fenster. Von hier aus konnte sie den Innenhof und das Eingangstor zu ihrem Hof gut übersehen. Am Fenstersims hüpften einige Elstern entlang und warteten auf ihr abendliches Futter. Sie kratzten mit ihren Schnäbeln an den Steinen der Fensteröffnung entlang, dabei verursachten sie ein schabendes Geräusch, begleitet von ihrem ungeduldigen Schackern. Cura erhob sich, ging zum Herd und kehrte mit einer Handvoll Fleischstücken zurück, die sie aus dem Fenster warf. Die Elstern stürzten sich auf die Köstlichkeiten, flatterten aufgeregt um das Fleisch und stritten lautstark um die besten Teile.

»Ist schon gut ihr Vögel, davon werdet ihr in den nächsten Tagen mehr bekommen«, murmelte sie, kehrte zu ihrem Stuhl zurück und lehnte sich entspannt zurück.

An der Rückenlehne, in Höhe ihrer Ohren, waren zwei Totenköpfe angebracht, die mit vergoldeten Zähnen über ihre Schultern grinsten. Zufrieden hob sie einen Arm und strich über den glatten Schädelknochen, dabei überkam sie ein Gefühl von Macht – Macht, über die sie in ihrem Dorf als Priesterin und Dorfvorsteherin verfügte. Diese Männer, deren Schädel ihren Stuhl zierten, bekamen diese zu spüren, als sie ein Komplott gegen sie schmiedeten. Damals war sie noch nicht lange als Druidin im Amt. Seitdem besaß sie deren Schädel und damit die Lebenskraft der Getöteten. Gerne ließ sie diese Energie in ihre Hände strömen, wenn sie über die Totenköpfe strich. Und sie tat es oft. Sie würde noch weitere dieser Schädel besitzen, wenn nicht die verstorbene hochweise Druidin Oxina, Indobellinus' Mutter, den Totenkopfkult untersagt hätte. Curas Gesicht verzerrte sich zu einer hässlichen faltigen Maske, dabei legte sich schütterer Flaum über ihre faltigen Oberlippen und entlang des Kinns bis zu den tiefen Furchen an ihrem Hals.

»Indobellinus, ihr Sohn, wird es morgen büßen!«, zischte sie vor sich hin.

»Nicht nur, dass Oxina die Wahl zur Hochweisen damals für sich entschieden hatte – nein, das war ihr nicht genug! Sie hatte auch jegliches Menschenopfer verboten.«

Cura schüttelte sich zornig. Morgen war endlich der Tag ihrer Rache da. Sie würde das übliche Tieropfer vor der Verbrennung durch ein Menschenopfer ersetzen und damit allen beweisen, was von den Göttern gewünscht wurde. Mit diesem Opfer würde sie, Cura, den ahnungslosen Indobellinus täuschen und ihn empfindlich treffen.

»Es wird ein Opfer sein, das er nie vergessen wird und ich kann den Beweis antreten, dass die Götter Menschenopfer wünschen«, kicherte sie hämisch vor sich hin.

Unvermittelt klopfte es an der Tür und eine Stimme dröhnte:

»Wie befohlen, wir sind zur Stelle, weise Cura.«

»Tritt mit deinen Männern ein, Modunus!«, antwortete die Druidin. Drei Männer betraten den Raum und verbeugten sich. Die Angeln der Türe knarrten so entsetzlich, als die Männer sie hinter sich schlossen, dass die Elstern im Hof erschrocken aufflogen. Cura musterte die Eintretenden zufrieden.

»Die Druidinnen werden gleich hier sein. Dort ist etwas zu trinken, ein wenig Fladenbrot, Speck. Nehmt euch davon, esst und trinkt, wenn ihr wollt! Alles ist dem Teutates geweiht.« Sie wies zum Tisch neben dem Herdfeuer.

Die Krieger waren bewaffnet. Auf ihren Schildern, die sie an die Wand lehnten, waren sieben Drachenrippen und darüber Stierhörner in den Schildknauf eingearbeitet, das Wappen von Burucum. Das Wappen sah wie ein skelettierter Brustkorb aus, gekrönt von Stierhörnern. Während die Krieger ihre Waffen ablegten schwieg sie und scharrte mit ihren Füßen ungeduldig auf dem Boden auf und ab, dabei zeichnete sie unverständliche Zeichen in den Staub vor sich.

Gierig fielen die Männer über das Essen und Trinken her, begannen zu schmatzen und zu schlürfen.

»Ihr Geist und ihre Körper gehören mir, auch der von Modunus«, dachte sie. »Wann immer es mir beliebt, kann ich über sie verfügen; die Hauptsache sie haben genügend zu fressen und zu saufen. Geistige Wichte, aber gute Werkzeuge in meiner Hand; hart, schneidend und unnachgiebig. Ihre Gedanken und ihr Handeln kann ich nach Belieben steuern und meine Lust an ihnen stillen. Alles zu Ehren der einzigen wirklichen Epona.«

Cura fuhr aus ihren Gedanken auf, als sie leises Klopfen vernahm und eine helle Stimme nach ihr fragte.

»Kommt herein, die andern sind bereits bei mir!«

Vier Druidinnen erschienen und nahmen ihre Schultertücher ab.

»Endlich«, meinte Cura, »ich dachte schon, ihr habt unsere Verabredung vergessen. Bei dir Glenova hatte ich die Vorstellung, dass du in den Augen des jungen Wilden aus den Blauen Bergen ertrunken bist.«

Sie sah die hübsche Druidin spöttisch an und es entging ihr nicht, wie die Angesprochene errötete. Sie musterte das Mädchen nachdenklich und fuhr fort: »Lasst uns nochmals alles durchsprechen, damit jede Kleinigkeit bedacht ist! Habt ihr die entführte Druidin, vom Treck der Boier, für das Opfer vorbereitet, Modunus?«

»Seit Tagen wird sie in einem Dachsbau in den Hügeln gefangen gehalten«, antwortete Modunus, dabei reinigte er seine Lippen mit der Zunge von den Speiseresten und wischte sich mit dem Ärmel seines Hemdes über den Schnauzbart. Cura sah ihm missbilligend zu.

»Wir flößten ihr dein Gift ein, weise Cura, und sie bekam nur das Notwendigste zu essen. Ihre stattliche Gestalt ist bereits zu einem unansehnlichen Gerippe abgemagert und so geschwächt, dass sie nicht mehr selbst essen geschweige stehen kann. Ihr Körper ähnelt mehr den Sieben Drachenrippen als dem einer Druidin. Außerdem hat das Gift ihre Stimme gelähmt. Sie wird nicht einen Laut von sich geben, wenn sie im Korb kauern wird und auf ihren Tod wartet«, ergänzte Modunus, zufrieden über diese Grausamkeiten, die er auf Befehl von Cura vollbracht hatte und noch vollbringen würde.

»Gut!«, befand Cura schneidend.

»Die Druidin wird im Opferfeuer noch mehr Fleisch verlieren. Indobellinus wird seine Geliebte nicht mehr erkennen. Es ist aus mit dieser jungen Liebe, gänzlich aus!«, schrie sie schrill, während ihre spinnengleichen Finger durch das Fell ihres Sitzes wühlten.

Die jungen Druidinnen zuckten ängstlich zusammen und wichen vor der Alten zurück, deren Gesicht sich hässlich verzerrt hatte, während sie weiterschrie: »Knochen wird er küssen und einen hohlen Totenschädel streicheln, in dem sich die Gedanken der Druidin nach ihm gesehnt hatten. Nicht mehr lange, dann wird das Feuer sie verzehren.«

Es entstand eine längere Pause. Niemand wagte sich zu rühren, geschweige denn ein Wort zu sprechen, selbst die Krieger unterbrachen ihre Mahlzeit. Alle kannten die Ausbrüche von Cura, in denen sich ihr abgrundtiefer Hass gegen Indobellinus entlud.

»Wie ihr wisst, habt ihr morgen die Aufgabe, den getöteten Stier zum Tempel zu bringen, in den Korb zu legen und diesen für die Verbrennung vorzubereiten. Vom Hochweisen Indobellinus selbst erhielten wir den Auftrag einen Korb zu fertigen«, sie spie verächtlich durch ihre Zahnlücken auf den Boden, »der nach der Gestalt eines Stieres geformt sein sollte.« Sie sah die Krieger lauernd an.

»Ist er fertiggestellt, Modunus?«, wandte sie sich an den Anführer.
»Schon seit einer Handvoll Tagen, weise Cura.«
»Sehr gut, sehr gut!«, krächzte sie, wie die Elstern vor dem Fenster.
»Zwei Druidinnen vom Seerosenhügel werden den Stier begleiten und segnen, wenn er in den Korb gebracht wird. Die gefangene Druidin liegt währenddessen in dem Fass, das sich auf dem gleichen Wagen befindet, mit dem ich zum Fest reisen werde.« Sie lachte hässlich auf.
»Niemand wird auf das achten was im Tempel geschieht, wird bemerken, wenn wir kurz vor der Verbrennung den Stier in dem Fass verstecken und die Druidin in den Opferkorb legen, bevor dieser zum Opferaltar gebracht wird; denn alle werden in diesem Moment beten.«
Sie betrachtete die Männer und die Druidinnen zufrieden.
»So weit ist also dieses Opfer bestens vorbereitet, mit dem unsere Epona siegen wird. Eins noch«, fügte sie hinzu.
»Bewahrt Ruhe! Verratet euch nicht durch unbewusste Blicke oder Bewegungen. Ihr wisst, wieviel für unsere Ideale auf dem Spiel steht.«
Sie erhob sich und ging von einem zum anderen, legte ihre Hand auf die Schultern der Männer und Frauen, als wenn sie daran erfühlen wollte, wie es um sie stand. Sie schien zufrieden zu sein und nickte den Kriegern und Druidinnen zu.
»Ihr könnt nun gehen! Bereitet alles wie besprochen vor! Sollte der Plan misslingen, solltest du, Modunus, alles für unsere Flucht vorbereitet haben. Mit einer derartigen Möglichkeit müssen wir rechnen. Jeder sollte aus diesem Grund seine persönlichen Dinge mit sich führen.« Sie wandte sich an die jungen Druidinnen, die ergeben nickten.
»Ich werde alles vorbereiten, edle Cura«, sagte Modunus, »nichts wird uns überraschen können.«
Er verbeugte sich ehrerbietig. Cura war zufrieden. Mit einer herrischen Geste entließ sie die Männer und die jungen Druidinnen, ohne dass ein Wort des Grußes über ihre Lippen kam.

Als die Schritte sich entfernten und das Hoftor ins Schloss fiel, Cura wieder alleine war, dachte sie an den Abend im Tempel an der Isura. Sie erinnerte sich in ihren hasserfüllten Gedanken an die erste Begegnung des Hochweisen Indobellinus mit Pona – als sich sein Blick in ihren Augen verfing und nicht mehr davon loskam. Die verbitterte alte Druidin fühlte noch einmal, fast körperlich, die aufflammende Liebe aus den Augen der jungen Menschen, wie sie es damals im Tempel gesehen hatte, und sie genoss die Trauer von Indobellinus, der nicht verstehen konnte, dass diese Frau, welcher er sein Herz geöffnet hatte, einfach verschwunden war.

»Fast hätte mich meine Schadenfreude verraten«, dachte sie, »als Indobellinus vor dem Dorf darüber gerätselt hatte, ob die Druidin von dieser Welt war oder ein Erdgeist der Boier sei, der ihn in ihrer Gestalt begehrt hatte. Wie einfältig die Menschen sind, wenn sie verliebt sind«, dachte sie hämisch.

»Pona, die Druidin der Boier, wird ein würdiges Opfer sein. Indobellinus wird sie nicht bekommen, nicht so, wie er sie begehrt. Wenn er, wie das Ritual es vorschreibt, eine Handvoll Asche in den Opferschacht wirft, wird er mit der Asche ein paar verkohlte Knochen von ihr in Händen halten und dabei an den Stier denken, den er im Korb wusste.«

Cura schüttelte sich wohlig. Sie genoss das Hochgefühl der bevorstehenden Demütigung von Indobellinus bis in die letzte Faser ihres Herzens. Sie malte sich aus, wie sie nach der Verbrennung vor allen Augen, die Menschenknochen und den Schädel aus der Asche scharren und die Überreste dem Volk zeigen würde; ein nicht zu widerlegendes Zeichen der Götter das zeigte, welche Opfer sie von den Menschen erwarteten. Indobellinus würde von den Menschen verflucht und mit Schimpf und Schande verjagt werden wenn sie sähen, dass sich der Stier nach Curas Beweisen in einen Menschen verwandelt hatte.

»Der Schädel der Druidin wird einen Ehrenplatz an meinem Stuhl erhalten«, dachte sie zufrieden und strich mit ihrer Hand über die Armlehne, »auch wenn es nur ihre Backenknochen wären.«

Unverhoffte Botschaft

Am Abend vor dem allumfassenden Fest – das Erntedankfest, das Fest der Matres und die Einführung des Fürsten in sein Amt wurden in diesem Jahr zur gleichen Zeit begangen – bat Indobellinus die Druidin Casina zu sich. Nur wenigen Menschen traute er wie ihr, denn Casina war nicht nur über Jahre die Beraterin seiner Mutter gewesen, sondern sie hatte auch großen Anteil an seiner Erziehung. Indobellinus war ein junger, in manchen Dingen noch unerfahrener Mann, so auch darin, was das Zeremoniell bei der Amtseinführung eines Fürsten betraf. Deshalb besprach er mit der erfahrenen Druidin den Ablauf des morgigen Tages. Er ging unzählige Kleinigkeiten mit ihr durch, die zu beachten waren, wie er sich vorzubereiten und zu kleiden hatte, auf was er besonders achten musste, den Ablauf der Opferhandlung, welches Verhalten die Menschen von ihm erwarteten, träten bestimmte Zeichen auf. Kurzum viele Kleinigkeiten, die bei der Amtseinführung eines Fürsten zu beachten waren.

»Die Menschen unseres Clans wollen hören, sehen und fühlen, dass du ein Auserwählter bist, einer ihres Volkes, Indobellinus. Das musst du dir immer vor Augen halten«, erklärte Casina.

»Nicht zuletzt wollen sie, gegenüber den vielen Gästen, stolz auf ihren Fürsten sein.«

Casina betrachtete den jungen Mann nachdenklich, als sie die düsteren Schatten auf dem jungen Gesicht bemerkte. Sie wusste, dass diesem noch etwas auf dem Herzen lag. Indobellinus fühlte den forschenden Blick auf sich ruhen und man merkte ihm an, dass er mit einer Frage kämpfte, die er Casina gerne gestellt hätte. Diese kannte den Grund des Kummers, der den jungen Mann bedrückte.

Sie erinnerte sich daran, als wäre es erst gestern gewesen, was beim ersten Zusammentreffen zwischen der jungen Druidin der Boier und Indobellinus aufgeflammt war und an das Gespräch auf dem Heimweg.

»Sprich dein Herz frei, Indobellinus!«, ermunterte sie ihn.

»Ist es das Verschwinden von Pona, das dich bedrückt?«

Sie wartete geduldig auf seine Antwort und dachte: »Gib dir endlich einen Stoß, Indobellinus! Wir alle wissen um deinen Kummer. Wenn du über das was dich bedrückt sprechen würdest, könntest du diesen Kummer besser ertragen und ich würde dir vielleicht ein wenig Hoffnung geben können.«

Verunsichert sah Indobellinus die erfahrene Weise an. Sein Blick war in diesem Moment der eines unsäglich leidenden Mannes – gleichzeitig eines ratlosen kleinen Jungen, des Jungen, welchen Casina wie ihren eigenen Sohn kannte.

»Mir will nicht in den Kopf«, sprach Indobellinus leise, »dass sie so spurlos verschwand. War sie ein Zeichen der Götter, ein Geist in ihren Diensten, der nur unsere Hilfsbereitschaft erkunden sollte? Was war sie?«

Er machte eine Pause, als würde er in sich hineinhorchen und betrachtete seine Hände, die unablässig in Bewegung waren. »Ich fühle, dass sie noch hier ist, noch lebt. Aber wo?«, sprach er stockend weiter.

»Zog sie vielleicht mit ihrem Volk weiter und hat mich zum Narren gehalten? Ist sie mit einem Trupp zur Erkundung vorausgeritten? Haben die Boier ihr Verschwinden nur vorgetäuscht, damit sie sich von hier fortstehlen konnte, weil ein anderer Mann auf sie wartet und sie nur meinen Körper begehrte?« Wieder horchte er in sich hinein und gab sich selbst die Antwort. »Nein, ich kann es nicht glauben! In ihren Augen und aus ihren Worten las ich eine andere Botschaft.«

»Ich weiß, mein Sohn«, antwortete Casina.

»Vielen Menschen in unserem Dorf ist es ähnlich ergangen. Es schien uns allen, als wenn dir Pona von den Göttern geschickt worden wäre. Die Boier müssen glücklich sein, eine solche Druidin als Fürsprecherin bei den Göttern zu haben. Sie lieben und verehren sie; zwei Dinge, die ein und derselben Person, noch dazu einer Druidin, selten entgegengebracht werden. Denk an die Feindseligkeiten, die entstanden, als die Boier am Morgen ihr Lager verlassen vorfanden. Sie haben uns verdächtigt, etwas mit ihrem Verschwinden zu tun zu haben und sind im Zorn weiter gezogen. Denk an den Auftritt von Quinus! Mit welcher Trauer und Wut zugleich traf er bei uns ein. Es fehlte nicht viel und es wäre zu einem Kampf zwischen den Stämmen gekommen.«

»Casina, wir, du und ich, haben noch an jenem Abend, an dem ich mich in sie verliebte, über die Begegnung mit ihr gesprochen. Es traf mich unerwartet, wie ein Blitzschlag. Pona sprach über ihre Augen mit mir und ich antwortete ihr auf die gleiche Weise. Wir tauschten unsere Empfindungen aus, als wenn wir uns schon lange Zeit kennen würden und ...« Er zögerte.

»Als wenn wir für ewig beieinander bleiben würden, als wären wir durch nichts mehr zu trennen, so liebten wir uns auf der Kiesbank am Tempel. Der nächtliche Himmel brannte über unseren Gefühlen und Gedanken, ich spüre noch jetzt dieses Strahlen auf meiner Haut. Nach einer solchen Frau habe ich lange gesucht, Casina; und nun, da ich sie gefunden habe, ist sie einfach verschwunden.« Er trommelte mit seinen Fingern erregt auf den Tisch.

»Warum ist sie verschwunden?«, wiederholte er sich.

»Der Wille der Götter ist auch für uns Druiden manchmal nicht erklärbar, das sage ich dir von Druidin zu Druide«, beruhigte Casina den jungen Mann.

»Trage die Botschaft in deinem Herzen. Wenn du fühlst, dass Pona lebt, dann wirst du sie wieder finden.«

»Nur die Götter wissen, wann das geschehen wird«, antwortete er leise.

»Ich fühle, dass sich morgen etwas ereignen wird, dass wir alle nicht vorhergesehen haben. Aber was?«, fügte er leise hinzu.

Er hatte kaum ausgesprochen, als jemand an die Tür pochte, sie öffnete und ohne Zögern eintrat. Die tief verhüllte Gestalt verriegelte die Türe hinter sich und schob mit einer raschen Handbewegung ein Tuch zurück. Indobellinus und Casina erschraken, als sie den Heiler der Boier erkannten.

»Quinus, ihr?«, stammelte Indobellinus. Der dunkelhäutige Mann nickte und legte seine Hand auf die Lippen, zog aus seinem Gürtel eine Schriftrolle und überreichte sie Indobellinus. Er deutete mit seinen Händen an, Indobellinus solle die Rolle öffnen. Indobellinus las die in geübter griechischer Schrift verfasste Botschaft von Quinus. Er erbleichte und fasste sich ans Herz.

»Casina«, rief er aufgeregt, »Quinus hat herausgefunden, dass sich Pona in der Hand von Cura befindet. Er kennt den Ort, wo man sie gefangen hält. Cura will Ponas Opfertod im Feuer, um mir damit zu schaden. In doppelter Hinsicht.«

Er verschluckte sich und nach einem Hustenanfall fuhr er fort: »Es wäre ihm ein Leichtes, meint Quinus, Pona zu befreien. Einige seiner Krieger warten in den Wäldern und beobachten den Ort Tag und Nacht. Er schlägt etwas Ungeheuerliches vor. Nachdem er bemerkt hat welche Differenzen zwischen Cura und uns bestehen ist er bereit, dieser Cura ein für alle Mal das Handwerk zu legen – natürlich gemeinsam mit uns. Um dieses Ziel erreichen zu können, muss Pona in der Hand der Totenkopfleute bleiben, meint der Heiler. Es wird ihr nichts geschehen, darauf würde er achten.«

Der Heiler hörte Indobellinus' Erklärung aufmerksam zu und nickte.

»Quinus, erläutere uns, was ihr vorhabt! Ich verstehe die Sprache deiner Hände gut«, ermunterte Indobellinus den Heiler, mehr über seinen Plan zu berichten. Dieser begann mit den Händen zu gestikulieren. Indobellinus folgte gebannt seinem Handspiel, schlug die Hände vor seinem Gesicht zusammen und nickte ergeben.

»Nein, das könnte ich nicht ertragen, Quinus«, antwortete er.

»Ich liebe Pona und kann nicht zulassen, dass sie in derartige Gefahr gerät.«

Quinus schüttelte lächelnd seinen Kopf, zog eine weitere Rolle aus der Tasche und übergab sie ihm. Indobellinus rollte das Leder auf und überflog die Zeilen.

»Es ist mir bekannt, Hochweiser Indobellinus«, las er auf dem Leder, »dass ihr sie liebt. Schon am Abend unseres Besuchs im Tempel habt ihr das Herz unserer Druidin gewonnen. Ich freue mich darüber, denn sie und ihr habt die beste Wahl eures Lebens getroffen. Gerade deswegen, und um eurer gemeinsamen Zukunft willen, stimmt meinem Plan zu. Ihr müsst dabei stark bleiben, wie auch ich es sein werde, wollen wir ein Götterurteil herbeiführen. Meine Krieger und ich bleiben in ihrer und eurer Nähe – unterhalb des Plateaus, wo das Fest stattfindet – einige von uns werden sich unbemerkt unter das Volk mischen. Sollte irgendetwas nicht nach Plan verlaufen, sind sie blitzschnell zur Stelle.« Quinus richtete seine großen dunklen Augen fragend auf Indobellinus.

Der Druide ließ die Lederrolle sinken. Er zögerte noch, in seinem Innersten aber wusste er, dass mit einem solchen Verbündeten dieser Plan gelingen musste. Dieser Heiler hatte nicht nur jede Phase des Gesprächs mit ihm sorgfältig bedacht, sondern das von ihm vorgeschlagene Vorhaben bereits bis ins kleinste Detail vorbereitet. Er würde nichts dem Zufall überlassen. Indobellinus setzte sich achselzuckend.

»Ich sehe ein, Quinus, es ist das Beste was wir tun können. Daher vertraue ich dir und werde die mir zugedachte Rolle spielen; denn auch du würdest das Leben von Pona nie aufs Spiel setzen.«

Mit einem sanften Lächeln ging Quinus auf den Druiden zu und legte, wie ein Symbol, die Blüte einer Seerose in seine Hände. Indobellinus sah erstaunt von der Blüte zu Quinus. Der Heiler legte einen Finger auf seine Lippen und leise, wie er gekommen war, verschwand der Heiler der Boier. Indobellinus starrte im nach.

»Quinus ist ein bemerkenswerter Mann«, bemerkte Casina. »Er könnte Pona noch heute befreien, doch er denkt vorausschauend und löst gleich zwei unserer Probleme. Das gefällt mir. Ich weiß allerdings auch, wie dir zumute ist. Bedenke dabei, dass Quinus dieser Entschluss nicht leichtgefallen sein wird. Er handelt wie Pona es getan hätte«, sagte sie abschließend.

» Und nun kein Wort mehr darüber, Indobellinus! Verriegle die Türe hinter mir gut! Dieser schwarze Druide geht durch Mauern«, meinte sie scherzend. Der junge Druide erhob sich mit gequältem Lächeln und umarmte Casina.

»Wenigstens hat er sein Lächeln wiedergefunden«, dachte sie zufrieden, »denn er weiß nun, dass Pona lebt.«

Fest am Seerosenhügel

Nach uraltem Brauch, der auf dem Seerosenhügel streng eingehalten wurde, musste die Wahl und Einführung des neuen Druiden wenige Tage nach dem Tod der vormaligen Druidin vollzogen werden. Wer als Druide gewählt wurde, übernahm auch das Amt des Fürsten. Die verstorbene Fürstin legte bereits zu Lebzeiten auf einer Tontafel fest, wen sie als ihren Nachfolger in ihrem Amt empfahl. Es musste immer eines der Kinder des oder der Verstorbenen sein. Dass es Indobellinus traf lag daran, dass er keine Schwester hatte, sonst wäre sie die Auserwählte gewesen – wie es bei diesem Stamm seit Menschengedenken die Regel war.

Die weltliche Amtseinführung des Fürsten verlegte man auf das keltische Erntedankfest, nachdem die Trauermonate zu Ende waren. Dass an diesem Tag auch das Fest der Matres gefeiert wurde, welche bei den Kelten Sinnbild aller Mütterlichkeit und Fruchtbarkeit waren, hatte auch darin seinen tieferen Grund.

Als Zeitpunkt für diese Amtseinführung hatte der Druidenrat den sechsten Tag im August ausgewählt, drei Mondumläufe vor Ende des keltischen Jahres. Am Anfang der Festlichkeiten würde eine feierliche Kulthandlung stehen, denn alles war der Wille der Götter, mit denen die Menschen im Einklang leben wollten. Sie sollten mild gestimmt werden, dem Fest und dem neuen Fürsten ihr Wohlwollen schenken, durch Zeichen, die man aus dem Blut und den Innereien der dargebrachten Opfer las. Das Leben der Kelten pendelte auch zu solchen Anlässen wie eine Waage hin und her, die immer im Gleichgewicht gehalten werden musste. Sie begaben sich damit in ein dichtes Netz von Abhängigkeiten, die jede Station ihres Lebens bestimmten und kaum Freiräume zuließen.

Über all dem wachten die Druiden. Diese hatten zur Einführung von Indobellinus als Fürst beschlossen, die Götter mit einem besonderen Tieropfer zu befragen. Da die Kultschächte infolge des starken Regens der letzten Tage mit Wasser vollgelaufen waren und das Grundwasser immer noch anstieg, waren sich die Druiden nicht sicher, ob die Opfergaben Teutates auch erreichen würden. So wählten sie die Zeremonie zu Ehren von Esus, der ein Verbrennungsopfer erwartete. Teutates mochte es ihnen verzeihen, es würden sich künftig noch genügend Gelegenheiten zu einem Opfer an ihn ergeben.

Das Fest sollte den Menschen auch weltliche Zerstreuungen bieten, welche sie bei dieser Art von Festen herbeisehnten. Spiele für Alt und Jung, gutes Essen und Trinken, Musik und Tanz, sollten das Fest begleiten und der alljährlich ohnehin stattfindende Markt abgehalten werden. Der Festplatz lag nicht im Dorf selbst, sondern auf der Fläche südlich des Dorfwalls vor dem sattelförmigen Zugang über die Landzunge, den die Kelten den Reitersattel nannten. Von Vorteil war dabei, dass auf dem Hochplateau, das sich im Süden des Reitersattels befand, das Lager der Gäste und Kaufleute untergebracht werden konnte.

Abordnungen benachbarter Stämme trafen ein, aus dem Land zwischen dem Danuvius und den Blauen Bergen, aus dem Osten und Westen des Stammesgebietes der Vindeliker und Abordnungen der Raeter und Noriker waren zugegen. Dazu gesellten sich die vielen reisenden Händler, die aus Griechenland oder aus Gallien kamen, auch aus den nördlichen Provinzen des römischen Reiches südlich der Blauen Berge, aus Ländern der bekannten Welt, von weit im Süden der Blauen Berge und aus Griechenland, aus Afrika, aus Thrakien und sogar Kaufleute aus der römischen Provinz Asia.

Man konnte heimische Waren wie Getreide, Fleisch, Schinken, Käse, Vieh, Töpfer-, Bronze- und Eisenwaren sowie Glasschmuck mit dem eintauschen, was die Händler herankarrten. Auf der Salzstraße und der Bernsteinstraße, die im Osten und Süden sowie im Westen vorbeiführten, herrschte in diesen Tagen reger Verkehr. Die fremden Handelsherren richteten ihre Züge so ein, dass sie pünktlich zu diesem Fest und Markt eintrafen. Die Händler boten all das an was es an der Isura nicht gab, römische und griechische Töpferwaren, reich verzierte Behälter und Schmuck aus Bronze, Gewürze und natürlich köstlichen Wein.

Die keltischen Handwerker der weiteren Umgebung, wie Wagenbauer und Schmiede, Töpfer, Flechter und Ledermacher taten mit einem vielfältigen Angebot das Ihre dazu, dass dieser Markt am Seerosenhügel weit und breit berühmt geworden war. Zahlreiche neue Geräte wurden vorgeführt, wie Wendepflüge mit Rädern, Erntegeräte, neue Streitwagen oder ein- oder zweirädrige Transport- und Reisewagen. Eine besondere Attraktion war die eisenumreifte Holzamphore, das Fass.

Hinzu kamen zahlreiche Waren, welche die Herzen der Frauen höher schlagen ließen, wie Gold- und Silberschmuck, emaillierte und gläserne Armreife, Schminktiegel und Fläschchen mit feinsten Duftwassern und -ölen sowie duftende Seifen, auch Kleidung und Stoffe.

Es wurden Pferderennen mit Kampfwagen abgehalten, Einbäume mit zwanzig Ruderern traten auf den Altwassern vor dem Seerosenhügel gegeneinander an, Axtwurfwettbewerbe fanden statt und die besten Bogenschützen und Speerwerfer wurden ermittelt. Für die Zerstreuung der Gäste sorgten fahrende Musiker und Sänger, Feuerspeier und Gaukler, die ihre Kunststücke zeigten.

An diesen Festtagen wurde auch das Seerosenmädchen – oder wie viele es nannten – die Seerosenschöne gewählt. Bedingung war, sie musste aus einer der Familien des Dorfes auf dem Seerosenhügel stammen. Den Mädchen wurden Aufgaben gestellt; sie mussten dabei ihre Klugheit und handwerkliche Geschicklichkeit beweisen und präsentierten sich auf einem eigens dafür gezimmerten Steg vor den Zuschauern, damit jeder ihre Anmut und Schönheit bewundern konnte. Meist wurden die Mädchen, auch wenn sie nicht zur Schönsten gewählt wurden, von Männern der umliegenden Dörfer als Frauen heftig umworben. Für deren Familien konnte dies zur Ehre gereichen und zugleich ein Geschäft sein, wenn sich das Paar fand. Der Glückliche, der die Seerosenschöne oder eines der anderen Mädchen heimführen konnte, musste der Familie einen hohen Preis bezahlen. Liebe und Geld waren auch bei den Kelten, wie überall auf der Welt, nicht voneinander zu trennen.
Für die Kinder gab es zahlreiche Vergnügungen, wo sie auf Holzpferden reiten und kleine Streitwagen auf Schienen im Kreise lenken konnten, die von Ziegen gezogen wurden. Eine besondere Attraktion waren die Karusselle. An einem Rad befestigt, das sich auf einem im Boden verankerten Pfahl drehte, bewegten sich lange Stangen im Kreis, die von Ochsen geschoben wurden. Sie bewegten weiter innen an den Stangen angebrachte kleine Streitwagen, hölzerne Pferde und Ochsen, Karren und Zweiräder im Kreis, auf denen die Kinder Platz nehmen konnten.
Die Männer erprobten ihre überschüssigen Kräfte mittels der Hammerspiele, bei denen über eine Schlagplatte und Hebelkonstruktion ein Stein nach oben geschleudert wurde. Je höher der Stein in dem mit Markierungen versehenen Halbrohr nach oben schoss und ein Ledersäckchen mit sich riss, desto gewaltiger war der Schlag des Mannes und es winkte ihm ein Preis. Ein Stand war besonders umlagert. Mit Äxten wurden senkrecht übereinander gestellte Holzscheite beworfen. Wer ein Holzscheit mit der Schneide traf und dessen Axt darin stecken blieb, der erhielt eine Glasperle.

Doch was war ein Fest der Kelten ohne ihr Bier! Weit und breit kannte man das Gebräu der keltischen Frauen vom Seerosenhügel. Es war nicht irgendein Bier. Es hatte vielmehr diesen köstlich bitteren Geschmack, den sie mit den Fruchtzapfen einer Schlingpflanze erzielten, die nur in dieser Gegend wuchs. Sie nannten dieses Gewächs hopix. Diese Zapfen gaben ihm den unvergleichlich herben Geschmack, der weithin berühmt war.
Nachdem die Gerste geerntet war, wurde frisches Bier gebraut – aus dem Korn der neuen Ernte, unter Zusatz getrockneter Dolden der Schlingpflanze. Das Ritual des Bierbrauens und der Bierprobe war ebenfalls einer

der vielen Anlässe für das alljährliche Fest. Es zog sich über mehrere Tage hin und wurde von Jung und Alt herbeigesehnt.
Über allem wachte natürlich eine beträchtliche Anzahl von Kriegern des Seerosendorfes und der benachbarten Orte, um Betrügereien, Raufereien und Zweikämpfe zu verhindern. Um dem vorzubeugen, wurde das Tragen von Waffen unter Strafe verboten.

Am zweiten Tag des Festes sollte die feierliche Einführung des Fürsten stattfinden. Indobellinus war an diesem Tag früher als sonst auf den Beinen. Er bestieg kurz nach Sonnenaufgang den Wall hinter seinem Haus und beobachtete die Nebelschwaden, die ihren morgendlichen Streit mit den Sonnenstrahlen über dem See ausfochten. Er atmete tief ein, breitete die Arme aus und blieb unbeweglich stehen.

»An diesem Tag wird die Sonne siegen«, dachte er und überflog die schwimmenden Teppiche aus Blüten und Blattgrün auf dem See.

»Nichts hat sich an den Rosen verändert, sie blühen schöner denn je«, murmelte er vor sich hin.

»Die Göttin ist mir gewogen und auch dir, Pona. Sie wird dich und unsere Liebe beschützen.« Langsam stieg er den Wall hinab und ging beruhigt zum Haus.

Als es am Tor des Anwesens pochte, kam er den Dienern zuvor, schob den Riegel zurück und ließ Casina und einige Frauen eintreten, die ihn für diesen Tag vorbereiten, ihn ankleiden und schmücken sollten.

»Du siehst nicht nur wie ein Fürst aus«, meinte Casina bewundernd, als sie fertig waren, »sondern so, wie sich einfache Menschen einen ihrer Götter vorstellen.«

»Casina, übertreibe nicht!«, widersprach Indobellinus. »Wir beide wissen, dass die Allmächtige Erdenmutter über alle Bilder erhaben ist, sich in allen befindet, und doch kennt sie niemand.«

»Eben«, bekräftigte Casina und befestigte die goldenen Zierscheiben an seiner Brust, »das wissen wir beide, aber nicht die Menschen dort draußen.«

Indobellinus wurde in einem mit keltischen Ornamenten bemalten Wagen zum Festplatz gefahren. Räder und Aufbauten hatten die Druidinnen mit Kränzen aus bereits geernteten Früchten und Kornähren geschmückt. Die Zugtiere schmückten sie mit geflochtenen Ähren und Blumen. Hinter Indobellinus, auf einer etwas erhöhten Plattform, thronte eine riesige, aus Seerosen geformte Lebensspirale. Das schwarze, fast blauschimmernde Haar des Druiden wurde mit fein geflochtenen Zöpfen über seiner Stirn und in seinem Nacken zu einem Zopf vereint, verziert mit Perlen aus verschiedenfarbigem Bernstein und Glas. Seine Augen hatten die Frauen mit einer dunklen Tinktur fein nachgezeichnet. Indobellinus hatte sich lange gegen diese Bemalung gewehrt, doch dieser Kunstgriff verlieh seinen Augen besondere Strahlkraft. Auf seinem Kopf trug er einen Reif, der über der Stirn mit einer Spirale versehen war, die in ihrem Zentrum in einer Seerose endete. Alles war aus purem Gold gefertigt. Die Arme des Druiden umwanden Zierreifen, die Schlangen darstellten, deren Augen mit Saphir besetzt waren. In der rechten Hand hielt Indobellinus den Stab der Göttin Epona, die sich aus dem Stabknauf in Form eines Pferdeleibes herauswand, in seiner linken den Stab eines Hochweisen mit der goldenen Sichel am Knauf. Den Saum seiner Toga begrenzten verschlungene bunte Muster und Spiralen, feinste Arbeiten keltischer Webkunst, mit vollendeten künstlerischen Details verziert; jedes hatte seinen tieferen Sinn: der dreigeteilte Kreisel, Luft, Wasser und Erde, die Spiralen, welche darstellten, dass sich alles Leben um einen Punkt bewegt und die ineinander verschlungenen Knospen von Seerosen, dem Lebenssymbol dieses Dorfes. An einer silbernen Halskette hing ein Amulett, eine in Silber gefasste Seerose aus rosagelbem Bernstein, dem Wappenzeichen des Clans vom Seerosenhügel.

Mädchen, angetan mit Kleidern in den Farben der Seerosen, begleiteten den Wagen, der Indobellinus zum Festplatz brachte. Sie trugen Blumenkränze in ihren Haaren und warfen Blütenblätter in das begeisterte Volk. Voran schritten mit würdigen Gesichtern die Druidinnen, gestützt auf ihre Stäbe mit den silbernen Sicheln. Begleitet wurden sie von den Druidenschülern, die rauchende Gefäße an Ketten schwenkten, in denen wohlriechende Harze und Kräuter glimmten. Sie verbreiteten einen fremdartigen würzigen Geruch. Die Mischung in den Kesseln war ein Geheimnis der Priesterinnen. Der unbekannte Weihrauch sollte dem Volk den Atemhauch der Götter nahebringen.

Bewundernder Jubel empfing Indobellinus als er vom Wagen stieg. Er bewegte sich mit einer Würde, wie es die Menschen des Seerosenhügels von ihrem Hochweisen und künftigen Fürsten zwar erwarteten, beim Auftritt von Indobellinus aber um ein Vielfaches übertroffen sahen.

Die Bewohner des Seerosenhügels fühlten, dass ihr Fürst ein besonderer Mann war und waren daher stolz auf ihn. Sie genossen die bewundernden Blicke der Gäste, suchten darin Bestätigung, dass auch diese so wie sie empfanden – und sie selbst in dieser Bewunderung mit eingeschlossen waren. Dass er ein außergewöhnlich stattlicher und gut aussehender junger Mann war, mit den Göttern sprechen konnte wie seine Mutter, zudem ein begnadeter Heiler war, das setzten sie voraus. Es gab eine Vielzahl von Beweisen hierfür. Daher mussten die Gäste diese Tatsache mit ihrer Bewunderung bestätigen und das ganze Dorf um diesen Mann beneiden.

Indobellinus nahm auf einem kunstvoll verzierten Sessel Platz. Aus den Armlehnen und Sesselbeinen wuchsen geschnitzte, weiß, rot und rosa bemalte Knospen von Seerosen. Verschlungen gestaltete Muster aus Blüten und Blättern liefen an den Seitenteilen entlang und verliehen dem Sessel eine beschwingte Leichtigkeit.

Das Ritual der Amtseinführung war fest vorgeschrieben und wurde von ausgewählten Druidinnen vorgenommen. An diesem Tag war es ein Stier, der geopfert werden sollte. Aus dem Fluss des Blutes, ob langsam oder schnell, in welche Richtung es floss, wie schnell es gerann und dergleichen, lasen sie die Zeichen der Götter, so wie aus der Farbe und Ausbreitung des Rauches bei der anschließenden Verbrennung des Opferkorbes, der Form und Größe der verbliebenen Knochen und der Farbe der Asche. Die Deutungen befolgten feste Regeln. Wie die Zeichen gelesen werden mussten, war der Erfahrung der Druiden vorbehalten und wurde von Generation zu Generation – leicht abgewandelt – weitergegeben. So entstanden im Laufe der Jahrhunderte die seltsamsten Ausdeutungen zu den Zeichen der Götter. Waren die Druidinnen zu einem Ergebnis gekommen, verkündeten sie feierlich die von ihnen beobachteten Zeichen und zogen ihre Schlüsse daraus, die das Volk ermuntern sollten, ihrem Fürsten zu vertrauen. Dass ungünstige Zeichen an einem solchen Tag verschwiegen, später jedoch im Druidenrat ausgiebig besprochen wurden, lag daher nahe.

»Wenigstens müssen keine Menschen mehr ihr Leben lassen, auch wenn es meist Gefangene waren, Verbrecher oder einfache Diebe«, dachte Indobellinus, als er würdevoll seinen Platz einnahm. »Menschenopfer waren noch vor der Zeit meiner Mutter üblich.« Er dachte zufrieden an ihre Anordnung, Menschenopfer unter Strafe zu verbieten und mit welcher Hartnäckigkeit sich dieser Brauch im Verborgenen gehalten hatte. »Menschen gehören nicht auf den Opferaltar«, sagte seine Mutter damals zu den Druiden. »Wie kann ein Mensch geopfert werden, den die Götter als ihr Ebenbild geschaffen haben«, begründete sie den erstaunten Druidinnen ihren Entschluss. »Das Opfer eines Menschen würde nur das Gleichgewicht der Schöpfung stören.«

Er hörte deutlich die Stimme seiner Mutter, als wenn sie neben ihm stehen würde: »Menschen müssen lernen, ihre Götter zu lieben, ihnen zu vertrauen, nicht in Furcht vor ihnen zu leben«, hatte sie ihren Gegnern damals vorgehalten, sie überzeugt und die Abstimmung für sich entschieden.

Indobellinus wusste, dass im Verborgenen noch Widerstände gegen die Abschaffung der Menschenopfer schwelten, vor allem im Dorf Burucum über den Sieben Drachenrippen. Diese hatten sich nun neu entladen und ihn selbst schmerzhaft getroffen – vielleicht lag es auch daran, dass diesmal ein männlicher Druide gewählt wurde, der das Verbot aufrechterhielt.

Von der Richtigkeit des Verbots war er überzeugt, obwohl ihn manchmal Zweifel befielen, ob der damalige Entschluss seiner Mutter richtig gewesen war. Beschämt erinnerte er sich daran, wie er am Morgen nach seiner Wahl zum Hochweisen mit einem Kahn die Seerosenfelder abruderte. Ängstlich suchte er nach Zeichen des Götterzorns – er fand sie nicht. Sie nahmen die Entscheidung des Druidenrates, einen Mann zu wählen, ohne Groll an, wie sie auch das Verbot seiner Mutter hingenommen hatten. Die Seerosen blühten weiter, schöner und üppiger, empfand er, als sie es je getan hatten. Indobellinus war damals mehr als erleichtert und schämte sich vor der Allmächtigen Erdenmutter über seine Zweifel, denn im Grunde seines Herzens hatte er nichts anderes erwartet.

Indobellinus wurde durch einen Ellbogenstoß in die Wirklichkeit zurückgeholt. Gerade noch rechtzeitig. »Du bist an der Reihe, Indobellinus«, flüsterte ihm Casina zu. »Wach aus deinen Träumen auf!«

Eine der jungen Druidinnen übergab ihm das Opfermesser. Er segnete die Klinge in der Reihenfolge des üblichen Zeremoniells, legte es in eine Schale mit geweihtem Wasser und übergab beides Casina.

Auch das heutige Tieropfer empfand Indobellinus als sinnlos. Er hätte seine Meinung am liebsten laut herausgeschrieen – doch er besann sich auf die Gefühle der Menschen um ihn; er hätte nur Unverständnis heraufbeschworen. In diesem Moment hörte er in seinem Inneren eine Stimme, während ein heller Schein auftauchte: »Änderungen müssen in kleinen Schritten geschehen und mit ruhigen Gedanken, Indobellinus! Niemand kann die Zukunft aus dem Blutfluss der Tiere lesen. Es sind schädliche Abhängigkeiten, die ihr Druiden geschaffen habt. Die Menschen können ihre Zukunft nur dann selbst beeinflussen, wenn sie gleichlautende Regeln in ihrem täglichen Leben befolgen, von denen sie unerschütterlich überzeugt sind. Dann können sie auf eine Wiederauferstehung hoffen, sich in die Wanderung der Seelen einreihen.«

Indobellinus nickte.

»Gib den Menschen neue Regeln, jetzt!«, erwiderte Indobellinus der Stimme. »Denke nicht wie sie, Indobellinus, von einem Moment zum anderen. Sie sind noch nicht so weit wie du und Pona. Es wird viel Zeit verrinnen, Indobellinus, viel Zeit! Was nützen Regeln, die nur gebrochen und gebeugt werden, wenn sie nicht gelebt werden!«, erwiderte die Stimme und er sah, dass das helle Licht in seinem Innersten zusehends schwächer wurde.

»Das Festhalten an den Götterurteilen, welches über Generationen meinem Volk von den Druiden gelehrt wurde, hat sie ihrer Verantwortung für sich selbst enthoben. Sie brauchen feste Regeln!«, rief er in seinem Innersten dem flüchtenden Licht nach.

Er fühlte, dass er den Kontakt zur Allmächtigen verloren hatte und murmelte zu sich selbst: »Dieses Entheben von der Verantwortlichkeit für sich selbst hat den Menschen vieler Generationen geholfen, sich auf etwas zu stützen, das vermeintlich von den Göttern gekommen war. Sie konnten sich bei Erfolg oder Misserfolg auf diese Zeichen berufen und damit alle Verantwortung von sich schieben. Wie einfach haben wir Druiden ihnen das Leben gemacht! Leider hat sich unser Verhalten schädlich auf ihr Denken und Handeln ausgewirkt.«

Erschrocken fuhr Indobellinus aus seinen Gedanken auf, als Casina dem Stier das Opfermesser knirschend in die Stirn stieß, mitten in die helle Blesse, welche die keltische Rinderrasse für die Opferung so geeignet machte.

Das Tier brüllte auf, fühlte den nahenden Tod, röchelte und stürzte über die Vorderläufe zu Boden. Eine Blutlache breitete sich aus. Er hörte den leisen Singsang der Druidinnen, als Casina den sich ausbreitenden Blutfluss geschickt beeinflusste, und ihre erhobene Stimme, die diesen zu wohlwollenden Zeichen der Götter für seine Regentschaft schönschrieb. Er sah die Krieger der Cura, die den Stier zum Tempelumgang schleppten und registrierte, wie der aus Balken und Flechtteilen gefertigte, stierförmig gestaltete Opferbehälter nach einiger Zeit zur Feuerstelle gebracht wurde.

Sein Atem blieb fast stehen, als er das Ungetüm aus Flechtwerk und Balken sah – gleich einem riesigen Stier. Er wusste Pona völlig hilflos in dem Korb, und nur er konnte sie befreien.

Casina ließ Indobellinus nicht aus den Augen, nachdem sie den Stier getötet und ihre rituelle Waschung beendet hatte. Nichts durfte ihr jetzt entgehen, nicht die winzigste Kleinigkeit. Alles musste so ablaufen, wie sie es gestern mit Quinus besprochen hatten.

»Hoffentlich geschieht den beiden im Feuer nichts! Ich sollte einige Krieger bereithalten«, überlegte sie, »denn es ist ein gewagtes Spiel, auf das wir uns eingelassen haben. Allmächtige Erdenmutter hilf uns!«, murmelte sie und beobachtete sorgenvoll jede Bewegung von Indobellinus, der wieder auf dem Fürstenstuhl Platz genommen hatte.

Der junge Hochweise wirkte entspannt, hielt die Augen geschlossen und atmete tief durch. Ponas Gesicht tauchte vor seinem Inneren auf. Sie lächelte, legte einen ihrer Finger auf die Lippen und hauchte einen Kuss darauf. Deutlich fühlte er ihre Lippen an den seinen.

»Du kannst mir vertrauen, Geliebte«, murmelte er.

Das Bild von Pona verschwand wieder. Er schlug die Augen auf und sah, wie die Vorbereitungen zum Anzünden des Opferfeuers beendet wurden. Indobellinus fixierte den Opferkorb, dabei versanken die Menschen um ihn zu gesichtslosen Schemen.

Kurz darauf entzündeten die Druidinnen das Feuer an vier Stellen. In diesem Moment beschlich Indobellinus eine beklemmende Furcht und schnürte ihm den Atem ab. Er spürte eine erdrückende Last auf seinen Schultern ruhen. Unwillig schüttelte er sich und beobachtete, wie sich das Feuer an den Opferkorb heranfraß.

»Jetzt ist es soweit. Sei stark Indobellinus«, dachte er, »du musst den richtigen Moment abwarten, du darfst nicht zu früh und nicht zu spät eingreifen!«

Langsam erhob er sich, nahm einen Tonkrug und goss Wasser auf seinen Umhang, dann befeuchtete er sich Haare und Gesicht. Als die ersten Flammen am Korb hochzüngelten, durchdrangen seine Augen die rote Feuerwand, den Rauch und das Korbgeflecht. Er sah die geliebte Frau wie tot dahinter liegen.

»Die Druidin der Boier«, schrie es in ihm auf und er schrie es aus sich heraus. Indobellinus wankte auf einen der Krieger zu, riss dessen Axt an sich und stieg in das prasselnde Feuer. Funkenregen wirbelten auf, als glühende Holzscheite unter seinen Schritten und Axtschlägen zerbrachen und die mannshohen Flammen hinter ihm zusammenschlugen. Schwarze Rauchschwaden nahmen den Zuschauern die Sicht. Der Druide schien vom Feuer verschluckt worden zu sein. Entsetzen breitete sich bei den Festgästen aus.

Indobellinus spürte den Gluthauch des Feuers um sich. Der beißende Rauch raubte ihm fast jede Sicht. Verschwommen erkannte er den Opferkorb vor sich. Mit einigen Hieben schlug er eine Öffnung in das brennende Geflecht und zerrte unter Aufbietung all seiner Kräfte die Druidin aus dem Korb. Wie ein Schemen tauchte er wieder aus den Rauchschwaden auf. Flammen leckten an seinem Umhang, Funken sprühten unter seinen Schritten. Fest umklammert trug er eine leblose Gestalt in seinen Armen.

Als der Fürst das Feuer verlassen hatte, eilte ihm Casina erleichtert entgegen. Indobellinus sank erschöpft in die Knie, dabei hielt er Pona in seinen Armen, als wollte er sie nicht mehr loslassen. Die Druidin wies einige Krieger und die Druidinnen an, Pona aus Indobellinus' Armen zu nehmen und auf einem vorbereiteten Lager einzurichten. Liebevoll bettete Casina den Kopf der jungen Frau, die ihre Augen geschlossen hielt und nur leicht atmete, in ihren Schoß.

»Gebt mir den Schnabelkrug dort, ich flöße ihr etwas von dem vorbereiteten Sud ein!« Casina betrachtete das abgemagerte und blasse Gesicht der jungen Frau und tupfte mit einem Tuch die Asche und den Ruß von ihren Wangen. Vorsichtig träufelte sie ihr die Flüssigkeit in den Mund.

Währenddessen hatte sich Indobellinus einigermaßen erholt und trat zu Casina. Er beugte sich über Pona und starrte ratlos auf ihre geschlossenen Augen. »Lebt sie, ist sie unversehrt?«

»Ja, mein Sohn«, flüsterte die Druidin leise, »doch sie ist nicht bei Sinnen.«

»Den Göttern sei Dank!«, stöhnte Indobellinus. Er schloss seine Augen und gab sich einen innerlichen Ruck.

»Und nun wird die Verbrennung des Stiers erfolgen, wie es die Götter der Menschen wünschen«, raunte er Casina zu.

»Die Vorstellung geht weiter, auch wenn einige Haare an mir versengt sind, sicher auch mein Bart.«

Er betastete seine Augen und wandte sich den Menschen zu. Es war mehr eine Geste der Erleichterung, weniger dem Zustand seiner Wimpern zugedacht.

»Wer ist die Frau, die er aus den Flammen rettete?«, fragten sich die Menschen, die fassungslos das Geschehen verfolgt hatten.

»Was hat unseren Druiden veranlasst in die Flammen zu steigen? Hoffentlich hat er sich nicht verletzt!«

Gebannt verfolgten sie jede seiner Bewegungen. Sie sahen erleichtert, dass er wieder aufstand und seinen Umhang um die Schultern schlug, welcher nicht einmal versengt war.

»Ein Wunder!«, raunten die Menschen sich zu. Nicht nur, dass der Druide erkannt hatte was im Korb verborgen war, sondern die Götter hatten ihren Fürsten vor den Flammen beschützt. Und all das hatte sich vor ihren Augen ereignet! Noch Generationen später würde man von diesem wundersamen Augenblick sprechen, und sie alle hatten es gesehen!

Die Menschen schwiegen mit offenen Mündern, unausgesprochene Worte der Bewunderung zerrannen auf ihren Lippen, befangen in der Ehrfurcht, die sie in diesem Augenblick empfanden.

Als der Fürst auf die Knie sank und seine Hände dankend in den Himmel stieß, fielen sich die Menschen erleichtert in die Arme und fanden ihre Sprache wieder.

Niemand bemerkte während dieses aufregenden Geschehens, dass sich eine Reitergruppe eilig entfernte und ihnen kurz darauf ein weiterer Reiter folgte.

Zweifel einer jungen Druidin

Je näher der Tag der Amtseinführung des Fürsten heranrückte, desto bedrückter wurde Glenova, die junge Druidin aus Burucum. Sie schlief schlecht, wachte schweißgebadet auf, und es verging keine Nacht, in dem nicht der brennende Opferkorb in ihren Träumen erschien – nicht die Druidin Pona sah sie in ihm, sondern sich selbst. In der vergangenen Nacht erschien sogar der junge Druide Iduras in ihren Träumen. Er riss sie aus den Flammen und kämpfte mit Cura, die sie ihm wieder entreißen wollte.

»Warum liege ich in dem Korb und nicht Pona? Warum erschien mir Iduras im Traum«?, fragte sie sich. Sie fand keine Antwort.

Als kleines Mädchen, als Waise, war sie von Cura aufgenommen, erzogen und zur Druidin ausgebildet worden. Dafür war sie der alten Druidin unendlich dankbar und tat alles für sie. Bei der Verbrennung eines Menschen mitzuwirken hatte sie anfänglich abgelehnt, schließlich konnten sie die Beweggründe der alten Druidin beruhigen – wenn auch nicht überzeugen. Letzte Zweifel blieben und es stellten sich daraus neue Fragen.

»Warum sollte gerade die Druidin Pona sterben? Was hat sie mit dem Streit zwischen Cura und Indobellinus zu tun? Nur weil sie sich in den Hochweisen verliebt hatte?«, fragte sie sich zum wiederholten Male. Sie überlegte, dass auch sie Gefühle für den jungen Druiden Iduras empfand und niemand dafür bestraft werden konnte – auch nicht Pona. Sie erinnerte sich an ihren Traum, in dem sie selbst in dem Korb lag und Cura sie Indobellinus' Händen entreißen wollte.

Glenova bedrängten diese unbeantworteten Fragen von Tag zu Tag mehr. Immer häufiger weilten ihre Gedanken bei Iduras, so als wenn sie Hilfe bei ihm suchen würde, tauchte sein Gesicht in ihren Tagträumen auf. Er sah sie dann bedeutungsvoll an und deutete auf sein Herz. Nach diesen Bildern stürzte sie in tiefe Gewissensbisse.

»Wollen die Götter dieses Opfer wirklich?«, fragte sie sich zum wiederholten Mal. »Warum muss ein Mensch wie Pona geopfert werden?«

Immer wieder hämmerten die Worte der Druidin dagegen an: »Es ist der Wunsch der Göttin Epona. Sie erwartet deinen Gehorsam, Glenova!«

Ihre Gewissensbisse nahmen zu, je näher der Zeitpunkt herannahte, an dem die Druidin in den Flammen geopfert werden sollte. Der jungen Druidin war bewusst geworden, dass sie etwas Unrechtes taten und sie selbst ihren Anteil daran hatte. Seit der Begegnung am Fluss hatte sie das Gefühl, dass die Augen des blonden Mannes – sein Name war Iduras, er war einer der Männer aus den Blauen Bergen – alles was sie tat besorgt verfolgten. In

der Nacht vor dem Fest befassten sich ihre Gedanken besonders eindringlich mit ihm und sie gestand sich ein, dass sie für diesen Mann nicht nur Zuneigung empfand, sondern ihn liebte.

»Ist das die Liebe, auf die ich so lange gewartet habe? Ist diese Liebe das Rasen meines Herzens, wenn meine Gedanken um das Wenige kreisen, was ich von diesem Menschen weiß oder meine gesehen zu haben? Vielleicht ist es nur unser Unrecht, dass mich seine Nähe herbeisehnen lässt?« Glenova fand die ganze Nacht vor dem Festtag keinen Schlaf mehr.

Als sie sich am Morgen zum Seerosenhügel aufmachten, beschwor Cura noch einmal eindringlich ihre gemeinsamen Ziele, und sie drohte mit der Strafe der Götter, wenn auch nur ein Einziger nicht das tun würde was diese wollten. Glenova stürzte in einen immer weiter klaffenden Zwiespalt, den sie alleine nicht bewältigen konnte. Sie empfand einerseits grenzenlose Abscheu vor dem was sie taten, andererseits regte sich Dankbarkeit in ihr, Dankbarkeit gegenüber der alten Druidin, die sie als Waise über viele Jahre aufgenommen und erzogen hatte.

»Alles, was ich bin, habe ich dieser Frau zu verdanken. Ich war Cura bisher ergeben. Doch nun kann und will ich ihr nicht mehr gehorchen!«

Die Angst vor dem was geschehen sollte schnürte ihr während des Rittes zum Seerosenhügel schier den Atem ab. Sie begleitete mit den Kriegern den Wagen von Cura, auf dem das Fass mit der jungen Druidin stand. Wie von der alten Druidin gewünscht, verstaute Glenova ihre Habseligkeiten auf ihrem Pferd, das sie, wie die anderen, unterhalb des Festplatzes hinter dem Tempel gesattelt zurückließ.

Unerbittlich rückte der Zeitpunkt näher, an dem Pona aus dem Fass in den Opferkorb gebracht werden sollte. In Glenova stieg Übelkeit auf, sie wandte sich ab und verschwand hinter Büschen, wo sie sich mehrmals erbrach.

Als sie wieder zurückgekehrt war und aus dem Tempel spähte, erkannte sie in der Menge Iduras, der sich suchend umsah. Ihr Herz schlug schneller.

»Er sucht nach mir«, dachte sie, »nach mir, die ich Glenova heiße und an einer Schandtat beteiligt sein werde. Wie kann ich das zulassen? Ich muss mich ihm anvertrauen!«

Ihr Herz begann wild zu klopfen. Sie hielt sich nur mühevoll auf den Beinen. Alles um sie raste einer Entscheidung zu, die sie nicht beeinflussen konnte und nicht mehr wahrnahm. Wie in einem Traum spürte sie, dass ihre Hände die Zügel ihres Pferdes umklammerten, gewahrte nur das Schaukeln beim Reiten, den Hufschlag und die hastigen Rufe der Männer, die zur Eile mahnten.

»Den Göttern sei Dank, das Vorhaben von Cura ist gescheitert!«, dachte Glenova, als endlich ihre innere Lähmung wich und sie das Geschehen in vollem Ausmaß begriff.

»Ob die Götter es gutheißen werden oder nicht, ich muss mich endgültig von Cura lösen!«, sagte sie leise vor sich hin und erschrak, als Cura ihr und den anderen Druidinnen zurief, welchen Weg sie einschlagen sollten. Wie im Traum sah sie über der wippenden Kruppe ihres Braunen Iduras' Gesicht erscheinen. Er lächelte ihr zu, nickte und deutete auf ihr Pferd. Endlich fasste sie den längst fälligen Entschluss, der ihr Leben verändern sollte und warf alle Bedenken von sich. Sie wusste, dass Iduras kommen und sie auf ihn warten würde.

Verbrennung des Stieres

Ohrenbetäubender Jubel begleitete den Fürsten, als er sich nach dem Gang ins Feuer wieder den Menschen zeigte, würdevoll seine Hand hob und sich, für alle sichtbar, in voller Größe hochreckte.

»Nichts und niemand wird das Fest meiner Einführung nunmehr stören können. Wir werden den Göttern den Stier zum Opfer bringen, wie sie es wünschten!«, rief Indobellinus.

Er wies die Tempeldiener an, den toten Stier aus dem Tempel zu bringen und in den noch qualmenden Opferkorb zu legen. Laut rief er, dass alle es hören konnten: »Es war ein Fingerzeig der Götter, dass sie mir durch Rauch und Flammen Pona, die Fürstin der Boier, im Korb zeigten, denn sie wünschen keine Menschenopfer. Die Meuchler, welche ein Gottesurteil mit einer feigen List herbeiführen wollten, haben sich unserem Zorn und dem unserer Götter zwar durch Flucht entzogen, doch die Götter werden sie unbarmherzig verfolgen und ihrer gerechten Strafe zuführen!«

Er breitete seine Arme aus, wandte sich der hochstehenden Sonne zu und schloss seine Augen.

Die Menschen warfen sich ehrfürchtig zu Boden und priesen das Wunder, dass ihr Hochweiser durch Holzgeflecht und Rauch zu sehen imstande war. Sie erschauerten in Ehrfurcht vor ihm, und sie fühlten seine enge Verbindung zu den Göttern. Er vermochte mit ihnen zu sprechen und sie hatten ihren Hochweisen vor den Flammen geschützt. Selbst den vielen Zweiflern wurde in diesen dramatischen Augenblicken deutlich, dass Indobellinus ein Auserwählter war, dessen Entscheidungen sie sich getrost anvertrauen konnten. Die Götter hielten ihre Hand über ihn und sprachen über den Hochweisen zu ihnen selbst.

Je weiter die Verbrennung des Tieres fortschritt, desto gelöster wurde die Stimmung der Menschen. Das Fest nahm seinen vorbestimmten Lauf. Einige der Druidinnen tanzten um das Feuer und teilten ihre Weissagungen der versammelten Menge in vorgeschriebener Form mit, die sie aus dem aufsteigenden Rauch, den Flammen und der Asche lasen.

»Bringt die Druidin Pona in mein Haus!«, wies Casina einige Krieger an. Leise fügte sie hinzu, nur für Indobellinus bestimmt: »Ich werde ihre Pflege selbst übernehmen! Protestiere nicht, Indobellinus! Es ziemt sich nicht, dass eine fremde Frau das Haus mit dir teilt, auch wenn du dir nichts sehnlicher wünschst! Du musst die Gepflogenheiten des Seerosendorfes respektieren,

dein Amt als Fürst und Hochweiser bedenken. Solange das Fest dauert, werden sich die Bediensteten meines Hauses um sie kümmern! Ich werde sie eingehend untersuchen und dann festlegen, welche Medizin zusätzlich zu der verabreicht werden soll, die ich ihr bereits eingeflößt habe. Cura und ihre Bande haben sie betäubt und fast verhungern lassen«, fügte sie hinzu.

»Sie haben ihr ein Gift verabreicht. Ich kenne das Gebräu der Cura, das erklärt auch ihre Bewusstlosigkeit. Diese Hexe, nur sie und ihre teuflische Bande konnten sich eine derartige Heimtücke ausdenken.«

»Kann ich Pona sehen, Casina?«, fragte Indobellinus leise.

»Ja, Hochweiser, aber sei hart zu dir, zeige deine Gefühle nicht, denn niemand darf etwas von eurer Liebe bemerken. Noch nicht«, ermahnte sie Indobellinus mit leiser Stimme.

In diesem Moment trat Cavarinus heran. Er berichtete mit gedämpfter Stimme, dass die Flucht von Cura mit ihrem Anhang beobachtet worden sei. »Sie bestiegen ihre Pferde, während Indobellinus die Druidin aus dem Feuer trug. In welche Richtung sie ritten könne niemand sagen. Einer meiner Männer hat noch bemerkt, dass Iduras sein Pferd sattelte und ihnen folgte«, schloss er seinen Bericht.

»Zingerix wird uns jedenfalls einiges zu erklären haben, denn ich kann mir einfach nicht vorstellen, dass dieser Iduras mit Cura unter einer Decke steckt. Ich halte es im übrigen nicht für sinnvoll, ihre Verfolgung aufzunehmen, denn früher oder später werden wir sie in unsere Hände bekommen, wenn nicht bis dahin die Götter sie schon bestraft haben.«

Entschluss des Jägers

Iduras verfolgte – zusammen mit den Flößern – staunend Fürst Indobellinus' prachtvollen Einzug in den Tempelhain. Eine Feier dieser Art hatte er, wie auch die anderen jungen Männer, noch nie miterlebt. Für die Flößer sollte diese Zeremonie auf dem Opferplatz eigentlich nur der Beginn einiger aufregender Tage sein, in denen sie vor allem ihr eigenes Vergnügen suchten, und darauf hatten sie sich seit Anfang ihrer Reise gefreut.

Als Erstes wollten sie, gleich nach dem Feueropfer, den riesigen Markt durchstreifen, vielleicht dieses und jenes Mitbringsel für ihre Familien erwerben und vor allem die Stände der Kaufleute aus fernen Ländern besuchen, die faszinierende Waren feilboten. Wie Zingerix meinte würden sie nicht einmal ahnen, dass es derlei Waren überhaupt gäbe. Mit erhobenem Zeigefinger fügte er hinzu, dass sie eine Kauflust verursachten, die sogar bis zum körperlichen Schmerz ausarten konnte. Einige von ihnen würden diesen Reizen nicht widerstehen können und ihre Geldbeutel arg strapazieren.

»Gut, dass Zingerix nur ein Handgeld von einigen Quinaren ausbezahlt hat«, dachte Iduras und blies die Luft zwischen seinen Zähnen hindurch, »sonst würden einige von uns bereits heute Abend mit leerem Geldbeutel schlafen gehen müssen.« Die Männer hatten zwar gemurrt, aber Zingerix blieb unerbittlich. Er kannte die Lebensfreude und Heißblütigkeit seiner Jungmänner, die, zusammen mit Met und Bier, ihre Ausgaben beträchtlich erhöhen würden. Iduras nahm die Entscheidung ihres Floßführers gelassen hin, denn er würde diesen Verlockungen nicht nachgeben – was er wollte und tat, überlegte er mit Bedacht. Was nach Ansicht Zingerix' sämtliche Erwartungen der jungen Männer in den Schatten stellte war der morgige Tag, an dem die Seerosenschöne gekürt werden sollte. An diesem Tag würden sie die schönsten Mädchen der Mittleren Vindeliker zu sehen bekommen und ... wer weiß? Zingerix drohte diesmal nicht nur mit einem Finger, sondern mit der Faust.

Nachmittags würde dann das Streitwagenrennen stattfinden, dabei hatten sie bereits am Vorabend kleine Wetteinsätze gewagt – meist einen Silberquinar, manche nur einige Bronzemünzen – nachdem sie die Gespanne besichtigt und sich Empfehlungen bei Cavarinus geholt hatten. Abends hatte man atemberaubende Feuerspiele angekündigt, Feuerspeier träten auf und es wurde gemunkelt, dass ein Drache erscheinen würde, der alles überträfe was man bisher gesehen hatte. Auch auf das Bier freuten sie sich, nach dessen Genuss die Geschicklichkeitswettbewerbe und zahlreichen anderen Zer-

streuungen, wie Axtzielwurf, Hammerschlagen, Lanzenwerfen und vieles andere einfach mehr Spaß machten.

Während ihm all das durch den Kopf ging, bewunderte er den blumengeschmückten Wagen des Fürsten, bestaunte dessen prächtige Kleidung und beeindruckende Erscheinung, seinen kostbaren Schmuck und roch den wohlriechenden Weihrauch aus den Gefäßen, die einige Druidenschüler trugen. Worauf Iduras besonders sehnsüchtig wartete, war das Gefolge, das den Fürsten begleitete. Er hoffte Glenova zu sehen, die junge Druidin aus Burucum, die er unter den Druidinnen im Gefolge vermutete. Obwohl er sich den Hals fast ausrenkte, konnte er sie nicht entdecken. Enttäuscht sah er dem Zug nach, der hinter den Köpfen der vor ihm stehenden Zuschauer verschwand.

»Deine Herzdruidin macht sich rar, Iduras«, meinte Zingerix.

»Wie gewonnen, so zerronnen«, fügte Puentus lachend hinzu, einer der jüngeren Flößer. »Sie lässt sich von einem der Krieger Curas gerade verwöhnen. Lieber den Habicht in der Hand, als den Adler auf dem Dach, wird sie sich denken.«

Iduras brummte etwas Unverständliches vor sich hin, holte aus, doch er besann sich und seine Hand landete an der Maskenfibel seines Umhangs. Er kannte den gutmütigen Spott der anderen – würde es ihn nicht selbst treffen, wäre auch er mit seiner scharfen Zunge zu solchen Späßen bereit gewesen. Die Gefühle, die ihn bewegten, konnten sie nicht im Entferntesten ahnen und deshalb sah er ihnen das nach. So biss er sich auf die Oberlippe und schwieg. Als er auf ihre Bemerkungen nicht reagierte, erlosch das Interesse an ihm; nur Zingerix beobachtete ihn verständnisvoll von der Seite. Als sich die Aufmerksamkeit der Flößer wieder auf das Geschehen vor dem Opferplatz richtete, verschwand er in einem unbemerkten Augenblick im Menschengewühl.

Irgendwie war Iduras enttäuscht, auch aufgeregt und vor allem ungeduldig, und daher versuchte er einen besseren Beobachtungsplatz auf dem Opferplatz zu ergattern. Er drängte sich durch die dichten Menschentrauben, wobei er wegen seines Ungestüms ungehaltene Blicke erntete. Ein Krieger, der aus dem Gleichgewicht geraten war, fasste nach seinem Ärmel, um sich auf den Beinen zu halten. Fast wären beide gestürzt, worauf der Mann ihm vor die Brust stieß und ihn drohend anstarrte. Blitzschnell fasste Iduras nach dessen sich zurückziehender Hand und hielt sie eisern fest. Er musterte den jungen Krieger näher und bemerkte an seinem Helm das Zeichen mit den Sieben Rippen. Mit einem Ruck zog er den jungen Mann näher zu sich heran, sodass er dessen Atemluft warm auf seiner Nase spürte. Der Krieger versuchte sich loszureißen, doch Iduras umklammerte dessen Hand weiter, fixierte seine Augen und tippte auf das Wappen auf dem Helm.

»Wo ist eure Druidin Glenova? Wo finde ich sie, Mann?«, knurrte er ihn an. Der Krieger antwortete ihm nicht, musterte ihn mit unsicherem Blick und wies mit seinem freien Arm zum Tempel. Während Iduras der Richtung seiner Armbewegung folgte, zum Tempel hinüberblickte und für einen Moment abgelenkt war, riss der Krieger sich los und tauchte blitzschnell im Menschengewirr unter. Iduras starrte ihm verblüfft nach. Krampfhaft überlegte er, warum der Mann so schnell das Weite gesucht hatte. Wollte er etwas zu verbergen? Nachdenklich zwirbelte er an den Enden seines Schnauzbartes. Schließlich gelang es ihm, näher an den Tempel heranzukommen. Glenova entdeckte er in dem Moment, als er seine Suche aufgeben wollte, eigentlich bereits beschlossen hatte umzukehren, um seine Kameraden zu suchen. Er sah sich ein letztes Mal um.

Sein Herz hüpfte vor Freude und Aufregung und schnürte ihm fast den Atem ab. Die junge Druidin stand im Schatten des Tempelumgangs, stützte sich an eine der Säulen und schien von dort aus den Einzug des Fürsten zum Opferplatz zu beobachten. Sie trug den schlichten Übermantel der Druiden, hatte ihr schwarzes Haar in vielen kleinen Zöpfchen nach hinten gesteckt, die in einem aus Blumen geflochtenen Kranz endeten. Der einzige Schmuck, den sie trug, war eine goldene Halskette mit einem ungewöhnlich großen Amulett.

»Was mag geschehen sein? Sie sollte doch Casina am Opferaltar unterstützen!« Iduras versuchte Blickkontakt aufzunehmen – Glenova bemerkte ihn nicht, lehnte mit regungslosem Gesicht an einer der Säulen und folgte offenbar angespannt dem Einzug des Fürsten. Er beobachtete sie eine Weile und wunderte sich, welch gequälter Ausdruck auf ihrem bleichen Gesicht lag. Nichts war von der Ausstrahlung übrig geblieben, die ihn bei ihrer ersten Begegnung so verzaubert hatte. Erst viel später sollte Iduras verstehen, was Glenova in diesem Moment bewegte.

Überraschend trat sie einen Schritt aus dem Schatten – vielleicht wollte sie das augenblickliche Geschehen besser beobachten können –, dabei blitzte das Amulett an ihrer Brust in der Sonne auf und entfachte in ihm die Wunschvorstellung, dass dieses Aufblitzen ihm gegolten haben könnte. Kaum hatte er diesen Gedanken zu Ende gedacht, wehte das Brüllen des Stiers vom Opferaltar herüber. Glenova zuckte so heftig zusammen, dass sie beinahe stürzte, wäre nicht, wie aus dem Boden gespuckt, der Krieger von Vorhin aufgetaucht und hätte sie mit einem Arm aufgefangen. Sie wechselten einige Worte – sehr heftige, wie er ihrer Gestik nach schloss – und zog sich in das Innere des Tempelumgangs zurück. Der Mann folgte ihr, dabei sah er sich suchend um.

Iduras beschloss, zur Rückseite des Tempels zu schleichen, dorthin wo der Hinterhof lag, in dem die Opfertiere zur Verbrennung vorbereitet wurden. Der Hof lag in der nördlichen Ecke des mit einem Wall umgebenen Tempelbereichs. Er kroch zur Dammkrone hoch und spähte in den Hof. Unter den Kriegern und Druidinnen, die den Opferkorb für den Stier vorbereiteten, konnte er sie nicht entdecken. Enttäuscht hockte er sich hinter einen Eichenstamm und überlegte, welche Möglichkeiten ihm noch blieben. Er musste Glenova unbedingt sehen und sprechen - noch heute!

»Vielleicht könnte ich sie auf dem Weg nach Burucum abfangen«, dachte er. Auf dem Rückweg stieß er, hinter einem Haselnussgebüsch verborgen, auf mehr als zwei Dutzend gesattelter Pferde mit dem Wappen der Sieben Drachenrippen; mehrere Reisesäcke hatte man hinter einem Holunderbusch aufgestapelt. Seine Augen verengten sich. Nachdenklich zupfte er an einem Augenlid.

»Ich werde alles tun, um sie noch heute wiederzusehen! Und wenn ich bis Burucum reiten müsste!«, beschloss er. Da Iduras ein Mann der Tat war, holte er unverzüglich seinen Schwarzen aus Cavarinus' Stall und versteckte ihn auf einer kleinen Lichtung, direkt am Steilhang zur Ampurnumaue. Mittels eines Lederriemens verlängerte er die Zügel und wickelte sie um einen Baum.

»Wenn Cura mit ihrem Anhang zurück in ihr Dorf reitet, hole ich dich wieder, mein Schwarzer! Versprochen! Es wird die beste Gelegenheit sein, die sich uns bieten wird«, murmelte er. Das Pferd schnaubte, hob und senkte seinen Kopf und stupste ihm in die Seite, als würde es seine Freude über diese Aussicht teilen. Liebevoll strich er dem Tier durch die Mähne und entließ es mit einem Klaps zum saftigen Gras auf dem Hang. In Vorfreude rieb er sich die Hände. Danach schlenderte er zum Festplatz zurück und mischte sich unter das Volk, welches mit Spannung auf die Verbrennung des Stieres wartete.

Doch es kam anders. Iduras konnte nicht beobachten, wie Pona in den Korb gelegt wurde – bestimmt hätte er seine Pläne spätestens dann geändert. Der junge Mann hatte seine Vorbereitungen zwar in anderer Absicht getroffen, sie sollten sich dennoch als richtig erweisen. Er sah den Tempeldienern zu, wie sie das Feuer entzündeten und verfolgte fassungslos die unglaublichen Geschehnisse danach. Als Iduras den Hochweisen Indobellinus aus dem Feuer treten sah, der auf seinen Armen eine Frau trug, wurde ihm bewusst, was von wem gespielt worden war. Sofort dachte er an die reisefertigen Pferde und den Krieger, an das seltsame Verhalten von Glenova. Dem aufmerksamen jungen Mann entging nicht, wie sich einige Krieger unbemerkt vom Festplatz entfernten. Kurz darauf hörte er den

Hufschlag mehrerer Reiter von dort her, wo er die Pferde entdeckt hatte. Wie Schuppen fiel es ihm von den Augen.

»Cura steckt also dahinter, sie und ihre Krieger«, überlegte Iduras, riss einen Sauerampferstängel aus und begann darauf zu kauen. Er dachte daran, dass die junge Druidin sich nun auf der Flucht befand, und wenn er jetzt nichts unternähme würde er sie nie mehr wiedersehen. Wohin die Flucht ging, wusste nur die alte Cura. Blitzschnell erwachte der Instinkt des Jägers in ihm, und er beschloss zu handeln.

»Ich werde mir das Mädchen nicht durch die alte Hexe entreißen lassen«, presste er durch seine Zähne. »Jetzt erst recht nicht!«

»Du handelst richtig, Iduras!«, sprach eine Stimme in ihm. »Du musst Glenova diesen menschenverachtenden Verschwörern entreißen, bevor sie in diesem abscheulichen Sumpf versinkt!«

Nun hatte er es sehr eilig und rannte zu seinem Pferd. Im gleichen Moment, in dem er seinen Rappen erreichte, tauchten die Flüchtenden unterhalb des Steilufers wieder auf und verschwanden hinter einem Schilffeld. Er wartete eine Weile, führte sein Pferd vorsichtig den Abhang hinunter, musterte die Feuchtwiesen vor sich, überflog mit raschem Blick die Ampurnum und das leicht ansteigende hügelige Hochufer dahinter.

»Sie werden die Siedlungen an den Bachläufen umgehen, also in das Hügelland reiten, vielleicht entlang einem dieser kleinen Bäche«, überlegte er.

»Wohin du auch reiten wirst, Cura, ich werde dir wie dein eigener Schatten folgen und dir Glenova entreißen – noch in dieser Nacht, und niemand wird mich daran hindern! Niemand!«

Er trat mit dem Fuß gegen ein Grasbüschel, sodass eine Blütenstaubwolke hochstieg, die vom Wind fortgeweht wurde.

Ruhig, ohne Hast, öffnete Iduras einen Ledersack und entnahm seine Waffen. Fast zärtlich strich er über sie. Er spannte den Bogen um seinen Oberkörper, hakte den Pfeilköcher an den Sattel und befestigte seine Axt und das Kurzschwert an seinem Gürtel. Leichtfüßig bestieg er sein Pferd und starrte, nach vorne gebeugt, mit zugekniffenen Augen auf die Fährte. Der sonst so sanft wirkende junge Mann verwandelte sich von einem Augenblick zum andern in einen Jäger, der seine Beute kannte und, einmal deren Witterung aufgenommen, sie unerbittlich verfolgen und erlegen würde. Auf was er sich dabei einließ, wusste er. Mit sicherem Instinkt fühlte er die drohende Gefahr greifbar vor sich, eine Gefahr, die auch Glenova betraf. Er würde ihr begegnen und sie meistern.

Die Reiter vor ihm verwandten keine Mühe darauf, sich zu verbergen, sondern wollten offenbar so schnell wie möglich das Hügelland mit seinen Wäldern im Westen erreichen. Sie kannten sich gut aus, durchritten die Feuchtwiesen ohne große Umwege, nutzten Schilffelder und Buschgruppen

als Deckung und mieden die zahlreichen sumpfigen Mulden und morastigen Tümpel. Geduldig wartete er, bis die Reiter den Fluss überquert hatten und wieder hinter dem Ufergebüsch auftauchten.

Iduras führte, als sie weit genug entfernt waren, seinen Schwarzen umsichtig durch die von einzelnen Bäumen, Buschgruppen und Schilffeldern bewachsene Aue, entlang trügerisch grüner Wiesen. Er kannte deren Sumpfaugen, in denen man nach einem einzigen Fehltritt hoffungslos versinken konnte. Der erfahrene Jäger blieb stets im Sichtschutz des Gesträuchs oder der Schilffahnen, umging sumpfige Stellen und die besagten Wiesen – vor allem in der Nähe von Altwassern – und behielt die Flüchtenden aufmerksam im Auge. Sie durften ihn auf keinen Fall entdecken, denn sie sollten sich in Sicherheit wiegen, dass niemand ihnen folgte.

Hinter einer Seidenweide, an deren Stamm sich ein üppig gewachsener Holunderbusch mit saftigen Fruchtdolden ausgebreitet hatte, beschloss er eine Weile zu warten. Von hier aus sah er das moosgrün schimmernde Wasser der Ampurnum und konnte das wellige, leicht zu den Hügeln ansteigende Gelände auf der anderen Seite des Flusses gut überblicken. Aus ihm schlängelten sich zahlreiche Bachläufe zur Ampurnum.

»Wohin werden sie reiten?«, dachte Iduras.

»Im Gau der Vindeliker können sie nicht bleiben. Früher oder später wird man jedes Versteck finden. Ich an ihrer Stelle würde versuchen, so schnell wie möglich den Danuvius zu erreichen.«

Iduras kannte das Land, das hinter diesem Fluss lag. Auf einer Floßreise vor mehreren Jahren gelangten sie zu diesem mächtigen Fluss, weit in den Norden des Siedlungsgebiets des vindelikischen Stammes der Runicaten. Sie hatten damals vor, versteinerte Muscheln einzutauschen. In diesem Grenzland kam es häufig zu Übergriffen von Germanen. Nur dort würden die Totenkopfleute Zuflucht finden können. Mit seinen zahlreichen, verborgenen und schwer zugänglichen Tälern bot das zerklüftete Kalkgebirge sicheren Unterschlupf.

Nachdem er all das bedacht hatte, überlegte er, dass die Reiter nach einigen Stunden rasten müssten – vor allem wegen ihrer Pferde. Allerdings würden sie es nur dann tun, wenn sie die Gewissheit hatten nicht verfolgt zu werden – und dann nur nach Einbruch der Dunkelheit. Diesen Gefallen konnte er ihnen bis dahin tun, denn sie würden ihn nicht entdecken, und ihre Spur würde er selbst bei dichtestem Nebel und auch nachts finden. Beruhigt stellte er fest, dass ihm niemand vom Seerosenhügel her gefolgt war.

Inzwischen waren die Reiter nur mehr als kleine Punkte zu erkennen, die bald in der Schattenlinie der Hügel verschwinden würden. Iduras überquerte die Ampurnum und suchte sich an einem kleinen aus den Hügeln heran-

fließenden Bach einen Lagerplatz; an ihm führte die Spur weiter in die Hügel. Er schnippte mit seinen Fingern leicht über den Hals seines Schwarzen, der sofort zum Bach trabte und gierig zu saufen begann. Geschützt durch einen Weidenbusch, direkt am Ufer, breitete er ein Fell aus, entnahm seinen Satteltaschen Käse und Brot, biss gedankenverloren in das harte Käsestück, kaute unendlich lange darauf und schob einige Brotbrocken nach. Danach schöpfte er mit der hohlen Hand frisches Wasser, schlürfte es genüsslich und wusch sich sein Gesicht. Er riss einige Stängel des geliebten Sauerampfers aus, der hier in saftigen Büscheln wuchs, zupfte mit seinen Lippen einige Blätter davon ab, zerkaute sie und genoss den sauren belebenden Geschmack. Aufmerksam beobachtete er das klar dahinfließende Wasser.

Als Blätterfetzen, zerquetschte Blütenblätter und Moosfäden heranschwammen, spuckte er den Sauerampfer in das Wasser, fischte eines dieser Blütenblätter heraus, rollte es zwischen zwei Fingern zu einem Kügelchen und schnippte es danach wieder in den Bach, dabei grummelte er vor sich hin; er hatte sich also nicht getäuscht. Nachdem die Sonne hinter einem größeren Wolkenfeld wieder hervorgetreten war, wurde es Iduras zu heiß und er zog sich in den Schatten der Büsche zurück. Durch seine immer schmäler werdenden Augenschlitze beobachtete er träge ein Regenpfeiferpärchen am Bachufer, den taumelnden Flug der Vögel, die wippenden Federschöpfe und die Schnäbel, aus denen Würmer und allerlei Getier heraushingen.

»Wie fürsorglich die Vögel das Kleingetier für ihre hungrige Brut sammeln«, dachte er schläfrig. Während ihrer unermüdlichen Kiwittrufe fielen ihm die Augen zu.

Iduras

Zingerix war von den Ereignissen am Opferfeuer so erschüttert, dass er keinen klaren Gedanken mehr fassen konnte. Ihm wollte nicht in den Kopf, dass Cura zu einer derart niederträchtigen Tat fähig war. Die Szene, als Indobellinus ins Feuer sprang und mit Pona auf den Armen aus den Flammen wiederkehrte, würde ihn lange nicht mehr loslassen, sie schwirrte unablässig in seinem Kopf herum. So beschloss er, sich etwas Ruhe in Cavarinus' Hof zu gönnen. Dann würde er weitersehen. Auf dem Weg zum Dorf war er so in Gedanken versunken, dass er seinen Männern in die Arme lief.

»Heh, Meister Zingerix, wir haben dich überall gesucht!«, rief ihm Gundix zu, der Älteste seiner Flößer.

»Lass uns gemeinsam ein wenig Spaß haben! Die Strapazen unserer Reise haben wir doch nicht auf uns genommen, dass wir jetzt Trübsal blasen und uns die Asche des Opferfeuers über den Kopf streuen.«

Zingerix schüttelte den Kopf und fuhr sich mit beiden Händen über seinen Haarzopf im Nacken.

»Er hat Recht. Man sieht dir an, dass du dich noch immer mit dem Feueropfer beschäftigst«, meinte der junge Puentus. Wir alle sind froh, dass sich unsere Götter als stärker erwiesen haben – ein Grund mehr, ordentlich zu feiern! Wir lassen uns daher nicht lumpen, ein oder zwei Krüge Bier bist du uns allemal wert«, fügte er hinzu und ergänzte lachend: »Außerdem hast du uns vor den Weibern des Seerosenhügels gewarnt, wolltest uns noch einige Ratschläge geben – von wegen wie ... na, du weißt schon! Wie könnten wir, ohne die Erfahrung unseres altgedienten Meisters, die Gunst der Mädchen gewinnen – Verführer der Flussnixen hat dich doch selbst Cavarinus genannt.«

Die Männer lachten, scharten sich um ihn und schwatzten weiter auf ihn ein. Zingerix sah sie unschlüssig an. Schließlich gab er sich einen Ruck.

»Ihr habt ja Recht! Zerstreuung wird auch mir gut tun und es ist ja, den Göttern sei Dank, niemand zu Schaden gekommen. Auf die Krüge Bier von euch komme ich bestimmt zurück!«, kündigte er an.

Es dauerte nicht lange, dann wurde auch er von ihrer ausgelassenen Stimmung angesteckt und sie stürzten sich begeistert in das Gewühl auf dem Festplatz. Jedem seiner Leute hatte er ein wenig Handgeld ausbezahlt – nicht zu viel und nicht zu wenig. Er tat dies aus Erfahrung, denn es war oft vorgekommen, dass einige der Flößer ihren gesamten Lohn in diesen Tagen auf dem Seerosenhügel verprassten.

Zuallererst stärkte sich jeder mit einem Krug Bier, sie aßen köstlich duftende Bratenstücke vom Schwein, einige taten sich an gebratenem Fisch gütlich. Je länger sie über den Platz zogen, desto ausgelassener wurde die Stimmung und die jungen Männer suchten, in Gruppen oder einzeln, ihre eigenen Wege. Schließlich war nur mehr Gundix an seiner Seite.

»Jetzt haben sie was sie wollen, Zingerix. Dir ist sicherlich bewusst, dass sie eher etwas erleben wollen, als dass sie deinen Rat suchen.« Der erfahrene Flößer lachte nur. In diesem Moment begegneten sie einer jungen Frau, die gerade ein paar Bronzemünzen einstrich, nachdem sie einem Mann aus der Hand gelesen hatte. Die Frau war hübsch, sorgfältig gekleidet und fein geschminkt – keine von diesen Bettlerinnen, die auf Märkten Männern aus der Hand lasen. Als sie Gundix bemerkte stutzte sie, kam auf ihn zu und ergriff seine Hand. Sie betrachtete seine Handlinien und runzelte die Stirn.

»Flößer, du hast ein gutes Herz, nach dem sich Frauen sehnen – das erkenne ich an deinen Händen. Eine von ihnen hat dich bereits gesehen, läuft irgendwo auf diesem Platz herum, ist ganz nah und sie sucht dich.« Erwartungsvoll und überrascht sah Gundix die Frau an.

»Wie sieht sie aus und wo soll ich suchen?« Sein Gesicht verriet, dass er zwar misstrauisch, seine Neugierde aber größer war. Die Frau beobachtete ihn aufmerksam und lächelte – schön, wie Gundix in diesem Augenblick empfand.

»Ich kann dir helfen sie zu finden. Vertraue mir ruhig!« Sie fasste ihn an der anderen Hand. Gundix war unentschlossen, aber auch ein wenig geschmeichelt. Er sah auf die Frau, dann auf Zingerix. »Wie meint sie das, Zingerix?«

»So wie sie es gesagt hat. Wer weiß, vielleicht meint sie sich selbst«, meinte er ironisch. Sie lachten und auch die Frau lachte herzlich mit ihnen.

Zingerix sollte später noch oft an seine Worte von heute denken, jedenfalls sah er Gundix erst am nächsten Tag wieder.

So streifte der Floßmeister alleine über den Platz, kaufte Mitbringsel für seine Familie, frischte Kontakte mit Dorfvorstehern der umliegender Orte auf, traf alte Bekannte und sprach mit Händlern der Runicaten über künftige Geschäfte. Vollbepackt kehrte er zum Hof von Cavarinus zurück.

Danach beschloss er zum Festplatz zurückzukehren und den Hausherrn zu suchen. Er fand ihn nicht weit vom Tempel entfernt, wo er mit Fürst Indobellinus und Casina beisammenstand, aufgeregt miteinander diskutierend. Offenbar beschäftigte die Drei immer noch die unglaubliche Rettung von Pona. Er kämpfte sich winkend zu der Gruppe durch. Als Cavarinus den Floßführer bemerkte, rief er ihm bereits von weitem die Neuigkeit zu, dass Iduras mit den Totenkopfleuten geflüchtet sei.

»Einer meiner Rossknechte hat bemerkt«, berichtete Cavarinus, »dass der junge Mann sein Pferd gesattelt hat und fortgeritten ist. Kannst du uns erklären was wir darüber wissen sollten? Ich kann nicht glauben, dass er mit Cura unter einer Decke steckt!«

Als der Floßführer die Gruppe erreicht hatte, erklärte er schmunzelnd den Sachverhalt: »Nichts ist einfacher erklärt als das! Unser Iduras ist bis über beide Ohren verliebt! Er hat sich in eine der Druidinnen des Dorfes über den Sieben Drachenrippen vergafft; Glenova heißt das Mädchen, oder so ähnlich. Es beruht wohl auf Gegenseitigkeit, denn als wir unsere Waren in Burucum ablieferten, haben sich die beiden mit ihren Blicken schier verschlungen. Wenn das Herz eines jungen Mannes entflammt ist, sucht er die Nähe seiner Angebeteten, scheut keine Mühe und Gefahr, ihr nahe zu sein. Warum er Cura und ihren Leuten folgte, ist daher einzig und allein auf diese junge Frau zurückzuführen. Ich vertraue Iduras bedingungslos! Er ist nicht nur der beste Jäger unseres Clans, sondern auch der beste Pflanzen- und Tierkundige unseres Stammes. Auch was seine Einstellung gegenüber dem Totenkopfkult betrifft ist er über alle Zweifel erhaben.«

Die drei sahen Zingerix verwundert an.

»Ein erstaunlicher junger Mann! Hast du noch mehr solcher Männer in deinem Gefolge, Zingerix?«, fragte Cavarinus. Der Angesprochene lächelte.

»Derartige Männer sind selten, nicht anders als bei euch.«

»So könnte es sich wirklich verhalten, das ergibt einen Sinn«, kam Casina auf das Verschwinden von Iduras zurück.

»Die Druidin Glenova wurde von Cura als Waise aufgenommen und erzogen – sie war damals kaum älter als fünf Jahre und verdankt der alten Druidin deshalb sehr viel. Aus diesem Grund ist es verständlich, dass sie alles tat, was Cura von ihr forderte. Iduras hatte, wie wir, die Rettung von Pona beobachtet und seine Schlüsse daraus gezogen. Als er die Flucht der Totenkopfleute bemerkte, entschied er sich den Reitern zu folgen, um Glenova zu befreien.«

»Casina hat Recht«, pflichtete Zingerix ihr bei, »das ist auch meine Meinung. Unser scharfsinniger Iduras durchschaute was gespielt wurde und beschloss, das Mädchen den Krallen von Cura und ihren Leuten zu entreißen. Ich kenne seine Beharrlichkeit. Dieser junge Mann wird das Mädchen befreien, da bin ich mir sicher. Es wäre kein Wunder, wenn er morgen mit Glenova zurückkehren würde.«

»Hoffentlich verhält es sich auch so, wie ihr es vermutet, Zingerix«, meinte Indobellinus besorgt, »die Götter mögen ihm beistehen, denn Cura wird vor nichts zurückschrecken, um das zu verhindern. Die spontane Zuneigung dieser beiden jungen Menschen ist ihr bestimmt nicht verborgen geblieben.«

Indobellinus faltete seine Hände, blickte in Richtung der Hügel über der Ampurnum und sagte: »Die Kraft ihrer Herzen wird sie zusammenführen!« Er hatte seine Worte kaum zu Ende gesprochen, als sich seine Augen erstaunt weiteten.

»Seht dort drüben! Das muss Quinus mit seinen Männern sein! Sie wollen ihre Druidin holen!«, dabei deutete Indobellinus auf die Landzunge vor dem Festhügel. Mehrere Reiter näherten sich.

Erwartungsvoll sah der Fürst den Boiern entgegen. Zwei Reiter lösten sich aus der Gruppe und galoppierten auf Indobellinus und seine Begleitung zu. Es waren Quinus und Magalus. Der schwarze Heiler sprang wie eine Katze vom Pferd.

Ehrerbietig verbeugte er sich vor Indobellinus und begann mit seinen Händen zu sprechen. Indobellinus beobachtete ihn aufmerksam. Die Augäpfel des Heilers rollten unentwegt mit jeder seiner Gesten und unterstrichen das, was er mit seinen Händen erklärte. Indobellinus' Gesicht hellte sich langsam auf, bis er schließlich herzlich auflachte. Der Heiler griff in einen Beutel an seinem Gürtel und zog ein Tonfläschchen hervor. Er trat zu Indobellinus und überreichte ihm das winzige Gefäß, dabei erläuterte er mit seiner Zeichensprache die Heilwirkung der Flüssigkeit darin. Zu Casina und Zingerix gewandt erklärte Indobellinus: »Die Boier haben beschlossen, so Quinus, ihre Druidin unserer Obhut zu überlassen. Pona könnte sogar hierbleiben, wenn ich es wünsche. Er, Quinus, und auch Magalus hätten Verständnis dafür. Wir müssten sie jedoch mit diesem Gegengift behandeln und gesundpflegen, das ist ihre Bedingung.« Indobellinus fuchtelte mit dem Fläschchen in der Luft.

»Quinus hat es selbst gemischt. Die Medizin wird Pona heilen, sagt er, und würde sie dazu noch verzaubern, was gut für mich wäre«, dabei fuhr er verlegen durch seinen Schnauzbart.

»Der Rat der Boier hat ferner beschlossen«, übersetzte er Quinus' Worte weiter, »dass er, Quinus, die Führung des Wagenzugs übernehmen werde Sobald sie in Gallien angekommen sind, wird Quinus zurückkehren, um Pona noch einmal zu sehen, oder sie nach Gallien begleiten. Die Entscheidung darüber hinge allerdings von mir und Pona ab. Er meint, darüber würde der Winter vergehen.«

Über Quinus' Mund flog ein breites Lachen und er leckte über seine Zähne.

»Wollt ihr mit euren Kriegern nicht unsere Gäste sein?«, fragte Casina. Quinus schüttelte den Kopf und tippte auf seine Lippen, wies mit glänzenden Augen auf eines der Schweine auf dem Spieß und deutete auf ein Fass Bier und einige Brotlaibe, die er in einer der Buden sah. Quinus strich mit

dem Handrücken über seinen Mund und deutete mit beiden Händen auf seinen Bauch, dabei wies er zu den Wäldern.

»Ich verstehe!«, strahlte Casina.

»Wir werden euch das mitgeben, was ihr wünscht; feiert wie wir, trinkt und esst mit euren Kriegern auf das Wohl von Pona und Indobellinus!«

Casina ließ das Gewünschte herbeischaffen und in Ledersäcken verstauen. Einige riesige Bündel und zwei Fässer wurden auf mehrere Pferde geschnallt. Schwer bepackt traten die Boier den Rückweg zu ihrem Wagenzug an, der in den Hügeln im Westen auf sie wartete.

Die Schwerter

Zingerix stürzte sich, wie auch die anderen Flößer, in allerlei Vergnügungen. Unter den ermunternden Zurufen seiner Männer probierte er das Hammerspiel aus. Da die Flößer aus den Blauen Bergen im Umgang mit Hämmern sehr geübt waren, verwunderte es kaum jemand, dass er mit dem ersten Schlag auf den hölzernen Amboss den Eisenring mittels des Stößels in der dahinterliegenden Halbröhre bis zum Anschlag nach oben beförderte. Die Tontaube zerbarst an deren Ende in viele kleine Scherben, das mitgezogene Lederpolster blieb an der höchsten Markierung hängen. »Niemand kann es besser!«, jubelten die Männer. In diesem Moment sah Zingerix den Schmied heranschlendern, der einen Fleischspieß mit Zwiebeln erstanden hatte und gerade auf ein knusprig gebratenes Fleischstück biss.

»Schmied, auch du solltest das Hammerspiel ausprobieren!«, forderte Zingerix ihn auf.

»Wenn ich den Hammer auf den Amboss niederfahren lasse, wird das ganze Gerüst in sich zusammenfallen und ich werde es ersetzen müssen«, entgegnete Cavarinus augenzwinkernd.

»Das möchten wir sehen!«, riefen die Flößer.

»Gut, ihr wollt es nicht anders, seht her!« Er legte seinen Fleischspieß ab, schlug mit dem Hammer so wuchtig auf das Holz, dass in der Tat sogar die Halterung der Tontaube zerbrach und diese mit dem Scherbenregen zu Boden fiel. Der Betreiber des Hammerspiels war entsetzt und schlug die Hände über dem Kopf zusammen.

»Beruhige dich Ordos! Ich bin eben ein Mann des Hammers. Helft mir nun alle, den Schaden zu beheben!« Gemeinsam machten sie sich an die Arbeit und nach kurzer Zeit konnten die Nächsten ihre Kraft an dem Hammerspiel ausprobieren.

»Wie lange möchtest du dich noch vergnügen, Zingerix?«, fragte Cavarinus vorsichtig, nachdem er sich wieder an dem Fleischspieß gütlich tat – dabei schob er sich einen Zwiebelring in den Mund, biss in ein Stück Schweinebraten und wischte sich mit dem Handgelenk das Fett aus den Mundwinkeln.

»Das salzige Fleisch entfacht mächtigen Durst. Ich habe Lust auf einen Schluck kühlen Biers in meinem Haus. Dabei könnten wir die neuen Schwerter in Ruhe begutachten. Bis es dunkel wird und die Feuerspiele beginnen, haben wir genügend Zeit. Was meinst du dazu, Zingerix?«

»So eine kleine Pause, weg von all dem Lärm hier, kann nicht schaden«, antwortete der Edle aus den Blauen Bergen.

»Unsere Gespräche über Waffen wird deine Männer im Augenblick ohnehin nicht interessieren – es sei denn, es wären ihre eigenen, und die sind von anderer Art«, stellte Cavarinus amüsiert fest und beobachtete einen der Flößer, der mit einem Mädchen schäkerte.

»Männer«, wandte sich Zingerix an die Flößer, »ich werde nun Cavarinus ins Dorf begleiten und einige Geschäfte mit ihm besprechen. Wir sehen uns wieder, wenn die Feuerspiele beginnen. Bereitet unserem Clan einstweilen keine Schande!«

»Geh ruhig!«, meinte einer der Männer lachend.

»Bliebest du hier bei uns, würden die jungen Mädchen des Dorfes nur abgeschreckt. Welches der Mädchen hier begehrt denn einen alten grauen Flößer, der nur mehr steinalte Flussnixen betören kann, die mit den Reizen der jungen Schönen nicht mithalten können?«

Zustimmendes Gelächter folgte dieser Bemerkung. Zingerix winkte ab.

»Sie sollten vielmehr auf die geheimen Liebeskünste eines erfahrenen Flößers eher neugierig sein, anstatt ihn zu verschmähen, um zu erfahren wie dieser es anstellt, dass unter seinen Händen sogar Flussnixen dahinschmelzen«, antwortete Zingerix, wobei er diesmal die Lacher auf seiner Seite hatte.

Gut gelaunt wandte er sich ab und schlenderte mit Cavarinus dem Seerosendorf zu.

»Die Geschäfte gehen gut!«, stellte Cavarinus im Gehen zufrieden fest, als sie an den Feuern der Garküchen vorbeikamen. »Selbst für diejenigen, welche gebratenes Fleisch nicht beißen können, gibt es die wohlschmeckenden Suppen, die niemand besser zubereiten kann als unsere Frauen. Fleisch, Knochen und Fett – aus Schlachtungen vor Monaten – wurden in Därme gefüllt und über den Herdfeuern im Dachfirst aufbewahrt und dadurch geräuchert. Das alles wird nun entleert, mit Kräutern gewürzt und zusammen mit Wurzeln und Gemüse gekocht. Eine köstliche Suppe, Zingerix! Sieh' dir die zufriedenen Gesichter an den Tischen an! Jede unserer Familien hat mehrere dieser gefüllten Därme im Rauchfang hängen. Sie sind Vorrat für schlechte Zeiten, und wenn wir längere Reisen unternehmen, begleiten uns meist einige dieser prallen Därme. Der Inhalt wird nach Bedarf entnommen, mit Wasser gekocht und mit dem angereichert, was in der jeweiligen Gegend an Kräutern und Wurzeln wächst.«

»Wir machen das anders«, antwortete Zingerix.

»Bei uns werden die Schlachtreste in Krüge gefüllt: das heiße Fett, Fleisch und Knochen. Auch so bleibt diese üppige Masse lange genießbar. Was mich allerdings immer schon gestört hat: Diese Vorratskrüge sind sehr unhandlich.«

Der Flößer ging zu einem der Kochstände, betrachtete die gefüllten Därme, die aufgereiht unter dem Dach einer Hütte hingen, sah zu, wie die

Köchin einen davon in ein Gefäß entleerte und danach den Darm in den dampfenden Suppenkessel warf.

»Wenn sich das Fett vom Darm gelöst hat, wird er entnommen und erst dann sein Inhalt der Suppe zugefügt. Auf diese Weise können wir die Därme mehrmals verwenden«, erklärte Cavarinus.

»Ziemlich praktisch«, brummte Zingerix und roch an der Suppe, dabei schnalzte er mit der Zunge und starrte auf die gelben Rübenstücke und grünen Kräuter. »Dieser Rauchgeruch ist einfach köstlich!« Die Frau hinter dem Verkaufsstand strahlte. »Ein Schüsselchen gefällig, Floßmeister?«, fragte sie. »Erst heute Abend, wenn es kühler wird«, versprach Zingerix.

Die beiden Freunde schlenderten gemächlich über den Festplatz, erreichten den Reitersattel vor dem Dorf, überquerten auf der herabgelassenen Zugbrücke den breiten Graben vor dem Wall und schritten durch das bewachte Südtor in das Dorf. Als sie Cavarinus' Hof erreicht hatten, wies der Schmied auf eine Hütte und sagte mit trauriger Stimme: »Dort wird Pona von Casina und den Heilkundigen des Dorfes gesund gepflegt. Sie wird sicher lange Zeit brauchen, bis sie wieder auf den Beinen steht.«

»Hoffentlich übersteht sie alles, Cavarinus!«, antwortete Zingerix besorgt. »Als Indobellinus sie aus dem Feuer trug, schien es mir, als wenn er nur noch Knochen tragen würde.«

Sie durchschritten den Innenhof. Der Hausherr führte seinen Gast in die weiträumige und bequem ausgestattete Wohnhalle und bat ihn, auf einem der fellbezogenen Stühle Platz zu nehmen. Er klatschte mehrmals in die Hände, rieb sie aneinander und öffnete danach eine Bodenklappe an der Stirnseite der Halle.

»Du wirst staunen, alter Freund! Deine Augen werden so rund wie der Vollmond werden!«

Cavarinus drehte an einer Kurbel und ließ ein Seil mit einem Haken in den Brunnen gleiten. Er spähte angestrengt in die Tiefe, schob das Seil hin und her, bis sich sein Gesicht aufhellte.

»Es hat geklappt, reine Gefühlssache«, sagte er zufrieden. Er drehte die Kurbel zurück und erklärte, während er das Seil wieder hochzog: »Gleich wird aus dem Brunnen das beste Bier erscheinen, das du je getrunken hast, und es ist gut gekühlt! Der Brunnen ist im Übrigen so tief, dass du die Finger von hundert Händen benötigst, um die Ellen zu zählen, die er misst. Keine Sorge, so tief haben wir das Bier nicht gelagert.«

Kurz darauf erschien ein mittelgroßer, mit Eisenringen umreifter Holzbehälter über dem Brunnenrand. Vorsichtig setzte der Schmied ihn neben dem Brunnen ab.

»Die Römer würden ihren Wein darin aufbewahren«, erklärte Cavarinus stolz, »doch wir Kelten kennen ein wesentlich erfrischenderes Getränk – unser weithin berühmtes Bier, wie du weißt. Es trinkt sich fast von selbst und das Holzfass, in dem es aufbewahrt wird, verleiht ihm die letzte Reife. Es ist ein besonderes Gebräu, nicht mit dem zu vergleichen, welches in den Schänken über dem Reitersattel angeboten wird. Die Hausherrin hat es selbst gebraut.«

Cavarinus löste die Lederstulpe vom Fass, hielt seine Nase über den Behälter und fächelte sich den würzigen Biergeruch zu. Hörbar sog er ihn ein und begeisterte sich weiter: »Schon dieser Geruch könnte einen süchtig machen! Das wirkliche Geheimnis der Braukunst hier an der Isura sind die Blütenzapfen der wilden Schlingpflanze, die dem Bier diesen unvergleichlich bitteren Geschmack verleihen. Gekühlt riecht es besonders gut und schmeckt auch so. Hier trink davon!«

Er schöpfte einen Stielbecher voll – mehr eine Schöpfkelle – und reichte ihn Zingerix. Der Flößer schnalzte mit der Zunge, nachdem er einen ausgiebigen Schluck daraus getrunken hatte und wischte sich den Schaum von seinem Schnauzbart.

»Glücklich der Mann, dessen Frau diesen köstlichen Trunk brauen kann, dieses Korma, wie manche das Bier auch nennen!«, sagte der Schmied. »Er wird sie schon deswegen lieben müssen!«

Cavarinus lächelte stolz, während er sich ebenfalls einen ausgiebigen Schluck genehmigte.

»Ja, auch deswegen liebe ich sie«, sagte er außer Atem, nachdem er die Schöpfkelle fast in einem Zug leergetrunken hatte, »obwohl wir ein altgedientes Paar sind. Nach einigen Schlucken dieses Biers, das auch meine Frau liebt, fühlen wir uns jung genug für allerlei Dinge, die man sonst ausgiebig in der Jugend pflegt!«

»Nun, Cavarinus, träume nicht länger von deiner wackeren Braumeisterin, fülle mir lieber einen großen Krug davon ein, einen von denen mit dem Töpfersiegel des Seerosenhügels. Bei diesem armseligen Schluck darf es nicht bleiben, und vor allem nicht aus einer Schöpfkelle getrunken!« Cavarinus füllte die Krüge und betrachtete gut gelaunt den Schaum, der über die Krugränder quoll.

Sie setzten sich und tranken mit kräftigen Zügen aus den Henkelkrügen.

»Dieses Bier verführt zu großen Schlucken!«, schnaufte Zingerix. »Man hat beim Trinken das Gefühl, dass es mit jedem Schluck nicht nur den Durst stillt, sondern auch etwas für die Seele tut!«

Cavarinus rülpste zufrieden, wischte sich den Schaum aus dem Bart und leckte seine Lippen ab.

Verstohlen sah er sich um und erklärte Zingerix mit geheimnisvoller Miene: »Nun werden die Augen des Flößers und das Herz des Kriegers in dir einen besonderen Genuss erleben. Du wirst etwas sehen, was dir noch nie vergönnt war und niemand wird uns dabei stören. Bei einem guten Trunk lässt es sich am besten über Waffen reden, und man kann sie ausgiebig bewundern.«

Bedächtig leerte er seinen Krug und schritt fast feierlich zu einer Bodenklappe, stieg nach unten und tauchte mit einigen langen Lederbündeln auf der Schulter wieder auf.

»In diesen Lederbündeln befindet sich noch etwas Wertvolleres als das Bier«, schnaufte er und legte die Last vor sich auf den Tisch. Behutsam schlug Cavarinus das Leder eines der Bündel zurück und zog ein blitzendes Schwert heraus.

»Dieses Schwert ist für meinen Freund, den Edlen Zingerix bestimmt!« Der Schmied sah die Waffe verträumt an.

»Es ist das Beste, was meine Werkstatt je verlassen hat, und es trägt mehr Verzierungen als die anderen. Jedes der Schwerter, jedes einzelne davon, schmiedete ich aus sieben Schichten Eisen. Ich habe es mehrmals mit Pferdeblut behandelt, um besondere Härte und zugleich Biegsamkeit zu erreichen. Niemand außer uns Kelten, auch nicht die Römer, beherrscht diese ausgeklügelte Schmiedetechnik. Der Stahl ist hart und elastisch zugleich, dabei scharf wie die Messer zum Kürzen der Bärte. Ich werde es dir zeigen.« Cavarinus nahm ein armdickes Holzscheit aus dem Holzvorrat an der Feuerstelle. Mit einem Schlag trennte er es quer zu den Fasern in zwei Teile. Zingerix staunte und fixierte das Schwert begeistert.

»Das Beste aber ist«, fuhr Cavarinus fort, »mit einer besonderen Technik habe ich euer Clanzeichen eingearbeitet. Hier, unter dem Schwertknauf! Siehst du das Siegel meiner Werkstatt, die Seerose, und in der Mitte das Zeichen deines Clans?«

Zingerix schob beide Hände nach vorne und nahm das Schwert fast ehrfürchtig in Empfang.

»Diese Technik ist nicht gerade unbekannt, doch wenige beherrschen sie perfekt«, sagte Cavarinus stolz.

»Ich habe die Muster mit einem Stichel in das Eisen eingearbeitet und dann die Bronze eingeschmiedet. Sie ist nun untrennbar mit dem Eisen verbunden und ergibt dieses haltbare Muster. Die beim Sticheln verbliebenen Eisenstäbchen sind unter meinem Hammer mit der Bronze zu einer untrennbaren Verbindung verschmolzen. Selbst die härtesten Schädel deiner Feinde vermögen es nicht, sie aus dem Stahl zu lösen. Eines solltest du noch wissen, Zingerix: Die Verzierungen und Figuren an der Blutrinne, den Schneiden, im Knauf und im Griff – in eben dieser Technik eingearbeitet –

sind das Ergebnis der langen Schmiedetradition von uns Vindelikern. Wir Kelten von Isura und Danuvius haben vor einigen hundert Jahren Stilelemente der Griechen übernommen, sie verfeinert, verändert, dabei jedoch unsere Tradition nicht aufgegeben. Sie lebt weiter in unserer derzeitigen Kunst, wesentlich verfeinert und in anderen Formen. Mit diesen Anregungen und unseren Traditionen haben wir einen eigenständigen, neuen Stil geschaffen, der unseren derzeitigen Empfindungen entspricht und weithin berühmt ist. Nur aus diesem Selbstverständnis heraus ist es uns möglich, mit den Vorbildern von damals umzugehen, die in unseren Arbeiten kaum mehr zu sehen sind. Und wenn, spielen wir Handwerker mit diesen weit zurückliegenden Erfahrungen, wie der Wind in den Herbstblättern, die Vergangenheit sind, aber etwas von dem Kommenden in sich tragen – nicht mehr und nicht weniger. Die handwerklichen Fähigkeiten und die Kunstfertigkeit der keltischen Schmiede sind aus diesem Grund einmalig und ihren Vorbildern weit enteilt, da sie bereits die Zukunft in sich tragen. Dies gilt im Übrigen auch für Bronzegießer und Töpfer. Selbst die Römer bewundern die Gestaltungskraft unserer Schmiede und die Qualität ihrer Erzeugnisse. Ohne keltische Schwerter hätten die Römer nicht so viele Eroberungen machen können!«

Cavarinus schwieg eine Weile, dann sah er auf Zingerix. »Sieh' dir diese Feinheiten an! In ihnen wirst du das finden was ich meine!«, ergänzte er stolz.

Cavarinus betrachtete stolz das Schwert, welches Zingerix bewundernd in seinen Händen hielt und das, vom Knauf ausgehend, auf der gesamten Klinge mit vielen Mustern verziert war.

»Cavarinus, eine größere Freude hättest du mir nicht bereiten können!«, stammelte Zingerix begeistert, während er das Schwert gegen das Licht hob, den Glanz der Waffe und die kunstvollen Verzierungen bewunderte. Der Flößer nahm den Griff in beide Hände und schwang das Schwert über seinen Kopf, sodass der Stahl in der Luft zu singen begann, als befände er sich in diesem Moment mit ihm in einem Schwertkampf.

»Du wirst keine bessere und keine schönere Waffe finden, Zingerix! Auch nicht in Runidurum, wo Heerscharen von Schmieden Schwerter für die keltischen Stämme westlich des Rhenos anfertigen – und wie es das Schicksal will auch für deren Gegner, die römischen Legionäre des Proconsuls Cäsar in Gallien jenseits des Rhenos. Diese Schwerter sind von minderer Qualität, halten gerade mal eine Schlacht aus und nicht einmal das. Natürlich wurde diese Massenware auch nicht sonderlich verziert.«

Cavarinus genoss seine Erklärungen und die Bewunderung, die sie bei Zingerix hervorrief.

»An diesem Schwert kannst du ermessen, warum wir Kelten den Kampf mit einer edlen Waffe den leiblichen Genüssen unseres Lebens zuordnen, dem Leben, das wir so lieben und dem wir alles unterwerfen!«

Cavarinus sah verträumt auf das Schwert.

»Nun, ich habe lange genug von uns Kelten und deren vortrefflichen Schmieden geschwärmt«, fuhr er fort.

»Nun wirst du, als der Empfänger meiner Kunstwerke, den Moment der Übergabe und alle damit verbundenen Genüsse mit mir feiern! Und sollte jemand daran zweifeln: Selbst im täglichen Leben sind diese edlen Waffen von Nutzen«, setzte er seiner Begeisterung einen krönenden Abschluss.

Er hatte aus einem Korb eine der weißen Riesenwurzeln genommen und zerteilte sie mit gezielten Hieben in viele kleine Scheiben. Ein würziger und scharfer, fast beißender Geruch stieg Zingerix in die Nase. Cavarinus legte das Schwert beiseite, entnahm aus einer Schale etwas Salz und zerrieb es über den Scheiben. Dabei zog er den Geruch genüsslich durch den geöffneten Mund.

»So angerichtet werden sie vorzüglich schmecken! Ich spüre den Geschmack bereits auf meiner Zunge. Dazu genießen wir das herrliche Bier, das, wie auch die Scheiben der scharfen Riesenwurzel, wohl vergänglicher ist als dieses Schwert. Aber wo endet die Vergangenheit und beginnt die Zukunft? Darüber lassen wir lieber die Druiden nachdenken!« Cavarinus überreichte Zingerix einige der gesalzenen Scheiben der weißen Riesenwurzel, hob seinen Krug und prostete Zingerix zu.

»Männer und ihr Lieblingsspielzeug, begleitet von der Zeremonie des Essens und Trinkens!«, ließ sich in diesem Moment eine Frauenstimme vernehmen.

»Diese Schwerter haben mir in vielen Nächten die Wärme meines Gefährten vorenthalten! Doch ich ertrug es, für einen Meister seines Fachs«, sagte Casina, die unbemerkt eingetreten war. Die Männer starrten die Druidin wie ertappte kleine Jungen an, und Zingerix stammelte, den Maßkrug noch an den Lippen: »Er ist wirklich ein Meister. Doch die Wärme raubten sie dir nicht, Casina. Fühle an diesem Schwert! Es ist kalt wie eine Grabhöhle, ein Vorgeschmack für den, welchen es treffen wird.«

Sie lachten über die gelungene Ausrede von Zingerix.

»Cavarinus«, die Druidin sah ihren Mann mit gespielter Entrüstung an, »zu dem Bier und der Riesenwurzel isst man gewöhnlich etwas Brot.«

Sie lächelte ihn liebevoll an und entnahm einem Klappkorb einen riesigen Klumpen, dessen Anblick Zingerix' Mund weit offen stehen ließ.

»Was ist das?«, stammelte er.

»Brot, dessen Teig mit einer gegorenen Masse eben dieses Teiges angereichert wird und dann vor und während des Backens aufquillt. Es ist das, was wir Frauen eurer Meisterschaft in der Waffentechnik entgegenzusetzen haben. Nur wir keltischen Frauen an der Isura beherrschen dieses Geheimnis! Allerdings nehme ich an, dass wir alle dieses Brot viel häufiger benötigen werden als ihr eure Schwerter. Was ist das flachbrüstige Brot der Römer gegen das vollbusige Brot der Kelten aus unserem Dorf!«, rief Casina und begann fingerdicke Scheiben abzuschneiden, wobei sie den Brotlaib wie ein Kind an ihre Brust drückte.

»Bei jedem Bissen fühlt ihr die köstliche Fülle eurer Frauen und genießt ihren würzigen Geschmack!«, lachte sie. Sie setzte nach diesen Worten einen gefüllten Krug an den Mund und leerte ihn mit einem Zug. Zingerix sah ihr fassungslos zu, starrte auf das Brot, den Krug und dann auf Casina. Er suchte nach Worten. Ungerührt kostete Casina ihre gelungene Überraschung aus und verkündete stolz:

»Trinken können wir Frauen auf dem Seerosenhügel recht gut, denn wie wäre sonst das köstliche Bier gelungen, hätten wir es nicht beim Brauen fortwährend gekostet? Dazu benötigen wir den Filter eurer Schnauzbärte nicht, die den Geschmack des Bieres nur verderben würden!«

Sie lachten über die Feststellung von Casina, schmeckten die Würze des reifen Korns im Bier und im Brot, und die Schärfe des Schwertes aus der Riesenwurzel.

Gerade noch rechtzeitig, als die Wettbewerbe der Kampfwagen begannen, kehrten Casina, Cavarinus und Zingerix zum Festplatz zurück. Von einem Pferd gezogen, maßen sich die Gespanne auf einer Strecke von fünf mal hundert Schritten auf jeweils gesonderten Bahnen. Jedes dieser zweirädrigen Gespanne lenkte nur ein Wettkämpfer. Dieser musste, während seiner atemberaubenden Fahrt um verschiedene Hindernisse, mit einer Wurfaxt eine Scheibe in Schildgröße treffen, sodass diese stecken blieb. Anschließend galt es einen Ball durch einen Ring zu werfen. Zuletzt wurde eine Strohgarbe an einer – mit einem roten Band markierten Stelle – mit einem Langschwert geköpft. Hierzu balancierte der Wagenlenker freihändig auf seinem Gefährt, während sein Gespann in höllischem Tempo dem Ziel entgegenraste. Zingerix war begeistert von der Geschicklichkeit der Männer. In dieser Kampftechnik waren die Kelten selbst den Römern weit überlegen. Es bedurfte mehrerer Läufe, bis der Sieger ermittelt war. Dieser erhielt einen Eichenlaubkranz und eine herrliche bronzene Gürtelschnalle, die einen symbolisierten Wettkämpfer darstellte.

Als die Dämmerung über dem Festplatz hereinbrach, begannen die Feuerspiele. Von einem Turm rollten Feuerräder auf einer Rampe zu Boden. Unten angekommen, durchsprangen verwegene Männer die ausrollenden Feuerringe, und Fackelschwinger zeichneten fantasievolle Muster in den nächtlichen Himmel. Daraufhin umtanzten Feuerspeier die Zuschauer. Aus dem Maul ihrer furchterregenden Drachenmasken spieen sie ihren feurigen Atem aus, der wie ein loderndes Feuer die Menschen erschreckte. Zum Abschluss der Feuerspiele wurde ein Mann in einem riesigen brennenden Fass entlang einer Rampe heruntergerollt. Als er dem Fass unversehrt entstieg, kannte der Jubel der Zuschauer keine Grenzen.

Die Besucher des Festes hatten an langen Tischen Platz genommen und genossen die Darmsuppe oder gebratene Fleischspieße, aßen dazu Scheiben des dickleibigen Brotes und tranken Bier aus den großen Krügen, die das Clanzeichen des Seerosenhügels trugen.

»Dieses Fest und der Markt erweisen sich für unser Dorf als gutes Geschäft«, meinte Casina zufrieden. Sie rieb sich die Hände.

»Ich fühle bereits die vielen Goldmuscheln, wie wenn ich sie jetzt bereits zwischen meinen Fingern hielte und abzählte! Der Tempelschatz, die eiserne Reserve unseres Dorfes, wird beträchtlich anwachsen.«

»Freue dich nicht zu früh, Casina! Wir werden einige neue Bewohner im Dorf begrüßen können, wenn neun Monde verstrichen sind«, bemerkte Cavarinus vieldeutig. Auch sie müssen ernährt werden!«

Zingerix stimmte Cavarinus zu. Er konnte dessen Befürchtung durchaus teilen, als er seine Männer betrachtete, die inmitten einer Gruppe von Mädchen dem Bier kräftig zusprachen. Sie scherzten und zeigten Zauberkunststückchen, welche die jungen Frauen mit bewundernden Rufen und kräftigen Schlucken aus ihren Bierkrügen honorierten.

»Eure Mädchen und Frauen sind trinkfest«, meinte Zingerix bewundernd, während er die Gruppe beobachtete.

»Ich werde wohl alleine nach Hause reiten müssen!«

»Keine Angst, Zingerix!«, ließ sich Cavarinus vernehmen. »Die Mädchen sollen in euren Männern nur die Lust nach mehr Bier wecken. Sie denken an die Vermehrung des Tempelschatzes, erst danach an einen männlichen Schatz.«

»Es sind deine Gedanken, nicht die meiner Männer und eurer Mädchen! Wenn du damit nur Recht behalten würdest und es dabei bliebe!«, zweifelte Zingerix.

»Warum machst du dir überhaupt Gedanken darüber, Zingerix? Was danach kommt ist Sache der jungen Leute. Sie wissen, dass sie das Feuer, welches sie in sich und bei anderen entfacht haben, löschen müssen – so oder so. Jungfrauen bleiben nur die Mädchen, welche es wollen oder dies aus Mangel an Gelegenheiten bleiben müssen, und das sind die wenigsten. Deswegen muss man nicht gleich heiraten, schon längst nicht wegen einer einzigen leidenschaftlichen Nacht!«

Zingerix sah seinen Freund zweifelnd an; er fühlte deutlich den Stachel in sich, als er an Iduras dachte.

Als die Feuerspiele zu Ende waren, erklang fröhliche Musik aus Luren, Flöten, Tuba und Rasseln. Dazu ertönte im Takt der dumpfe Ton einer Felltrommel. Männer und Frauen bewegten sich im Rhythmus der Musik, tanzten oder wippten auf beiden Beinen auf und ab, klopften im Takt auf die Tische und stießen, bevor sie tranken, die Tonkrüge aneinander. Die Stimmung wurde immer ausgelassener und erfasste alle, Gäste und Einheimische.

Mitten in diesem ausgelassenen Treiben sprang einer der Flößer auf einen der nächststehenden Tische und rief den Umstehenden zu:

»Nehmt nun den Beitrag der Blauen Berge zu eurem Fest entgegen, Brüder und Schwestern von der Isura! Wir tanzen für euch den Tanz der Flößer, der einst zu Ehren unserer Flussgöttin Vinde im sagenumwobenen Damasia entstand.«

Er ging zu der Musikgruppe, sprach kurz mit den Spielern, summte eine Melodie vor, und die Musiker bliesen daraufhin aus vollen Backen eine schwungvolle Melodie. Die Flößer fassten sich bei den Schultern und begannen im Kreis nach der Musik zu stampfen. Sie hieben auf ihre Schilde, warfen diese vor sich hin, klatschten mit flachen Händen auf ihre Schenkel, auf die Waden und zur allgemeinen Begeisterung auf die Sohlen ihrer Schuhe. Dies geschah in einem gleichmäßigen Takt und in schneller Folge, wurde von einem langsamen Kreistanz abgelöst und dieser erneut vom Schildklopfen, dem Schenkel- und dem Sohlenklatschen abgelöst.

Die Begeisterung der Zuschauer kannte keine Grenzen, und selbst kleine Kinder versuchten, diesen Tanz der Männer aus den Blauen Bergen nachzuahmen.

Cavarinus staunte nicht schlecht über den Tanz der Flößer und raunte Zingerix zu: »Deine Männer werden heute Nacht das Fest der Matres in vollen Zügen genießen können! Welches Mädchen kann einem solch kraftvollen Tanz widerstehen, gleich dem Balztanz eines Auerhahns, der um sein Weibchen buhlt!«

Zingerix lächelte zufrieden vor sich hin. Er genoss die Vorführung seiner Männer, die bis zur Erschöpfung tanzten, ja rasten – und er war sogar ein wenig stolz auf sie.

»Hoffentlich werden sie für das eigentliche Fest der Matres noch genügend Kraft haben«, meinte er hintergründig zu Cavarinus. »Der Tanz, das Bier, ihre Begeisterung, was bleibt dafür noch übrig?«

»Denk' an ihre Jugend«, Zingerix! »Auch wir beide haben uns, als wir in ihrem Alter waren, bei solchen Festen nicht geschont und dennoch alles genossen!«

Der Erfolg des Jägers

Das Sonnenrad senkte sich dem westlichen Horizont zu und lief bereits an ihm entlang. In kurzer Zeit würde es die Hügel berühren und untertauchen, um scheinbar zu erlöschen. Mit dem sicheren Zeitgefühl des Jägers wachte Iduras auf. Durch seine Augenschlitze musterte er lauernd die Umgebung. Das Regenpfeiferpärchen war nicht mehr zu sehen. Forderndes Pfeifen und Fiepen verriet ihm, dass die Jungen gefüttert wurden. Der Abendwind trug den schweren Duft von Wasserschwertlilien heran, vermischt mit dem moorigen Geruch aus den Tümpeln. Letzte Bienen tummelten sich an den Blütenröhren des Lerchensporns, der unter dem Gebüsch an den Tümpeln blühte. Iduras spuckte den Rest Käse aus, der ihm während des Schlafes auf der Zunge geronnen war und erhob sich. Mit einem Pfiff rief er sein Pferd herbei. Tief auf dessen Hals liegend nahm Iduras die Fährte wieder auf, die ihn zu Glenova führen sollte.

Von Zeit zu Zeit hielt er an, benutzte die Schilffelder und Buschgruppen als Schutz, beobachtete aufmerksam das Gelände vor sich, bevor er über freie Flächen ritt. Die Spur der Flüchtenden wies in die Hügel. Iduras erkannte, dass sie im Bachlauf weitergeritten waren; er aber würde ihnen auf dem Talrand schneller folgen können.

Die Sonne war hinter dem Horizont zur Ruhe gekommen und hinterließ nur mehr einen roten Schimmer am Himmel. Unvermittelt brach die Nacht herein und breitete sich sternenklar über dem Land aus. Wie ein dunkler Strang zog sich die Spur durch die Hügel und verlor sich in der Dämmerung. Iduras blickte zum funkelnden Lichtermeer hoch und suchte die vertrauten Sternbilder, die ihm den Rückweg weisen würden. Der Mond erschien als schmale Sichel am Himmel, sein fahles Licht genügte ihm, das zu sehen, was er sehen musste. Tief atmete er die kühle Abendluft ein. Sein Geruchsssinn würde ihn jeden Menschen, jedes Tier, in der Nähe riechen lassen, bevor sie gefährlich werden konnten.

Iduras behielt seine hohe Reitgeschwindigkeit bei. Hin und wieder glitt er vom Pferd und legte sein Ohr horchend auf den Boden. Ruhig erhob er sich danach, ritt zur Spur zurück, untersuchte sie sorgfältig, tastete mit den Fingern die Abdrücke der Hufe ab und nickte zufrieden. Die Pferde vor ihm waren müde geworden. Nicht mehr lange, dann würde der Abendstern untergehen. Der junge Mann sah kurz hoch und wusste, dass er den Verfolgten sehr nahegekommen war.

Mit wenigen Handgriffen schnürte er Felle über die Hufe seines Pferdes, welche er auf steinigem Gelände in den Bergen oft benutzte, und setzte seinen Ritt fort. Mehrmals hielt er sein Ohr an den Boden, horchte in sich und prüfte die Spur zum wiederholten Male. Der Mond war bereits untergegangen, als er sein Pferd zügelte und hinter Haselnusssträucher führte. Er legte seine Waffen ab, all das, was Geräusche verursachen konnte und verstaute es in den Satteltaschen – bis auf sein Messer. Mit weit ausholenden federnden Schritten glitt er zum Bachlauf hinab und folgte den dunkel vor ihm verlaufenden Hufspuren. Seine Sinne waren angespannt. Er roch die Gejagten bereits und vermutete, dass sie erschöpft waren. Wie ein Raubtier nahm er die Witterung auf. Dabei entfernte er sich so weit von der Fährte, dass er sie gerade noch erkennen konnte.

Wenige Jäger hätten die dunkle Tier- und Menschenmasse bemerkt, die in der Dunkelheit vor ihm lagerte. Der kaum wahrnehmbare Wind trug ihm den Schweißgeruch der Tiere und Menschen zu. Sein feiner Geruchsinn sagte ihm auch, dass einige von ihnen Angst empfanden.

Lautlos schlich Iduras zu seinem Pferd zurück und führte es weit um die Lagernden, doch so nahe verbleibend, dass ihm nicht die geringste Bewegung entgehen konnte. Danach schlich er zurück. Vor sich hörte er unterdrücktes Gemurmel, das Schnauben von Pferden und deren Bewegungen. Wie ein Schatten unter vielen, der von einem Baum oder Strauch stammen mochte, schob er sich auf dem feuchten Gras so nah heran, dass er die Stimmen und Geräusche unterscheiden konnte. Glenova hörte er nicht, er sah nur die hellen Gewänder der Druidinnen. Eines von ihnen musste Glenova umhüllen.

Cura sprach unentwegt mit ihren Kriegern. Sie erklärte den weiteren Verlauf der Flucht. Welches Ziel sie vor Augen hatte, verriet die schlaue Hexe nicht; auch der stummen Dunkelheit um sich vertraute sie nicht. Glenova ermahnte sie, sich trotz ihrer angegriffenen Verfassung nicht hängen zu lassen und durchzuhalten. Sie würden ihr Versteck bald erreichen, wo sie niemand finden würde, und dort könne sie sich ausruhen. Einer der hellen Lichtflecke bewegte sich daraufhin und hob müde einen Arm, dabei blitzte etwas auf. »Es ist Glenova«, dachte Iduras erleichtert. »Ihre Bewegungen sind mir vertraut, obwohl ich sie kaum kenne!« Von diesem Moment an ließ er dieses weiße Gewand, diesen hellen Punkt in der Dunkelheit, nicht mehr aus den Augen.

Iduras verharrte in Lauerstellung beim Lager der Flüchtenden. Einige Männer schnarchten bereits. Irgendwann in der Nacht mahnte Cura mit ihrer schneidenden Stimme zum Aufbruch. Die Schnarchgeräusche hörten auf, in der Dunkelheit vor ihm entstand Unruhe. Männer fluchten, während sie ihre Pferde zäumten. Als der Reitertrupp losritt, hefteten sich seine Augen an jede Bewegung von Glenova, diesem hellen Fleck mit dem blitzenden Amulett am Hals, den er nicht aus den Augen verlieren durfte.

Die Flüchtenden wechselten auf den baumlosen Talrand und ritten auf ihm entlang. Mit schmalen Augen verfolgte Iduras die Reiter. Glenova ritt ganz außen, auf der dem Bachlauf abgewandten Seite. Er hatte genug gesehen. Nun war es so weit! Lautlos kroch er zu seinem Pferd zurück, streichelte sanft über dessen Nüstern und sprach leise auf seinen Schwarzen ein.

»Jetzt kommt es auch auf dich an, Alter!«, flüsterte er in das Ohr des Tieres.

In weitem Bogen überholte er die Reitergruppe, hielt genügend Abstand, nutzte die Gegebenheiten des Geländes, sodass niemand ihn bemerken konnte. Eins mit den Schatten der Bäume, erwartete er die herannahenden Reiter, tief über dem Hals seines Tieres hängend. Iduras ließ sie bis auf halbe Steinwurfweite herankommen. In diesem Moment löste er sich aus den Baumschatten, wurde mit seinem Pferd zu einem schemenhaft heranjagenden Geisterreiter, vor denen sich die Menschen an den Flüssen fürchteten, erfasste die Zügel des Pferdes der jungen Druidin und riss es herum. Bevor die überraschten Totenkopfleute nur einen Gedanken fassen konnten, waren die beiden Reiter in der Nacht verschwunden. Iduras warf Glenova einen dunklen Mantel zu, lenkte die Pferde zum Bach und wechselte die Talseite an der Stelle, die er sich eingeprägt hatte, als er seinen Plan vorbereitete. Leise rief er, während die Pferde keuchend ihre Kraft in den Boden stampften:

»Glenova, ich bin es, Iduras!«

»Ja, Iduras. Ich bin es, deine Glenova! Ich wusste, dass du kommen würdest!«, hörte er ihre Stimme.

Aus der Nacht hinter ihnen wehte ein wütendes Stimmengewirr heran. Deutlich hob sich die schrille Stimme von Cura heraus.

»Das war dieser Wilde aus den Blauen Bergen! Ich habe es geahnt, dass der liebestolle Hahn kommen und seine Henne holen würde!«

Iduras lachte in sich hinein. »Mochte sie denken was sie wollte!«

Niemand verfolgte sie, die Stimmen hinter ihnen verstummten, bis nur mehr das beruhigende Trommeln der Hufe ihrer Pferde sie begleitete.

Mit sich zufrieden, trieb Iduras die Pferde durch die Dunkelheit voran, weiter in Richtung Osten, dem Morgen entgegen.

»Niemand wird mir Glenova in dieser Nacht abjagen können! Niemand! Auch künftig nicht!«, dachte der junge Mann.

»Gäbe es Glenova nicht, wäre ich diesen Verruchten dennoch gefolgt und hätte Nacht für Nacht einen von ihnen getötet«, überlegte Iduras. Er biss sich auf die Lippen und schmeckte das Blut, das nicht geflossen war.

Glenova ließ in dieser Nacht ihre Vergangenheit endgültig hinter sich zurück. In der sternenfunkelnden Stille der Nacht löste sich eine schwere Last von ihr und die junge Druidin öffnete sich der Zukunft.

Iduras' Stimme klang heiser, als er irgendwann in der Nacht anhielt und sich dem Schatten an seiner Seite zuwandte: »Ich liebe dich, Glenova, die Götter sind meine Zeugen!«

Summende Stille umgab sie und nach einer Weile antwortete sie: »Auch ich liebe dich, Iduras, die Götter mögen es hören!«

Als sie den Waldrand vor den Ampurnumauen erreichten, zügelte Iduras sein Pferd und sprang zu Boden. Sacht schob er das dichte Wollgras zur Seite, schmiegte sich auf die Grasnarbe und lauschte in den Boden. Zufrieden richtete er sich auf und strich behutsam das Polster des Grases zurück. Es waren die Hände des Heilers in ihm, welche die Ruhe des Grases spürten. Er stieg auf sein Pferd und verschmolz wieder zu einem Schatten mit ihm, einem der vielen in den nächtlichen Hügeln. Gemächlich trieb er sein Pferd an, hörte die Schreie der Käuze, die nach Beute jagten. Nun hatte er es nicht mehr eilig, denn Glenova war bei ihm – und das war seine Beute!

Ein Reiter strebte von Westen dem Seerosenhügel zu. An seiner Seite trabte ein reiterloses Pferd. Die schlafende Frau hinter ihm hatte ihre Arme eng um den Mann geschlungen. Sie schnarchte leise. Er schien ihre Nähe zu genießen, denn immer wieder streichelte er ihre Hand und fühlte die Wärme an seinem Rücken. Als er die Ampurnum überquert hatte beugte er sich nach vorne, legte seinen Kopf an die Mähne seines Schwarzen und starrte auf die Spur, welcher er am vergangenen Tag in anderer Richtung gefolgt war.

Cavarinus, der an diesem Morgen bereits früh auf den Beinen war, öffnete die Tore des Dorfes auf dem Seerosenhügel und ließ ein Fuhrwerk aus Burucum und einige Reiter ein. Einer Gewohnheit folgend überflog sein Blick die Straße über den Reitersattel. Verwundert rieb er sich die Augen, als er den Reiter bemerkte und im gleichen Atemzug dessen blonde Haarmähne. Rasch lief er zum Schmiedehof zurück, um Casina und Zingerix die Neuigkeit mitzuteilen.

Der Reiter erreichte das Tor und schlug den Weg zum Hof des Schmiedes ein, wo ihn Casina, Zingerix und Cavarinus bereits am Tor erwarteten. Noch bevor Iduras den Rücken seines Pferdes verlassen hatte, hoben Cavarinus und Zingerix die junge Frau gemeinsam vom Pferd und trugen sie ins Haus. Casina sah ihnen nach. »Ein junger verirrter Mensch hat wieder zurück in unsere Gemeinschaft gefunden, an der Seite dieses mutigen jungen Mannes, und das ist gut so!« Ihr Blick streifte den Iduras', und sie fühlte den Hauch der Götter über ihm.

»Zusammen mit ihm wird Glenova den ihr vorbestimmten Weg finden«, dachte sie zufrieden.

Die Nachricht von Iduras' und Glenovas Ankunft verbreitete sich, trotz des frühen Morgens, wie ein Lauffeuer. Zingerix weckte die Flößer. Auch sie sollten wissen, dass der Jäger zurückgekehrt war.

Als Iduras vom Pferd gestiegen war ging er zum Brunnen. Er lehnte sich müde an den Rand und betrachtete sein Spiegelbild auf der schwankenden Wasseroberfläche. Entschlossen durchstieß er was er sah und tauchte mit seinem Kopf unter. Wie von ferne hörte er das Lachen von Zingerix, die Willkommensgrüße und gutmütigen Späße seiner Kameraden. Als er seinen Kopf aus dem Brunnenwasser hob, fuhr ein Strahl Wasser dem nächststehenden der Flößer ins Gesicht.

»Kuendix, auch dir würde etwas Wasser nicht schaden! Ich roch deinen Bierdampf bereits durch das Wasser hindurch«, prustete Iduras und schüttelte seinen nassen Kopf. Alle lachten über Iduras' gelungenen Streich. Langsam wich die Anspannung der letzten Nacht aus dem Gesicht des jungen Mannes. Es war, wie wenn die Klauen eines Adlers den Griff an ihrer Beute lösen würden.

Zweitausend Jahre später – Fische und Scherben

»Wir sollten weitersuchen!«, regte Alex an. »Vielleicht finden wir noch eine weitere Scherbe!«

Kathrin ließ feinen Sand aus ihrer Hand rieseln, dabei senkte sich ihre Hand nach unten.

»Ich habe mir gerade vorgestellt, wie und wo diese Tafel versteckt worden sein könnte. Vielleicht liegt sie in einem massiven Lehmhort, ausreichend geschützt für die vergangenen zweitausend Jahre.« Sie beobachtete den Sand, wie er zu Boden fiel und sich ein Häufchen bildete.

»Es könnte doch sein, dass das Hochwasser erst in diesem Jahr diesen Hort freigespült hat, an einer Stelle, die ursprünglich viel tiefer unter der Oberfläche lag, oder besser durch den Felsen geschützt war, der ja auch verwittert«, meinte sie beharrlich.

»Warum sollten nicht gerade wir es sein, die zur richtigen Zeit am richtigen Platz sind? Komm, Alex, wir versuchen es einfach noch einmal! Vielleicht finden wir tatsächlich weitere Scherben.«

Er nickte, schob sie sacht zur Seite und deutete auf eine Stelle, an der sich eine kleine Kuhle gebildet hatte, die von ihrem Kopf herrührte. Sein Blick wurde starr, als er die Mulde in Augenschein nahm.

»Das ist doch nicht möglich! Sieh dir das an, hier!« Er schob seinen Kopf näher heran und hob einen Gegenstand auf.

»Eine weitere Scherbe!« Er nahm das Bruchstück auf und reinigte die dunkle Unterseite, wie er es am Nachmittag getan hatte.

Als er den Abrieb abgespült hatte, tauchte vor ihnen ein kunstvoll verschlungenes Zeichen auf.

»Eine Blüte«, rief sie, »es ist eine Wasserrosenblüte!«

»Auf der Tafel rechts oben!«, rief er erregt. »Es ist gewiss ein bedeutungsvolles Zeichen der Menschen, welche diese Tafel, zu der diese beiden Fragmente gehören, gefertigt hatten.« Sie deutete auf ihre Halskette mit dem Anhänger und nahm seine Kette in ihre Hand.

»So wie das Amulett an dieser Kette! Es hat doch den Sinn, dass wir aneinander denken. Wir bewahren in den Anhängern unsere Bilder auf, Menschen von damals verwandten Symbole, die ihre Herkunft, ihren Clan oder ihre Familie mit einem Zeichen verbanden.«

»In den Altwassern blühen Unmengen von Seerosen «, sinnierte er. »Es ist eine Blüte, die ihnen so viel bedeutet haben muss, dass sie eine Schrifttafel mit diesem Symbol versahen.«

Behutsam nahm sie die Scherbe und drückte sie an ihre Brust.

»Lass uns morgen weiter suchen! Dies hier«, sie öffnete ihre Hand, »wird uns noch mehr beschäftigen, als wir es ahnen!«, dabei zog sie ihn in das flache Wasser und gemeinsam wateten sie zur Kiesbank zurück.

Es begann zu dämmern. Eilig trugen sie angeschwemmtes Holz zusammen und häuften einen Vorrat an.

»Für die Nacht wird es reichen«, rief er ihr zu und warf ein Armvoll Holz auf den Stapel. »Das Feuer werde ich später anzünden, zuerst sind die Fackeln dran, auch eine Öllampe habe ich mitgebracht.«

Bewundernd sah sie ihn an.

»Du hast an alles gedacht!«

»Ja, an alles, auch an das hier!«, dabei zauberte er aus seiner Tragetasche das kleine Kofferradio mit CD-Player. Er sah auf seine Uhr.

»Acht Uhr, jetzt ist Rock-'n'-Roll-Time. Diese Musik sollte uns gefallen.« Er schaltete das Gerät ein und just in diesem Moment begann die Sendung mit den Worten des Ansagers: »Und nun Freunde des Rock'n'Roll, hört den legendären Dinosaurier aller Rocksänger, Bill Haley und sein ›Rock around the clock‹!«

Er stellte den Radioapparat auf einige Steine, die er zu einer kleinen Plattform aufgeschichtet hatte und begann den Tanzschritt auszuprobieren.

»Wir haben doch einen gemeinsamen Kurs besucht und damals nicht schlecht getanzt«, meinte er, während er sie an der Hand fasste. Sie kamen langsam in Schwung, er versuchte einen Heber, nachdem dieser gelang, noch einen und dann rief er ihr außer Atem zu: »Nun, zu guter Letzt noch einen Überwurf.« Er warf sie über sich, drehte sich blitzschnell um und fing sie wieder auf. Sie blieben in dieser Stellung schwer atmend stehen, sie sah ihm in die Augen und flüsterte: »Deine Arme sind stark, ich fühle mich in ihnen wie in einer Welt geborgen, die nur uns beiden gehört.« Langsam ließ er sie auf den Boden gleiten und sah fasziniert in ihre schwarzen Augen.

»Wenn du mich weiter so ansiehst, wird es nichts mit dem Feuer und den Fischen«, rief sie in einem Anflug von praktischer Vorsicht und entwand sich seinen Armen. »Du wolltest doch den köstlichen Fisch vorbereiten, so wie es die beiden von der Tontafel getan haben!«

»Der Fisch ist schnell hergerichtet! Zum Fisch habe ich aber noch etwas Köstliches, denn sie ...«

Mit einem Schwung zog er eine Flasche aus dem Kiesboden, »... haben natürlich Wein getrunken. Auch darin werden wir den alten Kelten nicht nachstehen.«

»Du hast dich ganz schön in Ausgaben gestürzt, Alex; nur gut, dass die Ferienarbeit deine Kasse aufbessert!« Er lachte schelmisch und winkte ab.

»Du wirst es nicht glauben, Kathrin, ich habe die Flasche aus dem Weinkeller meiner Mutter geklaut – Merlot aus einer der besten Kellereien Venetiens; den Tropfen hat sie für besondere Anlässe gehortet.«

»Ertappten Dieben wurde damals die Hand abgehackt«, warnte sie mit erhobenem Zeigefinger. »Gut, dann muss ich die Flasche wieder im Kies verstecken. Es könnte ja sein, dass meine Mutter den Verlust bemerkt hat und in nächster Zeit hier auftaucht.« Er lachte, sammelte die Fische aus seinem Kühlbecken ein und legte sie auf einen Plastikbeutel. »Ich esse Fisch ja gerne, aber diese glasigen Augen konnte ich noch nie ertragen.« Sie schüttelte sich. »Viel lieber sähe ich sie auf einem Spieß brutzeln, mit eingelaufenen Augen und überzogen mit einer knusprig braunen Haut.«

»Du ungeduldige Flussnixe, forderst deine gewohnte Mahlzeit!«, erwiderte er, lachend. Er nahm einen der Fische zur Hand, schlitzte dessen Bauch auf, beseitigte die Innereien, reinigte ihn, rieb Gewürze und Salz in die Bauchhöhle, stopfte den Fisch mit Petersilie aus und verschloss mit einem bereitliegenden Span den Bauch.

Die Vorbereitungen gingen ihm schnell von der Hand, während Elvis Presley »In the Ghetto« sang. Er wiegte seinen Oberkörper im Takt der Musik, summte dabei, während Kathrin eine Tischdecke auf dem Boden ausbreitete, Teller darauf stellte und Besteck hinzulegte.

»So werden die beiden, von denen du gesprochen hast, bestimmt nicht gespeist haben«, rief er vom Feuer her.

»Sie haben die Fische vom Spieß abgenagt. Pack' die Teller wieder ein, auch das Tischtuch, morgen können wir es stilgerechter benutzen – bei unserem Frühstück on the rocks!«

»Okay, die Scherben des keltischen Paares sollen zu ihrem Recht kommen, ausnahmsweise ein Picknick à la Kelten«, rief sie fröhlich, legte die Teller übereinander und faltete das Tischtuch zusammen.

Nach kurzer Zeit zog der Duft der bratenden Fische in einem Dunstschleier über die Kiesbank. Alex hatte sich auf den Boden gehockt und sie lehnte sich, zwischen seinen Beinen sitzend, an seinen Bauch. Gemeinsam beobachteten sie die Flammen, die an den Fischen leckten und die Umgebung hell erleuchteten. Ein Flugzeug zog mit blinkenden Positionslichtern über sie hinweg, es hatte die Scheinwerfer bereits eingeschaltet und befand sich im Landeanflug zu dem nahe gelegenen Flughafen.

Sie schwiegen und genossen diesen Moment, in dem die Sterne aufgingen und die Mondsichel hinter den Baumkronen erschien.

»Die beiden, deren Namen vermutlich auf der unbekannten Tafel zu lesen sein werden, sahen die gleichen Sterne, denn solche Texte verfasst man nur angesichts dieser Herrlichkeit da oben, dann, wenn man sich ganz klein fühlt und dennoch Großes denkt«, sprach sie leise in sein Ohr.

»Es war der letzte Buchstabe ihres Namens«, sagte Alex urplötzlich.

»Natürlich! Zuerst der Name des Mannes, wie in Telefonbüchern oder bei Heiratsanzeigen üblich, und dann der der Frau. So gesehen war der letzte Buchstabe ihres Namens tatsächlich das Alpha.«

Kathrin sah ihn erstaunt an.

»Wie könnte ihr Name gelautet haben?«, fragte sie Alex.

»Ich weiß es nicht, werde es aber noch herausbekommen. Vielleicht war sie die Tochter eines Druiden und erhielt den Namen einer Göttin. Recht viele Namen der keltischen Götter kenne ich nicht, doch die Frage ist gespeichert. Mein PC-Lexikon oder eines meiner Keltenbücher wird mir Auskunft geben.«

Er stand auf, ging zum Feuer und zog einen der Spieße aus dem Feuer. Vorsichtig tastete er die Bauchseite des Fisches ab und leckte genüsslich das Fett von seinen Fingern.

»Sie sind gar«, stellte er fest.

»Endlich«, meinte sie, breitete ein Küchentuch auf der Decke aus, legte das Brot darauf und stellte einen Teller daneben.

»Nur zum Ablegen«, meinte sie entschuldigend, »wenn wir etwas trinken wollen oder für die Reste. Stell dir einfach vor, es wäre eine Tonschale!«

Er entkorkte die Weinflasche und reichte ihr ein gefülltes Glas, das tiefrot vor dem Feuer leuchtete.

»Solche Gläser werden sie nicht gehabt haben«, bemerkte er.

»Sie tranken aus Tonbechern, doch ich liebe nun mal den warmen Schein von Rotwein vor einem Feuer.« Vorsichtig füllte er sein Glas und sie stießen an.

»Auf die beiden von der Tontafel«, prostete sie ihm zu.

Er hob sein Glas und nahm einen kräftigen Zug daraus.

»Ein guter Tropfen«, stellte er fest, setzte sein Glas ab und ging zum Feuer zurück.

»Einen großen oder einen kleinen Fisch?«, rief er vom Feuer her über die Schulter.

»Einen kleinen, auch wenn ich hungrig bin. Mehr werde ich nicht schaffen!«

Er nahm einen der gebratenen Fische aus dem Feuer, prüfte die Größe, schob den Spieß durch das Fischmaul und reichte ihn ihr.

»Du musst den Spieß mit beiden Händen anfassen, so wie einen Maiskolben und vorsichtig daran nagen! Ich zeige es dir. Alte Pfadfinderpraxis, musst du wissen!«

Er begann an seinem Fisch zu knabbern.

»Wenn du seitlich unten damit beginnst und dich zum Kamm durchknabberst, dann kannst du das Fleisch besser vom Skelett trennen«, erklärte er schmatzend.

In hohem Bogen warf er die Reste des abgenagten Fisches in das Feuer und legte Holz nach.

»So, und nun muss der zweite dran glauben! Einer von Tausenden zuvor, wer immer sie an dieser Stelle verzehrt haben mag. Eine Forelle schmeckt, köstlich gewürzt, auch nach zweitausend Jahren immer noch gleich gut. Vielleicht waren sie damals anders gewürzt, jedenfalls mochten auch die beiden von der Tontafel diesen Fisch, behaupte ich einfach.«

Er nahm einen Schluck Wein, sah nach, ob sie noch genügend hatte, bevor er sich über den nächsten Fisch hermachte.

»Es wird kühl«, meinte Kathrin, nachdem sie fertig gegessen und ihre Hände in der Isar gewaschen hatte.

»Ich werde mir etwas anziehen.«

Sie schlüpfte in ihre Jeans, streifte einen Pullover über und entrollte ihren Schlafsack, den sie in der Nähe des Feuers ausbreitete.

»Wie mochten die beiden von der Tontafel auf der Kiesbank geschlafen haben?«, fragte sie.

»Lagerten sie damals dort drüben auf der anderen Kiesbank? Auf Fellen und in Wolltücher gewickelt? Vielleicht haben sie überhaupt nicht geschlafen und den Morgen erwartet! Wieviele Liebende haben von dieser Stelle aus den Himmel betrachtet, sofern sie überhaupt Zeit dafür hatten?«

»Viele Fragen auf einmal«, antwortete er.

»Die beiden von der Tontafel hatten genügend Zeit, vielleicht mehr als wir. Ich werde dir sagen wie es weiterging, Kathrin.«

Er biss in die verbliebene knusprige Schwanzflosse und drehte die Skelettreste um, als würde er noch etwas Essbares daran suchen.

»Sie wuschen sich in der Isar, wie ich es noch tun werde, sie hüllten sich in ihre wärmenden Kleider, sie legten sich auf ihre Felle und wickelten sich darin ein.«

Während dieser Worte zog er Kathrin zum Schlafsack, öffnete den Reißverschluss, nahm sie auf die Arme und bettete sie darin. Dann kroch er zu ihr und zog den Reißverschluss zu.

»Es ist Platz genug für uns beide. Meinen nehmen wir als Kopfkissen. Sie benutzten allerdings Felle. Und dann tauschten sie ihre Gedanken aus, träumten unter dem Mond, der ihnen ins Gesicht schien, betrachteten die Sterne, schoben all die kleinen und großen Probleme von sich und genossen die Nähe zueinander, so wie wir es in diesem Moment tun. Genau so war es!«

Er nahm sie in die Arme und sie wühlte ihren Kopf in seine Schulterkuhle.

»Nun können wir dem Gemurmel des Flusses zuhören«, flüsterte sie.

»Das Plätschern des Wassers spricht immer noch die gleiche Sprache«, flüsterte er zurück.

»Wir verstehen seine Sprache auf unsere Weise, gewiss ganz anders als die Menschen, die die Tontafel hinterlassen haben. Jede Zeit hat eben ihre eigene Sprache.«

»Das, was wir füreinander empfinden, ist zeitlos«, sagte Kathrin.

»Der Mann von der Scherbe hörte der Frau von der Scherbe so zu, wie du es gerade bei mir tust. Die Probleme waren andere, aber nicht die Gefühle füreinander. Menschen, die sich lieben, sprechen die gleiche Sprache, zu allen Zeiten. Gefühle zwischen Mann und Frau haben sich nicht verändert.«

Er schwieg und sah sie liebevoll an. Sie lauschten gemeinsam dem Plätschern der Wellen am Kies und hörten ihr entferntes Rauschen an den Felsen. Das bewegte Wasser glitzerte im Mondlicht und nahm die Bilder der Sterne mit sich fort. An ihrem tiefen Atmen bemerkte Alex, dass Kathrin eingeschlafen war.

Heilung

In diesem Jahr fegten die ersten Herbststürme – früher als sonst – über die abgeernteten Felder auf dem Seerosenhügel. Die Temperaturen sanken in den Nächten Anfang Oktober so tief, dass sich Eis auf den Tümpeln bildete. Die abergläubischen Bewohner des Seerosendorfes verfolgten mit Sorge die frühen Anzeichen des Winters. Hatten sich die Götter über die vielen Feste erzürnt, die sie gefeiert hatten? Was hatte sie ungnädig gestimmt, dass die Natur sich so gegen sie stellte?

Im Verborgenen wurden an ausgewählten Plätzen und in den Hütten Stelen aufgestellt und heimlich Opfer dargebracht. Die Bauern versuchten, die Rituale der Druiden nachzuahmen und plapperten in ihren Hütten deren, zu diesen Anlässen vermuteten, Gebete und Beschwörungsformeln nach. Als nichts darauf hindeutete, dass sie erhört wurden, entschlossen sie sich, bei der Druidin Casina Rat einzuholen.

Casina hörte sich ihre Sorgen an und meinte schließlich: »Lasst mich raten! Ihr habt versucht, die Aufgaben von uns Druiden zu übernehmen, obwohl ihr wisst, dass es Frevel ist, die Beschwörung der Götter selbst vorzunehmen. So wenig vertraut ihr also unserem Rat? Und da eure heimlichen Opferungen nichts gebracht haben, kommt ihr nun zu mir.«

Sie schüttelte ihren Kopf und betrachtete die kleinlaut gewordenen Männer vor ihr.

»Ich könnte euch bestrafen lassen, dass ist euch allen doch bewusst!« Sie sah von einem zum anderen. »Da ihr euch offenbart habt, will ich noch einmal Gnade vor Recht walten lassen. Jede Familie, die heimlich vor den Stelen geopfert hat, wird dem Tempel eine Abgabe leisten, die der Druidenrat noch festlegen wird.«

»Was sollten wir tun, weise Casina? Die Rüben erfroren nachts auf den Äckern«, bekannte einer der Männer kleinlaut.

»Auch die Tiere litten darunter«, meinte ein anderer.

»Wir haben einen Hasen gefunden, der steifgefroren zwischen den Rüben lag, keinerlei Verletzungen von einem Fuchs oder Dachs aufwies.«

»Ihr hättet zuerst uns Druiden fragen müssen. Wir Druiden versuchen ja auch nicht, eure Felder zu bestellen, Wagen zu bauen oder Töpfereien zu brennen. Ihr wisst, dass wir das Wetter in unserem Land Jahr für Jahr beobachten und aufzeichnen – und das über Generationen hinweg. Es gibt hierfür zahlreiche Aufzeichnungen. Diese besagen, dass Beginn und Ende der Jahreszeiten Schwankungen unterworfen sind.« Sie zog eine Lederrolle aus einem Gestell.

»In diesem Jahr habt ihr die Felder früher bestellt als sonst«, erklärte sie den Ratsuchenden, »und demzufolge die Ernte früher eingefahren. Das Jahr holt sich seine Zeit zurück, das war auch in vergangenen Jahren so!«

Sie deutete auf die Aufzeichnungen der vergangenen zwanzig Jahre, die sie in griechischer Schrift aufgeschrieben hatte. Obwohl keiner von ihnen lesen konnte, deutete sie auf die Schriftrolle.

»Seht hier! Vor neun Wintern war es ähnlich.«

Sie zählte an den Fingern die Jahre ab und zeigte ihnen eine Hand und vier Finger ihrer anderen. In dem besagten Jahr brachten wir die Ernte um einen Mond früher ein, und der Winter begann genau um diese Zeit früher.

»Geht also nach Hause und seid unbesorgt, es ist so, wie es immer war!«

Die Männer sahen betreten auf die Druidin und erhoben sich erleichtert.

»Und denkt daran, keine heimlichen Beschwörungen mehr, ihr könnt jederzeit bei euren Druiden nachfragen!«

Auch Fürst Indobellinus verfolgte mit Unbehagen den frühen Einbruch des Winters – allerdings aus anderen Überlegungen heraus. Er wollte in den nächsten Tagen seine Reise durch den Gau der Mittleren Vindeliker antreten. Es war seine erste Reise nach dem Tod seiner Mutter, seine Antrittsreise als Hochweiser und zugleich neugewählter Fürst der Stämme dieses Gebiets. Er war sich seiner Pflichten bewusst, konnte die Reise auf keinen Fall verschieben, deshalb haderte er über die Willkür der Götter, die ihm dieses Wetter bescherten.

»Dann werde ich mich eben darauf einrichten müssen«, überlegte er und ging in Gedanken seine Ausrüstung durch, die er mitzunehmen gedachte.

»Ich werde meinen Wagen so mit Planen überspannen lassen, wie es bei den Boiern üblich ist. Darunter kann mir der Regen nichts anhaben. Dazu werde ich die Wagen reichlich mit Fellen ausstatten lassen. Ich muss dann nicht frieren, werde auch nicht nass und kann sogar darin schlafen.«

Auf dem Weg in die vielen Dörfer und Weiler, bis nach Runidurum, erwartete ihn viel Arbeit: Kranke, die Heilung von ihm erhofften, Druiden, die in Fragen des Rechts und des Glaubens seinen Rat suchten, Urteile über besonders schwere Vergehen bestätigt haben wollten. Er sollte sich auch um Grenzstreitigkeiten, Familienangelegenheiten und säumige Zahler kümmern. Manchmal wurde auch erwartet, dass er Sterbenden seinen letzten Segen gab. Die Reise würde einige Wochen dauern. Er freute sich einerseits auf diese Aufgaben, andererseits bekümmerte ihn vor allem Ponas Zustand. Während seiner Abwesenheit konnte er nichts zu ihrer Heilung beitragen – das stimmte ihn traurig. Er sah Pona in den Tagen vor der Abreise sehr selten – sie war noch nicht bei Bewusstsein. Könnte er hier bleiben, wüsste er stets, ob die Genesung Fortschritte macht.

»Hab' Geduld mit ihr und mit dir!«, beruhigte ihn Casina.

»Bei mir ist sie in guten Händen. Wenn du zurückkehrst, wird sie gesund sein, das verspreche ich dir, Indobellinus! Quinus' Medizin wirkt bereits vorzüglich.«

»Wie gerne würde ich mich von ihr verabschieden, wenn sie bei Bewusstsein wäre! Schon seit Wochen dämmert sie vor sich hin und es scheint, als würde sie mit der Anderwelt reden«, gestand er Casina am Abend vor seiner Abreise.

»Wird das Gift ihr das Gedächtnis rauben, sie vergessen lassen was wir gemeinsam erlebt und gefühlt haben?«

»Nochmals, Indobellinus, seid beruhigt!«, antwortete Casina.

»Nichts davon wird geschehen! Sie befindet sich in besten Händen! Die Medizin von Quinus wird das Übrige tun, wie ich bereits sagte. Wenn du zurückkehrst wird sie dir so entgegentreten, wie auch sie es sich wünscht. Dieser Dämmerzustand ist Teil ihrer Heilung. Er wird von der Medizin des Afrikaners verursacht. Trage Pona auf der Reise in deinem Herzen, so wie du sie das erste Mal gesehen hast! Pona wird fühlen, wenn du dich von ihr verabschiedest, sie wird dich sehen, auch wenn es nicht den Anschein hat! Auch solche Kleinigkeiten werden ihr helfen wieder diejenige zu werden, welche sie bei eurem ersten Zusammentreffen war!«

Er betete am Abend seiner Abreise inbrünstig zur Allmächtigen Erdenmutter, bat sie um Kraft für all das, was ihm auf der Reise bevorstand.

»Vor allem bitte ich dich um die Gesundheit von Pona, sie liegt mir besonders am Herzen!«, rief er in seine leere Wohnhalle, und es schien ihm, als wenn diese Bitte darin hundertfach widerhallen würde.

Einige Tage nachdem Indobellinus abgereist war erwachte Pona aus ihrem Gesundheitsschlaf. Als würde sie sich wehren, in die Wirklichkeit ihrer Umgebung zurückzukehren, ließ sie sich mit ihren deutlicher werdenden Wahrnehmungen in einem Dämmerzustand dahintreiben. Sie erkannte die Umrisse eines großen Raumes, das spitz über ihr zusammenlaufende Dach und lehmverschmiertes kalkweißes Flechtwerk. Als ein Holzscheit im Herdfeuer umfiel und Funken aufsprühten, hielt sie den Atem an und wartete auf die Arme, die sie aus dem Feuer tragen würden. Mit geschlossenen Augen hielt sie still, doch nichts geschah. Pona versank wieder in diesen Dämmerzustand, der sie wie Nebelschwaden einhüllte. Mühsam versuchte sie diesem wabernden Nebelloch zu entkommen. Sie konzentrierte sich mit aller Kraft auf das, was sie wahrnehmen konnte, und je mehr sie sich dazu zwang, desto deutlicher tauchten Einzelheiten vor ihren Augen auf. Sie betrachtete verwirrt, wie der Rauch sich kräuselnd seinen Weg durch den Rauchfang suchte und verfolgte ihn zur Herdstelle zurück, auf der ein Feuer brannte. An der Wand hingen Kleider, die sie als die ihren erkannte. Bruchstückhaft stieg die Erinnerung an das auf, was mit ihr geschehen war. Schmerzlich wurde ihr der Moment des Überfalls bewusst, als man ihr einen Sack über den Kopf geworfen, sie mit Stricken umwickelt und auf sie eingeprügelt hatte. Der Schmerz war das Letzte gewesen, an das sich Pona erinnern konnte. Auf dem bräunlichen Leinentuch vor sich sah sie ihre bleichen Arme liegen, mit Händen, die ihr nicht zu gehören schienen - so wenig gehorchten sie ihrem Willen, sie zu bewegen. Bevor sie wieder in diesen Dämmerzustand verfiel, bemerkte sie einen Schmetterling, der auf ihrem Unterarm saß.

Sie starrte auf ihn: ein Tagpfauenauge mit einer schönen Zeichnung, schwarze Augen in gelbem Feld. Er hielt seine Flügel wie gelähmt zusammengepresst und zitterte. Mit diesem Bild vor Augen schlief sie ein. Als sie aufwachte hing das Tier immer noch an ihrem Arm, erstarrt von der Kühle des Herbstmorgens. Sie betrachtete die Zeichnung auf den Flügeln: dunkle Augen, die sie unentwegt anstarrten, die etwas bei ihr suchten. Sie verstand. »Wärme, ausgerechnet bei mir?« Mühsam hob sie ihren Arm mit dem Schmetterling, führte ihn zu ihrem Mund und hauchte seinen Körper an. Der Schmetterling faltete seine Flügel auf und fächelte sie mehrmals, dabei glitt er entlang der feinen Haare ihres Arms, bis zu ihrem Handrücken. Pona hob ihren Arm und hielt den Schmetterling in die Strahlen der Morgensonne, die durch das Fenster auf ihr Lager fielen. Nach einer Weile öffneten sich seine Flügel erneut, der Schmetterling faltete sie langsam weiter auf und zog sie wieder an sich. Die Bewegungen wurden immer schneller, schließlich flatterte er durch das Zimmer, tanzte auf den Sonnenstrahlen und suchte seinen Weg weiter zum Sonnenlicht, hin zu den späten Blumen des Herbstes.

»Bis morgen, Flattertier«, dachte Pona und sah dem Schmetterling sehnsüchtig nach.

»Er hat meine Wärme empfangen, nutzt sie für sich und schöpft Kraft daraus. Und was tue ich?« Entschlossen stemmte sie sich an den Ellbogen hoch, sank mehrmals zusammen, versuchte es erneut, bis sie schließlich aufrecht im Bett saß. Pona schlug das Fell zurück und betrachtete ihren Körper. Sie hatte wieder zugenommen, und kaum etwas wies darauf hin, wie mager sie noch vor Wochen gewesen war. Sie versuchte eines ihrer Beine zu heben, doch es war kraftlos und fühlte sich taub an. Kaum eine Handbreit konnte sie es heben.

»Der Schmetterling hat mir gezeigt, was ich tun muss! Ich muss das versuchen, was mich zu Kräften kommen lässt. .«

Keuchend drehte sie sich, unter Aufbietung all ihrer Kräfte, zur Wand und stemmte einen Fuß fest dagegen, bis sich das Flechtwerk nach außen wölbte und etwas von der Lehmverschmierung abbröckelte. Sie fühlte wie ihre Kräfte nachließen, wechselte das Bein und wiederholte die Übung, bis sie erschöpft einschlief.

Casina war die erste die Pona bei Bewusstsein antraf. Die junge Druidin bemerkte nicht, wie sich die ältere Druidin erleichtert an die Brust griff. »Willkommen unter den Lebenden, Pona!«, sagte sie erleichtert, nahm eine Schale vom Tisch und näherte sich ihr.

»Hier, trink diese Brühe, sie wird dir guttun!« Gehorsam nippte Pona daran und suchte Casinas Augen. »Wo ist er, wo ist Indobellinus?«, fragte sie, dabei setzte sie die Schale ab.

»Er wird zurückkehren, wenn der Mond sich wieder gerundet hat!« Zufrieden und müde schloss Pona ihre Augen und flüsterte einige Worte vor sich hin, bevor sie wieder einschlief.

Am nächsten Morgen saß das Tagpfauenauge wieder auf ihrem Arm. Mit dem Schmetterling wiederholte sich das Gleiche wie am Tag zuvor. Auch Pona überwand ihre Schwäche, drückte sich mit den Unterarmen hoch, maß ihre Kräfte an der Wand und kämpfte beharrlich gegen ihre Erschöpfung.

Cavarinus war sehr erstaunt, als er Pona nach einigen Tagen am Krankenbett besuchte und sie ihm ein Lederstück mit einer Zeichnung zuschob. Darauf hatte sie eine von ihr erdachte Gehhilfe skizziert, die sie unter ihre Achseln schieben wollte, um sich damit auf ihren schwachen Beinen fortzubewegen. Sie bat den Schmied, ihr diese Stöcke anzufertigen und erklärte ihm, wie sie diese zu benutzen gedachte. Cavarinus runzelte die Stirn, während er die Zeichnung betrachtete. Als er die Funktion begriffen hatte, hellte sich sein Gesicht auf und er brummte beifällig: »Wirklich genial, Pona! An dir ist ein guter Handwerker verloren gegangen!«

Nach einigen Tagen war es soweit und die Krücken lagen vor ihr. Cavarinus hatte sie haargenau so angefertigt wie sie es sich vorgestellt hatte, und er hatte sie dazu noch bunt bemalt. Pona zögerte lange, den ersten Gehversuch zu unternehmen. Sie war sich nicht sicher ob ihre Kräfte ausreichen würden. Beschämt dachte sie an den Schmetterling und an dessen zähes Ringen gegen die Morgenstarre. Sie gab sich einen Ruck. Vorsichtig lehnte sie sich an die Wand, schob die Gehhilfe unter ihre Achseln und stemmte sich, unter Aufbietung all ihrer Kräfte, hoch. Immer wieder rutschte sie zurück, doch sie blieb unerbittlich gegen sich selbst. Endlich lehnte sie an der Wand, auf beiden Beinen stehend und in Schweiß gebadet. Mit fahriger

Hand strich sie sich die nassen Haarsträhnen aus der Stirn und starrte auf die Stöcke, die sie fest an ihre Seiten drückte. Mehrmals schob sie die Stützen unter ihren Achseln zurecht und stellte sie schließlich schräg vor sich an. Für einen Moment zögerte Pona, dann wagte sie den ersten Schwung. Mit einem Ruck schob sie ihre beiden Beine, frei pendelnd, nach vorne, dabei stützte sie sich auf den Stöcken ab. Als sie wieder stand, zog sie die Stöcke nach, stellte sie vor sich ab und lehnte sich darüber.

»Es funktioniert!«, sagte sie, und sie begann vorsichtig in dem kleinen Raum auf- und abzuhüpfen, fand allmählich die richtige Technik zwischen dem Ansetzen der Stöcke, dem Nachziehen des Körpers und dem Aufsetzen der Beine. Nach einiger Zeit ließ sie sich keuchend auf das Lager sinken, Schweißperlen standen auf ihrer Stirn und rote Flecken überzogen ihre Wangen. Sie war mit sich restlos zufrieden, denn sie spürte ihren Körper wieder, wenn ihr auch alles wehtat.

»Bis ich wieder gehen kann, werde ich mir noch viel Geduld abverlangen müssen, doch ich werde es meistern!« Mehrere Tage vergingen, ausgefüllt mit unermüdlichen Gehübungen. Schließlich fühlte sie sich stark genug, einen Ausflug aus dem Haus zu wagen. Pona hatte ihre Technik inzwischen erheblich verbessert. Sie schob nun den rechten Fuß und die linke Krücke vor, dann den rechten Fuß und die linke Krücke. Stolz zeigte sie Casina, wie sie mit den Stöcken umging und diese lächelte über den Eifer, den die junge Frau an den Tag legte.

»Die Dorfbewohner werden staunen, wenn sie sehen, wie ich mich fortbewege«, dachte Pona, als Casina ihr die Tür für den ersten Ausflug vor das Haus öffnete.

Mit weitausholenden Stockzügen schritt sie auf die Straße, krückelte zum Dorftor und den gleichen Weg zurück. Bewundernd sahen die Kinder, auf welche Art und Weise sie sich fortbewegte. Sie riefen ihre Eltern, die so etwas ebenfalls noch nie gesehen hatten. Als Pona am Nachmittag einen erneuten Ausflug wagte, begleitete sie eine Schar fröhlich schreiender Kinder, die sich inzwischen aus Haselnussstöcken ähnliche Krücken gefertigt hatten und mit ihr um die Wette hüpften. Casina stand am Hauseingang und meinte zu Cavarinus: »Sie ist eine bemerkenswerte Frau! Bald wird sie wieder gehen können, auch ohne Stöcke! Es ist allerdings an der Zeit, denn in einigen Tagen wird Indobellinus zurückkehren.« Sie beobachtete die Kinder, die Pona begleiteten.

»Das ist sicher ein Ansporn für sie! Lange hat sie sich gegen ihre Genesung gewehrt und nichts unternommen, um wieder auf die Beine zu kommen! Den Göttern sei gedankt!« Sie atmete erleichtert auf.

»Pona hat gefühlt, dass Indobellinus bald zurückkehren wird«, meinte Cavarinus und sah der jungen Frau bewundernd zu.

»Welche Frau möchte ihren Liebsten schwach und siech auf dem Krankenlager erwarten? Auch eine Druidin nicht, am allerwenigsten Pona! Euch Frauen würde es allerdings nicht stören, wenn ein Mann ans Lager gefesselt wäre! Ihr könntet den Mann eurer Träume nach Belieben pflegen, ihn in eure Fürsorge einwickeln, wenn er geschwächt auf dem Lager liegt. Dann wäre er vollends in eurer Hand! Er würde aus Dankbarkeit gegen nichts widersprechen und ihr könntet all das erreichen, das er euch sonst verwehren würde. Es reichte für ein halbes Leben. Die Schwäche des Mannes, sein Alptraum, ist der Traum der Frauen!«, schloss er.

»Das kann nur der Schreckenstraum meines Schmiedes sein, der vor allem mit seinen Händen denkt«, antwortete Casina neckend und strich Cavarinus liebevoll über das Haar.

»Pona denkt anders, nämlich wie ich. Sie ist schließlich eine Druidin.«

Tag für Tag gewann Pona mehr von ihrer körperlichen Kraft zurück. Unermüdlich übte sie mit den Krücken und unternahm weite Ausflüge, sogar vor das Dorftor wagte sie sich.

An einem der folgenden Tage überraschte Pona damit, dass sie beim Gehen die Krücken wegwarf, ohne Hilfe weiterlief und mit den Kindern ein Wettrennen veranstaltete. Sie beteiligte sich abends sogar am Ballspiel der Kinder, wenn Frauen und Männer ihre Arbeit ruhen ließen. Sie spielten mit einer birnenförmigen Kugel, einer mit Moos gefüllten Lederhaut. Die Lederkugel wurde mit den Füßen geschlagen, man spielte in Gruppen gegeneinander und versenkte den Ball in einem auf die Seite gelegten Holzfass. Bei jedem Treffer auf der Gegenseite wurde ein Holzstäbchen in den Boden der eigenen Seite gesteckt. Vor allem die Mädchen zeichneten sich durch großes Geschick bei der Handhabung der Lederkugel aus und waren begeistert, dass die Druidin sich an ihrem Spiel beteiligte.

Die Männer vergnügten sich an diesen warmen Spätherbstabenden mit einem Wurfspiel. Ringförmig gebogene Weidenruten kennzeichneten einen fünf Schritt großen Kreis, dessen Zentrum ein kleiner Pflock darstellte. Wessen Kugel dem Pflock im Kreis am nächsten lag, bekam einen Strich auf seinem Rindenstück vermerkt. Jeder der Männer ließ sich vom Schmied eine nach seinen Anweisungen geformte Kugel fertigen. Jede war versehen mit rätselhaften Zeichen, mit welchen der Besitzer den Beistand der Götter anrief.

Dem allem sahen die Frauen belustigt zu, ohne sich wirklich dafür zu interessieren. Auf Herdstellen außerhalb der Häuser kochten sie köstlichen Beerenbrei, süßten ihn mit Honig, pressten Saft durch grobe Leinentücher, der dann in großen Tonbehältern vergoren wurde. Auf langen Schnüren trockneten Waldpilze und auf ausgebreiteten Tüchern Äpfel- und Birnenschnitzel.

Einige Frauen begannen bereits damit, aus gebleichter Schafwolle Fäden zu spinnen, die im Winter zu Stoffen gewoben werden sollten. Sie beschäftigten sich in Gedanken bereits mit den Mustern, die sie den Tüchern geben wollten, wählten Farben aus und überlegten, wer in ihrer Familie welches Kleidungsstück benötigen würde. Die keltischen Frauen liebten Farben, die sie dem Herbst nachempfanden und fügten ihnen aus ihrem Gedächtnis die Farben der Frühlings- und Sommerblumen hinzu.

Herbstliche Gepflogenheiten und Gerüche, die in Pona wehmütige Gedanken an das letzte Jahr in ihrer Heimat am Danuvius aufkommen ließen.

An solchen Abenden verspürte sie mehr als sonst ihre Entwurzeltheit, denn Einsichten werden vor allem in den stillen Stunden eines ausklingenden Tages geboren. Das Dorf hier, die Menschen um sie und ihre Gedanken an Indobellinus, der in den nächsten Tagen zurückkehren würde, halfen ihr dann über die trüben Empfindungen hinweg. Das friedvolle Leben in den letzten warmen Herbsttagen war ein Geschenk der Allmächtigen Erdenmutter an die Menschen dieses Landes, war die Zeit, in der sie ein letztes Mal Kraft sammeln konnten für das, was ihnen bevorstand: der Winter mit seiner Kälte, Indobellinus' Vorhaben im nächsten Jahr, von dem die Menschen noch nichts ahnten. Auch die Kelten in den Dörfern an der Isura würden, nach seinem Willen, zu dem großen Zug aufbrechen, den sie, Pona, mit den Boiern begonnen und den Quinus an sein Ziel gebracht hatte. Wehmütig sah sie auf die in der Ferne sich auftürmenden Blauen Berge, deren Flanken bereits verschneit waren – Vorboten des nahenden Winters.

»Ein schönes Land!«, sinnierte sie. »Ich habe es zu lieben begonnen obwohl ich weiß, dass ich es verlassen werde. Jeden Moment, den ich hier erlebe, schreibe ich in mein Herz und koste ihn aus: Das wohlbestellte Land, die Wälder und das Wild, die fischreichen Flüsse, Bäche und kleinen Seen, die Bäume und Blumen, die freundlichen Bewohner des Dorfes um mich und Indobellinus, den ich liebe!« Pona seufzte auf.

»Meine Liebe zu Indobellinus hat dieses Land auch zu meinem Land werden lassen. So werden in der Zukunft die Gedanken aus der Vergangenheit nicht mehr schmerzen.«

Am folgenden Abend schloss sie sich den Männern an, welche im besagten Kugelspiel erbittert gegeneinander fochten. Sie nannten das Spiel Bolux. Misstrauisch beäugten sie die Druidin. Noch nie hatte eine Frau den Wunsch geäußert, an ihrem Spiel teilzunehmen.

Cavarinus bemerkte den Zweifel der Männer und zerstreute deren Bedenken mit den Worten: »Sie ist stärker als mancher Mann, warum sollte sie nicht mitspielen?«

Pona nickte: »Am Danuvius haben wir Frauen das gleiche Spiel mit den Männern gespielt und waren nicht schlechter als sie!«

Pona nahm als Letzte die Bronzekugel in die Hand und zielte auf den Weidenkreis. Die Kugel blieb im Ring liegen, direkt in der Mitte am Pflock, der sie kennzeichnete.

»Pona, mir scheint, du hast das Spiel schon vor langer Zeit begriffen!«, hörte sie wie von ferne die gutmütige Anerkennung des Schreiners Diderix. »Du hast das Herzstück des Spiels getroffen.«

Verwirrt wandte Pona ihre Augen dem Spiel und den Männern zu, die sich bewundernd über die Kugel im Weidenring beugten.

»Ich habe wahrlich das Herz getroffen, das Herz nach dem ich suchte, welches ich in ein paar Tagen in meiner Nähe weiß!«, murmelte sie und verzeichnete auf dem Rindenstück einen Strich für sich.

Der Barde

Einige Tage danach fand sich ein fahrender Musiker im Dorf ein. Er kam jedes Jahr im Herbst und überwinterte im Dorf auf dem Seerosenhügel. Niemandem war bekannt wie viele Winter er in ihrem Dorf verbracht hatte. Irgendwie verbanden die Menschen im Seerosendorf den Herbst, das Ende des Jahres und den bevorstehenden Winter mit ihm. Freudig begrüßten ihn die Bewohner des Seerosendorfes. Seine Musik, die weisen, melancholischen, mitunter lustigen Strophen seiner Lieder sorgten an den nebligen und kalten Abenden im Herbst und Winter für willkommene Abwechslung, vertrieben bei manchen Bewohnern aufkommende Langeweile oder düstere Gedanken. Es tat allen wohl, dachte man über seine Verse nach oder summte man seine Musik. Der Barde war nicht nur ein Bote des bevorstehenden Winters, der nun im Dorf Einzug hielt, sondern er gehörte ganz einfach zum Dorf. Auf seinem Packtier schleppte er eine Unmenge von Musikinstrumenten mit sich, die er alle vorzüglich beherrschte. Unter anderem besaß er eine Vielzahl von großen und kleinen Flöten, welche die Kelten Syvinx nannten.

Der Musiker war schon in die Jahre gekommen – die schwarzen Zahnstummel und schlaffen Faltenzüge am Hals gereichten ihm nicht zur Zierde. Er sang jedoch mit einer frischen und hellen Stimme. Seinen Instrumenten entlockte er eingängige Melodien. Die Verse, die er in Fülle vorzutragen verstand, ließen vor allem Pona erstaunen.

Eines Abends fragte sie den Barden: »Warst du schon einmal am Danuvius, dort wo er von Westen kommend sich nach Süden wendet? Vielleicht kennst du ein Lied aus dieser Gegend!«

Der alte Mann sah die junge Frau seltsam bewegt an, nahm seine Kithara zur Hand und begann ihr eine weiche Melodie zu entlocken. Mit einem Fuß schlug er auf einer Trommel den Rhythmus dazu.

Pona sah den alten Barden verträumt an, erhob sich und begann zu tanzen. Sie bewegte sich zuerst langsam, dabei nahm sie eine Syvinx des Barden zur Hand und entlockte ihr eine Melodie, welche sich dessen Spiel auf der Kithara anpasste.

Cavarinus beobachtete Pona erstaunt, rief Casina, sie solle sich Pona doch einmal ansehen. Mit Casina liefen viele Menschen zusammen, die der Druidin verwundert zusahen. Diese stampfte und sprang rhythmisch im Kreis, als wenn sie nie auf einem Krankenlager gelegen hätte. Sie beschleunigte ihre Schritte, ging schließlich in die Hocke und schnellte die

Beine abwechselnd vor und zurück. Musik und Tanz wurden immer schneller, bis sie sich erschöpft auf den Boden fallen ließ.

»Es ist der Tanz unserer Hirten, den sie vollführen, bevor sie das Vieh auf die Sommerweide treiben!«, rief sie, nach Luft japsend. »... trieben!«, verbesserte sie sich, und ihre Augen wurden traurig.

Angeregt von diesem Tanz erhob sich der Barde und spielte auf seiner Kithara weiter, dabei bewegte er seinen Oberkörper im Takt der Musik. Melodie und Verse, die er nun vortrug, waren melancholisch, und die Menschen fühlten das. Er ging von einem zum andern, so als wollte er sie einem jeden der Anwesenden ins Herz legen:

Die Sonne über dir, trieb dich entlang des Himmels,
schenkte dir die Flügel des Adlers,
als das Rad mit dir nach Westen rollte,
über rauchende Trümmer hinweg.
Sie schenkte dir die Kehle der Lerche,
als du deine Trauer mit dem Wind,
in Schilfmähnen am Ufer sangst,
deine Gedanken an deinen Speerspitzen schärftest.
An dampfenden Pferdeschenkeln
schwankten gebrochene Augen,
sie nickten dir zu und lächelten.
Sie mahnten dich,
den Weg zu vollenden,
als du über die Toten weintest.
Sie erhielten dir die Schönheit einer Blume,
schenkten dir die Kraft des Ebers
und die Klugheit des Fuchses.
In deinen Zweifeln brach das Gesicht der Epona entzwei.

Deine Trauer erhörte Nanthosuelta, die Erdenmutter,
mit einem Lichtstrahl,
auf dem die Seerosenblätter der Isura tanzten.
Ein Teil von dir blieb,
in den rauchenden Trümmern.
Nackte Tote, die ihres Fleisches beraubt,
ihre Seelen verloren.
Hör auf das Lied der Lerche!
Ihr Lied wird dir die Weisheit der Seerosen verleihen,

mit den Schwingen des Adlers tragen,
wird dir den starren Blick der Toten ersparen,
und dir die Kraft des Ebers erhalten,
welche die Räder deines Volkes der Sonne entgegendreht.

Während des Liedes wurden die Menschen still. Sie wagten nicht, Pona anzusehen. Sie wussten, dass dies ihre Geschichte war, die fahrende Barden von Dorf zu Dorf trugen. Und sie ahnten, dass es irgendwann auch ihre eigene Geschichte sein könnte. Pona bohrte ihre Augen suchend in die Dunkelheit, erhob sich und verschwand in ihrer Hütte.

Wiedersehen

Wenige Tage danach kehrte Indobellinus von seiner Reise zurück. Als er mit seinem Wagen und den Kriegern den Dorfplatz erreichte, galt sein erster Blick Casina. Sie bedeutet ihm mit beruhigenden Handzeichen, dass es über keine besonderen Vorkommnisse zu berichten gab – dabei dachte er vor allem an Pona. Die hinter ihm liegende Reise hatte ihn körperlich nicht sonderlich angestrengt, innerlich wollte die Anspannung jedoch nicht von ihm weichen, vor allem dann nicht, wenn er an Pona dachte. Die Ungewissheit, wie es um sie stand, quälte ihn manchmal, vor allem nachts. In den letzten Nächten jedoch erschienen in seinen Träumen beruhigende Bilder, die ihn wieder schlafen ließen. Nun freute er sich auf die Tage, die er wieder im Dorf auf dem Seerosenhügel verbringen konnte und auf Pona, die Frau, welche sein Herz gewonnen hatte.

Während die Krieger, die ihn begleitet hatten, erschöpft von ihren Pferden glitten, versprühte Indobellinus eine mitreißende Lebensfreude und Lebhaftigkeit. Er hatte nicht einmal sein Haus aufgesucht, sondern widmete sich den Dorfbewohnern, strich über das Haar der Kinder, die sich um ihn drängten, verteilte bunte Glasperlen, beantwortete die vielen auf ihn einsprudelnden Fragen. Er erkundigte sich nach dem Befinden Einzelner und dem, was im Dorf geschehen war. Dabei lachte er strahlend in die Runde der Menschen, die ihn freudig umringten und deren lang vermisste Nähe er in vollen Zügen genoss. Nach der ersten stürmischen Begrüßung schob er die Kinderschar von sich und meinte zu den Dorfbewohnern gewandt: »Mein Haus wartet auf mich! Ich möchte die Rückkehr auch mit meiner Wohnstatt feiern, mich wieder mit dem vertraut machen, was mir so viel bedeutet. Heute Abend wird es ein Fest geben«, versprach er, »wie bei der Rückkehr eines jeden von uns nach einer langen Reise.«

Rasch eilte er zu seinem Haus, öffnete die Türen, beseitigte die mit Tierblasen bespannten Rahmen von den Fenstern und ließ frische Luft einströmen. Er durchquerte seine Wohnräume und genoss die Berührung mit all dem, was in ihnen stand, begrüßte die stumm vor ihm stehenden Tische, Schränke, die Regale mit den Arzneibehältern, roch an der kalten Asche der Herdstelle und atmete den vertrauten Geruch der Vorratsregale ein. Nach all dem hatte er sich so gesehnt. Nun konnte das gewohnte Leben wieder beginnen und weiter gehen. Mit ihr!

»Wo ist sie?«, dachte Indobellinus und wurde sich bewusst, dass er in all der Betriebsamkeit um sich Pona noch nicht gesehen hatte, sie, der seine Gedanken während der Reise so oft gegolten hatten.

Indobellinus wusch sich sorgfältig in einer Schüssel, wechselte seine Kleidung, und als es an der Tür klopfte dachte er: »Ah, Casina kommt, sie holt mich ab, wir werden nun gemeinsam zu Pona gehen!«

Rasch raffte er die herumliegenden Kleider und Tücher zusammen, warf sie übereinander und zog die Tür mit einem Schwung auf. Er erschrak, als Pona vor ihm stand. Überrascht starrte er sie an. Sie neigte den Kopf leicht zur Seite, als wenn sie Angst hätte, sich am Türsturz anzustoßen. Langsam, als befände sie sich in einem Traum, schloss sie die Türe hinter sich. Indobellinus überflog angstvoll ihre Gestalt, als erwartete er noch etwas von ihrer Krankheit zu sehen. Doch er entdeckte nichts Auffälliges, nichts was ihn an ihren üblen Zustand erinnerte. Pona war wieder ganz so, wie er sie das erste Mal an der Isura gesehen hatte. Eine riesige Last fiel von ihm ab. Er umarmte Pona, wiegte sie wortlos in seinen Armen, suchte den vertrauten Blick ihrer Augen, der ihn auf der langen Reise überall begleitet hatte und fühlte all das gegenwärtig, wovon er in der langen Zeit seiner Abwesenheit geträumt hatte. Ein Schauer durchströmte ihn, als er ihre Wärme und ihre weiblichen Rundungen spürte. Ihre Nähe spülte alle Ängste, die ihn noch vor kurzer Zeit so sehr bedrängt hatten, von ihm weg.

Als sie sich voneinander lösten, war es wie damals im Tempel. Sie suchte verlegen, wie beim ersten Mal, nach Worten und hielt seinen Blick fest. Indobellinus fühlte nicht anders und versuchte seine Befangenheit abzubauen, indem er sich mit unsinnigen Handgriffen an der Feuerstelle zu schaffen machte. Wie von ferne hörte er ihre Worte: »Indobellinus, es ist wie das erste Mal! Ich liebe dich!« Er sah gebückt von unten auf die Frau, der Tränen in den Augen standen.

»Ja, es ist wie das erste Mal, Pona! Auch ich liebe dich!«, sagte Indobellinus leise.

Behutsam zog sie ihn an den Schultern hoch. Bei ihrem Kuss vermischten sich die Tränen der beiden; Freude und Leid hatten den gleichen salzigen Geschmack. Die Zeit stand still, und alles um die beiden versank zur Bedeutungslosigkeit.

»Es ist schön, dich wieder hier in meiner Nähe zu wissen«, flüsterte Pona nach langer Zeit. Sie ließ ihren Blick nicht von ihm los, zu lange hatte sie all das an ihm nicht mehr gesehen, was sie so liebte. Seit sie in der Höhle gefangen gehalten wurde, hatte sie die Hoffnung nie aufgegeben, dass sie ihn wiedersehen werde. Und nun war er wieder bei ihr. Pona empfand tiefe Dankbarkeit, die ein Teil der Liebe war, die sie für ihn empfand. In diesem bewegenden Moment lösten sich all die Schmerzen und Demütigungen, die sie hatte ertragen müssen, in einem heftigen Tränenstrom. Doch bald lächelte sie und hielt ihren Kopf eng an seine Brust geschmiegt.

»Du bist aufregend, Pona, du duftest wie eine Blume am Abend und du bist atemberaubend schön!«, sagte Indobellinus leise in die Stille hinein, »schöner als ich es zu träumen wagte, vor allem wenn du weinst!«

Er nahm seinen Mantelzipfel, trocknete die Tränennässe und küsste ihre Augen. Sie lächelte ihn an.

»Dich in den Armen zu halten, Indobellinus, ist der Lohn für all die Stationen des Hoffens und Bangens, die ich durchlitten habe. Die Allmächtige war mit uns, sie hat uns beiden die Kraft gegeben, das alles zu überstehen!«

Sie legte ihr Gesicht auf seine Schulter. Tief atmete sie seinen männlichen Duft ein und schmiegte sich an ihn. Als sich von draußen fröhliches Lachen hören ließ und sich Schritte näherten, lösten sie sich voneinander.

»Sie alle wollen mit uns feiern, und wir beide sollten dabei sein!«, sagte sie mit heiserer Stimme.

»Heute Nacht, Indobellinus, wenn das Fest zu Ende ist, fangen wir dort an, wo wir jetzt aufgehört haben!«

Ein letztes Mal strich Pona mit dem Handrücken über seine Augen, dann ging Indobellinus zur Tür und öffnete sie. Casina stand vor dem Eingang und trug einen Bronzekessel vor sich, in dem Rosenblüten schwammen.

»Sie sollen dein Haus schmücken, Indobellinus, wie du es immer gehalten hast. Es sind späte Blüten der Hecke am Tempel – die letzten des Jahres.«

Während sie sprach, schritt sie zum Tisch am Fenster und stellte den Kessel ab.

»Nun wird uns nichts mehr abhalten, deine Rückkehr zu feiern! Alles andere muss warten!«, meinte sie und sah die beiden verschmitzt an.

»Jetzt aber solltet ihr euch anhören, was die Kinder für euch vorbereitet haben. Sie fiebern danach, es euch vorzutragen.« Entschlossen zog sie Pona und Indobellinus aus dem Haus.

Das Orakel an der Abusna

»Wie es aussieht, wird uns die Allmächtige noch einige schöne Sonnentage bescheren – und das zu dieser späten Jahreszeit«, meinte Pona an einem sonnigen Spätherbsttage. Der warme Wind aus dem Süden blies kräftig und ließ vergessen, dass der Winter unmittelbar bevorstand. Sie saß gemeinsam mit Indobellinus im gepflasterten Innenhof vor dessen Haus, und sie genossen die milde Sonne des Nachmittags. Forschend sah Indobellinus sie an.

»Willst du damit sagen, dass deine Gesundheit sich so gefestigt hat«, fragte er, »dass wir die warmen Tage zu einem Besuch der heiligen Quellen an der Abusna nutzen könnten?« Pona nickte.

»Wenn die Reise nicht zu lange dauert, warum nicht?«

»Ein langer Tagesritt, dann könntest du das Bad in diesen heißen Quellen genießen, Pona! Es wäre deinem Wohlbefinden bekömmlich und würde auch mir nicht schaden. Meine Mutter hatte damals das Orakel befragt, als sie das Verbot der Menschenopfer plante.« Indobellinus strich sich nachdenklich über die Stirn.

»Das Orakel hat die Widerstände vorausgesagt und dabei vor allem die Personen genau benannt, von denen sie zu erwarten waren. Die Visionen des Druiden Cestin haben sich bei vielen Befragungen bewahrheitet. Er besitzt, wie kein anderer in unserem Volk, diese Gabe. Diese Gabe lässt ihn, der sich den beißenden Dämpfen der Quellen aussetzt, weit über alle unseres Volkes herausragen. Du weißt aus eigener Erfahrung, wie schwer es ist, mit den Göttern in Kontakt zu treten. Ihm jedenfalls gelingt es inmitten der heißen Quellen, den Göttern einen Fingerzeig abzuringen. Bei dieser Gelegenheit könnten wir das Orakle der Abusna über unser beider Vorhaben befragen. Cestin wird uns sicher nicht abweisen.«

Pona sah Indobellinus erfreut an.

»Ich hatte mir in diesem Moment das Gleiche überlegt!«, strahlte sie, »vor allem was diesen Exodus betrifft. Die Erzählungen über das Orakel und diese seltsam riechenden Quellen haben meine Neugierde geweckt. Ich würde gerne herausfinden, ob der Druide Cestin jemand ist, der dieses Orakel mit dem Ernst befragt, wie es seine Stellung als Druide und Hüter der heiligen Quellen zwingend erfordert. Es gibt einige Orakel in unserem Land, die für heilig gehalten werden, jedoch nur Goldschüsselchen im Auge haben.«

»Im Auge kann er das nicht haben«, antwortete Indobellinus scherzhaft, mit dem Wort spielend, »denn er ist blind. Ich freue mich, dass du dich vom

Orakel an der Abusna überzeugen willst, Pona. Auch das seltsam riechende Wasser wird dein Interesse wecken, schreibt man ihm doch heilende Wirkung zu. Wir sollten einige Lederschläuche von diesem Heilwasser zum Seerosenhügel zurückbringen, welches du bei den Kranken anwenden könntest. Am besten beobachtest du es an deinem eigenen Körper, dann kannst du selbst darüber befinden!«

»Einen Versuch ist es jedenfalls wert!«, meinte sie.

»Ich sagte es bereits, wir könnten innerhalb eines Tages an der Abusna sein«, fuhr Indobellinus fort, »wenn wir bereits in der Dunkelheit aufbrechen und Reservepferde mitnehmen.«

»Einverstanden, Indobellinus! Ich freue mich vor allem auf die Tage mit dir, losgelöst von unseren täglichen Pflichten. Lass' dir bitte von den Druidinnen keine Krieger aufschwatzen, die uns begleiten sollen! Wir kommen alleine zurecht. Ich kann mir vorstellen, dass Casina hartnäckig darauf bestehen wird.« Indobellinus nickte zustimmend.

Am nächsten Tag brachen Pona und Indobellinus zum Orakel an der Abusna auf. Die hatten sich vorsorglich für einen überraschenden Wetterumschwung ausgerüstet. Außerdem hatte Indobellinus ein paar Lederschläuche mit eingegepackt.

Als sie am Spätnachmittag den kleinen Fluss Abusna erreichten, folgten sie dessen Lauf etwa zwei Meilen. Die Sonne neigte sich bereits dem Horizont zu, als Indobellinus auf eine weiße Wolke deutete, die über den Bäumen vor ihnen hochquoll.

»Wir haben das Heiligtum erreicht, Pona. Es gibt dort einige beheizbare Hütten, in denen wir übernachten können, auch ein Badehaus steht zur Verfügung. Cestin wird sehr erfreut sein, den Druiden vom Seerosendorf und seine Gefährtin begrüßen zu können. Sicher denkt er auch, es sei höchste Zeit, dass der neugewählte oberste Druide und Fürst diesem Heiligtum einen Besuch abstattet. Da am Ende des Jahres es nur uns Druiden erlaubt ist, die heilige Quelle zu besuchen, würde es mich wundern, wenn er unseren Besuch nicht schon erahnt hat.«

Pona war erstaunt, als hinter den Bäumen einige ansehnliche Hütten auftauchten, die sich um einen imposanten Tempel gruppierten, aus dem diese Dampfwolke hochstieg.

»Einen seltsamen Geruch hat diese Quelle – wie faule Eier«, bemerkte Pona. Sie schnüffelte mehrmals und ergänzte:

»Es riecht ähnlich wie Schwefel, einem Stoff, dem man feurige Eigenschaften nachsagt. Ich habe ihn bei einigen Händlern gesehen, die damit Feuer entzündeten.«

Ohne auf Indobellinus' Antwort zu warten fuhr sie fort: »Vielleicht ist es die Eigenschaft dieses Stoffes, welche die Quellen so erhitzt und nicht die Wärme der Mutter Erde.«

Indobellinus antwortete nicht. Auf seiner Stirn zogen unwillige Falten auf. Pona erkannte rasch, dass sie mit ihren Überlegungen zu weit gegangen war. »In dieser Art über die heiligen Quellen der Abusna zu sprechen empfindet er als Infragestellung des Orakels«, dachte Pona.

Sie drängte ihr Pferd an seines und nahm dessen Zügel auf. Leicht berührte sie Indobellinus' Hand, streichelte sie und suchte seine Augen. Zum ersten Mal empfand sie so etwas wie eine Meinungsverschiedenheit zwischen ihnen.

»Verzeihe mir, Indobellinus, meine Worte waren unbedacht! Ich wollte die mystische Kraft dieses Orakels nicht in Frage stellen!«

Er sah sie dankbar an, strich ihr flüchtig über die Wange und ritt weiter.

Beinahe hatten sie den Tempel erreicht, als einige Tempeldiener aus einer der Hütten traten. Zwei von ihnen entfernten sich, strebten einem Tempelanbau zu und verschwanden darin. Als Pona und Indobellinus den Tempel betraten, erwartete sie der Druide Cestin bereits - ein Greis mit einer weißen Haarmähne und leuchtend blauen Augen, die in eine Ferne sahen, die nur er ermessen konnte. Zwei der Diener führten ihn am Arm.

»Ich habe euch bereits erwartet!«, sagte der Druide mit einer ungewöhnlich tiefen Stimme.

»Auch eure Zweifel«, ergänzte der Druide. Es schien Pona, als würde sie der Blick des Alten durchbohren.

»Es sind keine Zweifel, ehrwürdiger Cestin«, sagte Pona, »sondern die Erwartung des Unbekannten, Unerklärlichen, das uns bewegt.« Der Druide horchte der Stimme von Pona nach und nickte.

»Seid mir beide willkommen, auch wenn ihr den Segen der Götter für eure Verbindung noch nicht erhalten habt! Er wird euch zuteil werden, wenn ihr diesen Platz verlassen habt. Ruht euch in einer der Hütten aus! Morgen werden eure Fragen, die euch zu mir geführt haben, eine Antwort finden!«

Der Greis wandte sich ab und die Diener führten ihn aus dem Raum.

Am nächsten Morgen klopfte einer von ihnen an die Türe ihrer Hütte. Der Diener führte Pona und Indobellinus in einen im hinteren Teil des Tempels gelegenen Raum. In Steintrögen dampfte Wasser, das diesen fauligen Geruch hatte, den sie bei ihrer Ankunft gerochen hatten.

»Nehmt ein Bad, reinigt euren Körper und Geist und wechselt eure Gewänder!«, empfahl er.

»Auf der Bank liegen einige, auch ausreichend viele Tücher sind vorhanden. Auf den Liegen hier könnt ihr eure Gedanken reinigen und euch auf das Orakel vorbereiten! Wenn der Herr des Orakels es für richtig hält, wird er euch zu den heiligen Quellen rufen, zum Orakel der Abusna.« Der Diener verschwand und ließ die beiden allein.

Pona beschlich nun einiges Unbehagen. Worauf hatte sie sich nur eingelassen. Gerne hätte sie Indobellinus einige Fragen gestellt, doch sie schwieg. Sie wusste, er war von der Weisheit des Orakels überzeugt, und mit ihren Fragen hätte sie ihn nur bedrängt oder erneut seinen Unwillen heraufbeschworen.

»Ich fühle, dass dir einige Fragen auf dem Herzen liegen«, sagte Indobellinus in die raschelnde Stille, als sie ihre Kleider ablegten.

»Komm zu mir in den Badetrog, Pona! Das Wasser ist herrlich warm, wird unsere Körper beruhigend umfließen und vielleicht dazu beitragen, dass wir das Orakel mit den gleichen Gefühlen erwarten.« Er zog am Gürtel ihres Mantels, den sie angelegt hatte und wies einladend auf das Bad, in dem er sich befand.

Pona zuckte zurück, als sie das heiße Wasser an ihren Füßen spürte. Langsam ließ sie sich ins Wasser gleiten.

»Wie herrlich die Wärme mich umgibt, Indobellinus, wie ein wärmender Mantel – auch wenn es ungewohnt faulig riecht. Die Allmächtige muss einiges bedacht haben, als sie diese heißen Quellen an der Abusna nach oben befahl. Ich denke, sie wollte hiermit den Menschen die Möglichkeit geben, über Auserwählte wie Cestin einer ist, mit ihr zu sprechen.« Indobellinus lächelte in ihre Augen und nickte.

»Das ist auch meine Meinung.«

Indobellinus schloss seine Augen. Sie schob ihre Beine an seinen Schenkeln vorbei, streckte sich aus und ließ sich in der Wärme treiben, die ihren Körper durchströmte und ihre Gedanken in eine Stille hineintrug, welcher sie sich dankbar hingab. All das, was sie in der letzten Zeit erlebt hatte, glitt friedlich an ihr vorbei, ohne sie zu bedrängen: Sie sah die verkohlten Reste der Dörfer am Danuviusbogen, dachte an die entbehrungsreiche Reise an die Isura. Selbst die Gesichter ihrer toten Eltern, die sie damals so erschütterten, nahm sie ruhig hin. Pona dachte an ihre Gefangenschaft und die Augenblicke im brennenden Opferkorb, bevor Indobellinus sie rettete. All das, was sie in der Vergangenheit so bedrängt hatte, streifte sie mit einem tiefen Atemzug ab.

Ein warmer Lufthauch strich über ihr Gesicht. Sie schlug ihre Augen auf und blickte in Indobellinus' Augen, der sich über sie gebeugt hatte.

»Wach auf, Liebste! Es ist an der Zeit, dass wir uns zum Orakel begeben!«

Er hauchte einen Kuss auf ihren Mund und sah sie seltsam berührt an. Zögernd stieg er aus dem Bad. Pona sah ihm zu, nahm jede seiner Bewegungen in sich auf, beobachtete die geschmeidigen Bewegungen seiner Beine und Hüften und bewunderte seinen kraftvollen Körper. In ihr drängte ein Wunsch hoch, den sie auch bei ihm vermutete. Langsam stieg sie aus dem Bad. Vor dem Orakel war es unmöglich, sich diesen zu erfüllen, und so streckte sie ihren Arm aus und fuhr mit erhobenem Zeigefinger verneinend durch die Luft. Sie wandte sich nicht einmal um als sie sagte: »Auch ich habe das gleiche Bedürfnis, wie ich es in deinen Augen gelesen habe, doch wir müssen uns mit all unserer Leidenschaft auf das besinnen, was uns bei Cestin erwartet. Das andere muss warten!«

Kaum hatten sie sich in die bereitliegenden Gewänder gehüllt, als zwei weißgekleidete Diener erschienen, die sie in das Zentrum des Tempels führten und lautlos wieder verschwanden. In dem quadratischen, mit Kalkstein gepflasterten Raum, war der Dampf der Schwefelquelle kaum zu riechen. In der Mitte, direkt über der Quelle, war ein kegelförmiges Gebilde aus Leder aufgebaut worden. Eine Bank stand am äußersten Ende des Raumes. Sonst war der Raum leer. Aus der Öffnung an der Spitze des Lederturmes quoll eine dichte Dampfwolke heraus, die durch den First des Tempels entwich.

Ratlos sah Pona sich um. In diesem Moment wurde eine Seite des Lederturms zurückgeschlagen. Cestin hockte auf einem Dreifuß, am Rand einer etwa zwei Fuß großen, quadratischen Öffnung, aus der warmer Dampf hochstieg. Die Sitzfläche des Hockers bestand aus Lederriemen. Anhand einer Lederbahn, die vor ihm baumelte, leitete der Druide den Dampf an sich vorbei. »Hielte er dieses Leder hinter sich«, dachte Pona, »würde er den Dampf einatmen.«

Bis auf einen Schurz war der Druide nackt. Die sonore Stimme des Alten erklang so unvermittelt, dass Pona erschrak.

»Welches sind eure Fragen, die ihr vom Atem der Allmächtigen Erdenmutter beantwortet haben wollt? Stellt sie mir! Wenn es Antworten gibt, werdet ihr sie von ihr erfahren.«

»Vor allem eine Frage beunruhigt uns seit langem, ehrwürdiger Cestin, eine Frage, die das Schicksal der Vindeliker betrifft«, antwortete Indobellinus.

»Die Zeichen der Allmächtigen verheißen für die Zukunft unseres Volkes in diesem Land nichts Gutes, hochweiser Cestin! Wir suchen daher eine Antwort auf die Frage, ob wir alle dieses Land verlassen müssen oder hier bleiben können.«

Der Hochweise schwieg für einen Moment.

»Das Orakel der Abusna kann eine Antwort finden, vielleicht auch keine«, stellte Cestin vielsagend fest. Seine Augen schienen sich in eine unendlich weite Ferne zu richten und er fügte hinzu: »Wie ihr diese auslegen werdet, liegt bei euch. Da ihr Druiden seid ist es euch gestattet, der Befragung beizuwohnen. Nehmt nun auf der Bank dort drüben Platz!«

Nach diesen Worten schob er seinen Stuhl über den dampfenden Schlund und verschloss mit einem Handgriff den Lederturm.

Pona und Indobellinus nahmen Platz, wie Cestin es empfohlen hatte und warteten. Lange hörten sie nichts. Endlich vernahmen sie leises Murmeln, das zunehmend lauter wurde. Der Hochweise formulierte unverständliche Worte, begleitete sie mit einem seltsam anmutenden Singsang, bis er urplötzlich qualvoll aufschrie. Gleichzeitig hörten sie ein dumpfes Geräusch. Dann herrschte Stille. Pona und Indobellinus sahen sich bestürzt an.

Nach langem Warten vernahmen sie Cestins klare Stimme: »Hört nun die Botschaft der Allmächtigen! Die Weisheit unserer Erdenmutter bestimmt, dass sich die alte Weissagung für das Seerosendorfes erfüllen wird. Ich sah Blumen verwelken und Blätter sterben. Alles wird auf eine Art geschehen, die nur ihr verstehen werdet. Mit dem Exodus der Mittleren Vindeliker wird sich auch das Schicksal des Orakels der Abusna erfüllen – ich bin der letzte Seher, der es befragt, bis auch meine Tage gezählt sind. Nach mir werden die Menschen an dieser Quelle nur mehr Heilung und Wärme suchen. Auch die Stimme der Allmächtigen wird verstummen! Deutlich sehe ich Schatten über eurer Zukunft. Einer von euch wird seinen irdischen Atem vor diesem Wagenzug aushauchen, aber jener wird weiteratmen, der das Leben empfängt. Seid nicht traurig darüber, denn ihr werdet euch, nach langer Wanderschaft, im nächsten Leben wieder vereinen.« Nach diesen Worten schlug er das Leder zu.

Gefasst nahmen die beiden die Weissagung des Sehers entgegen. Pona nahm Indobellinus' Hand und sagte: »Wir haben nun Gewissheit, dass wir auf dem richtigen Weg sind. Was mit uns geschieht, müssen wir hinnehmen. Wir werden es ertragen, denn unsere Liebe wird diesseits und jenseits dieses Lebens weiter bestehen. Die Kraft hierzu werden wir aufbringen.«

»Wenn es mich trifft, Pona«, sagte Indobellinus, »ich werde dir für ewig verbunden sein, auch in der Anderwelt. Ich habe keine Angst davor, denn ich weiß, deine Liebe wird mich begleiten, so wie meine dich. Und du wirst es sein, die unsere Visionen mit Leben erfüllen wird!«

Aufgewühlt verließen sie den Tempel. Pona und Indobellinus verspürten in diesem Augenblick keine Trauer über ihr eigenes Schicksal, denn sie waren von dem Gedanken beseelt, dass ihr Vorhaben durch das heilige Orakel der Abusna abgesegnet worden war.

Zwei Tage und Nächte blieben sie an dem heiligen Ort. Sie genossen die Ruhe und Zweisamkeit, die sie in der nächsten Zeit so nicht mehr finden würden. Es waren glückliche Tage. Sie besuchten die Badehütte mehrmals am Tag, gaben ihrem Verlangen nach und beteten danach gemeinsam im Tempel. Täglich nahmen sie ein Bad in dem faulig riechenden Wasser der Schwefelquellen, das durch ein Holzrohr in die Steintröge sprudelte. Daneben standen mehrere Holzbottiche mit kühlem Quellwasser bereit.

»Am bekömmlichsten ist es, wenn ihr euch nach dem Bad in der Heilquelle mit dem kühlen Wasser erfrischt!«, empfahl einer der Diener Cestins, der ihnen in diesen Tagen jeden Wunsch erfüllte.

»Das Quellwasser belebt und reinigt. Auch unser weiser Cestin nimmt jeden Tag ein Bad in dem heißen Heilwasser und danach in der kühlen Quelle.«

Am Morgen ihrer Abreise erschien Cestin ein letztes Mal. Erneut beeindruckte er Pona mit seinem durchdringenden Blick, als er sagte: »Reist mit dem Segen der Allmächtigen Erdenmutter! Sie hat euch die Kraft dieser Quellen gezeigt und wird stets bei euch sein. Vertraut ihr, auch wenn es manchmal sehr schwer sein wird! Noch etwas wollte ich dir sagen, Pona: Vergiss nicht, deine Wasserschläuche mit dem Heilwasser zu füllen! Du hast doch welche mitgebracht, nicht wahr?« Cestin musterte Pona und Indobellinus lächelnd.

Nach diesen Worten verschwand der Druide im Tempel. Sie wussten, dass sie ihn nie mehr wiedersehen würden.

Ende des keltischen Jahres

Die Tage wurden immer kürzer. Alle Felder waren bereits gepflügt. In diesem Jahr kehrten von den Flößern Iduras und Gundix in das Dorf auf dem Seerosenhügel zurück. Iduras begann an der Westseite des Dorfes ein Haus für Glenova und sich zu bauen. Alle halfen mit, damit es noch vor dem ersten Schneefall fertig wurde. Danach würde ihre Hochzeit gefeiert werden, die letzte des Jahres. Im Winter würden Glenova und Iduras vor dem eigenen Herdfeuer sitzen können und Pläne für die Zukunft schmieden.

Der junge Mann erwies sich in der Tat als Zugewinn für das Dorf. Er war nicht nur ein ausgezeichneter Jäger, sondern ein Kräuterkundiger mit heilenden Händen. Nicht zuletzt war er Druide, und so wurden Glenova und Iduras in den Rat der Druiden aufgenommen. Gundix eroberte das Herz der Witwe Ruene, dieser Frau, die ihm aus der Hand gelesen hatte und ihn für sich gewonnen hatte. Er zog in ihr Haus, und Zingerix' Befürchtungen hatten sich ein weiteres Mal bewahrheitet. Das Dorf wuchs um eine Hütte und drei Menschen mit vielen Hoffnungen, die sie mit ihrer Zukunft auf dem Seerosenhügel verbanden.

Frauen und Kinder widmeten sich in diesen Herbsttagen dem Sammeln der letzten Beeren. Der warme Wind aus den Blauen Bergen drängte die Wolken nach Norden und hüllte das Land in spätherbstliche herrliche Sonnentage ein. Die Nussbäume wurden abgeerntet und das letzte Obst gepflückt – es schmeckte herrlich süß. Man richtete sich auf den Winter ein, ordnete und ergänzte die Vorräte für die düstere und kalte Jahreszeit. Auch an Brennholz musste gedacht werden. Ein Teil der Ernte wurde in den Vorratshäusern des Tempels verwahrt. Es war für Notfälle und gemeinsame Feste gedacht. Nur die Rüben, welche bereits den ersten Frost überstanden hatten, mussten noch geerntet werden. Auch sie würde man in den nächsten Tagen aus der Erde graben. Abends begannen Nebelfelder über die Flussniederungen zu kriechen, und als er auch über die hochgelegenen Weiden über dem Reitersattel quoll war es an der Zeit, das Vieh von den Weiden zu treiben. Der Einzug der Herden in das Dorf wurde zu einem Fest, wie in jedem Jahr. Die Hirten hatten die Kühe bunt geschmückt und ihnen Schellen umgebunden. Jung und Alt säumte den Weg entlang des Reitersattels, als die Herden Einzug in das Dorf hielten. Das Ende der Weidezeit war auch das Ende der Feste vor dem Winter. Noch einmal konnte beim Eintrieb in die Ställe die keltische Genusssucht überschäumen, bevor der Winter das Seerosendorf in seinen harten Griff nahm. Sobald der Nebel gewichen war, wärmten sich die Alten ausgiebig in der Herbstsonne.

Sie dachten mit Schaudern an die kalte Jahreszeit und an das Gliederreißen, das sich vermutlich verschlimmern würde.

Für Pona richtete man die Hütte einer verstorbenen Druidin wohnlich ein. Ein kleiner Anbau wurde nach ihren Anweisungen hinzugefügt, in dem sie ihre Behandlungen durchführen konnte. Sie verwahrte auch die im Herbst gesammelten Kräuter, selbst gefertigte Tinkturen und Salben darin. Pona ließ von Cavarinus eine Vielzahl von medizinischen Instrumenten anfertigen, die sie für ihre Behandlungen benötigte. Cavarinus war erstaunt über die unerbittliche Genauigkeit, die sie ihm bei der Anfertigung der Instrumente abverlangte. Sie beschrieb ihm mehrere Geräte, die ihm bisher völlig unbekannt gewesen waren.

»Es ist leichter ein Dutzend Schwerter zu schmieden als eine Handvoll deiner Instrumente«, meinte er eines Tages, als er Pona die Geräte vorlegte. »Es ist viel einfacher«, antwortete Pona, »mit den Schwertern ein Leben zu beenden oder Wunden zu schlagen, als mit diesen Instrumenten ein Leben zu erhalten.« Krankheiten, die in der Vergangenheit niemand heilen konnte, wurden dank Ponas Kenntnisse erfolgreich behandelt. Die Erfolge ihrer Heilkunst verbreiteten sich selbst in die entlegensten Weiler. Der Andrang war so groß, dass sie meist bis spät in die Nacht hinein die Kranken behandelte. Es musste sogar eine zweite Hütte gebaut werden, in der Heilsuchende übernachten konnten. An manchen dieser Tage vermisste Pona den Heiler Quinus besonders schmerzlich, vor allem dann, wenn sich die Zahl der Wartenden einfach nicht verringern wollte. Sie vermisste die stummen Zwiegespräche mit ihm, seinen aufmunternden Witz, mit dem er manches Problem entschärfen konnte, das Hantieren mit seinem Wortbrett, auf dem er wichtige und komplizierte Sachverhalte anzeigte.

»Wenn er hier wäre«, dachte Pona oft, »ginge alles viel schneller. Wahrscheinlich kämen dann noch mehr Menschen hierher, denn für bestimmte Krankheiten ist er der beste Heiler, den ich kenne.«

Pona wurde ein allseits geschätztes Mitglied der Gemeinschaft auf dem Seerosenhügel. So wollte sie es, mit all ihrer Kraft und Liebe, die sie für die Menschen des Seerosendorfes empfand. Ihr Platz war unwiderruflich hier, an der Seite von Indobellinus, und so sollte es auch in Zukunft sein! Niemand dachte mehr daran, dass sie vor einigen Monden aus der Fremde hier angekommen war. Die Menschen liebten sie, als wäre sie nie vom Danuvius zu ihnen gekommen.

Ponas Geheimnis

Der warme Südwind der späten Herbsttage wurde durch heftige Herbststürme abgelöst, die Regen und Schnee mit sich brachten. Damit nahm das neue keltische Jahr seinen Anfang. Kälte überzog das Land. Als der erste Schnee fiel, zogen die Männer zur Jagd nach Wildschweinen aus. In diesem Jahr waren sie besonders erfolgreich, denn Eichen und Buchen hatten eine Unmenge von Früchten abgeworfen. Die Tiere waren ansehnlich gemästet und hatten sich erheblich vermehrt. Jagte man sie jetzt nicht, verwüsteten sie im Frühjahr die Felder. Großen Anteil an dem Jagderfolg hatte Iduras, der das Wild wie kein anderer aufspürte und bald der Jagdführer des Seerosendorfes wurde. Das Fleisch der Schweine wurde in gewürzter Salzlake eingelegt und anschließend in den Dachfirsten unter den Herdfeuern geräuchert. Fleischreste und Fett wurden in die besagten Därme eingefüllt, die ebenfalls zum Räuchern über den Herdfeuern hingen. Die Kinder tobten nach Herzenslust im Schnee, der wie weißer Schafflaum das Land und die Wälder überdeckte. Sie bauten Schneeburgen, Figuren mit grässlich anzusehenden Fratzen, oder sie rutschten jubelnd talwärts auf Fassdauben, der vom Schreiner Delidix gefertigten Holzfässer.

Es war die Zeit, in der die Männer Holz für den Hausbau und die Handwerker fällten. Nach alter Sitte geschah dies bei abnehmendem Mond. Dieses Holz war besonders geschätzt: Es zeichnete sich durch besondere Härte und Haltbarkeit aus, und es war nicht leicht entflammbar.

Der Winter an der Isura war in diesem Jahr nicht kälter und nicht milder als in den Jahren zuvor. Wie zu dieser Jahreszeit gewohnt, erstarrte das Land in der frostigen Kälte. Einige besonders klirrende Frostnächte brachen im dritten Monat des keltischen Jahres herein. Ausgehungerte Wolfsrudel umstrichen das Dorf. In dieser Zeit war es besonders gefährlich, sich alleine aus dem Dorf zu wagen. Wie in jedem Jahr stellten die Jäger des Dorfes Fallen auf. Die gefangenen Wölfe wurden getötet und ihren Artgenossen zum Fraß vorgeworfen. Nur sorgsam ausgewählte Wolfsrüden wurden mit Hündinnen des Dorfes gekreuzt. Bei der hechelnden Vereinigung rief man die Gunst der Epona an. Das Ergebnis war meist ein besonders zäher und großer Hund, der die Arbeit der Viehhirten unterstützte und auch für die Jagd herangezogen werden konnte.

Es war auch die Zeit, in der viele der alten Menschen starben. Ihnen konnte Pona nur in den seltensten Fällen helfen. Ihre Zeit war von der Allmächtigen vorherbestimmt. Sie wurden im Gräberfeld an der Ampurnum zur letzten Ruhe gebettet. Dieses winterliche Sterben der Alten hatte Pona auch am Danuvius beobachtet. Sie suchte nach Erklärungen. Lag es an der fehlenden Sonne, dem Mangel an frischen Früchten, oder einfach an der Kälte der Winternächte? Sie fand keine einleuchtende Erklärung.

Pona setzte in diesem Winter ihre verbotenen Aufzeichnungen fort. Mit der ihr eigenen Genauigkeit fertigte sie Skizzen der wichtigsten Heilkräuter an, beschriftete sie sorgfältig und fügte Erläuterungen hinzu. Sie ordnete die Kräuter der Behandlung bestimmter Krankheiten zu und beschrieb die Zubereitung der Tinkturen und deren Anwendung. Indobellinus bewunderte ihre Arbeit. Sie erklärte ihm, dass spätere Generationen von Druiden und Heilern Kenntnis davon haben sollten, über welches Wissen sie verfügte. Wenn Quinus hier wäre, meinte sie, könnte auch er einiges dazu beitragen.

»Du bist dir dessen bewusst, Pona, dass wir als Druiden nichts von unserem Wissen aufschreiben oder Skizzen anfertigen dürfen!«, sagte Indobellinus eines Abends. »So haben wir Druidenes bisher gehalten. Alles wird nur in unserem Gedächtnis verwahrt und aus ihm weitergegeben.«

»Um unsere eigene Macht zu festigen und Irrtümer nicht nachvollziehbar zu machen«, antwortete Pona widerspenstig, »denn das Wissen haben nur wir, die Druiden. Die Menschen sollen unsere Kenntnisse ausschließlich aus unserem Mund erfahren, somit nur das von uns hören und lernen, was wir für angebracht halten. So werden sie unsere Fehler nicht bemerken. Warum dieses Gebot existiert, kann ich nur diesen Umständen zuschreiben. Auf jeden Fall wird sich dieses Verbot einst als großer Nachteil erweisen, denn sollte unser Stand aussterben, zerfällt auch das Gedächtnis unseres Volkes, das unsere Religion, unsere Heilkenntnisse, unsere Gesetze und vieles andere in sich wahrt. Aus diesem Grund haben wir – weder ich, noch mein Vater – dieses Verbot beachtet. Ich bin der Ansicht, dass das ungeschriebene Gesetz sich nur auf dasjenige Gedankengut bezieht, welches die Götter, den Glauben, die Rituale betrifft – was, wie und warum etwas geweissagt wird«, rechtfertigte sie sich, »also nur auf die Kulthandlungen und die überlieferten Verse und Texte, die wir aus unserem Gedächtnis in Glaubensfragen verwenden. Es wäre mir ohnehin zu mühsam, all das aufzuschreiben, was ich an Beschwörungen und Auslegungen, an Regeln für das Befragen der Götter gelernt habe – vor allem weil ich nicht dahinter stehe. Vielleicht wäre manche Sage, manches Orakel aufschreibenswert, auch die Lieder der Barden, doch das sollen andere tun!«

Indobellinus nickte zustimmend. Er selbst hatte es sich zur Aufgabe gemacht, die handwerklichen Fähigkeiten der keltischen Handwerker aufzuzeichnen. Als Erstes widmete er sich der Töpferei, fertigte Zeichnungen von Töpferscheiben und -öfen und von besonders beliebten Verzierungen.

Nachdenklich beobachtete er Pona, die ihre Schreibarbeiten mittlerweile zur Seite gelegt hatte und an einem Kleid stickte. Bewundernd registrierte er ihre Handfertigkeit und dachte, dass er auch die Stick- und Webmuster sowie die dabei verwendeten Farben aufzeichnen sollte.

Mit großem Geschick bestickte Pona den Saum eines besonders sorgfältig geschneiderten Kleides aus feinem Tuch, wie Indobellinus nach näherem Hinsehen erkannte. Unvermittelt hob sie den bestickten Stoff hoch und hielt ihn vor sein Gesicht.

»Wie gefällt dir das Kleid, welches ich bei unserer Vermählung tragen werde?«

Überrascht blickte er von seinem Schreibpult auf. Er war sprachlos und beschloss, seine Arbeit zu beenden, streute Sand über die letzten Notizen, blies ihn bedächtig vom Leder, rollte das Lederstück ein und lehnte sich zurück. Er fischte sich ein Stück getrockneten Obstes aus einer Schale und begann nachdenklich darauf zu kauen.

»Unsere Hochzeit«, meinte er versonnen, »daran habe ich überhaupt nicht mehr gedacht!«

»Nach dem Brauch meines Stammes, habe ich dich zu meinem Mann gewählt und dies dem Druidenrat mitgeteilt, auch wenn er nicht für mich zuständig ist – ich müsste es eigentlich den Druiden der Boier mitteilen. Nun warten die Druiden der Mittleren Vindeliker auf die Entscheidung ihres Fürsten und Hochweisen, wurde mir gesagt. Sie wollen wissen, wann und wo die Hochzeit stattfinden soll. Hast du das etwa vergessen und deine Antwort dem Druidenrat noch nicht übermittelt?« Sie sah ihn fragend an. »Vielleicht sollte ich mir für meine Hochzeit noch einen zweiten Druiden aussuchen, wie es bei euch üblich ist!«, scherzte sie. »Wenn er sich schneller als du entscheidet, warum sollte ich ihn nicht erhören? Nach den Gepflogenheiten deines Clans wäre es mir gestattet. Mancher Krieger wäre glücklich darüber, wenn ich ihn erwählen würde.«

»Kein schlechter Gedanke!«, erwiderte Indobellinus. »Ich wäre für die Liebe zuständig und der andere Mann müsste die Äcker bestellen.« Er lachte. »Nein, so wird es nicht geschehen«, fuhr er fort und schüttelte den Kopf.

»Die Vorstellung, dich mit einem anderen Mann teilen zu müssen, würde mich eher von einer Hochzeit abhalten.«

»Auch ich könnte mir das nicht vorstellen«, meinte sie nachdenklich. »Wahrscheinlich stammt diese Regel aus Zeiten, in denen kriegerische Auseinandersetzungen an der Tagesordnung waren. Beim Tod des einen Mannes musste der andere die Familie weiterernähren.«

Indobellinus atmete tief durch und sah Pona mit gespielter Entrüstung an.

»Wie könnte ich so etwas Wichtiges vergessen, Pona! Natürlich wurde der Druidenrat von mir informiert und weiß über das Wann und Wo Bescheid, und ich habe bereits eine Menge vorbereitet. So schön einerseits eine Hochzeit für ein Brautpaar sein kann, so zieht sie andererseits eine Unmenge von Verpflichtungen nach sich – entsprechend meiner Stellung als Fürst und Druide. Hör zu, Pona! Auf dieser Rolle habe ich eine ansehnliche Liste von Gästen vermerkt, die wir einladen und bewirten müssen. Sie liest sich wie der Stammbaum der gesamten Mittleren Vindeliker. Dabei durfte mir kein Fehler unterlaufen, sonst könnte verletzter Stolz Feindseligkeiten nach sich ziehen.«

Er rollte das Leder auf und begann seine in griechischer Schrift verfassten Namenslisten vorzulesen: »Da sind natürlich die Fürsten der Umgebung dabei, zum Beispiel aus Uangarum, Uartagenum, Risinia, Erltonum, Artusum, Irtino und Ladosum. Selbstverständlich eine Abordnung aus Runidurum, die Druiden aller Dörfer vom Ober- und Unterlauf der Isura und Ampurnum sowie die Verwandten aus den Dörfern der Umgebung, zum Beispiel aus Burucum.«

Er zählte eine Vielzahl von Namen auf, die selbst er kaum kannte.

»Natürlich werden alle Menschen aus unserem Dorf daran teilhaben, wobei die auswärtigen Fürsten, Hochweisen und Druiden in unseren Hof geladen werden. Das Volk wird auf dem Festplatz bewirtet.« Pona unterbrach ihn.

»Wer wird das alles bezahlen? Es sind doch erhebliche Ausgaben.«

»Die Hochzeit des Hochweisen und Fürsten wird aus dem Tempelschatz bezahlt. Ich bekleide diese Ämter und habe somit eine für alle Menschen meines Volkes wichtige Funktion inne. Nach altem Brauch sind alle an den Kosten der Hochzeit zu beteiligen. Ich kann somit die gemeinsamen Tempelvorräte in Anspruch nehmen. Bei gewöhnlichen Hochzeiten werden Vorräte aus dem Tempel nur in geringem Maße beigesteuert. Ich selbst schätze diese Gepflogenheit nicht, und ich werde deshalb einen Teil aus meinen eigenen Vorräten bestreiten. Es trifft keinen Armen. Wie du weißt, sind die Einkünfte der Druiden von Abgaben an den Tempel befreit«, lachte er.

»Dieses Fest«, fuhr er fort, »die Hochzeit des Hochweisen und Fürsten, ist vor allem für die einfachen Menschen gedacht. Für sie ist es einer der Höhepunkte in ihrem Leben. Sie wollen daran teilhaben, sich mit uns freuen, die Macht ihres Druiden und Fürsten vor Augen geführt bekommen. Unsere Verbindung erfordert auch die Zustimmung der vielen Götter, die uns beiden nichts bedeuten. So werden einige dieser sinnlosen Opfer das Fest begleiten. Die Zeichen, welche die Götter bei diesen Opferhandlungen den Druiden angeblich einflüstern, sollen dem Volk vor Augen führen, dass auch ihr oberster Druide und Fürst das mit den Göttern geführte Zwiegespräch achtet, welches das weitere Leben ihres Volkes bestimmen wird. Das Fest ist ein religiöser Höhepunkt; es bietet den Menschen die Möglichkeit – mit Einwilligung der Götter – die Möglichkeit, die schnöde Wirklichkeit zu verdrängen. Eine Hochzeit muss daher auch ausschweifende weltliche Zerstreuungen bieten, also Hunger und Durst stillen und mit Geselligkeit verbunden sein. Was den leiblichen Genuss und religiöse Bedürfnisse anbelangt, haben Feste bei uns Kelten immer etwas Ausschließliches. Unsere Selbstüberschätzung schäumt dann wie das Bier in den Krügen hoch, um wieder rasch in sich zusammenzusinken, wenn es nichts mehr zu feiern gibt. Dann sind wir Druiden wieder gefragt.« Er hob seine Hände.

»Mit den Zeichen der Götter zufriedene Kelten, mit der Erfüllung ihrer Lebenslust belohnte Kelten: das sind überschäumend fröhliche Kelten. Sie werden die Wirklichkeit verdrängen und nur dem Augenblick leben, wie kaum ein anderes Volk. Wer ihnen das bietet zeigt ihnen, wem sie sich anvertrauen können – Götter hin oder her!«

Pona legte ihre Stickarbeit zur Seite und blickte versonnen auf Indobellinus, der mit seinen Erklärungen fortfuhr: »Je festlicher die Hochzeit, je mehr und je besser gegessen und getrunken wird, je mehr die bei uns üblichen Bräuche eingehalten werden, desto größer ist die künftige Macht des Paares, das sich vermählt hat – so denken sie. Sie wollen auf ihren Fürsten und dessen Frau stolz sein. Das wertet ihr Selbstverständnis auf und stärkt die Verbundenheit mit uns. Auch du, meine geliebte Pona, zukünftige Fürstin der Mittleren Vindeliker und Fürstin der Boier, wirst dich bei unserer Hochzeit auf verschiedene Gepflogenheiten einstellen müssen. So ist es dir nicht erlaubt, das Haus deines Auserwählten vor der Hochzeit zu bewohnen, weil nicht sein darf, was dennoch geschieht. Deswegen die Heimlichkeiten bezüglich deiner Besuche bei mir – auch eine Verdrängung der Wirklichkeit!« Indobellinus sah Pona belustigt an und schmunzelte.

»Von ihrem Fürsten erwarten die Menschen die Einhaltung der vorgeschriebenen Regeln, wie Tieropfer und Weissagungen aus deren Blut und Innereien – und vieles andere mehr. So bestimmen die Götter das Denken unseres Volkes, das stets eine Rechtfertigung für sein Handeln braucht, das von uns Druiden bestärkt wird. Diese Schwäche haben wir Druiden erkannt, haben sie weiterentwickelt, verfeinert und so unsere Macht über die Seelen der Menschen gefestigt. Wir beide aber entschieden uns ohne Befragung der Götter füreinander, und wir besiegelten diesen Bund unter den Sternen, vor den Augen der Allmächtigen – das ist unsere Ordnung, nicht die der Götter und unseres Volkes.«

Er fasste Ponas Hände und spielte mit ihren Fingern, dabei betrachtete er den Ring mit der keltischen Spirale.

»Die gesamte Hochzeit läuft, wie dir bekannt sein dürfte, in einer fest vorgeschriebenen Zeremonie ab und erfordert viel Geduld«, erklärte er ihr.

»Casina tritt an die Stelle meiner verstorbenen Eltern. Sie wird mich zur Segnung in den Tempel führen, und dich wird Quinus begleiten. Dein Gesicht wird von einem Tuch tief verhüllt sein. Im Tempel werden die üblichen Tieropfer dargebracht. Unmittelbar danach werden wir die Lemniskate abschreiten, wie wir es bereits an der Isura getan haben. Anschließend suchen wir gemeinsam unser Haus auf. Dessen Pforte werde ich selbst mit Fett einstreichen und den Boden davor und dahinter mit Weizenkörnern bestreuen. Dann trage ich dich über die Schwelle, dabei darf nichts von dir und mir diese berühren, nicht einmal ein herabhängendes Tuch. Anschließend erhalten Casina und Quinus ein von dir gebackenes Brot sowie Früchte unserer Felder und Gärten. Sie essen davon, danach wird in unserem Haus das übrige Brot gemeinsam mit allen Druiden und Verwandten verzehrt. Erst danach darf ich das Tuch lüften, das dein Gesicht verbirgt.«

Indobellinus nahm einige Nüsse aus einem Korb und einen Nussknacker, begann die Nüsse zu zerkleinern und die Kerne zu verzehren. »Diese Nüsse sind ebenfalls von großer symbolischer Bedeutung.«

»Bist du fertig«, seufzte Pona.

»Noch nicht ganz, Pona! Ich werde dir einen Sack dieser Nüsse reichen und du wirst sie ins Volk werfen. Zum Abschluss überreichst du mir einen Apfel – Sinnbild deiner Weiblichkeit und Fruchtbarkeit sowie unserer Verbindung bis hin zum Tod.«

»Auch bei uns am Danuvius pflegte man diesen Brauch mit den Nüssen und der symbolischen Übergabe des Apfels«, bestätigte Pona.

»Es zeigt, dass unsere Völker die gleichen Wurzeln besitzen.«

Er nickte, legte den bronzenen Nussknacker zur Seite und die Nuss, welche er gerade knacken wollte.

»Diese Bräuche sind schön und ich freue mich darauf. Doch um etwas bäte ich dich, Indobellinus, das mir sehr am Herzen liegt«, sagte Pona zögernd.

»Es ist eine uralte Hochzeitszeremonie, die bei meinem Stamm üblich ist. Es wäre schön, wenn dieser Brauch meines Volkes den Lebensbund mit dir segnen würde.«

»Wie könnte ich dir etwas ausschlagen, Pona!«, erwiderte Indobellinus. »Du machst mich neugierig! Sag' schon, was ist es?« Pona sah ihn dankbar an.

»Bei Hochzeiten der Boier ist es üblich, dass Erde und Wasser aus dem jeweiligen Dorf des Paares feierlich in Schalen vermischt werden. Es ist das äußere Zeichen der Verbindung zweier Menschen. Alle Clans unseres Volkes haben auf dem Weg in die unbekannte Zukunft Erde und Wasser aus ihren

Dörfern mitgenommen. Auch ich besitze Wasser aus dem Brunnen meines Hofes und Erde von meinen Äckern und Wiesen.«

Indobellinus sah sie überrascht an.

»Ein schöner Brauch, er wird uns Vindelikern gefallen. Er symbolisiert, dass für neue Wurzeln alles bereitet ist: die Erde meiner und deiner Äcker, das Wasser unserer Brunnen.«

»Diese Symbolik ist mir sehr wichtig, Indobellinus. Quinus, der sich bereits auf dem Weg vom Rhenos hierher befindet, bringt die Erde und das Wasser aus meiner Heimat. Beides hat einen langen Weg hinter sich: zuerst vom Danuvius an die Isura, dann weiter an den Rhenos und jetzt wieder zurück hierher. Gut, dass wir Iduras rechtzeitig mit der Einladung losgeschickt haben!«

»Ja«, antwortete Indobellinus in Gedanken, »Quinus und die Männer deines Stammes werden eine Bereicherung des Festes sein. Ich freue mich auf sie alle und die Symbole, welche sie mitbringen, die Teil deiner alten Heimat sind. All das wird den Menschen aus dem Seerosendorf vermitteln, dass du deine Heimaterde genauso hoch achtest wie die ihrige. Das werden die Menschen hier zu schätzen wissen.«

Sie blickte ihn dankbar an, schob seine Knie auseinander und nahm auf dem Boden Platz. Versonnen legte sie ihren Kopf in seinen Schoß und sah zu ihm hoch.

»Was wolltest du mir heute Nachmittag sagen, als Casina erschien?«, fragte Indobellinus. »Da war doch etwas!« Er sah forschend in ihre Augen.

Pona zögerte. Das, was sie sagen wollte, schien ihr schwer über die Lippen zu kommen. Schließlich gab sie sich einen Ruck.

»Die Wurzeln haben bereits in meiner Erde zu wachsen begonnen – seit unserem Besuch der Abusna«, sprudelte sie heraus.

»Hier in mir!«, sagte sie geheimnisvoll und strich über ihren Bauch.

»Ich bin mir seit einigen Tagen ziemlich sicher.«

»Willst du damit sagen, dass ...« Indobellinus verschlug es die Sprache.

»Ja, ich will damit sagen ...«, sie zögerte und atmete tief durch, »... dass ich ein Kind erwarte, und mein Gefühl sagt mir, dass es ein Mädchen sein wird. Als wir uns in der Hütte an der Abusna liebten, wünschte ich mir sehnlich ein Kind zu empfangen. Dieser Wunsch wurde von der Allmächtigen erhört.«

Er sah sie fassungslos an und murmelte vor sich hin: »Ein Kind von uns beiden, von Pona und Indobellinus!«

»Ja, ein Kind von uns beiden, Indobellinus! Die Erde und das Wasser haben sich vermischt. Das Mädchen entschloss sich, in mir zu bleiben, denn sicher hat es in seinem Leben noch viel vor und möchte keine Zeit verlieren«, scherzte sie.

»Ich liebe dich und diese Mischung aus der Erde und dem Wasser in dir, das von uns beiden kommt!«, sagte er andächtig. Er nahm ihren Kopf in beide Hände und streichelte über ihre Wangen, fuhr zärtlich mit seinen Fingern ihre Nase, ihre Augenbrauen und ihre Lippen nach.

»Das Mädchen wird eine Schönheit werden, das sehe und fühle ich an deinem Gesicht, Pona!«

Vorsichtig klopfte er auf ihre Stirn und ergänzte: »Und dazu klug wie seine Mutter.«

»Sie wird mindestens genau so viel von den Begabungen ihres Vaters mitbekommen, ich hoffe auch von seinen Schwächen. Wäre sie vollkommen, hätten Götter sie gezeugt, und das müsste ich wissen.«

Sie sahen sich in die Augen und lasen darin, was sie von ihrem Kind und der Zukunft erwarten konnten. Indobellinus stand auf und zündete ein Talglicht an, das er ans Fenster stellte.

»Ein Licht am Fenster ist bei uns der Brauch, die bevorstehende Geburt eines Kindes anzuzeigen. Doch bis dahin haben wir noch viel Zeit.« Er betrachtete gedankenverloren das flackernde Talglicht und stellte es auf den Tisch zurück.

»Das Lebenslicht ist angezündet«, sagte er andächtig, »es wird von uns abhängen, mit welcher Helligkeit es brennen wird.«

Indobellinus' Geheimnis

Einige Wochen vor der Hochzeit von Pona und Indobellinus, bewegte sich ein von Pferden gezogener Lastkarren von Süden her auf das Dorf zu. Vier bewaffnete Reiter, mit hochbepackten Maultieren, begleiteten das Fuhrwerk. Die Aufschriften auf dem Wagen, die römische Kleidung der Fuhrleute und Reiter, die fremde Sprache, in der sie sich unterhielten, hätten zu anderen Zeiten Aufsehen erregt, nicht aber in den Tagen der bevorstehenden Hochzeit des Fürsten vom Seerosendorf. Bereits seit Wochen hatte der Verkehr auf der Nord-Süd- und Ost-West-Straße zugenommen. So nahm kaum jemand sonderlich Notiz davon, als der Wagen hinter einer Baumgruppe nahe des Reitersattels anhielt und einer der Reiter über die Brücke zum Dorftor galoppierte.

»Meldet mich bei eurem ehrwürdigen Fürsten an!«, sagte der Mann in schlechtem Keltisch zu einem der Torwächter, »und teilt ihm mit, des Händlers Axos rechte Hand in Gallien, Paulus, sei mit der längst erwarteten Warenlieferung angekommen! Euer ehrwürdiger Fürst weiß Bescheid!«

Der römisch gekleidete Mann wartete geduldig, bis Fürst Indobellinus erschien. Er verbeugte sich höflich. »Hochweiser Indobellinus, Axos, der Händler schickt mich, um sein Versprechen einzulösen, euch die gewünschten Setzlinge zu liefern. Eigentlich wollten wir einen halben Mond früher eintreffen, aber die Wege über das Kalkgebirge waren nicht passierbar. Eile ist daher geboten, sie in die Erde zu bringen, denn einige treiben bereits aus. Gebt uns, wie besprochen, den Schmied als Hilfe mit! Er kann uns wie das letzte Mal beim Setzen behilflich sein.«

Indobellinus war sichtlich erfreut über diese Nachricht. Er wies einen Diener an, den Schmied Cavarinus zu holen.

»Wo steht ihr mit eurem Wagen?«, fragte er den Griechen.

»Auf den Wiesen vor der Brücke, hinter einer Baumgruppe.«

»Gut, dann werdet ihr zusammen mit Cavarinus die Setzlinge umladen! Sie werden dort gepflanzt, wo die anderen bereits wachsen!«

Nachdenklich sah Indobellinus den Mann an. Er wies einen Diener an, Cavarinus herbeizurufen.

»Ihr versteht einiges von dieser Pflanze, berichtete mir Axos. Aus diesem Grund überprüft, ob wir den Schnitt richtig vorgenommen haben, denn wir hoffen auf die erste Ernte in diesem Jahr!«

»Keine Sorge, Hochweiser, euer Schmied ist ein gewissenhafter Mann. Er hat sich sogar Skizzen angefertigt, damit ihm kein Fehler unterläuft.«

Noch während der Grieche sprach erschien Cavarinus. Er wurde von einem seiner Knechte begleitet, der verschiedene Grabwerkzeuge mit sich trug. Der Grieche begrüßte Cavarinus sichtlich erleichtert.

»Wie viele Setzlinge habt ihr diesmal dabei?«, fragte Cavarinus.

»Etwa so viele, wie die Finger von zehn Händen, doppelt gezählt, es beziffern können«, sagte der Mann und deutete mit seinen Händen die Anzahl an.

»Dann verdoppelt sich die Zahl unser Pflanzen!«, freute sich Indobellinus.

»Und kein Wort zu Pona!«, wandte er sich an Cavarinus.

»Es ist mein ausdrücklicher Wunsch! Ich würde sogar sagen, ein Befehl!«

Cavarinus lachte. »Keine Sorge, Indobellinus. Von mir wird Pona nichts erfahren. Das Gleiche habe ich meinem Knecht eingebläut.«

Der Schmied ritt danach, zusammen mit seinem Knecht und dem Griechen, zu dessen Wagen, und sie luden die Verschläge mit den Setzlingen auf vier Lastochsen um. Anschließend machten sie sich auf den Weg in die Hügel im Westen der Ampurnum. Nachdem sie den Fluss durch eine Furt überquert hatten stießen sie, auf halber Höhe zu den Hügeln im Westen, auf die Salzstraße, deren Verlauf sie mehr als eine Meile flussabwärts folgten. In Höhe des Zusammenflusses von Ampurnum und Isura verließen sie die vielbefahrene Straße. Über einen schmalen Karrenweg, der durch den Hangwald führte, erreichten sie nach einer halben Meile eine ausgedehnte Lichtung, die sich an einem sonnigen Hang hinaufzog. Auf ihm, von oben bis unten, waren zehn Fuß breite Terrassen angelegt worden, die zur Hälfte bereits bepflanzt waren. In exakten Reihen, durch Holzgestelle abgestützt, wuchsen mannshohe Sträucher, die noch nicht ausgetrieben hatten. Die Erde um sie hatte man aufgelockert und jegliches Unkraut beseitigt. Auf den unteren Terrassen waren in gleichen Abständen Löcher ausgehoben worden, die die neuen Setzlinge aufnehmen sollten.

»Ihr seht, Grieche, die Setzlöcher sind vor mehr als einem Mond vorbereitet worden, denn eigentlich hatten wir euch früher erwartet.

»Noch ist es nicht zu spät!«, meinte der Grieche, »Es wird darauf ankommen, dass ihr sie anfangs gut wässert!«

Sie stiegen eine steilen Pfad mit Treppen hoch. Der Grieche betrachtete anerkennend die Reihen der kleinen Sträucher auf den Terrassen.

»Alle Achtung, sie sind gut gediehen! Der Schnitt ist richtig, so wie ich es euch beschrieben habe. Auch die Lage ist bestens geeignet und durch den Wald vor den kalten Nordwinden gut geschützt. Ich sehe nirgendwo einen erfrorenen Strauch.« Er prüfte den Stand der Sonne.

»Exakt nach deinen Vorgaben, Grieche«, bestätigte Cavarinus und fügte hinzu: »Wenn die Römer wüssten, dass wir ihr Pflanzverbot durchbrochen und einen Weinberg angelegt haben, würden sie unser Dorf niederbrennen. Aber Rom ist weit und kann uns nichts anhaben!«

»Macht euch deshalb keine Gedanken, Cavarinus. In den gallischen Provinzen jenseits des Rhenos wächst bereits köstlicher Wein heran, und gerade die römischen Legionäre sind die besten Kunden der gallischen Weinbauern. Man erzählt sich, dass der gallische Wein köstlicher sei als die römischen Lieferungen. Verbote sind eben dazu da, dass man sie übertritt – auch im römischen Reich. Es ist nur die Frage, wie man es anstellt. Außerdem wurde das Verbot der Römer vor allem aus Profitgier erlassen, um den eigenen Ernten südlich der Blauen Berge – oder Alpen, wie die Römer sagen – die Märkte im Norden und Westen zu erhalten. Auf diese Weise dachten sie die einzigen Lieferanten zu bleiben. Die Händler verdünnten den Wein und trieben den Preis willkürlich nach oben. Da der Durst römischer Legionäre und keltischer Krieger in Gallien beträchtlich ist, werden noch immer gewaltige Mengen an Wein von Süden herangekarrt. Das ist vor allem für uns Händler ein einträgliches Geschäft. Und da gallischer Wein von weit besserer Qualität ist als römischer Rebensaft, blühen die Geschäfte der gallischen Weinbauern. Auch wir ziehen daraus Profit.« Entgeistert sah ihn Cavarinus an. Der Mann fuhr ungerührt fort:

»Bald werdet auch ihr das Gepantsche der Bauern südlich der Blauen Berge nicht mehr trinken müssen. Ihr werdet im eigenen Wein die Würze eurer Erde, die vindelikische Sonne und die Herbheit des Herbstes schmecken können!«

Der Händler lachte und sah zufrieden auf die Weinstöcke.

»Und wir Kaufleute können unsere Geschäfte sogar mit Setzlingen dieser Wunderpflanze betreiben.«

Unter fachmännischer Anleitung des Griechen begannen Cavarinus und der Knecht, die Setzlinge zu pflanzen. Nachdem sie mit ihrer Arbeit fertig waren meinte Cavarinus:

»Die Pflege und den Zuschnitt der einjährigen Weinstöcke haben wir einigermaßen hingebracht. Wenn in diesem Jahr die ersten Trauben geerntet werden, sind wir allerdings hoffnungslos überfordert. Spätestens dann ist es an der Zeit, dass Quinus eintrifft und die Herstellung des Weins in seine Hände nimmt. Ihm ist von unserem Weinberg bereits berichtet worden, denn Indobellinus hat Iduras ein Schreiben an Quinus mitgegeben. Darin steht meines Wissens, dass er nicht nur als Zeremonienmeister für die Hochzeit sondern auch als Kellermeister sehnlich erwartet wird. Dieser schwarze Heiler ist sehr erfahren, was die Herstellung von Wein betrifft. Wir anderen haben davon nicht die geringste Ahnung. Für Pona jedenfalls wird es eine Überraschung sein, wenn ihr im Laufe des nächsten Winters der erste Wein kredenzt wird. So will es unser Fürst und er freut sich schon jetzt auf seine Überraschung. Es soll ein Geschenk an seine Fürstin zur Geburt ihres ersten Kindes sein. Wenn der Wein einigermaßen vergoren ist, müsste es bereits zur Welt gekommen sein.«

Cavarinus wies auf eine Hütte, die in den Hang hineingebaut worden war.

»Dort soll der Traubensaft gären. Eine Traubenpresse habe ich mir bereits ausgedacht und angefertigt. Sie funktioniert ähnlich wie eine Beerenpresse, ist aber viel größer.«

Er lachte und zeigte dem erstaunten Griechen die Presse.

»In dem weiter hinten liegenden Bereich der Erdhöhle werden wir den Wein aufbewahren, bis er vergoren ist. Er könnte danach ins Dorf befördert und in meinem Keller aufbewahrt werden.«

»Nein, Cavarinus!« Der Grieche schüttelte seinen Kopf.

»Der Wein muss in diesem Keller verbleiben, denn wenn die Reife zu früh gestört wird, könnte es dem gewünschten Geschmack abträglich sein. Ich sehe, dass die Höhle hinter der Hütte ausreichend tief in den Hang hineinführt wurde, dort wird er auch eure strengen Winter überstehen. Holt nur euren Bedarf heraus, das andere muss weiterreifen!«

»Es macht mich stolz, Grieche, dass du unsere Vorsorge für ausreichend erachtest.« Cavarinus massierte seine Brust.

»Da der Wein auch den strengsten Winter gut überstehen muss – das war unsere größte Sorge – wird er in dem Keller auch während der heißen Sommertage kühl bleiben«, meinte Cavarinus.

Er führte den Händler durch den tief in den Hang getriebenen Keller, welcher sorgfältig abgestützt und verbrettert worden war.

»Außerdem denke ich, dass wir den Wein sich selbst überlassen können und nicht bewachen müssen. Welcher Wolf oder Bär trinkt schon Wein! Die Tiere in unserem Land kennen ihn ja nicht einmal!« Er lachte, während sie den Keller verließen.

»Und nun lasst uns mit diesem Tropfen auf den künftigen Wein von der Isura trinken!« Der Grieche schnallte einen Lederschlauch von seinem Pferd und entnahm seiner Satteltasche einige Trinkhörner.

»Er stammt von den Müttern eurer Setzlinge. Man könnte unseren Umtrunk in eurem Weinberg einen historischen Moment nennen, denn mir ist nicht bekannt, dass sich irgendwo östlich des Rhenos ein weiterer Weinberg befindet.«

Sie stießen ihre Trinkhörner aneinander. Cavarinus hatte Käse und Brot mitgebracht, wovon sie nach jedem Schluck etwas zu sich nahmen.

Die Sonne schien warm, und so lagerten sie vor der Hütte. Cavarinus sagte zu dem Griechen: »Seht, wie schön der Blick von hier auf das Isuratal ist. Der Hang mit unserem Wein ist steil und öffnet sich nach Süden. So kann die Sonne, vor allem im Frühherbst, den Pflanzen ihre reifende Wärme spenden, die wir im Winter auf unseren Zungen spüren werden.«

Der Schmied lachte, und er freute sich schon jetzt auf den Genuss, welchen ihnen ihr eigener Wein bereiten würde. Nachdem sie ihre symbolische Weinprobe beendet hatten, räumte Cavarinus das Werkzeug zusammen. Der Grieche erklärte noch einmal, wie Cavarinus mit den frischen Setzlingen verfahren sollte und welche Pflege sie brauchten. Dann machten sie sich auf den Weg zurück ins Dorf.

Hochzeit

Die letzten Frühjahrsstürme bliesen über das Land an der Isura und vertrieben den Winter aus seinen letzten Schlupfwinkeln. Das Land an der Isura begann zu grünen und zu blühen. Das Vieh wurde geschmückt auf die Weiden getrieben, vorbei an brennenden Holzstapeln, damit es von Krankheiten verschont bliebe. Beim feierlichen Zug der Bauern um Felder und Wiesen wurde an mehrerer Opferstationen haltgemacht. Stelen verschiedener Gottheiten tragend, wanderten die Bewohner des Dorfes entlang eines fest vorgeschriebenen Umganges und erbaten eine gute Ernte und den Segen für ihre Tiere. Nur Indobellinus und Pona wussten, dass es einer der letzten dieser Umgänge um die Felder sein würde – vielleicht der allerletzte. In der Mitte des Dorfes wurde ein festlich geschmückter Baum aufgestellt, der die Götter für die kommende Zeit gnädig stimmen sollte.

Indobellinus verzeichnete die Bräuche und Rituale auf Lederrollen. Er ordnete sie akribisch nach deren Anlass und nach Jahreszeiten. Diese Bräuche sollten nicht nur dem Gedächtnis der Menschen, die weder lesen noch schreiben konnten, anvertraut werden. Zu schnell waren sie bereit zu vergessen, wenn sich etwas vermeintlich Besseres auftat. Oder sie würden mit ihren Kenntnissen sterben, bevor sie diese weitergegeben hatten.

Die Hochzeit von Pona und Indobellinus sollte in der Mitte des keltischen Jahres stattfinden, dem Beginn des Monats Mai. Die Hochzeitslader waren bereits seit Wochen unterwegs. Auch zu den Runicaten am Danuvius und zu den Licatern und Raetern hatte man Boten geschickt.

Iduras war bereits nach der Schneeschmelze mit einigen Kriegern zu den Boiern am Rhenos geritten, um die Einladung zu überbringen. Er hatte versprochen, mit Quinus und dessen Begleitung sofort zurückzukehren – doch eine Woche vor dem Festtag war er immer noch nicht zurückgekommen. Glenova, seine Frau, wurde zunehmend besorgt und besuchte Pona häufiger als sonst. Auch deren Sorge wuchs, denn die Reise zum Rhenos war sehr beschwerlich und alles andere als sicher.

Je näher der Tag heranrückte, desto mehr fürchtete Pona, dass Iduras und Quinus, mit ihm die Erde und das Wasser aus der verlorenen Heimat, nicht rechtzeitig eintreffen würden. Ohne diese Symbole und ihn, ihren treuen Weggenossen, würde Pona etwas Wichtiges bei diesem Fest fehlen.

Auch die Flößer aus den Blauen Bergen waren bereits mit einer großen Abordnung im Dorf angekommen. Sie hatten diesmal keine Flöße benutzt, denn durch langanhaltende Regenfälle und gleichzeitige Schneeschmelze in den Blauen Bergen war die Isura beträchtlich angeschwollen. Braune und schlammige Wassermassen wälzten sich über die Auen, führte entwurzelte Bäume und Sträucher sowie Tierleichen mit sich. An manchen Tagen glich das Seerosendorf einer von Fluten umgebenen Insel, und zeitweise konnte es nicht einmal über den Reitersattel erreicht werden. Die auf der reißenden Strömung schäumenden Wellen erschienen Pona manchmal wie die Zähne eines wilden Tieres, das bereit war alles mitzureißen, was sich in den Weg stellte. Ihr Name, die Reißende, machte der Isura in diesen Tagen alle Ehre. Das Hochwasser würde in den nächsten Tagen sinken, und dann würden auch die Knospen der Seerosen das Wasser durchstoßen und kurz darauf zu blühen beginnen. Jetzt hatten sich erst vereinzelte Blätter durch die Wasseroberfläche geschoben und sich entrollt. Auf das Erscheinen dieses wichtigsten Symbols des Seerosendorfes, hoch auf dem Sporn zwischen den beiden Flüssen gelegen, verließ man sich bedingungslos. Würde man es in Frage stellen, müsste man auch die weitere Existenz des Ortes in Zweifel ziehen.

Zwei Tage vor dem Hochzeitstag waren Quinus, Iduras und die Abordnung der Boier immer noch nicht eingetroffen. Trotz ihrer Ängste blieb Pona zuversichtlich, dass die Männer es noch rechtzeitig schaffen würden. Sie tröstete sich damit, dass der Heiler sie noch nie in Stich gelassen hatte, und so würde es auch diesmal sein.

Am Vorabend der Hochzeit zog sie sich in ihre Hütte zurück. Ihre innere Unrast wuchs, zunehmend bedrängten sie Zweifel und ließen sie nicht mehr zur Ruhe kommen. Indobellinus hatte zuvor noch versucht sie zu beruhigen, dabei behielt er seine eigenen Befürchtungen für sich; sie hätten Pona zu noch größere Sorge veranlasst. Er sah ihr an, dass sie an diesem Abend alleine sein wollte. Vielleicht wollte sie in sich gehen, um mit dem Heiler Kontakt aufzunehmen. Doch würde ihr das gelingen? Besorgt zog er sich in sein Schreibzimmer zurück.

Nachdem Indobellinus Pona verlassen hatte, versuchte sie sich mit Näharbeiten zu beruhigen. Der Faden aber riss ihr mehrfach, und sie stach sich sogar in den Finger. Entmutigt warf sie das Nähzeug in ein Körbchen und lief wie ein gefangener Wolf hin und her. Schließlich hielt sie es in ihrer Hütte nicht mehr aus und stieg auf den Wall. Sie lehnte sich an die Palisaden und starrte verzweifelt auf den Weg in den Ampurnumauen, der sich im Westen in die Hügel schlängelte und sich im Horizont verlor. Auf ihm müssten Quinus und die Krieger der Boier heranreiten. Jede Bewegung am Horizont ließ eine winzige Hoffnung in ihr aufkeimen, dass die Erwarteten sich näherten. Zu ihrer Enttäuschung waren es meist nur Tiere, die sich in der Ferne bewegten, ein Windhauch, der durch die Bäume und Schilffelder in den Auen strich, oder Wunschbilder, die sie in den vielfachen Schatten sah. Bedrückt verfolgte Pona die untergehende Sonne, und mit dem schwindenden Licht schien sie alle Hoffnung zu verlassen, dass Quinus doch noch rechtzeitig eintreffen könnte. Sie beobachtete einige Möwen, die sich hoch über den See schwangen. Sie beneidete die Leichtigkeit, mit der sie ihre Wege zurücklegten. Wie einfach wäre es, Quinus und Iduras entgegenzufliegen, könnte sie es den Vögeln gleichtun! Sie würde über den beiden schweben und bliebe nicht mehr im Ungewissen.

Enttäuscht zog sie sich in die Hütte zurück und bereitete ihre Kleidung und all das vor, was eine Druidin und angehende Fürstin an ihrem Hochzeitstag zu tragen hatte. Als äußeres Merkmal ihres Standes würde sie die Insignien einer Druidin des Seerosendorfes mit sich führen, die Mondsichel und das Amulett der Bernsteinseerose. Der uralte goldene Torques ihres Vaters hätte ihren Reichtum zwar angezeigt, doch sie beschloss, ihn nicht zu tragen. Er war für den Hals einer Frau nicht nur viel zu schwer und zu unförmig, sondern auch aus der Mode gekommen. Auf den Schmuck ihrer Mutter wollte sie allerdings nicht verzichten, sie freute sich sogar darauf, ihn endlich wieder anlegen zu können: Armreifen aus buntem Glas, eine Scheibenkette aus Gold, fein gearbeitete silberne Fibeln mit Darstellungen der Götter ihrer Heimat, dazu einen emaillierten bronzenen Kettengürtel sowie die kostbaren, mit Steinen besetzten Ringe. Pona lächelte über all diese Äußerlichkeiten, und für einen Moment vergaß sie sogar ihre Sorge um Quinus und Iduras.

»Die Hochzeitsgäste erwarten an der Seite des Fürsten eine begüterte Frau – nicht eine aus der Tiefebene am Danuvius geflüchtete Besitzlose«, sinnierte Pona. »Und genau das werden sie sehen!«

Für eine Weile gelang es ihr, über diesen Vorbereitungen Quinus zu vergessen, doch als sie damit fertig war, kehrten ihre Gedanken zu ihm zurück. Widerwillig begann sie sich für die Nacht vorzubereiten. Als sie sich gerade entkleiden wollte, hob sie ihren Kopf hoch und lauschte. In der summenden Stille der Frühjahrsnacht hatte sie einen seltsam klagenden Laut vernommen. Irrte sie sich ein weiteres Mal? War es nur der Schrei einer Eule oder eines Kauzes? Ihre Beklemmung paarte sich mit neuer Hoffnung. Konnte es sein, dass sich die lange Erwarteten ankündigten? Und nun kam es deutlicher: ein Hornton erklang, und noch einer aus der Nähe. Aufgeregt eilte sie vor das Haus und bestieg den Wall.

»Es ist das Hornsignal der Boier!«, erregte sich Pona laut. Mit Riesenschritten eilte sie der Wallkrone entlang und erwartete ein weiteres Hornsignal. Angst beschlich sie, dass sie sich wieder getäuscht und ihre Wünsche ihr einen Streich gespielt haben könnten.

»Diesen langgezogenen klagenden Ton konnte nur einer seinem Horn entlocken: Quinus und sonst keiner, den sie kannte«, dachte Pona aufgewühlt. Endlich erscholl ein weiteres Signal, und nun wurde es ihr zur Gewissheit, dass Quinus und die Boier angekommen waren.

»Endlich!«, dachte sie. Laut rufend eilte sie in den Innenhof von Indobellinus' Hof zurück, pochte an dessen Türe, wartete nicht, bis er erschien, sondern eilte zu Casina und Cavarinus. Sie klopfte an alle Haustüren auf dem Weg zum Tor und rief: »Sie kommen, wacht alle auf, die Boier, Iduras und Quinus sind da!«

In den Häusern rührten sich die Bewohner, Cavarinus erschien mit verschlafenem Gesicht und meinte: »Den Göttern sei Dank, du wärst morgen sehr einsam gewesen, ist es nicht so, Pona?«

»Was für eine Frage, Cavarinus, dieses wäre, hätte, könnte ...!«, ließ sich Casinas Stimme vernehmen.

»Lass' lieber die Tore öffnen, Cavarinus! Rasch!«

Pona kehrte vom Tor zurück und lief Indobellinus direkt in die Arme. Er legte einen Arm um ihre Schulter und ging mit ihr zum Tor. Selten hatte er sie so aufgeregt gesehen. In diesem Moment erklang das Hornsignal wieder.

»Sie müssen sich bereits auf dem Reitersattel befinden!«, jubelte Pona und zog Indobellinus ungeduldig mit sich. Gemeinsam liefen sie zum Tor. Die Wächter öffneten die Torflügel. Deren Angeln ächzten, als wären auch sie aus dem Schlaf geweckt worden. Das ganze Dorf war inzwischen auf den Beinen, alle eilten zum Südtor und starrten auf den mondbeschienenen Reitersattel.

Aus dem Dunst der Nacht lösten sich Reiter, einer um den anderen. Es schien eine riesige Schar zu sein, die auf das Tor zuritt. Ihre Konturen wurden immer deutlicher, bis Pona an der Spitze des Trupps Quinus ausmachte, der weiter in sein Horn blies. Er entlockte ihm nun fröhliche Töne.

»Endlich sind sie da!«, stammelte Pona, dabei umarmte sie Indobellinus heftig.

Als die ersten Krieger auf dem Platz vor dem Tor anhielten, schritt ihnen Indobellinus entgegen. »Seid herzlich willkommen bei den Mittleren Vindelikern, bei uns im Seerosendorf, Männer der Boier, auch du Iduras und du Quinus, ehrwürdiger Heiler an ihrer Spitze!«

»Seid willkommen!«, murmelte Pona, unhörbar für die Umstehenden. Sie war Indobellinus gefolgt und scharrte mit ihrem Fuß ein Hindernis zur Seite, das es nicht mehr gab.

Es waren etwa vierzig Reiter die nachdrängten, gefolgt von zwanzig schwer beladenen Packpferden.

»Du hast es spannend gemacht!«, rief Pona dem Heiler entgegen.

»Spring' endlich von diesem Pferd, Quinus, ich möchte dich umarmen!«

»Wir sind nur überpünktlich«, antwortete Quinus, beredt mit seinen Händen fuchtelnd und rollte fröhlich seine Augäpfel. Er glitt vom Pferd und umarmte Pona.

»Offenbar sind wir die letzten Gäste, die eingetroffen sind«, ergänzte er, mit seinen Händen am Rücken Ponas.

»Die Allerletzten, Quinus!«, stimmte Pona zu.

»Quinus wird in meinem Haus schlafen, er ist mein Gast. Tragt sein Gepäck in mein Haus!«, wies Indobellinus seine Knechte an, und er nahm das in die Hand, wozu Pona in diesem Moment nicht in der Lage war.

»Cavarinus, führe die Boier in die vorbereiteten Hütten und lass' die Tiere versorgen!«

Indobellinus war sichtlich erleichtert. Er beobachtete mit Genugtuung die Freude und Herzlichkeit, mit der Pona den Heiler begrüßte. Bevor er sich in sein Haus zurückzog, tippte er Pona auf die Stirn und meinte: »Jetzt wird alles so verlaufen, wie wir uns das vorgestellt haben! Schlaf gut, Pona! Denk' daran, morgen ist ein langer und ereignisreicher Tag! Zu unserer Hochzeit wünsche ich mir eine ausgeschlafene Frau! Ich nehme an, dass ich heute nicht mehr gebraucht werde.«

Er legte für einen Moment seine Hand auf Ponas Schulter, dann ließ er die beiden allein. Als er gegangen war, sah ihm Pona verträumt nach und schüttelte den Kopf.

»Alles um mich scheint wie ein Traum, Quinus: dieser Mann, dieses Dorf hier, du! Wer hätte sich das noch vor einem Jahr vorstellen können?«

Verschmitzt betrachtete Quinus die Druidin und deutete mit seinen Handzeichen an: »Indobellinus' Sorge ist unbegründet. Wir werden uns nur mit einem bescheidenen Trunk begrüßen. Es ist gewürzter Met aus der neuen Heimat. Er wird uns nicht schaden, dazu ist er viel zu süß.«

An diesem Maitag, in der Mitte des keltischen Jahres, glich die Umgebung des Seerosenhügels und das Dorf selbst, einem riesigen Heerlager. Die Hütten und Wohnhäuser des Dorfes waren mit bunten Tüchern behängt worden, und selbst die Stelen auf den Auenwiesen und auf den Feldern, wurden zur Feier des Tages mit bunten Stoffstreifen und Frühjahrsblumen in Tonschalen geschmückt.

Die meisten Hochzeitsgäste hatten ihre Lager im Süden des Dorfes auf dem Reiterfeld aufgeschlagen, der Hochfläche zwischen den Ampurnum- und Isuraauen.

Wie es Brauch war, übergaben die Hochzeitsgäste der Mutter des Hochweisen ihre Geschenke bereits nach ihrer Ankunft. Diese Rolle übernahm die Druidin Casina. Alle Geschenke wurden in einer eigens freigeräumten

Hütte gesammelt. Die Druidin legte zu jedem Geschenk ein Lederstück worauf sie verzeichnete, von wem das Geschenk stammte. Nach der Hochzeit würden sich die beiden Neuvermählten mit persönlichen Besuchen und Schreiben für die Geschenke bedanken.

Am Tag der Hochzeit pulsierte das Leben vor dem Dorf und in dessen Gassen bereits am frühen Morgen. Barden trafen ein, musizierten auf der Fläche vor dem Wassergraben und der Brücke zum Reitersattel. Aus langer Erfahrung wussten sie, welche Gesänge sie darbieten mussten, damit ihre Auftritte Anklang fanden. Auch zahlreiche Händler hatten ihre Stände aufgeschlagen – viele stammten von weit her, und die Hochzeit des Fürsten Indobellinus hatte sie herbeigelockt. Sie hatten von diesem Ereignis von anderen Händlern gehört, die regelmäßig im Dorf Station gemacht hatten, wenn sie auf den alten Handelsrouten – der Salzstraße im Westen oder der alten Bernsteinstraße auf der östlichen Seite der Isura – an diesem berühmten Ort vorbeizogen. Alle Fremden schätzten die gemütlichen Herbergen, die es hier gab und fühlten sich hinter den bewachten Wällen des Seerosendorfes sicher.

Pona war am Hochzeitstag bereits früh auf den Beinen. Endlich hatte sie wieder eine ruhige Nacht verbracht, und wollte sich in aller Ruhe auf diesen großen Tag vorbereiten, der ihr Leben veränderte.

Sie stieg in der Morgendämmerung auf den Wall, der Indobellinus' Hof umgab und beobachtete, wie sich die Sonnenscheibe über den Horizont schob. Die ersten Strahlen tasteten sich in Lichtflecken über die Wipfel der Wälder. Sie überflogen die Flussniederungen und erreichten schließlich das Dorf. Der stattliche Hof von Indobellinus und das Haus, in dem sie selbst wohnte, wurden bereits bei Sonnenaufgang in warmes Sonnenlicht getaucht. Die Heckenrosen reckten ihre rosa Blüten den Strahlen entgegen und gaben sich dankbar der Morgenwärme hin; dabei verströmten sie ihren herrlichen Duft.

Pona legte sich mit ausgebreiteten Armen unter den Rosenstrauch und betete. Sie erbat den Segen der Allmächtigen für diesen Tag, an dem sie mit Indobellinus ihr gemeinsames Haus beziehen würde. Sie dachte an den heutigen Tag mit den langen Zeremonien, an das Kind in ihrem Leib und an Indobellinus, der die ersten Strahlen des Morgens – wie sie vermutete – mit einem Gebet erwartete. Genussvoll öffnete sich Pona der Wärme der Sonne, wie es auch die vielen Blüten des Gartens zu dieser Jahreszeit taten. Schließlich erhob sie sich, raffte ihr Schlafgewand hoch und ging durch das feuchte Gras zu ihrer Hütte. Dabei übte sie den anmutigen Schritt, der ihr am Hochzeitstag angemessen erschien. Sie sah ihre Bewegungen und Schritte für gut an und tänzelte übermütig dem Haus entgegen.

»Casina wird bald eintreffen«, dachte Pona freudig. Die Druidin und einige Frauen würden dann ihren Körper pflegen, sie anschließend einkleiden und schminken, wie es sich für die künftige Frau eines Hochweisen und Fürsten am Hochzeitstag geziemte. Sie wollte dem Mann ihres Herzens wie ein Kunstwerk entgegentreten. Das war auch der Grund, weshalb Pona Indobellinus gebeten hatte, sich auf der anderen Seite seines Hauses auf diesen Tag vorzubereiten.

Pona zog in einem Holzfass Wasser aus dem Brunnen hoch, trug den Behälter in eine mit Holzpfählen abgeschirmte Ecke des Innenhofes und goss dessen Inhalt in eine bronzene Schüssel. Aus einer Schnabelkanne tropfte sie etwas Duftöl in das Wasser. Sie entkleidete sich und wusch ihr Gesicht und ihren Körper. Das kühle Wasser belebte sie. Sie bürstete ihren Rücken, schöpfte Wasser über ihren Nacken und ihre Brüste, über ihren Bauch und ihre Schenkel. Zufrieden streckte sie sich und fühlte, wie die Sonnenstrahlen die Nässe an ihr abzutrocknen begannen.

»Ich werde ihm als die schönste Frau begegnen, die er je gesehen hat!« Sie dehnte sich erwartungsvoll der Wärme entgegen.

»Mein Körper wird von wunderschönen Kleidern verhüllt sein, die seine Fantasie entfachen werden, auch wenn er all das schon kennt, was sie verbergen. Er wird mich neu entdecken, wird Unbekanntes an mir sehen, so wie jeder Tag in unserem gemeinsamen Leben Neues mit sich bringen wird.«

Ponas Gedanken wurden durch eine helle Stimme vor dem Tor unterbrochen.

»Die Brautschmücker sind da, mit Farben, Düften und guten Einfällen! Die Zeit drängt, und viel bleibt noch zu tun! Macht auf ehrwürdige Pona!«

Beschwingt ging die Druidin zum Tor, dabei atmete sie den Duft der Blumen am Hoftor ein.

»Deine Kleider, Pona, sind fertiggestellt. Du hattest zwar vieles vorbereitet«, meinte Casina und drängte sich, zusammen mit zwei Druidinnen, vollbeladen an ihr vorbei, »aber der letzte Schliff blieb uns vorbehalten. Nun bist du selbst an der Reihe. Unter unseren Händen wirst du zu einer Kostbarkeit, zu einer wunderschönen duftenden Blume. Selbst die prächtigste Blüte eines Rosenstocks kann es dir nicht gleichtun! Ab jetzt dulden wir keine Widerrede, nur das Gesetz der Schönheit gilt!«, sagte sie strenger als sie es meinte.

Nach Stunden der Vorbereitung sah Pona sich im Spiegel. Niemals würde sie diesen Augenblick vergessen! Sie meinte ein Wesen zu erblicken, das nicht sie war, sondern eine Frau, die all das verkörperte, was sie sich in ihren Vorstellungen als unerreichbares Schönheitsideal vorgestellt hatte.

»Ihr habt mich in ein Wesen verwandelt, das Indobellinus fremd sein wird«, hauchte Pona.

»Männer – auch Indobellinus ist ein Mann – erkennen die Frau ihrer Träume zu jeder Zeit und in jeder Aufmachung«, erwiderte Casina lachend. »Deine Schönheit wird seine Liebe neu entfachen, Pona! Auch wenn du dir dieser Liebe gewiss bist, wirst du seine Fantasie anregen. Er wird damit noch weiter in deine süßen Fänge geraten, aus denen er sich nimmer befreien kann. An diesem Tag wird er dich um alles in der Welt besitzen wollen, als wenn er es nicht schon getan hätte. Das Neue an dir ist es, was er entdecken möchte, was wir dem Bekannten hinzufügten und deine natürliche Anmut unterstreicht! Das erhöht die Wahrscheinlichkeit, dass eure Beziehung von Dauer sein wird! Liebe und Lust wohnen in einem Haus, Pona! Wenn er dich verhüllt sieht, bekommt seine Fantasie Flügel. Sobald die Tücher fallen, ist es um die Männer geschehen!«

»Haltet alle Spiegel vor und hinter mich, ich muss mich selbst an diesen Anblick gewöhnen und ihn ein wenig genießen«, sagte Pona, dabei drehte sie sich um ihre eigene Achse. Sie war überwältigt, als sie das schwingende Kleid um sich verfolgte und ihr Gesicht zum wiederholten Male im Spiegel betrachtete. Dankbar sank sie in Casinas Arme und flüsterte der Druidin ins Ohr: »Ich sehe mich als eine Frau, in deren Gesicht eine Schönheit zutage tritt, die ich selbst noch nicht gekannt habe. Dennoch trägt diese Frau meine Gesichtszüge. So wird er mich erkennen und schön finden, und dafür danke ich euch!«

Pona umarmte in ihrem Überschwang alle Frauen, die an ihrer Verwandlung beteiligt waren, sodass Casina sie ermahnte, dieses Kunstwerk in ihrer Begeisterung nicht zu beschädigen.

Stunden später macht sich Indobellinus in Begleitung von Casina auf den Weg zum Tempel. Als er aus dem Hoftor trat, empfing ihn der herzliche Jubel der Hochzeitsgäste. Alle Augen waren auf ihn gerichtet – vor allem auf seine Kleidung und den Schmuck. Indobellinus wusste, was er ihnen schuldig war. Er hatte nur einen Teil des Schmuckes angelegt, den er besaß: einen wuchtigen schweren Torques, den nur wenige Männer tragen konnten, es sei denn sie besäßen seine mächtige Gestalt. Dieser Halsring war ein uraltes Erbstück, Insignie der Macht seiner Familie. Mit kostbaren Steinen besetzte, kunstvoll geschmiedete Fibeln schmückten sein Gewand, dazu trug er einen Gürtel, der aus goldenen Scheiben bestand, dessen Gürtelschnalle so groß wie eine Handfläche war. Um den Hals trug er neben dem Torques eine lange Kette mit Rosenblüten aus rötlichem Bernstein, die ihm bis unter die Brust reichte. Darunter, fast von der mächtigen Kette verdeckt, das Amulett seines Totems mit den Bernsteinseerosen, in Silber gefasst. Seine Finger schmückten eine Vielzahl von Ringen. Armreifen aus purem Gold, mit verschlungenen Mustern verziert, klirrten an seinen Handgelenken und verliehen seiner Erscheinung etwas sowohl Edles als auch Bizarres. Seine Ledersandalen waren mit silbernen Beschlägen versehen und sein Umhang mit goldenen Fäden durchwirkt, wie es sich für einen Druiden der Mittleren Vindeliker ziemte. Die Säume seines Hemdes waren bunt und kunstvoll bestickt. Wenn er ging, wallten die Gewandtücher, bewegte sich das viele Gold und Silber und klirrte aneinander. Indobellinus hatte sein Haar zu einem Zopf nach hinten gebunden, wobei dieser Haarzopf mit bunten Fäden durchflochten worden war. Sein Schnauzbart ringelte sich seitlich seines Kinns nach oben, war mit Kalkmilch versteift und mit Glasperlen verziert worden. Die Menschen des Seerosenstammes waren von seiner Erscheinung begeistert, sie waren stolz auf ihn und taten dies in lauten Sprechchören kund. Er imponierte sowohl durch seine hünenhafte Gestalt als auch den zur Schau gestellten Reichtum. Beides war den Bewohnern des Seerosenhügels wichtig, denn es vermittelte den Gästen, welch bedeutender und mächtiger Mann ihr Fürst war.

»Seine Macht und sein Reichtum sind am Schmuck zu erkennen, und darin wird ihm seine Fürstin hoffentlich ebenbürtig sein«, dachten die Menschen des Seerosendorfes und auch die vielen Gäste.

Indobellinus war von dieser herzlichen Begrüßung nicht überrascht und genoss sie sichtlich. Er umfasste den Druidenstab mit der Mondsichel und schritt neben Casina über die Dorfstraße zum Tempel. Dieser Mann war kein gewöhnlicher Druide und Fürst, das ahnten die Menschen in diesem Moment, sondern ein Auserwählter, einer der seiner Frau einiges abverlangen würde, wollte sie nicht in seinem Schatten stehen!.

Es war Sitte, dass die Braut ihren künftigen Mann lange warten ließ. So erschien erst nach einiger Zeit die Gruppe mit der Braut. Einige junge Mädchen, deren Haare mit den ersten Seerosenblüten geschmückt waren, führten den Zug an. Sie streuten, wie einstmals bei der Amtseinführung von Indobellinus, Seerosenblütenblätter auf den Weg der Braut, die ihnen an der Seite von Quinus folgte. Ponas Gesicht war, von einem mit fremdartigen Pflanzenornamenten verziertem Tuch verhüllt. Sie trug das bunt bestickte weiße Kleid, das Indobellinus von den vielen Abenden her, an dem sie daran arbeitet, kannte. Man hatte sie in einen kurzen Mantel gehüllt, der bei jedem Schritt aufleuchtete und glitzerte. Sie hatte eine schwere Goldkette angelegt und trug einen Kettengürtel mit aufgesetzten Goldplatten. Ihr Mantel wurde von vielen bunt emaillierten Fibeln gehalten. Fein gearbeitete Glasringe schmückten ihre Arme und Ohrhänger in der Form goldener Mondsicheln klirrten bei jedem ihrer Schritte. Das Prächtigste an ihr, was allgemeine Bewunderungsrufe auslöste, war die kleine Krone aus goldenen, in Glas gefassten Seerosenblüten, welche über dem Kopftuch aufgesetzt worden war. Vorsichtig führte Quinus dieses wundervolle Geschöpf zur anderen

Seite des Opferaltars. Waren die Bewohner und Gäste des Seerosenhügels schon von Indobellinus' Erscheinung angetan, so entfachte Ponas Erscheinung wahre Begeisterungsstürme.

»Sie ist ihm ebenbürtig!«, dachten die Menschen. »Auch sie ist eine Auserwählte!«

Die Zeremonie lief so ab, wie Indobellinus es Pona beschrieben hatte. Eine weiße Kuh wurde geopfert, ihren Kopf warf man in den Opferschacht. Das aufgefangene Blut wurde im Staub versprüht und die Druidin Casina deutete die Zeichen. Als sie das Blut im Staub zerrinnen sah, erstarrte sie für einen Moment und musterte Indobellinus. Niemand nahm davon Notiz. Danach führte ihm Quinus die Braut zu. Der Heiler hielt es nun für angebracht, den folgenden Brauch der Boier, mit der Erde und dem Wasser, den Gästen nahe zu bringen. Casina verlas seine Erklärung.

»Pona, Fürstin der Boier, künftige Fürstin auch der Vindeliker wünscht, für ihre Vermählung einen uralten Brauch durchzuführen, der in ihrer Heimat den Bund von Mann und Frau mit den Wurzeln ihrer Herkunft verbinden soll. Ich werde vor euch die Erde aus Ponas einstigen Feldern, das Wasser ihres Brunnens, weit unten am Danuvius, mit der Erde der Felder und dem Wasser aus dem Brunnen von Fürst Indobellinus über den Händen des Paares vermengen. Es soll den Bund dieser beiden Menschen besiegeln und sie daran erinnern, welchen Wurzeln sie verpflichtet sind!«

Jegliches Geraune verstummte, als Quinus mit der Kulthandlung begann. Die Menschen drängten sich ehrfürchtig näher zum Opferstein. Niemand wollte auch nur einen Augenblick dieser außergewöhnlichen Zeremonie versäumen.

Quinus winkte Casina zu sich. Nachdem Pona und Indobellinus beide Hände ineinander verschränkt auf den Altar gelegt hatten, streute Quinus die Erde über die Hände des Paares und Casina goss vom Wasser beider Brunnen darüber. Dann legte Quinus Ponas und Indobellinus' Hände aufeinander und sprach ein Gebet. Casina stellte zwei Bronzeschalen mit dem Wasser aus beiden Brunnen bereit. Zuerst wusch Pona ihre Hände im Wasser von Indobellinus' Brunnen, dann Indobellinus seine in dem ihres Brunnens aus der verlorenen Heimat. Ein Raunen ging durch die Menge. Diese Symbolik drang tief in die Herzen der Menschen und ließ sie vor dem Willen der Götter erschauern.

Nach der Zeremonie schritt das Paar die Lemniskate ab und befolgte die festgelegten Handlungen. Als diese bewegende Handlung vorbei war, kannte der Jubel der Hochzeitsgäste keine Grenzen. Pona und Indobellinus waren nun vermählt. Ihren Bund konnten, nach keltischen Vorstellungen, nur der Wille der Götter trennen.

Danach entfernten sich zuerst Quinus und Pona mit Gefolge aus dem Tempelbezirk und versammelten sich vor Indobellinus' Wohnhaus. Gleiches taten Indobellinus und Casina mit Gefolge. Vor dem Haus nahm Indobellinus seine Frau auf die Arme und trug sie über die Schwelle. Beide achteten sorgsam darauf, dass weder Türfassung noch -schwelle berührt wurden. Das gelang, und ohrenbetäubender Beifall brandete auf. Jetzt hatten die beiden Frischvermählen auch ihr neues Zuhause in Besitz genommen.

Als nach einiger Zeit Indobellinus und Pona vor der Türe ihres nunmehr gemeinsamen Hauses erschienen, schäumte die Freude der Menschen schier über. Nun lüftete Pona ihren Schleier. Anfänglich waren die Hochzeitsgäste über das Gesicht verwirrt, das sich ihnen zeigte. Erst als sie erkannten, dass es Pona war, erhob sich lauter Jubel. Es erklangen Sprechchöre, die Ponas Namen skandierten. Etwas Edleres hatten die Menschen noch nie gesehen – so jedenfalls empfanden sie in diesem Augenblick.

Pona warf Nüsse unter die jungen Leute, die – Mädchen und Jungen streng getrennt – vor dem Haus warteten. Sie alle wussten, dass in zwei der Nüsse Goldschüsselchen verborgen waren. Das Mädchen und der junge Mann, die ein Schüsselchen fänden, wären das nächste Hochzeitspaar. Dass dies nicht immer zutraf, kümmerte im Moment niemand. Dennoch wartete man gespannt auf das Ergebnis. Und wie es sich manchmal fügt, traf es die Richtigen: Glenova zeigte strahlend ein Goldschüsselchen, das sie in der Nuss fand. Ihre Freude verdoppelte sich, denn Iduras war es, der das zweite Schüsselchen in Händen hielt.

Danach zogen die geladenen Gäste und Bewohner des Seerosendorfes, angeführt vom Brautpaar, gemeinsam zum Festplatz vor dem Tempel, wo das Hochzeitsfest ausgelassen gefeiert wurde. Barden wanderten von Tisch zu Tisch und priesen das jungvermählte Paar. Sie versuchten sich in verherrlichenden Gesängen über die Hochedlen gegenseitig zu übertreffen. Musikgruppen aus den umliegenden Dörfern und von weit her spielten ihre Ständchen. Ochsen und Schweine am Spieß, Wildbret, Linsen- und Erbsensuppen, Unmengen von Bier, Met und Wein, raffinierte Süßspeisen nach römischen, griechischen und persischen Rezepten, mit Honig gesüßter Brei aus Dinkel und Gerste, warteten auf die Gäste. An diesem Tag musste niemand auf seine Barschaft achten, denn der Fürst des Seerosenhügels hatte zu dem Fest geladen.

Wieder einmal nahm – bei den Kelten nicht ungewöhnlich – wilde Ausgelassenheit und Ausschweifung überhand. So waren es in vorgerückter Stunde die Matres, die ihre Hände über manche der Hochzeitsgäste breiteten. Wieder einmal, wie so oft bei Festen der Kelten, erfüllten sie den ausgelassen Feiernden ihre intimsten Wünsche. Sie segneten lächelnd die vielen leidenschaftlichen Hochzeiten, die in den verschwiegenen Auen von Isura und Ampurnum in dieser Nacht gefeiert wurden. Es war ein Fest, ganz nach dem Geschmack der Kelten, in dem sie sich ihren eigenen Genüssen opferten, als lebten sie nur für Augenblicke dieser Art.

Am Giebel des Tempels auf dem Seerosenhügel saß ein großer dunkler Vogel. Sein Blick wanderte über den See mit den Seerosenblüten und zurück zum Dorf. Er betrachtete die feiernden Menschen, das Licht der Fackeln und hörte mit schief angelegtem Kopf der Musik zu. Seine Augen sprachen unhörbar etwas aus, traurig und fröhlich zugleich:

»Eure gemeinsame Zeit auf dieser Erde ist bemessen, ihr habt es damals von mir erfahren. Einer von euch wird die schwerere Bürde tragen, die des Zurückgebliebenen. Weint nicht über den letzten Blick beim Weggang des andern, wie es bei Menschen Brauch ist! Freut euch, denn ihr wisst, ihr werdet immer mit euren Seelen zusammenbleiben, auch wenn die Zurückgebliebenen Schmerzen erleiden! Bei der Geburt eures Kindes wird eure Gemeinsamkeit unsterblich werden, auch wenn Leben und Tod euch trennen werden!.«

Der Vogel flog in die Nacht zurück und wirbelte Blütenblätter auf, die langsam zu Boden schwebten. In der Abendbrise sanken sie auf das Gras, berührten und umschlangen sich als würden sie sich gegenseitig trösten wollen.

Heimliche Ernte

Der Sommer zog mit warmen, zunehmend heißen Tagen in das Land an Isura und Ampurnum. Menschen und Tiere stöhnten unter der Hitze. Die Felder mit Gerste und Dinkel begannen sich goldgelb oder braun zu färben, die Farbe ihrer Reife, und die Zeit der Ernte rückte näher. In Pona wuchs das Kind heran, dessen Bewegungen sie dankbar fühlte. Ihr Bauch wölbte sich zusehends. Indobellinus bewunderte Ponas Verhalten, wenn er selbst über die Hitze stöhnte und einen schattigen Platz aufsuchte, dass sie trotz ihrer Leibesfülle keine Anzeichen von Erschöpfung zeigte.

»Mütter sind im Einklang mit der Natur«, sagte Pona zu Indobellinus.

»Wir spüren die Veränderungen in uns, wie den Wechsel der Jahreszeiten. Es ist die Mutter Erde, die Quelle jeglichen Lebens, die uns das mit Leichtigkeit hinnehmen lässt. So gesehen sind Hitze oder Kälte ihr Atem, der das Leben in uns entfacht hat, Dinge, die uns mit ihr verbinden.«

»Das hast du schön gesagt, Pona! Fast beneide ich dich darum. Doch dieser Einklang mit der Allmächtigen ist nicht allen Frauen möglich. Und dann sind manchmal wir Väter gefragt. Auch wenn die Allmächtige euch beschützt, den irdischen Schutz können nur wir Männer euch bieten.«

»Das möchte ich damit nicht in Abrede stellen, Indobellinus, denn ich habe, wie alle Frauen, den Vater meines Kindes auch deswegen selbst ausgewählt, und ich möchte ihn nicht ausgrenzen. Ich liebe dich, Indobellinus, den Vater meines Kindes.« Sie tippte auf ihren bereits mächtig gewölbten Bauch.

»Ich wünsche mir nur, dass du mich verstehst, mich und meine Gefühle, die etwas mit dem Menschsein zu tun haben, das wir Frauen in uns aufnehmen, austragen und später formen wollen, zusammen mit euch Männern.«

Das Jahr der Kelten näherte sich wieder seinem Ende. Es war später Oktober. Längst war die Ernte eingebracht. Lediglich auf dem verborgenen Hang über der Salzstraße, am Zusammenfluss von Isura und Ampurnum, den beiden ungleichen Schwestern, herrschte rege Betriebsamkeit. Quinus und Cavarinus, mit etlichen ausgewählten Männern und Frauen waren damit beschäftigt, die ersten Trauben des verborgenen Weingartens zu ernten. Sie hatten Glück, denn der warme Wind aus den Blauen Bergen hatte ihnen sonniges Wetter beschert. Zwar zogen sich die morgendlichen Nebelbänke nur widerwillig vor den Sonnenstrahlen zurück, doch schließlich siegte das glühende Sonnenrad und walzte die Dämpfe der Erde nieder.

Quinus arbeitete, zusammen mit Cavarinus, an der Presse mit dem großen Trichter. Er leerte die Körbe mit den Trauben in den Holztrichter, während Cavarinus die Presse bediente. Sie wechselten sich dabei von Zeit zu Zeit ab. Der Saft wurde in Holzbottichen aufgefangen und von dort, zusammen mit dem Presskuchen, in die bereitstehenden Gärfässer geleert.

»Die Weintrauben haben eine unglaubliche Süße erreicht«, meinte Cavarinus und deutete mit seinen verschmierten Händen auf die Körbe vor sich, dabei wehrte er die vielen Bienen und Wespen ab, die seine Hände umschwärmten.

»Ich weiß zwar nicht, welche Süße die Trauben südlich der Blauen Berge besitzen, aber diese hier ist so köstlich, dass nur ein besonderer Wein daraus entstehen kann.«

Cavarinus strahlte Quinus begeistert an, der zustimmend nickte und sich die Hände an seinem Lederschurz abwischte.

»Der warme Sommer«, fuhr der Schmied begeistert fort, »die zahlreichen Sonnentage in den letzten Wochen, haben die Reife der Trauben vollendet. Natürlich müssen wir noch Einiges dazu tun, dass uns der erste Tropfen Wein von der Isura gelingt. Wenn wir uns im neuen Jahr ein Hörnchen Wein genehmigen werden, wird die Sonne dieses Sommers und Herbstes über unsere Zunge fließen.« Er schnalzte mit der Zunge und fuhr mit ihr über seine Lippen, als würde er diesen Wein bereits schmecken.

»Wie wird erst Pona staunen, wenn wir nach der Geburt ihres Kindes mit diesem ersten Wein das Neugeborene feiern können. Bis dahin wird der Wein doch ausgereift sein, Quinus?«, fragte Cavarinus. Er sah den Heiler zweifelnd an. Dieser wiegelte die Bedenken des Schmiedes mit seinen Händen ab und nickte nur, dabei leerte er einen Korb Trauben in den Trichter der Presse.

Cavarinus wandte sich wieder seiner Arbeit zu, und er betätigte die fein ausgedachte Mechanik seiner Erfindung. Nach mehreren Pressvorgängen schüttete er den Traubensaft zum Weinkuchen in bereitstehende Bottiche.

Sie brauchten mehrere Tage bis die Weinernte beendet war. Danach musste die Maische noch einige Zeit in den Bottichen verweilen, damit der Rebensaft von den Beerenschalen seine Farbe erhielt. Danach pressten sie die Maische ein weiteres Mal aus und füllten den Rebensaft in die Gärfässer um. Was dann folgte, war dem Wissen von Quinus überlassen. Er würde den Gärprozess vorbereiten, indem er einige Zusätze hinzufügte und die Lüftungseinrichtungen an den Fässern anbrachte, bevor sie den Keller verschlossen.

»Wann werden wir den Fortgang der Gärung überprüfen, Quinus und wieviele Fässer Wein können wir erwarten?«, fragte Cavarinus, als sie sich auf dem Heimweg befanden. Quinus hielt sein Pferd an, zog aus seiner Umhangtasche ein Lederstück und deutete auf seine Notizen. Der Schmied zählte die Striche mit seinen Fingern ab und schüttelte ungläubig den Kopf. »Alle sieben dieser riesigen Fässer, die wir zum Gären aufgestellt haben«, staunte er »und es geht wirklich nichts verloren, wenn der Wein gärt?« Quinus schüttelte den Kopf. Er hob danach zwei Finger.

»In zwei Wochen werden wir die erste Kontrolle der Gärung vornehmen, sagst du«, bestätigte Cavarinus Quinus' Handzeichen. Sein Wissensdurst war fürs Erste gestillt und er nahm sich vor, den gesamten Werdegang des Weins, vom Zuschnitt der Reben bis zur ersten Weinprobe, von seiner Frau aufschreiben zu lassen.

»Du verstehst dein Handwerk, Quinus, und wir alle vertrauen deiner Erfahrung. Das Schwierigste bei all diesen Heimlichkeiten um den Weingarten wird aber sein«, meinte er, »dass wir Pona diesen Weinberg bis zur Geburt ihres Kindes verheimlichen müssen, so wie es Indobellinus ausdrücklich wünscht.«

Quinus legte seine Hand auf die Schulter des Schmiedes, sah ihm in die Augen und wandte seinen Blick dem Himmel zu.

»Die Götter werden uns dabei helfen, ich weiß«, brummte Cavarinus und ergänzte: »Alles hat seinen tieferen Grund und wird daher so geschehen, wie wir uns das vorstellen. Das hat mir Casina bereits erklärt.« Die beiden Männer lachten.

Heimtückischer Anschlag

Pona beschloss an diesem denkwürdigen Tag, ihr Bett bereits kurz vor Sonnenaufgang zu verlassen. Draußen war es noch dunkel, doch die Luft war mild – erste Anzeichen des ausklingenden Winters. Der Arbeitstag im Hof hatte bereits begonnen: Geschirr klapperte im Kochhaus, Menschen bewegten sich in den Werkstätten und Vorratshäusern, und in den Ställen rührte sich das Vieh. Es war ein Morgen wie viele während des vergangenen Winters, doch Pona fühlte, dass alles irgendwie anders war. Eine unerklärliche Unruhe hatte sie in der Nacht schlecht schlafen lassen. Leise erhob sie sich, um Indobellinus nicht zu stören. Sie umfasste ihren gerundeten Leib mit beiden Händen, horchte und fühlte in sich hinein. Dabei dachte sie, dass es vielleicht die bevorstehende Geburt sein könnte, die sie beunruhigt hatte.

»Sind dies nur die ersten Anzeichen meiner Niederkunft?«

Sie fuhr erneut über ihren Bauch und fühlte die Bewegung des Kindes an der Bauchdecke.

»Warte noch ein wenig, kleines Mädchen!«, flüsterte sie.

»Noch ist es nicht soweit. Deine Neugierde auf das was dich erwartet, ist nicht zu übersehen. Als Erstes wirst du einen Riesenschreck erleben und erbärmlich schreien. Fühlst du erst die Brust deiner Mutter, wirst du alles vergessen! Das verspreche ich dir! Du wirst in einem warmen süßen Strom versinken, der deine Angst besänftigen und dich in einen wohligen Halbschlaf sinken lassen wird. Vor alldem, was dich erwartet, musst du keine Angst haben, denn deine Mutter und dein Vater werden dich beschützen, mein kleines Mädchen.« Sie lächelte und fühlte Bewegung in ihrem Bauch, als wenn das Kind ihr geantwortet hätte.

»Dieser Tag wird sonnig und warm«, dachte Pona, »ein Tag, an dem man die ersten Anzeichen des kommenden Frühlings fühlt. Hatte nicht der warme Wind von den Blauen Bergen den Schnee in den letzten beiden Tagen bis auf kleine Reste fast völlig verschwinden lassen?«

Sie trat aus dem Haus und reckte sich in der milden Luft. In dieser Nacht hatte es keinen Frost gegeben. Das Wasser im Brunnentrog war nicht mehr gefroren, und daher beschloss Pona sich nicht im Haus, sondern am Brunnen zu waschen. Sie tauchte ihren Kopf in das kalte Wasser und hoffte, dass die bedrückenden Gefühle durch das kühle Wasser aufhörten. Doch sie verschwanden nicht. Es gelang ihr einfach nicht, sich die Ursache ihrer trüben Stimmung zu erklären, geschweige denn in klare Gedanken zu fassen.

Die Sonne ging gerade auf während sie sich abtrocknete. Pona beobachtete, wie die Sonnenstrahlen über der Isura und den Auen mit den Nebeln kämpften und schließlich die Oberhand gewannen.

Der Geruch des Rauches aus den Herdfeuern vermischte sich mit dem Nebeldunst zu einem beklemmend scharfen Geruch, der ihr unangenehm war. Sie glaubte ihn von irgendwoher zu kennen. Sie versuchte ihn damit zu mildern, indem sie ihr Gesicht in dem Tuch vergrub mit dem sie sich abtrocknete. Als sie ihr Gesicht wieder der Sonne zuwandte, kroch ihr der rauchige Dunst erneut in die Nase und erfüllte sie mit seltsamem Unbehagen. Wieder schob sich die unerklärliche Unruhe der vergangenen Nacht in ihr hoch und verblieb hartnäckig in ihr.

»Ich werde noch einmal zu Indobellinus ins Bett schlüpfen!«, beschloss Pona, »will seine Wärme und Nähe spüren. Sie werden diesen beißenden Geruch und die beklemmenden Gedanken vertreiben. Zuvor sollte ich unser Morgenmahl zubereiten.«

Nachdem sie Dinkel zerstampft und das Korn mit der Milch über dem Herdfeuer aufgesetzt hatte, kroch Pona behutsam zu Indobellinus unter das Fell.

»Wärme mich, mein Geliebter!«, flüsterte sie und schmiegte sich eng an ihn, genoss seinen warmen schweißigen Nachtgeruch, als würde dieser von einem ihrer Duftwässerchen stammen. Sie setzte sich wieder auf und betrachtete Indobellinus, der friedlich wie ein Kind schlief.

»Wie unsere Tochter in meinem Bauch, entspannt und nichts ahnend!«, flüsterte sie und begann ihn mit ihren Küssen zu wecken.

»Die Sonne erwartet dich, Druide meines Herzens, sie blinzelt dir bereits zu und unser Morgenmahl dampft auf dem Herdfeuer.« Pona verbreitete einen so frischen kühlen Geruch, dass Indobellinus selbst im Halbschlaf niesen musste. Geduldig wartete sie, bis er aufgewacht war. Sie liebte es, wenn er morgens die Augen aufschlug und sie anstaunte, als wäre sie etwas völlig Neues in seiner Welt. Auch an diesem Tag hielt er mit seiner Verwunderung nicht zurück, als sie sich über ihn beugte.

»Pona, du, so früh am Morgen, mit diesen wunderbaren Augen und diesem herrlich kühlen Duft um dich.« Er zog sie an sich und sie erregten sich gegenseitig.

»Halt«, sagte sie, »nicht weiter! Es geht nicht mehr und wird unserem Kind nicht gut tun, obwohl es seiner Mutter gefallen würde.«

Sie legte seine Hand auf ihren Bauch.

»Fühle die Beinstöße deiner Tochter, Indobellinus, sie wird sich in wenigen Tagen aus dieser Enge befreien und mit den Beinchen, die ich fühle, in die Welt laufen.«

Indobellinus legte seine Wange an ihren Bauch.

»Sie spricht vor sich hin und übt die ersten Schritte ihres Lebens. Offenbar macht sie sich Mut vor ihrem letzten Ansturm in die Welt.«

Pona zog an seinem Ohrläppchen.

»Und nun rasch aus den Fellen und in die Welt hinaus mit dir, mein Druide. Der erste Ansturm dieser Welt für mich ist Hunger und Durst und der Wunsch, endlich diesen warmen Milchbrei und das Brot zu essen, das auf uns wartet.« Er stand auf, räkelte sich und umarmte Pona.

»Ungewaschene Druiden haben sich kein Morgenmahl verdient«, neckte ihn Pona und entzog sich seinen Armen.

Nachdem Indobellinus vom Brunnen zurückgekehrt war, setzte er sich zu ihr. Sie hatte die beiden Schalen mit dem Milchbrei vorbereitet und würzige Kräuter hineingerieben. Ausgiebig genossen sie die Gemeinsamkeit ihres morgendlichen Mahls. An diesem Morgen hatte Pona das Bedürfnis, ihn mit besonderer Fürsorge umgeben zu müssen; warum sie dies gerade heute wollte, konnte sie sich nicht erklären.

»Ich habe einfach Lust dazu!«, beruhigte sie sich, während sie ihm den Löffel aufmerksam zurechtlegte, ihm ein Stück Brot schnitt und es in mundfertige Brocken zerteilte, so wie er es sonst selber tat. Erstaunt sah Indobellinus sie an, doch er schwieg und nahm ihre Fürsorge dankbar an.

»Sie übt für ihr Kind«, dachte er und lächelte in sich hinein. Doch er irrte sich. Pona empfand vielmehr, und das raubte ihr fast den Atem, dass ihr nicht mehr viel Zeit blieb, ihm mit unendlich vielen, kleinen und kleinsten Aufmerksamkeiten ihre Zuneigung und Liebe zu zeigen. Sie empfand ihr Tun eher als eine vergebliche Beschwörung der Kraft ihrer Gemeinsamkeit, nicht nachzulassen, um einer unbekannten Gefahr zu begegnen, die sie letztlich doch nicht abwenden konnte. Wieder stieg diese beklemmende Unruhe in ihr auf. Tränen drängten in ihre Augen, doch Pona kämpfte tapfer gegen sie an.

Indobellinus fühlte, dass Pona etwas bedrückte und musterte sie nachdenklich.

»Welche Wolken haben den Sonnenschein deiner Augen getrübt, meine Liebste. Offenbar habe ich in dieser Nacht erbärmlich geschnarcht und zwei Frauen den Schlaf geraubt.«

Sie erhob sich und ging zu ihm zur anderen Seite des Tisches, kniete sich vor ihn und legte ihren Kopf in seinen Schoß.

»Ich habe einfach das Gefühl«, sagte sie, »dir meine Liebe zu zeigen, sie dich fühlen zu lassen, als wenn es das letzte Mal wäre.«

Indobellinus strich zärtlich durch ihr Haar.

»Allein deine Anwesenheit bedeutet für mich alles, Pona. Ich fühle deine Seele, deine Gedanken, auch wenn ich sie oft nicht kenne, fühle mich dir immer nahe ... und bewundere deinen herrlich gerundeten Leib. Er ist für mich der Inbegriff unseres gemeinsamen Lebens in diesen Tagen. Wenn du das Kind geboren hast, wird er mir fehlen. Sorge dich nicht, Pona! Du hast den besten Heiler um dich. Dir und dem Kind wird bei der Geburt nichts geschehen!«

Sie schüttelte den Kopf und fühlte hilflos, wie diese drängende Unruhe wieder in ihr hochstieg.

Indobellinus sah sie forschend an und umarmte sie.

»Lass' uns eine Fahrt auf einem Wagen zur Isura unternehmen, Liebes. Eine Frau, so kurz vor der Geburt, wird von Ängsten geplagt, dass sie versagen oder das Kind Schaden nehmen könnte. Du weißt, Quinus hat dich sorgfältig untersucht und alles für normal befunden.«

Pona nickte, nestelte an einer Fibel seines Hemdes und lächelte ihn liebevoll an.

Wie er vorgeschlagen hatte, bereitete er einen zweirädrigen gefederten Wagen vor und spannte zwei Stuten ein.

»Mütter sollten zusammenhalten, denn auch die Pferde fühlen, wen sie im Wagen ziehen«, sagte er.

Beschwingt setzte er sich neben Pona. Er legte ein Fell um sie, dann schwang er die Peitsche und entlockte ihr einen kurzen Knall, der die Feuchtigkeit aus dem Leder fein zerstäubte. Gemächlich setzten sich die Pferde in Bewegung. Indobellinus lenkte den Wagen vorsichtig über den Reitersattel.

»Nach Osten oder nach Westen, meine Gebieterin«, meinte er vergnügt und hielt an.

Pona hatte das Gefühl, dass ihre Entscheidung nichts an dem änderte, was sie bedrängte. Auch wenn sie zu Hause geblieben wären, hätte sie diese Unruhe nicht verlassen. So entschied sie sich für den Weg nach Osten, der aufgehenden Sonne entgegen.

»Wir könnten zum Tempel fahren; dieser Ort ist werdenden Müttern wohlgesonnen«, meinte Indobellinus gutgelaunt und lenkte, ohne ihre Antwort abzuwarten, den Wagen nach Nordosten in die Aue, der Isura entgegen.

Pona erinnerte sich später immer wieder mit Schrecken an das, was vor dem Tempel geschah, als sie ausgestiegen waren. Urplötzlich hörte sie ein Fauchen, das sie an dieses schreckliche Erlebnis am Danuvius erinnerte, und sie sah fassungslos den Speer, der federnd in Indobellinus Brust stecken blieb. Wie in einem unbewussten Reflex lief sie auf ihn zu und zog den Speer aus seiner Brust. Mit dem Instinkt einer Kriegerin schleuderte sie den Speer blitzschnell zurück. Pona wusste, dass er treffen würde und würdigte ihn daher keines Blickes mehr. Sorgsam bettete sie Indobellinus in das Gras und versuchte seine stark blutende Wunde mit Stofffetzen ihres Umhangs zu stillen.

Indobellinus hielt seine Augen geschlossen und röchelte. Ohne einen Laut der Klage ertrug er den Schmerz und die Erkenntnis, dass er sterben würde. Er schlug seine Augen auf, als sie ihm den Schweiß von seiner Stirn wischte, richtete sie auf Pona, dann schloss er sie wieder und versuchte zu sprechen. Pona strich mit ihren Fingern über seine Lippen und legte ihr Ohr an seinen Mund.

»Sei ihr die gute Mutter, Pona, wie die Frau, welche ich um mich weiß und die ich liebe!«, hörte sie ihn nur mehr ganz leise flüstern.

»Ich werde stets bei dir sein, meine Geliebte, dich und unser Kind behüten, auch wenn ich nicht mehr unter den Lebenden weilen werde! Tue alles, was du für dich richtig erachtest! Ich vertraue dir und ich liebe di ...« Blutiger Schaum quoll aus seinem Mund und die Blasen zersprangen in seinem letzten Atemzug. Indobellinus' Lebensfunke erlosch innerhalb eines einzigen Herzschlags. In diesem Moment hörte sie hinter sich das Brechen von Ästen. Ein Krieger torkelte aus dem Gebüsch. Sein eigener Speer hatte ihm die Brust durchbohrt.

»Hilf mir, den Speer aus meiner Brust zu ziehen. Ich sterbe sonst!«, keuchte er und brach vor ihr in die Knie.

»Der Druide, dem du aufgelauert hast, ist bereits gestorben, und du wirst ihm folgen«, sagte Pona hart. Sie stieß den Speer mit einem Ruck tiefer in die Brust des unbekannten Mannes, der gequält aufschrie.

»Armseliger Mörder! Weißt du, was du angerichtet hast? Einem Kind seinen Vater geraubt und einer Frau ihren geliebten Mann. Für ewig wirst du diesem Toten hier in der Anderwelt dienen und deine Schuld abtragen müssen.«

Sie deutete auf Indobellinus und riss einen Beutel vom Gürtel des Kriegers und schüttelte ihn, dabei vernahm sie den Klang von Goldschüsselchen.

»Wer hat dich zu dieser Tat befohlen«, fragte Pona, dabei fühlte sie, dass ihr Schmerz und ihre Trauer zu eiskaltem Hass erstarrt waren.

»Der Fürst von Uartegenum hat mich bezahlt«, flüsterte der Krieger und schloss seine Augen. Blut quoll aus seinem Mund.

Sie wusste, dass auch dieser Meuchler dem Tod geweiht war und ließ ihn liegen. Er sollte vor seinem Tod fühlen, dass er ein Ausgestoßener war und in Schmerzen sein Leben beenden. Sein Auftraggeber aber musste sterben, das schwor sie sich. Unter Aufbietung all ihrer Kräfte hob sie Indobellinus auf den Wagen und fuhr in wilder Fahrt zum Dorf zurück.

Nur wenige Stunden danach kam die Tochter von Indobellinus und Pona zur Welt. Sie betrat das Leben, ohne das ihrer Mutter zu nehmen und ahnte nicht, dass sie ihren Vater verloren hatte. Noch während das Neugeborene schrie, verließ ein Trupp Krieger das Dorf, an ihrer Spitze ritt Iduras, der Jäger.

Das Grab

Die Melodien von Hörnern, Flöten und Luren schwangen sich klagend zur Krone des Erdhügels hinauf. Ihr Versuch, mit schmeichelnden Klängen die Trauer der Herzen zu lindern, endete ohne Erfolg. Erschauernd krochen ihre Tonfolgen wieder herab, zu den kahlen Bäumen des umliegenden Waldes, und sie suchten hinter deren Stämmen Zuflucht. Ängstlich aneinandergeschmiegt tropften ihre Melodien, gleich einem Tränenstrom, in die kühle Stille des Mooses, der Farne und Kräuter auf dem Waldboden, ehe sie verstummten. Weder der Ruf eines Vogels war zu hören, kein aufgeregtes Flattern, noch das geschäftige Rascheln eines Tieres.

Eine bedrückende Atem- und Lautlosigkeit hatte sich auf der Lichtung im Auenwald ausgebreitet. Nur das knisternde Streifen unzähliger Füße über trockenem Gras, gedämpftes Kollern losgetretener Kieselsteine, das Reiben der Stoffe an Körpern und Haaren, unterbrochen von verhaltenem Schluchzen und leisem Weinen, verriet die Bewegung vieler Menschen. Sie rafften in der aufkommenden Kühle des Abends ihre weißen Gewänder enger an ihre fröstelnden Körper und bewegten sich stumm an einer wie erstarrt wirkenden Gestalt vorbei. Manche traten an sie heran, verneigten sich stumm und ehrerbietig vor ihr und wandten sich mit traurigen Gesichtern wieder ab. Andere vermieden ihre Nähe, um die sich soviel Trauer und Leere ausbreitete.

Tränen glitzerten in vielen Augen. Sie mieden mit ihren Blicken das Gesicht der Frau, die keine Regung zeigte und wie erstarrt vor dem Grabhügel stand. So hatten die Menschen des Dorfes ihre Fürstin und Druidin noch nie erlebt. Doch die Art, wie sie ihre Trauer ertrug, ohne Anzeichen innerer Erregung zu zeigen, ja fast stolz ertrug, forderte Respekt von ihnen. Trug die Druidin nicht die Macht der Götter in sich? Verfügte sie nicht über Verbindungen zu der Dreifaltigkeit der Götter Teutates, Taranis und Esus, die ihr die erforderliche Kraft verliehen? Sprach sie nicht in diesem Moment mit den Göttern und von deren Aura umgeben? Die Menschen fühlten in diesem Augenblick den Hauch des Göttlichen um die junge Frau. Sie wichen ehrfürchtig davor zurück und unterdrückten die Trauer ihrer Herzen. Sie vermieden jedes Wort, jeglichen Ausbruch von Gefühlen, die dieses Zwiegespräch hätte stören können. Manche hielten ihren Atem an, um vielleicht aus dem Rauschen ihres eigenen Blutes die Worte der Götter erahnen zu können. Selbst die Klageweiber schwiegen, welche sonst mit stundenlangem Singsang den Weg der Trauer aus den Herzen bahnen sollten.

In Gruppen und einzeln entfernten sich die Trauernden – leise, als träten sie aus einer gläsernen Kugel, die nicht zerbrechen durfte. Sie verloren sich im Gewirr der Stämme und Büsche des Auenwaldes, wie die verklungenen Melodien. Auch der letzte Fleck ihrer hellen Umhänge nahm die Farbe der Abenddämmerung an, verschwamm darin zu unwirklichen Schatten. Der aufkommende Nebel verhüllte alle Konturen, vermischte sich mit dem schweren Duft des Seidelbastes und kroch langsam auf den Grabhügel zu. Nur die Gestalt der Frau blieb zurück, einsam mit sich und ihrem langen Schatten, den die Fackeln auf den Grabhügel warfen.

Nichts von alldem nahm sie wahr. Sie fühlte, dass eine schier unerträgliche Last ihren Körper zu Boden drücken wollte. Nur ihr unbeugsamer Wille hielt sie noch auf den Beinen, und ließ sie wie erstarrt stehen. In ihrem Inneren blätterte sich eine nicht enden wollende Bilderfolge auf, die nichts mit den Göttern zu tun hatte, sondern mit dem Toten, vor dessen Grab sie stand. In jedem dieser Bilder aus der Vergangenheit las und fühlte sie Erinnerungen an ihn. Ohne ihr Zutun glitten die Blätter weiter, eins nach dem anderen, Teile eines nicht enden wollenden Buches.

Der Mond war aufgegangen und beleuchtete mit seinem matten Licht das in einer Lichtung des Auenwaldes gelegene Gräberfeld; mächtige Eichen umstanden es wie Totenwachen. Das Mondlicht verfing sich fahl im Gesicht der Frau, so als wollte es ihr eine Maske aufsetzen, um die Trauer darin zu verbergen. Die Strahlen spiegelten sich an den frisch geschnittenen Flanken der aufgeworfenen Erdschollen und liefen, gleich Grablichtern, in unendlicher Kette die Hänge des riesigen Hügels irrlichternd hinauf

Die Druidin wiegte ihren Oberkörper in einem gleichbleibenden Rhythmus, so als würde sie ihn nach einer immer wiederkehrenden Melodie bewegen, der sie versunken lauschte.

Mit ihren von Trauer umschatteten dunklen Augen starrte sie auf die riesige Erhebung vor sich. Die Flanken des mächtigen Grabhügels zeigten Scholle um Scholle die Unabänderlichkeit dessen, was geschehen war, was ihr Leben jäh verändert hatte und sie mahnte, mit diesem Erlebten Frieden zu finden. In ihrer rechten Hand hielt sie eine Kette, an dem ein silbernes Amulett hing, in welchem eine kunstvoll aus Bernstein geschnitzte Seerose eingelassen war. Ihre Finger glitten an der Kette entlang, berührten die Blütenblätter der Bernsteinrose, erfühlten das kühle Silber der Fassung, so als würden sie in den kunstvoll ineinander verschlungenen Gliedern eine Botschaft suchen, von der sie wusste, dass sie vorhanden war und wie sie lauten musste. Sie las die Botschaft immer wieder, um das Geschehene zu begreifen und fühlte nicht, dass Nebelschwaden ihren Körper erfassten, sie hoch auf die Krone des Erdhügels trugen, sie schweben ließen, frei von Schmerz und Trauer. Sie sah durch die Schollen des Hügels hindurch, gewahrte die aufgetürmten Steine, welche in geometrischer und zuverlässiger Ordnung die Grabkammer stützten. In deren Mitte sah sie auf einer Wagenplattform einen stattlichen Mann liegen. Sein Gesicht strahlte Ruhe aus, sein Körper war in fein gewobene, mit verschlungenen Ornamenten gesäumte Gewänder gehüllt. Auf die seidige, fast durchsichtige Haut seiner Schläfen legte sich sein dunkles Haar in feinen Fäden. An der rechten Kopfseite hatte man seinen kostbarsten Schmuck niedergelegt, ein Amulett lag auf seiner Brust. Zu seinen Füßen hatte man Nahrung in unterschiedlich großen und reichlich verzierten Tonschalen aufgestellt, Wegzehrung für seine Wanderschaft in die andere Welt, zum nächsten Leben. Seitlich des Mannes lag die Vorderachse, auf der anderen Seite die Hinterachse des Wagens, mit dem er ins Jenseits fahren sollte, wann und wie es ihm beliebte. So dachten die Menschen zu dieser Zeit nicht immer, doch es war der Wunsch seiner zurückgebliebenen Frau, ihm diese Reise zu ermöglichen, obwohl ihre Vorstellung vom sonst Üblichen abwich.

»Seine Seele«, dachte sie, »wird bei mir bleiben. Er wird den Wagen besteigen, den man mit ihm bestattet hat und zu mir zurückkehren.«

Sie durchlebte noch einmal ihren letzten Gang in die Grabkammer, bevor der Eingang zugeschüttet wurde. Mit all ihrer Autorität hatte sie sich gegen die übliche Verbrennung gewehrt. Indobellinus sollte die Anderwelt unversehrt erreichen. Mit einem der Messer aus den Vorratstaschen grub sie eine mehr als ellentiefe Grube neben der Leiche ihres Mannes und legte behutsam eine dreieckige Tontafel in das Loch. Niemand sollte diese Schrifttafel sehen, die ein Vermächtnis von ihnen beiden war, damals in der Nacht an der Isura erdacht und beschrieben.

»Eine Kopie dieser Tafel wird mich weiterbegleiten«, sagte sie zu sich, »eine Tafel liegt unter dem Tempel auf den Sieben Drachenrippen.«

»Geschriebene Worte auf Ton, gedachte Worte in unserem Bewusstsein, wie es dein Wunsch war, Indobellinus«, flüsterte sie.

Fast feierlich scharrte sie die Erde über der Tontafel zusammen, trat den Boden fest und legte das Messer darüber, das diesen Schatz behüten sollte.

Im Schein der Fackeln berührte sie mit ihrer Hand ein letztes Mal sein Gesicht, sah das friedliche Lächeln auf seinen Lippen, sah seine Hände die gleiche Kette umfassen, die auch sie in Händen hielt. Einen Finger hatte er über das Amulett mit der Wasserrose aus Bernstein gelegt. Sie wusste, er würde über seinen Tod hinaus durch dieses gemeinsame Symbol mit ihr in Verbindung bleiben. So hatte sie es bei seinem Tod empfunden, als das Lebenslicht langsam aus seinen Augen wich. Bis zur Pforte des Todes begleitete sie sein Leben. Als sich diese öffnete, er die Schwelle betrat, leuchteten seine Augen ein letztes Mal in Liebe und Dankbarkeit auf und erloschen hinter den schwingenden Flügeln des Lebens. Die Allmächtige Erdenmutter hatte ihn unwiderruflich zu sich genommen.

Mühsam behielt sie ihre Fassung vor dem Toten, denn ein Zorn schwelte in ihr, den sie nur mühsam unterdrückte. Es war der Zorn auf sich selbst, die vielgepriesenen Druidin. Hilflos hatte sie zusehen müssen, wie sein Leben aus ihm wich und sie nichts tun und ihn nicht retten konnte. Unverständnis gegenüber der Allmächtigen stieg in ihr auf, die seinen Tod nicht verhindert hatte. Als sie ihren Gefühlen freien Lauf lassen wollte, legte sich eine Hand sanft auf ihre Schulter und eine Stimme raunte ihr zu: »Alles ist der Wille der Allmächtigen Erdenmutter, mein Wille, auch der Speer! Du konntest es nicht verhindern. Besiege deinen Unglauben und deine Trauer in dir!«

Verzweifelt las sie in seinen starr gewordenen Augen das Bedauern, sie allein gelassen zu haben, sie und das Mädchen, dem sie danach das Leben geschenkt hatte. Ihr Zorn verflog und hinterließ eine Leere, in die sie fassungslos starrte.

»Seine Seele wird bei euch bleiben!«, vernahm sie erneut die Stimme, »weiter mit euch fühlen, wird euch beschützen, denn er sieht vom Jenseits mehr als es Lebende vermögen! Eines Tages wird er auch mit eurer Tochter in Verbindung treten können, so wie seine Seele es mit dir tun wird. Einst wirst du daran erinnert werden und es wird ein Leben retten.«

»Wann?«, fragte sie und erschrak über ihre Stimme, die in diesem Moment fremd und unwirklich am Grabhügel verhallte.

»Es wird dann geschehen, wenn du am wenigsten daran denkst!«, ließ sich die Stimme vernehmen.

»Jetzt solltest du an dein Volk denken, das deine Trauer begleitet hat, und an jenes, welches bereits in Gallien ist. Sie brauchen deinen Rat und deine Kraft! Denke an Indobellinus' Vermächtnis, das ihr gemeinsam auf die Tontafeln geschrieben habt, und somit auch deines ist! Du musst die Vergangenheit abschließen, gebrauche deine Gedanken für die Zukunft!«

Sie sank auf die Knie und dachte an das Tröstliche ihrer gemeinsamen Visionen, welche die Zukunft erhellten. War sein Tod nicht Teil einer endlosen Folge in der unübersehbaren Zukunft? Ein Teil, der Vergangenheit und Zukunft miteinander verband?

»Auch ich werde sterben, wie er!«, rief sie in die Dunkelheit hinein, »und auch das keltische Volk! Wir alle werden vergehen!«

Ihre Stimme hallte über die Grabhügel und wie ein Echo vernahm sie die Antwort:

»Sei nicht kleinmütig, immer hattest du Visionen, die dein Leben bestimmt haben«, sagte die Stimme.

»Ihr werdet weiterleben in einer unendlich größeren Gemeinschaft, die dieses Land in einer fernen Zukunft bewohnen wird. Euer gemeinsames Vermächtnis wird stärker sein als der Tod! Es wird im Blut vieler Menschen in der Zukunft schäumen und erwachen, ihnen Höchstleistungen des Körpers und Geistes ermöglichen. Die keltische Lebendigkeit, die musische und technische Genialität, die Freude am Leben mit seiner Musik, den Geschichten und Bildern: all das wird weiter bestehen! Es wird euer Beitrag zu etwas viel Größerem sein als das, was ihr mit euren Händen und Schultern schaffen und tragen, mit euren Köpfen erdenken könnt! Denk' an die Spirale des Lebens, Pona: Alles bewegt sich, erweiternd um einen Urpunkt, und bleibt immer mit ihm verbunden!«

Sie schüttelte den Kopf.

»Dieses keltische Volk dort oben auf dem Hochufer wird an seinem Unvermögen zur Einigkeit scheitern, an der aufschäumenden Aufgebrachtheit, die sich in immerwährendem Hader, in Zwist, in Kriegen und in der Unrast äußert, mehr besitzen zu müssen. Es wird ewig nach etwas Neuem, Unbestimmten suchen, dabei immer die Brücken hinter sich abbrechen. So wird es nie imstande sein etwas großes Gemeinsames zu schaffen, sondern seine Spuren werden sich verlieren. Immer ...«

»Dieses vermeintliche Scheitern ist euer Beitrag für die Zukunft«, unterbrach sie die Stimme. »Er wird von euch allen für etwas Großes abverlangt. Darin werdet ihr weiterleben – auch wenn es seltsam klingen mag. Irgendwann wird eure Wanderschaft und die eurer Kinder und Kindeskinder enden, wird ...«

Die Stimme beendete den Satz nicht. Die junge Frau sah einen Lichtpunkt in der Ferne, und ihr Schmerz verlor sich in den Ausmaßen dessen, was sie in ihren Visionen entstehen sah, wovon die Stimme sprach. Es würde einst aus den grauen Schleiern der Zukunft schlüpfen und sich strahlend in immer neuem Leben zeigen.

Langsam sank ihr Körper aus dem Schwebezustand zum Fuß des Erdhügels zurück, an dem ihre Träume wie Grabblumen liegen blieben – Blumen, die nie verwelken würden. Vorsichtig, fast zärtlich, nahm sie einen der glänzenden Erdschollen in ihre rechte Hand, drückte ihn an ihre Brust und küsste ihn. Andächtig zerrieb sie die Erde in ihrer Handfläche und den Mondglanz auf ihr, ließ die Krumen langsam über ihre Finger zu Boden rieseln.

»Ich liebe dich mehr denn je, Indobellinus! Dein Körper und deine Seele sind mir nah, ich werde dich nicht vergessen, nie! Behütet ihn gut, ihr Erdschollen, ihr Steine!«, sagte sie laut in die Stille, erfasst von einem Gefühl traurigen Loslassens und jäh aufsteigenden Trotzes. Das Leben mit ihm, in dieser Welt, war unwiderruflich zu Ende. Ein Leben, in dem sie vieles gedacht und getan, aber so vieles noch nicht erdacht hatten. Wie von ferne her fühlte sie in ihrem Loslassen seine sanfte Berührung, roch seinen männlichen Duft und erahnte seine Gefühle, die ihr die Traurigkeit nehmen wollten – jene feinen Empfindungen, die sie in seiner Gegenwart immer umgaben, wie ein nicht fassbarer schützender Schleier. Es war ihr, als wenn er neben ihr stünde und diesen behutsam über sie breitete.

Als die Erde mit leisem Rascheln aus ihren Fingern über das Gras am Fuß des Grabhügels rieselte, griff sie nach dem Schleier, gewahrte jedoch nur die räumliche Leere und das lähmende Schweigen um sich.
Während sie widerstrebend aus ihren Gefühlen und Gedanken in die Wirklichkeit zurückkehrte, flog eine riesige Eule aus dem in Dunkelheit versunkenen Waldrand heran. Von ihm waren nur mehr die fahlen Wangen der Baumstämme zu erkennen, die das Gräberfeld wie Trauergäste umstanden. Der Vogel setzte sich auf den Kronenstein des Grabhügels und blieb stumm sitzen, so als warte er, bis die Trauernde am Grabhügel wieder zu sich fände. In den Augen des Tieres spielte das Mondlicht, welches die Zweige umstehender Bäume ein um das andere Mal verbargen – wie der Nachtwind sie bewegte. Die Eule richtete ihren Blick bewegungslos auf die Frau am Grab. Der Vogel schien auf dem Grabhügel erstarrt zu sein, wie wenn er aus Stein gehauen wäre.

Die Trauernde sah auf, bemerkte den großen dunklen Schatten auf dem Grab über sich, heftete ihren Blick auf den Vogel und suchte seine Augen. Sie bemerkte darin ein im Licht tanzendes Lächeln, das so gar nicht zu dem unbeweglich verharrenden Körper passte. Sie ahnte, dass sie die Eule geschickt hatte, sie ihr ein äußeres Zeichen geben wollte. Hatte sie selbst nicht darauf gewartet?
Unvermittelt stieß sich die Eule vom Kronenstein des Grabes ab, so als hätte sie auf den passenden Moment gewartet. Der Vogel schwebte zu ihr nieder, setzte sich vor ihr auf den Hang des Hügels und legte behutsam mehrere Blütenblätter der Seerose, die er im Schnabel hielt, auf einen der glänzenden Schollen am Grabfuß. Mit einigen gezielten Schnabelhieben richtete er die Blätter gekreuzt übereinander aus, flog lautlos auf, umkreiste die Grabstätte ein letztes Mal mit weit ausholenden mächtigen Flügelschlägen und wurde wieder eins mit der Dunkelheit.
»Ein Zeichen der Überirdischen«, dachte sie, »der Erdenmutter Nanthosuelta. Auch wenn sie sich selbst nicht zeigte, ist die Schöpferin allen Lebens tröstend in Gestalt dieses Vogels bei mir erschienen.«
Sie sah dem verschwundenen Vogel nach und Dankbarkeit breitete sich in ihr aus.

»Wie lange habe ich nach ihr gesucht! Welche Kraft und welchen Glauben hat mir die Suche nach ihr abverlangt, und wie verzweifelt habe ich in langen, anfangs erfolglosen Meditationen um ein Zeichen von ihr gerungen, taumelnd zwischen Bewusstsein und Traum! Ich suchte in Rauschzuständen nach ihr, und nun ist es wie selbstverständlich, dass sie mir im Augenblick meiner größten Trauer erscheint, mit mir spricht und Trost spendet.«

Eine unendliche Wärme strömte in ihr Herz.

»Sie beschützt mein Leben und das meiner Tochter, und sie wird uns auf unserem weiteren Lebensweg nie mehr verlassen!«

Mit Abscheu dachte die Druidin an die Anflehung der Götter, die sie gegen ihre Überzeugung bei ihrem Stamm vornahm, dachte an die Tieropfer, mit denen die Menschen auf dem Seerosenhügel bei einer endlosen Schar von Göttern und Geistern nach Antworten suchten.

»Um das zu tun, was uns vorschwebte, brauche ich noch Zeit! Die Menschen sind noch nicht reif dazu! Auch Indobellinus war dieser Meinung«, murmelte sie und strich sich die Nebelnässe von der Oberlippe.

Sie schüttelte den Kopf, sodass ihre Kapuze verrutschte.

»Noch kann mich niemand verstehen, wenn ich versuche, den Menschen diesen Glauben an eine allmächtige Kraft zu erklären!«

Sie krallte beide Hände in das frische Erdreich und stützte sich ab.

»Obwohl sie mich achten und verehren, können sie diese allmächtige Kraft nicht begreifen. Sie denken nicht im Entferntesten daran, sie über die vielen Götter zu erheben, mit denen sie schon seit undenkbar langen Zeiten leben und die sie in verschiedensten Gestalten anrufen. Das zu ändern ist meine Aufgabe als Druidin, und das ist eine Last an der ich schwer zu tragen habe.«

Sie löste ihre Hände aus dem Erdreich und setzte einen Schritt zum Grabhügel hin.

»Der Sinneswandel der Menschen kann nur in kleinen Schritten erfolgen. Dabei darf ihr Vertrauen zu mir nicht erschüttert werden, ihr Selbstverständnis keinen Schaden nehmen.«

Dankbar legte sie die Blütenblätter, die der Vogel vor ihr niedergelegt hatte, auf ihre Handfläche, dachte an das Leben mit Indobellinus zurück, an die erste Nacht und viele Nächte danach, die sie mit ihm beim Tempel auf den Sieben Drachenrippen an der Isura verbracht hatte. Wie erbaulich waren die langen Gespräche mit ihm, wenn abends in der Ferne die Konturen der Blauen Berge mit der Sonne untergingen und wie leicht war ihr Herz nach solchen Nächten.

»Das ist es, was ich mit mir nehmen werde!«, dachte sie dankbar.

»War es nicht unser gemeinsames Staunen über den klaren Sternenhimmel des Frühsommers in diesem Land, der so viele Fragen aufwarf, einige beantworten konnte, viele unbeantwortet ließ? Öffneten sich nicht in diesen Stunden unsere Herzen, und suchten wir nicht hinter den Sternen die Zukunft zu ergründen, welche wir manchmal gelesen zu haben glaubten? In der aufkommenden Traurigkeit über diese unabänderliche Gewissheit, die wir vom Orakel erfuhren, liebten wir uns wie Verzweifelte, überwanden die Grenzen zwischen uns, nahmen den anderen in uns auf, um dessen Wesenheit auch über den Tod hinaus in sich tragen zu können.«

Sie lächelte, als sie daran dachte, wie sie den Sonnenaufgang im Tempel gemeinsam erwartet hatten, erinnerte sich daran, wie die Sonne am Morgen das Tempelinnere durch das Sonnenloch in ein wundersames Licht tauchte. Die Köpfe der Götter schwebten hell angestrahlt in ihren dunklen Nischen und der geöffnete Schrein der Göttin Epona wurde in gleißendes Licht getaucht. Ihre düstere Erscheinung erhellte sich und im milden Morgenlicht umspielte ein sanftes Lächeln den Mund der Göttin. Auch Epona war an diesem Morgen wieder die geworden, welche der Allmächtigen Erdenmutter zu dienen hatte.

Als sie an einem dieser Morgen den Tempel verließen, vergruben sie eine Kopie der Tontafel unter dem Fundament des Tempels, tief im Boden an den Felsen. Sie erinnerte sich, wie sie bis zu den Knien im Wasser stand, Indobellinus sie festhielt und sie Lehm um die Tontafel schichtete.

»Mögen spätere Generationen unser gemeinsames Vermächtnis lesen«, dachte sie, »es gutheißen oder nicht, es ist der einzige Weg, ihnen etwas von uns mitzuteilen.«

Während sie mit ihren Gedanken viele Treppen auf- und abgestiegen war, die vielen Kammern ihrer Erinnerungen durchstreift hatte, hörte sie leise Schritte und sah den Schatten, der sich aus den Bäumen löste. Eine Hand griff nach ihrer und hielt sie fest. Sie fühlte die Worte des Mannes in seinen Händen, die sie auf das leise Jammern an ihrer Schulter hinwiesen. Erschrocken griff sie sich an den Kopf, schlug die Tücher der Tragetasche zurück welches sie an ihrer Seite trug und blickte auf das zarte Gesicht des Kindes. Es blähte bereits die Lippen und nahm Anlauf, lautstark das zu fordern was allen Säuglingen dieser Welt zustand: die Brust der Mutter.

Die Hände des Mannes sagten ihr, dass es nun an der Zeit sei, das Reich der Toten zu verlassen und an das kleine Wesen zu denken, welches nur mehr sie auf dieser Welt hatte und ihre Trauer still ertragen hatte. Der Händedruck wurde stärker und blieb unnachgiebig.

»Es hat nur dich!«, sagten die Hände beharrlich.

»Euer Leben muss weitergehen – und es wird weitergehen!«

Sie nahm den dunkelhäutigen Mann in die Arme, der so geduldig ihren Schmerz begleitet hatte. Dankbar sah sie dem Heiler in die Augen.

»Es ist Zeit«, wiederholten seine Augen, »in das Leben zurückzukehren!«

Vorsichtig tastete sie nach dem Gesicht des Kindes und streichelte die Wangen und dunklen Wimpern.

Entschlossen schnallte sie sich das Bündel mit dem Kind fest um die Schultern und sah auf den Weg zum Seerosenhügel. Beim ersten Schritt hatte sie das Gefühl, ihre Beine kaum mehr heben zu können.

»Das Blut«, sagte sie laut, »das Blut ist aus meinen Füßen gewichen!«, so als wollte sie sich durch den Klang ihrer Stimme vergewissern, dass sie wieder unter den Lebenden weilte. Ihr Weg ins Dorf führte durch den Auenwald, vorbei an der alten Fluchtburg, die von Altwassern umgeben im Wald lag.

»Wir werden rechtzeitig ankommen, Quinus!«, sagte Pona. »Und dann wird mein kleines Mädchen ein flauschiges Fell erwarten, und ich werde sie versorgen«, murmelte sie, dabei sah sie auf Quinus und das Kind, welches wieder eingeschlafen war.

»Wie sie meinem Indobellinus ähnelt!«, staunte sie in Gedanken, während bereits die ersten Lichter des Dorfes durch die Baumreihen schimmerten, hoch auf dem Seerosenhügel über der Isura.

Zweitausend Jahre später – Der Hort

»In welchem Ritual wurden die Druiden in ihr Amt berufen? Wurden sie gewählt oder war dies ein ererbter Titel?«, fragte Alex, während er mit einem Finger die Seite im Buch einmerkte. Schon seit einiger Zeit waren sie dabei, einige Kapitel durchzuarbeiten, hatten inzwischen ein Bad im Fluss genommen, aber noch nicht gefrühstückt. Die Isar dampfte in der Morgensonne. Friedlich floss sie an ihnen vorbei. Sie kannte die Antwort auf diese Frage, doch sie blieb sich treu und schwieg, wie schon zweitausend Jahre zuvor.

»Die obersten Druiden wurden gewählt, natürlich!«, beantwortete Kathrin seine Frage.

»Ihr Wissen erlernten sie über Jahrzehnte hinweg. Nach ihrer Berufung riefen sie mit einem Tieropfer die Götter an und erbaten deren Segen.«

»Wie hieß die Göttin, die sie besonders verehrten?«

»Epona«, antwortete sie wie aus der Pistole geschossen. »Epona«, wiederholte sie lang gedehnt und dachte über etwas nach. »Man konnte einem Mädchen zwar nicht den Namen der Göttin geben, aber Teile davon. Ich würde meinem Mädchen den Namen Pona gegeben haben, hätte ich damals gelebt.«

Er sah überrascht vom Buch auf, in dem er bereits die nächste Frage gesucht hatte.

»Du könntest Recht haben, der letzte Buchstabe auf der Tontafel ist ein A. Also Pona, vom Stamm der Wasserrosen. Man nennt sie auch Moosrosen.«

»So wie unsere Heimatstadt, die Burg im Moos heißt«, ergänzte sie, »und mit Sicherheit stammten die beiden aus diesem Ort, der ziemlich uneinnehmbar, hoch über dem Moos, zwischen dem Zusammenfluss von Isar und Amper lag. Ein nach damaligem Empfinden geschützter und auch magischer Ort.«

»Das wird dich zwar in der Prüfung niemand fragen«, meinte er, »aber die Antwort ist plausibel, du kluge Druidin! Ich aber denke, dass der Name unserer Stadt von ›mori‹ und ›brigum‹ stammt. Das bedeutet in Keltisch befestigter Ort oder Festung über dem See, also ›moribrigum‹.«

»Deine Interpretion mag für den Namen zutreffend sein, Alex, doch da wir Frauen immer das letzte Wort haben, hat die Keltin auf der Tafel, hinter dem letzten Buchstaben ihres Namens, mit dem Daumen den Schlusspunkt eingedrückt. Quasi ein gemeinsames Siegel.«

Er nickte.

»Wer einen solchen Daumeneindruck hinterlässt, also etwas Persönliches von sich selbst, möchte, dass der dazugehörende Text von keinem Sterblichen gelesen werden sollte. Deshalb haben sie die Tafel, nachdem sie gebrannt war, vergraben. Und wo vergräbt man so etwas? An einem heiligen Platz, der für die Ewigkeit geschaffen war, unzerstörbar schien, da er für die Götter erbaut worden war und unter deren Schutz stand«, beantwortete er seine Frage selbst.

»Auf den Sieben Rippen, die zu dieser Zeit ein Tempel gekrönt haben könnte, denn damals waren die Felsen noch mächtiger als heute«, fügte sie hinzu.

Alex räumte nach ihrer morgendlichen Lernstunde die verkohlten Holzteile zur Seite, beseitigte die Reste ihrer Fischmahlzeit und entzündete ein Feuer. Er setzte Teewasser auf, während Kathrin in ein Buch vertieft war. Sie sahen nicht, dass sich ein Fischerboot flussaufwärts näherte, und erst als es knirschend auf dem Kies auflief, bemerkten sie den Fischer und seinen Helfer, die nacheinander auf die Kiesbank sprangen.

»Wen haben wir denn hier, ein Pärchen von Schwarzfischern? Was meinst du, Kastulus?«, ließ sich der zuerst an Land gesprungene Fischer vernehmen und musterte die beiden misstrauisch. Der andere antwortete nicht, sondern stapfte aus dem Wasser, marschierte mit seinen Fischerstiefeln, die ihm bis zum Schritt reichten, um das Lager. Er beäugte ihre Habseligkeiten, sah die beiden Fahrräder, ging zum Feuer und stocherte darin herum.

»Hab' ich es doch geahnt«, dachte Alex. »Gut, dass ich die Angelrute verstaut und die Fischreste beseitigt habe. Sonst bekämen wir in dieser ach so perfekten Welt ein paar unperfekte Probleme.«

»Fisch, wenn ich nur daran denke, dann schüttelt es mich!«, sagte Kathrin geistesgegenwärtig. Sie musterte den zuerst an Land gesprungenen Mann neugierig.

»Seid ihr etwa die Menschen, welche diese glitschigen ekelhaften Tiere fangen und verkaufen? Wie kann man damit sein Geld verdienen, was meinst du dazu?« Sie sah Alex mit angeekeltem Gesicht an und er schüttelte sich.

»Warum haben wir uns denn Fleisch zum Grillen mitgebracht?«, fing er ihren Gedanken auf und entnahm einer Tasche das in Folie gewickelte Fleisch.

»Hier, das ist schmackhafter als der Fisch, den ihr bei uns vermutet!«

Der mit Kastulus Angesprochene murmelte in seiner breiten Mundart etwas von Fischereigesetz, von einem Badeverbot wegen der Kolibakterien und weil ganz München in die Isar scheißt gäbe es derzeit auch so wenig Fische, Kläranlage hin oder her!

»Sonnenbadeverbot ist damit sicherlich nicht gemeint«, antwortete Alex. Er wusste, die beiden versuchten ihre Unzufriedenheit abzureagieren, denn die Behälter in ihrem Boot waren noch leer. Sie suchten nach einer Gelegenheit, um eine ihrer anderen Aufgaben an diesem Fluss demonstrieren zu können.

»Wollt ihr mit uns Tee trinken?«, fragte Alex beiläufig.

»Bier wäre mir lieber, aber warum nicht?«, antwortete der zuerst an Land gesprungene Fischer. »Was meinst du, Kast? In so netter Gesellschaft?« Dieser brummte nur und begann, sich seiner Gummikleidung zu entledigen.

Sie tranken Tee und Alex erzählte ihnen von der Lektion ›Kelten‹, die sie gerade durcharbeiteten, von den Scherben, die sie im Fluss gefunden hatten und dass diese von Kelten stammen mussten.

»Hast du nicht schon einiges aus dem Wasser gefischt?«, wandte sich der Brummige an den Redseligen.

Alex erklärte, dass er solche alten Scherben sammle, in der Hoffnung, etwas Brauchbares in denen des Fischers zu finden, wenn dieser überhaupt auf die Idee kommen sollte, ihm eine Sichtung zu erlauben.

»Das Glummp kannst haben!«, erklärte der Fischer großzügig, »meine Kinder haben sich über das bunte Zeug zuerst gefreut und dann ließen sie es liegen. Sie spielen, wie alle Kinder in diesem Alter, lieber mit Computern. Komm' bei Gelegenheit zu mir! Ich wohne an der Lände in der Stadt, du kannst alle mitnehmen, die dir gefallen. Sie sind wirklich sehr bunt.«

Das Mädchen und der junge Mann sahen sich an. Alex nickte scheinbar gleichgültig.

»Gut, bei Gelegenheit komme ich vorbei. Danke schon im Voraus!«, sagte Alex.

Die beiden Männer erhoben sich wieder und zogen etwas besser gelaunt ihre Gummikleidung an. Das Zeug roch unangenehm nach Fisch und Schweiß. Der Redselige winkte ihnen noch einmal zu, als sie mit dem Boot weiterfuhren. Dabei benutzten sie lange Ruder, mit denen sie den Kahn auf Kurs hielten. Sie wirkten wie große grüne Fische, die ein noch viel mächtigerer Fischer in einem Boot gefangen hielt.

Schweigend sahen Kathrin und Alex den beiden nach. Als das Boot hinter den Sieben Rippen verschwunden war, sprang Alex auf und schlug einen Salto, noch einen und noch einen. Begeistert rief er ihr zu: »Das kann doch nicht wahr sein, bestimmt finde ich einige Scherben bei ihm, denn die Stelle, an der wir unsere gefunden haben, hat der Fluss erst vor kurzer Zeit freigelegt.«

Sie stand auf und meinte entschlossen: »Wenn das nicht der geeignete Moment ist, dort weiterzusuchen, wo wir gestern aufgehört haben! Komm', lass uns hinschwimmen!«

Am wolkenlosen Himmel hatte die Sonne bereits an Kraft gewonnen, obwohl es noch früh am Morgen war. In der Ferne, im Westen, hörten sie Glockengeläut, vom anderen Ufer, im Osten, erklang die Antwort und es schien, als unterhielten sich die Glocken, deren Geläut in Wellen herangetragen wurde.

Diesmal hatte es Alex eilig. Er schwamm mit kraftvollen Zügen zu den Felsen und warf sich, nach Luft ringend, auf den feinen Sand in ihrer Nische. Als sie ebenfalls angekommen war, wies er auf die Stelle, wo sie gestern die Scherben gefunden hatten.

»Unter diesem Sand liegen mehr von ihnen, denn ich meine, sie wurden aus diesem Hohlraum – dem Hort, wie du ihn genannt hast – unter den Felsen herausgespült. Nach und nach haben sie sich aus der zähen Schicht gelöst, die sie einschloss. Die beiden Kelten haben die Tafel in ein Lehmbett gelegt, da sie annahmen, dass dieses unter den Felsen unversehrt bliebe, geschützt durch die Aufschüttung unter dem Tempel. Lass' uns also hier unter dem Felsen etwas tiefer graben!«

Sie wühlten wie zwei Hunde, scharrten den Sand in hohem Bogen hinter sich weg, doch sie fanden nichts. Nur Steine, Holzstückchen, geschliffene Glasscherben, die von braunen und grünen Bierflaschen stammten kamen zum Vorschein.

»Das kann doch nicht sein!«, meinte er entmutigt, »irgendwo müssen die beiden Scherben doch herkommen!«

Kathrin grub inzwischen weiter, während er sich den Schweiß von der Stirn wischte und seine sandigen Knie betrachtete.

»Hier ist eine zähe Schicht«, rief sie, dabei griff sie unter einen der Felsen.

Sie zog ihre Hand aus dem breiten Spalt und sah auf ihre lehmverschmierten Finger.

»Ich meine Lehm gefühlt zu haben, Alex. Das könnte die Stelle sein, die wir suchen.«

Er nahm einen flachen Stein als Grabhilfe und begann in dem Loch zu graben. Ein kleiner Lehmhaufen lag bereits vor ihm, als er begeistert aufschrie.

»Es knirscht wie Tonscherben, ich werde mit der Hand nachfühlen!« Als er seine Hand herauszog, hielt er zwei größere Tonscherben zwischen seinen Fingern und betrachtete sie bewundernd.

»Sie passen nicht zu denen, die wir bereits gefunden haben«, stellte sie enttäuscht fest und fuhr fort: »Wir suchen einfach weiter, es werden bestimmt noch andere vorhanden sein!«

Nach und nach beförderten sie weitere Scherben aus dem Lehmhort. Schließlich stießen sie auf Fels.

»Hier an dieser Stelle werden wir nicht mehr fündig«, meinte Alex. »Insgesamt haben wir nun siebzehn Teile gefunden. Ob das eine ganze Tafel sein kann?« Vorsichtig nahm jeder von ihnen eine Handvoll an sich und sie kehrten zu ihrer Kiesbank zurück.

»Auf jeden Fall sollten wir versuchen, das Puzzle anhand der Bruchkanten und Buchstaben zusammenzusetzen«, überlegte Kathrin, als sie sich auf der Isomatte niederließ.

»Morgen werde ich alle Scherben fotografieren, und von jeder einzelnen Scherbe eine Skizze anfertigen, samt Bruchkanten und sie meinem Freund schicken. Er beherrscht Altgriechisch«, meinte Alex. Er setzte sich zu Kathrin und fügte hinzu: »Dieser Fund wird uns noch lange beschäftigen, das sagt mir ein unbestimmtes Gefühl!«

Sorgsam reinigten sie die unterschiedlich großen Bruchstücke, schabten das Moos vorsichtig ab. Dabei gingen sie sehr vorsichtig zu Werke, denn der gebrannte Ton durfte nicht verletzt werden. Nach und nach wurden verwirrende Zeichenfolgen sichtbar. Auf einem Teil erkannten sie sogar zwei zusammenhängende Worte.

»Sieh dir das an!«, sagte Kathrin und zeigte ihm ein Bruchstück mit einer geraden Kante.

»Ich lege einfach alle Teile mit diesem Merkmal aneinander. Es könnte doch sein, dass sie zum Rand der Tafel gehören!« Sie reihte die Scherben aneinander und es entstand die ungefähre Form eines rechtwinkligen Dreiecks.

»Nicht schlecht! Jedenfalls wissen wir jetzt, dass eine Hälfte der Tafel fehlt«, stellte Alex fest. Danach wurde die Tafel von rechts oben nach links unten diagonal geteilt.«

Ärgerlich betrachtete er das unvollständige Puzzle.

»Sollte ich beim Fischer einige Scherben finden, werde ich ihn fragen, an welcher Stelle er sie gefunden hat. Dann werden wir im Fluss weitersuchen müssen!«

»Lass' uns die Tontafel vergessen! Ein wenig musst du mich noch ausfragen«, sagte Kathrin. »Morgen ist meine erste Abiturprüfung. Mir wird bereits beim Gedanken daran schlecht. Du kannst in meinem Lehrbuch hinzufügen, was dir noch zu den gefragten Themen einfällt, Stichpunkte genügen! Ja, die alten Kelten: sie spuken in meinem Hirn herum, mehr als mir lieb ist! Selbst Erlebtes bleibt im Gedächtnis eben besser haften.«

Wahl des Druiden

Pona verschanzte sich nach Indobellinus' Tod in ihrem Haus. Sie ließ niemanden an sich heran und nahm keines ihrer Ämter wahr, die sie als Stellvertreterin ihres Mannes auszuüben hatte. An manchen Tagen saß sie wie versteinert in der Wohnhalle und starrte stundenlang vor sich hin. Auch das fröhliche Geschrei ihrer Tochter Siane konnte sie nicht in die Gegenwart zurückholen. Es schien, als befände sie sich in einer anderen Welt. Pona wich jedem Gespräch aus und weigerte sich, an den Mahlzeiten mit Quinus teilzunehmen. Wenn sie aus ihren oft langanhaltenden Traumzuständen wieder in die Realität zurückkehrte, duldete sie nur ihn und Siane um sich. Hin und wieder gelang es Quinus, ihr Speisen aufzudrängen.

Der Rat der Druidinnen respektierte ihre Trauer. Vor allem Casina war diejenige, welche nachempfinden konnte, welche schier unüberwindlichen Barrieren Pona in ihren Gedanken und Gefühlen zu überwinden hatte.

»Lasst ihr Zeit!«, sagte sie im Druidenrat. »Sie muss von Indobellinus Abschied nehmen, und sie weiß nicht wie sie es bewerkstelligen soll. Die Götter und Indobellinus werden ihr einen Weg weisen! Es ist nur eine Frage der Zeit!«

Quinus übernahm, neben den Arbeiten auf der Krankenstation, auch die Leitung des Hofes, den Pona nach keltischem Recht von ihrem Mann geerbt hatte. In den seltenen Augenblicken, in denen sie einige Worte mit Quinus wechselte, ließ Pona verlauten, dass sie von diesem Dorf Abschied nehmen und zu den Boiern zurückkehren wollte.

»Für meine Tochter und mich ist hier kein Platz mehr! Die Schatten der Vergangenheit füllen jeden Winkel dieses Hauses aus, und die Erinnerungen an Indobellinus erdrücken mich«, sagte Pona dann. »Wenn die Versammlung der Edlen und Druidinnen der umliegenden Dörfer eine Nachfolgerin für Indobellinus gefunden hat, dann ist der Zeitpunkt für unsere Abreise gekommen.«

Der Heiler beobachtete sie voller Sorge. In ihm wurde ein anfänglich noch vages Gefühl immer mehr zu einer bedrohlichen Gewissheit: Pona suchte den Tod und bereitete sich darauf vor. Quinus war gewarnt und ließ sie nicht mehr aus den Augen.

In einer der folgenden Nächte wachte Quinus schweißgebadet auf. Eine lähmende Stille herrschte im Haus, eiskalter Hauch fuhr durch die Halle und er hatte das Gefühl, der Tod sei in das Haus getreten. Er eilte in die Wohnhalle, entzündete ein Licht und erschrak. Am Firstbalken der Halle, über dem schwach rauchenden Herdfeuer, hing an einem Seil der Körper von Pona. Ihr Körper pendelte leblos hin und her, dabei blähten sich ihre Gewänder wie Leichentücher auf. Quinus handelte schnell und entschlossen. Mit einem Arm umschlang er den Körper der Druidin, hob sie leicht an und durchschnitt das Seil. Vorsichtig bettete er die Druidin auf ein Lager.

Unzählige Gedanken darüber, was er anschließend zu tun hatte, schossen in wenigen Herzschlägen durch seinen Kopf.

»Sollte ich ihre Brust öffnen und das Herz massieren? Nein!«, entschied er, »das würde zu viel Zeit kosten und könnte ihren schwachen Lebensfunken zum Erlöschen bringen! Ich muss es anders versuchen!«

Quinus betrachtete Ponas starre Augen.

»Ich bin zu spät gekommen!«, dachte er verzweifelt, doch dann fühlte und roch er, dass der Tod in ihrem Körper noch nicht gesiegt hatte.

»In ihr ist noch Wärme«, stellte er erleichtert fest. Quinus kannte die Anatomie eines Menschen wie kaum ein anderer, hatte den Brustkorb mancher Toten geöffnet, wusste wo das Herz schlug und wie es im Blutstrom funktionierte.

»Ich werde den Tod einholen und ihm Pona entreißen, werde ihr Herz wieder zum Schlagen bringen, auch wenn es zum Stillstand gekommen ist! Ich weiß es und ich will es!«

Seine Lippen pressten sich aufeinander und wurden blau. Er spreizte die Beine und kniete sich über Pona. Mit beiden Händen presste er ihren Brustkorb ruckartig nach unten, wiederholte dies in kurzen Abständen und versuchte mit seinem Mund die Atmung von Pona zu entfachen. Er fühlte am Puls, doch dieser blieb stumm. Das Herz Ponas schwieg beharrlich. Mehrmals versuchte er es, doch ohne Erfolg. Schweißgebadet und keuchend unterbrach er seine Anstrengungen und entschloss sich verzweifelt zu einem letzten Versuch. Quinus zog alle Kraft über die er verfügte aus sich heraus. Er erhöhte den Druck seiner Pressbewegungen, reduzierte die Abstände, während er immer wieder mit seinem Mund die Atmung von Pona zu entfachen versuchte, obwohl er selbst kaum mehr Luft bekam. Sein Herz raste und er atmete keuchend.

Als Quinus seine Hände erschöpft und resigniert auf den Brustkorb von Pona legte, meinte er leichten Herzschlag zu fühlen. Eine vage Hoffnung stieg in ihm auf und er setzte die Pressbewegung so lange fort, bis er ihren Atem deutlich an seinen Lippen spürte. Die Atmung von Pona hatte tatsächlich wieder eingesetzt, auch wenn sie bedrohlich flatterte. Quinus legte sein Ohr auf ihren Brustkorb und registrierte erleichtert das schwache Pochen von Ponas Herz. Auch ihren Puls konnte er wieder fühlen – zwar schwach, aber er war da.

Blitzschnell hastete er zum Schrank, in dem die verschiedensten Medizinflaschen standen. Er wählte ein Fläschchen aus, dessen Inhalt er stets

Menschen mit Herzproblemen verabreichte. Vorsichtig tropfte er Pona die Flüssigkeit in den Mund und wartete geduldig. Immer wieder fühlte er an ihrem Puls und legte seinen mit Wasser benetzten Mund auf den von Pona, um ihren Atem zu spüren.

Quinus mochte eine oder mehrere Stunden an Ponas Lager verbracht haben, er wusste es nicht. Unvermittelt hoben sich Ponas Hände und legten sich auf die des Heilers.

»An der Schwelle zwischen Leben und Tod traf ich Indobellinus«, flüsterte Pona kaum hörbar.

»Er befahl mir: ›Kehre um, gehe zurück zu den Lebenden, Pona! Deine Tochter Siane und Quinus erwarten dich! Verliere keine Zeit, noch ist dein Lebensfaden nicht durchschnitten! Tue es auch für mich, ich möchte dich leben sehen, dich bewundern, wenn du unseren Traum verwirklichst, den wir an der Isura geträumt haben!‹ Danach verschwand er in der Ferne und winkte mir zu, während mir ein Sturmwind durch Mund und Hals fuhr. Eine riesige Hand erfasste mein Herz, quetschte es wie einen Blasebalg, bis ich fühlte, dass es wieder zu schlagen begann. Ich wusste, dass du es warst! Dafür danke ich dir, mein Freund. Das Leben braucht mich noch, das habe ich an der Schwelle zum Tod erkannt. Siane braucht mich und auch du, Quinus, der mir dieses abscheuliche Getränk eingeflößt hat.«

Sie hustete, schloss ihre Augen und flüsterte: »Wie kann ein Mensch sein eigenes Leben wegwerfen wollen, wenn er noch so viel zu tun hat, nichts vollendet hat. Ich schäme mich, dass ich versucht habe, mich diesen Aufgaben und euch zu entziehen!«

Quinus legte seine Hand auf Ponas Stirn und streichelte mit seinen Fingern deren Augenlider, während die junge Frau ruhig atmend einschlief. Quinus dankte der Allmächtigen und wusste, dass Pona ihr Leben wieder angenommen hatte.

Über die Geschehnisse dieser Nacht sprachen die beiden nie mehr und niemand erfuhr davon. Als Pona nach einigen Tagen wieder auf den Beinen stand war sie fast wieder die alte Pona geworden, wie die Menschen im Seerosendorf sie kannten und liebten.

Erleichtert bemerkten die Druidinnen und Bewohner die zurückgekehrte Lebensfreude Ponas.

»Die Götter haben sie ermahnt«, dachte Casina, »sich wieder den Lebenden zuzuwenden und sie von der Schwelle zum Totenreich zurückgewiesen.«

Sie teilte ihre Vermutungen dem Druidenrat mit. In allen Clans sprach man darüber, dass Pona den Rat der Götter eingeholt hatte und ihren Mann an der Schwelle zum Tod gesprochen hatte.

Die Wahl einer neuen Druidin stand unmittelbar bevor. Man war gespannt darauf, wen der Druidenrat für das Amt auswählen würde. Viele tippten auf Casina, denn seit undenkbaren Zeiten hatten erfahrene Frauen die Funktion einer Druidin und zugleich Fürstin im Dorf auf dem Seerosenhügel ausgeübt – wobei das Seerosendorf die Hochweise aller Mittleren Vindeliker stellte. Frauen waren bei den Mittleren Vindelikern die obersten Kriegsherrinnen und die Gebieterinnen in den Gehöften. Sie suchten sich die Männer selbst aus mit denen sie zusammenleben wollten. Nicht selten waren es mehrere Männer, manchmal Brüder, welche sich eine Frau auswählte.

Auch wenn Pona nie so gehandelt hätte, nahm sie es als gegeben hin. Ihr genügte ein Mann, Indobellinus, nur ihn hatte sie geliebt. Nie hätte sie sich vorstellen können, dass sie einem zweiten Mann erlaubt hätte, das Lager mit ihr zu teilen. Auch Indobellinus dachte wie sie.

Kam Pona in ihren Unterhaltungen mit Quinus auf das Thema der anstehenden Wahl zu sprechen, winkte Pona stets ab.

»Das ist Vergangenheit und wird mich nicht mehr berühren, Quinus! Ich gehöre zu den Boiern. Wenn die Zeit reif ist, werden wir den Seerosenhügel verlassen, so wie wir es besprochen haben.«

»Warum?«, bedeutete Quinus mit seinen Händen.

»Hier sind es die Frauen, die gewählt werden, Pona. Indobellinus' Wahl war eine Ausnahme wie du weißt. Warum sollte sich der Druidenrat nicht für dich entscheiden? Was würdest du in diesem Fall tun? Das Amt ablehnen? Du solltest an Deine Tochter Siane denken. Sie ist Indobellinus' Tochter und wird dich einst fragen, warum du das Seerosendorf verlassen und damit ihre Rechte aufgegeben hast.« Quinus legte seine Hände auf seine Oberschenkel und sah Pona vorwurfsvoll an.

»In den meisten Clans der Vindeliker werden Männer in dieses Amt gewählt«, antwortete Pona. »Warum sollten die Druiden des Seerosendorfes diese Tradition nicht übernehmen und einen Druiden wählen? Auch Iduras wäre dafür geeignet.«

Quinus schüttelte seinen Kopf und bedeutete mit seinen Händen: »Sie alle wollen eine Druidin, eine die das Vermächtnis ihres Hochweisen Indobellinus weiterführt. Nur du kannst dieser Aufgabe gerecht werden. Es waren einst die Götter gewesen, welche die Wahl einer Druidin für die Dörfer dieser Gegend an der Isura gewünscht hatten. Daher wurde nie der Versuch unternommen, diese Bestimmung mittels Gewalt zu beseitigen. Ich denke, der Rat der Druiden wird wieder eine Frau wählen!«

Quinus gestikulierte mit den Händen weiter: »Es sind die Götter, die du nicht mehr akzeptierst, und damit auch nicht deren Wünsche, Pona! Das ist die eine Seite. Dieser Götterwunsch trug sich seit Menschengedenken mit jenen Personen die dazu in der Lage waren, die Aufgaben einer Druidin am besten zu gestalten. Das ist die andere Seite. Wer also sollte es außer dir können, Pona?« Seine Hände blieben auf seinen Knien liegen.

»Vielleicht Casina?«, meinte Pona.

Sie beugte sich wieder über ihre Lederrolle und schrieb weiter an ihren Aufzeichnungen – derzeit schrieb sie über den Holunder, über dessen mythische Bedeutung, seine Heilkraft, die Speisen und Getränke, welche man daraus zubereiten konnte.

Ohne ihre Schreibarbeit zu unterbrechen fuhr sie fort: »Wenn eine der Druidinnen des Rates uns bei dieser Arbeit beobachtete«, sagte Pona belustigt, »dann würden wir mit Schimpf und Schande aus dem Dorf gejagt werden, Quinus – auch du. Dann wäre eine Diskussion darüber, wer gewählt werden sollte völlig überflüssig. Vielleicht sollten wir ihnen unsere Aufzeichnungen zeigen«, ergänzte sie in einem Anflug von Scherz und lachte.

Auch Quinus lächelte und erwiderte mit seinen Händen: »Die einfachste Art für dich, sich der Verantwortung zu entziehen, Pona. Es würde dir allerdings nichts nützen, denn Aufzeichnungen über unsere Heilkunst sind nicht ausdrücklich untersagt – im Gegenteil, sie sind für unsere Arbeit unumgänglich«, beschieden seine Hände.

»Die Gesundheit, welche wir so vielen in diesem Stamm wieder schenkten, spricht für uns, Pona. Casina, die klügste der Druidinnen, ist sich dessen bewusst. Sie wird längst Kenntnis über unsere medizinischen Studien haben. Sie ist doch nicht blind!«

Für Pona war es nachvollziehbar, dass für den Stamm der Mittleren Vindeliker eine geeignete Nachfolge des Hochweisen lebenswichtig wäre. Dieses Amt konnte nach bisheriger Tradition nur eine Druidin ausüben – Ausnahmen wie Indobellinus waren eher eine Seltenheit. Sie müsste damit die Nachfolge eines hochgeachteten Mannes antreten, um die sie niemand beneiden würde.

Allein die nahe Zukunft erforderte einige Entscheidungen von dieser Person, deren Ziele Indobellinus bereits formuliert hatte. Eine kraftvolle Ausübung dieses Amtes war daher Voraussetzung für den Zusammenhalt und die Aufrechterhaltung der gemeinsam geteilten Werte und Traditionen. Erfüllten die Druiden – ob Mann oder Frau – das von ihnen Erwartete nur einigermaßen richtig, war man stolz auf sie. Und wenn sich eine ihrer Weissagungen erfüllte, hielt man sie für Seher, für Weise, die mit den Göttern sprechen konnten. Dabei hing es vom Geschick des Druiden ab, nicht eingetretene Weissagungen auch als einen Wink in eine andere Richtung auszudeuten. Auf diese Weise behielten die Druiden immer Recht.

Würde ihr Stand seine Wertschätzung als Vermittler zu den Göttern bei den Menschen verlieren, könnte auch das Selbstverständnis der keltischen Welt in sich zusammenbrechen.

Pona hob ihren Kopf von den Schreibarbeiten auf und legte den Federkiel zur Seite. Sie dachte daran, dass sie einer neugewählten Druidin immer mit Rat und Tat zur Seite stehen würde. In ihren Vorstellungen konnte dies nur Casina sein.

»Die Welt ist voller Geheimnisse, die ich noch nicht aufgespürt habe«, widersprachen ihre Gedanken der Vorstellung, in diesem Dorf für immer zu bleiben. »Eines Tages werde ich dem Wunsch erliegen, all das hier zu verlassen«, dachte sie wehmütig.

»Die Menschen hier an der Isura, auch deren künftige Druidin, werden mich fürs Erste zwar brauchen, doch nicht als Druidin. Die neue Hochweise hat eine Unmenge von Glaubensregeln und Gesetzen, Weissagungen und Opfern zu verwalten, die ihr wie ein Stein am Hals hängen wird. Sollte sie dem Glauben an die Vielzahl nutzloser Götter anhängen, wird es für sie kein Problem sein – sie wäre allerdings nicht die richtige Nachfolgerin von Indobellinus. Wird sie seinen Gedanken folgen, kann sie ohne Unterstützung anderer die Menschen weder überzeugen dieses Land zu verlassen, noch würde es ihr gelingen, deren Götterkult durch die Allmächtigen zu ersetzen.«

Innerlich aufgewühlt beendete sie ihre Schreibarbeiten. Sie sah zu Quinus hinüber, der vor einem Öllicht damit befasst war, aus verschiedenen Schnabelkannen Extrakte in einen Becher zu füllen, um eine Medizin zu mischen, die er anschließend in kleine Tonfläschchen füllte. Gelöst sah sie dem Heiler zu, der die jeweilige Mischung sorgfältig auf einem Schreibleder verzeichnete und die Tonfläschchen entsprechend nummerierte.

Pona hatte erkannt, dass sie sich dem Alltag auf dem Seerosenhügel nicht mehr entziehen konnte, welches Amt auch immer sie bekleidete. Nahezu unentbehrlich war inzwischen die Krankenstation geworden, die Quinus leitete – auch ihre spezifischen medizinischen Kenntnisse waren dabei nahezu unersetzlich. Auch nahm sie wieder an den regelmäßigen Beratungen der Druiden teil, denn niemand kannte sich in Astronomie, Rechtssprechung und in den Auslegungen der Glaubensregeln so gut aus wie sie. Sie konnte ihnen ihre eigenwillige Deutung vom Wachstum der Pflanzen nahe bringen und versuchen, unerklärliche Naturerscheinungen zu deuten, deren es so viele gab.

»Eines verlangt aber nicht von mir«, sagte sie zu Casina.

»Übertragt mir auf keinen Fall das Amt der neuen Druidin! Es reißt alte Wunden auf, die noch nicht vernarbt sind.«

Die Druidin nickte, denn sie verstand Ponas Gefühle gut. Genau die waren es, die einen Entschluss in ihr reifen ließen.

Die Wahl der neuen Hochweisen der Mittleren Vindeliker, zugleich Druidin des Seerosendorfes, versetzte alle Menschen der Gegend in große Aufregung und nährte die verschiedensten Erwartungen über den Wahlausgang. Als der Wahltag anbrach, strömten festlich gekleidete Menschen zum Versammlungsplatz vor dem Tempel am Zusammenfluss von Isura und Ampernum. Man hatte Hütten für sie errichtet, Sitzstämme und Tische aufgestellt, Gerüste für schnell aufzubauende Notdächer vorbereitet, so dass sich die Menschen, ungeachtet der Witterung, bequem niederlassen konnten.

Obwohl die Wahl im Mittelpunkt stand, sahen die Druiden und der Ältestenrat des Seerosendorfes diesem Ereignis mit gemischten Gefühlen entgegen. Die vielen fremden Händler und die riesigen Besucherströme verbreiteten große Unruhe. Häufig mussten die üblichen Streitigkeiten bei Geschäften geschlichtet werden, oder man diskutierte darüber, wer gewählt werden sollte und wer nicht und geriet sich dabei in die Haare. Meist waren diese Streitereien ein Ergebnis des übermäßigen Bier- und Metgenusses.

Eine eigens für dieses Fest zusammengestellte Marktwache – eine Gruppe besonders erfahrener Krieger – sollte für einen ordnungsgemäßen Ablauf des Festes sorgen: Sie hatten Betrunkene aufzuspüren, darüber zu wachen, dass die feilgebotenen Waren auch das hielten was die Händler versprachen oder bei Streitigkeiten schlichtend einzugreifen.

Neben der Wahl der Hochweisen, der Abhaltung eines Marktes und mannigfaltiger Zerstreuung für die Besucher sollte auch ein Kultspiel aufgeführt werden. In diesem Spiel würden die Druidenschüler in die Masken von Göttern und Geistern schlüpfen, was nur einmal im Jahr erlaubt war. Casina schrieb die Texte dieses Schauspiels, indem sie die wichtigsten Ereignisse des abgelaufenen Jahres nachspielen ließ und diese mit Kulthandlungen der keltischen Götter- und Geisterverehrung verknüpfte.

In diesem Jahr wurden die Pferdegöttin Epona und der Rad- und Hammergott Taranis, Sucellus, den immer ein Hund begleitete und als oberste Gebieterin, Nanthosuelta, die Erdgöttin in die Handlung des Kultspiels miteinbezogen. Besonders verehrt wurden in den Dörfern an der Isura das Dreigestirn der Matres, welche für die Fruchtbarkeit, die Liebe und den Erntedank angerufen wurden. Ihnen wurde in diesem Weihespiel eine bestimmende Rolle zugedacht.

Verschiedene Gruppen von Musikern traten auf und taten ein Weiteres, damit dieser Wahltag als einmaliges Erlebnis im Gedächtnis der Menschen haften blieb. Barden trugen zur Kithara Balladen und Sagen aus dem Land um Isura und Ampurnum vor. Mit ihrer Musik und ihren Versen konnten die Gemeinsamkeiten der Mittleren Vindeliker gepflegt und die gemeinsamen Wurzeln beschworen werden.

Erst nach dem Weihespiel, das der Versammlung und Wahl einer neuen Druidin folgte, wurde der Markt eröffnet, konnten sich die Menschen weltlichen Genüssen zuwenden, sich an den zahlreichen Feuern einen Happen Ochsen- oder Schweinebraten einhandeln, würziges Bier oder gesüßten Met trinken und die gesalzenen weißen Riesenwurzeln dazu essen, die so köstlich scharf und saftig waren.

Die Jungen sehnten die Folgen des berauschenden Getränkes herbei, die ihre körperliche Lust steigerte und ihre Hemmungen abbaute, welche mancher von ihnen nicht so leicht überwunden hätte. Sehnsuchtsvolle Blicke wurden ausgetauscht und erhört. In den verschwiegenen Feldern und Wäldern rund um den Festplatz erhielten die Göttinnen der Fruchtbarkeit ihren Zuspruch, feierten die einfachen Menschen auf ihre Weise das Fest der Druidenwahl. All das würde sie, zumindest für einige Stunden, von der Eintönigkeit des Alltags befreien.

Am Tag der Wahl blieb Pona lange im Herrenhaus des Gehöfts und war für niemand zu sprechen. Sie bestand weiterhin ausdrücklich darauf, nicht in die erlauchte Wahlversammlung berufen zu werden.

Quinus und Pona erwarteten, wie alle Versammelten, gespannt das Ergebnis der Wahl. Auch diese, bis zum Äußersten getriebene Ungewissheit gehörte zu diesem Fest. Vermutungen wurden ausgetauscht, man diskutierte über die Aussichten bestimmter Kandidatinnen und heimlich wurden sogar Wetten abgeschlossen.

Wenn aus dem Tempel ein Rauchzeichen aufsteigen würde begäbe sie sich, zusammen mit Quinus, in den Tempelbereich und wartete auf das Ergebnis der Wahl, das der erlauchte Rat der Edlen und Druidinnen verkündete. Die Bekanntgabe des Wahlergebnisses erfolgte im Rahmen einer festgelegten Zeremonie. Die Druiden würden, wie es üblich war, zuvor noch ein Tier opfern, aus dessen Blutfluss und Eingeweiden den Rat der Götter lesen und damit die Spannung zum Siedepunkt bringen.

Mit Unbehagen dachte Pona an die Wahl von Indobellinus' Mutter Oxina. Indobellinus berichtete ihr, dass bei deren Amtseinführung ein Mensch geopfert wurde, wobei das abgetrennte Haupt dieses Unglücklichen der neugewählten Druidin auf einem Tablett überreicht und anschließend verbrannt wurde. Die Alten erzählten, in weit zurückliegenden Zeiten sei es sogar üblich gewesen, dass der gewählte Druide nach seiner Wahl, eine Stute wie ein Hengst zu besteigen hatte; eine Danksagung an die Göttin Epona. Danach wurde das Tier geopfert, der Gewählte musste im Blut des Tieres baden und diesen Sud anschließend trinken. Eine abstoßende Vorstellung. Sie schüttelte sich beim Gedanken daran und war froh, eine Frau zu sein.

Eine der ersten Amtshandlungen von Oxina, als damals neugewählter Druidin, war es gewesen – so erzählte Indobellinus – dieses Menschenopfer abzuschaffen. Es war ihr zutiefst widerwärtig. Oxina setzte ihren Willen mit Klugheit und Beharrlichkeit durch, gegen den Widerstand vieler Priesterinnen, die darin einen Bruch der Traditionen sahen. Doch das war, der Allmächtigen sei Dank, Vergangenheit!

Nach dem derzeit üblichen Ritual würde dem gewählten Hochweisen nur mehr das Haupt eines Opfertieres überreicht werden. Es sollte als Zeichen der Überirdischen angesehen werden, dass der so Beschenkte nach dem Willen der Götter das Amt zu übernehmen hatte.

Eine unübersehbare Menschenmenge war zum Nemeton, direkt über dem Steilhang am Zusammenfluss von Ampurnum und Isura, geströmt. Die Menschen standen Kopf an Kopf vor dem heiligen Hain und warteten auf das Zeichen einer erfolgreichen Wahl – auf das Rauchzeichen aus dem Tempelfirst. Pona nahm im Kreis der Druidinnen vor dem Opferaltar Platz, der von einer endlosen Reihe von Stelen flankiert war, die unterschiedliche Gottheiten darstellten. Quinus würde, wie es seine Art war, aus dem Hintergrund das Geschehen aufmerksam verfolgen, und sie würden sich über seine Beobachtungen nach Ende der Wahl ausgiebig austauschen.

Pona selbst würde jede Wahl zufrieden stellen. Sie verschwendete keinerlei Gedanken an mögliche Kandidaten, dachte nicht im Entferntesten daran, diese Stellung selbst anzustreben.

Der klagende Schrei des Opfertieres, eines prächtigen Hahns – ein sorgfältig ausgewähltes Tier – riss Pona aus ihren Gedanken. Casina, die das Tieropfer vornahm, lenkte das Blut aus dessen Halsstumpf in ein Trinkgefäß und legte den Kopf in eine flache Bronzeschale.

Nachdem sie mit flehenden Gesten unverständliche Worte an den Altar und die Stelen gerichtet hatte, nahm sie die Schale auf, winkte eine der jungen Druidinnen zu sich und wies diese an, das Gefäß mit dem Blut an sich zu nehmen und sich ihr anzuschließen. Danach trat eine andere Druidin zum Leib des Tieres, murmelte einige Beschwörungen, schlitzte ihn auf, fuhr mit der Hand in die Bauchhöhle und holte Herz und Leber heraus. Beides warf sie in einen weiteren Kessel.

Begleitet von einer weiteren Druidin, die auf einem Polster die silberne Mondsichel trug, schritt Casina die Plätze der Druidinnen und Druiden ab. Es gehörte zur Zeremonie, dass das Haupt in der Opferschale erst beim zweiten Umgang der neugewählten Druidin übergeben wurde.

Atemlose Stille herrschte. Man hätte das Herabfallen einer kleinen Fibel hören können. Pona saß gelassen am Ende der Sitzreihe und beobachtete das Geschehen.

»Die Gruppe wird mich beim zweiten Mal nicht mehr erreichen«, dachte sie zufrieden. Als Casina mit den Priesterinnen den vorgeschriebenen Weg das zweite Mal beschritt, stieg die Spannung ins Unerträgliche. Unterdrücktes Stöhnen der Zuschauer war zu hören, welche diese Anspannung nicht mehr stumm ertragen konnten. Die Druidinnen schritten die Reihe diesmal noch langsamer ab und blieben schließlich vor ihr stehen.

»Sie haben mich gewählt!« Pona traf die Erkenntnis wie ein Schlag.

»Warum mich?«, schoss es ihr durch den Kopf.

»Eine Verneigung vor meinem Mann, dem Sohn ihrer letzten Druidin und unserem Kind. Was mag den Druidenrat dazu bewogen haben?«

Sie dachte den letzten Gedanken noch zu Ende, bevor sie sich wie abwesend erhob und sich verneigte. Dieses kurze Zögern brachte ihr einen strengen Blick Casinas ein, obwohl diese sich vorstellen konnte, was in Pona vorging. In diesem entscheidenden Moment der Kulthandlung musste Casina unerbittlich sein. Eisern umfasste sie Ponas Arm und führte sie zur Opferschale. Pona wusste, was sie tun musste – und dass es jetzt zu spät war, ihre Wahl abzulehnen. Sie nahm die Schale mit unbewegtem Gesicht entgegen. Mit keiner Gemütsregung verriet sie ihre inneren Konflikte, blieb äußerlich gelassen, als hätte sie ihre Wahl nicht überrascht. Mit gesetzten Schritten und würdiger Haltung, so wie man es von ihr erwartete, folgte sie den Druidinnen zum Opferaltar. An dessen Schmalseite befand sich ein Kultschacht, dessen Schlund für diese Zeremonie geöffnet worden war. Der Opferschacht mündete tief in der Erde und sollte die Verbindung mit den Göttern darstellen, die im Inneren der Erde hausten. Ein modriger ekelhafter Geruch stieg aus ihm hoch.

»Auch Indobellinus beschritt einst diesen Weg«, dachte Pona und betrachtete ihr im Wind wehendes weißes Kultgewand, auf dem sich einige Blutspritzer abzeichneten. In diesem Moment fühlte sie die Verantwortung fast körperlich auf sich lasten, die auf sie zukam.

»Was mag Indobellinus damals gefühlt haben, als er den gleichen Weg beschritt?«, fragte sie sich. Sie ahnte es und fügte sich dem Willen des erlauchten Rates. Pona hob ihren Umhang etwas an, während sie mit Casina auf das Podest vor dem Altar stieg.

Casina reichte ihr die bereitgestellte Schnabelkanne, aus der Pona Öl auf das Haupt des Tieres in der Schale goss. Danach entzündete eine der jungen Druidinnen das Öl. Angewidert beobachtete Pona, wie die Flammen den Federflaum am Schnabel zerfraßen, der Schnabel zu rauchen begann und die

Augen des Tieres in der Hitze zu einem kleinen dunklen Punkt gerannen. Pona hob die Schale, rief den Namen von Taranis an und ließ den brennenden Kopf in den Opferschacht gleiten. Sie atmete auf als dieser, eine Rauchfahne hinter sich herziehend, im dunklen Schlund verschwand. Danach überreichte ihr Casina die Trinkschale. Sie nippte am Blut des Opfertieres und überwand den Ekel, den sie dabei empfand – mehr vor dem Brauch, als vor dem warmen Hühnerblut. Den Rest schnippte sie in einer weithin sichtbaren Blutfahne aus der Bronzeschale in den Opferschacht. Anschließend wurde ihr der Kessel mit dem Herzen und der Leber überbracht, aus denen eine der Seherinnen das gelesen hatte, was der neuen Hochweisen als Willen der Götter im Druidenrat noch mitgeteilt werden würde. Auch Herz und Leber des Tieres warf sie in den Schlund. Erst jetzt überreichte Casina der neuen Hochweisen die Mondsichel.

Dies war das erlösende Zeichen für die versammelten Menschen, die nun ihrer Freude freien Lauf lassen und der neugewählten Hochweisen begeistert zujubeln konnten. Trinkhörner und Krüge wurden geschwenkt, man trank auf die neue Druidin und jeder tat kund, auch wenn er ursprünglich dagegen war oder keine Meinung hatte, wie richtig die Wahl ausgegangen sei:

»Es ist ein weiser Beschluss. In diesen schwierigen Zeiten muss die Beste unser Dorf führen«, war die Meinung der meisten Menschen.

»Ist aus der boierischen Fürstin nicht eine der Unseren geworden? War nicht Indobellinus ihr Mann und er hatte sie als Frau erwählt? Und ist sie daher nicht eine Auserwählte?«, beruhigten sie sich auf vielfältige Weise.

Freudestrahlend umringten Pona die Druidinnen. Casina umarmte sie als Erste und flüsterte ihr zu: »Du bist mit Indobellinus' Gedanken am besten vertraut, auch deswegen gilt dir unser Vertrauen. Nicht zuletzt hast du deine Heimat verlassen und dich dabei bewährt. Etwas Ähnliches ...« Sie presste die Lippen aufeinander und sprach nicht weiter.

Damit gewährte sie Pona Einblick in die Gründe, die zu ihrer Wahl geführt hatten. Die Entscheidung konnte den Druidinnen nicht leichtgefallen sein, denn sie wählten eine Druidin, die nicht ihrem Stamm angehörte und durchbrachen damit eine alte Tradition.

»Gab es niemanden, der meiner Wahl ablehnend gegenüberstand?«, fragte Pona, als sie sich aus den Armen der Druidin löste.

»Nein, Pona, niemand! Alle stimmten für dich. Am Ergebnis der Wahl kannst du ermessen, wie sehr dir alle vertrauen.«

Ponas Augen funkelten auf und sie lächelte Casina zu. In diesem Moment wurde ihr bewusst, dass die Zukunft der Mittleren Vindeliker allein in ihrer

Hand lag – wie damals am Danuvius für die Boier. Sie schloss für einen Moment ihre Augen.

»Vertraue mir, Indobellinus!«, flüsterte sie. »Ich werde unseren gemeinsamen Traum in die Tat umsetztten, zusammen mit Quinus.« Pona wurde schwindlig und sie fasste nach dem Arm einer Druidin.

»Ist dir nicht gut, Pona?«, erschrak Casina.

»Alles in Ordnung! Ich habe mir gerade vorgestellt, welche Überraschung die von heute noch übertreffen könnte?« Casina legte ihren Arm um die Schultern von Pona.

»Nichts, was dein Amt erschweren würde. Im Gegenteil.« Sie legte ihre Hand auf die Unterlippe und zog sie nach unten.

»Lass' mich dir noch mitteilen, Pona, was in der nächsten Zeit auf dich zukommt, bevor du die Glückwünsche der Gäste entgegennimmst!«, fuhr Casina fort. »Nach den heutigen Feierlichkeiten erfolgt in einigen Tagen deine Amtseinführung vor dem Druidenrat. In der nächsten Woche werde ich eine weitere Versammlung der Druiden anberaumen. Dabei wird der letzte Wunsch von Indobellinus verlesen. Indobellinus gab mir die Aufzeichnungen kurz vor seinem Tod.«

Als wäre ihr in diesem Moment etwas aufgefallen sah Casina erstaunt auf Pona. »Seltsam, dieser letzte Wunsch von Indobellinus! Er muss vorausgeahnt haben, dass er nicht mehr lange lebte«, dachte Casina. Sofort erriet Pona .ihre Gedanken.

»Indobellinus wusste von seinem bevorstehenden Tod, Casina! Das Orakel von der Abusna hat es vorausgesagt!« Ihre Augen verengten sich und ihre Augenlider zuckten. Casina sah Pona nachdenklich an. »Jetzt verstehe ich erst, was ich im Blutfluss des Opfertiers bei eurer Hochzeit sah!« Sie strich sich über die Augen, als wenn sie eine Träne wegwischen wollte.

Nachdem Pona die kleine Siane der Amme überlassen hatte, wandte sie sich ihren ersten Aufgaben zu. Viele der Vorbehalte gegenüber ihrem Amt hatte sie abgestreift und hinter sich gelassen, manche musste sie noch mit sich austragen. Nun musste sie sich der Menge zeigen, als eine Frau die stolz auf ihre Wahl war – und genau diese Maske setzte sie auf. Strahlend winkte sie den jubelnden Menschen zu, schüttelte viele Hände und nahm die ehrerbietigen Glückwünsche der Druiden, Edlen und Dorfältesten der Mittleren Vindeliker entgegen. Als sie sich unter das Volk mischte, empfand sie ein wenig Wehmut und für einen Herzschlag vergaß sie ihre Maske.

»Wie viel einfacher ist es für sie«, dachte Pona. »Das Volk kann seine Freude oder Trauer im Bier oder anderen Freuden ertränken, wird bis zum Umfallen feiern und sich seinen Leidenschaften hingeben.« Sie seufzte auf.

»Sie vertrauen ihrer Hochweisen und Fürstin, und das gibt ihnen ein Gefühl der Geborgenheit.«

Trotz der vielen Menschen, fühlte sie sich in diesem Moment einsamer denn je, während ihr Gesicht wieder freundlich lächelte.

»All das, was mir bevorsteht«, sinnierte sie, »wollte ich mit Indobellinus teilen. Nun ruht es ungeteilt auf meinen Schultern.« Sie hob ihre Hand und strich sich über die Stirn.

»Nein, nicht ganz!«, widersprach sie ihren Gedanken. »Quinus, mein treuer Freund wird mich unterstützen! Wie konnte ich ihn nur vergessen!« Vergeblich suchte Pona den Heiler in der Menschenmenge. Als sie ein wenig später den Wall des Nementon hochgestiegen war, sah sie ihn. Mit ausgebreiteten Armen stand er inmitten der Stromschnellen auf einem Felsen. Quinus hielt offenbar mit der Allmächtigen Zwiesprache, während die Wellen der Ampurnum an ihm vorbeischäumten.

»Er betet für mich«, dachte Pona dankbar, »und für das Gelingen all dessen was uns in der nächsten Zeit bevorsteht. Quinus hat gewusst, dass die Wahl auf mich fallen würde, doch er wollte mich mit seinem Wissen nicht bedrängen!«

Als sie zurückkehrte, nahm sie mit einem kraftvollen Schwung die brabbelnde Siane auf den Arm, welche die Amme ihr wieder brachte und setzte sich zu den Druidinnen. Gemeinsam mit ihnen erwartete sie das Weihespiel.

Die Druidenschüler stellten den Rat der Götter dar, als er den Tod des Druiden beschloss, da er bei ihnen eine besondere Rolle zu übernehmen hatte. Nur Nanthosuelta war dagegen und die Matres von der Isura. Doch das Spiel nahm seinen Lauf, wie das Leben es geschrieben hatte. Hörner und Luren begleiteten und beendeten das Spiel und übertönten gnädig das Schluchzen vieler gerührter Menschen.

Nachdenklich schaukelte Pona ihre Tochter auf den Knien, die das Spiel aufmerksam verfolgte, das den Tod des Hochweisen behandelte – ihres Vaters.

»Es tröstet, Indobellinus' Fleisch und Blut in den Armen zu halten«, empfand Pona.

»Das Kind hält die trüben Gedanken von mir fern, die das Weihespiel in mir hervorgerufen hat – es ist ihre Art, mir zu helfen, von Indobellinus Abschied zu nehmen.« Pona strich dem Mädchen zärtlich über die Haare und küsste dessen Stirn.

Wie in jedem Jahr besuchte Axos, ein Händler aus dem fernen Ephesos, das Dorf auf dem Seerosenhügel. Er fand auf unerklärliche Weise stets heraus, wo sich Pona aufhielt. Diese nie abreißende Verbindung hatte ihre

Geheimnisse, über die sich der Händler stets in Schweigen hüllte und nur vielsagend lächelte.

Bereits im letzten Jahr hatte er Post von Indobellinus erhalten und die beiden kamen überein, dass an der Isura dieser Weinberg angelegt werden sollte – natürlich ohne Ponas Kenntnis. In diesem Jahr befand er sich auf dem Weg nach Runidurum, sodass der Händler es einrichten konnte, zur Wahl der Hochweisen pünktlich einzutreffen. Es war wohl einer der Zufälle, die er selbst plante, zumal er über einen seiner vielen geheimen Kanäle vom Tod Indobellinus' erfuhr. Pona freute sich auf das Gespräch mit dem weitgereisten Mann und auf die Post, welche er mitbrachte, die auf verschlungenen, doch zuverlässigen Wegen – allerdings in unregelmäßigen Abständen – bei ihr eintraf. So war Pona über Neuigkeiten aus Galatien, dort wo sie geboren wurde und ihr Vater Druide gewesen war, stets gut informiert. Bereits in ihrer zweiten Heimat am Danuvius hatte der kleine quirlige Händler sie regelmäßig aufgesucht. Er schien an der jungen Druidin einen Narren gefressen zu haben. Pona übergab dem Griechen, wenn sie sich trafen, stets Lederrollen mit Nachrichten an den Druiden Cermunnos, der in Ancyra lebte, der Hauptstadt der keltischen Galater und dort das höchste Amt als Hochweiser bekleidete.

Mit Cermunnos stand sie schon über Jahre hinweg in engem Briefkontakt. Bereits vor ihrem Aufbruch aus Kleinasien hatte dieser Druide mit ihrem Vater regelmäßigen Briefverkehr gepflegt. Nach dessen Tod hielt Pona diesen Kontakt weiter aufrecht. Cermunnos, der Hochweise von Ancyra, berichtete ihr von den Ereignissen bei den Galatern in Kleinasien und sie hörte, dass auch diesen die gleichen Probleme bewegten wie sie am Danuvius und hier an der Isura. Dieser briefliche Kontakt dauerte nun schon über Jahre hinweg an und riss dank dieses Axos nie ab.

»Wie alt muss Cermunnos jetzt sein?«, dachte sie, »wenn schon mein Vater mit ihm über Jahre Briefe austauschte?«

Von Axos erhielt sie Informationen über das Geschehen in der römischen Welt, denn die Kaufleute erfuhren auf ihren langen Handelszügen vieles, was nicht für alle Ohren bestimmt war und handelten mit diesen Nachrichten ebenso wie mit ihren Waren. Axos hatte Freunde, die nicht nur Waren aus fernen Ländern über das Meer brachten, sondern auch Nachrichten aus der gesamten damals bekannten Welt. Viele Fäden liefen bei diesem weitgereisten Mann zusammen, die er in klingende Münze umsetzte.

Axos berichtete ihr von den Truppenbewegungen der Römer über die westlichen Blauen Berge hinweg nach Gallien, die er beim Überqueren der

Berge beobachtet hatte. Er berichtete vom Beschluss des römischen Senats, die gallischen Stämme westlich des Rhenos und weiter im Norden vollständig zu unterwerfen. Selbst nach Britannien wollten die Römer übersetzen. Der Feldherr, der diese Aufgabe durchführte, hieß Cäsar. Er war Konsul und galt als sehr klug, aber auch machtbesessen. So erfuhr Pona von der Angst der Römer vor den Germanen östlich des Rhenos unter Ariovist und vom Wunsch Roms, die unterworfenen gallischen Völker vor diesen Germanen zu beschützen. Natürlich war dies nur ein Vorwand, wie Axos zu berichten wusste.

»Sie wollen ihre Macht über die fruchtbaren Länder westlich des Rhenos festigen, denn die reichen Ernten dort versprechen eine Lösung der Nahrungsprobleme Roms. Daher beabsichtigen sie, auch diesem Land sichere Grenzen zu geben – von ihnen bestimmte Grenzen«, sagte Axos mit listigem Lachen.

»Brot für Rom, das ist es, was sie wollen.«

»Dann sind unsere Ängste wohl begründet«, unterbrach Pona seine Worte.

»Sie werden«, sinnierte Axos, »nachdem sie Gallien unterworfen haben, das Gebiet nördlich der Blauen Berge ebenfalls erobern, denn über euer Keltenland führt der kürzeste Weg nach Gallien und würde zudem eine Ost-West-Verbindung zu ihren Gebieten in Pannonien, Dalmatien, Illyrien und Dakien sichern.«

»Axos, du solltest wissen«, sagte Pona, »dass wir nicht ahnungslos sind und die Gefahr bereits erkannt haben. Im nächsten Jahr werden wir nicht mehr hier leben. Das Volk der Vindeliker – zumindest der Mittlere Stamm – wird weiter nach Westen ziehen, um sich unter den Schutz der Römer zu begeben – auch wenn es davon noch nichts weiß. Zu unsicher sind unsere Grenzen geworden. Die Begehrlichkeit der Völker im Norden wird nicht vor uns Halt machen und sie werden eines Tages dieses Land hier überrennen, wenn die Römer ihnen nicht zuvorgekommen sind. Du hast den Grund dafür bereits erwähnt.«

Sie schwieg und starrte auf den Boden vor sich.

»Vorerst wissen nur einige Eingeweihte davon und es wird ein mühevolles Unterfangen werden, den Menschen dieses Vorhaben schmackhaft zu machen«, dabei wies Pona mit dem Arm auf die ausgelassen feiernden Menschen.

»Was ist ein Land wert, das man als Knecht bewohnen muss, vorher besessen hat und nicht einmal weiß, ob man überhaupt mit dem Leben davonkommt! Einer der Bernsteinhändler erzählte mir, dass im fernen Norden weite Landstriche in einer großen Flut vom Meer verschlungen worden sind. Viele Stämme der Germanen verloren ihre Heimat und sind aufgebrochen, um Land zu suchen. Es wird nicht mehr lange dauern, dann werden diese entwurzelten Menschen auch hier erscheinen und gegen unsere Grenzen anrennen, so wie es einst die Kimbern und Teutonen taten.«

Sie betrachtete ihr Amulett und drehte es in ihren Fingern, dabei kratzte sie mit einem Fingernagel Hautreste ab, sodass dessen herrliches Gelbrot wieder erschien.

»Axos, du wirst mich und meinen Stamm, bei deinem nächsten Besuch, in Gallien wiederfinden und mir die Nachrichten dorthin überbringen müssen! Wir werden uns im entvölkerten Land der Haeduer niederlassen, nicht weit von meinen Boiern entfernt. Für unser Volk ist es die richtige Entscheidung, auch wenn es sich unter die Herrschaft der Römer begeben und diesen Tribut entrichten muss. Das wird der Preis für unser Leben sein!«

Sie schwieg für einen Moment und fuhr fort: »Für uns Druiden ist es der falsche Weg. Es werden schwere Zeiten für unseren Stand anbrechen, obwohl kaum jemand von ihnen das im Augenblick so sieht; jedenfalls hat sich noch niemand darüber geäußert. Ich sehe es so. Die Römer, an der Spitze dieser Cäsar, haben erkannt, dass die Seele der keltischen Völker von ihren Druiden bestimmt und gelenkt wird. Der Feldherr der Römer lastet einzig und allein uns Druiden diesen langanhaltenden Widerstand der keltischen Stämme in Gallien an, der von unserem Glauben genährt wird, den wir Druiden ihnen im Namen der Götter übermitteln und von Generation zu Generation weitergeben. Wenn die Römer dem keltischen Volk die Druiden entziehen, die das Wissen über dessen Wesen in sich tragen, hier in unseren Köpfen«, dabei tippte sie sich an die Stirn, »diese Gedanken zudem nirgendwo niedergeschrieben wurden, dann ist es leicht, andere Götter, römische, persische, griechische, anstatt der alten einzusetzen. Mit diesen fremden Götzen werden andere Sitten und Gebräuche Einzug halten, die auch in einer nicht allzu weit vor uns liegenden Zukunft das Verderben des römischen Imperiums sein werden. Die Seele des keltischen Volkes wird verkrüppeln und es wird sie vollends verlieren!«, rief Pona zunehmend erregt. Sie seufzte und fuhr fort:

»Vielleicht können wir unsere alte Seele erhalten, aber das ist eine winzige Hoffnung, wenn die Druiden die Regeln unseres Glaubens niederschreiben würden. Ich werde es versuchen und mich über dieses alte Verbot hinweg setzen, dabei nach neuen Regeln suchen, die der Allmächtigen gerecht werden. Die Römer werden auch das Land hier mit Krieg überziehen, wie sie es in Gallien tun. Einige der Edlen wollen mit ihrem Anhang hierbleiben und sich den Römern nicht unterwerfen. Du weißt, was das bedeutet: Tod und Sklaverei. In Gallien, jenseits des Rhenos, haben beide reichlich Ernte gehalten und ganze Stämme vernichtet. Bevor wir von hier aufbrechen, werden wir mit den Römern verhandeln und um ihren Schutz bitten. Sie werden uns erst siedeln lassen, wenn sich die letzten gallischen Stämme westlich des Rhenos unterworfen haben. Sollten wir dieses Ziel nicht erreichen, mein Volk zu seinen inneren Wurzeln zurückzuführen, wird für mich eine lange Wanderschaft beginnen, deren Ziel ich jetzt schon kenne. Es wird Ancyra in Galatien sein. Bevor es aber so weit sein wird, habe ich noch viele Aufgaben hier auf dem Seerosenhügel zu erledigen, und ein Vermächtnis zu erfüllen: Das von Indobellinus. Ob es mir gelingt, weiß ich nicht.«

»Weise Pona«, antwortete Axos bedächtig, »deine Gedanken verfolgen den richtigen Weg, denn Rom ist mächtig und ihr werdet unter seinem Schutz vor den Germanen sicher sein – und auch vor den Römern selbst. Auch ich denke, dass an die Grenzen des Landes an Isura und Danuvius fremde Völker aus dem Norden und Osten anrennen werden und ihr nie sicher wäret. Es gibt aber auch andere Gründe: Bedenkt die Erträge der Böden! Die Erde ist erschöpft und kann die unzähligen Münder nicht mehr ernähren«, antwortete der Händler bedächtig.

»Dies trifft für uns nicht zu. Zum einen verfügen wir über beste Böden, zum anderen haben wir eine Methode gefunden, den Boden nicht nur mit Mist, sondern mit Kalk und einer speziellen Erde zu düngen, die wie Salz schmeckt und die Erträge erheblich zu steigern vermag«, widersprach Pona.

»Das solltest du mir näher erklären, Pona! Ich könnte mir vorstellen, mit diesem Dünger zu handeln. Wenn du einst das Land der Haeduer verlassen wirst, du weißt, wie du mich erreichen kannst. Dann sollten wir wieder darüber sprechen. Wir Händler haben ein dichtes Netz von Verbindungen über das gesamte römische Reich gezogen, das wir unentwegt bereisen, verfügen über einige Macht, wenn sie auch im Verborgenen existiert und erfahren oft mehr, als die Mächtigen, die darüber herrschen. Daher nochmals: Ich werde dir bei dieser Reise behilflich sein, wann immer du diese Hilfe beanspruchen möchtest. Über meine Freunde, die in der ganzen Welt verteilt sind, werde ich dir geeignete Schiffspassagen nach Griechenland vermitteln können. Solltest du länger in einem Land bleiben wollen, auch dann kann ich dir von Nutzen sein. Ich werde dir ein Schreiben überlassen, das dir in jedem Land weiterhilft. Wende dich dort, wo du dich gerade aufhältst, immer an die ersten Handelshäuser, sie werden dir weiterhelfen!«

»Das kann schneller geschehen, als du es erwarten wirst, Axos«, meinte Pona nachdenklich. »Dabei denke ich vor allem an eine zuverlässige Schiffspassage in die Provinz Asia. Doch was kann ich im Gegenzug für dich tun, außer dir meine Gastfreundschaft anzubieten?«

»Schließe den Händler Axos aus Ephesos hin und wieder in die Gebete der Hochweisen ein, Pona. Wer weiß, wann ich diesen Zuspruch benötigen werde. Vielleicht dann, wenn ich nach einem Jahr wieder zu meiner Frau zurückkehre«, erwiderte Axos verschmitzt. »Und vergiss die Zusammensetzung des Düngers nicht! «

»Bis dahin vergeht noch viel Zeit«, winkte Pona ab. »Wir sollten uns daher das Essen schmecken lassen, welches meine Diener für besondere Gäste vorbereitet haben und vor allem den Wein aus Ephesos probieren, den du mitgebracht hast.«

In dieser Nacht saßen sie noch lange in gemütlichen Sitzen um das Herdfeuer im Herrenhaus des Gehöftes beisammen. Der köstliche Wein von Axos löste ihre Zungen, Quinus' Hände und die anstehenden Probleme auf wundersame Weise; wenigstens für diese Nacht.

Einige Tage später, die Gäste waren bereits abgereist, fand die erste Versammlung des Druidenrates mit der Hochweisen statt. Pona war erstaunt, als ihr Casina mitteilte, dass diese erste Zusammenkunft im Tempel auf der Isura stattfinden sollte.

Als Pona und Quinus die Isura erreichten und sie mit ihren Pferden durch das flache Wasser zum Tempel ritten, bedrängten sie die Bilder von damals, als sie dieses Heiligtum betrat und Indobellinus das erste Mal sah. Wie im Traum befestigte Pona die Zügel ihres Pferdes am Haltebalken. Sie ging nochmals zur Isura hinunter, fasste in das Wasser und ließ ihren Arm in der Strömung hin- und herpendeln. Quinus sah ihr geduldig zu. Er fühlte, welche Gedanken Pona in diesem Moment bestürmten und kannte die Art, wie sie sich zu beruhigen versuchte. Behutsam zog er Pona am Arm und sie stiegen gemeinsam zum Tempel hoch.

Casina empfing die Hochweise sehr förmlich, verneigte sich und begleitete Pona zu dem erhöhten Sitz der Hochweisen.

»Es ist nicht leicht für sie«, dachte die erfahrene Druidin, »den Platz einzunehmen, auf welchem sie Indobellinus das erste Mal sah, auf dem er sein Amt in all den Jahren wahrnahm!«

Sie musterte die junge Frau besorgt, doch Pona nickte ihr gelöst zu.

Zur Eröffnung der Zusammenkunft spielten einige der Druidinnen auf Flöten eine feierlich anmutende Melodie. Daraufhin trugen, auf einen Wink Casinas hin, vier Druidinnen eine Holzplattform vor Ponas Sitz, auf dem ein in Leder gehüllter Gegenstand lag. Casina bat Pona sich zu erheben und vom Podest herabzutreten. Einige der jungen Druidinnen öffneten das Leder und übergaben Casina den Druidenstab mit der Sichel. Die Druidin trat daraufhin zu Pona und legte ihr den Stab in beide Hände.

»Mögen die Götter dir helfen, unseren Glauben zu verwalten«, sagte sie und fügte leise hinzu: »Und vor allem die Allmächtige!«

Pona verneigte sich, nahm den Stab in die Hand und rief zu den Druiden:

»Danken wir den Göttern mit einem Gebet, bitte verrichtet es kniend!«

Das war ungewöhnlich, denn man war gewöhnt, Gebete im Tempel am Boden liegend zu verrichten. Die Druidinnen, unter ihnen der einzige Druide – Iduras – fügten sich. Nachdem sie ihr Gebet beendet hatten, begann Pona zu sprechen, dabei erhob sie sich:

»Schwestern und Brüder. Ich trete eine schwere Aufgabe an, nach einem Hochweisen, dem eure Herzen schon von Kindheit an zugetan waren. Ihr wisst, dass ihm auch mein Herz gehörte und wie gut ich seine Gedanken kannte. Schenkt daher auch mir euer Vertrauen! Ich werde das Amt so fortführen, wie es der große Indobellinus und zuvor seine Mutter Oxina getan hatten. Wie ihr wisst, hatten ihm die Götter ihren Wunsch übermittelt, dass wir dieses Land verlassen müssen. Es wird nicht leicht sein, diesen Wunsch unserem Volk verständlich zu machen, aber gemeinsam werden wir es können und dabei, so hoffte auch Indobellinus, wieder zu dem Glauben zurückfinden, mit dem eure Urahnen dieses Land an der Isura in Besitz genommen hatten – zum Glauben an die Mutter Erde, der Allmächtigen.«

Sie pochte zur Bekräftigung mit dem Druidenstab mehrmals auf den Boden.

»Ihr alle seid dazu auserwählt, dieses Werk zu vollbringen! Wir werden uns in den nächsten Wochen häufiger als sonst zusammenfinden, um Lösungen zu finden und Probleme zu besprechen. Dabei wird uns das Vermächtnis von Indobellinus helfen, das Casina nun verlesen wird.«

Sie wandte sich um und bestieg den Hochstuhl. Casina trat zum Schrein der Epona, neben dem ein weiteres Bündel abgelegt worden war. Sie bat eine Druidin, ihr das Bündel zu übergeben. Bedächtig entnahm sie eine Lederrolle.

»Dies hier ist das Vermächtnis unseres verstorbenen Hochweisen, Indobellinus«, begann sie feierlich. »Ich kenne es nicht und werde es euch in Ehrfurcht vor dem Geist unseres großen Druiden verlesen.«

Casina war sichtlich erregt, als sie das Leder entrollte und zu lesen begann:

»Wenn euch Casina diese Zeilen vorlesen wird, befinde ich mich bereits auf der Wanderschaft in eine andere Welt, aus der ich euch stets sehen und mit euch fühlen werde. Ihr solltet wissen, dass mir die Allmächtige meinen Tod bereits mitgeteilt hatte, als ich die Druidin Pona zu meiner Frau erwählte, das Orakel an der Abusna hat es mich wissen lassen. Es ist meine Bestimmung, über die ich keine Trauer empfinde. Seid daher auch ihr nicht traurig, dass ich mich in der anderen Welt befinde, in der wir uns einst wiedersehen werden. Freut euch mit mir, denn es wird mir gut gehen, das weiß ich schon jetzt, da ich diese Zeilen schreibe; und von dort werde ich ein sorgsames Auge auf euch werfen. Doch ich habe diese Botschaft aus einem viel wichtigeren Grund verfasst. Was ich euch mitteilen muss ist von großer

Tragweite und wird eure Herzen mit Trauer überziehen. Die Allmächtige hat mir über den Mund des Orakels von der Abusna Folgendes mitgeteilt: Die Seerosen auf den Seen um unser Dorf werden verwelken. Damit erfüllt sich die Weissagung, dass ihr dieses Land verlassen müsst, in dem viele Generationen unseres Volkes glücklich waren. Ihr würdet in diesem Land untergehen, wenn ihr euch ihrem Willen nicht fügt. Es ist schmerzlich für uns alle, wird euch jedoch vor noch größerem Leiden bewahren. Hadert nicht damit, sondern vertraut euch der Führung von Pona an. Sie hat, wie auch ich, den Willen der Allmächtigen vernommen, wusste von meiner Bestimmung, an welcher sie schwer zu tragen hatte. Ich weiß, dass sie ihren irdischen Schmerz überwunden haben wird, wenn ihr meine Botschaft gemeinsam vernehmt. Helft ihr bei diesem Vorhaben, vertraut ihr! Pona wurde uns von den Göttern gesandt, diesem Orakel zu folgen, das seinen tieferen Sinn darin hat, unser Volk zu retten. So hatten es auch die Vorfahren des Seerosendorfes erfahren müssen, als sie den Ampurnumsee verließen, in dem das höchste Heiligtum der Vindeliker, Damasia stand, bevor die Götter beschlossen, es im Wasser versinken zu lassen. Sie führten die Menschen aus Damasia an diesen erhabenen Platz, den Seerosenhügel und zu den Sieben Drachenrippen. Auf ihm errichteten sie das Heiligtum, das alle Vindeliker seither verehren. Vertraut ihr, sie wird euch in das neue Land führen und ich werde stets an ihrer, an eurer Seite sein. Seid alle gesegnet von der Allmächtigen Erdenmutter.«

Ergriffen schwiegen die Anwesenden und sahen stumm zu, als Casina das Leder zusammenrollte und sich über die Augen wischte. Casina beugte sich zu einer zweiten Rolle, die in dem Lederbündel lag.

»Diese zweite Rolle«, erklärte Casina, »ist zwar für Pona bestimmt, doch Indobellinus hat ausdrücklich gewünscht, dass auch meine Schwestern und unser Bruder ihren Inhalt erfahren sollen, was er Pona und uns allen als Überraschung zur Geburt eures Kindes mitteilen wollte.« Sie wandte sich für einen Moment Pona zu.

Dann fixierte sie die Rolle wieder und wischte verstohlen über ihre Augen. »Leider hat der Tod es ihm verwehrt an unserer Freude teilzuhaben!« Sie sah die Druidinnen bedeutungsvoll an. Über ihr Gesicht huschte ein Lächeln, das sich mit dem vorher gefühlten Schmerz vermischte, bevor sie zu lesen begann.

»Liebe Schwestern und Brüder und du, meine geliebte Pona! Ihr werdet rasch erkennen, dass die Kelten an der Isura unsterblich werden, wenn ihr das sorgsam gehütete Geheimnis erfahren werdet, das bisher nur einige von euch kannten.

Die Erde unseres Landes, der Schoß der Erdenmutter, hat in vielen Jahren der Vergangenheit unsere Toten gnädig aufgenommen. Sie wird es mit unseren Dörfern, wenn sie einst zerfallen, ebenfalls so halten. Auch mich trägt sie, wenn ihr diese Zeilen lesen werdet, bereits in sich. Doch nicht nur unsere Körper werden in ihr weiterleben, sondern auch die Botschaft unseres Stammes wird in vielen Zeichen und Namen der Nachwelt im Gedächtnis bleiben.

In unserem Land werden die Namen der Berge und Täler, Seen, Bäche und Flüsse ihre Namen nicht ändern, werden viele Bräuche weiterleben, wie auch Pflanzen und Bäume, die Tiere in den Wäldern und die Fische in den Seen. Es werden Menschen nach uns die Früchte und das Korn wieder anpflanzen, von dem wir aßen. Doch eine Pflanze fehlte uns bisher. Einige Auserwählte haben, zusammen mit mir, einen Garten mit vielen ihrer Schösslinge angelegt. Sie stammt aus dem Land der Römer südlich der Blauen Berge. Wir haben Erkundigungen eingezogen, auch ein weitgereister Händler hat es bestätigt: Dieser Garten mit den neuen Pflanzen ist einmalig nördlich der Blauen Berge und östlich des Rhenos, dem Fluss der Erdenmutter. Nach dem Geschäftssinn der Römer ist es ein verbotener Garten. Wir haben die Erdenmutter befragt, ob diese Frucht hier gedeihen würde, sie ihr willkommen sei. Sie hat die Pflanze für gut befunden und so konnten wir das tun, was unsere Brüder und Schwestern überraschen und erfreuen wird. Es ist ein Garten, der in die Geschichte eingehen wird, von dessen Existenz man an den Feuern östlich des Rhenos und an der Isura, am Licus und am Danuvius noch lange erzählen wird.

Und selbst den Römern, welche dieses Land bald beherrschen werden wird das, was er hervorbringt, Freude bereiten.«

Erstauntes Stimmengewirr erhob sich. Auch Pona runzelte ihre Stirn und sah Casina fragend an.

»Nun«, fuhr Casina fort, Indobellinus' Text weiter zu verlesen, dabei hob sie beruhigend ihre Hand, »wir haben einen Garten mit Rebenpflanzen angelegt. Wenn euch Casina diese Zeilen vorlesen wird, lagert die erste Ernte bereits in unseren Fässern, ist zu Wein gereift und ihr solltet euch nicht scheuen, diesen Tropfen zu kosten, auch wenn ihr euch im Tempel befindet. Für dich, Pona, sollte es mein Dank für die Tochter sein, die du uns geboren hast und die ich, nach der Bestimmung der Erdenmutter, nur mehr von der Anderwelt aus betrachten und begleiten kann. Sei auch du fröhlich, Pona, seid es alle in meinem Gedenken, freut euch über die neue Frucht aus unserer Erde und über ihren köstlichen Saft, etwas, was die Allmächtige Erdenmutter uns allen geschenkt hat.«

Casina lachte herzlich auf, bevor sie weiterlas.

»Dieser köstliche Saft von der Isura, da bin ich mir sicher, wird dem Bier und Met einige Verehrer abspenstig machen und wird in einer fernen Zeit uns Vindelikern den Ruhm einbringen, die ersten östlich des Rhenos gewesen zu sein, welche das Verbot der Römer durchbrochen und den Willen der Erdenmutter für dieses Land erfüllt haben.«

Casina trat zur Seite, gab mit ihrer Hand ein Zeichen, worauf Cavarinus mit einem Knecht den Tempel betrat. Sie trugen ein Holzfass herein und einen Korb mit Bechern.

»Dies wird die erste Weinprobe an der Isura sein und dieser Wein wird Geschichte machen«, sagte Casina mit feierlicher Miene.

»Iduras, schenk' uns allen den Wein von der Isura ein. Auch die Götter werden sich freuen, an diesem historischen Tag teilhaben zu können. Denn nach den Geschichten der Griechen haben deren Götter dem Wein oft zugesprochen. Warum sollten es nicht auch unsere tun?«

Casina schwieg für einen Moment und sagte dann: »Ihr werdet euch fragen, wer hat dies alles zu Wege gebracht, ohne den dieser Tropfen nie gereift wäre? Wer hat ihm Geist und Geschmack so meisterlich eingehaucht und Cavarinus in das Weingeheimnis eingeweiht? Es war Quinus, unser Heiler, der damit bewiesen hat, dass er nicht nur Gift gegen unsere Krankheiten mischen kann!«

Sie deutete auf den schwarzen Heiler, der seinen Kopf schüttelte, beschwichtigend die Hände hob und bescheiden zu Boden sah.

»Öffnet den Schrein der Epona«, wies Casina an, »sie soll an unserer Freude teilhaben. Bald wird sie hier vereinsamen, dann, wenn wir dieses Land verlassen haben.«

Pona hob ihren Arm. Sie betrachtete die Versammelten. Lächelnd sagte sie schließlich: »Ihr alle, die ihr diesen Wein angebaut, geerntet und zubereitet habt, sollt eine Strafe für eure Heimlichkeiten und Lügen in den vergangenen Monaten erhalten!«

Sie sah sich in der Runde um, die betroffen schwieg.

»Nun, ihr müsst diesen Tropfen als Erste trinken, dass er eure Zungen versengen und eure Kehlen würgen möge!«

»Das werden wir gerne tun!«, rief Cavarinus fröhlich, »denn er brennt und würgt nicht, sondern schmeichelt dem Gaumen und glättet die Kehlen. Wir haben es bei seiner Herstellung mehrfach überprüft!«

Gelächter erhob sich und die Tempeldienerinnen eilten reihum, die Becher zu füllen. Es wurde eine Versammlung, wie der Tempel sie ausgelassener nie gesehen hatte.

Spuren des Grauens

Der vierrädrige Ochsenkarren mit den großen eisenbeschlagenen Speichenrädern holperte schon seit der Morgendämmerung über die Salzstraße nach Westen. Auf dem Wagenbock saß Quinus, der die Zugtiere umsichtig lenkte. Er tat dies mit Hilfe einer kurzen Peitsche, manchmal genügte nur ein Zungenschnalzen. Im Wagen dahinter lag Pona und schlief, eingehüllt in Felle. Die Sonne hatte an diesem Spätherbstmorgen, nahe dem Winter, nicht mehr die Kraft, den tief hängenden Nebel zu verdrängen, so dass nur die herbstlichen Farben der Laubwälder das triste Grau erhellten.

Auf der Salzstraße nach Westen, nach Runidurum, wenn man diesen Weg überhaupt als Straße bezeichnen konnte, kamen Reisende nur langsam voran. Sie erklomm langgezogene Hügelketten, wich Mooren aus, durchquerte Furten kleinerer Flüsse und Bäche, wand sich durch dunstige Täler, schlängelte sich wieder hinauf in die Hügel mit den herrlichen Buchen- und Eichenwäldern und erreichte schließlich die unübersehbare Ebene des Danuvius vor Runidurum, in deren Wäldern die unzähligen Feuer der Köhler brannten. Man konnte dann das Ziel Runidurum, sah man die Rauchsäulen ihrer Feuer, nicht mehr verfehlen. Runidurum, die größte Stadt der Vindeliker, war eine bedeutende Stadt mit riesigen Handwerksmanufakturen und einer weithin berühmten Eisenindustrie. Sie war durch einen mächtigen Ringwall geschützt, der zu den längsten und mächtigsten gehörte, den Menschen nördlich der Alpen je gebaut hatten – so erzählten es sich die Vindeliker nicht ohne Stolz. Diese Stadt war das Ziel von Pona und Quinus.

Mit gekreuzten Beinen hockte Pona neben Quinus auf dem Wagenbock und hing ihren Gedanken nach. Sie hatte ihren Schlaf beendet und war zu Quinus auf den Wagenbock geklettert. Wie Quinus, war sie in dicke Felle eingehüllt, denn es war empfindlich kalt. Sie freute sich darauf, für einige Zeit der Isura den Rücken kehren zu können, all die Probleme zu vergessen, die dort zur Lösung anstanden.

»Es wird das letzte Mal sein«, dachte Pona, »dass ich als Druidin durch das Stammesgebiet der Mittleren Vindeliker reise!«

Traurig betrachtete sie die Landschaft, durch die sie zusammen mit Indobellinus bereits mehrmals gereist war. Es war das erste Mal, dass sie die Aufgaben der obersten Druidin im Stammesgebiet der mittleren Vindeliker allein auszuüben hatte und würde zugleich das letzte Mal sein. Pona wurde seit diesen Reisen mit Indobellinus geachtet und verehrt, nicht nur ihrer klugen Urteile und ihres weisen Rates wegen, sondern auch aufgrund ihrer besonderen Heilkunst. Die Menschen hatten all das gerne in Anspruch genommen, als sie damals in den abgelegenen Weilern und Gehöften vorbeizogen. Auch bei dieser Reise würde es nicht anders sein, nur diesmal reiste Quinus mit ihr.

»Wie leicht fällt es mir, mein Amt ausüben zu können, gestärkt durch unser Wissen über die nahe Zukunft, losgelöst von der Furcht gegenüber den Göttern«, dachte Pona und betrachtete nachdenklich den Weg vor ihrem Karren, der sich im Dunst des Novembertages verlor.

Siane, ihre Tochter, wusste sie in der Obhut der Druidin Casina gut versorgt. Mehr als sie sich eingestehen mochte, weilten ihre Gedanken bei dem kleinen Mädchen. Sie hörte deutlich ihr Kichern und ihre quietschenden Schreie, wenn sie abends mit ihrer Puppe spielte, und versuchte sie mit Kieselsteinen zu füttern.

»Deine Puppe kann sie nicht beißen, sie sind zu hart«, hatte sie der Kleinen immer wieder gesagt.

»Auch wir können keine Steine essen! Sieh her, auch ich nicht!« Sie lachte auf als sie daran dachte und Quinus warf ihr einen verwunderten Blick zu.

Besorgt hatten ihnen die Druidinnen, als sie vom Seerosenhügel aufbrachen, zu ihrem Schutz einige Krieger angeboten.

»Die Wege sind unsicher geworden«, meinte vor allem Casina, »wenigstens Iduras sollte euch begleiten.«

»Quinus ist mir Schutz genug und die Götter werden über uns wachen!«, lehnte sie die besorgten Angebote ab.

Sowohl Quinus als auch sie waren im Umgang mit Waffen geübt. Sie fochten fast täglich miteinander, wenn auch heimlich, denn es war nicht üblich, dass eine Druidin im Waffenhandwerk nach besonderen Fertigkeiten trachtete. Das Leben am Danuvius hatte Pona eines Besseren belehrt. Sollten sie wirklich in Gefahr geraten, würden sie sich wehren und sich dabei dem Schutz der Allmächtigen Erdenmutter anvertrauen. Sie hatte noch mehr mit ihnen vor, als dass sie jetzt ihren Tod oder ihre Versklavung zuließe. Mit diesem Vertrauen gewappnet traten beide die Reise schließlich alleine an.

In Quinus hatte sie einen treuen Freund und Ratgeber, der sie auf der langen Wanderschaft vom östlichen Danuvius bis in dieses Land begleitet hatte. Quinus stammte aus dem fernen Afrika, vom Oberlauf des Nils. Überall, wo sie damals vom Danuvius kommend mit ihrem Wagenzug hindurchzogen, wurde er wegen seiner dunklen Hautfarbe bestaunt.

»Ein schwarzer Heiler! Die Gedanken der Götter gehen seltsame Wege«, flüsterten die Menschen erstaunt.

»Welch eine Fügung des Schicksals hat uns beide zusammengeführt«, dachte Pona oft.

»Mir hat sie einen klugen Ratgeber zur Seite gestellt, den Menschen meines Stammes einen begnadeten Heiler geschenkt!«

Axos, der Händler aus Ephesos, überließ ihr den stummen Quinus vor einigen Jahren als Sklaven. Richtiger, sie selbst hatte sich Quinus als Bezahlung ausbedungen, als sie den Kaufmann von einer Krankheit geheilt hatte und dieser nicht von einer Gegenleistung abzubringen war – wie Händler eben denken. So einigten sie sich auf ein von ihr ausgewähltes Geschenk, auf Quinus. Das war lange her und ein Teil der Geschichten vom Danuvius.

Mit Axos' Geschenk begann die Freundschaft der beiden, die aus so unterschiedlichen Welten stammten, nun gemeinsam in der Welt der Kelten an der Isura lebten und den Menschen mit Rat und Tat beistanden.

Anfänglich erschien ihr Quinus als beklagenswerter Mensch, doch das änderte sich rasch. Wann er stumm geworden war, wusste niemand. Seine Zunge war nicht herausgeschnitten worden, wie es damals als Strafe oft geschah. »Es hieß«, sagte Axos, »er habe seine Stimme verloren, als er aus seinem Heimatdorf verschleppt und auf den Märkten Ägyptens verkauft worden war.«

Ursprünglich dachte Pona daran, ihn für das Gehöft einzusetzen, vor allem mit der Aufzucht der Tiere zu betrauen, von welchen er sehr viel verstand. Nach kurzer Zeit erkannte sie, wie heilkundig dieser Afrikaner war, wie einfühlsam er sich zu Kranken verhielt, deren Leiden rasch erkannte und das richtige Mittel fand, um sie zu heilen. Quinus verstand mehr von den Geheimnissen der Heilkunst als die meisten Druiden, die Pona kannte; sie musste sich eingestehen, in manchen Dingen auch mehr als sie selbst.

In der Zeit am Danuvius wurde ihr Quinus zu einem Freund, der nicht mehr aus ihrem Leben wegzudenken war. Beide hatten eine Art der Verständigung gefunden, die keiner Worte bedurfte. Quinus war, wie auch sie, der lateinischen und griechischen Sprache und Schrift mächtig. Wo der Afrikaner das gelernt hatte, war sein Geheimnis. Sie lasen sich ihre Wünsche und unausgesprochenen Gedanken gegenseitig aus den Augen, wie es nur bei Menschen möglich ist, die in ähnlichen Gedankenwelten leben. Genügte das nicht, machte sich Quinus mit einer Zeichensprache verständlich oder er schrieb mit Holzkohle seine Wünsche und Gedanken auf Lederstücke, Rinden oder Tonscherben. Irgendwann hatte Quinus das Wortbrett entwickelt, auf dem er tönerne Buchstabenschüsselchen mit griechischen Schriftzeichen in kleine Mulden einsetzte, die er in einem Beutel bei sich trug.

Voller Zuneigung beobachtete sie den dunkelhäutigen Mann, der neben ihr auf dem Wagenbock saß und umsichtig das Ochsengespann lenkte, während seine Augen aufmerksam die Umgebung beobachteten. Pona wusste, dass Quinus in seiner scheinbar unbeteiligten Ruhe nichts in der Umgebung entging. Er hatte den Instinkt der Steppenbewohner aus dem fernen Afrika nicht verloren, und darauf verließ sich Pona bedingungslos.

Die beiden hatten, neben ihrem persönlichen Bedarf, einige Kisten geladen, in denen ihr gesamtes medizinisches Gerät und Wissen verstaut war: Rollen mit Rezepturen für Tinkturen, Salben und Pulver, aber auch trockene Kräuter in Leinensäckchen, wie Tausendgüldenkraut, Thymian, Bilsenkraut, Bockshornklee, Taranis und Eisenkraut und getrocknete Fliegenpilze, die sie gemahlen und präpariert hatten. Dazu ein Kasten mit vielen Instrumenten die Heiler benötigten, wie Spatel- und Löffelsonden, Pinzetten, Zangen, Nadeln, Sägen, Knochenmeißel, Messer, Skalpelle, Schröpfköpfe und Wundhaken.

Pona freute sich auf diese Reise, denn sie würde Orte und Gebiete durchfahren, die sie mit Indobellinus schon viele Male besucht hatte, in denen die Menschen die Druiden sehnsüchtig erwarteten. So manche kleine Kultstätte, mit ihren typischen viereckigen Wällen, hatte sie damals mit ihm in einer Kulthandlung eingeweiht.

»Seltsam«, sinnierte sie, »jetzt, da die Menschen ahnen, dass sie das Land verlassen werden, schießen solche Kultplätze wie Pilze aus dem Boden!« Fröstelnd zog sie ihren Pelzumhang um ihre Schultern und lehnte sich zurück. Die Wagenplattform und der Bock waren gegen Wind und Wetter mit einer Lederplane geschützt. So konnten sie, wenn erforderlich, auch darin schlafen.

In den vielen Stunden auf dem Wagen würde Indobellinus in ihren Gedanken mit ihr reisen. Sie würde mit dem stummen Quinus darüber reden und in der Stille ihre Gedanken ordnen können. Manchen, den sie unterwegs formulierte, würde sie abends in die Schriftrollen eintragen. Immer wieder würde sie die Tafel aus dem Leder wickeln und die Handschrift von Indobellinus betrachten, die fein geschwungenen Buchstaben verfolgen und von den Gedanken träumen, die sie damals gemeinsam bewegten, damals an der Isura, in diesen leidenschaftlich schönen Nächten.

Da Pona und Quinus im Morgengrauen von der Isura aufgebrochen waren, den Ochsen nur eine kurze Rast gegönnt hatten, erreichten sie gegen Abend den Ort Saventum. Man hatte sie schon von ferne gesehen, als sie mit ihrem Karren eingangs des Tals den Wald verließen. Torix, der Druide des

Ortes, schickte ihnen eine Abordnung entgegen, um sie willkommen zu heißen.

Der Ort lag in einer Schleife eines kleinen Flusses, der dem Ort seinen Namen gab und war wie das Dorf auf dem Seerosenhügel mit einem Wall umgeben.

»Römern oder Germanen könnten sie nicht widerstehen, vielleicht streunenden Reiterhorden«, dachte Pona, als sie die Befestigungen sah. Sie fröstelte und sehnte sich nach Wärme.

»Auf dem Rückweg werden wir die heißen Quellen an der Abusna weiter nördlich besuchen«, sinnierte sie, »ein Bad nehmen und mit dem altehrwürdigen Cestin über das Vorhaben der Vindeliker sprechen und erneut das heilige Orakel der Vindeliker befragen.«

Sie sah in Gedanken den Dampf aus dem Tempel steigen, den Priester, der über der Quelle saß und aus dem betäubend intensiven Dampf seine Weissagungen zog. Doch es sollte anders kommen.

Am Abend behandelten Pona und Quinus die ersten Kranken. Dazu wurde eine Hütte im Tempelbereich zur Verfügung gestellt. Auf einer Bahre trugen einige Männer eine Frau herein, deren Bruch am Bein nachbehandelt werden musste; sie konnte ohne fremde Hilfe nicht mehr gehen und hatte heftige Schmerzen. Diese Kranke war der Behandlung von Quinus vorbehalten. Er verabreichte ihr einen Trunk, der die Frau in einen tiefen Schlaf versetzte. Während sie schlief, brach er das Bein nochmals, da es schief zusammengewachsen war. Quinus schiente es mit Lindenholz, das er mit Verbänden aus Leinen umwickelte. Mit einem Gemisch aus mehrfach gebranntem Kalk, dem er einen speziellen Sand beimischte, strich er die Verbände ein, die danach abhärteten. So gaben sie dem Bein den nötigen Halt zur Heilung.

Pona skizzierte auf einem Lederstück Gehstöcke, die man für die Frau anfertigen sollte und erklärte deren Gebrauch.

»Ich selbst habe sie benutzt, und sie halfen mir bei meiner Heilung.«

Die Zeichnung machte die Runde und verursachte allgemeines Kopfschütteln. Quinus hinterließ ein Pulver, das man in heißem Wasser auflösen und der Kranken nach ihrem Aufwachen in den nächsten Tagen verabreichen sollte.

»Das Pulver ist gegen die Schmerzen«, übersetzte Pona die Handbewegungen des Heilers.

»Wie kann es sein, dass er Knochen bricht und sie wachsen wieder zusammen, wie du es voraussagst«, meinte Torix.

»Es ist die Kraft eines Menschen, die in jedem von uns wohnt und aufgefordert werden muss, zur Heilung beizutragen«, erwiderte Pona.

»Die Götter haben dem Menschen eigene Heilkräfte in die Wiege gelegt, er muss sie nur nutzen. Mit dieser Kraft können wir Menschen zu unserer Heilung beitragen.«

»Die Kranken müssen an ihre Kräfte glauben, müssen sie von sich abfordern!«, bekräftigte sie ihre Worte.

Bei einem Kind behandelte Quinus eine Augenentzündung, zwei Männern reinigte er tiefe Fleischwunden, nähte diese mit Darm, legte eine Salbe und Verbände auf. Pona wies die Familie an, wie sie diese Verbände zu wechseln hatten und die Salbe auftragen sollten, die ihnen Quinus übergab. Eine gewohnte Übung für Pona und Quinus, die Hand in Hand arbeiteten. So verging die Zeit bis spät in die Nacht. Sie arbeiteten zusammen oder lösten sich in den Behandlungen ab.

Nachdem sie beim Druiden Torix etwas Brot, Käse und Wein zu sich genommen hatten, versammelte sich der Rat der Druiden. Man stellte Pona Fragen über die Auslegung von Zeichen, bat um ihre Meinung. Pona tauschte mit dem Rat des Dorfes Neuigkeiten aus, sprach über Glaubens- und Rechtsprobleme, für welche die Druiden des Ortes bisher keine Lösung gefunden hatten. Sie richtete über Diebe und schlichtete Streitigkeiten nach bereits abgewickelten Geschäften, bei denen sich einer der Beteiligten übervorteilt sah. Es folgten die üblichen Grenzstreitigkeiten von Bauern und Übertretungen, der von den Göttern im Jahresverlauf festgelegten Regeln, die als Gotteslästerung empfunden wurden. Alles Vorgänge, die ihr über Jahre bekannt waren.

Man erwartete viel von ihr, auch die Weissagung über die weitere Zukunft der Mittleren Vindeliker und natürlich, davon abhängig, auch dieser Dorfgemeinschaft. Wie in anderen Orten waren die Menschen tief verunsichert. Man hatte von den nächtlichen Brandschatzungen gehört, ebenso von den zunehmenden Einfällen der Germanen am Danuvius und dem Durchzug der Römer am westlichen Rande des Ampurnumsees, aus dem die Ampurnum nach Norden floss.

Pona berichtete von der zu erwartenden Versammlung an der Isura, die über den Wagenzug nach Westen entscheiden sollte und teilte den Druiden den Monat des Treffens mit.

»In welcher Woche wir die Vertreter eures Dorfes erwarten werdet ihr noch erfahren. Eure Anwesenheit ist allerdings Pflicht! Sagt es allen Druiden und Dorfältesten der umliegenden Dörfer«, mahnte Pona.

»Die Versammlung wird über die Zukunft aller Clans des Stammes der Mittleren Vindeliker entscheiden. Sie soll den Aufbruch nach Westen beschließen, oder man wird dagegen stimmen. Niemand wird gegen seinen

Willen von hier wegziehen müssen, wenn sich sein Clan dagegen ausspricht. Entsprechend darf niemand daran gehindert werden, wenn er sich, entgegen der Entscheidung seines Clans, dem Zug anschließen will.«

Pona teilte den Druiden mit, dass dieser Aufbruch, würde der hiesige Rat sich dafür entscheiden, im nächsten Jahr nach der Ernte, am Ende des Jahres beginnen würde.

Ähnlich verliefen die nächsten Tage in vielen Dörfern auf ihrem Weg nach Runidurum. Das Wetter hielt. Entsprechend der Jahreszeit, war es in der Nacht bitterkalt geworden. Die Ochsen bliesen ihre Atemluft in weißen Wolken von sich, als sie durch die in der Nacht gefrorenen Furchen holperten. In jedem Ort, den sie besuchten, wurden sie für ihre Leistungen mit frischen Nahrungsmitteln versorgt. Man gab ihnen warme Felle mit, die sie wegen der kühlen Temperaturen gerne annahmen.

In den Stunden, da Quinus den Wagen lenkte, hockte Pona gerne neben ihm auf dem Wagenbock und hing ihren Gedanken nach, ließ das Land an sich vorbeiziehen und prägte sich dessen herben Reiz ein. Trotz der sich in jedem Jahr wiederholenden Aufgaben und Pflichten auf einer derartigen Reise war dieses Mal alles anders: Sie befanden sich auf ihrer unwiderruflich letzten Rundreise durch das Land der Mittleren Vindeliker; die meisten Orte und Menschen würden sie nie mehr wiedersehen. Die erwarteten Veränderungen lasteten auf allem, was Pona in diesen Tagen dachte und tat. Das, was sie aufgaben und auf die Menschen der Mittleren Vindeliker zukam, würde unumkehrbar sein.

So schlich sich Wehmut in ihr Herz, die sie in dieser Intensität nicht einmal beim Verlassen des Danuvius empfand. Auf jedem Wegstück, das sie zurücklegten, war der Abschied gegenwärtig. Sie registrierte die Schönheit der Landschaft, beobachtete das Wild und ließ Quinus anhalten, wenn sie verwendbare Kräuter sah. Sie waren zu dieser Jahreszeit morgens meist noch gefroren. Pona wusste, dass bestimmte Kräuter erst dann ihre volle Heilkraft entwickelt hatten. Sie pflückte die Pflanzen, wie es Brauch war, mit der linken Hand, der Hand, mit welcher man alle gefährlichen Dinge tat, denn sie führte nie zum Mund.

Während sie Stunde um Stunde mit ihrem Wagen und den langsamen Zugtieren nach Westen zogen, formulierte sie ihre nächsten Aufzeichnungen in Gedanken vor. Sie wusste, sie konnte sich auf ihr Gedächtnis verlassen, wenn sie diese am Abend notieren würde.

Quinus und Pona wechselten sich am Wagenbock ab, schliefen in Felle gehüllt unter der Lederplane des Wagens und weckten sich, wenn sie einsam gelegene Bauernhöfe erreichten, wo man sie bereits erwartete. Sie behandelten viele Kranke und überall, wo sie vorbeikamen, riet sie zum Entschluss für den Wagenzug und bat dies zu verbreiten, sich dem großen Zug der Mittleren Vindeliker anzuschließen und das Land zu verlassen.

Die Sonne neigte sich am zehnten Tag ihrer Reise bereits den Hügeln zu, hinter denen die Danuviusebene und Runidurum lag. Sie färbte den Himmel hinter einem Dunstschleier tiefrot. Nebel stiegen aus den Tälern auf und es würde nicht mehr lange dauern, bis deren Schwaden auch ihren Ochsenkarren erreichen würden. Höchste Zeit, nach einem Platz für ihr Nachtlager Ausschau zu halten.

Als sie über einem Waldstück Krähen bemerkten, die über einer Rauchwolke kreisten, so als würden die Vögel von dieser in der Luft gehalten werden, dachten sie dem Ziel des Tages nahegekommen zu sein. Vielleicht belauerten die gierigen Krähen den frischen Mist, der aus dem Stall des Bauernhofes geworfen wurde, der hinter dem Wald liegen musste. Neugierig geworden, aber mit der üblichen Vorsicht, hielten sie auf das Waldstück zu, an dessen Rand ein Bach in einem engen, tief eingeschnittenen Tal vorbeifloss. Der Weg knickte an dieser Stelle scharf ab, führte links am Wald entlang und bog vermutlich dahinter in einem weiten Bogen wieder auf den Bachlauf zurück. Wenn sie auf den dahintergelegenen Hof stießen, so hofften sie, würde sich eine Übernachtung in ihrem Karren erübrigen.

»Die Herdfeuer brennen bereits, eine warme Mahlzeit wird uns willkommen heißen«, rief Pona erwartungsvoll und musterte den Rauch, der steil in den Abendhimmel aufstieg. Quinus nickte und trieb die Ochsen zu einer schnelleren Gangart an.

Es dämmerte bereits, als sie den Wald umrundet hatten. Quinus deutete auf seine Nase und nun roch auch Pona den beißenden Brandgeruch, der immer intensiver wurde, bis sie schließlich den Grund dafür sahen: Hinter dem Wald breitete sich Ackerland aus, das sich bis zum Bachlauf erstreckte. Entsetzt sahen sie in der Mitte des Feldes die verkohlten Reste einer Hofstelle und einiger Hütten rauchen. Flammen züngelten noch aus den Trümmern. Der Rauch zog entlang des Waldrands, wurde durch den aufkommenden Nebel niedergedrückt, der vom Bach aufstieg und verdichtete sich zu diesem beißend riechenden Gemisch, das sie gerochen hatten.

»Dies sind die Reste des Hofes, auf dessen Wärme ich gehofft hatte«, sagte Pona bitter. »Das Feuer wird nur noch die Toten wärmen.«

Sie verbargen den Ochsenkarren hinter einer Hecke am Waldrand, nahmen ihre Waffen und schlichen sich näher an das Gehöft heran. Quinus, der voranging, blieb plötzlich stehen, fuchtelte wild mit den Armen und wies auf das Haus vor ihnen. Pona bemerkte erst in diesem Moment, was Quinus bereits gesehen hatte. Vor ihnen lagen mehrere Menschen, zumindest das, was von ihnen übrig geblieben war. Der Tod hatte sie in ihren letzten Bewegungen überrascht und sie in ihrer Qual und ihren Verkrümmungen festgehalten. Pona kannte diese Bilder. Sie riefen das Entsetzen aus ihrem Gedächtnis ab, das sie am Danuvius schon mehrmals gesehen hatte. Sie wusste bereits jetzt, welche Details sie nun zu sehen bekam. Ein fassungsloses Grauen schüttelte sie: Männer mit abgetrennten Köpfen und verstümmelten Gliedern, Weiber mit gespreizten Beinen, die Augen schrecklich geweitet, die Scham blutig geschändet. Kinder mit zertrümmerten Schädeln und überall Blut, Blut ... und abgetrennte Gliedmaßen der Toten.

Überlebende dieses Hofes würden sie nicht finden; vermutlich wurden sie verschleppt. Gutes Geld für junge starke Menschen winkte auf allen Sklavenmärkten dieser Welt. Dies war also die Wirklichkeit des Gerüchts, wovor sich die Menschen derzeit fürchteten und diesen hier zugestoßen war. Es gab genügend Spuren, die Pona erkennen ließen, welch entsetzlicher Kampf stattgefunden haben musste und wie er ausgegangen war.

Der Boden war zertrampelt, zerbrochene Waffen und Geräte lagen verstreut auf dem Hof. Von den Überlebenden fanden sie nur mehr deren Fußabdrücke, dort wo sie auf Pferde gesetzt worden waren.

Eine breite Spur, wie sie ein Reitertrupp hinterlässt, führte vom Hof zu dem Weg, auf dem auch sie nach Runidurum weiterziehen wollten. Wer dieses Grauen angerichtet hatte wussten sie nicht.

»Die Tragödie, die sich hier abgespielt hat, darf sich nicht wiederholen! Wir können dies verhindern, wenn wir das Land gemeinsam verlassen«, dachte Pona. Sie schüttelte abwehrend ihren Kopf, so als wollte sie ihre Erinnerungen abwerfen, die beim Anblick des Todes in ihr hochstiegen. Dies also waren die Vorboten, die sie vorausgesehen hatte.

»Die Spur des Todes wird breiter werden«, dachte sie bitter. »Es wird noch mehr Opfer geben, wenn man dieses Land weiter bewohnte. Die Flut der Gewalt wird ansteigen und wir könnten ihr mit unseren Kriegern irgendwann nicht mehr widerstehen!«

Während Pona alles um sich mit ausdruckslosem Blick verarbeitete, zupfte Quinus an ihrem Umhang und zog sie hinter das schwelende Feuer des Wohnhauses. Mit der Hand deutete er auf einen etwa handtellergroßen Gegenstand, hob ihn auf und überreichte Pona das Fundstück. Pona betrachtete es: Es war ein eiserner Schildbuckel, wie auch Germanen ihn an ihren Schildern trugen.

»Es könnte auch der eines keltischen Kriegers sein«, überlegte sie laut und sah Quinus an. Dieser nickte.

Eine dicke Kruste aus Erde und Blut bedeckte die Seite, auf welcher vermutlich ein Wappen zu sehen sein müsste, das Hinweise auf den Besitzer des Schildes geben konnte. Pona reinigte den Schildbuckel am Bach. Da es mittlerweile dunkel geworden war, konnte sie das Zeichen nur undeutlich erkennen. Nach längerem Betrachten ordnete sie es eher einem germanischen Stamm zu – doch sie war sich nicht sicher. Derlei Zeichen waren bei den Vindelikern nicht üblich. Sie nahm ein Lederstück, wickelte den Fund ein und verstaute ihn in ihrer Umhängetasche. Morgen oder an einem der nächsten Tage würde sie den Schildknauf genauer untersuchen.

Pona suchte das Ufer des Baches nach weiteren Spuren ab. Schließlich stieß sie auf einen Wassertrog in den sich eine munter sprudelnde Quelle ergoss. Zerbrochene Schöpfeimer und Scherben von Krügen lagen verstreut um den Trog. Auch hier hatten die Sieger gehaust. Sie hatten die Wasserstelle als Abtritt benutzt, wie sie am Geruch und den darin schwimmenden Fäkalien rasch bemerkte. Als Pona vorsichtig zurückstapfte, stolperte sie über einen Gegenstand, der scheppernd in der Dunkelheit vor ihren Füßen entlangrollte. Neugierig geworden tastete sie den Boden ab und erfühlte einen langen Gegenstand, der sich bei näherem Hinsehen als Trinkhorn entpuppte. Als sie das Horn wieder in die Dunkelheit zurückwerfen wollte, fuhr ihr ein Gedanke durch den Kopf. Sie hielt das Horn an die Nase und roch daran. Es war Blutdunst, und verborgen dahinter ein scharfer Geruch, den sie sofort erkannte. Es war der Geruch jenes Pulvers, welches sie bei Operationen verwandte, um die Menschen in einen Rauschzustand zu versetzen, der sie alle Schmerzen besser ertragen ließ. Nachdenklich hielt sie den Gegenstand in der Hand, während sie zu Quinus zurückging und ihm zurief: »Ich habe etwas gefunden! Rieche daran und du wirst es erkennen!« Pona übergab ihm das Trinkhorn. Quinus entfachte eine Fackel und steckte sie in den Boden. Er betrachtete das Horn eingehend, hielt es an seine Nase, schnüffelte daran und zeichnete auf Ponas Brust einen Pilz, dabei fuhr er sich über die Halsschlagader.

»Ja, Quinus, die Reiter haben Blut getrunken. Das Blut der Toten hier, versetzt mit dem Rauschmittel des Fliegenpilzes. Es sind also Totenkopfleute, die das hier zu verantworten haben. Das Gebräu hat sie in einen Rausch versetzt, denn dieses hier«, sie wies mit einem Arm um sich, »haben Menschen vollbracht, die von Sinnen waren.«

Pona schüttelte das Grauen von sich ab, das sie bei dem Gedanken an die Ereignisse erfasste und schloss ihre Augen.

Aus dem Dunkel löste sich eine unwirkliche Schattengestalt, trat hinter sie und verschloss ihre Augen mit einem Nebelband. Eine Hand legte sich beruhigend auf ihre Stirn. Sie verharrte eine Weile, bis das Licht des flackernden Brandes das Nebelband auflöste und die Gestalt zu durchdringen schien. Als der Abendwind den Kopfschleier der schemenhaften Gestalt ein wenig anhob, zeichnete sich ein leerer Schädel ab, der nicht zu der warmen Hand passte, die auf ihrer Stirn gelegen war.

»Lass' die schrecklichen Vorstellungen zu, Pona, die vor deinem inneren Auge aufgetaucht sind! Es wird noch schlimmer kommen, daher präge dir all deine Gedanken hierzu ein!«, sprach der Schatten.

»Auch das, was du hier siehst. Es geht um Leben oder Tod, deine Gedanken sind richtig, traue ihnen!«

Benommen schlug sie die Augen auf. Lautloser Nebel umhüllte sie, der auf ihren Lippen wie der Brandgeruch des Gehöftes schmeckte. Die Nebelschwaden hatten die Gestalt verschluckt, so unvermittelt wie sie aufgetaucht war.

Tief beunruhigt griff sie nach Quinus' Arm, wie wenn sie Halt bei ihm suchen wollte.

Kult der Menschenopfer

Eine Reitstunde vom Danuvius entfernt, in einem Hochtal nahe des Flusses Alkimona, schmiegte sich eine Siedlung auf den Grund eines mächtigen Talkessels. Dieser war einst ein See gewesen, dessen Wasser sich – vor undenkbar langen Zeiten – durch einen engen Durchbruch den Weg zur Alkimona gebahnt hatte. Weiß leuchtende Kalkfelsen umstanden die Ansiedlung. Sie wirkten wie eine Schutzmauer aus Felstürmen. Das Dorf bestand aus mehreren Höfen mit zahlreichen Nebengebäuden, Vorratshütten und Ställen. Inmitten des Dorfes stand ein überdachter Versammlungsraum, davor ein von Eichen beschatteter Opferaltar, flankiert von Pfählen, auf denen Totenköpfe aufgespießt waren.

Mit der aufgehenden Sonne hörte man die ersten Geräusche erwachenden Lebens in den Häusern und Ställen. Der dunkle Rauch aus den Firsten verriet, dass die Menschen ihre Herdstellen geschürt hatten und dabei waren, ihr Morgenmahl zu bereiten. Knechte eilten geschäftig zwischen den Hütten hin- und her, molken das Vieh in den Ställen, misteten aus, Hunde bekläfften das Füttern der Tiere und selbst Spatzen pickten eifrig in den dampfenden Dunghaufen. Mühsam bahnten erste Sonnestrahlen sich ihren Weg durch die Nebelschwaden, gewannen dabei zusehends an Licht und Wärme.

Im Hohlweg, dem einzigen Zugang durch die Kalkbarrieren, tauchte ein Trupp von Reitern und Packtieren auf und strebte dem Dorf zu. Einer der Reiter blies in sein Horn und entlockte ihm einen rauen krächzenden Ton. Kurz darauf öffneten sich die Türen der Wohnhäuser und -hütten. Männer und Frauen traten ins Freie und erwarteten stumm die nahenden Reiter.

Nicht wie es sonst in Siedlungen üblich war, wenn Krieger oder Handwerker von einem Kriegszug oder einer Reise zurückkehrten, erwarteten die Dorfbewohner die Reiter hier nur stumm und abwartend. Kein fröhliches Lachen oder erleichtertes Geschrei, keine fragenden Zurufe – nichts war zu hören.

Gut zwanzig, mit Lanzen, Schwertern und Wurfäxten bewaffnete Krieger führten den Zug an. Sie waren nach Art der Germanen gekleidet: Rostfarbene Hosen und helle Hemden aus grobgewobenen Stoffen, darüber Lederpanzer, Kettenhemden, oder nur schwere Felle, manche trugen Helme mit Hörnern oder Federbuschen, die sie offenbar erschlagenen Feinden abgenommen hatten – was die unterschiedlichen Formen und die vielen Beulen auf manchen von ihnen vermuten ließen. Die Krieger führten mehr als ein Dutzend schwer beladener Packpferde mit sich, dahinter trotteten

Lasttiere, auf denen in hellen Umhängen verhüllte Frauen saßen. Eine von ihnen hielt – eng an sich gepresst – ein Körbchen in ihren Armen. Auf drei weiteren Pferden saßen sechs junge Männer und Frauen, denen man die Hände vor der Brust zusammengebunden hatte. Ihre Gesichter waren von den Strapazen der letzten Tage gezeichnet.

Der Anführer des Trupps galoppierte voraus, sprang vom Pferd, klopfte den Staub aus seiner Kleidung und strich sie zurecht. Breitbeinig näherte er sich dem stattlichsten Haus des Dorfes, aus dem eine kleingewachsene Frau getreten war.

Sie musste sehr alt sein, denn ihr Rücken war gekrümmt und sie krallte sich an einen Stab. Misstrauisch, mit hellwachen Augen, musterte sie den Ankömmling. Ihr Blick wanderte auf die in einiger Entfernung anhaltenden Reiter, flog wieder zu dem Mann, der herantrat, sich verneigte und zu sprechen begann, wobei er auf die Reiter wies: »Wie Ihr befohlen habt, weise Cura, haben wir das gebracht, nachdem ihr euch so lange verzehrt habt. Wir haben die Priesterin Casina, einige ihrer Schülerinnen und den Bastard von Indobellinus gefangen genommen. Dazu eine Handvoll junger Kelten, die auf den Märkten einige Goldschüsselchen einbringen werden.«

Während dieser Worte richtete er sich stolz auf und stellte selbstzufrieden fest: »Es war doch euer sehnlichster Wunsch, Cura?«

Die alte Frau, im Gewand der Druidinnen, erwiderte den Gruß des Anführers nicht, sondern sie presste nur ihre Lippen aneinander. Unwirsch schob sie den Mann beiseite, ohne ihn eines Blickes zu würdigen. Mühsam humpelte sie dem Reitertrupp entgegen, dabei setzte sie mit ihren krummen Beinen langsam einen Schritt vor den andern, dabei stützte sie sich auf einen mit einem Totenschädel verzierten Druidenstab.

»So sieht man sich also wieder!«, rief sie schrill, »du erhabene Druidin Casina, du Verräterin an unserem Glauben. Erkennst du mich noch? Nun ist endlich die Stunde gekommen, für die ich in den letzten Jahren gelebt habe, mir so sehnlichst herbeiwünschte.«

Sie hielt inne, legte ihren Kopf zur Seite und betrachtete die Frau mit dem Körbchen in der Hand, während ihre Augen triumphierend aufleuchteten.

»Unsere Göttin Epona wird auch an dem kleinen Menschentier ihre Freude haben, das ihr mitgebracht habt, welches das Blut des verfluchten Indobellinus in sich trägt. Auch an dir, du feiste Amme, die ihre Brüste diesem Wurm zum Fraß vorgeworfen hat. Sie wird euch verschlingen, wenn der Mond sich vollends gerundet hat – euch alle!«, schrie sie, sodass selbst die Krieger zusammenzuckten.

»Eure Häupter werden in die Opferkessel rollen, gefolgt von eurem Blut. Ich bin mir sicher, unsere Götter werden dadurch milde gestimmt werden.«

Sie fuchtelte mit ihrem Stab in der Luft, als wollte sie magische Zeichen malen. Schaum hing an ihren Mundwinkeln, während sie weiterschrie und ihr Gesicht sich grässlich verzerrte.

Die gefangenen Druidinnen schwiegen fassungslos, bis eine von ihnen mit ruhiger Stimme sagte – es war die Druidin Casina:

»Cura, du also bist es! Die Gräueltaten des vergangenen Jahres im Land der Mittleren Vindeliker sind dein Werk und das deiner verblendeten Krieger! Sie töten und brandschatzen für dich und deinen Totenkopfclan. Damit willst du das Feuer der Furcht schüren, um deine abscheulichen Pläne in die Tat umsetzen zu können. Wisse! Wir alle fürchten dich und deine Totenkopfleute nicht. Unsere Druidin Pona wird dein Versteck aufspüren – wenn sie es nicht bereits getan hat – und dann wie ein Feuerstrahl auf dich niederfahren. Du weißt, sie hat das zweite Gesicht!«

Casina reckte sich stolz im Sattel, deutete mit ihren gebundenen Händen den Weg zurück und fuhr fort: »Pona, Quinus und unsere Krieger werden nicht lange auf sich warten lassen. Sie werden kommen und du wirst es nicht einmal bemerken! Ehe du uns tötest, wird die Macht unserer Allmächtigen dich und deinen verderbten Haufen vernichten!«

Während Casina sprach, fühlte sie jähe Angst in sich hochsteigen, die ihr die Kehle fast zuschnürte; Angst davor, dass Pona sie nicht finden könnte, wie sie so kühn behauptet hatte. Die alte Druidin lachte gehässig auf und zerrieb zwischen ihren Fingern die gelb schimmernden Tropfen unter ihrer Nase.

»Für eine, die dem Tod so nahe ist wie du, sprichst du beeindruckend furchtlos, Casina. Doch ich kenne die Druiden. Unsere Worte entsprechen nie unseren wahren Gedanken. Nicht mehr lange, dann wird die Angst auch deine Worte zerfressen, wie sie es mit deinen Gefühlen bereits getan hat!«, geiferte Cura, dabei tropfte brauner Sabber aus ihren Mundwinkeln. Sie drehte sich um, humpelte zu ihrer Hütte zurück und verschwand darin.

Nach dem Auftritt ihrer Druidin, dem die Reiter respektvoll zugehört hatten, entluden sie ihre Pferde, entledigten sich ihrer Waffen und verteilten die Gefangenen auf zwei Hütten, die an einem der Kalktürme standen. Die Unglücklichen wurden auf engstem Raum zusammengepfercht und sollten hier ihr Schicksal erwarten, wie Tiere vor ihrer Schlachtung.

Nur wenig später versammelten sich die Bewohner der Ansiedlung unter einer Eiche. Am Stamm des riesigen Baumes hatte man einen Opferaltar errichtet, von hölzernen Stelen umgeben, verziert mit gebleichten Menschenschädeln.

Cura erschien wieder. Die Menschen scharten sich um ihre Druidin und erwarteten geduldig das Gebet, welches sie jeden Tag um diese Zeit gemeinsam verrichteten. Heute wurde als Dank an die Götter ein Stier geopfert. Mit einem röchelnden Schrei sank das Tier auf seine Vorderläufe, als ihm eine der Druidinnen die Kehle durchschnitt. Das aus dem Hals sprudelnde Blut fingen die anderen in Gefäßen auf und gossen es in eine riesige Steinwanne. Daraufhin nahm Cura ein Messer und trennte den Bauch des auf die Seite gelegten Stieres bis zur Brust auf. Sie schob den Ärmel des rechten Armes hoch und fuhr mit ihrer Hand in den Leib des Tieres. Zuerst riss sie das Herz heraus, dann Lunge und Leber und warf sie in einen bereitgestellten Kessel. Ein tiefes Grollen war aus ihrem Mund zu hören. Sie schob ihren Unterkiefer nach vorne und leckte ihre Lippen ab. Auf einen weiteren Wink von Cura hin trennten die Krieger dem Stier den mächtigen Kopf vom Rumpf und setzten ihn auf die Steine des Altars. Noch dampfte sein Maul, seine Augen starrten fassungslos auf die Menschen und Blut rann aus dem Stumpf des Halses. Den Rumpf schleppten die Krieger zur Seite und ließen das Blut in einen Trog laufen. Das Fleisch des Stiers würden ihre Frauen noch heute über den Herdfeuern braten oder in Kochtöpfen zu Suppenfleisch garen.

Cura entkleidete sich, warf ihre Kleider zwei jungen Druidenschülerinnen zu, stieg in den Trog und ließ sich in das Blut des Stieres sinken. Nachdem sie die Götter Teutates, Taranis, Esus und Epona angerufen hatte, verkündete sie mit erregter, sich überschlagender Stimme: »Wenn der Mond sich vollends gerundet hat werden wir euch, ihr Götter, das gewünschte Opfer derer bringen, die sich damals gegen euch und mich wandten und Oxina, die Verräterin an unserem Glauben wählten. Ich werde dieses Blut hier weihen und dann von ihm trinken. Wir alle werden es tun! Es geschieht zu eurer Ehre! Ihr werdet zufrieden sein! Unsere Gefangenen werden euch geopfert, wenn der Mond sich gerundet hat, stellvertretend für die vielen Verräter an unserem Glauben, die aus unserer Heimat ziehen wollen. Dann werdet nur ihr in unserem Lande herrschen, das sich euch wieder mit vollem Herzen zuwenden wird.«

Ein um das andere Mal tauchte sie ihren Oberkörper in das Bad. Das Blut strömte über ihre verdorrten Brüste in den Steintrog zurück, der Rest gerann an ihr und ließ sie, wie eine bis aufs Blut geschundene Frau erscheinen.

»Ihr alle, meine Getreuen, kommt her und trinkt von dem Lebenswasser des Stieres, das in wenigen Tagen pures Menschenblut sein wird.« Dabei leerte sie einen Beutel vor sich aus, dessen Inhalt sich unter ihren Händen aufschäumend mit dem Blut vermischte.

Wie Tiere krochen die Menschen an den Trog heran. Sie schöpften das Blut mit ihren Händen, schlürften es gierig, bis die Wanne geleert war und nur mehr die Druidin mit ihrem verschmierten und blutverkrusteten Körper darin saß.

Cura murmelte unverständliche Worte, erhob sich und verließ, von einer Druidin gestützt, das Becken. Sie wankte zu ihrem Haus, begleitet von zwei Frauen, die ihr bei der anschließenden Reinigung behilflich sein würden. Bevor sie ihr Haus betrat, wandte sie sich noch einmal um: »Bringt die Kessel mit dem Herzen und der Lunge in mein Haus, ich werde daraus lesen, wann den Göttern das Menschenopfer genehm ist!«

Das Pulver verfehlte seine Wirkung nicht. Die Krieger, noch vor kurzem müde, schienen frisch gestärkt und strebten ihren Hütten zu. Jeder nahm eine der Frauen mit sich, bei denen sich die Wirkung dieses Opfertrunks ebenfalls zeigte. Kurz darauf herrschte Stille, nur das Keuchen und Schreien der in Ekstase wütenden Männer und Weiber waren zu hören, die den Göttern auf ihre Weise ihr Opfer brachten.

Nachricht des Schmiedes

An den beiden folgenden Tagen fuhren Pona und Quinus mit ihrem Ochsenkarren meist bis spät in den Abend hinein – immer die Spur des Reitertrupps im Auge – bevor sie den Ochsen und sich eine Rast gönnten. Sie schliefen in ihrem Planwagen, während sie die Tiere abseits des Weges auf einer Waldwiese angepflockt hatten. Erstaunlicherweise wiesen die Spuren immer noch in Richtung Runidurum – was ihnen entgegenkam, denn dieses Oppidum war auch ihr Ziel. Die Flüchtenden benutzten ausschließlich die vielbefahrene Hauptstraße und hatten es offenbar sehr eilig. Auf diesen von Pfützen und Schlaglöchern übersäten Wegen, kamen Pona und Quinus mit ihrem Ochsenkarren nur mühsam voran. Einige Meilen vor Runidurum, man sah bereits die dunstigen Flussterrassen des Danuviustals, verließ die Spur der Reiter die Hauptstraße und wandte sich nach Norden, während Quinus und Pona ihren Ochsenkarren weiter in Richtung Runidurum lenkten.

Runidurum war das größte Handels- und Manufakturzentrum der Vindeliker, auch das mächtigste nördlich der Blauen Berge. In dieser Stadt wurde alles produziert was Bauern und Handwerker für die Ausübung ihrer Arbeit, die Menschen für das tägliche Leben und natürlich Krieger für ihre Ausrüstung benötigten. Schon weit vor den Toren der Stadt, die eine riesige Wallanlage umgab – man brauchte, um sie zu umrunden, mit einem Ochsenkarren mehr als zwei Stunden – fuhren sie an endlosen Reihen rauchender Öfen vorbei, in denen man das Rasenerz der Umgebung verhüttete, welches in der Stadt zu begehrten Waren verarbeitet wurde.

Sie erreichten die Stadt über das Osttor und wurden von den Wachen durchgewinkt, nachdem sie ihr Ziel den Hochweisen der Stadt angegeben hatten. Die Stadt wirkte auf die beiden, wie wenn sie auf einem Leder entworfen worden wäre. Die Straßen waren schnurgerade, kreuzten sich in geradem Winkel und teilten die Stadt in Bezirke auf. Die Werkstätten waren in der Folge der handwerklichen Verarbeitung eines Produkts hinter- und nebeneinander angeordnet worden. Hunderte von Männern arbeiteten in diesen Werkstätten und produzierten große Mengen unterschiedlichster Waren, mit denen südlich der Blauen Berge, in Gallien und weit im Osten, entlang des Danuvius, gehandelt wurde.

Das Oppidum Runidurum war wegen seines Eisens berühmt, das in der Form von Schwertbarren und Spitzbarren verkauft viele Goldschüsselchen einbrachte. Entsprechend siedelten sich auch Waffenschmiede, Goldschmiede, Emaillierer, Glashandwerker, Töpfer, Ledermacher und Wagenbauer in dem Oppidum an, die mit der außerordentlichen Qualität ihrer Produkte den Ruhm der Stadt begründeten. Eine Besonderheit konnte Runidurum vorweisen, und darauf waren alle Vindeliker stolz: Hier wurde das Fass erfunden, die Holzamphore wie sie die Römer manchmal spöttisch nannten. Man ließ die Fässer nach Gebrauch eintrocknen, die Seitenteile und der Boden sowie die alles haltenden Eisenreifen konnten danach Platz sparend wieder in Säcken zurücktransportiert werden. Falls nützlich, füllten die Kaufleute sie wieder mit anderen Waren. Dieses keltische Fass hatte bereits seinen Siegeszug in das Reich der Römer angetreten und war ein Teil der anschwellenden Warenströme aus Runidurum geworden.

Quinus und Pona waren Gäste bei Vendeles, dem Druiden der Stadt. Dessen Haus befand sich in unmittelbarer Nähe des Tempels, der selbst fast in der Mitte der Stadt lag. Seit den Besuchen mit Indobellinus kannte und schätzte ihn Pona. Sein Haus verriet, dass Vendeles kein armer Mann war. Nach dem Vorbild römischer Villen, besaß es ein gepflastertes Atrium. In der Mitte sprudelte ein Brunnen, dessen Becken von Figuren aus der griechischen Götterwelt getragen wurde – ein Produkt aus dem fernen Griechenland.

»Ein Geschenk von Delidix, unserem Fürsten«, erklärte Vendeles, der den fragenden Blick von Pona bemerkte. Die Wohnräume wurden über eine Bodenheizung behaglich erwärmt, wie sie bei den Römern üblich war. Das Haus hatte ein Stockwerk – eine in diesen Breiten große Seltenheit – in dem Pona und Quinus schlafen würden.

Vendeles hatte sich seit dem letzten Besuch kaum verändert. Er war ein hochbetagter weißhaariger Druide mit großen Kenntnissen aus der Geistes- und Götterwelt der Kelten. Indobellinus und Pona liebten die tiefgründigen Gespräche mit ihm, tauschten bei jedem ihrer Besuche viele Gedanken und Einsichten mit ihm aus.

»Pona, ihr habt all das Leben gesehen, wie fleißig die Menschen hier arbeiten. Soll das nun alles zu Ende sein?«, fragte Vendeles, in einer Anspielung auf den Wagenzug nach Westen.

Er gab sich selbst die Antwort: »Die Menschen in dieser Stadt sind davon überzeugt, sie seien hinter ihrem mächtigen Wall vor allen Gefahren sicher. Sie werden ihren Besitz nie aufgeben und deshalb nicht mit euch ziehen. Selbst als Tote werden sie sich an ihr irdisches Gut klammern, wenn dieses längst anderen gehört – jenen die sie töteten.«

Vendeles atmete schwer, denn er erregte sich bei diesen Worten mehr als ihm gut tat.

»Der Fürst hat vor Wochen den Rat der Stadt einberufen. Dabei ging es darum, ob man sich dem von euch geplanten Zug nach Westen anschließen sollte. Die Argumente des Druidenrates waren vergeblich, denn die Edlen, Händler und Handwerker und ihre Clans wollen ihre Stadt nicht verlassen – allen voran natürlich unser Fürst Delidix. Für ihn ist Runidurum eine Goldgrube, in deren Glanz er sich und seine Habgier wärmt. Zugegeben, er hat sie zu dem gemacht was sie heute ist, hat den mächtigen Ringwall verstärkt, Handwerker in die Stadt gerufen und eine Produktionsmetropole geschaffen, die ihresgleichen sucht. Das ist die Tatsache, an der sich alles entschieden hat. Die Mehrheit der Stadtversammlung war gegen unser Ansinnen, Pona. Da halfen auch meine Weissagungen nichts, denn die Augen ihrer Götter haben die Farbe von Goldschüsselchen aus Blassgold. Mit ihrem Geld wollen sie Söldner anwerben – auch Germanen – um ihr Eigentum zu verteidigen. Epona mag ihrer Kurzsichtigkeit gnädig sein!«, schloss er seine Worte.

»Gräme dich nicht, Vendeles!«, beruhigte Pona den Druiden. »Ihr Wille ist ihr Schicksal und sie werden zur Einsicht gelangen, wenn sie all das hier verloren haben, vielleicht auch ihre Freiheit und nur mehr ihr Leben retten konnten. Dann ist es allerdings zu spät!« Pona beugte den Kopf nach vorne und schüttelte ihn.

»Was sind wir Kelten doch für stolze uneinsichtige Menschen. Wir denken unbesiegbar zu sein, so wie es unsere Vorväter waren, dank ihrer Größe und Kraft, ihrer technischen Begabung, Unbeugsamkeit und Tapferkeit – bevor sie in dieses Land kamen. Und jetzt? Die Menschen dieser Zeit sind nicht mehr die gleichen. Unbeugsam vielleicht, aber nicht mehr mit den anderen Tugenden ausgestattet. Sie sind ihrer Genusssucht erlegen und dem Glanz der Quinare. Zum Teil haben sie sich von unseren Werten weit entfernt und huldigen, wie ich gehört habe, bereits Göttern aus dem fernen Persien, dem Mithraskult. Von ehemaligen römischen Söldnern mitgebracht, scheint letzterer Mode geworden zu sein.

Mit ihrer Entscheidung haben sie sich bereits jetzt ihren Feinden geistig unterworfen. Ihre Strafe sollte sein, so überlistet zu werden wie sie es als Händler selbst immer wieder tun. Dass dieser Feind keine Geschäfte machen will sondern nur Gewalt kennt wollen sie nicht sehen!« Pona legte eine Hand auf die Schulter des alten Druiden.

»Wir stehen ebenfalls vor diesem Problem«, fuhr sie fort, »auch bei uns wollen einige im Lande bleiben und sich wehren, allerdings eine Minderheit. Sie alle werden eines gewaltsamen Todes sterben, oder sich den Siegern als Sklaven oder Diener unterwerfen müssen. In einer Zeit, weit hinter der Dunkelheit der Zukunft, wird man nur mehr ihre angenagten Knochen finden, geborstene Waffen und zerbrochene Töpferei und den in letzter Not vergrabenen Schmuck oder die Beutel mit Goldschüsselchen. Diejenigen die überleben werden führen ihre Bezwinger dann zu diesen Verstecken, um wenigstens ihr Leben in Knechtschaft zu erkaufen.«

Nach dieser Begrüßung, in der sie die Probleme dieser Stadt mehr als angeschnitten hatten, wies Vendeles seine Diener an, Pona und Quinus in ihre Schlafräume zu begleiten und ihr Gepäck hochzutragen.

Quinus saß bereits bei Vendeles, als Pona in die Wohnhalle zurückkehrte. Vendeles wies auf die gedeckte Tafel: »Nun sind wir vollzählig, auch ich verspüre einigen Hunger. Seid meine Gäste, stärkt euch, ihr werdet eure Kraft und Energie in den nächsten Tagen benötigen. Wir werden uns ausgiebig mit Fürst Delidix und den Edlen von Runidurum auseinandersetzen müssen.«

Sie aßen und tranken ausgiebig an der reichlich gedeckten Tafel. Es gab alles, was die keltische Küche zu bieten hatte: Linsen auf Dinkelbrei, mit Kräutern gewürzter Schweinebraten, dazu delikat zubereitete getrocknete Pilze, verschiedene Arten Geflügel, geräucherten Schinken, feinste Kräutersaucen, Fladenbrot und Käse, süßes Gemüse aus seltenem Obst und vieles andere. Hierzu kredenzte Vendeles einen trockenen römischen Wein, den er stolz mittels einer Abfüllvorrichtung aus einem hölzernen Behälter zapfte – einem dieser berühmten Holzfässer.

Vendeles wiederholte die Probleme, die sie bereits bei der Begrüßung mit ihm besprochen hatten. Die Veränderungen in der Stadt erfüllten den Druiden mit Sorge, denn sein Stand hatte nicht mehr die uneingeschränkte Macht über die religiösen Gefühle der Menschen und deren tägliches Leben, wie es in den ländlichen Bereichen noch möglich war. Der Fürst dieser Stadt, Delidix, gehörte zwar einer alteingesessenen und angesehenen Familie an, dennoch war er nicht mehr als ein geldgieriger Emporkömmling, der sich vor allem durch seine Rücksichtslosigkeit großen Einfluss verschafft hatte, den Einfluss der Druiden geschickt unterlaufen und schließlich die Macht in der Stadt uneingeschränkt übernommen hatte. Der gute Geschmack und anregender Geist des römischen Weins ließ sie an diesem Abend noch lange beisammensitzen.

Nachdem Pona und Quinus ihre Zimmer im Obergeschoss aufgesucht hatten fiel Pona in einen wohltuenden Schlaf – trotz der nicht gerade erfreulichen Neuigkeiten, die Vendeles über die Verhältnisse in Runidurum erzählt hatte.

Kurz nach Mitternacht wachte Pona auf. Zu ihrem Erstaunen fand sie sich im Atrium von Vendeles' Haus wieder. Wie sie dahin gekommen war konnte sie sich nicht erklären. Sie hatte die verschwommene Vorstellung, als hätte Indobellinus zu ihr gesprochen, sei ihr in einem Bild erschienen und wollte ihr etwas Wichtiges mitteilen. Pona war noch zu benommen, um weiter darüber nachzudenken und suchte wieder ihr Nachtlager auf.

Am folgenden Morgen war Pona sehr früh auf den Beinen, noch vor Sonnenaufgang. Langsam kehrte die Erinnerung an ihren Traum zurück: an die Bilder mit Indobellinus. Sie erinnerte sich ganz deutlich, vor den Kalkfelsen einige Hütten gesehen zu haben, auf die eine breite Spur zulief; ähnlich der, welcher sie am vergangenen Tag gefolgt waren. Auf einer der Hütten leuchtete in gleißendem Licht das Zeichen der Seerose. Daneben stand Indobellinus. Er deutete auf die Seerose und die Felstürme. Sie sah, dass sich seine Lippen bewegten, seine Augen jedoch konnte sie nicht erkennen. Vage erinnerte sie sich daran, dass sie dem Bild entgegengelaufen war – vergeblich. Das Bild blieb fern, ja es wich immer weiter vor ihr zurück! Je schneller sie lief, desto kleiner wurde es. Dann verschwand es schließlich ganz.

Hartnäckig kreisten ihre Gedanken um ihren Traum, um das Zeichen, das ihr offenbar Indobellinus übermitteln wollte.

»Welchen tieferen Sinn mag diese Botschaft haben?«, fragte sie sich immer wieder. Sie fand keine Erklärung. Beunruhigt erhob sie sich von ihrem Lager und schritt in der Schlafkammer auf und ab. Ihre rastlosen Schritte weckten Quinus. Er beobachtete Pona besorgt, legte schließlich seine Hand auf ihre Schulter und deutete auf das Lager mit den Fellen. Sie schüttelte den Kopf und verließ die Schlafkammer.

Nachdem sie ihre unruhige Wanderung im Atrium fortgesetzt hatte, erkannte sie schließlich den Sinn seiner Botschaft. Die Reiter, denen sie mit Quinus gefolgt war, mussten aus diesem Dorf mit den Kalkfelsen stammen. Es konnte nur im nördlich des Danuvius aufragenden Kreidegebirge liegen. Soweit konnte sie seine Botschaft ausdeuten, doch sie fand keinen Bezug zu sich und den Menschen ihres Dorfes. Auch Quinus, mit dem sie über ihren Traum gesprochen hatte, fand keine Erklärung. So verblieb eine nagende Unruhe in ihr.

Nach Sonnenaufgang begleitete Pona den Druiden Vendeles zum Morgengebet in den Tempel. Auf dem Weg dorthin musste sie immer wieder an die Bilder der Nacht denken. Während des Gebets erschien überraschend die Erdenmutter vor ihrem geistigen Auge. Sie stand mit verhülltem Gesicht vor ihr, so als wolle sie etwas vor ihr verbergen, ihr aber gleichzeitig eine Botschaft zukommen lassen. Ponas innere Unruhe wuchs. Nachdem sie sich nicht mehr auf das Gebet konzentrieren konnte, entglitt ihr das Bild. Pona taumelte mit ihren Gedanken wie betäubt aus dem Gebet in die Wirklichkeit zurück, und sie war froh, dass anschließend die Mistelernte mit Vendeles anstand.

Während Pona im Eichenhain Mistelzweige schnitt, begab sich Quinus in die Stadt. Er beabsichtigte, bei empfohlenen Händlern spezielle Heilkräuter, Pilzpulver, allerlei Grundstoffe für Salben und Tinkturen und Verbandsmaterial zu besorgen, um ihren Vorrat zu ergänzen. Natürlich wollte er sich auch ein wenig umhören, Stimmungen einsammeln, wollte erkunden, was sich in Runidurum derzeit politisch, wirtschaftlich und religiös abspielte – sich einfach eine Vorstellung über die Stadt und deren Menschen verschaffen. Niemand war für dieses Einsammeln von Informationen und Stimmungen besser geeignet als Quinus. Er fiel wegen seiner Hautfarbe auf und überall, wo er auftauchte, steckte man die Köpfe zusammen. Es hatte sich herumgesprochen, dass der Heiler von der Isura nicht nur stumm, sondern auch taub sei – die beste Möglichkeit für Quinus, den Leuten einfach zuzuhören. In den Gassen und Läden konnte einer wie er viel erfahren, konnte Stimmungen und Meinungen erkunden. Quinus war nicht nur ein guter Zuhörer, sondern er konnte das Gesagte und nicht Gesagte besser deuten als jeder andere.

Als er aus dem Haus des Hochweisen auf die angrenzende Gasse trat, dachte er an die vielfältigen Entwicklungen und Probleme in dieser Stadt. Unfreiwillig erhielt er Anschauungsunterricht, als einige betrunkene Taglöhner an ihm vorbeitorkelten und an die Tempelmauer urinierten. Einige Krieger der Stadtwache sahen ihnen dabei gelangweilt zu. Obwohl es Quinus in den Fingern juckte, vermied er eine Zurechtweisung der Tempelschänder vor den Augen der Stadtwachen, von der er nicht wusste wie sie ausgehen würde.

Die Kunde vom Verfall des keltischen Glaubens in Runidurum war, neben dem längst fälligen Besuch beim Fürsten Delidix, einer der Gründe ihres Besuchs in dieser Stadt – ein Beispiel hierfür hatte sich Quinus bereits geboten.

Die Stadt hatte in den letzten Jahren eine sehr stürmische Entwicklung durchlebt. Vor allem die eingesessenen Familien hatten den größten Nutzen aus dieser wirtschaftlichen Entwicklung gezogen. Riesige Manufakturen, die Palastanlage des Fürsten Delidix und anderer Edlen waren das beste Beispiel dafür. Zahlreiche Menschen waren zugezogen, die sich hier Arbeit und Brot erhofften – und auch bekamen. Eine beträchtliche Anzahl dieser neuen Bürger flüchtete aus dem Gebiet südlich der Blauen Berge, das die Römer unterworfen hatten. Auch sie waren Kelten, doch vor einigen Generationen nach Süden über die Blauen Berge ausgewandert. Viele von ihnen pflegten über diese lange Zeit hinweg zwar den Kontakt mit ihren Verwandten im Norden, hatten aber Lebensart, religiöse Sitten und Gebräuche des Südens angenommen. Neue Götter nahmen den Platz der alten ein, trugen andere Namen, die zwar den unzähligen Göttern und Geistern der Kelten ähnelten, doch andere Kulthandlungen forderten. Ein gefährliches Gemisch entwurzelter Menschen, wie Quinus empfand, die sich in diesem neuen Land an ihre überkommenen Werte und Gepflogenheiten klammerten, sich damit an den alteingesessenen Bürger und deren Gewohnheiten reiben mussten.

Während Quinus in das Gewühl der Gassen im Stadtzentrum eintauchte, hatten Pona und Vendeles den Eichenhain erreicht. Es war noch früh am Morgen des zehnten Tages des Monats und zunehmender Mond – die vorgeschriebene Zeit also, Mistelzweige zu schneiden. Nur der oberste der Priester durfte diese Handlung vornehmen, musste dabei ein weißes Gewand tragen und da sie in den Eichen wuchsen, die Vendeles nicht mehr besteigen konnte, übernahm seit Jahren Indobellinus dieses Ritual für ihn; jetzt tat es Pona. Nach der Opferung eines Hahns, bestieg Pona die Eichen und schnitt die Mistelzweige aus den Ästen. Die lederartigen Blätter der Mistel wurden verschiedenen Arzneien der Druiden hinzugefügt, hatten heilende Wirkung und die Kraft der Götter wohnte in ihnen. So entsprach es dem Glauben der Kelten.

Pona war während der Arbeit nicht bei der Sache. Sie murmelte beim Mistelschneiden zwar die vorgeschriebenen Beschwörungen, grübelte währenddessen aber angestrengt über der Bedeutung ihres Traums und des Erscheinens der Allmächtigen nach.

Erleichtert stieg sie von der letzten Eiche. Sie begann damit, die Zweige aus ihrem Erntekorb in ein Weihegefäß zu schichten. Ihr Unbehagen hatte zugenommen. Vor den Toren des Heiligen Hains entstand in diesem Moment Unruhe. Sie beobachtete, dass ein Trupp Reiter eingetroffen war. Dass die Männer sie selbst zu sprechen wünschten, konnte sie aus der Entfernung nicht hören. Die Ankömmlinge setzten sich lautstark mit den Druiden der Tempelwache auseinander, der die Reiter nicht einlassen wollte, da die Kulthandlung der Mistelernte noch nicht beendet war. Sie versuchten es den Männern zu erklären, doch diese ließen sich offenbar nicht beschwichtigen. Pona beschloss, der Sache auf den Grund zu gehen. Sie wollte nur noch den letzten Korb mit Mistelzweigen füllen und zum Tempel bringen, dann würde sie zum Tor des Tempelhains gehen.

Inzwischen versuchte der Anführer des Trupps, ein breitschultriger Mann, die Druidenschüler davon zu überzeugen, dass es um Leben und Tod ging. Er sparte bei seinen Erklärungen nicht mit groben Worten, fuchtelte mit seinen Waffen vor den verängstigten Druiden, die ihrerseits nicht zurückweichen wollten. Schließlich war die Geduld des Kriegers zu Ende. Er schob die Druiden einfach wie lästiges Gestrüpp zur Seite und strebte mit langen Schritten dem Tempel zu, begleitet von seinen Männern, während ihm die Druiden in ihren weißen Gewändern wie aufgeregte Vögel nachflatterten.

Pona wusste, als sich die unbekannten Männer Zutritt verschafft hatten, dass sie einschreiten musste. Einer inneren Eingebung folgend, beschleunigte sie das Einschichten der Zweige. Sie war mehr als erstaunt, als Cavarinus vor dem Tor des Tempels in dem Moment erschien, als sie den letzten Mistelzweig in das mit weißen Tüchern ausgeschlagene Kultgefäß legen wollte. Ihre Hand hielt in der begonnenen Bewegung inne, ihre Finger verkrallten sich in die Blätter, während sie den Zweig wie erstarrt über der Schale hielt. Als Cavarinus näher herantrat sah sie ihm in die Augen und ließ den Zweig in die Schale fallen, ebenso wie die Gedanken an die weitere Kulthandlung. Sie beschäftigte sich nur mehr mit dem, was sie in den Augen des Schmiedes gelesen hatte, mit ihrem Traum der letzten Nacht und mit dem verhüllten Gesicht der Erdenmutter während ihres Gebetes.

»Das war es also!«, dachte sie erschüttert.

Cavarinus suchte nach Worten, um seiner Druidin möglichst schonend mitzuteilen warum er gekommen war. Bevor er nur ein Wort formulieren konnte sagte Pona mit ruhiger Stimme: »Cavarinus, sag' mir, wann und wie ist es geschehen, wohin sind sie verschleppt worden – die Druidinnen und meine Tochter mit ihrer Amme?«

Cavarinus sah sie erstaunt an und nickte mit betrübtem Gesicht.

»Es war am dritten Tag nach eurer Abreise, hochweise Pona. Zwei der Druidinnen, Casina und die Amme eurer Tochter Siane, besuchten am Nachmittag den Gräberbezirk. Sie wollten die letzten Herbstkräuter sammeln, einige Gebete am Grab unseres Hochweisen Indobellinus sprechen und ein Opfer bringen. Wir sollten sie vor Einbruch der Dunkelheit wieder abholen. Unglücklicherweise verspäteten wir uns, nicht mehr als sonst auch. Die Dunkelheit war noch nicht hereingebrochen, als wir die Gräber erreichten. Alles war bereits vorbei. Als wir mit Fackeln nach Spuren suchten fanden wir nur eine Unzahl von Hufspuren und einige Blutflecken des Opfertieres auf dem Altar. Nicht einen einzigen Hinweis, keinen Stofffetzen, nichts. Wir versuchten der Spur zu folgen, verloren sie aber in der Dunkelheit im Flussbett der Isura.«

Die letzten Worte hatte er mit leiser Stimme gesprochen, so als wollte er seiner Druidin das Geschehene behutsam beibringen.

»Nur das hier haben wir am nächsten Morgen durch Zufall entdeckt«, dabei zog er einen zusammengelegten Stofffetzen aus der Tasche und überreichte ihn Pona.

»Eine der Druidinnen warf es in die Zweige eines Baums, offenbar als sie die Reiter bemerkte.«

Pona faltete den Stoff auf und sah zwei Zeichen. Auf der linken Seite ein Horn, darunter den Umriss eines Auges, mehr nicht. Beides war hastig aufgezeichnet worden, wie die fahrigen Striche es verrieten.

»Sie muss den Stoff vom Saum ihres Kleides abgerissen haben und ein Kohlestück vom Opferfeuer benutzt haben!«, murmelte Pona in Gedanken vor sich hin und wies auf den Rand des Fetzens.

»Sucht Quinus in der Stadt!«, befahl Pona den Tempeldienern.

Wie im Traum setzte sie sich in Bewegung und ließ alles um sich stehen. Ihre Schritte wurden immer schneller und schließlich rannte sie dem Wohnhaus von Vendeles zu. Hastig stieg sie zu ihrem Zimmer hoch und wühlte in einer ihrer Taschen. Endlich fand sie das Gesuchte – das kleine Bündel mit dem Schildbuckel. Sie wickelte es aus dem Leder und fand bestätigt was sie vermutet hatte. In den Schildknauf war ein Stierkopf eingeprägt worden, der nur ein Auge unter den Hörnern aufwies.

Cavarinus war Pona in respektvollem Abstand gefolgt. Die Männer erschraken, als die Tür aufflog und Pona herausstürzte. Triumphierend schwang sie den Schildbuckel in der Hand. Jetzt war der Schmied vollends verwirrt. Er konnte sich keinen Reim darauf machen, was Pona mit diesem Schildbuckel bezweckte und was dieser mit seiner Nachricht zu tun hatte. Doch Cavarinus vertraute der Druidin und schwieg. Er kannte sie als eine Frau, die selbst aus überraschenden Erkenntnissen blitzschnelle Entschlüsse fassen konnte. Gespannt wartete er, was sie ihnen erklären würde. Cavarinus nestelte nervös an seinem Gürtel während Pona auf ihn zueilte. Er war kein Mann der großen Worte. Daher dauerte es einige Zeit bis er formulieren konnte was er sich ausgedacht hatte. In diesem Moment war es die Verfolgung die er Pona vorschlagen wollte.

Pona fasste eben diesen Entschluss, als sie vom Tempel zum Haus hastete, hatte aber keine klare Vorstellung davon wie dies vonstatten gehen sollte. Als sie den Schildbuckel in der Hand hielt, das Wappen auf dem Buckel sah, lag der Plan glasklar vor ihr und sie formulierte ihn, bevor Cavarinus nur ein Wort herausgebracht hatte.

»Wir werden ihnen folgen und die Frauen befreien!«, entschied Pona.

»Es waren Germanen«, schnaufte Cavarinus, »so jedenfalls sollen wir es glauben!«

»Also möglicherweise Krieger vom Stamm der Markomannen, von einem Clan, dessen Wappentier der einäugige Stier ist. Jeder kennt die Gegend im Norden des Danuvius wo sie siedeln«, fügte Pona hinzu.

Einen Moment lang schien sie über etwas nachzudenken, betrachtete den Schildbuckel zum wiederholten Male und stellte fest: »Dieser hier erscheint mir ungewöhnlich, Cavarinus«, dabei deutete sie auf das Metallstück in ihrer Hand.

»Sieh' dir den Schildbuckel genauer an! Ich kann mich zwar täuschen, da ich mit waffentechnischen Dingen nicht so vertraut bin wie du, doch ist es nicht ungewöhnlich, dass ein Stammeszeichen auf eisernes Blech geprägt und nachträglich mit Nieten auf dem eigentlichen Buckel befestigt worden ist? Wurde der Schild etwa gestohlen?«

Mit grimmigem Glitzern in ihren Augen trat sie zu Cavarinus, hielt ihm den Schildbuckel entgegen und legte ihn in seine geöffnete Hand.

Er untersuchte ihn mit zusammengekniffenen Augen von allen Seiten, drehte und wendete ihn und zog schließlich sein Messer. Gekonnt schob er die Klinge, nahe einer Niete, zwischen das geschmiedete Eisen und das aufgelegte Blech. Dann spreizte er die Klinge vorsichtig an bis die Niete wegplatzte. In gleicher Weise verfuhr er mit den restlichen Nieten. Vorsichtig entfernte er das Blech, kratzte den angesammelten Schmutz von der freigelegten Oberfläche ab, spuckte darauf und rieb sie blank. Als Cavarinus das eingeschmiedete Wappen sah presste er die Lippen zusammen und brummte etwas vor sich hin, dabei fuhr er die Vertiefungen mit seinen Fingern nach. Er knallte das Eisenteil auf seinen Schild, sodass die umstehenden Krieger zusammenzuckten. Wortlos gab er den Schildbuckel an Pona zurück. Die Druidin erkannte sofort was Cavarinus so zornig gemacht hatte: Es war das Wappen, die Stierhörner über den Drachenrippen, das Clanzeichen von Burucum an der Isura.

Mit brüchiger Stimme, auf das Zeichen weisend, mehr für sich bestimmt, murmelte Cavarinus: »Es waren also keine Germanen, sondern Kelten, die hinter den Überfällen steckten. Die Verräter leben mitten unter uns. Sie haben Söldner angeheuert und wollen vortäuschen, dass unsere Feinde nördlich des Danuvius diese Überfälle verübt haben. Deshalb wussten sie wo die verborgenen Weiler lagen, die sie in den letzten Monaten überfielen und ... sie kannten das Gräberfeld beim Seerosendorf, sowie die Gepflogenheiten unserer Druidinnen.«

Der Schmied musterte Pona forschend. Ermuntert durch das, was sich in den Augen der Hochweisen in diesem Moment abspielte fügte er hinzu:

»Rüstungen und Waffen haben wir mitgebracht«, sagte er und wies auf die Tragtiere. »Dazu Iduras, unseren besten Fährtenleser und Reitpferde für euch, denn wir sind der Meinung, dass die Verfolgung unter eurer Führung erfolgen sollte, und ...«, fuhr er fort, dabei sah er Pona schuldbewusst an, »wir wissen, dass Quinus und ihr jeden Tag den Schwertkampf geübt habt. Die Amme eurer Tochter hat es meiner Frau erzählt. Seid nicht böse, sie hat es zufällig gesehen!«, ergänzte er beschwichtigend.

Pona antwortete nicht, sondern trat vor den Schmied, legte beide Hände auf seine Schultern und rüttelte kurz an ihnen, ging zu den Lasttieren und starrte auf die übereinander gestapelten Bündel. Dann winkte sie Quinus heran, der inzwischen aus der Stadt zurückgekehrt war. Der Heiler löste die Halteriemen, schulterte die Lederpacken und folgte Pona ins Haus.

Suche

Cavarinus und die Krieger mussten nicht lange warten. Aus Vendeles' Haus trat eine völlig verwandelte Frau. Sie strahlte Entschlossenheit und Härte aus, all das was bei Kriegern Respekt und Vertrauen gegenüber ihrem Anführer auslöst der sie in einen Kampf führen wird. Noch nie hatten Cavarinus und die Krieger der Vindeliker ihre Hochweise in einer Rüstung gesehen, noch nie diesen wild entschlossenen Blick in ihren Augen, als sie die Hand an ihr Schwert legte und den Speerschaft umklammerte, sodass die Knöchel weiß hervortraten. Sie wussten in diesem Moment, dass sie ein fest umrissenes Ziel vor Augen hatte, niemals locker lassen würde und genau wusste, dass sie es erreichen würde.

»Wir folgen der Spur, welcher Quinus und ich eine Zeit lang gefolgt sind! Du Cavarinus, Iduras und deine Männer werden mit uns reiten!«
Zum Druiden Vendeles gewandt, der mittlerweile aus dem Tempel nachgekommen war und ungläubig die Verwandlung von Pona verfolgt hatte, fügte sie hinzu: »Bewahrt unsere Geräte und Kräuter gut auf, hochweiser Vendeles! Ein wenig davon haben wir mitgenommen. Unsere übrigen Reisebündel werden wir bei euch abholen lassen, sobald wir das hier erledigt haben.«

Sie wies auf den Schildbuckel.

»Und glaube mir, Vendeles, auch wenn ich eine Frau bin, die Männer hier und ich werden nicht eher ruhen, bis wir die Frauen aus unserem Dorf gefunden haben! Die sie raubten sind Menschen, welche das Land mit Unruhe überziehen wollen, Tod und Verderben säen, um ihres eigenen Vorteils willen. Es sind Menschen die uns vertreiben wollen, um sich an dem Zurückgelassenen zu bereichern, um bei den Zurückgebliebenen ihren unsäglichen Totenkopfkult wieder aufleben zu lassen.«

Mit diesen Worten schwang sich Pona auf ihr Pferd, Quinus, Iduras, Cavarinus und die Krieger folgten ihr, ohne weitere Fragen zu stellen. Der Reitertrupp verließ Runidurum in östlicher Richtung.

Nach wenigen Stunden erreichten sie die Wegkreuzung, an dem die Spur nach Norden abgewichen war. Bis hierher waren Pona und Quinus mit ihrem Ochsenkarren der Spur gefolgt. In den letzten beiden Tagen hatte der Frost nicht nachgelassen, sodass die Spur gefroren war. Nebelnässe hatte sich in den Hufabdrücken gesammelt und war in der Nacht zu weißem Eis gefroren, das sich vom dunklen Boden deutlich abhob. Auf diese Weise konnten sie die Verfolgung, auch während der aufkommenden Dämmerung, ohne große Mühe fortsetzen. Einige Hufspuren waren besonders tief eingegraben. Das gab ihnen die Gewissheit, dass die Gefangenen auf Pferde gesetzt worden waren.

Pona war sich dessen bewusst auf was sie sich einließen. Ihr Verstand arbeitete bei Gefahr besonders kühl und überlegt. Sie hatte sich einen Plan zurechtgelegt den sie nun durchführen würde.

»Wer hat in den letzten Monaten, im letzten Jahr unsere Siedlung verlassen, und wer ist oft geschäftlich unterwegs gewesen?«, wandte sie sich an Cavarinus, während sie nebeneinanderritten.

»Du als Schmied hast doch zahlreiche Geschäftspartner«, ergänzte sie.

»Mir fällt beim besten Willen niemand ein«, erwiderte Cavarinus. Pona blieb hartnäckig.

»Kann es sein, dass ein besonders ehrgeiziger Edler, Handwerker oder Kaufmann, der nach mehr Profit strebt, der vom Charakter her eitel und habgierig ist, der sich bei den Mittleren Vindelikern zurückgesetzt gefühlt hat, dieses Spielchen mit uns treibt? Wer aus den umliegenden Dörfern hat deiner Kenntnis nach in der letzten Zeit besonders viele Quinare verdient, deren Herkunft nicht bekannt ist?«, fragte sie unbeirrt weiter.

»Auch da fällt mir niemand ein.«

»Wenn nicht jetzt, dann wird es dir sicher noch einfallen!«, meinte Pona und heftete ihre Augen auf die Spur, die sich deutlich auf dem Waldboden abzeichnete.

Nachdem sie eine Weile geritten waren hielt Pona ihr Pferd unvermittelt an, griff sich an die Stirn und rief: »Natürlich – nur sie kann es gewesen sein! Cura, die alte Druidin, die nach dem gescheiterten Opferversuch an mir mit ihrem Anhang geflüchtet war. Kein Mensch hatte sie seither gesehen und niemand weiß wohin sie gezogen ist. Wir dachten sie sei tot, denn man berichtete, sie sei von Germanen umgebracht worden – wahrscheinlich ein Gerücht das sie selbst ausgestreut hat. Die alte Druidin trägt abgrundtiefen Hass in sich, denn sie ist eine Verfechterin der Menschenopfer, dieses alten Rituals, das Oxina abgeschafft hat.«

Pona dachte eine Weile nach und rief: »So ist es! Auch das Menschenblut und die Spuren des Pulvers in dem Horn, das ich fand, entsprechen den Gewohnheiten von Cura und ihren Anhängern! Nur sie verbirgt sich dahinter! Sie konnte es nicht verwinden, dass Menschenopfer nicht mehr geduldet wurden und dass der letzte Versuch mit mir misslungen war. Sie hat ihren Hass weitergenährt, hat geduldig gewartet, um sich den richtigen Moment für ihre Rache auszusuchen.«

Sie hielt nach diesen Worten ihr Pferd an und ergänzte: »Die Erdenmutter, Cavarinus, hat mir in der vergangenen Nacht einen Traum geschickt, den ich nicht deuten konnte. In dem Augenblick, als du mit den Kriegern im Tempel erschienst, wurde mir klar was geschehen war und wo wir suchen müssen. Es ist die Gegend der weißen Kalktürme, nördlich vom Danuvius, dort wo sich der Fluss Alkimona in ihn ergießt. Dass Cura dahinter steckt, hat spätestens dann einen Sinn ergeben, als ich auf dem Schildbuckel das Wappen von Burucum erkennen konnte. Warum ich die Zeichen der Erdenmutter nicht lesen konnte bleibt mir rätselhaft. Sie möge mir verzeihen!« Pona wandte ihr Gesicht in den dunstigen Nachthimmel, verharrte eine Weile so und trieb mit einem Zügelschlenzer ihr Pferd wieder an.

Erstaunt schüttelte Cavarinus den Kopf und starrte der Druidin nach. Er glaubte ihr, auch wenn einiges davon für einen Mann der Tat unwahrscheinlich klang. Ja, sie waren auf der richtigen Spur, und die Druidin Cura war geflüchtet, doch nur mit wenigen Männern. Dass sie hinter den Raubzügen der letzten Monate steckte, hätte Cavarinus ihr überhaupt nicht zugetraut.

»Aber hat Pona nicht, wie auch Indobellinus, die Gabe des zweiten Gesichts?«, murmelte er.

Pona und ihre Begleiter hatten Glück, denn in dieser Nacht zog kein Nebel auf, vielmehr klarte es auf. Funkelnde Sternenketten zeigten sich am Himmel. Das spärliche fahle Licht des zunehmenden Mondes ließ es zu, dass sie die Spur im Auge behalten konnten, auch wenn sie langsamer vorankamen.

»Iduras, wir sollten der Spur noch einige Stunden folgen«, rief Pona dem Jäger zu, der an der Spitze des Reitertrupps ritt. »Wenn wir den Danuvius erreichen, wenden wir uns nach Osten und folgen seinem Lauf bis nahe an Mitternacht, dann schlagen wir unser Lager auf und nehmen die Verfolgung bei Tagesanbruch wieder auf. Den Danuvius überqueren wir an der Stelle, wo es die Reiter vor uns getan haben – auf die gleiche Art und Weise und an der gleichen Stelle. Wie ich dich kenne, wirst du die Fährte auch im Wasser nicht verlieren!«

»Die Spur der Totenkopfleute werde ich immer erkennen, wenn nötig rieche ich sie«, meinte Iduras lachend.

Er blickte der Hochweisen bewundernd nach, die von einer inneren Unruhe getrieben einmal vor dem Trupp, dann wieder hinter ihm zu finden war. Sie verhielt sich wie ein erfahrener Führer von Kriegern, etwas das er ihr nie zugetraut hätte.

Als Pona mit sich ins Reine gekommen war, ihre Unruhe sich einigermaßen gelegt hatte, überließ sie es dem jungen Iduras an der Spitze des Trupps zu reiten. Pona wusste wie aufmerksam dieser junge Druide und erfahrene Jäger war, jede kleinste Bewegung in der Umgebung bemerkte und aufziehende Gefahren bereits im Entstehen instinktiv erkannte. Die Reitergruppe folgte ihm in gebührendem Abstand, immer darauf bedacht Sichtkontakt zu halten. Am Ende ritt Quinus, dem nichts entging, selbst das nicht was in seinem Rücken geschah.

Sie erreichten den Danuvius, als der Mond schon fast verschwunden war. Auf Iduras Rat hin zogen sie sich vom Weg in den Wald zurück und schlugen hinter dichtem Gestrüpp ihr Lager auf.

Pona fand keinen Schlaf. Sie schritt unruhig auf und ab und beschloss schließlich an den Fluss zu wandern, der eine Viertelmeile entfernt an ihrem Lager vorbeifloss. Wie ein dunkles unüberwindbares Band zeichnete sich der Strom vor ihr ab. Das Wasser floss murmelnd an ihr vorbei, hin und wieder hörte sie ein Plätschern, das von einem mitgezogenen Ast, von irgendwelchen Wassertieren, von Fischen oder Wasservögeln stammen mochte. Dieses friedliche Bild, der dunkle Fluss vor ihr, das durch kein lautes Geräusch unterbrochene nächtliche Raunen des fließenden Wasser, diese sich selbst tragende Ruhe stand in großem Gegensatz zu dem, was sich in ihr abspielte. Pona hoffte, aus dieser Umgebung Ruhe und Kraft schöpfen zu können, auch um ihre quälenden Gedanken an Siane und die Druidinnen zu beruhigen, die immer wieder in ihr hochstiegen. Sie starrte zum abweisend wirkenden, wellig ansteigenden Ufer der anderen Seite des Flusses, als suchte sie etwas. In den Hügel dahinter, weiter flussabwärts, wusste sie ihre kleine Tochter, die zu dieser Stunde in den Armen der Amme schlief.

»Wie es Siane wohl geht?«, fuhr es ihr durch den Kopf.

»Wie konnte es geschehen, dass dieses kleine Mädchen bereits in diesem zarten Alter dem Ränkespiel von Macht und Habgier, Tod und Verderben ausgesetzt ist? Der Allmächtigen Erdenmutter sei Dank, dass wenigstens Casina und die Amme bei ihr sind, die das Kind beschützen können.« Eine steile Falte erschien auf ihrer Stirn.

Pona befreite ihre Füße von Stiefeln und Fußlappen, raffte ihre Beinkleider hoch und watete in den Fluss hinein. Sie befasste sich so ausschließlich mit der Befreiung der Verschleppten, dass sie die an ihren Beinen hochsteigende Kälte nicht spürte. Nachdenklich betrachtete sie die Hügelkette am gegenüberliegenden Ufer, so als würde sie etwas in ihr suchen. Hinter den düsteren Schatten der Hügel erschien vor ihrem inneren Auge das Bild eines schlafenden Dorfes – eines keltischen Dorfes. In dem von Kalkfelsen umgebenen Tal, an eine hoch aufragende Felswand geschmiegt, sah sie eine Hütte, in der die Amme mit dem Kind und die Druidinnen schliefen und sah, dass dieses Dorf an einem Zufluss des Danuvius lag, wenige Reitstunden von hier entfernt.

Die schneidende Nässe an ihren Beinen rief sie aus diesen Visionen zurück. Unvermittelt spürte sie die Kälte, die in ihren Körper gekrochen war und sie frösteln ließ. Langsam watete sie zurück zum Ufer, rollte ihre

Beinkleider nach unten und legte die Fußlappen und Stiefel an. Dankbar fühlte sie die Wärme zurückkehren und wusste, dass sie nun beruhigt schlafen konnte.

Im Lager stieß Pona auf Quinus, der über ihre Abwesenheit beunruhigt war. Erleichtert legte er seine Hand auf ihre Schulter und lächelte. Er ahnte, was in der Druidin vorging. Gelöst wandte sie sich ihrem Schlafplatz zu, wickelte sich in ein Fell und fiel in tiefen Schlaf.

Die restlichen Stunden der Nacht vergingen rasch. Als fahles Licht den bevorstehenden Morgen ankündigte, waren die Männer bereits dabei, ihren Aufbruch vorzubereiten. Nach einem kalten Mahl – etwas Fladenbrot und Speck – setzte sich der Trupp wieder in Bewegung.

Wie Pona vermutet hatte führte die Spur entlang des Danuvius bis zu einer Furt, wo sie ihn mühelos überqueren konnten. Etwas weiter flussabwärts, am Ende einer Kiesbank, erkannte sie auf dem gegenüberliegenden Ufer den Schatten eines kleinen Tempels.

»Er gehört zum Dorf der Runicaten auf dem Felsen weiter flussabwärts«, hörte sie Iduras Stimme. »Auf der Höhe dieser Felsenge liegen sich zwei Dörfer auf beiden Seiten des Flusses gegenüber. Wir sollten besser versuchen sie weit zu umgehen!«

Sie folgten der gut erkennbaren Spur auf der anderen Seite, vorbei an hohen Kalkfelsen, welche den mächtigen Strom in ein enges Bett zwängten, um ihn nach kurzem Lauf wieder aus ihrer Umklammerung freizugeben. Sie umrundeten diese Felsbarriere und die keltischen Dörfer auf dem Nordufer. Nach einigen Stunden erreichten sie einen ruhig dahinfließenden tiefen Flusslauf. Es war der gesuchte Nebenfluss, der aus einem nach Norden hin sich öffnenden breiten Tal träge in den Danuvius floss. Hier endete die Spur.

»Sie könnten Boote benutzt haben und die Pferde schwimmend auf das andere Ufer getrieben haben«, meinte Iduras.

»Der Fluss ist jedenfalls die Alkimona, vor mehreren Jahren war ich einmal hier.«

Quinus, der seit geraumer Zeit das Ufer erkundet hatte schüttelte den Kopf. Er nahm einen Stock, zeichnete mehrere Baumstämme in den Uferkies und verband sie mit mehreren Strichen.

»Quinus meint«, erläuterte Pona, »dass sie Flöße benutzt haben und mit diesen die Alkimona aufwärts gerudert sind. Es wäre sehr anstrengend, die Flöße über eine längere Strecke flussaufwärts zu bewegen – auch auf diesem Fluss mit seiner schwachen Strömung. Wüssten wir nicht, dass das gesuchte Dorf auf der anderen Seite der Alkimona liegen muss, verborgen hinter diesen Kalkwänden und -türmen, nicht weit von hier entfernt, wahrscheinlich hätten wir die Spur an dieser Stelle verloren. «

Iduras winkte gelassen ab. »Ich sagte es bereits, hochweise Pona! Es gibt keine Spur, die ich verlieren könnte, es sei denn, sie verlöre sich zwischen den Sternen über uns – aber die von uns Gesuchte führt dort drüben weiter. Ich kann sie sogar von hier aus gut erkennen.« Er sprang vom Pferd und näherte sich dem Ufer.

»Das Beste, wir bleiben auf dieser Seite des Flusses. Kein lautes Wort! Beruhigt eure Pferde, führt sie am Zügel und bleibt immer im Schutz der Bäume!« Während seiner Worte strich sich der junge Mann nachdenklich eine Strähne aus der Stirn, nahm sein Pferd am Zügel und führte es in den Uferwald.

Die Befreiung

Casina verbrachte mit den jungen Druidinnen, der Amme und Siane einen ereignislosen Tag in der Hütte. Sie ruhten sich von den Strapazen des Rittes aus. Casina versuchte unentwegt die Frauen zu beruhigen, ihnen eine Hoffnung zu geben.

»Pona wird uns befreien! Ihr müsst fest daran glauben und dafür beten. Sie und unsere Krieger werden es nicht zulassen, dass uns nur ein Haar gekrümmt wird«, sagte Casina zu den Frauen, dabei ging sie von einer zur anderen, streichelte sie mitunter und erkundigte sich nach ihrem Befinden.

Die Gefangenen hatten Cura, seit sie in der Hütte eingesperrt worden waren, nicht mehr gesehen. Casina ahnte, was sich in deren Hütte derzeit abspielen mochte. Die Alte war damit beschäftigt, jede Kleinigkeit des Menschenopfers sorgfältig vorzubereiten und ihre Druidinnen darauf einzustimmen. Casina kannte das. Sie verspürte bei dem Gedanken daran keine Angst mehr und ihre Furchtlosigkeit und Zuversicht übertrug sich auch auf die anderen Gefangenen.

»Ich bin mir sicher, dass Ponas zweites Gesicht ihr geholfen hat, den Ort zu finden, wo sie uns suchen muss!«, wiederholte sie immer wieder. Ihre größte Sorge, Pona könnte zu spät kommen, verschwieg sie. Pona kannte – wie sie selbst auch – die Vorliebe der Kelten, ihren Göttern nur dann Opfer zu bringen, wenn die Gestirne deutliche Zeichen hierfür sandten. Was aber würde geschehen, wenn Cura ihren Rachegefühlen nachgeben würde und nicht länger warten wollte? Der zunehmende Mond war der Vorbote eines dieser Zeichen. Sobald er sich zum Vollmond gerundet hatte – und das würde in den nächsten beiden Tagen geschehen – war er nach Vorstellung der Kelten das offene Auge der Götter, mit dem sie die Opfergaben der Menschen empfangen konnten.

»Was aber wird geschehen, wenn sich Cura nicht daran hält?«, fragte sich Casina zum wiederholten Mal und sie fühlte wie sich die Härchen an ihren Armen in einer Gänsehaut aufrichteten.

»Sie wird rechtzeitig kommen!«, beschwichtigte sie sich selbst und die Härchen an ihren Armen legten sich wieder an ihre Haut.

»Pona kennt diese Gepflogenheiten, und sie kennt auch die Tücke der alten Hexe, die für jede Überraschung gut ist! Sie ist sich dessen bewusst, dass sie keine Zeit verlieren darf! Ob Vollmond oder nicht, sie wird versuchen, uns so schnell wie möglich zu befreien!«

Danach zog sich Casina in eine Ecke der Hütte zurück, betete und flehte die Erdenmutter an, Pona die Zeichen zu offenbaren, die sie brauchte.

Gegen Abend erschien ein grobschlächtiger Krieger. Er schleppte einen Holzeimer voller Suppe heran, stieß mit dem Fuß dagegen und brummte unflätige Worte, schlimmere als wenn er Tieren den abendlichen Fraß hinwerfen würde. Die Türe schloss sich wieder hinter ihm, der Riegel wurde vorgeschoben und sie waren wieder allein.

»Es ist wichtig, Schwestern, dass wir ein wenig von dieser Suppe zu uns nehmen. Ich werde davon kosten und prüfen, ob das Rauschmittel beigemengt wurde. Denkt daran, wir werden all unsere Kraft für die Flucht benötigen – und vor allem für die Zeit davor! Wie das geschehen wird, wissen nur die Götter und Pona. Dass wir gerettet werden, weiß ich!«

Nach diesen Worten schöpfte sie mit einer hölzernen Kelle Brühe aus dem Eimer, kostete sie und meinte schließlich, während die Frauen gespannt auf das Ergebnis warteten: »Wir können die Suppe zu uns nehmen, wenn sie auch ein wenig kalt ist. Dass sie nicht mit dem Rauschmittel versetzt wurde bedeutet, meine Schwestern, dass wir mindestens noch eine Nacht und einen Tag Frist haben werden, bevor ...«

Sie besann sich und fuhr fort, »... bevor wir flüchten können, denn Cura wird erst kurz vor der Kulthandlung der Totenkopfleute dieses Pulver in unser Essen mischen.«

Die Frauen begannen mit ihrem kargen Mahl. Sie schöpften mit den Händen Suppe aus dem Kübel und schlürften die Brühe. Fischten sie Fleischbrocken heraus, verteilten sie diese gerecht untereinander. So richtig wollte es allerdings niemanden schmecken. Casina ermunterte sie, mehr zu sich zu nehmen als ihr Hunger es verlangte.

Während des Essens deutete die Amme auf das Talglicht. Es stand in Augenhöhe auf einem Sims und beleuchtete die Hütte notdürftig.

»Ich könnte schwören, hier zieht es!«, stellte sie fest, als sie Siane zu füttern begann.

»Die Rückwand ist nicht dicht. Ich muss wegen Siane vorsichtig sein! Das Kind darf sich nicht erkälten!«

Während dieser Worte schlug sie Tücher um den Kopf von Siane.

Casina beobachtete das flackernde Licht. Die Flamme wehte tatsächlich zur Türe der Hütte hin. Es schien, als wenn die stickige und wärmere Luft des Raumes nach außen gedrückt wurde. Sie beschloss, der Ursache auf den Grund zu gehen. Als sie mit dem Essen fertig war, wischte sie sich mit dem Handrücken die Suppenreste aus dem Mund, nahm ihre Gewandfibel und begann in den Fugen der Wand zu kratzen. Nachdem sie mehrere Lagen Moos und Lehm beseitigt hatte, begann das Licht noch deutlicher zur Türe hin zu flackern. Sie war sich nun sicher, dass hinter den Balken ein Hohlraum liegen musste. War nicht die Hütte an die Felswand gebaut worden? Sie kannte die Beschaffenheit der Kalkfelsen und wusste, dass in ihnen viele Höhlen verborgen lagen, die das Wasser über unendlich lange Zeiten hinweg ausgehöhlt hatte.

Casina erinnerte sich, dass sie vor Jahren, als sie noch Druidenschülerin war, gemeinsam mit anderen Mädchen und Indobellinus' Mutter Oxina, in den Kalkgebirgen nördlich des Danuvius Wanderungen unternommen hatte. Dabei betraten sie eine dieser Höhlen. Sie dachte daran, dass die Druidin ihnen die vom Tropfwasser geschaffenen Säulen gezeigt hatte, die von oben und unten aus dem Felsen herauswuchsen und die durch das rinnende Wasser entstandenen Wandzeichnungen. Oxina deutete sie als Zeichen der Erdenmutter. Aus ihnen könne man Geschichten über die Entstehung ihres Volkes lesen, meinte sie. Casina hatte das alles noch deutlich vor Augen. Die Höhlen führten viele Schritte tief in das Innere der Kalkwände und vereinigten sich mit anderen zu einem geheimnisvollen Labyrinth. Ohne Fackellicht konnte man sich darin hoffnungslos verirren.

»Die Höhlen haben meist mehrere Zugänge, das weiß auch Pona«, dachte Casina und streifte ihre Erinnerungen ab.

»Aber diese Kalkfelsen liegen nicht am Danuvius und vielleicht gibt es hier so etwas nicht!«, meldeten sich Zweifel in ihr.

Während sich Casinas Erinnerungen mit diesen nüchternen Überlegungen vermischten, starrte sie auf die festgefügte Balkenwand und sagte mehr zu sich als zu den anderen: »Ohne fremde Hilfe werden wir es nie schaffen, hinter diese Holzwand zu gelangen!«

»Wie meint ihr das?«, fragte eine der jungen Druidinnen neugierig.

»Hinter dieser Wand befindet sich ein Hohlraum«, erklärte Casina, »und vermutlich führt von dort aus ein Gang in das Innere des Berges. Irgendwo wird das Wasser einen Ausgang gefunden haben; denn dort wo ein Eingang ist, muss an anderer Stelle der Ausgang für das Wasser gewesen sein. Der Eingang, von dem ich gesprochen habe, liegt hinter dieser Hüttenwand.« Sie deutete resigniert auf die Balken.

»Das bedeutet für uns, dass wir zwar nur eine Handbreit von der Freiheit entfernt sind, sie aber ohne geeignetes Werkzeug nicht erreichen können.«

Während Casina bedrückt schwieg hörten sie, wie der Riegel der Tür erneut zurückgeschoben wurde. Der gleiche mürrische Krieger erschien und nahm den Eimer mit dem Rest der Suppe an sich. Mit einer verächtlichen Bewegung stellte er einen Behälter frischen Wassers vor sie hin.

»Reinigt euch, ihr stinkenden Weiber, bereitet euch für die Nacht vor! Eure Liebhaberinnen warten bereits ungeduldig. Sie werden euch an den Hals gehen, mehr als euch lieb ist. Es sind die Klingen unserer Opfermesser und meines wird dabei sein.« Er spie vor ihnen aus und zückte ein Messer.

»Wir wollen nur wohlriechende Weiber zum Opferaltar führen. Es wird der Göttin nicht gefallen, meint Cura, wenn unsere Opfergaben zu stark nach Mensch riechen. Sie meint weiter, dass wir Männer euch davon befreien könnten, wenn wir euch besteigen und unseren Geruch in euch versenken.«

Während dieser Worte warf er ihnen ein Stück Seife und einige Tücher zu. Als er die Hütte wieder verlassen wollte, sprach ihn Casina an:

»Schnauzbart, oder wie du heißen magst! Wisse, die Allmächtige Erdenmutter ist stärker als eure selbsterdachte verderbte Pferdegöttin, die eurer kranken Fantasie entsprungen ist. Unsere Allmächtige wird uns befreien, wenn ihr es am wenigsten erwartet. Ihre Vollstreckerin wird unsere Hochweise Pona sein. Gedenke meiner Worte, solltest du bemerken, dass wir nicht mehr in der Hütte sind, wenn du dann überhaupt noch am Leben bist. Die Erdenmutter wird euch alle vernichten und viele von euch werden verbrennen. Eure kuhgesichtige Pferdegöttin, der so sehr nach Menschenblut gelüstet wird dann in eurem Blut ertrinken und niemand wird das verhindern können!«

Sie richtete sich stolz auf und sah den Krieger furchtlos an. Der Mann schnüffelte und spuckte seinen Auswurf verächtlich vor ihr aus.

»Wir werden sehen: Epona, oder eure Allmächtige Erdenmutter! Deine Gotteslästerungen aber, vorlaute Druidin, wird unsere Epona gebührend bestrafen. Euch werden die Worte auf den Lippen verdorren, wenn das Blut aus euren Adern in die Opferschalen fließt. Ich werde mich besonders auf dein Blut freuen, nachdem ich dich genommen habe!«, antwortete er und rieb seine Lippen gierig aneinander.

Nach diesen Worten rülpste er fürchterlich und ein fauliger Gestank von Fleisch, Zwiebeln und Bier fuhr aus seinem Mund. Lärmend und vor sich hingrunzend verließ er die Hütte ohne zu vergessen, den Riegel wieder vorzuschieben. Die Frauen atmeten auf. Diese schrecklich stinkende Kreatur war ihnen zuwider. An seinem Gehabe konnten sie erkennen, in welchem Zustand sich die Bewohner dieses Dorfes bereits befanden.

Die Frauen tranken gierig von dem Wasser. Nachdem sie ihren Durst gelöscht hatten, wuschen sie sich, so wie es Frauen immer tun, anders als Männer, die solche Pflege in dieser Situation als unangebracht abgetan, lieber in ihrem Schweißgeruch vor sich hingebrütet und nach einem Ausweg gesucht hätten.

»Sie sind sich sehr sicher, dass niemand ihr Dorf finden wird und sie sind zudem schon berauscht. Sollten wir befreit werden schlafen sie tief und werden kaum etwas hören, zu sehr sind sie mit sich beschäftigt!«, flüsterte Casina den Frauen zu. Sie deutete auf ihren Schoß und fuhr fort: »Ihr versteht was ich meine. Die Totenkopfleute kennen nur Gier nach Menschen, nach körperlichen Gelüsten. Sie werden miteinander schlafen, sich wie Tiere besteigen, bevor sie uns opfern. Das aber wird niemals geschehen!«, fügte sie beruhigend hinzu.

Die Frauen drängten sich auf dem gestampften Lehmboden der Hütte eng aneinander. Casina beruhigte sie: »Noch ist es nicht so weit! Sammelt all eure innere Kraft, sie wird unsere Retter zu dieser Hütte führen!«

Eng umschlungen, sich gegenseitig wärmend, schmiegten sich die Frauen aneinander, um ein wenig Schlaf zu finden. Die Amme wusch Siane, bettete das Kind auf das wenige Stroh am Boden und legte sich daneben. Casina füllte noch etwas Talg von einer Lampe in die andere und löschte die eine; denn das Licht, so war ihre Meinung, durfte in dieser Nacht nicht ausgehen.

Der Mond war längst untergegangen. Die erste Stunde nach Mitternacht brach an. Alles schlief tief und ruhig. Nur Casina fand keine Ruhe. Sie hielt eine der Druidenschülerinnen in ihren Armen, um dem Mädchen ein wenig körperliche Wärme und Geborgenheit zu geben. Casina zermarterte sich unentwegt den Kopf wie sie es anstellen könnten, diese dicken Balken zu überwinden, doch ihre Gedanken endeten immer wieder an der unüberwindlich erscheinenden Holzwand und an dem fehlenden Werkzeug. Schließlich kreiste die Müdigkeit auch ihre Gedanken ein, und sie glitt in einen tiefen Schlaf.

Die Nacht verging, der Morgen kroch durch die Spalten der Türe und durch das kleine Fenster der Hütte. Die Frauen wachten früh auf, da sie erbärmlich froren. An den Geräuschen von draußen konnten sie feststellen, dass sich auch das Leben im Dorf regte. Casina kannte die Geräusche der Eimer, die in die Abfallgruben entleert wurden, angefüllt mit dem, was Getränke und Speisen bei den Menschen hinterlassen hatten. Sie hörte wie das Vieh gefüttert wurde, roch den Rauch der Herdfeuer und die geschäftigen Schritte der Dorfbewohner, begleitet von Kindergeschrei, schimpfenden oder beruhigenden Worten ihrer Mütter und den morgendlichen Diskussionen der Männer. Sie hoffte, dass man ihnen bald eine warme Suppe bringen würde, mit der sie sich ein wenig aufwärmen könnten.

Casina wurde aus ihren Gedanken gerissen, als unversehens die Tür entriegelt wurde. Cura trat ein, begleitet von dem schnauzbärtigen Krieger, der einen Eimer mit einer dampfenden Suppe schleppte. Ohne Gruß rief sie ihnen mit der ihr eigenen schrillen Stimme zu: »Wisset ihr ekelhaftes Gewürm, das sich tief im Inneren der Erde an den Schoß eurer Erdgöttin schmiegt, Schleim hinterlassend auf deren Schenkel entlangkriecht und sie widerwärtig benetzt, dass ihr in der kommenden Nacht, wenn der Mond am höchsten steht, der Epona geopfert werdet. Er ist zwar noch nicht voll gerundet, aber mich dürstet nach eurem Blut. Ich will daher nicht länger auf das warten, was ich mir in den vielen Monden vorgestellt habe, seit ich aus meinem Dorf an der Isura flüchten musste. Ja, ich habe mir alles so vorgestellt und herbeigesehnt, wie ihr es heute Nacht erleben werdet!«

Nach diesen Worten stieß sie ein so entsetzliches Lachen aus, dass die Frauen erschrocken zusammenfuhren und Siane ängstlich aufschrie.

»Du wirst als erste dein Blut verlieren, kleiner Bastard Ponas, gezeugt mit einem unreinen Druiden, der an der Isura Schafe besprungen hat.«

Sie trat zur Amme und betrachtete Siane. Der Anblick des Kindes erregte sie derart, dass sich ihre Stimme, die ohnehin schon schrill genug war, nun vollends überschlug.

»Dein Körper, alle eure Körper werden, nachdem wir euer Blut getrunken haben, den Hunden vorgeworfen – und wir haben viele davon. Viele!«, wiederholte sie mit einem irren Lachen und ahmte mit ihren Krallen das Beißen der Hunde nach.

Mit diesen Worten verließ sie die Hütte. Im Weggehen rief sie ihnen noch zu: »Ihr könnt von der Suppe ruhig essen, das Rauschmittel wird noch früh genug in euer Blut gelangen und dann werdet ihr es nicht verhindern können.«

Der mürrische Krieger stellte den Eimer vor ihnen ab und stieß mit dem Fuß dagegen.

»Viel zu schade für euch erbärmlichen Weiber. Unsere Schweine wären besser damit bedient als ihr. Sie könnten wir wenigstens damit mästen, euch aber wird es lediglich die Mägen füllen, in denen unsere Hunde bereits in der kommenden Nacht wühlen werden.«

Es sollte das letzte Wort gewesen sein, das sie von einem der Bewohner des Dorfes zu hören bekamen. Casina wusste, dass nun die Vorbereitungen für das bevorstehende Opferritual begannen. Alle Bewohner der Siedlung würden mit einem Sud, dem Cura auch das Pulver von Fliegenpilzen beigemischt hatte, in einen Rauschzustand versetzt werden, der sich bis zum Opferritual in eine Ekstase steigern würde.

»Habt keine Angst!«, sprach sie zu den Frauen, »beruhigt euch, unsere Allmächtige Erdenmutter hat noch viel mit uns vor! Deshalb wird sie uns beistehen.«

Sie roch an der Suppe und fuhr fort: »Und sollte dieses Opfer wirklich nicht an uns vorbeigehen, dann werden wir uns für den Weg zur Allmächtigen Erdenmutter vorbereiten. Sollten wir befreit werden, dann geschieht dies vor der Opferhandlung, wenn sich die Menschen in diesem gottlosen Dorf berauscht haben und ein letztes Mal in ihren Hütten ruhen, bevor ...« Casina sprach diesen Gedanken nicht zu Ende – wie so oft in diesen Tagen.

»Lasst uns die Zeit nach dem Essen in gemeinsamen Gebeten verbringen, wir werden unsere Erdenmutter um Hilfe anflehen. Dass sie uns retten wird, daran müssen wir glauben! Die Suppe übrigens können wir tatsächlich essen«, beschloss sie ihre Worte.

Die Frauen zogen sich, nachdem sie die Suppe geschlürft hatten, in den hintersten Winkel der Hütte zurück, wo sie in Gebeten versunken den Tag verbrachten. Ihre Zuversicht blieb ungebrochen, und sie verstärkte sich durch ihre Gebete.

In diesen Tagen, anfangs des keltischen Jahres, wurde es bereits früh dämmrig und nachts empfindlich kalt. Die Menschen des Dorfes, nahe der Alkimona, verkrochen sich an ihren Herdfeuern, nachdem sie die Tiere versorgt hatten. Der Mond war noch nicht aufgegangen und eine fahle Dunkelheit legte sich über das Dorf. In der Hütte der Gefangenen brannte nur noch ein Talglicht und verbreitete trübes Dämmerlicht. Es war still. Nur die kleine Siane jauchzte immer wieder fröhlich auf, als die Amme mit ihren Fingern spielte.

Casina hatte sich an die Rückwand der Hütte gelehnt, betete still zur Allmächtigen, dass Pona und die Krieger bald kommen mochten. Sie erschrak zu Tode, als sich ein spitzer Gegenstand in ihre Schultern bohrte. Im gleichen Moment wusste sie, dass dies nur Pona sein konnte.

»Sie hat den Ort herausgefunden, war gekommen, um mich und die anderen zu befreien.«, dachte sie erleichtert und weinte still vor sich hin.

Leise flüsterte eine Stimme hinter ihr, beruhigend, sanft und dennoch entschlossen: »Weine nicht mehr, Casina! Wir sind schon seit einiger Zeit hinter dieser Holzwand, und wir haben alle Vorbereitungen getroffen euch zu befreien. Ihr wisst, die Zeit drängt, und daher benötigen wir eure Hilfe: Erhebt ein herzzerreißendes Wehklagen. Man erwartet derartiges von euch und wird nicht darüber verwundert sein. Ihr müsst unsere Axthiebe und das Sägen übertönen. Wir werden zuerst einen Balken durchtrennen, bis wir die Säge ansetzen können. Dann wird alles schnell geschehen, um einen Ausgang für euch zu schaffen. Jammert jetzt, schreit alles heraus, was euch in den letzten Tagen bekümmert hat, und vor allem hört nicht auf damit«, flüsterte die Stimme lauter, so dass alle Frauen vernahmen, dass es Pona war.

Das Wehklagen, welches sich aus der Hütte erhob, glich mehr dem befreiten Schreien von Tieren, die einen Ausweg gefunden hatten, als dem angstvollen Jammern von Menschen, die den Tod erwarteten.

»Cura wird in ihrer Hütte das Geschrei hören, triumphieren und sich weiter in ihren Wahn steigern«, dachte Casina, während sie gemeinsam mit den anderen das Wehklagen fortsetzte. In ihrem Rücken hörte sie Axthiebe und das Keuchen der Männer, welche die Rückwand bearbeiteten. Das Splittern des Holzes ermunterte die Frauen ein um das andere Mal, mit ihrem Geschrei fortzufahren. Sie passten ihre Klagerufe sogar dem Rhythmus der Axtschläge an.

Es dauerte nicht lange, bis ein Sägeblatt erschien, das blitzend nach innen fuhr und sich durch das Holz fraß. Jeder Armzug der Männer hinter der Hütte brachte sie der Freiheit ein Stück näher – so empfanden die Frauen. Sie steigerten ihr Geschrei, wechselten sich ab, jammerten weiter, waren nahe der Erschöpfung, bis sie endlich Ponas Stimme hörten.

»Es muss so klingen, als wenn ihr keine Kraft mehr für euer Jammern hättet, hört deshalb langsam damit auf«, sagte sie. Nachdem eine Stimme nach der anderen verstummte warteten sie, ob sich etwas im Dorf ereignen würde. Die Frauen hielten den Atem an, doch vom Dorfplatz her waren keine Schritte zu hören. Selbst die Hunde waren verstummt. Es blieb still. Niemand kümmerte sich um das, was die Gefangenen bewegte. Die Menschen des Dorfes dachten, wenn überhaupt, die Frauen seien am Ende ihrer Kräfte, hätten sich mit dem abgefunden, was sie noch in dieser Nacht erleiden würden.

»Los, jetzt!«, hörten sie Cavarinus unterdrückten Befehl. Die Frauen sahen gebannt zu, wie ein Teil der Rückwand der Hütte lautlos, als wäre sie an einer unsichtbaren Angel geführt, nach hinten zurückwich. Ein dunkler Hohlraum öffnete sich vor ihren Augen. Darin standen Männer, Krieger in Waffen und mit erhitzten Gesichtern. Sie blinzelten ihnen freudig entgegen. Eine der Gestalten löste sich aus dem Dämmerlicht und eilte auf Casina zu. »Casina, endlich!« Behutsam nahm Cavarinus, der Schmied, seine Frau in die Arme und drückte sie an sich.

Casina suchte die Hochweise im Dunkel des Hohlraumes. Schließlich fiel ihr Blick auf einen der Krieger, der im Dämmerlicht stand und Ponas Gesicht hatte. So hatte Casina die Druidin noch nie gesehen. Sie konnte nur fassungslos staunen. Pona trug eine Rüstung und war bewaffnet wie ein Krieger. Neben ihr stand Quinus und lächelte.

»Ihr beide, du und Quinus, wie Krieger gekleidet und mit Waffen?« Die Angesprochenen traten aus dem Dämmerlicht in das flackernde Talglicht.

»Jede Situation erfordert entsprechende Mittel. Ich werde dir das noch erklären, Casina. Jetzt aber drängt die Zeit!«, sagte Pona.

Sie warf einen schnellen Blick auf Siane und sah, dass alles mit dem Kind in Ordnung war. Sie nahm das glücklich krähende Kind vorsichtig auf den Arm und strich zärtlich über dessen Haare. Sie hätte es gerne noch länger in ihren Armen gehalten, doch sie und Quinus hatten noch einiges hinter sich zu bringen. Pona gab Siane der Amme zurück, ohne weitere Worte zu verlieren. Die Krieger brachten die Frauen und das Kind in die Höhle. Pona wandte sich an die Männer: »Cavarinus, du bringst die Frauen bis zu dem unterirdischen See und ruderst mit ihnen zum gegenüberliegenden Ufer des Sees zurück. Iduras muss zurückkehren, um die anderen Gefangenen, Quinus und mich abzuholen. Es muss alles sehr schnell gehen! Ihr wisst, Quinus und ich haben noch einiges zu erledigen, und dabei könnte die Zeit eines Wimpernschlags über das Gelingen unserer Flucht entscheiden. Sobald der Mond am Himmel erscheint, könnte es zu spät sein.«

Pona sah Cavarinus bedeutungsvoll an. Dieser lächelte gequält zurück. Wortlos streifte sie ihren Mantel und das Kettenhemd ab, übergab einem der Krieger ihr Schild und die übrigen Waffen, behielt nur ein Messer und ein Kurzschwert. Quinus entledigte sich ebenfalls von allem was seine Beweglichkeit behindern und unliebsame Geräusche verursachen könnte. Er deutete auf mehrere Beutel an seinem Gürtel und Pona nickte zufrieden, dabei fasste sie auf die an ihrem Gürtel. Ohne weitere Worte zu verlieren stieß Pona zwei Fackeln in den Boden, zündete sie jedoch nicht an. Dann begannen sie den Riegel der Türe zu untersuchen.

»Beeilt euch«, rief Pona den Männern über die Schulter zu, »wir können erst mit unserem Vorhaben beginnen, wenn ihr genügend Vorsprung habt. Und du Iduras vergiss nicht, wenn wir bis zum Mondaufgang nicht am Ufer des Sees sind, führe den Plan so aus, wie wir ihn besprochen haben. Cavarinus wird dich dabei unterstützen!«

Die beiden Männer musterten Pona und Quinus seltsam berührt, zögerten einen Moment, wie wenn sie etwas sagen wollten, kehrten aber auf dem Fuße um und verschwanden im Dunkel der Höhle.

Es wurde still in der Hütte. Noch eine Weile hörte man das Hallen der tastenden und schlurfenden Schritte der Flüchtenden aus der langgezogenen Höhle. Ganz entfernt kollerten einzelne Steine, bis auch diese Geräusche verstummten.

»Sie haben es geschafft, Quinus! Eine Sorge sind wir los!«

Pona atmete sichtlich erleichtert auf. Quinus gestikulierte mit seinen Händen und sah Pona fragend an. Sie nickte.

»In Ordnung, Quinus! Sollten wir entdeckt werden, dann versuchen wir nicht durch die Hütte zu entkommen. Wir bringen sonst unsere Leute in Gefahr.«

Pona machte sich an einem Beutel zu schaffen und prüfte den Inhalt sorgfältig.

»Etwas müssen wir noch unbedingt tun, Quinus! Die Rückwand sollte so zurückversetzt werden, dass man nur bei näherem Hinsehen unsere Sägespuren entdeckt. Sollte uns der Weg zur Hütte abgeschnitten werden, versuchen wir durch den Hohlweg zu entkommen. Die Totenkopfleute sollen annehmen, die Gefangenen seien mit uns geflohen. Notfalls können wir auch in die Steilwand der Kalkfelsen einsteigen und uns in den vielen Höhlen verbergen. Sollte dies nicht erforderlich sein, flüchten wir durch die Höhle, so wie die anderen!«

Quinus nickte. Gemeinsam verankerten sie den herausgesägten Teil der Holzwand, verschmierten die Trennstelle mit Erde und verwischten alle Spuren in der Hütte.

Cura verbrachte den späten Nachmittag damit, sich auf den größten Triumph ihres Lebens vorzubereiten, wofür sie in den vergangenen Monden gekämpft und eine Schar Vertrauter um sich gesammelt hatte. Die Glut ihres Hasses, zuerst gegen den Fürsten Indobellinus vom Seerosenhügel, dann gegen Pona gerichtet, hatte sie nach außen hin unterdrückt. Nun flammte er ungehemmter aus ihren Augen als je zuvor. Niemand konnte ihre Gefühle übersehen und selbst ihre Vertrauten wichen angstvoll zurück, als sie dieses hasserfüllte Lodern in ihren Blicken sahen.

»Habe ich das Gewürm einmal geopfert, wird mich nichts mehr aufhalten. Mein Sieg wird endgültig sein!«, dachte Cura triumphierend und ein heißer Schauer durchflog ihren Körper.

»Ich werde die alten Rituale wieder einführen, eines der Ziele, von dem ich so lange geträumt habe. Und würde die verhasste Pona mit ihrem Wagenzug die mittlere Isura verlassen haben, dann wird das gesamte Land wieder der Göttin gehorchen, welche dieses Menschenopfer wünschte. Sie, Cura, würde die Hochweise werden, und niemand würde es wagen, sich gegen ein Menschenopfer zu stellen. Damit werde ich die Gunst der Götter zurückgewinnen!« Sie stampfte wie ein kleines trotziges Mädchen auf, als sie an ihren bevorstehenden Sieg dachte.

Vier Druidenschülerinnen, ihre engsten Vertrauten, wichen bereits den gesamten Tag über nicht von ihrer Seite. Sie befolgten peinlich genau ihre Anweisungen und lasen ihr jeden Wunsch von den Augen ab. Für das bevorstehende Menschenopfer bereiteten sie, unter den argwöhnischen Augen Curas, das Rauschgetränk in einem bronzenen Kessel zu. Cura trat immer wieder an den dampfenden Kessel und fügte dem Sud Pulver und Kräuter hinzu, dabei murmelte sie unverständliche Worte. Gegen Abend, beim ausklingenden Tageslicht, eilten die jungen Frauen von Hütte zu Hütte und verteilten das berauschende Getränk. Alle Bewohner des Dorfes sollten sich entsprechend vorbereiten, um an dem Menschenopfer teilhaben zu können. Cura verlangte von ihnen, dass sie sich in einen Rauschzustand versetzten, der für dieses Ritual von größter Bedeutung war. Dass sie damit willenlose Werkzeuge in ihrer Hand wurden und das was sie taten nicht mehr beurteilen konnten war Teil von Curas Überlegungen.

Cura wechselte ihre Gewänder und legte ein blutrotes Kleid an, das sie noch teuflischer erscheinen ließ, als sie ohnehin schon wirkte. Sie füllte ein Trinkhorn und trank es in einem Zug leer. Mit der Zunge fuhr sie über ihre faltige Oberlippe und leckte den Schaum ab. Als die Druidenschülerinnen zurückkehrten rief sie, sichtlich erregt: »Und nun bringt mir meinen Lieblingshengst, ich möchte mit ihm noch vor der Opferung der Druidinnen zu meinen Träumen reiten. Mädchen, trinkt auch von dem Sud, er hat nun die richtige Mischung, die Götter haben ihn akzeptiert. Auch ihr werdet mit ihm zu höheren Freuden gelangen, wenn ihr das Blut unserer Opfer fließen seht.«

Cura trank ein weiteres Horn mit dem Gebräu und steigerte sich in einen Zustand, in dem ein Mensch alle Hemmungen von sich abstreift und nur den ureigensten, tief in sich vergrabenen Wünschen nachkommt ohne darauf zu achten, wer und was sich in seiner Umgebung abspielte. Nachdem die jungen Frauen aus den tönernen Schalen getrunken hatten, verließen zwei von ihnen den Raum und kehrten kurz darauf mit dem Anführer der Krieger zurück. Gemeinsam setzten sie sich um das Feuer und tranken dieses dampfende berauschende Getränk weiter aus den Schalen. Cura erhob sich, begann zu tanzen, fuchtelte mit ihrem Stock wirr in der Luft umher und zischte dem Krieger zu: »Trink, Modunus! Dann bereite dich für das Opfer vor, wie wir es immer tun, wenn wir ein Ritual dieser Art feiern. Ich will mich wieder jung fühlen, will junges Fleisch in meinem Körper spüren.«

Während dieser Worte wurde der Mann von den Frauen entkleidet. Seine Männlichkeit ragte steif vor seinem Körper auf, auch ein Ergebnis dieses teuflischen Getränks.

»Leg dich hin, du weißt, wie wir es tun müssen«, wies sie ihn an, »ich werde beginnen und ihr«, dabei wandte sie sich an die jungen Schülerinnen, »dürft mir in das Land der Träume folgen, sobald ich es erreicht habe!«

Mit einer Behändigkeit, die man dieser alten Frau nicht zugetraut hätte, sprang sie zu dem Mann und führte dessen Fleischpfahl zwischen ihre Schenkel, ließ diesen in sich fahren und sank auf ihn. Während des folgenden animalischen Rittes schrie Cura immer lauter und schriller, während der Krieger unter ihr den Leib der alten Druidin grunzend bearbeitete, wie ein Stier, mit starren gleichgültigen Augen, nur auf das fixiert, was er tat. Die welken Brüste und die Schenkel der Greisin verursachten ein klatschendes Geräusch in der Wildheit ihrer Bewegungen, bei ihrem Ritt zu ihren Träumen. Ihre Bewegungen wurden immer wilder und ihre Schreie entsetzlicher. Sie nahm eine Rute und schlug auf den Mann ein, während sie ihn anschrie: »Weiter, wir sind noch nicht am Ziel angelangt!«

Ihre Gehilfinnen betrachteten das Geschehen, ohne besondere Regung zu zeigen, so als würden sie etwas beobachten, was zu ihrer Unterweisung als Druidinnen gehörte. Sie zeigten nicht die geringste Scham. Offensichtlich bereiteten sie sich innerlich wohl selbst auf diesen höllischen Ritt vor und warteten nur darauf, der Druidin als Nächste folgen zu können. Mit einem tierischen Schrei ließ Cura von dem Krieger ab und wälzte sich mit geschlossenen Augen auf den Rücken, ihr Unterleib krümmte sich und sie selbst steigerte, mit geschlossenen Augen, die Erregung ihres Körpers bis zur Ekstase.

In den anderen Hütten spielten sich ähnliche Szenen ab, ahmten die verirrten Menschen des Dorfes die verwerflichen Handlungen ihrer Druidin nach. Sie hofften in ihrer verderbten Vorstellung, die Götter vor dem Opfer damit milde stimmen zu können, wie es die Druidin ihnen gesagt hatte. All das sollte nur ein Vorgeschmack dessen sein, was sich beim Menschenopfer selbst ereignen würde. Es würde ein überwältigendes und unvergessliches Fest werden – die Opfer sprachen für sich.

Der Mond war noch nicht aufgegangen. Die Kalkfelsen warfen ihre gespenstischen Schatten auf das sündige Dorf. Die Zeit verrann. In dem von einem Herdfeuer schwach erhellten Wohnraum von Curas Hütte war es still geworden. Die Druidinnen lagen schwer atmend auf ihren Fellen, berauscht von dem Getränk und erschöpft von ihren körperlichen Ausschweifungen. Sie wussten nicht, was mit ihnen geschehen war und nicht, was sie getan hatten. Nicht mehr lange, dann würden sie sich von ihren Lagern erheben und berauscht das teuflische Menschenopfer feiern.

Flug der kleinen Feuerdrachen

Vorsichtig schob Quinus mit seinem Messer den außen befestigten Riegel zurück, öffnete die Türe einen Spalt und spähte nach draußen. Ruhig lag der Dorfplatz vor ihm. Der kurz zuvor aufgegangene Mond beschien den Dorfplatz mit fahlem Licht. Keine Menschenseele zeigte sich.

»Die Bewohner werden noch berauscht sein«, dachte er, »in Erwartung des Menschenopfers, bei dem sie ihre Kräfte, aber auch diesen Rauschzustand benötigen würden. «

Er kannte all das zur Genüge. Auch in seiner Heimat am Nil berauschten sich die Medizinmänner vor wichtigen Opferritualen. Quinus winkte mit einem Arm nach hinten und huschte ins Freie. Pona folgte ihm und drückte die Türe hinter sich zu, ohne den Riegel zurückzuschieben. Man sollte meinen, die Gefangenen hätten auf diesem Weg das Weite gesucht, sollte ihre Flucht entdeckt werden. Gebückt schlichen sie hinter das Haus, in welchem sie Cura vermuteten und verbargen sich im Schatten eines Busches. Sie horchten in die Stille hinein. Kein Laut war zu hören, nur das Schnarchen berauschter Männer und Frauen.

Quinus öffnete einen der Beutel an seinem Gürtel, entnahm etwas Zunder, schlug mit einem Feuerstein Funken und als dieser zu glimmen begann, hauchte er vorsichtig auf das winzige Glutnest. Als winzige Flämmchen hochzüngelten, blies er diese behutsam aus und legte den glühenden Zunder in eine Holzschale, welche Pona mit einer Lederschlaufe um ihren Hals gehängt hatte. Ohne aufzusehen reichte Quinus ihr einen weiteren Feuerstein, und Pona begann auf die gleiche Weise, den mitgeführten Zunder zu entzünden. Nach einer Weile betrachtete Quinus zufrieden das kleine Holzbecken, das mit dem glimmenden Zunder fast gefüllt war. Er nickte Pona zu. Sie hatten nun ausreichend viel Glut vorbereitet. Quinus entnahm einem Ledersack eiergroße Talgkugeln, den er von seiner Schulter auf den Boden gesetzt hatte. Er reichte Pona mehrere davon. Fast im gleichen Takt drückten sie mit dem Messergriff einen Hohlraum in die Kugeln und füllten diesen mit Glut und weiterem Zunder. Mit ihren Messern stachen sie Luftlöcher um den Hohlraum und verschlossen ihn sorgfältig. Vorsichtig bliesen sie in die Öffnungen und als erste Flämmchen daraus züngelten, zischte Pona durch ihre Zähne: »Jetzt Quinus!«

Pona warf die erste Kugel auf das Dach von Curas Haus. Gespannt verfolgten sie den kleinen Feuerschweif während des Fluges. Sie nickten zufrieden, als die brennende Kugel auf dem Schilf landete und sofort kleine Flammen auf dem Dach aufflackerten. Danach huschten die Schatten der beiden durch das Dorf, eilten von Hütte zu Hütte. Der feurige Flug der Talgkugeln begleitete sie, gleich dem glühenden Atem winziger Drachen, den diese in Feuerstrahlen aus ihrem Maul ausstießen. Nur die Ställe mit dem Vieh verschonten sie.

Als sich Pona der Hütte nähern wollte in der sie die anderen Gefangenen vermuteten, schlug vor dieser ein Hund an. Bevor das Tier sein Kläffen fortsetzen konnte war Quinus mit einem blitzschnellen Sprung über ihm, und sein Messer fuhr in dessen Herz. Eilig schleppte er den Körper des Hundes in den Schlagschatten einer der Hütten, und wieder verbargen sie sich. Die beiden warteten was geschehen würde. Hatte sie jemand bemerkt? Doch niemand rührte sich. Der Dorfplatz vor ihnen blieb menschenleer, die Türen der Häuser blieben geschlossen.

Ihr Vorhaben war geglückt. Auf den Dächern züngelten Flammen, begannen sich in die Hütten zu fressen und beleuchteten gespenstisch den Dorfplatz. Nun mussten sie nur noch die Gefangenen in der Hütte befreien, dann wäre ihr Vorhaben geglückt.

»Habt keine Angst, verhaltet euch still, wir sind Freunde«, flüsterte Pona durch das Fenster der Hütte. Sie schob den Riegel zurück und zog die Türe hinter sich zu, als auch Quinus eingetreten war. Die Gefangenen waren die Überlebenden des Weilers, den sie vor Tagen verwüstet vorgefunden hatten. Sechs von ihnen, zwei junge Mädchen und vier Burschen, hatten den Überfall überlebt. Ängstlich wichen sie vor den beiden unheimlichen Gestalten zur Rückwand der Hütte. Sie erwarteten, obwohl sie die Worte von Pona verstanden hatten, dass sie nun zum Opferplatz gebracht werden sollten, und dass die freundlichen Worte Ponas nur geheuchelt waren. Sie hatten den Feuerschein im Dorf bemerkt und dachten, dass bereits das Opferfeuer entzündet worden war, ihr Opfergang unmittelbar bevorstand.

»Ich bin Pona, die Druidin vom Seerosenhügel«, flüsterte Pona, »und dies ist Quinus, der Heiler von der Isura. Ihr könnt uns vertrauen! Wir sind gekommen, um euch zu befreien!«

Beim Klang von Ponas Namen löste sich die Anspannung der Gefangenen. Ein junger Bursche fand als Erster seine Sprache wieder.

»Was sollen wir tun, ehrwürdige Hochweise?«

»Folgt uns zur anderen Hütte, schnell und leise! Wir dürfen keine Zeit verlieren. Die Feuer auf den Hüttendächern werden sich bald ins Innere durchgefressen haben und man wird die Flammen entdecken.«

Nach ihren Worten eilte sie zur Türe, spähte kurz hinaus und winkte den anderen zu ihr zu folgen. Quinus verließ als Letzter die Hütte, fühlte nach der letzten Kugel in seinem Beutel und folgte den anderen zur Hütte, die ihren Fluchtweg verbarg. Pona öffnete deren Türe, schob die Gefangenen in den Raum und drückte sie wieder zu. Quinus wartete im Schlagschatten vor der Hütte, um ihren Rückzug gegebenenfalls zu decken.

Mit einem Blick durch den Türspalt vergewisserte sich Pona, dass ihnen niemand gefolgt war. Als sie erneut durch das Fenster spähte, um nachzusehen wo Quinus geblieben war, bemerkte sie wie sich eine Gestalt der Hütte näherte, kurz davor anhielt und sich an der Tür zu schaffen machte. Der Mann musste berauscht sein, sonst hätte er wegen der überall aufflammenden Feuer schon längst Alarm geschlagen. Er hatte offenbar nur eines im Sinn: Seine Gier an den wehrlosen Frauen zu befriedigen, die er in der Hütte vermutete. Pona hielt ihr Messer bereit, um den unliebsamen Besucher gebührend zu empfangen, sollte dieser die Hütte betreten. In diesem Moment schnellte aus der Dunkelheit ein Körper auf den Mann zu, gleich einer Bestie, mit blitzenden Augen und dunklem Gesicht. Der Krieger bemerkte die Bewegung zu spät. Er konnte nicht einmal mehr einen Schrei ausstoßen, so schnell war Quinus über ihm. Pona hörte das Knirschen des Kettenhemdes, ein unterdrücktes Röcheln und einen dumpfen Schlag gegen die Hüttenwand. Ein Frösteln schüttelte ihren Körper. So unvermittelt hatte sie den Tod eines Menschen noch nie miterlebt. Pona schob das lähmende Gefühl von sich, öffnete die Türe und half Quinus den leblosen Körper in die Hütte zu ziehen. Rasch entzündete Pona die Fackeln, während Quinus etwas Zunder und Glut in die letzte Talgkugel füllte, sie behutsam auf den Firstbalken setzte, direkt unter die Dachschräge, sodass die aus der Kugel züngelnden Flammen das trockene Rieddach in Kürze erreichen würden.

Quinus las die Erleichterung und Dankbarkeit in Ponas Augen, nickte und ließ für einen Moment seinen Kopf auf die Brust sinken, hatte sich aber rasch wieder in der Gewalt. Sorgfältig verriegelte Pona mittels ihres Messers die Türe, während Quinus die Rückwand aus ihrer Verankerung löste. In der kurzen Zeit ihrer Vorbereitungen zur Flucht hatte das Dach der Hütte bereits Feuer gefangen. Die Schilfrohre knisterten unter der Hitze der Flammen und Qualm breitete sich aus. Höchste Zeit, die Hütte zu verlassen. Quinus und Pona drängten die Befreiten in den Hohlraum hinter der Hütte setzten den ausgesägten Teil der Rückwand wieder in seine ursprüngliche Lage zurück und begannen mit ihren Fackeln den Abstieg zum Höhlensee.

Pona atmete tief durch. Ein zufriedenes Gefühl breitete sich in ihr aus. Die Befreiungs- und Racheaktion war geglückt. Innerhalb erstaunlich kurzer Zeit hatten sie ihr Vorhaben durchgeführt. Alles war einfacher gewesen als sie es erwartet hatten. Der Feuertod aber, den viele der Dorfbewohner in diesem Moment erlitten, warf einen Schatten auf ihre Freude. Pona und Quinus verabscheuten im Innersten ihrer Herzen das was sie getan hatten, aber tun mussten.

Cura erwachte aus ihrem Rausch, doch sie war noch nicht Herrin ihrer Sinne. Nur langsam wichen die Rauschnebel aus ihrem Kopf. Sie war nicht in der Lage, die Glieder ihres Körpers zu bewegen, zu stark waren die Nachwirkungen dieses Höllenrittes und des berauschenden Suds. Es würde noch einige Zeit dauern bis sie wieder genügend Kraft haben würde, sich von ihrem Lager zu erheben und die letzten Vorbereitungen für das Menschenopfer zu treffen. Sie hatte alles genau geplant. Die Auswirkungen dieses Getränks würden bis zum Morgens anhalten, der ihr und den verblendeten Gefolgsleuten das herbeigesehnte Menschenopfer bringen würde. Die letzte Phase des Rauschzustandes würde ungeahnte Energien in ihr auslösen, das kannte sie. Bewegungslos lag sie auf dem Rücken und wartete. Sie sah die Flammen über sich züngeln, doch sie führte diese Erscheinung auf eine von ihr noch nie erlebte Wirkung dieses berauschenden Getränks zurück. Gebannt beobachtete sie, wie sich die Flammen weiter in das Schilf über ihr fraßen, sah, dass die Dachsparren zu glühen begannen. Während sie unbeweglich in das sich immer weiter ausbreitende Feuer starrte, löste sich einer der Sparren und fiel brennend auf das Lager, auf dem die jungen Druidinnen schliefen. Ungläubig beobachtete sie diesen Vorgang, roch das verbrannte Fleisch, die versengten Haare und hörte das Stöhnen der jungen Frauen. In diesem Augenblick wurde ihr bewusst, dass nicht ihr Rauschzustand sie das sehen ließ, sondern dass die Flammen fürchterliche Realität waren, welche die Hütte bereits lichterloh brennen ließ. Verzweifelt versuchte Cura sich zu bewegen, sich umzudrehen, um zur Türe zu kriechen, doch ihr Körper gehorchte ihr nicht. Ihre Stimme versagte, als sie schreien wollte. Während Cura entsetzt und hilflos dem weiter um sich greifenden Feuer zusehen musste schwand im beißenden Rauch ihr Bewusstsein. Langsam entglitt das schreckliche Bild ihren Augen, alles verschwamm im Rauch. Sie fühlte nur noch, dass sie am Boden entlanggeschleift wurde, sich ihre Brustlappen an der Schwelle der Hütte verfingen und ein entsetzlicher Schmerz ihr Leben endgültig aus ihrem Körper riss.

Nur wenige der Bewohner retteten sich aus den brennenden Hütten. Sie kauerten auf dem Dorfplatz, sahen den Flammen wie gelähmt zu, als diese ihre Hütten zerfraßen, verfolgten gleichgültig, wie einige der Krieger leblose Körper aus den Flammen zogen. Auch die Hütten der Gefangenen brannten, doch keine Hand regte sich zu deren Rettung. Die Menschen ahnten in diesen entsetzlichen Augenblicken, dass die Strafe der Götter sie und ihre Druidin nun ereilt hatte. Mit vielstimmigem Aufheulen, wie verletzte Tiere, empfingen sie einen der Krieger, welcher die leblose Gestalt ihrer Druidin aus der Hütte schleppte, sie achtlos liegen ließ und zur Hütte zurückkehrte, um weitere Leben zu retten. Die ins Freie gezerrten Menschen blieben, noch lebend oder bereits tot, auf der Stelle liegen, wo man sie zurückgelassen hatte. Wie ausgerichtet wiesen ihre Körper auf den Dorfplatz hin, in dessen Mitte sich die Opferstätte befand. Ihre verbrannten Körper glichen großen schwarzen Fingern, die auf den Opferplatz deuteten. Es waren Brandzeichen der Allmächtigen, welche die Sterne ungerührt mit ihrem kalten Licht übergossen, gleich dem eines riesigen Leichentuchs.

Von Cavarinus geführt hatten die Krieger und die befreiten Druidinnen bereits den Platz unter einem Felsabsturz erreicht, an welchem sich der Weg in steilen Kehren hinab in das Danuviustal schlängelte. Der Trupp lagerte unterhalb einer Kalksteinwand vor einer geräumigen Höhle. Die Müdigkeit aber auch die Anspannung der Männer und Frauen war nicht zu übersehen. Sie richteten sich ihre Lager in der Höhle, ein Feuer wurde entzündet, doch kaum jemand fand Schlaf. Jeden von ihnen beschäftigte die Frage, ob Pona und Quinus ihren Plan in die Tat umgesetzt haben konnten und ob sie unversehrt zurückkehren würden. Weit nach Mitternacht weckte Cavarinus der Wache hielt seine Frau Casina. Er deutete auf den Feuerschein hinter den Kalktürmen im Norden.

»Sieh' dir dieses gewaltige Feuer dort an, Casina! Es scheint, als wenn ihr Plan gelungen wäre und ihre kleinen Feuerdrachen das Dorf in Brand gesetzt hätten«, freute sich der Schmied. Kurz darauf war das gesamte Lager auf den Beinen und beobachtete fasziniert den immer heller werdenden Feuerschein. Cavarinus' Bemerkung von den Feuerdrachen aber regte danach zu Geschichten an, die schließlich zur Legende wurden.

Als kurz darauf Hufgetrampel zu hören war, Iduras an der Spitze der Reiter erschien – dicht hinter ihm Pona – fiel allen ein Stein vom Herzen. Rechte Freude aber wollte nicht aufkommen. Schweigend und nachdenklich verharrten vor allem die befreiten Gefangenen vor dem Feuerschein. Sie beobachteten den zunehmend heller werdenden Himmel über den Kalktürmen, hinter denen das Tal lag, in welchem der Totenkopfwahn der alten Cura sein schreckliches Ende gefunden hatte, dem sie nur um Haaresbreite entronnen waren.

Der Feuerschein am Horizont färbte sich zunehmend rot und tauchte die Kalkfelsen in ein unwirkliches Licht, das die Farbe von Blut angenommen hatte.

In der Zwischenzeit hatten sich Pona, Quinus, Iduras und die Druidinnen in die Höhle zurückgezogen. Sie wollten den Göttern danken und der Toten dieser denkwürdigen Nacht gedenken.

»Viele von ihnen waren Menschen wie wir alle«, sagte Pona und senkte ihre Stimme», auch wenn sie unseren Tod wollten oder geduldet hätten, um den vermeintlichen Durst ihrer Götter zu stillen. Jene Götter, denen wir vertrauen, haben uns von dieser Geißel erlöst. Danken wir ihnen für die Befreiung unserer Frauen, meiner Tochter und der anderen. Die Götter haben ihren Willen erneut bekundet, über uns zu wachen, wollen Menschen nicht als Opfer haben, sondern deren lebende Herzen gewinnen. Wir sollten ihnen mit einem Gebet hierfür danken!«

Während Pona mit ausgebreiteten Armen auf dem Boden lag, dankte sie ihrer Allmächtigen Erdenmutter, der sie vertraute, dachte an Indobellinus und an den Speer, der sein Leben auslöschte. Sie wusste, dass auch sein Tod durch sie gesühnt worden war.

Nach diesem Gebet, verließen sie die Höhle, bestiegen ihre Pferde und begannen den Abstieg ins Danuviustal, das in fahles Licht getaucht unter ihnen lag.

Zweitausend Jahre später – Ausgrabungen

Alex hatte noch keine Gelegenheit gehabt den Fischer aufzusuchen der ihm die Scherben zeigen wollte. Da Kathrin mit ihren Abiturprüfungen befasst war stand auch ihr der Kopf nicht danach. Wie Alex gehört hatte, sollte ein Grabungsteam einer Universität aus Hessen einige Gräber im Isarmoos erforschen – sichern wie es im Jargon der Archäologen hieß. Sie lagen in einem Gräberfeld, auf halber Strecke zwischen den Sieben Rippen in der Isar und den Hügeln im Westen des Isarmooses. An diesen Grabungsarbeiten wollte sich Alex unter allen Umständen beteiligen. Vielleicht würden die dort gewonnenen Erkenntnisse auch seine Überlegungen ergänzen. Immerhin lag das Gräberfeld nicht weit von den Sieben Rippen entfernt, wo er die Scherben gefunden hatte.

Da der Archäologieverein des Landkreises eingeladen wurde, sich an dieser Grabungskampagne zu beteiligen, ließ sich Alex zu einer der Gruppen des Vereins einteilen.

Zur Vorbereitung besichtigte das gesamte Team die Grabungsstelle. Man wies den freiwilligen Helfern natürlich weniger interessante Bereiche außerhalb des sichtbaren Grabhügels zu, den sie mit einem festgelegten Grabungsschnitt untersuchen sollten. Hier konnten die Helfer keinen Schaden anrichten; das las Alex aus den Blicken und den nicht ausgesprochenen Worten der Wissenschaftler. Das besondere Interesse der Archäologen galt dem größten Grabhügel, in dem sie das Grab einer hochgestellten Person vermuteten. Dort gruben Studenten und Professoren, Fachleute auf ihrem Gebiet.

»Irgendwo entlang der Isar, auf den Uferhöhen, oder vielleicht auf dem Hügel seiner Heimatstadt, mochte dieser Mensch in dem Grab gelebt haben«, vermutete Alex und dachte an die Scherben, die er und Kathrin in der Isar gefunden hatten. Sein Blick tastete das Hochufer ab und erfasste die beiden Kirchtürme des nächsten Dorfes in Richtung Südwesten. Sein Blick verweilte etwas länger auf dem spitzen Turm des gotischen Kirchleins auf dem Berg über dem Dorf.

»Laut Sage, soll dort ein heidnischer Tempel gestanden haben«, dachte er und flog mit seinen Augen die Strecke von dort bis zu ihrem Standort ab. Gedankenverloren starrte er auf das Gräberfeld, sah die Markierungen, welche die Grabungsschnitte kennzeichneten und begann damit, die Grabungsanweisungen aus seiner Tasche zu kramen.

»Vielleicht sollte man die Gräber besser unberührt lassen«, grübelte Alex, dabei überflog er die Anweisung. »Immerhin ist es eine Rettungsgrabung, die im allerletzten Moment stattfindet, bevor die Pflugscharen Knochen, Scherben und was sich sonst noch in den Gräbern befinden mochte freilegen würden; vielleicht bereits in diesem Herbst, vor der Aussaat des Wintergetreides.«

Einige Tage später erhielt er das angekündigte Schreiben, das seine Beteiligung bestätigte. Interessiert las er den Brief, in dem der exakte Zeitpunkt des Grabungsbeginns mitgeteilt wurde und wie sie sich ausrüsten sollten.

Je näher der Termin rückte, desto ungeduldiger wurde Alex und Wunschvorstellungen stiegen in ihm auf. Er war von dem Gedanken wie besessen, dass er während der Ausgrabungen auf eine Spur stieße, die seiner eigenen Suche nach der zweiten Hälfte der Tafel weiterhelfen könnte.

»Sollte etwa der Pflug in den vergangenen Jahren schon Teile zu Tage gefördert haben, was mit der Tafel zu tun hat?«, befürchtete er.

»Schlummern entsprechende Funde bereits unbeachtet in irgendwelchen Schubladen oder doch in den Grabhügeln auf dem Feld? Vielleicht waren Scherben der von ihm und Kathrin gesuchten Tafel dabei?«

Endlich war es soweit. Alex würde den Tag nie vergessen, an dem er sich mit großen Erwartungen am Gräberfeld einfand. Der Himmel war wolkenlos, bis auf ein paar Schleierwolken die die Föhngrenze anzeigten. Als er sein Fahrrad beim Bauernhof oberhalb des Gräberfeldes abstellte, in der Nähe eines Obstgartens, stieg ihm der säuerliche Geruch gärenden Fallobstes in die Nase, vermischt mit dem scharfen Geruch aus den Silotürmen. Das Gras vor ihm dampfte in der Sonne den Nachttau ab.

»Gut, dass ich Bergstiefel anhabe«, dachte Alex, als er durch die Wiese zum Gräberfeld ging», meine Schuhe wären bereits jetzt durchnässt.«

Die Grabungsmannschaft hatte sich bereits vollzählig versammelt und wartete auf die Anweisungen des Grabungsleiters. Alex gesellte sich zu seinen Bekannten des Archäologievereins.

»Meine Damen und Herren«, näselte ein älterer Herr mit einem weißen Haarkranz, dabei trat er einige Schritte nach vorne, damit ihn jeder sehen konnte. Er legte eine Kunstpause ein, sah sich mit wichtiger Miene um und tupfte sich Schweißperlen von seiner Glatze.

»Mein Name ist Scherbakowski, Professor Dr. Scherbakowski. Mir ist die Leitung diese Ausgrabung übertragen worden.« Er setzte eine gewichtige Miene auf und verbeugte sich steif, dabei war er sich nicht bewusst, wie komisch er vor den Hügelgräbern wirkte.

»Sie als Fachleute wissen«, fuhr er fort, »dass wir uns vor Gräbern der späten La-Téne-Zeit befinden. Von besonderem Interesse ist vor allem dieses Grab hier.« Er deutete auf einen langgezogenen flachen Grabhügel.

»Es ist das mächtigste der Gräber, die geöffnet werden müssen, da durch die immer tiefer pflügenden Bauern kostbare Grabbeigaben zerstört werden könnten. Wir nennen es während unserer Grabungen ›Aue eins‹. Neben ihm befinden sich ›Aue zwei bis sieben‹. Man muss sich vorstellen, dass diese Gräber zu einer Siedlung gehörten, in der vielleicht auch eine hochangesehene Persönlichkeit residierte. Der Ort ist vermutlich durch eine Katastrophe, wahrscheinlich durch Feindeinwirkung, im Nichts verschwunden. Jedenfalls lassen die Brandschichten bei anderen Siedlungen aus dieser Zeit – ganz in der Nähe – dies vermuten.«

Er wies auf das wellige Hügelland hinter sich und erläuterte weiter:

»Vermutlich konnten die hier ansässigen Kelten dem Druck der Römer aus dem Süden und dem der Germanen von Norden und Osten her nicht standhalten. Wir nehmen an, dass sie aus ihren Dörfern flüchteten, die dann von den Eroberern niedergebrannt wurden, oder aber dass deren Verteidigung in einer Katastrophe endete.«

Blitzschnell zog er ein riesiges Taschentuch heraus und nieste hinein. Umständlich trocknete er seine Nase.

»Entschuldigen Sie bitte! Ich habe eine Grabungsallergie, irgendetwas aus diesen Gräbern verträgt meine Nase nicht; vielleicht sind es die zweitausend Jahre alten Pollen oder irgendwelche Pilze – sie kennen die Geschichten von den geöffneten Gräbern der Pyramiden Ägyptens.«

Er deutete auf eines der beiden bereits geöffneten Gräber, in denen man nur Urnen, keine Grabbeigaben gefunden hatte – wie er noch erklärend hinzufügte. Alex sah dem Professor zu, wie er das Taschentuch an die Nase führte und dachte beiläufig, dass die gelben Flecken darauf eindeutig von Schnupftabak stammten.

Nachdem der Professor das Tuch umständlich zusammengefaltet und wieder in seinem grauen Kittel verstaut hatte, fuhr er fort. »Dieses Grab hier ›Aue eins‹, meine Damen und Herren, ist vermutlich das Grab eines hochgestellten Fürsten. An der Situation der anderen Gräber konnten wir feststellen, dass sie ohne den Versuch eines Grabraubes die Zeiten überstanden haben. Nach der Altersbestimmung mittels Proben und bisherigen Funden aus den beiden kleinen Gräbern, ist eine Brandbestattung anzunehmen, die zu dieser Zeit üblich war. Warum man irgendwann in der La-Téne-Zeit von der herkömmlichen Bestattung auf die Brandbestattung überging, liegt im Dunkel der Geschichte. Sie war sicherlich auch Einflüssen von außen unterworfen. Die kleineren Gräber sind unwesentlich älter als dieses mächtige Grab vor uns. In ihnen fanden wir, wie bereits erwähnt, keine Skelettreste, auch keinerlei Grabbeigaben von Bedeutung. Gemeinsam sollten wir hoffen, dass dieses Grab, ›Aue eins‹, ergiebigere Resultate bringen wird.«

Er sah sich in der Runde um.

»Da wir die Lage des Grabes hier genau kennen, keinerlei Hinweise auf Siedlungsspuren in der Umgebung zu finden sind, werden wir konventionell vorgehen, ohne technische Hilfsmittel wie Bodenradar etc...«

Anhand eines Flipcharts erklärte der Professor die Grabungssystematik, wies auf kleine Zahlen, welche die geplanten Schnitte, deren Höhenlinien, ihre Abfolge und Breite kennzeichneten.

»Von anderen Gräbern aus der Gegend wissen wir, dass die Grabkammer vermutlich wie eine gallische Stadtmauer – eine murus gallicus wie wir sagen – gestaltet wurde, also aus Steinen und einem vernagelten Balkenfachwerk bestand. Das Holz dieser Mauer und die Decke der Grabkammer vermoderten, die Grabkammer stürzte ein und die Höhe des Grabhügels wurde dadurch erheblich vermindert – kein lohnendes Ziel für Grabräuber. Vielleicht war das Grab auch derart gut im Auenwald verborgen, dass es einfach nicht gefunden wurde. Wie auch immer! Spätere Bewohner der Gegend begnügten sich mit den Steinen, die aus dem Boden traten, wenn wir auch vermuten können, dass einige darunter waren, die rätselhafte Muster und eventuell auch Gesichter von Göttern getragen haben könnten: Man denke an den Stein, welchen man in der Nähe von Manching gefunden hat, eingemauert in das Fundament einer Kirche. Das Gesicht, welches er darstellte, vermutlich das eines Gottes der Kelten, unterschied sich überhaupt nicht von den Gesichtern der Heiligen in den alten romanischen Kirchen dieses Landes.«

Wie andere des Grabungsteams auch, erwartete Alex dass sich der Professor nun in eine Art wissenschaftlichen Rausch steigern, noch viele Details langatmig erklären würde, welche in seinen Augen spannend waren, doch kaum jemand interessierten – und er tat es danach. Der Gelehrte sah eine Gelegenheit, in dieser bunt gemischten Runde seine Fachkompetenz ins rechte Licht zu rücken.

Alex gähnte unterdrückt. Er dachte darüber nach, wie oft sich der Professor noch schnäuzen würde und dass alle ohnehin schon wussten, was sie zu tun hatten.

Was Alex weit mehr beschäftigte waren seine eigenen Vorstellungen über das Grab und die Person, die darin liegen mochte. Er hatte eine verrückte Idee.

»Es wäre doch denkbar, dass die beiden, die die Tontafel aus der Isar beschrieben, dieses gemeinsame Gelübde dem jeweils verstorbenen Partner mit ins Grab gegeben haben könnten.«

Er dachte an das rechtwinklige Dreieck, das die von ihnen gefundenen Scherben in etwa ergaben und das fehlende Gegenstück. »Es gibt keinen Zusammenhang«, sagte ihm seine Logik. »Es gibt einen Zusammenhang«, sagte ihm seine Intuition,

»Dieses Grab liegt auf eine der magischen Linien – wie von einem Geomanten festgestellt wurde – die vom vermutlichen Tempel auf den Sieben Rippen hierher und weiter nach Manching führen. Schreiben konnten, wenn überhaupt, nur Druiden oder Fürsten, und vielleicht hatte sogar jener die Inschrift eingeritzt, der in dem Grab bestattet worden war.«

Alex kratzte sich am Kopf und fühlte, wie ihn sein Bekannter, der pensionierte Landwirtschaftsrat, mit sich zog.

»Er ist mit seiner Selbstdarstellung noch lange nicht fertig«, erklärte er Alex. »Lass uns dem Beispiel seiner Kollegen folgen und einiges für die Grabung vorbereiten! Unser Bereich ist die Stichgrabung am Rand des Hügels, hierfür wurden wir eingeteilt.« Der begeisterte Hobbyarchäologe wies auf ein Blatt, das die Koordinaten ihres Betätigungsfeldes genau definierte.

»Wir sind eben nur die Handlanger der Wissenschaftler, der Pflichtanteil einheimischer Helfer des Archäologischen Vereins. Was soll's! Lass uns nun Schritt für Schritt vorgehen, entsprechend den Vorstellungen des Herrn Professors, getreu seiner Betriebsanleitung für archäologische Nullen.«

Der Landwirtschaftsrat lachte hintergründig.

»Soll mir auch recht sein, die Hauptsache ist, dass ich dabei bin«, murmelte Alex. Er grübelte weiter darüber nach, wie diese Tafel mit verbotenen Aufzeichnungen – die damals niemand zu Gesicht bekommen, geschweige denn lesen durfte – in dieses Grab gebracht wurde und wo sie vergraben worden sein konnte.

»Nicht am Körper des Bestatteten oder an der Asche mit Knochenresten«, überlegte er.

»Dort waren die Klageweiber am Werke, welche den Toten oder dessen Asche ins Grab betteten. Vielleicht wurde die Tafelhälfte in einen der Vorratsbehälter gelegt oder in eines der Bündel neben dem Toten, in dem die Nahrung für die Wanderung in das andere Leben bereitgehalten wurde, wie die Menschen damals glaubten.«

Je mehr Alex darüber nachdachte, desto weniger fühlte er sich als Handlanger. Er überlegte, dass er über eine eigene Theorie verfügte, die niemand außer ihm kannte, die ihn seiner Meinung nach dazu ermächtigte, eine eigene Grabung durchzuführen, sollten sie diese Tafel nicht finden. Nach Beendigung der Grabung würde er zumindest Hinweise auf die Person erhalten, welche eine der beiden gewesen sein könnte, die die Tafel an der Isar verfasst hatten.

»Meine Grabung wird den Schlüssel zu den Scherben von der Isar zu Tage fördern, da bin ich mir ganz sicher«, brummte er vor sich hin und begann mit der Arbeit.

Die Grabungskampagne zog sich bereits über mehrere Tage hin. Fachmännisch wurde Schicht für Schicht in festgelegten Schnitten abgetragen, vermessen und dokumentiert, jede Schaufel Erde sorgfältig gesiebt. Steinchen, Scherben, alle festen Gegenstände in Tütchen gefüllt und mit der genauen Koordinate des Fundorts gekennzeichnet. Aus ihrem Bereich beförderten sie nichts Besonderes ans Tageslicht. Sie stellten nur dunkle Verfärbungen fest, deren Lage, Größe und Form sie sorgfältig skizzierten und nummerierten, die Höhenlinien notierten und dazugehörige Fundstücke und Erdproben in Plastikbeutelchen einfüllten. Nach mehreren Grabungstagen kam der Professor auch zu ihnen. Scherbakowski beugte sich über ihren Grabenschnitt und meinte anerkennend, dass sie wie gelernte Archäologen arbeiteten. Er wies auf eine der schmalen und unregelmäßig sichtbaren Verfärbungen und erläuterte: »Dies hier, meine Herren Laienarchäologen, stammt von organischem Material.« Er nahm ein Vergrößerungsglas zur Hand und betrachtete die Stelle sorgfältig. »Genau genommen vom Leder des beigegebenen Zaumzeuges des Lieblingstieres des Toten. Ich bin mir sicher, ihr werdet in Kürze auf die Spuren der Beschläge stoßen.«

Alex nutzte die Anwesenheit des Professors zu einigen Fragen, denn er wehrte sich gegen die selbstverständliche Annahme, dass in diesem Grabhügel ein Mann bestattet worden war.

»Warum ein Toter, warum nicht eine Tote?«, fragte er und klopfte mit dem Handrücken Erde von seinen Hosen.

»Junger Mann«, antwortete der Gelehrte, »weil dies der Normalfall in unserer Ausgrabungspraxis ist. Frauen als Fürstinnen in einem derart stattlichen Grab, waren zu dieser Zeit sehr selten, legt man unsere Grabungserfahrung zugrunde. Auch die Aufzeichnungen von Cäsar über die Kelten und von anderen Berichterstattern der damaligen Zeit berichten davon. Vielleicht gab es da und dort Frauen im Rang einer Druidin, aber die Regel war es nicht. Auch in dieser Gegend wurde bisher weder das Grab einer Fürstin noch das einer Druidin gefunden, junger Freund. Von ›Aue eins‹ ist daher auch zu vermuten, dass man in diesem Grab einen Fürsten, keine Fürstin bestattet hat. Glauben Sie mir! Die Wahrscheinlichkeit spricht dagegen und auch das Gespür eines erfahrenen Archäologen.«

Der Professor sah Alex fast mitleidig an und stapfte in der ihm eigenen Haltung durch den Aushub, wie wenn er vor der Tafel eines Hörsaales oder vor einem Schaustück, das er interessierten Museumsbesuchern erklärte, auf- und abgehen würde.

»Arschloch«, knurrte Alex leise, verärgert über diese, seiner Ansicht nach, überhebliche Einstellung. Eigentümlich berührt verfolgte er die Bewegungen des Professors, der wie ein Storch durch das Gräberfeld stelzte.

»Warum nicht Fürstin und Druidin, warum also nicht eine Frau?«, dachte er trotzig.

»Warum sollte nicht sie gestorben sein?« Er beruhigte sich wieder.

»Was soll's! Diese Variante würde unsere Überlegungen ohnehin nicht in Frage stellen«, beruhigte er sich.

Trotzig kaute Alex auf seinen Lippen und musste sich eingestehen, dass Scherbakowski vielleicht doch Recht hatte. Konzentriert setzte er seine Arbeit fort und sie stießen tatsächlich auf rostige Färbungen, die der Professor vorausgesehen hatte. Je weiter sie die Fundstelle freilegten, desto deutlicher konnte man die eiserne, gut erhaltene Schnalle eines Zaumzeuges erkennen. Er vermerkte die entsprechenden Koordinaten auf seinem Plan, verstaute den Klumpen vorsichtig in einem Beutel, nummerierte das Fundstück entsprechend den Vorgaben und verzeichnete es auf einer Liste.

Das Grab ›Aue eins‹ erwies sich, als es vollends ausgegraben war, in der Tat als archäologische Sensation. Nicht nur, dass in mühseliger Kleinarbeit ein vollkommen erhaltenes Skelett freigelegt wurde und nicht nur Asche und Knochenreste aus einer Brandbestattung, vielmehr stellte sich nach gezielten Untersuchungen heraus, dass es sich um die sterblichen Überreste eines Mannes von beträchtlicher Körpergröße handelte. Sein Skelett wies eine deutliche Verletzung des Brustkorbs auf. Mit großer Wahrscheinlichkeit war er keinen natürlichen Tod gestorben. Der kunstvoll gefertigte Schmuck, ein Stabknauf mit Mondsichel und weitere kostbaren Beigaben ließen auf einen Fürsten und Druiden schließen. Dazu stellte man fest, dass der Zustand der Knochen und der Zähne auf einen Mann im Alter von etwa fünfundzwanzig bis dreißig Jahren hindeutete. Unmittelbar neben seinem Skelett wurden Vorratsgeschirr und Eisenreste gefunden, darunter ein gut erhaltenes Messer, das sich seltsamerweise in keiner der Schalen oder Behälter befunden hatte, sondern neben seinem Kopf gefunden wurde.

Alex war wie elektrisiert, als er an das Messer dachte. Mehrfach ging er zu dem Skelett und berührte die mit Erdresten verklebten Knochen. Schließlich erbat er sich die Erlaubnis, das Skelett ausmessen zu dürfen. Der Landwirtschaftsrat legte den Meterstab am Fersenknochen an und er selbst las am

Schädel die Länge ab. Vorsichtig berührte er die Rundung der Schädeldecke, dabei erschauerte er.

»Unglaublich, das Skelett misst einen Meter und achtundachtzig Zentimeter!«, sagte Alex zu seinem Kollegen.

»Dann muss der Mann«, rechnete der Angesprochene aus, »mindestens einen Meter und einundneunzig groß gewesen sein.«

»Eine in der damaligen Zeit kaum vorstellbare Größe«, stellte Alex fest.

»Einem derart großen Mann müssen alle zu Füßen gelegen sein.«

»Ja«, meinte der Landwirtschaftsrat und kratze sich am Kopf.

»Größe war, nach den Vorstellungen der Menschen von damals, eine von den Göttern geschenkte Gabe, und daher musste er in der Wertschätzung seiner Mitmenschen ganz oben gestanden sein.«

Ehrfurchtsvoll verweilten sie vor dem Skelett und Alex stellte sich vor, dass er dunkles Haar und schwarze Augen gehabt haben könnte. Warum er diese Vorstellung hatte, wusste er nicht zu erklären. Der Tote musste ein stattlicher Mann gewesen sein, das stand außer Frage, und dass er ein weißes Gewand und ein Amulett getragen hatte, war in Alex' Vorstellungen selbstverständlich.

»Das Amulett«, dachte er wie elektrisiert, »man hat keines bei ihm gefunden.«

Er tat so, als wolle er den Schädel nochmals vermessen, hob die Plastikplane hoch und fühlte am Halswirbelansatz nach. Auch an dieser Stelle hatte man, neben den künstlichen Abstützungen, einen Erdsockel belassen, damit das Skelett ausreichend abgestützt wurde, solange es noch an seinem Fundplatz lag.

Seine Hand ertastete einen losen, noch feuchten Erdbrocken – keine Spur von einem Amulett. In seiner Enttäuschung dachte er, dass wenigstens ein Stück Erde vom Skelett einen Ehrenplatz in seiner kleinen Sammlung haben sollte. Er ballte seine Hand um den Erdklumpen zu einer Faust und zog sie zurück. In einem unbeobachteten Augenblick schob er das feuchte Stück Erde in einen Beutel und ließ diesen in seine Tasche gleiten.

»Komm Alex, für heute haben wir genug gearbeitet!«, meldete sich der Landwirtschaftsrat hinter ihm, der die Handbewegung von Alex nicht bemerkt hatte.

»Reiß dich vom Anblick dieses Mannes los, Alex, du hast doch schon öfters nackte Männer gesehen! Und schwul bist du doch auch nicht«, spöttelte er gutmütig, in Anspielung auf die Faszination, die das Skelett offenbar auf Alex ausübte.

»Nein«, antwortete Alex, auf den derben Spaß eingehend, »aber so einen uralten Mann dieser Größe habe ich noch nie gesehen – dazu völlig unbekleidet und sogar ohne Fleisch.« Sie lachten.

Ein Tag des ›offenen Grabes‹ beschloss die Grabungskampagne, bevor die Gräber wieder geschlossen werden sollten. Tag und Nacht wurde das Skelett bewacht und den zahllosen Besuchern stolz präsentiert. Währenddessen wurden die letzten Nachgrabungen abgeschlossen.

In den Tageszeitungen der Umgebung wurde in großer Aufmachung von den Ausgrabungen und den Funden berichtet. Professor Scherbakowski gab im Fernsehen ein Interview und verkündete im Brustton der Überzeugung: »Von Anfang an ging ich davon aus, dass es sich um das Grab eines Mannes handeln musste; und als ich die ersten Beigaben fand, bestätigten sich meine Vermutungen, dass er nicht nur Fürst, sondern auch Druide war. Dass es keine Brandbestattung war – wie in den anderen kleineren Gräbern – wirft allerdings einige Rätsel auf. Es ist untypisch für die späte La-Téne-Zeit, der wir dieses Grab, entsprechend der Radiokohlenstoffdatierung sowie nach den Ornamenten und Verzierungen auf der Keramik zuordnen müssen.«

»Was hat Archäologie mit Selbstdarstellung zu tun«, dachte Alex wütend und schaltete nach der Sendung im Dritten Programm den Fernseher mit einem unwilligen Daumenstoß ab.

Alex ließ der Gedanke nicht los, dass sie etwas übersehen hatten, das sich noch im Grab befinden musste, das einen Hinweis auf die Tafel gab, mit der er Kathrin überraschen wollte – der anderen Hälfte der Tontafel. Widerwillig musste er sich eingestehen, dass er sich mit seinen Überlegungen in einer Sackgasse befand, nicht mehr zurückkonnte und nicht wollte, aber mit seinen Überlegungen auch nicht mehr vorwärtskam. Weder er noch die Archäologen hatten eine Tontafel gefunden, auf die er so gehofft hatte. Irgendwo neben dem Toten musste sie liegen, davon war er fest überzeugt. Die Frau des Toten hatte offenbar ihren Willen durchgesetzt, wollte keine Brandbestattung, ertrug den Gedanken nicht, dass der Körper ihres geliebten Mannes in Flammen aufging. Sie wollte ihn sehen, nicht seine Asche, als sie in der Grabkammer Abschied von ihm nahm und sie hatte vielleicht etwas ganz Persönliches neben seinem Leichnam vergraben – etwas, was nur sie beide kannten.

Unerwarteter Wunsch

Bedrohliche Neuigkeiten erwarteten Pona, als sie mit den Kriegern in das Seerosendorf zurückkehrte. Germanen waren in die nordöstlichsten Gebiete der Mittleren Vindeliker eingedrungen, verwüsteten Siedlungen, stahlen Vorräte und verschleppten Frauen und Kinder über den Danuvius. Ponas und Indobellinus' Visionen schienen sich nun zu bewahrheiten, die den schleichenden Verlust der Heimat an der Isura voraussahen.

Eine weitere Nachricht beunruhigte Pona nicht weniger. Im Süden waren römische Legionäre in die Blauen Berge eingefallen und hatten unter anderem den Stamm der Taurisker besiegt. Danach stießen sie bis zum Ampurnumsee vor, wandten sich dann aber nach Westen und zogen südlich des Oppidums Runidurum zum Rhenos. Diesmal blieben die Mittleren Vindeliker noch verschont – doch wie lange noch? Pona wusste, dass die römischen Legionen in nicht allzulanger Zeit auch das Siedlungsgebiet ihres Stammes annektieren würden. Wie verlustreich und letztlich erfolglos diese Kämpfe für die keltischen Stämme waren, erfuhr sie von Salzhändlern aus den Blauen Bergen.

Diesem voraussehbaren sinnlosen Blutvergießen wollte Pona unter allen Umständen aus dem Wege gehen. Siedelte ihr Stamm weiter hier an der Isura, konnte man sich die Jahre an einer Hand abzählen, in denen die Vindeliker zwischen den Germanen und Römern zermürbt und schließlich zerquetscht würden. Dann bliebe nichts mehr von ihrer Freiheit übrig. Sie wären, sollten sie es überleben, nur mehr Sklaven im eigenen Land.

Eine Angst war ihnen wenigstens genommen worden. Die nächtlichen Überfälle, die Brandschatzungen, welche die Bewohner im Isuratal über mehrere Monate wie Nadelstiche trafen, gehörten der Vergangenheit an.

Die Nachrichten von der Rettung der Gefangenen und die Vernichtung von Curas Totenkopfkult breiteten sich wie ein Lauffeuer über das gesamte Land der Vindeliker aus. Die Schilderungen des schrecklichen Geschehens in dieser Nacht gerieten zu Fantasiegeschichten, je weiter sie von Mund zu Mund getragen wurden. Man feierte Pona und Quinus mittlerweile nicht nur als Helden, welche die Gefangenen befreit hatten, sondern man erzählte sich, Pona und Quinus hätten alle Krieger dieser Kultgemeinschaft mit eigener Hand getötet, nur mit einem Messer bewaffnet. Mit Hilfe von Feuerstrahlen, die aus ihren Händen fuhren, hätten sie Menschen und Hütten in Brand gesetzt. Es wären kleine Feuerdrachen gewesen, die ihnen gehorchten und alles was sich ihnen entgegenstellte mit ihrem Feueratem zerfraßen. Man traute den beiden inzwischen alles zu. Die Verehrung von Pona und Quinus kannte keine Grenzen mehr und sie wurden zu einer lebenden Legende.

»Etwas Gutes hat dieses Gerücht über unsere Wundertaten«, meinte Pona eines Abends zu Quinus, dabei sah sie von ihren Schreibarbeiten hoch: »Die Menschen werden unseren Plänen noch mehr vertrauen. Sie wissen sich jetzt nicht nur von einer Druidin und Fürstin geführt, sondern sie können zwei Helden vertrauen, in denen der Geist der Götter wohnt. Auch die hartnäckigsten Zweifler werden sich mit dem Wagenzugs an den Rhenos nun anfreunden.«

Seit Tagen blies ein warmer Wind aus Süden und hatte den ersten Schnee weggeleckt. Pona empfand an einem dieser warmen Tage das Bedürfnis, sich von der Sonne ausgiebig durchwärmen zu lassen. Sie beschloss daher, ihre Schreibarbeiten für einige Stunden zu unterbrechen.

Zuvor hatte sie stundenlang zahlreiche Lederrollen über die praktizierten Kulthandlungen der Druiden beschrieben und Skizzen hiervon angefertigt. Pona war es bewusst, dass alles, was sie in den letzten Tagen zu Leder brachte, nach einem ungeschriebenen Gesetz niemanden gestattet war. Sie beschrieb die Rituale bei Opferungen, notierte in griechischer Schrift die überlieferten Texte, die sich aus dem Gedächtnis der lebenden Druiden auf die nächste Generation vererbt hatten und fügte Erläuterungen an, die den Sinn dieser Rituale verdeutlichen sollten. In lateinischer Schrift fügte sie Fußnoten hinzu, die ihre kritischen Ansichten beinhalteten. Mit einer Aufzählung der bei den Vindelikern verehrten Götter und Geister, warum und zu welcher Jahreszeit sie angerufen wurden und wie die Opferhandlungen vonstatten gingen, welche Zeichen aus den Opfern, wie und wo zu lesen waren – damit war sie so gut wie fertig.

Diese Niederschriften erforderten besondere Sorgfalt. Wenn ihre Konzentration nachließ, nahm sie eine andere Lederrolle zur Hand und befasste sich mit einem anderen Thema; nämlich mit den kunstvollen Ornamenten. Sie wurden auf Töpfer- und Holzwaren, auf Kleidung, auf Schmuck und Fibeln, Waffen, Wagen, Pferdegeschirr und Zaumzeug und auf Werkzeugen – kurzum auf allem, was die Kelten benutzten – von ihren Handwerkern eingearbeitet. Damit führte Pona eine von Indobellinus begonnene Arbeit weiter. Für heute wollte sie weder das eine, noch das andere weiter bearbeiten, daher räumte sie ihre Vorlagen und Lederrollen auf.

Als sie die Wohnhalle verließ, nickte ihr Quinus nur flüchtig zu. Er befasste sich derzeit vor allem mit Heilkräutern, die er sorgfältig aufzeichnete und entsprechend den Heilanwendungen sortierte.

Während Pona über die erledigten Arbeiten nachdachte, ließ sie sich in ein Fell gehüllt auf einer Bank hinter dem Haus nieder, an der Stelle, wo der Hinterhof ihres stattlichen Herrenhofes von der Wallanlage begrenzt wurde. Wohlig dehnte sie sich den Sonnenstrahlen und dem lauen Wind entgegen. Das tat gut und war die beste Gelegenheit, ungestört über einiges nachzudenken, womit sie sich in der nächsten Zeit beschäftigen wollte.

»Wieviel muss ich von alldem noch auf mein Schreibleder bringen. Ich werde Jahre benötigen!«, seufzte sie.

»Über neue Geräte, die keltische Handwerker geschaffen haben, über Gesetze, die ihr Gemeinwesen bestimmten, die Zeremonien bei Taufen, bei Hochzeiten und Bestattungen habe ich noch nichts zu Leder gebracht. Diese Arbeit werde ich wohl am Rhenos vollenden müssen.«

Pona sah dieses ungeschriebene Gesetz, dass Druiden nichts niederschreiben durften was Glaubensdinge betraf als einen der Gründe an – wenn nicht den wichtigsten – der den Vindelikern in der Zukunft den Erhalt ihres Gemeinwesen erschweren würde. Er wurde damit ausschließlich vom Wissen der Druiden verwaltet und zusammengehalten – allerdings auch manipuliert. Das betraf alle keltischen Stämme. Würden die Druiden nicht mehr existieren, wäre das der Beginn des Untergangs der keltischen Kultur, ein selbstverschuldeter Untergang.

Als sie die Texte verfasste, begleiteten sie an manchen Tagen bittere Gefühle. Sie hoffte auf eines: Ihre Aufzeichnungen sollten einst von Menschen gelesen werden, die dadurch mehr von der Kultur der Kelten erfahren und sie besser verstehen würden.

Während Pona über die erledigten und noch anstehenden Arbeiten nachdachte, räkelte sie sich wohlig in der Sonne. Während sie an einem Becher mit Himbeersaft nippte, den sie mit Wasser verdünnt hatte, löste sie sich aus ihren Fellen und trat zur Hecke auf dem Wall. Ihre Augen überflogen das unter ihr liegende weite Ampurnumtal. Kahle und graue Äste mit Laubresten überzogen das Tal, gleich einem riesigen Besenteppich. Auch dieses spätherbstliche Bild, vor dem blauen Himmel, verströmte seinen eigenen Reiz, den sie am Rhenos schmerzlich vermissen würde. Sie lächelte vor sich hin. Nie würde sie die herrlichen Sonnentage im Herbst oder Winter vergessen, an denen manchmal über Tage fast frühlingshafte Temperaturen herrschten.

Der Horizont verschwamm vom Graubraun der kahlen Wälder ansatzlos in das blasse Blau der weit im Süden liegenden Blauen Berge. Auf ihren Flanken trugen sie noch Schneefelder. Es waren untrügliche Zeichen des Winters, in dessen Nebeltagen die Mythen der Erdgeister, der Wasser- und Flussgeister und vieler Fabelwesen der Kelten entstanden waren. Angenehm warm spürte sie den Südwind auf ihrer Haut, der überhaupt nicht zu den Schneebergen im Süden passte. Er ließ sie ahnen, welche Wärme weit im Süden herrschte, und sie gab sich ihren Träumen von den milden Nächten am ägäischen Meer hin. Sie träumte vom Zwiegespräch des lauen Windes mit den Wellen des Meeres, und von dessen Spiel mit Sand und Felsen am Strand. Vor vielen Jahren – als Kind – hatte sie das alles genossen, bevor sie mit ihren Eltern Asia verließ und zu den Boiern an den Danuvius zog. Alles war ihr noch in lebhafter Erinnerung. Als ein Windstoß in ihr Haar fuhr und dieses sich über ihr Gesicht legte, kehrte sie in die Wirklichkeit auf dem Seerosenhügel zurück.

Der Zugang zum Gehöft der Druidin führte über einen kleinen heiligen Eichenhain, der noch grünte, denn die Eichen waren über und über mit Misteln bewachsen, dieser heiligen Pflanze, die bei Kulthandlungen eine so große Rolle spielte. Unter den Eichen waren Opfersteine angeordnet, flankiert von einer Reihe von Stelen, auf deren Reliefe einfach geformte Götterköpfe mit seelenlosen Gesichtern zu sehen waren. Als Ersatz für die Stelen war man in letzter Zeit dazu übergegangen die Köpfe der Götter aus Lehm zu formen und auf Holzstäben aufzupflanzen. Sie wiesen zum Teil drei Gesichter auf, die in entgegengesetzte Richtungen starrten. »Wie ein Spiegelbild der Seele des keltischen Volkes!«, sinnierte Pona.

Inmitten des Tempels, neben dem größten Opferstein, war der abgedeckte Opferschacht zu sehen, in welchem die Opfergaben der Kulthandlungen versenkt wurden.

Westlich und nördlich ihres Gehöfts, hinter der schützenden Hecke auf dem Wall, fiel ein Steilhang zum See ab, der das Dorf umgab und von dem südlich des Dorfes vorgelagerten hügeligen Plateau trennte. Der See verband Ampurnum und Isura, deren Nebenarme sich in dem weiten See um das Dorf vereinigten. Eine mit Flusssteinen gepflasterte steile Treppe führte vor dem Wall zum See hinunter, an dem die Mägde Wäsche wuschen, die sie auf Stricken zum Trocknen am See aufhängten. Um das heckengeschützte Herrenhaus scharten sich die Wohnhütten des Gesindes, eine Kochhütte, Werkstätten, Vorratshäuser auf Stelzen und ausgedehnte Stallungen.

Zufrieden nahm Pona die Bilder ihres Herrenhofes, des Dorfes und des ausgedehnten Sees in sich auf und wandte ihren Blick nachdenklich den Blauen Bergen zu. Als ihr Blick zum Ende des Höhenzuges wanderte, auf dem die Felder des Dorfes lagen, die Hanglinie wieder zurückverfolgte, kam ihr ein Gedanke, der sie verblüffte. Der gesamte Höhenzug, auf dem das Seerosendorf und dessen Äcker lagen, glich einer langgezogenen Mondsichel.

»Das also macht die Magie und das Geheimnis dieses Ortes aus!«, sagte sie leise. »Es ist die heilige Mondsichel der Allmächtigen, auf der wir leben! Sie verleiht dem Seerosenhügel seine unvergleichliche Kraft und Ausstrahlung.«

Vor langer Zeit, so erzählte ihr Indobellinus, hatten Druiden – kommend vom Ampurnumsee – den Sonnentempel auf dem Seerosenhügel und den auf den Sieben Drachenrippen errichtet. Da das bisherige Heiligtum in Damasia, diesem sagenumwobenen heiligen Ort, im See versunken war erklärten sie beide Tempel zu Heiligtümern von höchstem Rang für alle Vindeliker. Zugleich übermittelten ihnen die Götter eine Bedingung: Das Orakel der Seerosen. Würden die Seerosen im See nicht mehr blühen, müssten die Bewohner diesen Ort verlassen, denn in diesem Fall hätten sie nicht mehr die Kraft, ihre Heiligtümer zu bewahren.

»Dieses Dorf ist von der Allmächtigen, der Herrscherin über alle Götter auserwählt worden, um den Kelten nördlich der Blauen Berge ihre göttliche Kraft zu vermitteln«, dachte sie und sah begeistert auf die gewaltige Silhouette der Blauen Berge.

»Gleichzeitig hatte sie den Bewohnern und ihren Druiden die Aufgabe zugedacht, dieses Heiligtum – wenn nötig – an anderer Stelle wieder zu errichten; wie es die Druiden aus Damasia in der weit zurückliegenden Vergangenheit hier getan hatten.«

Beim Gedanken an diese göttliche Vorsehung und die Bedeutung des Heiligtums auf dem Seerosenhügel fühlte Pona, wie sich verhaltener Stolz in ihr ausbreitete. Sie dachte dabei an den Wagenzug nach Westen, den sie und Indobellinus für nötig erachtet hatten, denn sie fühlten sich in der Verantwortung zur Bewahrung dieses Orakels.

Es war dämmrig geworden. Die vertrauten Geräusche des beginnenden Abends verrieten, dass das Vieh gefüttert wurde, Mensch und Tier sich auf die Nacht vorbereiteten. Über dem Dorf wehten im Wind die langgezogenen Rauchfahnen der Herdfeuer, an denen die Menschen das Abendessen zubereiteten. Die Schleier des Rauches vermischten sich nach Osten hin mit den aufsteigenden Nebelschwaden der Isura.

Tief atmete Pona den würzigen Holzgeruch ein und beobachtete die Rauchschwaden, wie sie sich im Nebel auflösten. Der Rauch erinnerte sie an ihre erste Reise nach Runidurum ohne Indobellinus, sie sah die verstümmelten Menschen unter den Rauchschwaden und das brennende Dorf der Totenkopfleute.

»All dieses Leid soll den Menschen hier nicht widerfahren! Wenn überhaupt, würde der Rauch in nicht allzu ferner Zukunft von ihren brennenden Häusern stammen. Wir werden sie selbst in Asche legen«, murmelte sie und empfand keine Trauer bei diesem Gedanken.

»Nichts mehr wird dann so sein wie jetzt«, dachte sie traurig.

Alles, was sie gesehen hatte, schien ihr von der Natur gewollt, unzerstörbar und unabänderlich, und dennoch würde dieses Bild bald der Vergangenheit angehören. Sie starrte vor sich hin, löste sich aus ihren Gedanken und wandte sich dem täglichen Leben zu.

»Die Amme wird bald mit Siane erscheinen, der Kleinen das Essen bereiten und sie zu Bett bringen«, dachte Pona und wurde wieder die zupackende und praktisch denkende Frau.

»Ich muss meine Schreibutensilien aufräumen und das beschriebene Leder aufrollen! Wer weiß ...«

Pona ging ins Haus zurück, sie überflog das Gestell, welches der Schreiner Fredas angefertigt hatte nach einem freien Platz. In ihm vewahrten sie ihre gesamten Aufzeichnungen.

»Hier«, dachte sie und steckte die am Nachmittag beschriebene Rolle schließlich zu den anderen.

»Der Zufluchtsort meiner verbotenen Aufschreibungen!«, bedachte sie zufrieden die Zweckmäßigkeit des Gestells.

»Unser Fredas ist in der Tat ein trefflicher Handwerker«, überlegte Pona.

»Gemeinsam mit seinen Helfern wird er demnächst die neuen Fässer herstellen, in welchen die Vorräte für den Wagenzug gelagert werden.«

Als sie alles aufgeräumt und verstaut und die Herdstelle im Wohnraum angeheizt hatte, erschien Quinus aus seiner Kräuterkammer. Er hatte Pona im Wohnraum hantieren gehört. Sie war gerade dabei, mehrere Talglichter zu entzünden. Beide, sie und Quinus, hatten es sich zur Gewohnheit gemacht, auch nachts im Haus zu arbeiten. Dann, wenn sich im Dorf alle zur Ruhe begeben hatten, nahmen sie ihre Studien und Schreibarbeiten wieder auf. Die mit Fellen abgehängten Fenster würden jedem unliebsamen Beobachter die Sicht auf ihr heimliches Tun verwehren. In dieser nächtlichen Stille fühlte sich Pona von allem befreit, konnte ihre Gedanken besser formulieren und wurde durch nichts abgelenkt. Sie dachte an Indobellinus, der darüber erfreut sein müsste was sie hier tat. Während sie all dies bedachte, trat eine der Mägde ein und meldete ihr, dass die Druidin Casina sie zu sprechen wünsche.

»Quinus, schnell, wir müssen das Gestell mit den Schriftrollen verbergen!«, rief sie. Eilig deckten sie es mit einem Leinentuch ab.

»Es muss nicht jeder sehen, womit wir uns beschäftigten, und vielleicht falsche Schlüsse daraus ziehen.«

Kurz darauf trat Casina ein. Sie verneigte sich vor den beiden und blieb stehen, obwohl Pona auf einen der Klappstühle vor dem Herdfeuer wies und sie bat Platz zu nehmen. Die Druidin war nervös und schien sich nicht sicher zu sein, wie sie das beabsichtigte Gespräch anfangen sollte. Quinus und Pona tauschten erstaunte Blicke aus. Endlich gab sich Casina einen innerlichen Ruck.

»Edle Pona«, begann sie.

»Ich bin vom Rat der Druidinnen mit einer sehr heiklen Angelegenheit betraut worden, die ich in dieser Art noch nie erledigen musste.«

Während ihrer Worte beobachtete sie Quinus, der sich am Herdfeuer zu schaffen machte. Pona bemerkte ihren Blick und beruhigte sie: »Es gibt nichts, was ich vor Quinus zu verbergen habe; sprich also ruhig weiter, Casina!«

»Gut, dann möchte ich vorausschicken, bevor ich die Angelegenheit vortragen werde, dass niemand euren Beschluss in dieser Sache, ein mögliches Nein, übel nehmen wird. Es ist ...«, sie zögerte wieder, »... ihr solltet wissen, dass wir in Sorge um euer Wohlbefinden sind!«

Pona war über die förmliche Anrede erstaunt, anders als Casina es sonst tat.

»Nun ist fast ein Jahr vergangen, seitdem euer Mann, Indobellinus, unser ehrwürdiger Fürst und Hochweiser zu den Göttern gerufen wurde«, fuhr sie fort. »Ein halbes Jahr, das fordern unsere Sitten, muss verstreichen, bevor eine Frau oder ein Mann sich mit einem neuen Partner verbinden darf, der in der Zukunft für deren oder dessen Wohlergehen wichtig sein kann. Ihr kennt diese Gepflogenheit, dass es in unserem Stamm die Frauen sind, die ihren Gemahl erwählen. Die Männer müssen sich dieser Wahl fügen. Wir wissen aber auch, dass in eurer Heimat andere Sitten üblich sind und ihr stets nur mit Indobellinus euer Lager geteilt habt. Viele von uns hatten dies nie verstanden, ich selbst aber sehr gut. Ihr wisst, dass ich mit Cavarinus, dem Schmied, sehr glücklich zusammenlebe und ich mich nach keinem anderen Mann sehne.«

Nach diesen Worten hielt sie kurz inne und vollendete den Satz, der ihr so schwer von der Zunge ging, den Pona bereits nach ihren ersten Worten erahnt hatte.

»Der Rat der Druiden ist der Meinung, entsprechend den Regeln unseres Stammes«, fuhr sie fort, »dass ihr euch einen Mann suchen solltet, einen aus dem Kreis der Edlen und Druiden! Ihr wisst es gibt stattliche Männer darunter, auch kluge, die euch gute Gesprächspartner und eurer Tochter liebevoller Vater sein könnten. Sie sind in der Lage, Freuden und auch Mühsal mit euch zu teilen, und nicht zuletzt würden sie auch Gefährten für die kalten Winternächte sein. Vielleicht entstünde nach einiger Zeit auch so etwas wie Liebe zwischen euch und dem Mann den ihr erwählen würdet.«

Sie musterte Pona forschend und suchte in deren Gesicht nach einer Reaktion. Das Gesicht der Fürstin blieb verschlossen.

»Glaubt mir, Pona, wir haben alle Möglichkeiten bedacht. Daher schlagen wir euch vor, dass ihr euch noch in diesem Winter einen Mann suchen möget, der mit euch den langen Zug des nächsten Herbstes antreten könnte; es ist für uns und auch für euch das Beste«, schloss sie ihre Worte.

Casina schwieg erleichtert. Endlich hatte sie mit Pona über dieses heikle Thema gesprochen, das sie lange vor sich hergeschoben hatte. Pona starrte ihre Hände an, schließlich nickte sie und atmete tief durch. Sie kannte vor allem Casinas Besorgnis und Fürsorglichkeit, natürlich auch dieses ungeschriebene Gesetz. Da sie jetzt an Indobellinus Stelle getreten war, fühlte sich Casina verpflichtet, mit ihr persönlich darüber zu sprechen. Dass Casina Recht hatte und sie kein Argument dagegen aufführen konnte, beunruhigte Pona. Nachdenklich verwischte sie mit ihren Sohlen die Spuren ihrer Fußabdrücke. Sie drückte einen neuen in den Boden und verwischte ihn erneut, stand auf und setzte ihre Wanderung um das Herdfeuer fort. Es schien, als suchte sie in jedem ihrer Schritte nach einer Antwort.

Endlich hielt sie vor Casina an. Pona schien eine Antwort gefunden zu haben.

»Ich verstehe dich, Casina, verstehe die Gedanken des Druidenrates«, begann sie vorsichtig, »eure Besorgnis auch was Siane betrifft. Doch ich möchte mir Bedenkzeit erbitten. Ich muss Indobellinus in meinen Visionen befragen, muss die Allmächtige zu Rate ziehen. Ich muss einfach wissen, ob beide dies billigen können. Casina du weißt, Indobellinus ist in meinen Träumen oft gegenwärtig und er unterstützt mich bei meinen Entscheidungen. So könnte es sein, dass ein neuer Mann an meiner Seite seine Gegenwart nicht ertragen könnte, denn Indobellinus und meine Seele waren schon im Leben innig miteinander verbunden und sind es noch immer.«

Sie hörte auf zu sprechen und sah die Druidin verlegen an.

»Ich weiß, welch tiefe Liebe euch mit unserem erhabenen Indobellinus verbunden hat. Manche von uns konnten diese Ausschließlichkeit anfangs nicht verstehen, konnten vor allem Indobellinus nicht verstehen. Je länger ihr mit uns lebtet, desto mehr haben wir euch als den Menschen kennengelernt, der dieser ungeteilten Liebe würdig war. Schon Indobellinus' wegen werden wir euch zugestehen, dass ihr ihn und die Götter befragen könnt. Das Ergebnis sollten wir aber spätestens dann erfahren, wenn sich der Mond im Frühling wieder voll rundet.«

Casina erhob sich, hüllte sich in ihren Mantel, verschloss ihn mit einer Seerosenfibel, und als sie sich zum Gehen anschickte sagte sie noch: »Pona, euer größtes Problem ist, dass ihr euch den Lebenden verschließt und zuviel mit den Toten sprecht. Selbst Indobellinus würde das nicht gefallen!«

Als die Druidin ging, hinterließ sie eine aufgewühlte und ratlose Druidin, die nicht mit sich im Reinen war. Quinus setzte sich neben Pona, kritzelte etwas auf ein Lederstück und schob es vor Pona. »Lehne das Ansinnen des Druidenrates ab, Pona! Du wirst den Mann deines Herzens in nicht allzu langer Zeit sehen!«

Der Bär

Nach den letzten warmen Tagen brach der Winter an der Isura ein. Tagelange Schneefälle hatten das Land mit einer fast drei Ellen dicken Schneedecke verhüllt. Die Nächte waren bitterkalt, und selbst tagsüber behielt der Frost das Land unerbittlich in seinen eisigen Klauen. Trat man vor die Türe, gefror die Atemluft zu feinem Eisstaub. An sonnigen Tagen verließen die Jäger des Dorfes, tief in Pelze gehüllt, mit ihren Hunden das schützende Dorf, um in den Wäldern des Hügellandes oder der Flussauen Elche, Hirsche und Wildschweine zu jagen. Wenn sie mit Beute zurückkehrten, war das frische Fleisch eine willkommene Abwechslung im eintönigen Speiseplan aus den Vorräten.

Einige Nächte im Winter sorgten für gehörige Aufregung und Gesprächsstoff, denn ein Bär trieb sein Unwesen im und um das Dorf. Das Raubtier brach nachts in die Ställe ein, tötete Vieh, ohne dass die betroffenen Bauern dies gleich bemerkten, geschweige denn verhindern konnten. Den Spuren nach war es ein mächtiges Tier. Aus einem unerfindlichen Grund war es offenbar ausgehungert, denn selbst Bären unterbrechen ungern ihre Winterruhe und verlassen ihren Unterschlupf. Mehrfach spürten die Jäger ihn in seinen Verstecken auf, trieben ihn in die Enge, doch das schlaue Tier entkam stets im tief verschneiten Wald, ohne dass ihn jemand zu Gesicht bekam. Nacht für Nacht kehrte er zurück und holte sich neue Beute. Angst begann um die Herdfeuer zu schleichen. Die Bewohner blieben in ihren Hütten, sobald die Dunkelheit hereinbrach – einfältige Geister unter ihnen vermuteten in dem Bär sogar einen bösen Dämon. Selbst die unerschrockenen Wachen am Südtor waren froh, das schützende Torhaus ungeschoren zu ereichen, wenn sie ihren Rundgang um den Wall beendet hatten.

Pona verfolgte die erfolglosen Bemühungen der Jäger mit Unbehagen. Sie entschloss sich, mit Iduras darüber zu beraten. Er hatte die meiste Erfahrung was die Jagd betraf. Nach kurzer Zeit hatten sie einen Plan ausgeheckt, wie sie das Tier zur Strecke bringen wollten.

»Jeder der Männer wird anpacken müssen. Eine gute Gelegenheit, den Gemeinschaftssinn zu erproben«, meinte Pona zu dem jungen Mann.

»Auf dem Wagenzug werden wir diesen noch oft beweisen müssen«, stimmte Iduras zu. »Einen Versuch ist es jedenfalls wert!«

Sie weihten Cavarinus in ihr Vorhaben ein und beschlossen, es mit einer Fallgrube und einem Köder zu versuchen – eine Methode, wie sie von den Jägern nur mehr selten angewandt wurde. Pona war bereit, eines ihrer Rinder dafür zu opfern. Iduras schlug vor man sollte die Kuh, auf einem erhöhten Podest inmitten der Fallgrube, an einem Holzgestell festbinden. Um das Podest sollten zugespitzte Pfähle im Boden eingegraben und die Fallgrube mit Ästen und Stroh abgedeckt werden.

»Das klägliche Gebrüll des Tieres und sein Geruch werden den Bär unweigerlich anlocken und so gierig machen, dass er alle Vorsicht fallen lassen wird«, redete sich Iduras in Begeisterung.

»Die Fallgrube sollten wir außerhalb des Dorfes anlegen, direkt vor der Wallanlage am Reitersattel. Der Bär kommt meist aus dieser Richtung. Sie muss tief genug sein, sodass er an den Wänden nicht hochklettern kann, sollte er nicht gepfählt worden sein. Da der Boden nur eine Elle tief gefroren ist, müssten die Arbeiten an einem Tag zu schaffen sein; wenn wir alle zusammenhelfen«, meinte er und sah Pona und Cavarinus erwartungsvoll an.

»Ein guter Vorschlag«, brummte Cavarinus.

»Die Holzpfähle werde ich zusätzlich mit eisernen Spitzen versehen, sie werden das Tier sofort töten«, fügte er nicht ohne Stolz hinzu.

Bereits am nächsten Tag setzten sie den Plan in die Tat um. Die Männer des Seerosendorfes arbeiteten mit Eifer am Aushub der Fallgrube, die zugespitzten und eisenbewehrten Pfähle wurden in den Boden gerammt und die Grube um das Podest mit Gesträuch und Schnee abgedeckt. Am Abend wurde die Kuh an dieses Gestell festgebunden und in eine Decke gehüllt. Iduras meinte dazu: »Stürzt der Bär in die Tiefe wird er nur die Decke zerfetzen, nicht aber das Fell des Tieres«.

Als sie die Kuh ihrem Schicksal überließen, tat sie allen leid, so erbärmlich brüllte sie. Doch ihr Leben war das Opfer für jenes der anderen in den Ställen.

An zwei Abenden trafen sie ihre Vorbereitungen, ohne Erfolg zu haben. Schließlich, in der dritten Nacht, begann die Kuh nach Mitternacht entsetzlich zu brüllen. Das gesamte Dorf wachte auf und die Männer eilten zur Fallgrube. Was sich ihren Augen bot war gleichermaßen schrecklich wie zufriedenstellend. Der Bär hatte, in seiner Gier nach der Kuh, tatsächlich die Abdeckung der Fallgrube betreten und war durchgebrochen. Noch im Sturz streiften die Pranken des mächtigen Braunbären zuerst die Decke von der Kuh ab, rissen Erdschollen aus dem Podest und er stürzte auf die Pfähle. Die Kuh geriet samt dem Gestell aus dem Gleichgewicht, rutschte mit der Erde nach unten, kam aber so auf, dass sie auf dem Körper des Braunbären zu stehen kam. Das völlig verängstigte Tier war nicht zu beruhigen und hörte nicht auf zu brüllen. Einem Menschen wäre es nicht anders ergangen, denn der Bär verbreitete einen widerwärtigen beißenden Geruch.

Quinus kletterte als erster in die Grube, legte seinen Mund an das Ohr des Rindes und begann es am Hals zu kraulen. Er erweckte den Eindruck, dass er mit dem Tier sprechen würde. Es war erstaunlich wie schnell die Kuh sich beruhigte und sich schließlich widerstandslos nach oben ziehen ließ – die Götter wollten offenbar, dass sie weiterleben sollte. Begeistert umstand das ganze Dorf die Grube und bewunderte im Fackelschein den mächtigen Bären.

Dieser gemeinsame Jagderfolg war willkommener Anlass für ein Fest am nächsten Abend, bei welchem dem Bärenbraten, Bier und Met in Mengen zugesprochen wurde. Natürlich konnte dabei das Geschehen bis ins kleinste Detail durchgesprochen und ausgeschmückt werden – wie es eben Keltenart war. So entstand eine weitere Geschichte über die erfolgreichen Jäger der Kelten vom Seerosenhügel, die man späteren Generationen erzählen konnte – vor allem von Iduras, dem schlauen Bärenjäger.

Pona und Quinus ließen sich von der allgemeinen Fröhlichkeit anstecken und unterbrachen ihre Studien. Wie alle Dorfbewohner aßen sie an diesem Abend reichlich von dem wohlschmeckenden Braten, tranken Bier und durchbrachen die manchmal noch vorhandene, unsichtbare Grenze zwischen den Menschen des Dorfes und ihnen.

Austreibung der Dämonen

Der Winter löste nur widerwillig seine eisige Umklammerung vom Land an der Isura. Der Schnee begann zu schmelzen, auf sonnenzugewandten Hängen tauchten bereits braune Grasflecken auf, die Eisnasen an den Traufen der Dächer begannen zu tropfen und fielen schließlich zu Boden, die Brunnentröge tauten auf und vor den Stromschnellen der Ampurnum türmten sich Eisschollen auf, die sich vom Ufer gelöst hatten. Zögernd blinzelten die ersten Blüten des Winterlings und der Milchblumen zwischen den Schneeflächen hervor und zeigten, dass die Erdgeister wieder aufgewacht waren und sich bereits in ihren Höhlen räkelten.

Nach keltischer Vorstellung war es auch an der Zeit, dass die Menschen etwas taten, um die dunklen und bösen Dämonen des Winters zu vertreiben. Bei den Mittleren Vindelikern war es üblich, dass in der Zeit des sterbenden Winters und keimenden Frühlings, sich die jungen Männer in Fantasiewesen verwandelten. Sie stülpten sich Masken über und zogen unter Geschrei und Waffengeklirr durch die Dörfer, um die bösen Geister des Winters zu verjagen.

»Natürlich werden die jungen Männer wieder allerlei Scherze treiben«, bedeutete Quinus mit seinen Händen, als in einer dieser Nächte das Dorf von den Umtrieben und dem Geschrei der Jungen nicht zum Schlafen kam. Quinus verdrehte seine Augen bedenklich und schüttelte seinen Kopf.

»Auch ich bin deiner Meinung, was du über dieses Treiben denkst, Quinus. Längst ist dieser Brauch dem eigentlichen Ansinnen der Menschen entglitten«, sagte Pona, »hat seine ursprüngliche Bedeutung verloren. Es ist das Gleiche, wie es mit den Göttern geschah.«

»Den jungen Männern geht es jetzt vor allem darum, sowohl einer verehrten jungen Frau oder einem ungeliebten Nachbarn, vielleicht einem Konkurrenten gehörigen Schrecken einzujagen. Aus dem Ritual, die bösen Dämonen des Winters zu vertreiben, ist ein Brauch geworden, dessen Ursprung sie zum Teil nicht mehr kennen; aber sie haben Spaß daran. Warum nicht, besser jedenfalls, als sich heimlich bei einem Totenkopfritual zu treffen – wie es früher üblich war – und einer der Gefangenen ist spurlos verschwunden.«

Das muntere Treiben nahm auch in diesem Jahr seinen Anfang vor dem Tempel. Pona bespritzte die Masken mit dem Blut eines hierfür geopferten Schafes. Als die buntgekleidete, schrecklich anzusehende Schar zur Weihe an ihr vorbeischritt, musste sie neidlos anerkennen, dass sich die jungen Männer erneut selbst übertroffen hatten.

»Welch fantasievolle Masken und Fratzen ihnen wieder eingefallen sind, man könnte wirklich Angst davor bekommen!«, dachte Pona belustigt.

»Wenn es ihnen Vergnügen bereitet, warum nicht! Jedenfalls sind sie schöner und kunstvoller gestaltet als das, was auf den Stelen um den Tempel zu sehen ist.«

In den nächsten Tagen kamen die Bewohner der Dörfer an der Isura nicht mehr zur Ruhe. Die jungen Männer zogen zum Fluss, durch die Wälder – und immer wieder durch die Dörfer. Sie wollten überall dort, wo sie böse Geister vermuteten, diese mit ihren eigenen Abbildern erschrecken, damit sie das Weite suchten. Das Schreien und Hohnlachen der Burschen hinter den Masken sollte ihre Angst steigern.

Viele Winternächte hatten die jungen Männer damit verbracht, an diesen Masken zu arbeiteten. Sie hatten sie geschnitzt und bemalt und ihre Kleidung für die Geistervertreibung vorbereitet. Nur diejenigen Burschen, welche sich hinter einer dieser Masken verbargen, wussten auch, wer hinter den anderen Fratzen steckte.

Wie es üblich war trafen sich die jungen Männer nach ihrem wilden Treiben in verborgenen Hütten irgendwo im Wald oder am Fluss. Mit Begeisterung feierten sie die gelungene Vertreibung der Geister, denn dass die bösen Dämonen vor ihnen das Weite gesucht hatten, davon waren sie fest überzeugt. Hatten sie nicht in der Ferne das Gepolter eiliger Schritte gehört und die gequälten Schreie der Dämonen? Dass es die Schreie anderer Gruppen gewesen sein könnten, spielte bei diesen Überlegungen keine Rolle. Dafür sorgten große Vorräte an Bier.

Die Masken wurden nach drei Tagen unter frenetischer Begeisterung verbrannt und Freudentänze um das Feuer vollführt. So hatten es die Kelten seit Generationen gehalten und es war, wie viele ihrer Bräuche, eine Vermischung ihres Willens und dem der Götter.

Wenn nach diesen Nächten die jungen Männer in die Dörfer zurückkehrten waren sie übermüdet und erschöpft. Dies sei ein gutes Zeichen wurden sie von Dorfbewohnern gelobt, denn sie kamen als Sieger zurück und hatten sich, in diesen anstrengenden Tagen der Jagd auf die Geister, für das Dorf verausgabt. So gab es nach diesen Nächten wieder einmal nur Sieger, wie so oft bei den Kelten.

Die Versammlung im Nemeton

Dass Pona zur Hochweisen der Mittleren Vindeliker und damit zur Nachfolgerin ihres Mannes gewählt wurde, war ein höchst ungewöhnlicher Vorgang an der Isura. Soweit man zurückdenken konnte wurden nur Druidinnen gewählt, die aus dem Dorf am Seerosenhügel stammten. Unter dem Eindruck der vielfältigen, zum Teil gefährlichen Entwicklungen um ihr Siedlungsgebiet, empfanden nicht nur die Druiden, sondern die meisten der Edlen und Dorfältesten der Mittleren Vindeliker, dass außergewöhnliche Umstände außergewöhnlicher Entscheidungen bedurften.

In den zahlreichen Versammlungen nach der Wahl machte der Druidenrat Pona unmissverständlich klar, dass von ihr erwartet – und ihr das auch zugetraut wurde – Indobellinus' Vermächtnis zu verwirklichen. Die Druidinnen machten ihr auch deutlich, dass sie als Fürstin ihre Tochter für kommende Aufgaben vorzubereiten hatte, damit sie einst in der Lage sein könnte, das Vermächtnis ihres Vaters weiterzuführen. Ein entscheidender, wenn nicht der entscheidende Grund ihrer Wahl war aber, und dies formulierte vor allem Casina deutlich, dass – entsprechend Indobellinus' Vermächtnis – beim Aufbruch des Stammes nur Pona die geeignete Führerin sein konnte. Sie hatte unschätzbare Erfahrungen beim Wagenzug der Boier gesammelt und verfügte über Beziehungen zu den Tribokern am Rhenos, wo ihr Stamm eine neue Heimat gefunden hatte.

Gerne hätte Pona den Heiler Quinus im Druidenrat gesehen. Gerade in dieser Zeit, in der viel über den Exodus gesprochen wurde, wäre ein weiterer Ratgeber im Druidenrat von Vorteil gewesen. Quinus hatte Pona jedoch vermittelt, dass er als stummer Mann nicht für den Rat geeignet sei, denn dort hätte nur das klingende Wort Bedeutung. Seine Zeichensprache würde nur Pona verstehen, vielleicht noch Casina, und das könnte Anlass zu Misstrauen geben. Auch der Druidenrat bedauerte die Ablehnung des schwarzen Heilers. Dieses Bedauern beruhte auf einer Mischung aus Bewunderung seiner Heilkenntnisse und der menschlichen Zuneigung, die man ihm als eindrucksvolle und kluge Person entgegenbrachte. Quinus erklärte, er werde Pona und dem Druidenrat gerne mit Rat und Tat zur Seite stehen, wann immer sie dies für erforderlich hielten – doch nur außerhalb des Druidenrates. Ganz zufrieden darüber waren natürlich die jungen Druidinnen nicht, denn Quinus war ein Mann, der das Herz einer Frau höher schlagen lassen konnte.

Über den nächtlichen Besuch Casinas und das vorgetragene Ansinnen des Druidenrates sprach niemand. Pona hatte allerdings das Gefühl, dass man sie genau beobachtete, ob sie erste Schritte dazu unternahm. Pona ertappte sich dabei, dass sie die jungen Männer des Dorfes aufmerksamer als bisher beobachtete, als würde sie insgeheim nach einem geeigneten Lebenspartner Ausschau halten. Auch keiner der jungen Männer näherte sich ihr auf irgendeine Weise die erkennen ließ, dass er für sich warb, um ihr zu zeigen, dass er die richtige Wahl wäre. Dies war Pona nur recht. Sie konnte dieses Thema fürs erste auf die lange Bank schieben und musste keine Entscheidung fällen. Früher oder später würde der Druidenrat das Thema ohnehin wieder an sie herantragen. Sie erinnerte sich an Quinus Worte nach dem Besuch Casinas, dass sie auf den Richtigen in naher Zukunft treffen würde.

Die Verhältnisse am Rhenos erwiesen sich als stabil und sicher – wie Quinus berichtet hatte und auch die neuesten Nachrichten der Boier vom Rhenos. Deshalb könne auch der Stamm der Mittleren Vindeliker, unter Ponas Führung, den Exodus wagen. Was viele beruhigte, andere allerdings beunruhigte: Schließlich begäbe man sich unter den Schutz der Römer.

Einige Druidinnen träumten sogar davon, auf die grüne Insel im Nordmeer weiterzuziehen, dort wäre Platz für alle und man müsste weder Germanen noch Römer fürchten.

Bereits während des Winters hatte man in den Dörfern um den Seerosenhügel zahlreiche Versammlungen abgehalten. Viele Zusammenkünfte folgten, manchmal wurden die Druiden zu einzelnen Clans eingeladen, die das Vorhaben aus erster Hand erfahren wollten. Die Druiden und Druidinnen erklärten den Bewohnern geduldig, warum man zu diesem Entschluss eines Wagenzugs nach Westen gekommen war und was die Götter von ihnen gefordert hatten. Fragen wurden beantwortet und Befürchtungen zerstreut, dabei blieben die drohenden Gefahren nicht unerwähnt, bliebe man hier. In zunehmendem Maße erregten sich die Gemüter in den Dörfern der Mittleren Vindeliker über diesen großen Zug nach Westen, der von den Göttern befohlen worden war. Es bildeten sich Parteien, leidenschaftliche Diskussionen wurden geführt, doch sie endeten immer wieder bei den äußeren Gefahren, die harte Realität waren und welche die Menschen unerbittlich auf sich zukommen sahen. Einig war man sich darüber, dass der Druidenrat das Für und Wider sorgfältig abgewogen hatte.

Dass sich die Dorfräte in den meisten vindelikischen Dörfern von der Notwendigkeit des Exodus überzeugen ließen, war ein Ergebnis dieser unermüdlichen Überzeugungsarbeit von Pona und ihren Druidinnen. Ein Erfolg, der nicht unbedingt zu erwarten war. Einige der Edlen und Dorfvorsteher zögerten zwar immer noch, doch die ansässigen Druiden hatten die Bauern und Handwerker bereits überzeugt. Damit sich auch die

Dorfherren mit ihrem Anhang dieser Mehrheit noch anschließen würden, bedurfte noch vieler zermürbender Beratungen; dessen waren sich die Druiden des Seerosenhügels als Meinungsführer bewusst.

Die Zeit schien Pona reif, dass eine Versammlung aller Clanführer, Dorfältesten, Räte und Druiden – der Große Rat – einberufen werden sollte, um eine endgültige und bindende Entscheidung für alle herbeizuführen. Diese Zusammenkunft sollte, wie alle Versammlungen des Großen Rates, im Ampurnumhain stattfinden, dem bedeutendsten Nemeton des Stammes, einem von uralten Eichen beschirmten heiligen Platz. Dieser Versammlungsplatz lag direkt am Steilufer über dem Zusammenfluss der beiden Flüsse und wurde, wie eine Burganlage, von einem Ringwall geschützt. Im Westen, an den Höhenzügen oberhalb des Platzes, verlief die uralte Salzstraße, die von den Blauen Bergen bis zum Danuvius und weiter nach Norden führte.

Möglicherweise würde dies, so dachte Pona, die letzte große Versammlung in diesem Nemeton sein, sollte ein entscheidender Beschluss über den Exodus gefasst werden. Alle Hoffnungen lagen auf Pona. Nur sie könnte mit ihren überzeugenden Argumenten und ihrer Erfahrung die Unentschlossenen überzeugen. Sie selbst war sich ihrer entscheidenden Rolle durchaus bewusst. Dass der Entschluss zu diesem Exodus bereits von Indobellinus geplant wurde, war allgemein bekannt und würde Pona bei der Überzeugung der unentschlossenen Fürsten und Dorfältesten helfen. Letztlich war es aber dem Großen Rat der Mittleren Vindeliker vorbehalten, darüber abzustimmen. In ihm waren alle Edlen des Landes, die Dorfältesten und Räte, die Clanführer und Druidenräte vertreten.

Die Sonne strahlte am Tag vor der Versammlung warm vom wolkenlosen Himmel, nur im Norden zeigte sich ein feiner Wolkenschleier. Der Südwind hatte in den letzten Tagen an Kraft zugenommen, und er bescherte dem Land milde Frühlingstage. Pona beschloss, zum Grabhügel von Indobellinus zu reiten, wie sie es in den letzten Wochen fast täglich tat. Siane saß vor ihr auf dem Pferd. Ihr war bewusst, dass diese Besuche ihr schrittweiser Abschied von Indobellinus waren. Und sie wusste auch, dass ihr einige Krieger des Seerosendorfes, unter Führung von Iduras, unauffällig folgten.

Während des Rittes löste sie die Fibel von ihrem Umhang und streifte ihn von den Schultern, denn es war warm geworden. In Gedanken starrte sie auf ihre Schuhe an den Flanken des Pferdes und überlegte, dass sie mit diesen die lange Wanderung nach Westen antreten würde und sie für sich und Siane unbedingt einen Vorrat zulegen musste. Pona lächelte über ihre eigennützige Sorge. Mit den Schuhen war es wie mit allem was verschleißen würde das für den Wagenzug bevorratet werden musste. Im Gegensatz zu früher empfand sie alle Überlegungen und Vorbereitungen – im Zusammenhang mit dem Exodus – nicht mehr als Last, denn sie wusste, dass Quinus an ihrer Seite war und Menschen wie Casina einen Teil der Verantwortung übernommen hatten.

Pona sprang vom Pferd, half Siane vom Pferd, schlüpfte behände aus ihren Schuhen und knüpfte sie an ihren Gürtel. Barfuß stapfte sie durch das saftige Gras zum Kronenstein des Grabes hoch, dabei beobachtete sie versonnen ihre Tochter, die fröhlich vorausgehüpft war. Als Pona oben ankam spielte das Mädchen bereits neben dem Kronenstein, kicherte vor sich hin, wenn sie einer Biene nachtapste und diese immer wieder zu einer anderen Blume weiterflog. Schließlich pflückte die Kleine einen Blumenstrauß und legte ihn auf den Kronenstein des Grabes.

»Für meinen Vater«, meinte sie treuherzig und deutete nach unten. Pona musste Siane immer wieder erzählen, wie es war, als sich ihr Vater zum Schlafen in diesen Hügel niederlegte, um sich vor der Wanderschaft in eine andere Welt auszuruhen.

»Was hast du ihm zum Essen mitgegeben?«, fragte Siane.

»Wird es ihm reichen?« Pona lächelte über die Fürsorge ihrer Tochter.

»Natürlich Siane, es wird reichen und damit du ganz beruhigt bist, werden wir künftig eine Schale mit Essen auf dem Hügel hinterlassen. Am nächsten Tag sehen wir, ob er etwas davon gegessen hat. Vielleicht will er zur Abwechslung etwas frisch Gekochtes aus unserer Küche essen. Wenn nicht, nehmen wir es wieder mit zurück.« Pona wusste, dass Vögel oder Eichhörnchen, vielleicht auch Hasen oder Igel sich an dem Essen gütlich tun würden und am nächsten Tag nichts mehr übrig bliebe.

Pona schmerzte die Vorstellung, dass sie das Grab ihres geliebten Indobellinus zurücklassen müsste, das für sie und ihre Tochter Siane ein Symbol der Zusammengehörigkeit mit ihm geworden war. Ob sie zum Grab kamen oder es wieder verließen, immer wieder betrachtete sie den Grabhügel, streichelte mit ihren Augen seine Konturen, und träumte von der glücklichen Zeit mit Indobellinus. Mit Indobellinus Seele nicht mehr in Kontakt treten zu können, davor hatte sie keine Angst. Er lebte in Siane weiter und in ihr; und da war noch ihr Seerosenamulett, das Symbol ihrer Gemeinsamkeit. Mit ihm würde sie Kontakt zu Indobellinus aufnehmen können, seine unsichtbar vorhandenen Gedanken und seine Liebe darin fühlen. Ihr Blick glitt den Hügel entlang und sie wusste, dass er in diesem Augenblick bei ihnen war.

»Es ist sein Vermächtnis«, dachte sie, »welches ich zu erfüllen habe – und mein eigener Wille!«

Pona atmete tief durch. Sie beobachtete die spielende Siane, die vor einigen Tagen damit begonnen hatte Blumen im Wald auszugraben und auf dem Hügel zu pflanzen. Gedankenverloren folgte sie dem Flug eines Vogelschwarms der, vor dem Hintergrund der Blauen Berge, kreischend von Osten nach Westen flog.

»Auf bestürzende Weise ähnelt die Entwicklung hier an der Isura jener am Danuvius von damals! Auch dort ließ ich geliebte Menschen in Gräbern zurück«, dachte sie.

Pona nahm ihre Tochter an der Hand und wanderte zum Pferd zurück, wobei Siane einen großen Strauß Blumen pflückte. »Für Quinus?«, fragte sie die Kleine, die strahlend nickte.

Bereits seit dem frühen Morgen trafen die Abordnungen der Dorfgemeinschaften und Edlen der Mittleren Vindeliker im Nemeton ein. Der sanft ansteigende baumlose Hang am Zusammenfluss von Ampurnum und Isura, bis hoch zur Salzstraße im Westen, glich einem Heerlager. Jede Gruppe hatte einige Krieger mitgebracht. Sie lagerten hier und wachten über ihre Herren; man wusste in diesen unsicheren Zeiten nie, was überraschend eintreten könnte. In den letzten Wochen waren abgelegene Höfe zwar nicht mehr überfallen und angezündet worden, man sprach auch nicht mehr von nachts auftauchenden berittenen Trupps, deren Herkunft niemand zu erklären wusste, doch es gab genügend Banden, welche die Gegend unsicher machten.

Pona saß am frühen Morgen mit Quinus und Casina zusammen. Sie gingen den Ablauf der Ratsversammlung durch, teilten die Tempelwache ein, gingen die Listen durch, wer für die Bewirtung zuständig war und wer für die Musik in den Pausen. Unmittelbar danach ritten sie zum Nemeton.

»Es wird nicht leicht werden, diese eigensinnigen und stolzen Edlen auf unsere Linie zu bringen!«, dachte Pona, während sie in Gedanken die nickenden Kopfbewegungen ihres Pferdes verfolgte.

»Vieles wird von mir abhängen!« Gelöst strich sie über ihr straff nach hinten gekämmtes Haar.

Sie erreichten das Nemeton und übergaben ihre Pferde den Tempeldienern. Casina verschwand in einem angrenzenden Gebäude. Sie war für den Ablauf der Ratsversammlung verantwortlich und hatte noch einiges vorzubereiten. Pona suchte mit Quinus den Versammlungsraum auf, wo sie sich niederließen. Seufzend streckte sich Pona auf einem der etwas erhöht stehenden Stühle des Druidenrates aus und blickte auf die noch leeren, ringförmig um einen Opferaltar angeordneten Bänke für die Druiden. Die Kultstätte war provisorisch überdacht, Fackeln steckten in Halterungen und mehrere Feuerkörbe standen bereit, die bei Bedarf entzündet werden konnten.

Pona blies ihre Atemluft hörbar aus und sah auf Quinus.

»Das war also unser letzter Winter an der Isura, Quinus!«, sagte sie bedrückt und bewegte ihre Hände.

»Zum letzten Mal sehen wir nun die Bäume grünen, die herrliche Blütenpracht in den Auen und in unseren Obstgärten, die grünenden Felder, welche die zu erwartende Ernte erahnen lassen. Im Herbst wird sie noch einmal eingebracht – vom Feld direkt in die Vorratswagen des Wagenzuges eingelagert. Dann brechen wir auf. Ach Quinus! Je mehr die Zeit sich diesem Tag nähert, desto mehr bedeutet mir das alles hier und ich beginne darüber nachzudenken, was danach sein wird. Manchmal quälen mich Zweifel, ob wir das Richtige tun!«

»Lieben heißt auch irgendwann loslassen müssen, wenn die Zeit reif ist«, gestikulierte Quinus. »Lässt du nicht los, kannst du daran zerbrechen – das solltest du besser wissen als ich, Pona.» Sie nickte abwesend.

Ihr Blick glitt von den Stelen am Opferaltar, mit ihren so einfach wirkenden Fratzen, hinunter zum Tal der beiden Flüsse. Sie sah zu den Stromschnellen der Ampurnum, deren moordunkles Wasser sich in das Grün der Isura ergoss und schäumend vermischte. Sie sah die Fische, welche die Stromschnellen hinaufsprangen und die Vögel, die diese willkommene Beute geschickt in der dampfenden Luft auffingen. Ein Gefühl des Bedauerns kam in ihr auf, ein Gefühl, erneut entwurzelt zu werden.

Quinus beobachtete Pona und bedeutete mit seinen Händen: »Wir beide haben das alles bereits einmal erlebt. Eigentlich sollte es nicht mehr schmerzen, doch auch mich bedrängen die gleichen Gedanken wie damals. Über viele Jahre und Generationen hat dieses Land eine friedliche Entwicklung der Dorfgemeinschaften erlebt, in denen sich die Menschen mit dem Land, seinen Möglichkeiten und den Eigenheiten der Natur in Einklang gebracht haben. Und nun das!« Pona verfolgte aufmerksam die stumme Zeichensprache des Heilers.

»Ja, Quinus, bei manchen wird der Eindruck entstehen, dass wir all das hier leichtfertig aufgeben. Entsprechend hartnäckig wird ihr Widerstand sein.«

»Niemand wird so denken!«, zeigte Quinus mit seinen Händen an.

»Was den Widerstand betrifft gebe ich dir allerdings Recht, Pona, es sind Gründe die du kennst. Vor allem gegenüber den Edlen wirst du deine ganze Wortgewandtheit und Überzeugungskraft aufbringen müssen, um die Versammlung von der Richtigkeit dieses Exodus zu überzeugen. Bleibe unnachgiebig und hart. Sie schätzen Führungsstärke und die könnte diesen oder jenen der Edlen und Dorfräte für uns gewinnen. Sollte der Rat dagegen stimmen, werden wir vom Seerosendorf dieses Land dennoch verlassen – das Orakel gebietet es. Vielleicht ziehen noch andere mit uns an den Rhenos, wer weiß es. Die Uneinsichtigen können von mir aus hierbleiben. Wenn sie die Gefahren nicht sehen wollen, müssen sie diese eben an ihrem eigenen Leib verspüren. Ich weiß, meine Worte sind hart, aber auch richtig. Die Allmächtige möge mir verzeihen!«

Pona strich mit der linken Hand über ihre goldene Halskette und nickte. Sie ließ die Hohlbuckel, einen nach dem anderen, durch ihre Finger gleiten, so als suchte sie Argumente in ihren feinen Gravierungen.

»Wenn wir von hier wegziehen, wer wird dieses herrliche Land nach uns bewohnen?«, griff Pona einen anderen Gedanken auf, der sie bewegte.

»Würden diese Menschen die Hinterlassenschaft der keltischen Vindeliker so pflegen wie diese es getan haben? Die vielen Viereckschanzen, die Tempel, die Handelswege entlang der Hochufer von Isura und Ampurnum, die Floßanlegestellen, Felder und Lehmgruben, die Stelen auf den Feldern, die besondere Kenntnis des Ackerbodens, an welcher Stelle welche Frucht am besten gedeiht, all das was sie hier geschaffen hatten? Welches Volk wird das alles nach uns für sich nutzen?«

»Einige Menschen werden zurückbleiben«, bedeutete ihr Quinus mit seinen Händen.

»Vor allem die Bewohner abgelegener Weiler und alte Menschen. Sie erhoffen ihr Überleben in abseits gelegenen Orten jenseits der Isura und Ampurnum. Vielleicht auch jene, die sich nicht von ihren seit Generationen bewirtschafteten Äckern trennen können, von ihren Häusern, eben allem was ihr Leben hier ausmacht.«

»Ein Stück Bequemlichkeit ist sicherlich dabei«, führte Pona diesen Gedanken weiter, »und natürlich eine Überheblichkeit, wie wir sie auch bei den Boiern gesehen haben. Welch einfältige Gedanken, dass sich niemand mit ihnen messen könne, sie unbesiegbar wären und mit Geld einiges regeln könnten.«

Pona sah durch die Menschen hindurch, die sich inzwischen in den Versammlungsraum hereindrängten.

»Die gerodeten Lichtungen auf den Hügeln und in den Auen wird der Wald wieder verschlingen, das Ackerland wird wieder zu ihm zurückkehren«, sagte sie traurig zu Quinus und fügte hinzu:

»Viel schneller, als es den Menschen der Treb, diesen vor vielen Generationen hier eingetroffenen Gemeinschaften rodender Stämme gelungen ist, den Ackerboden und das Weideland dem Wald und den Sümpfen abzuringen.«

»Über eine Lichtung müssen wir uns jedenfalls keine Gedanken machen«, warf Pona ein, »nämlich über unseren Weinberg. Längst ist dessen Wein so beliebt geworden, dass sich irgendjemand finden wird, diesen weiter zu pflegen und zu ernten – vielleicht werden es sogar Römer sein. Wer weiß!« Sie schwiegen.

Mittlerweile hatte sich die Versammlungsstätte fast vollständig gefüllt. Pona kehrte zögernd in die Realität des Nemeton zurück. Tempeldiener hatten Weihrauchschalen entzündet, deren Schwelrauch einen angenehmen Geruch verbreitete. Einige Dorfherren, die das Nementon gerade betraten, winkten ihr freundlich zu. Sie lächelte zurück und dachte dabei, dass sie anschließend um dieses Vorhaben ringen und dass die Männer dann nicht mehr lächeln würden. Sie presste ihre Lippen aufeinander: »Ich werde hart und unnachgiebig bleiben, wie ein siebenfach geschmiedetes Schwert.«

Pona dachte an den Ablauf der Beratung, der in den gleichen Regeln folgen würde wie bei ähnlichen Anlässen. Man schlachtete ein Opfertier, wie es vor allen wichtigen Beschlüssen der Fall war, vermutlich würde es ein Eber sein. Das Tier wurde vom Druidenrat entsprechend der Bedeutung dieser bevorstehenden Entscheidung ausgewählt. Die Druiden würden aus dem Blutfluss und den Eingeweiden die Zeichen der Götter suchen und Antworten finden, den Rat der Götter dem Zweck entsprechend auslegen. Die Deutungsgedanken der Druiden und Seher waren so in sich selbst verschlungen, dass niemand diesen folgen und daher an deren Richtigkeit zweifeln könnte.

»Haben wir Druiden uns einmal ein Ziel gesetzt, lesen wir die Zeichen entsprechend und sagen das Beabsichtigte voraus – immerhin soll es die beruhigen, welche sich bereits für den Wegzug entschieden haben«, dachte Pona und schämte sich gleichzeitig bei diesen Gedanken.

»Das Ziel heiligt die Waffe, mit welcher man kämpft!«, beruhigte sie sich und starrte mit leerem Blick auf den Opferaltar.

Inzwischen hatten sich die Ratsmitglieder vollständig eingefunden. Als Letzte kam Casina und nahm neben Pona Platz. Vorsichtig zupfte sie an deren Druidenmantel. Pona sah man an, dass sie nicht ganz bei der Sache war. Nur zögernd löste sie sich aus ihren Gedanken, die sie bereits seit Wochen beschäftigten und kehrte in die Wirklichkeit zurück.

Das Ritual erfolgte in der bekannten Art und Weise, nur dass der Eber diesmal fürchterlicher schrie, auch dann noch, als sein abgetrenntes Haupt vom Opferstein auf den Altar rutschte. Die Fürsten und Edlen waren bestürzt. Sie sahen darin ein alarmierendes Zeichen für Gefahren, die den Wagenzug betrafen. Pona aber konnte nur das mangelhafte Geschick der Druidin registrieren, welche die Tötung vorgenommen hatte. Pona schritt danach mit den anderen Druiden zum Opferaltar, nahm eine Schale des aufgefangenen Blutes an sich und schüttete den Inhalt in den Staub vor dem

Sockel, des aus losen Steinen gefügten Altars. Zum Schein studierte sie, angewidert von diesem einfältigen Zeremoniell, die sich abzeichnenden Muster, welche das Blut im Staub des Bodens beim Gerinnen annahm.

Sie beobachtete gelangweilt die aufsteigenden Blasen, die sich beim Ausgleich der Temperaturen von Staub und Blut bildeten. Nach einer gebührenden Zeit setzte sie sich wieder auf ihren Platz, dabei verlieh sie ihrem Gesicht einen wissenden und entschlossenen Ausdruck, so als hätte sie in diesem Moment ein Zeichen der Götter erkannt. Pona hatte den Schwall Blut so geworfen, dass sich dieser nach Westen hin ausbreiten musste und in einer Vielzahl von Armen und Adern in diese Richtung wies. Casina beobachtete sie, wohl bemerkend, dass sie nicht ganz bei der Sache war. Pona wusste seit einiger Zeit, dass auch Casina den Zeichen der Götter aus diesem Blutopfer keine Bedeutung mehr beimaß.

Danach zog der Rat der Druiden feierlich in das Tempelinnere. Casina lächelte sie verständnisvoll an, als sie nebeneinander das Innere des Tempels aufsuchten, denn zuerst musste sich der Druidenrat über diese Zeichen eine Meinung bilden.

In diesem aus Holz errichteten Gebäude waren sie unter sich. Niemand anderer hatte Zutritt. Sie tauschten ihre Beobachtungen und Deutungen aus und versuchten eine gemeinsame Meinung zu finden, die sie dem Rat mitteilen wollten. Es lag nun an Pona, ihre Beobachtungen und Deutungen zu einer gemeinsamen Aussage zu formen. Letztlich war ihre Auslegung ausschlaggebend, wie sie die Zeichen las und welchen Fingerzeig der Götter sie daraus ableitete. Sobald sie eine Empfehlung ausgesprochen hatte, gab es daran nichts mehr zu rütteln.

Die meisten der Druidinnen sahen ähnliche Zeichen wie sie. So fiel es Pona leicht, eine gemeinsame Deutung zu finden, welche den Willen der Götter ausdrückte.

Nachdem sie die Meinungen der Druidinnen ruhig angehört hatte erhob sich Pona. Sie streckte ihre Arme zum Himmel, wandte ihr Gesicht nach oben und rief: »Die Götter haben über das Blut zu uns gesprochen. Es ist ihr Wille, das Volk der Mittleren Vindeliker auf dem großen Zug zu begleiten, der untergehenden Sonne entgegen.«

Sie musterte die Gesichter der Männer und Frauen, suchte in den Augen der versammelten Druiden Vorbehalte oder Ablehnung, doch sie gewahrte nur Zustimmung.

»Sie haben sich von ihren eigenen Überlegungen leiten lassen«, dachte Pona, »eine derartige Übereinstimmung kann nicht aus den Zeichen des Blutes stammen.«

Casina lächelte hintergründig. In Pona stieg eine seltsame Unsicherheit auf: »Hatte diese erfahrene Frau ihre Gedanken durchschaut? Warum auch nicht«, beruhigte sie sich, denn sie wusste Casina als Verbündete.

Als der Druidenrat in den Versammlungsraum zurückkehrte und Platz genommen hatte, gab Pona die Deutungen der Druiden bekannt. Sie erläuterte der Versammlung die von den Göttern gegebenen Zeichen: »Es drohen tödliche Gefahren, welche auch die Götter gesehen haben!«, rief Pona. »Der einzige Ausweg, den sie uns empfehlen ist das Land hier zu verlassen!«

Ein Raunen ging durch den Rat. Stimmen erhoben sich, die sich dieser Meinung nicht anschließen wollten, die andere Deutungen für möglich hielten, andere Zeichen gesehen hatten. So sei der Klagelaut des Ebers der entsetzte vorweg genommene Schrei des Volkes gewesen, wenn man ihnen diesen Wagenzug nach Westen zumuten würde, argumentierte einer der Edlen. Ein anderer meinte, man solle alle wehrfähigen Männer unter Waffen sammeln, gegen die Germanen im Norden in den Krieg ziehen und nachdem man die Germanen besiegt hätte, gegen die Römer zu Felde ziehen.

»Wer soll diese Kriegszüge bezahlen?«, gaben weitere zu bedenken.

»Wissen wir denn, wieviele der Germanen in den Wäldern und Bergen hinter dem Danuvius lauern und wo wir sie suchen müssen?«, warf ein Dorfherr von der Ampurnum ein.

»Es könnten einige Zehntausende von Kriegern aufgeboten werden«, ergänzte der Fürst eines Dorfes vom Oberlauf der Isura.

»Mit dieser Streitmacht würde man jeden Gegner besiegen«, argumentierte ein Dorfältester namens Limerix stolz. Er vertrat einige Dörfer und Weiler östlich der Isura, mit dem Hauptort Uartigenum.

»Die Römer können wir nicht besiegen, gegen ihre Macht haben wir keine Chance«, meinte Fürst Kendon aus dem Norden, aus einer Siedlung namens Lankidium. Wenn nicht einmal die Arverner und andere mächtige Stämme im Westen die Römer besiegen konnten, wie sollten wir das bewerkstelligen?«

»Man kann mit ihnen verhandeln. Geld bedeutet für sie vor allem Macht. Warum müssen wir hierzu an den Rhenos ziehen?«, ließ sich der Edle Virtin vernehmen, er stammte aus dem Ort Ecin von der südlichen Isura.

Pona musste über diese naiven Vorstellungen innerlich lächeln. Sie konnten nur den Gedanken dieser weltlichen Herren entspringen, die alle Probleme mit Waffengewalt oder Geld lösen wollten. Ihre Worte waren ein Spiegelbild dessen, wie sich diese Männer im Leben verhielten. Wusste sie nicht besser darüber Bescheid? So wie damals, als es darum ging, wie mächtig die Daker waren, welche ähnlich denkende Männer der Boier besiegen wollten. Als diejenigen Führer der Boier bemerkten, wie zahlreich ihre Feinde waren, kam diese Erkenntnis für viele Menschen zu spät. Nicht anders würde es sich mit den Germanen oder Römern verhalten.

Diesen Männern, die gegen den Zug nach Westen argumentierten, ging es vor allem um ihren Besitz an Wäldern und Äckern, an den Goldwaschrechten, an dem erworbenen Hab und Gut und an Pachtzinsen. Schlichtweg um Geld und ihren über Generationen erworbenen Einfluss. Sie rechneten mit hohen Kosten für den Unterhalt ihres Gesindes und der vielen Unfreien, die sie auf dem Zug nach Westen versorgen mussten. Hier, im angestammten Land, ernährten sich diese Unfreien zum Teil selbst, fraßen das Vermögen ihrer Herren nicht auf und waren daher keine große Last.

Für allgemeine Heiterkeit sorgte der Einwand, dass man am Rhenos kein gutes Bier brauen könnte, da die grünen Aromazapfen dort fehlen würden.

»Ihr könnt einige Pflanzen davon mitnehmen«, meinte ein anderer, »und weniger von euren Fellen, die könnt ihr an mich verkaufen.«

Erregt sprang der so Beratene aus Auklan auf und griff an seinen leeren Gürtel.

»Wie gut, dass ich verfügt habe, niemand dürfe bei den Beratungen eine Waffe tragen«, dachte Pona, als sie die Drohgebärden der kampfbereiten Kontrahenten registrierte.

»Sie kannte den Jähzorn, der manchem der Ratsmitglieder den Verstand vollends rauben konnte, fühlte er eine Waffe in seiner Hand.«

Nachdem Pona die endlosen Reden und die sich wiederholenden Argumente ruhig angehört hatte, beendete sie mit einer Handbewegung die Wortgefechte. Rasch beeilte sich der Edle Grigio noch einen aberwitzigen Vorschlag zu unterbreiten. Man solle doch, so Grigio, den Göttern ein Menschenopfer bringen. Es wären genügend Gefangene in Gewahrsam. Bei einer so wichtigen Entscheidung sollte man doch eine Ausnahme machen. Je nachdem, welchen Gott man damit befragen wollte, könnte einer von ihnen erhängt, ersäuft oder verbrannt werden.

Ohne auf eine Reaktion des Rates zu warten, erhob sich Pona zornig und ihre Stimme sprang wie ein kampfbereiter Wolf in die Runde: »Wir haben diesen Menschenopfern seit Oxina, Indobellinus' Mutter, abgeschworen. Aus dem zuckenden Körper eines Menschen werden wir keine Zeichen lesen, nur seine Angst vor dem Tod. Das Opfer eines Menschenlebens ist für uns und die Götter unannehmbar. Ich verbiete es! Sollte jemand es wieder wagen, einen derartigen Vorschlag zu unterbreiten oder heimlich durchzuführen, wird er aus unserer Gemeinschaft verbannt und verliert sein Hab und Gut. Es wird ihm ergehen wie Cura!«

Beklemmende Stille folgte den deutlichen Worten der Druidin. Sie konnte eine Verbannung aussprechen, wenn jemand gegen die geltenden Gesetze verstieß. Pona umkreiste mit ihren Augen die Runde, musterte die Gesichter der Männer und Frauen. Niemand bewegte sich, wagte den leisesten Widerspruch in seinem Gesicht anzudeuten.

»Grigio, ich nehme an, dass du dich in Sorge um unser Volk in einen derartigen Vorschlag verstiegen hast. Eine andere Entschuldigung lasse ich nicht gelten. Dabei belassen wir es, wir verzeihen dir!«

Zustimmendes Gemurmel begleiteten Ponas Worte.

Sie fasste die Gründe eines Für und Wider nochmals zusammen, wog die Bedrohung an der Isura und Gegenmaßnahmen gegeneinander ab und erläuterte die möglichen Folgen über die Jahre hinweg. Dann warf sie das Urteil der Götter in die Waagschale und die Zeichen, die der Druidenrat gelesen hatte. Sie wies auf die Folgen hin, die ein Teil ihres Volkes damals erleiden musste, als sie zu spät aufbrachen und vielen Menschen das Leben kostete. Sie berichtete über das Schicksal der Verbliebenen und kam in ihrer abschließenden Meinung dazu, dass es nur eine Möglichkeit gab, wenn sie auch schmerzhaft sein würde: Das Land hier musste verlassen werden!

»Jeder der hier Anwesenden«, rief sie leidenschaftlich in die Runde, »sollte sich bewusst sein, dass es um das Wohl vieler Clans der Mittleren Vindeliker geht. Persönliche Gründe, auf den eigenen Vorteil bedacht, haben hier nichts zu suchen!«

Sie musterte die verstörten Gesichter, sah die Schweißperlen auf mancher Stirn und das unentwegte Zwirbeln an den Schnauzbärten, was offensichtliche Ratlosigkeit verriet.

»Bedenkt, dass wir Kelten immer auf der Wanderschaft waren und die Zeichen rechtzeitig erkannt haben, wann wir weiterziehen mussten. Überlegt, wie schnell euer Hausrat gepackt ist. Bei unseren Festen und Zusammenkünften tragt ihr eure wertvollsten Sachen stets bei euch, so als wolltet ihr sicherstellen zu jedem Zeitpunkt aufbrechen zu können. Wir sind noch nicht in der Lage, dass wir unsere Kinder und Kindeskinder auf ewig dem Boden eines Landes anvertrauen können. Nun ist es an der Zeit, dieses Land hier zu verlassen!« Sie musterte die Runde mit funkelnden Augen, dabei bewegte sie sich wie ein kampfbereiter Krieger.

»Noch etwas werde ich euch zum Abschluss sagen. Fürst Indobellinus und ich haben das Orakel an der Abusna befragt. Es weissagt, dass sich das Orakel des Seerosendorfes erfüllen wird. Ihr wisst, was das zu bedeuten hat. Die Götter haben sich entschieden!«, beendete sie ihre leidenschaftlichen Worte.

Große Unruhe breitete sich aus. Bewusst hatte Pona diesen Trumpf als letzten in die Waagschale geworfen. Daran würden die Männer zu kauen haben.

Obwohl sie die Notwendigkeit des Wagenzugs nach Westen selbst bedrückte, versuchte sie keine Gefühle zu zeigen, sondern sich als Sprachrohr der Götter zu präsentieren, die ihren Beschluss durch sie kundtaten.

»Wir werden unseren Gedanken Zeit lassen sich zu formen. Eine Entscheidung wird uns leichter fallen, wenn wir uns zu einem gemeinsamen Mahl zusammensetzen und erst danach abstimmen!«, rief sie.

»Mit vollem Magen wird man ruhiger überlegen können. Bier und sonstige berauschenden Getränke sind allerdings nicht erlaubt«, schloss sie ihre Worte an die Versammlung.

Die Nacht war hereingebrochen. Die Tempeldiener entzündeten die Fackeln in den Halterungen. Edle, Dorfälteste und Druiden setzten sich an die Tische und nahmen ein Mahl ein. Es wurde wenig gesprochen. Der Zuspruch an gebratenem Ochsen und der duftenden Suppe aus allerlei Gemüse und Zutaten hielt sich anfänglich in Grenzen. Die bevorstehende Entscheidung wog schwer an den Bratenstücken und in der Suppe, die man sich in die Schalen schöpfte oder legte und schien für manchen der Ratsmitglieder unverdaulich zu sein.

Die Druidinnen hatten einen Barden beauftragt, einige Lieder der Mittleren Vindeliker vorzutragen, während sie aßen. Der Sänger begleitete seine tiefe Stimme mit einem Saiteninstrument. Seine Lieder waren keine lustigen Lock- und Lobgesänge, sondern schwermütige Weisen mit Texten, die ganz zu der Stimmung im Nemeton passten.

Ampurnum, du kleine Schwester mit den Samtaugen
wirfst dich in die Arme deiner großen Schwester Isura,
die dich trösten soll,
die mit ihren grünen Augen
Wiesen und Wälder in sich trägt,
die sie durchfließt.
Geschenk unserer Götter.
Erzählt uns mit euren Wellen, was die Götter meinen,
erzählt uns, welchen Weg wir gehen müssen.

Sonne, Mond und Sterne spiegeln sich in den Augen,
von euch Schwestern,
aus deren Wasser das Gold der Sonne
für unsere schönsten Frauen gewaschen wird,
das sie gesponnen hat, rein und göttergleich.
Ihr Fische bleibt stumm,
obwohl ihr in den Augen lebt, welche die Götter sehen.
Ihr Vögel bleibt stumm,
obwohl ihr nahe der Sonne am Himmel lebt.
Ihr wollt nichts sagen, so werden die Götter für euch sprechen.
Die Zeichen der Zukunft
werden mit blutenden Schwertern geschrieben, hier.
Nicht mit Pflügen, Schmiedehämmern und Töpferscheiben.
Wenn wir die Fingerzeige nicht lesen wollen,
ersticken wir in unseren Häusern unter der Angst,
vor den Feinden, die wir nicht sehen wollen,
unsere Götter aber schon gesehen haben.

Die bleiben, werden untergehen,
unter Asche begraben werden.
Die gehen, werden weiterleben.
Du Ampurnum mit den Samtaugen, du kleine ...

Der Barde wiederholte den Vers, nachdem er in einem Zwischenspiel nur auf seinem Saiteninstrument gespielt hatte und hüpfte zwischen den Tischen auf und ab, sah die Betroffenheit in den Gesichtern und fügte einen weiteren Vers hinzu:

Hab und Gut sind irdisch.
Sie mehren unsere Zwietracht,
werden uns im Jenseits nicht das ewige Leben schenken.
Was ist das Geschenk des Sonnenuntergangs in Freiheit
gegen einen Sonnenuntergang in Unfreiheit.
Zimmert die Räder, den Göttern zu Ehren, für die Wagen,
die sich mit dem Sonnenrad nach Westen drehen.
Ihr Seerosen bleibt und wartet stumm auf die neuen Herren,
auf das, was die Götter euch befehlen.
Werdet ihr weiterblühen, wenn wir euch verlassen werden?
Wer wird euch dann sehen,
eure sanften Augen im See voller Rätsel,
die wir nicht lösen können.
Wir ahnen die Antwort, ihr werdet sterben, damit wir leben.

Als Pona den Vers des Liedes hörte, stahl sich eine senkrechte Falte über ihre Stirn und sie schüttelte ihren Kopf, während sie ein Stück Ochsenbraten in ihren Mund schob.

Den meisten der Ratsmitglieder hatte es schließlich doch ganz gut geschmeckt, wie es ihr zufriedenes Rülpsen verriet. Bei Essen und Trinken vergaßen die Männer die Probleme, welche sie bedrängten. Pona hielt nun den Zeitpunkt für geeignet, die Abstimmung durchzuführen. Sie wies den Barden an, sein Lied zu beenden und begann schweigend die Tische abzuschreiten. Dabei musterte sie vor allem jene der Versammelten eindringlich, von denen sie wusste, dass sie in ihrer Meinung schwankten.

»Sie sollen von ihren Gewissensbissen ruhig geplagt werden«, dachte Pona. »Wenn ich diesen Rundgang mehrmals wiederhole wird ihr Zwiespalt zerbrechen, und sie werden sich entscheiden! So oder so!«

Pona wiederholte mehrmals ihren schweigenden Rundgang, bemerkte die schuldbewusst gesenkten Augen, blickte in offene und bekümmerte Gesichter oder in die starren Blicke von Männern, die nervös an ihrem Schmuck nestelten und ihre Hemden fortwährend glattstrichen, je länger sie schwieg. Noch nie hatte sie die Zerrissenheit der Ratsmitglieder so deutlich empfunden, noch nie, wie hilflos sie einer von ihnen erwarteten Entscheidung gegenüberstanden. Viele hätten sich am liebsten entfernt oder die Entscheidung verschoben, vielleicht jemand anderem überlassen. Mit ihrem Verhalten wollte Pona den Anwesenden deutlich machen, welche Verantwortung sie trugen und dass sie sich ihr zu stellen hatten.

Als die Anspannung bis zum Bersten anstieg, langsam Unruhe aufkam, begann Pona damit, die Entscheidung der Versammelten abzufordern. Sie gab Quinus einen Wink, der damit begann, die Reihen durchzuzählen. Er notierte auf einem Schreibleder die Anzahl der Ratsmitglieder und überreichte es Pona.

»Nun können wir die Abstimmung beginnen. Wir werden nur mit Ja oder Nein antworten«, sagte Pona mit schneidender Stimme und ihre Augen überflogen die Versammlung.

»Enthaltungen wird es nicht geben. Diejenigen, die zum Verlassen der Heimat bereit sind«, rief sie in die beklemmende Stille, »mögen sitzen bleiben. Die nicht dieser Meinung sind, mögen sich erheben.«

Für einen Augenblick schwieg sie und beobachtete das unübersehbare Zögern vieler Männer.

»Diejenigen, die beabsichtigen hier zu bleiben«, wiederholte sie, »mögen sich nun erheben.«

Dabei dachte sie, dass jeder sehen sollte, wer sich gegen die Entscheidung der Götter wandte.

Nur wenige Männer erhoben sich, unsichere Blicke um sich werfend.
»Nur Edle, keine Druidin und kein Druide, kein Dorfältester sind unter ihnen«, dachte Pona zufrieden.
»Ich stelle fest«, rief sie mit fester Stimme, »dass die überwältigende Mehrheit des Großen Rates unser Vorhaben befürwortet. Die Entscheidung ist damit gefallen! Bedenkt, dass es jedem Stamm, jeder Dorfgemeinschaft ausdrücklich zuerkannt wird«, betonte Pona, »in dem Fall hier zu bleiben, wenn sich deren Dorfrat mehrheitlich gegen einen Fortzug entscheiden wird. Die Nachricht über das Ergebnis aus euren Dörfern erwarte ich in sieben Tagen! Dann werden wir wieder zusammentreten und, vorausgesetzt eure Dörfer entscheiden wie ihr, weitere Einzelheiten beraten, wie und wann der große Zug festgesetzt werden soll.«

Sie schwieg für eine Weile, sah in die Runde und fuhr fort: »Bereits jetzt möchte ich euch aus meiner Erfahrung empfehlen, den Zeitpunkt hierfür noch vor dem Winter ins Auge zu fassen, gleich nach der nächsten Ernte. Wir müssten dann keine Saat mehr vorbereiten, würden Zeit haben ein Teil des Saatkorns in Schinken, Speck und Fettwürste einzutauschen, sowie Trockenfleischvorräte anzulegen. Bedenkt auch, dass wir eine Unzahl von Wagen benötigen, mehr als wir jetzt besitzen. Wir müssen Vorratsfässer anfertigen, Kleidung, Zaumzeug für die Tiere und natürlich auch Waffen für die Krieger. Das Wichtigste aber, wir müssen eine Abordnung in das Land der Triboker schicken, die alles bestimmende Erlaubnis von Cäsar einholen, der dieses gallische Land für Rom verwaltet und sich derzeit, nach unseren Informationen, dort aufhält. Es soll uns nicht so ergehen wie den Helvetiern, die ohne Cäsars Erlaubnis aufgebrochen und von ihm in ihre verbrannte Heimat zurückgeschickt worden waren. Wenn die Beschlüsse aller Regionen der Mittleren Vindeliker gefallen sind, wird eine Abordnung nach der Aussaat nach Westen aufbrechen. Ich selbst werde sie anführen«, schloss Pona ihre Worte.

Noch lange saßen die Ratsmitglieder in dieser Nacht zusammen. Wie bei den Kelten üblich, bemitleidete man sich wortreich, führte flammende Reden um eine Tatsache, die schon längst entschieden war und suchte im kühlen Bier die Wahrheit zu ertränken, die am nächsten Tag in den benommenen und schmerzenden Schädeln als unumstößliche Tatsache wieder auferstehen würde.

Der Rat des Dorfes auf dem Seerosenhügel trat am nächsten Tag zusammen und beschloss, der Empfehlung des Großen Rates zu folgen. Der

Entschluss fiel einstimmig aus. Insgeheim hatte Pona diese klare Entscheidung erhofft. Sie war überrascht, wie intensiv sich die Menschen damit auseinandersetzten – und was sie am wenigsten erwartet hatte – dass vor allem die jungen Menschen es waren, die sich viel eingehender mit diesem großen Einschnitt in ihr bisheriges Leben befassten, als sie es angenommen hatte. Vor allem eine junge Druidin beeindruckte Pona. Ihr Name war Tatomi. Sie schien die Wortführerin der jungen Leute zu sein. Fast wäre sie nicht zu ihrem abschließenden Wort gekommen, denn eine der älteren Druidinnen wollte ihre hartnäckige Wortmeldung mit der Begründung verhindern, dass schon alles gesagt sei. Pona aber entschied, man solle doch gerade den jungen Druiden mit ihren aufbegehrenden Gefühlen die Chance geben, ihre Gedanken vorzutragen.

»Wir Älteren, Erfahrenen«, wandte sie sich an die Versammlung, »können mit wenigen Worten das sagen was jungen Menschen mit vielen Worten aus dem Herzen sprudelt, weil wir es mit unserem Verstand verkürzen. Schließlich betrifft dieser Wagenzug nach Westen vor allem die Zukunft der jungen Menschen. Und diese Zukunft sollte, sofern die Götter es wünschen, für sie einige Jahre länger andauern als die unsere.«

Tatomi warf Pona einen dankbaren Blick zu. Die junge Frau war mittelgroß und hatte einen roten Haarschopf, den sie im Nacken zusammengebunden trug.

»Edle und hochweise Pona, ehrwürdige Versammlung«, begann sie zu sprechen, »ich bin nicht dazu aufgerufen meine Meinung, welche auch die der meisten jungen Menschen ist, der Entscheidung der Götter entgegenzustellen. Das ist nicht meine Absicht, vielmehr möchte ich die Gedanken von uns Jungen vortragen, so wie es allen zusteht.«

Sie sah sich in der Runde um, dabei sprühten ihre grünen Augen eine Begeisterung aus, der sich die meisten nicht entziehen konnten.

»Hat der edle Rat bedacht, dass man uns jungen Menschen eine Vielzahl von Wurzeln durchtrennt, vielleicht mehr als bei euch Älteren? Der Schmerz über den Verlust dieser vertrauten Umgebung wird sich mit unseren Erlebnissen in diesem Land vermischen, die frisch in unserem Gedächtnis haftengeblieben sind. Er wird sich damit vervielfachen. Da unser Land, mit unserem Herzblut eng verbunden ist, wird es ungeahnte Folgen bei uns Jungen haben. Wir, viele von uns, ob junger Krieger oder Mädchen, Druidenschüler oder -schülerin, Jungbauer oder Junghandwerker, wir werden die eigentlich Entwurzelten sein. Ihr Älteren könnt mit eurer Weisheit mehr ertragen als wir, mehr Ordnung in euren Gedanken schaffen, da ihr diesem Land bereits manche Wurzel entzogen habt, andere Länder und Menschen gesehen habt. Das meiste, was wir Jungen erlebt und gelernt haben, ist mit diesem Land untrennbar verbunden, hat uns geprägt. Mehr kennen wir nicht.

Für viele von uns liegt die erste Liebe noch nicht weit zurück, in der wir auf die Sprache der Sonne und Sterne, der Flüsse und Seen, der Wälder und Bäume, der Blumen und auf das Rascheln des Windes in den Blättern hörten; all das nahmen wir in unsere Herzen auf. Wir sind stolz auf das schöne Seerosendorf und auf diejenigen, die vor uns darin lebten und es gründeten. All diese Wurzeln werden nun durchschnitten. Dieser Schnitt verletzt und schmerzt mehr, als die Älteren es sich vorstellen können. Wir tragen unser Land noch so unbedingt in unseren Herzen, dass mancher von uns an dieser Trennung verbluten könnte. Allerdings gibt es unter uns jungen Menschen auch jene, und das sind nicht wenige, die in der Ferne Abenteuer suchen, von Beute und Ruhm träumen. Diese würden das Neue begierig in sich aufsaugen und unser Land schnell vergessen. Doch welchen Halt wollt ihr jenen geben, von denen ich vorher sprach. Werden es die Götter sein, auf die ihr euch beruft, oder ist es eine darüberthronende höhere Macht? Was ist es? Die alten Götter in diesem Land haben offenbar versagt, sonst würden sie diese Versammlung und jene in den Dörfern um uns von der Erde fegen.« Bei Tatomis letzten Worten erhob sich Unmut. Das Mädchen aber atmete erleichtert auf.

Pona war erstaunt über diese Gedanken, die ihr eigentlich aus dem Herzen sprachen. Noch bevor sie zur Erwiderung ansetzen konnte, meldete sich Casina zu Wort.

»Tatomi, ich bin stolz auf dich, denn es zeigt mir, dass du die Lektionen, die du erhieltest, gut in deinem Gedächtnis bewahrt und verarbeitet hast. Sie sind einer Druidin würdig!« Sie spann den Gedanken der jungen Frau weiter und schien dies sichtlich zu genießen, als sie fortfuhr: »Ja, es ist etwas Höheres, das über den Göttern existiert. Ein Vogel fliegt nicht, weil ihn einer unserer Götter trägt, sondern er wird von der Luft getragen, die wir atmen. Woher diese kommt, konnte bisher keiner der Götter beantworten. Unsere Seerosen blühen in dem See vor unserem Dorf nicht deshalb, weil einer unserer Götter ihnen Nahrung verschafft, sondern das Wasser und die Erde darunter es tun; woher beide kommen wissen wir nicht. Seerosen blühen auch im fernen Westen, dort gibt es andere Götter. Eine alles verbindende Kraft ernährt die Seerosen aus dem Wasser und der Erde und hält die Vögel in der Luft, die gleiche die wir atmen, hier wie dort. Auch die Gefühle der Jugend sind unter allen Göttern gleich, weil es diese überirdische Macht gibt. Der Gedanke an diese Macht wird euch nicht entwurzeln, sondern neue Kräfte zuführen, so wie es junge Menschen in vielen anderen Ländern, unter einem anderen Himmel, erleben. Jedem von euch, ob er an der Trennung leidet oder das Neue, das Abenteuer sucht, euch allen wird diese Macht gerecht. Diese Gedanken bieten wir euch und die Hoffnung, dass ihr das Übergeordnete erkennen werdet!«

Casina hatte sich so in Eifer geredet, dass sie die Arme weit von sich streckte und ihre Fäuste wie beschwörend nach oben fuhren. Pona war von der Antwort der Druidin beeindruckt und sah die Gelegenheit, deren Meinung zu bekräftigen.

»Als ich am Grab von Indobellinus stand«, begann Pona, »flog ein Vogel auf mich zu und legte ein Blütenblatt der Seerose auf die Steine zu meinen Füssen. Keiner der Götter dieses Landes war es, der mir dieses Zeichen sandte. Es war die allumfassende Allmächtige, die über ihnen thront und mir etwas offenbaren wollte. In diesem Fall übersandte sie mir das Vermächtnis von Indobellinus zum Trost; denn auch ich, wie viele andere in diesem Raum, musste Liebgewonnenes bereits ziehen lassen. Diese Macht wird uns auf dem Weg begleiten und beschützen, auch in der neuen Heimat allgegenwärtig sein, wo immer wir sein mögen.«

Sie schwieg für einen Moment und dachte, dass jetzt ein geeigneter Moment sei, das hinzuzufügen, was ihr besonders am Herzen lag.

»Die vielen Götter, die wir verehren«, begann sie, »werden uns zwar begleiten, aber dort, wo wir hingehen, in ewiger Fehde mit den Göttern leben, welche die Römer verehren. Zu sehr sind diese Götter mit unseren menschlichen Gedanken verbunden, aus manchen von ihnen spricht die Gier nach Goldschüsselchen oder Macht über Menschen. Ohne die Allmächtige werden sie uns im neuen Land so wenig unterstützen wie die dortigen Götter, die ähnliche Gedanken in sich tragen. Es ist diese lenkende Kraft, wie auch Casina es sagte, die wir euch bieten können, die ihr euch selbst erschließen müsst. Sie ist nicht greifbar, verlangt keine Tieropfer, nur ein Opfer von euch selbst und einen vertrauensvollen Glauben an deren übermenschliche Kraft.«

Tatomi sah die Druidin mit leuchtenden Augen an und erwiderte: »Es wird nicht leicht sein, jungen Menschen etwas so wenig Greifbares anzubieten, doch die meisten von uns werden euch verstehen und eure Gedanken in sich aufnehmen!«

Nach Tatomis letzten Worten musterte Pona die junge Druidin nachdenklich. Sie fand bestätigt, welch kluge junge Frau Tatomi war, die sich mit weit mehr befasste, als sie in Gesprächen bisher erkennen ließ.

»Solltest du, Tatomi, oder einer von euch Jungen unseren Rat suchen, so bin ich, wie auch Casina, jederzeit für euch ansprechbar. Ihr solltet euch nicht davor scheuen, denn die Gedanken unserer jungen Menschen werden wir besonders sorgfältig beachten und ihnen auf dem bevorstehenden schwierigen Weg Hilfestellung geben«, bekräftigte sie ihre Worte.

Nachdem sich die Versammlung aufgelöst hatte, besprach Pona noch einiges mit Casina. Bedächtig verschloss sie danach das Tor zum Versammlungsraum und strebte nachdenklich ihrem Hof zu. Sie dachte an

Tatomi und an den Wunsch des Druidenrates, den ihr Casina vor einiger Zeit vermittelt hatte. Keiner der Druiden, die an diesem Abend anwesend waren, hatte sie auf irgendeine Art und Weise beeindruckt.

Als sie das Tor ihres Anwesens erreichte bemerkte sie, dass jemand auf sie wartete. Es war Tatomi.

»Hochweise Pona, entschuldigt den Überfall«, begann die junge Druidin mit heiserer Stimme zu sprechen, dabei zog sie ihr Schultertuch enger um sich.

»Es gehört sich nicht, dass ich euch noch so spät vor eurem Haus anspreche und um einen Gefallen bitte, aber ich muss über das, was ihr von der höheren Macht angedeutet habt, mehr von euch erfahren. Zu sehr bewegt mich dieser Gedanke, und ich bin sicher auch meine Freunde werden Fragen dazu haben. Ich würde gerne mit einigen jungen Leuten zu euch kommen. Sagen wir morgen zur selben Zeit, an der die Beratung im Tempel begonnen hatte?« Sie schwieg erwartungsvoll.

»Ich habe es angeboten, und dazu stehe ich«, erwiderte Pona knapp. Tatomi atmete befreit auf.

»Hochweise, ihr solltet wissen, dass wir uns bei Indobellinus oft Rat geholt haben. Er half uns nicht nur als Druide, sondern als Mensch, als Mann, Antworten auf Fragen zu finden, die uns Jüngere bewegen. Es ist schön zu wissen, dass auch ihr so denkt. Indobellinus war ein wunderbarer Mann.«

Tatomi schien erleichtert zu sein als sie hinzufügte: »Und nun gute Nacht, die Allmächtige möge euren Schlaf behüten!«

»Gute Nacht«, murmelte Pona und sah der schmächtigen jungen Frau nach, bis sie in der Dunkelheit verschwunden war.

Am Ende der letzten Maiwoche sollte sich die Abordnung der Mittleren Vindeliker in Runidurum zusammenfinden. Von dort aus wollten sie gemeinsam zum Rhenos reiten und Cäsar in seinem Winterlager im Stammesgebiet der gallischen Triboker aufsuchen. Eine gute Gelegenheit, auch Fürst Delidix für den Exodus zu gewinnen. Damals, als sie Runidurum überstürzt verließen, um die Druidinnen zu befreien, hatten sie keine Gelegenheit mehr dazu. Der Fürst war nach ihrer Rückkehr bereits zu den Norikern in die östlichen Blauen Berge unterwegs, wo er über Erzlieferungen verhandelte, wie es hieß.

Kurz vor ihrer Abreise nach Runidurum suchte Pona die Töpferei von Cotus auf. Seine Werkstatt lag im Süden des Dorfes, bei einer der vielen Lehmgruben an den Abhängen zum Reitersattel. Der Töpfer, ein Mann mittleren Alters, war nicht erstaunt, als Pona am Rande der Brenngrube stand. Cotus nickte ihr freundlich zu und setzte seine Arbeit konzentriert fort. Zusammen mit seinen Helfern schichtete er von oben die vorgetrockneten

Schüsseln, Pfannen und Becher vorsichtig in die Brennkammer eines der Öfen. An jeder Seite der quadratischen Grube war ein Brennofen angeordnet. Zwei brannten bereits, einer wurde in diesem Moment beschickt und bei dem vierten Brennofen hatten die Helfer des Töpfers bereits den Lehm von den Brennkammern entfernt und bereiteten das Entleeren vor. Pona sah den Männern eine Weile bei der Arbeit zu.

»Hochweise Pona, was möchtet ihr diesmal brennen lassen?«, brummelte Cotus, während er konzentriert weiterarbeitete.

»Wollt ihr noch eine der Tafeln mit euren Rezepturen brennen lassen?« Er unterbrach seine Arbeit und blickte fragend zu ihr auf. Pona lächelte und meinte, dass er mit dieser Annahme richtig läge, dabei stieg sie zu dem Töpfer in die Grube.

»Es ist ein Rezept für eine Salbe, das ich dem Druiden Vendeles in Runidurum mitbringen möchte. Lege die Platte ganz nach oben, Cotus, damit sie unversehrt bleibt!«

Während dieser Worte wickelte sie eine getrocknete Lehmplatte aus einem Leder und hielt sie dem Töpfer vor die Augen; sie war auf beiden Seiten mit griechischen Buchstaben beschrieben. Der Töpfer lachte.

»Es sieht aus, als wenn eure Hühner, die Elstern und einige Katzen darübergelaufen wären«, meinte Cotus, als er die Platte in die Hand nahm und betrachtete.

»Es ist Griechisch, die Schrift der Heilkundigen«, antwortete Pona.

»Wann wirst du den Brand wieder ausräumen?«

»In drei Tagen, Hochweise! Ich werde euch Bescheid geben! In der mir und meinen Helfern noch verbleibenden Zeit auf dem Seerosenhügel habe ich noch eine Unmenge zu brennen, bevor ich diese Öfen sich selbst überlassen werde.«

Als Pona auf einer Leiter aus der Grube stieg dachte sie, dass diese Tafel die letzte war, die sie brennen ließ und diese hoffentlich nicht zerbrechen würde.

»Eine Hälfte des Originals liegt gut vergraben unter dem Tempel und die andere Hälfte im Grab von Indobellinus«, dachte sie. Diese Tafel trug Indobellinus' Handschrift. Eine weitere Kopie lag gut verwahrt in ihrer Hütte. Diese dritte Abschrift hier, von ihr selbst geschrieben, würde sie dem Druiden Cermunnos nach Ancyra in Galatien schicken – über Axos' verschlungene Beziehungen. Der alte Druide dort sollte die Tafel für sie verwahren, bis sie eines Tages selbst dorthin reisen würde. Es war die Niederschrift vieler persönlicher Gedanken zu religiösen Regeln, die Indobellinus und sie gemeinsam verfasst hatten.

»Wer weiß«, sinnierte sie, »zumindest eine der Platten wird die Reise in die Zukunft überstehen!«

Zweitausend Jahre später – Das Messer

Der Tag, an dem das Grab geschlossen werden sollte, stand bevor. Der Besitzer des Feldes wollte die Aussaat des Winterweizens, unmittelbar danach vornehmen.

Alex' Gedanken kreisten um seine Vermutungen – ein wenig waren es auch Träume – und die Realität, welche die Grabungsergebnisse bewirkt hatten. Widerwillig musste er sich eingestehen, dass er sich in etwas verrannt hatte, das sich in dieser Weise nie abgespielt haben konnte. Die Vorstellung Kathrin mit der zweiten Hälfte der Tafel zu überraschen, wie er es sich so schön ausgemalt hatte, zerplatzte wie eine Seifenblase.

Als sie ihn abends besuchte, erzählte er ihr, dass er aufgeben wolle. Zu seiner Verwunderung war sie dagegen, vielmehr ermunterte sie ihn weiterzumachen.

»Ich glaube immer noch an diese zweite Hälfte der Tafel im Grab«, sagte sie.

»Wo sonst sollte sie sein, wenn nicht in dem Grab? Wir werden gemeinsam weitersuchen! Lass uns einfach dort anfangen wo du etwas vermutet hast! Wirf deine logischen Überlegungen über Bord und folge deinem und meinem Bauchgefühl, Alex!«

Anfänglich zögerte Alex. Schließlich ließ er sich von ihren Argumenten überzeugen. Gemeinsam beschlossen sie, die Grabungsstelle noch einmal zu besuchen, um ihre gemeinsamen Vermutungen zu überprüfen.

»Das ist aber mein letzter Versuch!«, erklärte Alex. Kathrin nickte.

»Ich bin mir sicher«, meinte sie im Brustton der Überzeugung, dass die Frau des Toten aus ›Aue eins‹ ihm etwas auf die Reise in die Anderwelt mitgegeben hat, etwas das nur die beiden kannten.«

»Aber selbst die Fachleute haben nichts gefunden und sogar mit Messgeräten den Boden des Grabes mehrfach abgesucht!«, zweifelte Alex.

Sie fasste nach seiner Hand.

»Vergiss das alles! Denk an unsere Überlegungen, auch wenn sie verrückt erscheinen!«

Alex schnaufte hörbar durch und knetete sich mit einer Hand den Nacken.

»Gut! Fangen wir mit dem an, was wir zu wissen meinen: Sie liebten sich, hatten Zukunftspläne, die sie gemeinsam formuliert und niedergeschrieben haben. Sie war jung, er war jung, und er ist an einem Speerstich gestorben. Der Schmuck, die Beigaben, all das was ausgegraben wurde, deutet auf seinen hohen Stand hin und die üppigen Beigaben von der Zuneigung und Hochachtung, die die damaligen Menschen ihm entgegenbrachten.«

Kathrin nickte.
»Ja, so könnte man das sagen! Gerade deswegen dürfen wir nicht aufgeben. Wir sind es uns selbst schuldig, dass unsere Mischung aus Überlegungen und Intuitionen bestätigt werden!«, rief sie.
»Deine Gedanken werden ohnehin nicht eher zur Ruhe kommen, bis du dich selbst davon überzeugt hast, dass wirklich nichts mehr zu finden ist! Ich kenne dich!«

Ein letztes Mal fuhren Alex und Kathrin abends zu der Grabungsstätte. Am nächsten Tag sollte das Grab endgültig zugeschüttet werden. Als sie ihre Räder hinter einem Weidenbusch versteckt hatten und zu dem Gräberfeld gehen wollten bemerkten sie eine Person, die sich am Grab des Fürsten aufhielt. Alex wollte sich gerade bemerkbar machen, als Kathrin ihre Hand auf seinen Arm legte und ihn zurückhielt.
»Wir sollten zuerst feststellen wer diese Person ist und was sie sucht!«, flüsterte sie. Alex kramte sein Fernglas aus der Packtasche, sah hindurch und schnalzte mit der Zunge.
»Professor Scherbakowski persönlich, wer hätte das gedacht!«, raunte er Kathrin zu. »Was mag er hier suchen?«
»Vielleicht hat er eine ähnliche Vermutung wie wir!«, wisperte Kathrin aufgeregt. Sie beobachteten den Archäologen eine Weile, der mit einem Messgerät die Grabung abschritt und vor allem an der Stelle Messungen vornahm, wo das Skelett gelegen hatte. Nach einiger Zeit packte der Professor die Geräte wieder ein und verschwand hinter einer Buschreihe. Sie hörten das Motorengeräusch eines Fahrzeuges das sich in Richtung der Hügel entfernte.
»Seltsam!«, sagte Alex.
»Er sucht etwas Bestimmtes, glaubt irgendeine Kleinigkeit übersehen zu haben. Aber warum so heimlich, unter Ausschluss der Öffentlichkeit?«, meinte Kathrin.
Alex schüttelte den Kopf, während sie sich vorsichtig dem Ausgrabungsfeld näherten. Er zog eine Skizze aus der Tasche und erklärte Kathrin, wo welche Gegenstände und andere Spuren im Grab gefunden wurden. Während seiner Erklärungen schien er nicht bei der Sache zu sein, sondern befasste sich mit einem Problem, das er nicht lösen konnte.
»Irgendetwas passt nicht zusammen!«, sagte er schließlich.
»Welche Bewandtnis hat es mit dem Messer? Warum lag es abseits aller anderen Beigaben? Ich kann es einfach nicht einordnen. Die Frage beschäftigt mich, seitdem man das Messer gefunden hat.«
Sie sah nachdenklich auf seinen Plan und fragte: »Wo wurde das Messer

gefunden, Alex?« Er deutete auf eine Stelle im Grab und verglich sie mit seinem Plan.

»Hier, war es!« Mit einem Fuß wies er auf den geglätteten Boden.

»Dort lag auch das Skelett. Wir haben den Boden unter ihm etwa zwanzig Zentimeter nach unten abgetragen. Es war nur mehr unberührter Mutterboden darunter. Nach den Pfostengruben des Grabkammerdaches maß das Grab etwa vier mal fünf Meter und man kann davon ausgehen, dass es mehr als zwei Meter hoch gewesen sein musste; denn der Tote sollte ja beim Beginn seiner Wanderschaft aufrecht darin stehen können.«

»Wie weit lag sein Kopf vom Rand des Grabes entfernt?«, fragte sie.

»Auf der einen Seite etwa einen Meter, dort wo einige Steine der Mauer gefunden wurden, auf der anderen vielleicht drei Meter«, antwortete er.

»Wenn du, als mein geliebter Partner, mir etwas Persönliches in mein Grab legen würdest, wie würdest du verfahren? Würdest du mir in meinem Grab eine Tafel mit unseren Gedanken ans Fußende oder an den Kopf legen?«, bohrte Kathrin weiter.

»Sicher in die Nähe deines Kopfes und dann dort, wo Grabräuber nichts vermuten, also auf der Seite, wo keine Grabbeigaben liegen.«

Sie schwiegen und Kathrin fuhr fort: »Grabräuber konnten später nicht erkennen, dass ein Loch gegraben und wieder zugeschüttet worden war. Warum soll sie dieses Messer nicht dazu benutzt haben, um die Platte zu vergraben?« Kathrin wies auf die Stelle, auf die er hingedeutet hatte.

»Die junge Frau wird das Grab als Letzte betreten haben, um Abschied von ihrem Mann zu nehmen. Dabei hat sie die Tontafel bei Fackelschein in der Nähe seines Kopfes vergraben«, spann sie diesen Gedanken weiter. Alex nickte.

»Der Gedanke ist nahe liegend, im wahrsten Sinne des Wortes.«

»Hier, nimm eine Speiche meines Fahrrades!«, sagte Kathrin und hielt sie ihm hin.

»Sie ist vor einiger Zeit am Gewinde gebrochen und ich habe sie aus der Werkstatt mitgenommen. Du kannst sie als Sonde benutzen, mit etwa vierzig Zentimetern ist sie lang genug! Zwanzig Zentimeter Erdreich habt ihr vom Grabboden entfernt, also bleiben noch dreißig; denn hätte ich etwas vergraben, dann mindestens einen halben Meter tief.«

»Deine Überlegung hat etwas für sich. Auf einen Versuch mehr oder weniger kommt es nicht an!« Alex sah sie erstaunt an.

»Woher hat sie diese Speiche so schnell hergezaubert?«, dachte er beiläufig.

Er hockte sich auf den festgetretenen Boden, kennzeichnete einen Bereich und erklärte, dass er diese Fläche nun systematisch absuchen würde. Vorsichtig drehte er die Speiche mittels der Kröpfung hin und her und drückte sie in den Boden. Ein um das andere Mal zog er sie heraus und betrachtete die Färbung der Erdreste, die an der Speiche hafteten.

»Ich hoffe, dass meine Versuche nicht nur ein sinnloses Gefummel in der Erde bleiben werden!«, meinte er und setzte seine Sondierungen fort.

Mehr als zehn Bohrungen hatte Alex bereits mit der Radspeiche durchgeführt, doch er war bisher auf nichts gestoßen. Entmutigt betrachtete er die Einstiche vor sich.

»Noch ein Versuch«, sagte er, »dann gebe ich auf!«

Die Speiche war bereits zu zwei Drittel in den Boden eingedrungen, als er sich aufrichtete und sie mutlos ansah.

»Ich glaube, wir haben uns da in etwas verrannt!« Er schüttelte resigniert den Kopf und drückte die Speiche noch etwas tiefer in den Boden.

»Aua, das Teil spießt sich noch in mein Fleisch!«

Er schlenkerte seine Hand und rieb sie an seiner Jeans. Während dieser Bewegung stutzte er und rief: »Das muss ein harter Gegenstand gewesen sein! Ich glaub' es nicht!«

»Wenn es wirklich die Platte ist, dann versuch' es noch einmal an einer Stelle dicht daneben!«, schlug Kathrin vor.

»Es könnte auch ein Stein gewesen sein, auf den ich gestoßen bin, einer von den Flusssteinen, wie sie in diesem Boden häufig vorkommen.«

»Platte oder Stein, sei jedenfalls vorsichtig dabei, du ungestümer Archäologe! Vielleicht wäre es gut, wenn wir eine Pause einlegen und alles noch einmal überdenken. Was meinst du?« Sie sah ihn fragend an.

»Nein, ich muss es jetzt wissen!«, sagte er, setzte die Speiche noch einmal an, diesmal etwa im Abstand von zehn Zentimetern zur vorangegangenen Stichstelle und bohrte erneut. Sie verfolgte gespannt die nach unten gleitende Radspeiche.

»Wenn es ein Stein war, dann werde ich an dieser Stelle nicht mehr auf ihn stoßen, oder es ist ein besonders großer«, meinte Alex schnaufend.

Als die Speiche wieder auf etwas Hartes stieß, sank er auf den Boden und ließ seine Arme schlaff herabhängen.

»Das wird doch nicht etwa ... Ich muss graben! Hier liegt etwas, das vielleicht die Platte sein könnte die wir suchen!«

»Halte dir nochmals vor Augen: Die Keltin hatte die Tafel geteilt und die eine Hälfte zur Erinnerung an ihren damaligen Abend an der Isar mit sich genommen«, ermunterte ihn Kathrin, während er mit den Vorbereitungen für die Grabung begann.

»So hätte ich es jedenfalls an ihrer Stelle getan, um eine Erinnerung mit dem geliebten Mann zu teilen und dann die andere Hälfte unter dem Tempel vergraben, was die Herkunft unserer Scherben beweisen würde.«

Alex holte eine kleine Schaufel aus seiner Packtasche, ritzte den Grabungsbereich in den Boden ein und begann vorsichtig die Erde abzutragen.

»Kathrin, übernimm bitte die Wache!«, sagte er und wischte sich den Schweiß aus den Augen.

»Hier ist das Fernglas. Behalte die Umgebung im Auge! Wenn sich jemand nähert, warne mich! Du weißt, Grabräuber werden hart bestraft«, meinte er schmunzelnd.

Vorsichtig hob er eine Grube aus, etwa dreißig Zentimeter breit und einen halben Meter lang. Als er die Speiche ein letztes Mal zum Vergleich anlegte, wie tief er zu graben hatte, sah er in Kathrins Augen.

»Ich würde eine Tafel in dein Grab legen, auf der ich das Gedicht eingeritzt hätte, das ich dir an der Isar vorlas.«

Er sah sie erhitzt an und grub weiter. Als der Spaten knirschend über Stein schürfte, schrie er leise auf:

»Die Schaufel schabt über eine harte Fläche! Hier wieder!«

Nachdem er die Grabstelle erweitert hatte, reinigte er mit der Hand die Sohle der kleinen Grube. Eine glatte, rötlich schimmernde Fläche, ungefähr in der Form eines rechtwinkligen Dreiecks, zeichnete sich ab. Alex betrachtete die rote Farbe fasziniert. Aufgeregt legte er die Schaufel beiseite, fasste Kathrin bei der Hand und meinte fast feierlich: »Hier liegt nun der zweite Teil der Botschaft dieser beiden Menschen, es ist tatsächlich die andere Hälfte der Tafel von der Isar; der Form nach müsste sie es jedenfalls sein. Die Frau von damals hat sie tatsächlich diagonal getrennt, wie wir vermuteten. Dabei dachte sie sich, dass sie Anfang und Ende der Inschrift gemeinsam mit dem Toten teilen wolle. Sie muss eine kluge Frau gewesen sein, eine Frau, die ihre Gefühle für den Toten allen Gepflogenheiten überordnete. In der damaligen Zeit kannte man nämlich nur Brandbestattung und streute die Asche der Toten ins Grab.«

»Sie haben sich sehr geliebt«, sagte Kathrin versonnen, »und wir zwei sind die ersten, die zweitausend Jahre später etwas von ihnen lesen werden! Wahrscheinlich werden Botschaften von Liebenden nur durch Menschen gefunden, die sich ebenfalls lieben.«

Sie ging auf ihn zu, schmiegte sich an ihn und flüsterte: »So, wie wir uns lieben, Alex! Ist diese Botschaft nicht etwas Einmaliges, eine die aus dem Herzen kommt, uralt und immer wieder jung ist? Was sind die Inschriften auf römischen Säulen im Vergleich dazu. Es sind meist von Herrschenden festgelegte Worte und Sätze, welche ihren Ruhm verbreiten sollten und von bezahlten Handwerkern ausgeführt wurden. Die Inschriften dienten den darauf abgebildeten Herrschern zur Festigung ihrer Macht und waren oft als Einschüchterung gedacht. Aber diese Platte hier mit dieser Inschrift?«

Sie schwieg, löste sich von ihm und betrachtete ehrfürchtig die dreieckige Platte, die an verschiedenen Stellen zwar gebrochen, aber insgesamt vollständig erhalten war.

»Sie hat die Tafel in Händen gehalten, als sie diese vergrub. Niemand außer uns hat sie danach je angefasst. Es besteht also eine direkte Verbindung zu uns. Gerade stelle ich mir vor, wie ihre Tränen den Ton dunkel färbten, sie vorsichtig mit einem Tuch die Feuchtigkeit abtrocknete. Das Halbdunkel der Grabkammer war mit Fackeln beleuchtet, es roch nach frischer Erde, nach dem Essen, das sie ihm mitgab und nach dem frischen Leder, in dem die Beigaben eingepackt waren. Wahrscheinlich haben auch die Teile des Wagens nach Öl gerochen und sie selbst nach dem Herdfeuer ihrer Hütte.« Sie strich sich über die Augen und seufzte leise.

»Ich unterbreche ungern deine phantasievollen Gedanken, Kathrin! Doch wir sollten uns sputen!«, drängte Alex zur Eile.

»Nicht dass uns noch jemand diese Botschaft entreißt, bevor wir sie gelesen haben!«

Alex fotografierte und skizzierte die Fundsituation. Er zeichnete die Bruchlinien ein und nummerierte die einzelnen Bruchstücke auf seiner Skizze. Dann löste er die unterschiedlich großen Teile – eine nach der anderen – vorsichtig aus dem Erdreich. Kathrin steckte sie in gesonderte Tütchen, klebte Nummernetiketten auf und verstaute sie in einer Schachtel.

»Es muss unser Geheimnis bleiben!«, beschwor sie ihn, während sie die Schachtel mit Papiertaschentüchern ausstopfte. Sie dachte kurz nach, als sie alles in seinen Packtaschen verstaut hatten und meinte: »Niemand darf etwas davon erfahren! Hörst du, Alex, niemand!«

»Der Landwirtschaftsrat vielleicht?«, sinnierte er, »er weiß von meinen Vermutungen.«

»Nein, auch er darf nichts davon wissen!«, sagte sie entschieden.

»Noch heute werde ich die Scherben fachmännisch präparieren!«, stellte Alex fest, als er bereits auf dem Sattel seines Fahrrads saß. Er stützte sich mit einem Fuß ab und starrte begeistert nach hinten auf die Packtaschen.

»So etwas Kostbares darf nicht zerfallen! Das Konservierungsmittel habe ich mir bereits für die Scherben von der Isar beschafft; es ist eine silikonhaltige Flüssigkeit, die in die Struktur des Tons eindringt und sie festigt. Sie wird die Nachricht auf den Tafeln erhalten!«

Erneut starrte Alex auf die Packtaschen, die ihren Fund und die dazugehörigen Notizen enthielten. Seine Begeisterung steigerte sich von Minute zu Minute, je mehr er über ihren Fund nachdachte. Schließlich stieg er von seinem Mountainbike und bockte es auf. Er umarmte Kathrin und zog sie von ihrem Fahrrad. Ausgelassen hüpfte er mit ihr auf und ab, so als wären sie nicht in einem Gräberfeld, sondern befänden sich in einer Disko.

»Nicht so wild, Alex! Denk daran, hier lagen Tote!« Er wehrte ihren Einwand ab.

»Das ist zweitausend Jahre her, Kathrin! Unser Druide, welchen Namen er auch immer getragen haben mochte, wird uns wohlwollend beobachten und unseren Tanz genießen, denn nach dem Glauben seines Volkes lebte er weiter und kann daher jetzt mit uns fühlen. Vielleicht lebt er als einer dieser Büsche um uns weiter, oder als Maus? So dachten die Kelten über ihre Seelenwanderung. Daher werde ich auch seine Freude ausleben! Mein Gott, sein Geist wird mit uns tanzen, beglückt darüber sein, dass wir seine und ihre Botschaft entdeckt haben!«

Er vollführte noch einige weitere Tanzschritte bemerkte aber rasch, dass Kathrin keine Lust dazu hatte. Er ließ sie los und kratzte sich am Kopf.

»Dann eben ein anderes Mal! Wahrscheinlich denkst du bereits an das Puzzle das uns bevorsteht!«, überlegte er.

»Mein Gefühl sagt mir, Alex, wir werden mit unserem Fund noch jede Menge Überraschungen erleben!« Sie tippte auf die Packtaschen.

»Und wenn schon«, meinte Alex, »eine komplette Schrifttafel und der entschlüsselte Text werden uns mehr Freude bereiten als wir es jetzt ahnen!«

Es traf sich gut, dass Alex' Mutter an diesem Abend zur Chorprobe gegangen war. So konnten sie mit ihren Präparierungen ungestört beginnen, ohne dass seine Mutter sich bemüßigt fühlte, ihnen Tee zu bringen oder mit anderen Aufmerksamkeiten aufzuwarten; denn auch sie mochte Kathrin und wollte sich bei ihr von der besten Seite zeigen. Ein wenig Neugierde würde auch dabei sein, und das konnte Alex jetzt am allerwenigsten gebrauchen.

Sie reinigten die Fundstücke sorgfältig, anschließend legte er sie in die Konservierungsflüssigkeit.

»Darin müssen sie mehrere Tage verbleiben – so jedenfalls machen es die Profis in den Werkstätten der Museen.«

Nachdenklich betrachtete Alex die Scherben in der Flüssigkeit.

»Wenn wir schon dabei sind, dann werde ich auch die Erde vom Kopf des Toten präparieren! Diesen Brocken hätte ich fast vergessen.«

Er deutete auf den kleinen Batzen in einem Plastiktütchen.

»In diesen Erdkrumen sind die Säfte seines Gehirns während der Verwesung geströmt, ganz langsam, über Jahrhunderte hinweg, und sie haben sich mit der Erde ausgetauscht. Schon deswegen hat dieses Stück Erde einen Ehrenplatz in meiner Vitrine verdient!«

»Sprich' nicht in dieser Weise von unserem Druiden!«, tadelte Kathrin ihn.

»Nicht die Verwesungsreste sind es, die wir suchen, sondern seine Gedanken und die stehen auf der Tontafel!«

Vorsichtig öffnete er den Beutel und betrachtete den Erdbrocken, der etwa fünf mal vier Zentimeter maß und zirka drei Zentimeter dick war.

»Vielleicht ist nach zweitausend Jahren doch noch ein Gedanke darin enthalten, der als Blase aufsteigen wird, wie ein Geist aus einer geöffneten Flasche und uns in einer Sprechblase etwas sagen will.«

»Du wirst langsam verrückt, Alex«, spöttelte Kathrin, »aber auf eine unterhaltsame Art und Weise! Sprich' nur weiter, währenddessen werde ich mir überlegen, welchen Psychiater du aufsuchen solltest!«

Alex sah sie an und nickte: »Ja, verrückt bin ich, im Moment vor allem nach der Botschaft der beiden.«

Behutsam nahm er den Erdbrocken aus der Tüte und legte ihn ebenfalls in einen Behälter mit diesem Präparat.

Zufrieden betrachtete er sein Werk und stellte das Glas zu den anderen.

»Fürs Erste ist alles getan. Wir könnten uns morgen wieder treffen. Was meinst du?«

»Das wird leider nicht möglich sein, Alex. Übermorgen steht meine mündliche Prüfung an. Du weißt, in Geschichte stehe ich zwischen einer zwei und drei, und ich möchte unbedingt eine Zwei haben.«

»Wenn deine Lehrer wüssten, über welche Kenntnisse du verfügst, würden sie dir eine eins geben, eine mit einem leuchtenden Stern in Form einer Seerose.«

»Aber sie wissen es nicht«, antwortete sie, »und das ist mein Problem, das ich in der Prüfung zu lösen habe.«

Versonnen betrachtete Kathrin die Scherben und den Erdbrocken in den Gläsern und ließ die vergangenen Tage Revue passieren. Gemeinsam hatten sie Bruchstücke einer Tafel in der Isar gefunden und dann die andere Hälfte im Grab in den Isarauen – etwas, das nur sie beide kannten. Und würden sie erst den Text entziffern, den sie sich aufregend vorstellte, wären sie die ersten, die eine schriftliche Hinterlassenschaft der Kelten dieser Gegend besaßen. Irgendwie freute sie sich schon jetzt darauf, auch wenn es vielleicht nur belanglose Sätze waren.

Während sie die Gläser und deren Inhalt betrachtete, sah sie eine Blase aus dem Erdbrocken aufsteigen.

»Du hast mit deinen verrückten Vermutungen Recht, Alex. Die Gedanken des Druiden haben sich tatsächlich in Bläschen gesammelt und lösen sich nun aus der Erde. Sieh' dir das an!« Kathrin deutete aufgeregt zum Glas mit dem Erdbrocken und griff nach seinem Arm. »Es werden immer mehr!«

Alex sah flüchtig hoch.

»Sie werden durch Lufteinschlüsse in der Erde verursacht«, meinte er gelangweilt.

»Und wenn in einem dieser Lufteinschlüsse etwas verborgen ist?«, spann sie seinen Gedanken weiter, dabei stützte sie ihren Kopf zwischen beiden Händen auf und beobachtete die hochsteigenden Bläschen.

»Zum Beispiel das Amulett mit der Kette«, fuhr sie fort, »das der Tote um den Hals trug. Der Verschluss könnte sich in den Jahrtausenden geöffnet haben und hinter den Schädel gerutscht sein.« Alex' Interesse schien geweckt worden zu sein.

»Vielleicht hast du nicht einmal Unrecht, Kathrin. Ich werde einfach nachsehen.« Vorsichtig versuchte er den Erdklumpen mit einer Pinzette zu drehen. Bevor er ihn richtig zu fassen bekam, zerbrach der Klumpen in mehrere Teile. Fassungslos betrachteten die beiden den Vorgang – er den Zerfall seines Souvenirs bedauernd und sie gespannt darauf, was zum Vorschein kommen würde. Als sich etwas aus der Erde löste und auf den Boden des Glases kippte, entlud sich Katrins Anspannung.

»Es ist das Amulett!«, schrie sie. »Sieh, den gelbroten Stein!«

Alex verfolgte konzentriert den Zerfall des Erdklumpens, ohne auf andere Details zu achten. Schließlich sah auch er das Teil auf dem Glasboden liegen und war irritiert, bevor er Details registrierte. In diesem Moment klappte sein Mund auf und blieb fassungslos offen, als wenn er den Geist des Druiden aus dem Grab gesehen hätte.

»Mein Gott«, keuchte er, »es scheint wirklich sein Amulett zu sein! Uns Hobbyarchäologen ist es erneut vorbehalten etwas zu entdecken, was man in Gräbern aus dieser Zeit sehr selten gefunden hat.«

Vorsichtig fischte er mittels der Pinzette den Gegenstand heraus und begann das Metall, vermutlich die Kette, zu entwirren. Tatsächlich schälte sich ein Amulett heraus. Es war etwa drei Zentimeter lang und oval. Sie erkannten die geschnitzten Konturen von zarten Blütenblättern im Bernstein, die ein Künstler vor mehr als zweitausend Jahren geschaffen hatte, gefasst von einem dunklen Metallring.

»Rötlicher Bernstein«, rief er begeistert.

»Es ist eine Seerose! Die Fassung muss aus Silber sein!«, fügte Kathrin fast ehrfürchtig hinzu.

»Ich habe es geahnt.« Sie berührte die Seerose leicht.

»Beide trugen dieses Amulett, denn es verband sie im Leben und im Tod«, träumte sie mit geschlossenen Augen vor sich hin. »Sie muss das Gleiche getragen haben, denn dieses gemeinsame Symbol verewigten sie auch auf der Tontafel«.

Spät am Abend rief Kathrin zu Hause an und teilte ihren Eltern mit, dass sie erst morgen nach Hause kommen würde.

»Du musst es wissen, ob du für deine Prüfung ausreichend vorbereitet bist!«, meinte ihre Mutter vorwurfsvoll.

»Ja«, antwortete sie beruhigend, »ich habe sehr viel gelernt. Ihr werdet nicht glauben, wie viel!«

In der gleichen Nacht reinigten sie die Kette und das Amulett. Ihr Eifer war so groß wie ihr Staunen über das, was sich ihnen Stück für Stück offenbarte. Medaillon und Kette wurden aus einem langen Schlaf geweckt, es wurde ihnen neues Leben eingehaucht und beide hatten das Gefühl, dass sich Kette und Anhänger wie von alleine vor ihren Augen entwirrten und sich ihrer Schönheit wieder bewusst wurden. Fassung und Glieder der Kette waren aus Silber, wie Kathrin vermutet hatte und noch völlig intakt. Unter der Lupe entdeckte sie ein feines Muster, das sich auf der Fassung entlangrankte. Es waren ineinander verschlungene Blüten von Seerosen und Seerosenblätter.

Alex legte Katrin, bevor sie einschliefen, die Kette an. Er verfuhr dabei so feierlich, als wenn er eine Kulthandlung vollziehen würde und flüsterte ihr zu: »Diese Kette und dieses Amulett, das Schönste, das ich in dieser Art kenne, das Einzigartigste, soll in dieser Nacht einem der wunderbarsten und kostbarsten Wesen in meinem Mikrokosmos die Gefühle vermitteln, für welche dieses Amulett und die Kette geschaffen wurden. Damit werden beide ihre ursprüngliche Funktion wieder erfüllen. Atme das ein, Kathrin, was Kette und Amulett ausströmen, antworte ihnen mit deiner Aura! In deinen Träumen erfährst du ihre Geheimnisse und sie die deinen!«

Sie sah ihn glücklich an, suchte in seinen Augen die Gefühle aus der vergangenen Zeit so, wie sie sich diese vorstellte und sich in ihren Augen mit der Gegenwart vereinten.

Die Bitte

»Dort drüben Männer, seht ihr am Himmel diesen dunklen Qualm hochsteigen?«, rief Pona, als sie von den licht bewaldeten Hügeln in die Danuviusebene hinabritten. »Riecht ihr ihn auch? Er ist das Wahrzeichen von Runidurum. Viele von euch haben diesen reichsten Ort der Vindeliker bisher noch nie gesehen. Ich denke, ihr werdet das Oppidum bewundern und gleichzeitig hassen. Im Süden und Osten der Stadt, wo bei uns Rüben und Getreide wachsen, unser Vieh weidet, qualmen hier die Öfen, in denen sie aus dem Rasenerz das Roheisen schmelzen, welches in den Werkstätten der Stadt verarbeitet und veredelt wird. Der Qualm ist an manchen Tagen so dicht, dass die dahinterliegende Stadt nicht mehr zu erkennen ist. Wie von Erddämonen geschaffen werdet ihr riesige Gruben im Moos sehen, eben diese Schürfstellen, wo nach dieser eisenhaltigen Wundererde, dem Rasenerz gesucht wird. Die gesamte Umgebung von Runidurum wird nach der gleichen Methode durchwühlt. Es mögen mehr als hundert Schürfstellen für das Rasenerz existieren. Teilweise sind riesige Gruben entstanden, die über die Zeit mit Wasser vollgelaufen sind.«

Mit ihren Fingern deutete Pona den Männern diese unvorstellbare Zahl vor.

»Wenn die Fundstellen erschöpft sind, überlässt man die Gruben einfach sich selbst. Sind die Öfen unbrauchbar geworden, baut man einen neuen daneben auf. Ähnliches geschieht mit den Wäldern, die als Holzkohle in den Öfen zum Schmelzen des Erzes verbrannt werden. Noch vor einem Jahr, als ich mit Indobellinus das erste Mal die Stadt besuchte gab es an dieser Stelle, wo wir jetzt stehen, ausgedehnte Buchenwälder und jetzt? So frisst sich der Mensch in die Landschaft, köhlert die Wälder, durchwühlt den Boden und hinterlässt auf diese Weise eine Schneise verwüsteten Landes.«

Sie schwieg und hielt ihr Pferd zurück, das zu tänzeln begonnen hatte.

»Wenn wir die Sträucher vor uns erreichen, werdet ihr diese Stadt zum ersten Mal sehen, verborgen hinter dem mächtigsten Wall, der je in unserem Land gebaut wurde. Die vielen Holzkohlenmeiler, die wir in den Wäldern gesehen haben, arbeiten nur für Runidurum und den Fürsten Delidix. Deren Qualm ist nur ein duftender Lufthauch gegen das, was ihr bei den Schmelzöfen riechen werdet.«

Pona lockerte die Zügel ihres Pferdes. Während sie ihr Pferd antrieb ergänzte sie noch: »Was ihr von hier aus nicht sehen könnt, Runidurum besitzt im Norden sogar einen Hafen. Über einen kleinen Fluss und einige Nebenarme des Danuvius kann jegliche Ware mit Flussschiffen von und aus der Stadt transportiert werden. Der schnellste Weg zum Beispiel zu den Norikern und den Boierstämmen im Nordosten, mit deren Mächtigen der Fürst dieser Stadt, Delidix, regen Handel betreibt.«

Sie ritten weiter und hingen ihren Gedanken nach, jeder begann sich seine eigene Vorstellung von dem zu formen, was sie erwartete.

»Wir sehen nichts«, meinte einer der Männer, als sie in die Ebene hinabritten, »nur diesen entsetzlichen Qualm!«

Er hustete. »Wie soll hier ein Mensch atmen können?«

»Wir Menschen gewöhnen uns an alles!«, antwortete Pona mit gleichgültiger Miene und band sich ein Tuch vor ihren Mund. Sie ritten weiter und erreichten nach kurzer Zeit die ersten Öfen. Staunend betrachteten die Krieger von der Isura die rauchenden Kegel der Erzöfen am Wegrand. Die beschwerliche Arbeit der Männer mit den nackten, von Ruß geschwärzten Oberkörpern machte sie sprachlos. Die Öfen, die sie gerade entleerten, strahlten noch erhebliche Hitze aus, dennoch krochen die Männer in das Innere, entnahmen die Eisenluppe und warfen sie auf Ochsenkarren. Es waren klobige, wie Schwamm aussehende Brocken. Einige Männer bedienten riesige Blasebälge, die mehrere Öfen gleichzeitig mit Luft versorgten, wiederum andere schichteten Holzkohle und Rasenerz in die Kammern der Öfen. An ihrem kurzgeschorenen Haar waren sie als Unfreie zu erkennen, die mit dieser schweren und ungesunden Arbeit ihren Lebensunterhalt verdienten. Ungläubig betrachteten sie die Grubenhäuser, in denen die Männer hausten. Diese schmiegten sich zwischen den Öfen in die Erde, ähnlich denen, welche sich die Hirten an Ampurnum und Isura als provisorischen Wetterschutz gebaut hatten. Niemand sprach ein Wort. In diesem Augenblick erschien ein Reiter, der seine Peitsche über den arbeitenden Männern knallen ließ.

»Schneller, ihr faules Gesindel! Wenn morgen der Fürst kommt, wird er über eure kärgliche Ausbeute erzürnt sein und dann werdet ihr seinen nagelbewehrten Ziemer zu fühlen bekommen und ...«

Der Aufseher sprach nicht weiter, als er die Krieger und Pona bemerkte, die neben einem Busch angehalten hatten. Neugierig ritt er auf sie zu.

»Ihr müsst die ehrwürdige Druidin Pona vom Seerosendorf sein!«, meinte er. »Eure Ankunft hat sich in der Stadt herumgesprochen.« Er verbeugte sich tief. Pona nickte und erwiderte den Gruß. Sie kämpfte mit sich, ob sie etwas über diese menschenunwürdigen Arbeitsbedingungen sagen sollte. Kritische Gedanken drängten sich zu ihren Lippen. Unmerklich schüttelte sie den Kopf.

»Es wird nichts nützen!«, dachte sie und schluckte ihre Worte hinunter.

»Damit würde ich den Fürst nur herausfordern, bevor wir ihn selbst gesprochen haben! Leute seines Schlages sind nachtragend!«

Sie hob ihre Hand, grüßte den Aufseher und ritt bedrückt weiter; Quinus und die Anderen folgten ihr. Beruhigend legte sich eine Hand auf ihre Schulter, die ihr zu verstehen gab: »Richtig gedacht, Pona. Delidix würde sich gegenüber uns, würden wir nur ein einziges Wort der Kritik äußern, mehr als ablehnend verhalten.« Pona lächelte Quinus dankbar zu und schnalzte mit der Zunge um ihr Pferd anzutreiben.

Als sie das Osttor des Walles von Runidurum erreichten begrüßte sie einer der Wächter, ein schnauzbärtiger Krieger mit einem gehörnten Helm: »Seid willkommen in der Perle aller Orte der Vindeliker nördlich der Blauen Berge, nahe des Danuvius! Ihr seid sicherlich Pona, die Hochweise von der Isura. Fürst Delidix hat eure Ankunft bereits angekündigt.« Er trat ehrerbietig zurück.

»Er meint es wohl so, wie er es sagt und wie sein Fürst darüber denkt«, dachte Pona, nicht sonderlich beeindruckt, und nickte dem Mann zu.

»Dass eine Perle so verkommen sein kann, wusste ich nicht«, deutete Quinus mit seinen Händen an und schüttelte seinen Kopf. Pona nickte dem Wächter zu, der das Tor öffnete und ihnen wortreich den Weg in die Stadt beschrieb. Pona hob dankend ihre Hand.

Hinter dem Stadttor dehnte sich überraschend Grasland aus, nur mit wenigen Bäumen und Büschen bewachsen. Vereinzelt sahen sie einige Äcker und meist verfallene Scheunen und Hütten – und vor allem diese riesigen Viehherden, die Pona bereits bei ihrem ersten Besuch aufgefallen waren.

»Wenn die Milch der Kühe, Ziegen und Schafe nach diesem Qualm schmeckt, dann werde ich in Runidurum nur mehr Bier trinken!«, brummte Cavarinus. »Selbst mein Schmiedefeuer stinkt nicht so erbärmlich!«

»Auf dieser Fläche könnten alle Männer und Frauen und das gesamte Vieh vieler Dörfer von der mittleren Isura Platz finden«, stellte Iduras bewundernd fest, als sie auf die ersten Hütten zuritten.

»Dazu werden wir in nicht allzu langer Zeit auch Gelegenheit haben«, war die trockene Antwort von Pona. Iduras sah die Druidin merkwürdig berührt an.

Der Reitertrupp durchquerte das Weideland und erreichte die belebten Straßen der Innenstadt. Die Krieger von der Isura staunten über die vielen Hütten am Straßenrand, in denen Händler und Handwerker ihre Waren feilboten und über die riesigen Remisen und Lagerschuppen. Schließlich erreichten sie das Haus von Vendeles, dem greisen Druiden von Runidurum. Es lag in der Nähe des Tempels, wie dieser von mächtigen Eichen beschattet

– in Sichtweite des Fürstensitzes. Vendeles erwartete sie bereits vor seinem Haus. Er zeigte sich sichtlich erleichtert über die Ankunft von Pona und ihren Kriegern.

»Seid herzlich willkommen, Hochweise von der Isura und auch ihr Männer! Möge die Allmächtige Erd ...«, er unterbrach sich, und fuhr erschrocken fort.

»Möge die Göttin Epona euren Aufenthalt in dieser Stadt segnen! Ihr und eure Männer seid meine Gäste.«

Pona verneigte sich und antwortete auf seinen Gruß mit den Worten: »Nur sie wird uns beschützen! Ich habe euch verstanden, ehrwürdiger Vendeles!« Pona und der Druide sahen einander an und verstanden sich.

Als sie abends zu dritt auf gemütlichen fellbezogenen Bänken um das wärmende Herdfeuer saßen, meinte Pona wie gut es sei, dass sie endlich Delidix treffen würden. Er ist der letzte der vindelikischen Fürsten, mit dem wir über unser Vorhaben sprechen wollten, allerdings auch der Mächtigste von ihnen.

»Macht euch keine unnötigen Hoffnungen, Pona! Delidix wird hierbleiben! Mit ihm viele der Edlen, seine Sotiatenschar und Speichellecker«, erwiderte Vendeles. »Auch von den Handwerkern und ihren Familien, die bei ihm in den Manufakturen arbeiten, erwartet keine Zustimmung. Diese Zuwanderer stellen mittlerweile mehr als die Hälfte der Einwohner von Runidurum. Ihr wisst woher sie kommen!« Er schnaufte verächtlich und trank einen Schluck Wein.

»Schon an dem riesigen Wall seht ihr, was den Fürsten umtreibt, was er plant und wie er es durchführt. Dieses Runidurum, seine Stadt, soll das mächtigste und größte Oppidum zwischen dem Rhenos, dem Danuvius und den Blauen Bergen werden – wenn es die Stadt nicht schon ist. Was sollte ihn bewegen, das alles aufzugeben? Das Oppidum ist zwar nicht aus sich selbst heraus großgeworden, ist keine über Jahre gewachsene Gemeinschaft, sondern das beste Beispiel dafür, wie Arbeit und Geld locken und in der geeigneten Hand zu geschäftlichem Erfolg und Macht führen. Die vertriebenen Kelten aus dem Süden der Blauen Berge haben dies erkannt. Es vergeht nicht ein Tag, an dem nicht einige von ihnen in der Stadt eintreffen, um nach Arbeit zu suchen. Sie empfinden gegenüber unserem Land keine Heimatgefühle, beten zu fremden Göttern, wenn überhaupt, und sie sind froh, ihr Auskommen hier zu finden. Delidix beabsichtigt ein Theater nach römischem Vorbild zu errichten und will Thermen bauen. Für sich und seine Schranzen plant er sogar einen steinernen Palast, der aus dem Kalkfelsen der Berge nördlich des Danuvius errichtet werden soll. Er leistet sich diesen Luxus, obwohl der jetzige erst vor kurzer Zeit fertiggestellt worden ist.

Damit auch wir Druiden ihm den Segen unserer Götter erteilen, will er einen Tempel für die Göttin Epona bauen, der seinesgleichen suchen wird, hat er mir unlängst berichtet. Die Baumeister für diese Vorhaben sind bereits in der Stadt. Sie kommen aus der Gegend von Mediolanum, der einstigen Hauptstadt der Kelten südlich der Blauen Berge.« Vendeles starrte betrübt in das Feuer der Herdstelle.

»Einfach ausgedrückt: Seine Geschäfte gedeihen prächtig, während unser Glaube immer mehr verkommt und die Götter, die angebetet werden, nach seinen Wünschen ausgewählt werden. Er hat den Druidenrat der Stadt geschickt mit seinem Geld ausgespielt. Und was wir alle bis vor kurzer Zeit nicht für möglich gehalten haben – auch Römer gehören zu seinen Kunden. Morgen wird eine hochrangige römische Delegation von Cäsar eintreffen und einen Teil der Waffen abholen, die Delidix für sie gefertigt hat. Der Legat Loreius Tiburtinus wird sie anführen, einer der einflussreichsten Männer um Cäsar.«

Vendeles strich über seinen Bart und zwirbelte dessen Enden auf.

»Mit diesen Waffen aus keltischer Produktion werden unsere Brüder in Gallien bekämpft. Das ist aber nicht alles. In den nächsten Wochen werden auch die Gallier mit den gleichen Waffen ausgestattet werden. Nur Delidix ist es möglich, so viele Waffen in seinen Manufakturen herzustellen, und das in kürzester Zeit. Skrupel kennt er nicht. Die von ihm gelieferten Waffen sind sein Trumpf. Mit diesen hält er sich alle Gefahren vom Halse, ohne dass er sie selbst benutzen muss.«

Vendeles sah Pona traurig an. Selbst die Sueben, ein germanischer Stamm aus den Schwarzen Bergen, kaufen Waffen bei ihm.

»Was sollte ihn bewegen, von hier fortzuziehen, Pona? Was, frage ich euch?«

Als Pona die Nachricht von der bevorstehenden Ankunft der Römer hörte fasste sie einen Gedanken, der ihr nicht abwegig erschien.

»Wann wird Fürst Delidix uns morgen empfangen, weiser Vendeles?«, fragte Pona, noch bevor sie und Quinus ihre Schlafräume aufsuchten.

»Er wird uns am Spätnachmittag erwarten«, antwortete Vendeles, »nachdem er seine Blutrunde entlang der Erzöfen rund um die Stadt und in den Werkstätten beendet hat. Die Menschen nennen seine Kontrollritte so, denn es vergeht kein Tag, an dem seine Peitsche nicht einen der beklagenswerten Unfreien bis aufs Blut peinigt. Nach diesem Ritt ist er meist guter Laune, wenn er mit seinen menschlichen Kettenhunden die Leibeigenen zu schnellerer Arbeit angetrieben und seine nagelbewehrte Peitsche geschwungen hat. Dabei kostet er seine Macht über diese armen Kreaturen in grausamster Weise aus. Schon mancher dieser Unglücklichen verblutete nach seinen Peitschenhieben.« Vendeles schüttelte sich angewidert.

»Ein hartherziger, machtbesessener, eitler und genusssüchtiger Mann, aber gerissen in allen Geschäften, die er anpackt; natürlich immer auf seinen Vorteil bedacht.«

Gemeinsam mit Vendeles und den Druiden der Stadt verrichteten sie am nächsten Morgen ihr Gebet im Tempel. Als sie sich für den Besuch bei Fürst Delidix vorbereiteten, fragte Pona Quinus: »Wäre es nicht vernünftig Iduras mitzunehmen? Er könnte es sein, der den Stamm führt, wenn wir beide nicht mehr dazu in der Lage sind. Iduras wäre dann über alle Gespräche aus erster Hand informiert.«

Quinus nickte und antwortete mit seinen Händen, dass auch er daran gedacht hatte.

Eine Gruppe von Druiden, eine Frau und drei Männern in weißen wehenden Gewändern, strebte mit langen Schritten durch das Zentrum der Stadt. Auf ihre Stäbe mit den silbernen Mondsicheln und Schlangen gestützt näherten sich die Druiden und Heiler dem mauerbewehrten Gebäudekomplex, in dem Fürst Delidix residierte. Die Frauen und Männer auf den Straßen wichen vor ihnen zurück und sahen ihnen mit ehrfürchtigen oder gemischten Gefühlen nach, je nachdem, welcher Bevölkerungsgruppe sie angehörten.

Die schwerbewaffneten Wachen am Tor des Palastes bedachten sie mit unterwürfiger Ehrerbietung, die ein wenig vom Charakter ihres Fürsten verriet. Man hatte die Krieger informiert wer diese Besucher waren. Den Druiden Vendeles kannten sie. Die anderen mussten demnach die Druidin Pona, der Heiler Quinus und der vielgerühmte Jäger Iduras sein. Delidix überließ offenbar nichts dem Zufall.

Sie traten zur Seite, verbeugten sich mehrmals und ließen die Gruppe passieren, dabei wagten sie nicht, dem Besuch in die Augen zu sehen. Bewundernd starrten sie ihnen nach, dabei fühlten sie die Kraft, die von Pona und dem Heiler ausging.

Nachdem sie den Palasthof durchschritten hatten erwarteten sie am Eingang des Palastes mehrere Leibwächter des Fürsten. Die prächtig gekleideten und bewaffneten Männer führten sie durch einen begrünten Innenhof und schließlich in eine Halle, deren Dach von gedrungenen hölzernen Säulen getragen wurde. Alles war weitläufiger und prächtiger, als Pona es von den großen Fürstensitzen der Mittleren Vindeliker her kannte. Balken und Säulen waren mit Schnitzereien verziert, Stelen in die weißgekalkten Wände eingelassen. Sie stellten Göttergesichter dar oder waren mit herrlichen Ornamenten verziert.

Sklavinnen – man sah es an den Holzstücken in ihren Ohren – führten sie zu einer riesigen Tafel, an deren Stirnseite ein thronähnlicher Sessel stand. Dies war offenbar der Stuhl des Gebieters von Runidurum.

»So habe ich mir seinen Empfangssaal vorgestellt!«, dachte Pona.

»Menschen seiner Art schmücken sich mit dem Teuersten, was keltische Handwerker herstellen und umgeben sich mit einer Tafelrunde von Speichelleckern, vor denen sie über die eigenen Taten und Untaten prahlen können. Bei dem anschließenden Essen würden genügend Jasager zugegen sein, die sich ihr Lachen und ihre Dienste mit Wein und Essen entgelten ließen. Bezahlte Barden würden ein Übriges tun, der Huldigung des Fürsten einen musikalischen Rahmen zu verleihen, um das Loblied auf ihn noch zu steigern.«

Der Raum war düster, trotz der weißgekalkten Wände. In mehreren Eisenbecken glühten würzig riechende Harze, die den muffigen Geruch in der Halle jedoch nicht vertreiben konnten. Aus eigens dafür gestalteten Nischen an den Wänden grinsten kahle Totenschädel, hockten Figuren von unbekannten Göttern und Geistern. Es mochten wohl einige der fremden Götter darunter sein, von denen Vendeles gesprochen hatte.

»Als würde es draußen nicht genug qualmen!«, dachte Pona, dabei kniff sie in ihre Nasenflügel und starrte auf ein rauchendes Eisenbecken. Die jungen Sklavinnen reichten ihnen Wein und Fladenbrot zur Begrüßung. Als Quinus sich lächelnd bei einer der Sklavinnen bedanken wollte, traf sein Blick die Augen einer jungen Frau, welcher er in den Wäldern seiner Heimat ebenso bewundernd in die Augen gesehen hätte wie er es jetzt tat. Sie war dunkelhäutig wie er und hatte wunderschöne Augen, einen anmutigen Körper, den er unverhohlen bestaunte und ihn dazu verleitete einen kehligen Laut von sich zu geben. Die junge Frau stammelte erschrocken einige Worte in einer Sprache, deren weicher Klang ganz im Gegensatz zu dem steifen Prunk in diesem Raum stand. Ihre Stimme mochte eher zu der Weinkaraffe auf dem Tisch gehören, welche mit verschlungenen Pflanzen und Früchten verziert war, als in diesen düsteren Palast.

Die Sklavin wandte sich daraufhin höflich ab, wie es sich ziemte, und sie entfernte sich. Quinus sah ihr überrascht nach, als wenn er ein überirdisches Wesen erblickt hätte, das die Sprache seiner Mutter sprach.

»Ihr Name ist Santima, edler Heiler«, vernahm Quinus aus dem Halbdunkel hinter sich eine Stimme und ein Mann trat in den Lichtkreis der Tafel.

»Sie stammt aus den Steppen vom südlichen Nil. Da ich heute gutgelaunt bin, werde ich sie euch schenken, denn euer Interesse an ihr ist nicht zu übersehen«, fügte der Erschienene gönnerhaft hinzu, als er sich der Tafel näherte. Es war Fürst Delidix der sich, offenbar gutgelaunt, zu dieser Aussage bemüßigt sah.

»Dann könnt ihr sie jeden Tag bewundern, wie ihr es soeben getan habt!«

Der Fürst war nach römischer Mode gekleidet, trug jedoch keine Toga. Ringe schmückten sämtliche Finger seiner Hände. An allen möglichen und unmöglichen Stellen seiner Tunika und den unbedeckten Teilen seines Körpers blinkten und glitzerten kunstvoll gefertigte Schmuckstücke aus Bronze, Silber und Gold. Der Fürst war ein kleiner korpulenter Mann. Behäbig bewegte er sich auf die Tafel zu und warf sich stöhnend in den Sessel.

»Wie weibisch Fürst Delidix wirkt«, dachte Quinus überrascht.

»Eine Hälfte von ihm ist die eines Weibes. Frauen bedeuten ihm bestimmt nicht viel!«

Seine weißen Augäpfel blitzten im Halbdunkel. Er antwortete mit einer abwehrenden Handbewegung und sah Pona aufmunternd an.

»Fürst Delidix, Quinus, der ehrwürdige Heiler des Stammes der Boier und Vindeliker ist stumm«, erklärte Pona, nachdem sie das zornige Funkeln in Quinus' Augen gesehen hatte.

»Er wird dieses Geschenk nicht annehmen können! Zu großzügig ist euer Ansinnen, ihm einen Menschen zu schenken. Er fühlt sich dessen nicht würdig!«

Während dieser Worte erhob sich Pona und verneigte sich leicht. »Entschuldigt, Fürst Delidix, dass wir uns nicht vorgestellt haben! Ich bin Pona, die Hochweise vom Seerosendorf an der Isura und Fürstin der Mittleren Vindeliker. Dieser junge Mann an meiner anderen Seite ist Iduras. Er ist Druide und Heiler, einer der mit Tieren sprechen kann. Quinus habe ich euch bereits vorgestellt und Vendeles kennt ihr.«

Delidix sah die Fürstin und die Männer in ihrer Begleitung abschätzend an.

»Seid mir alle willkommen, Fürstin Pona, bei Apoll, oder sollte ich richtigerweise bei Taranis sagen?«

»Namen gehorchen Zungenschlägen, Fürst Delidix. Wichtig ist der Glaube an die Götter, und die Tatsache, dass wir uns in ihrem Sinne mit ehrlichem Herzen willkommen heißen«, antwortete Pona.

Delidix sah sie erstaunt an, vermied es aber darauf zu antworten und wich mit seiner Antwort aus:

»Ich habe viel von euch gehört, Pona. Von eurem Besuch im letzten Jahr, eurer überraschenden Abreise damals und von der erfolgreichen Befreiung der Druidinnen eures Stammes. Meine Hochachtung! Ihr seid eine lebende Legende geworden!«

Er vollführte mit seinem Arm eine weitausholende Geste, verbeugte sich leicht und sank wieder in seinen Stuhl zurück.

»Seine jämmerliche Gestalt verliert sich in dem mächtigen Stuhl«, registrierte Pona. »Er strahlt in ihm eine Bedeutungslosigkeit aus, deren er sich nicht bewusst ist. Stühle wie dieser machen eben keinen Fürsten aus!«

Pona lächelte den Fürsten während ihrer Gedanken freundlich an. »Nichts davon ist von Bedeutung für mich!«, antwortete sie ihm.

«Ich habe das getan, was ich tun musste. Nicht mehr und nicht weniger!«

Delidix fixierte Pona irritiert, dabei trank er einen kräftigen Schluck Wein, wischte mit einem Tuch über seinen Mund und schwärmte: »Wunderbar, dieses Gefühl, wenn man Wein trinkt, der mit seinem Geschmack und seinem Geist so beruhigt. Die Köpfe an den Wänden hier«, dabei wies er mit einer Handbewegung auf die Totenköpfe in den Nischen, »jagen mir fürchterliche Angst ein, jedes Mal wenn ich in diesem Saal tafele! Der Wein allerdings vertreibt meine Angst vor ihnen.«

Delidix kicherte über seine Bemerkung und beobachtete die Druidin. Er suchte Widerspruch in ihrem Gesicht, denn zu gerne hätte er sie mit diesem Thema aus der Reserve gelockt und in ein Gespräch darüber verwickelt. Er kannte ihre Abneigung gegen den Totenkopfkult. Als sie mit unbewegter Miene schwieg, verflog seine aufgesetzte Freundlichkeit von einem Herzschlag zum anderen. Ein lauernder Blick kroch aus seinen Augen und seine Mundwinkel wurden messerscharf.

»Ihr habt hoffentlich Schwerter aus meiner Manufaktur benutzt, Fürstin Pona«, führte er das einseitige Gespräch fort, »die euch bei der Befreiung siegen halfen!« Sie schüttelte ihren Kopf.

»Es waren nur die einfachen Schwerter eines Dorfschmiedes, gelenkt von den Gedanken derer, die sie im richtigen Moment zum entscheidenden Schlag benutzt haben.« Delidix lachte, dabei richtete er sich interessiert im Stuhl auf.

»Ihr wäret die beste Unterhändlerin für mich, Hochweise Pona. Frauen eures Schlages könnte ich bei meinen Geschäften gut gebrauchen. Eine Frau, die Waffen verkauft. Welch ein faszinierender Gedanke!«

Er kicherte – eine Angewohnheit, die Pona an diesem Abend noch oft bei ihm bemerken sollte – und fuhr fort: »Leider habt ihr den falschen Beruf gewählt!«

»Jede Frau muss wissen, was sie am besten kann«, beschied Pona vielsagend. Sie lehnte sich gelassen in ihren Stuhl zurück.

»Ich kenne nicht einmal den Preis eurer Waffen, von den Vorzügen des Stahls und der Fertigung und all dem was man von ihnen wissen muss, ganz zu schweigen, damit man einen Kunden überzeugen kann. Außerdem wirkt eine Frau als Waffenverkäufer wenig überzeugend auf Männer.«

»Überzeugt habt ihr uns bereits!«, erwiderte Delidix, »und das andere ist schnell erlernt! Einige Tage in meinen Manufakturen, und ihr hättet diese Kenntnisse erworben. Dass ihr eine Frau seid, wird niemanden davon abhalten Delidix' Waffen zu kaufen! Qualität und Preis sind entscheidend.«

Er sah die Druidin nachdenklich an, während sich Pona beim Gedanken an eine derartige Tätigkeit für den Fürsten innerlich schüttelte.

»Aber was reden wir da! Lasst uns lieber zum eigentlichen Grund eures Besuches kommen«, lenkte Delidix in seiner sprunghaften Art die Unterhaltung auf den Anlass ihrer Zusammenkunft.

»Ich will es kurz machen, ehrwürdige Pona! Eurem Plan werde ich nicht folgen! Warum sollte ich es tun? Ich kenne kein Argument, das mich überzeugen könnte.«

Der Fürst spielte mit einem Messer, das zum Zerlegen der Fleischstücke auf seinem Teller bereitlag.

»Sitze ich nicht an der Quelle all der Waffen, die man gegen mich erheben könnte. Würde man mich töten, versiegte die Quelle, die dem Käufer Erfolg und Macht verspricht. Es ist eine Quelle, aus der Waffen und Rüstungen fließen, eine Quelle welche mich und viele Menschen in dieser Stadt ernährt und beschützt. Nein, und nochmals Nein! Ich und meine Leute werden hierbleiben!« Fürst Delidix' Worte hinterließen eisiges Schweigen bei seinen Gästen.

Die Gesten und Bewegungen, mit denen Delidix seine Worte begleitete, wirkten an diesem Mann schwammig. Pona dachte, wie zuvor Quinus, dass diesem Mann nicht nur seine Männlichkeit abhandengekommen war, sondern er auch jegliches Realitätsempfinden verloren hatte. Wie schnell konnte er in einen Konflikt mit den Germanen im Norden hineingezogen werden, denen es nicht nur um Waffen ging.

»Genau so, wie Vendeles es sagte«, dachte Pona und sah in die Augen des Fürsten, die kalt wie die einer Schlange waren. »Er denkt nur an Geld und Macht. Was mit den Menschen in seiner Stadt geschehen könnte, ist ihm völlig egal!«

Pona beschloss, trotz der ablehnenden Haltung des Fürsten, auf jene Gefahren hinzuweisen, die er offenbar noch nicht in Betracht gezogen hatte.

»Edler Delidix, ich möchte euch nicht umstimmen«, begann sie vorsichtig, dabei fixierte sie den Fürsten, »denn eure Entscheidung ist gefallen. Bedenkt bei eurer Entscheidung, dass nahezu alle Clans der Mittleren Vindeliker mit uns ziehen werden. Die Auswirkungen auf Runidurum werden erheblich sein. Wer sichert nach ihnen die Wege entlang des Danuvius und weiter nach Osten zu den Norikern? Oder nach Westen zu den Galliern und nach Süden in die Blauen Berge? Wer liefert euch die Holzkohle, und vor allem wer wird die vielen Menschen in eurer Stadt ernähren, die bisher von dem lebten was die Wegziehenden produziert haben? Gerste, Dinkel, Linsen und Bohnen, Schweine, Rinder und Schafe – all das wird zum größten Teil nicht mehr verfügbar sein. Eure Schwerter und die vielen anderen Waren, die ihr produziert, könnt ihr nicht essen. Früher oder später wird Hunger in eure Stadt einkehren und vor allem die Handwerker werden sie verlassen. Mit wem wollt ihr dann noch etwas produzieren?«

»Ihr könnt mich nicht umstimmen!«, ehrwürdige Pona. Ich werde Nahrungsmittel von den Boiern, Licatern oder Raetern kaufen und was den Schutz der Straßen betrifft werden meine Leute die Straßen sichern. Das ist mein letztes Wort! Lasst es daher gut sein!«

Pona zuckte mit den Achseln und dachte, dass auch der Fürst die Folgen ihres Exodus bedacht haben musste. »Hatte er andere Pläne, die sie nicht kannte?«

»Die Standpunkte sind also geklärt!«, setzte Delidix einen Schlusspunkt. »Wir sollten nun speisen! Nach all dem Staub und Dreck, den ich bei den Schmelzöfen geschluckt habe, ist mein Hunger und Durst beträchtlich. Vielleicht ändere ich bei all den Köstlichkeiten, die uns erwarten, meine Meinung. Könntet ihr mir versprechen, mich in ein Land zu führen, das diese Speisen nur annähernd in dieser Qualität bieten kann wie unser Land und Runidurum, wer weiß, wie ich mich dann entscheiden würde.«

Der Fürst klatschte in die Hände und eine Schar Dienerinnen erschien.

»Es ist so, wie es schien«, dachten Quinus und Pona gleichzeitig, was die Druidin aus der Handbewegung des Heilers las. Sie tauschten einen Blick aus. Die Dienerinnen, welche sie nun bedienten, entpuppten sich bei näherem Hinsehen als Knaben. Der Gastgeber plauderte munter weiter, dabei flogen seine flinken Augen lauernd von einem zum anderen.

»Und nun etwas Wein! Santima wo bist du?.« Er klatschte erneut in die Hände. Die dunkelhäutige Sklavin erschien mit einem Krug Wein.

»Zuerst schenk' unseren Gästen ein, vor allem dem Heiler Quinus! Zeig' ihm, wie gut du für einen Mann sorgen kannst!«

Quinus Augen bekamen einen seltsamen Glanz, als er Santima beim Fürsten stehen sah. Seitdem er diese Frau das erste Mal gesehen hatte konnte er sie nicht mehr aus seinen Gedanken verbannen.

Fürst Delidix hatte auch diesmal Quinus' Reaktion bemerkt, doch er konnte sicher nicht das nachempfinden, was in dem Heiler vorging. Die dunkelhäutige Sklavin verkörperte all das, was er von seiner Heimat im Herzen behalten hatte. An den wenigen Worten, die über ihre Lippen sprudelten, erkannte er, dass sie seinem Volk am oberen Nil entstammte. In den vielen Jahren, seitdem er aus seiner Heimat verschleppt worden war, hatte er niemanden gesehen, der den Frauen und jungen Mädchen seines Stammes nur annähernd so glich wie diese junge Frau. Quinus ertappte sich dabei, dass er ein Gefühl zulassen musste, dass er bisher noch nie empfunden hatte. Der Heiler biss sich auf die Lippen, sah die spöttischen Augen von Delidix und widmete sich aufgewühlt dem Inhalt seiner Schale.

Delidix, der mit seinen unruhigen, aber aufmerksamen Augen stets alles im Auge behielt, bemerkte dieses erneut aufglimmende Feuer in Quinus' Augen und lächelte genüsslich.

»Was ist Santima, warum stehst du so zögerlich abseits? Sind dir meine Gäste nicht gut genug, nachdem ich ihr Ansinnen abgelehnt habe?«, fragte Delidix, dabei wandte er sich Quinus zu.

»Ich sagte es bereits, hochweiser Heiler. Sie gehört euch! Eure Blicke sagen mir, dass ihr sie besitzen wollt! Santima kann eure persönliche Bedienung übernehmen und auch in anderen Dingen sehr nützlich sein.« Delidix feixte vielsagend.

Pona erkannte in diesem Moment, dass Delidix' Geschenk an Quinus für die Sklavin Santima eine unwiederbringliche Gelegenheit war freizukommen, und sie erwiderte deshalb vorsichtig:

»Quinus ist stumm, Fürst Delidix. Ich sagte es bereits. Daher dient er den Göttern und den Menschen, die Heilung bei ihm suchen. Was kann ihm ein Geschenk wie dieses nützen, auch wenn es noch so kostbar ist. Er kann es nicht würdigen, wie es die großzügige Geste eines Fürsten verdienen würde. Erlaubt mir deshalb folgenden Vorschlag: Schenkt die Sklavin dem Druiden Vendeles, er könnte sie beschäftigen und benötigt in seinem Alter eine fürsorgliche Pflege! Der Hochweise eurer Stadt wäre euch dankbar!«

»Wenn der weise Quinus mein Geschenk nicht annehmen kann«, antwortete Fürst Delidix missmutig, »dann soll die Sklavin Santima eben Vendeles gehören!«

Delidix sah abschätzend auf Quinus und dann auf Vendeles.

»Nun, worauf wartest du, Santima, bediene deinen neuen Herrn, den Druiden Vendeles mit Wein – und vergiss deinen glühenden Verehrer, den Heiler nicht! Du bist der beste Mundschenk, den ich kenne. Ob der Druide Vendeles oder Quinus der Heiler dein neuer Gebieter sein wird, einer von beiden wird irgendwann Appetit auf dich bekommen.«

Die Hofschranzen lachten über seine anzügliche Bemerkung und Fürst Delidix am allermeisten, während die Gesichter seiner Gäste keine Regung zeigten. Sie hatten sich im Griff und dachten nicht daran, dem Fürsten eine Blöße zu zeigen.

Für Delidix war das Thema erledigt. Er schob sich eine Fleischkeule zwischen die Zähne und begann daran zu nagen. Beifall heischend musterte er seine Gäste, während der Bratensaft an seinem fleischigen Kinn herabtropfte.

Die Afrikanerin Santima trat zu Quinus, verneigte sich und legte vorsichtig einige Bratenstücke auf die silberne Tafel vor ihm und füllte dessen Becher nach. Sie musterte Quinus verstohlen und fand, dass dieser Mann mehr als nur Fürsorge von ihr erwarten konnte. Danach bediente sie Vendeles.

»Herrlich dieser Braten«, keuchte der Fürst schmatzend. »Wo gibt es bessere Eicheln und natürlich Schweine, als hier in diesem gesegneten Land der Vindeliker.« Er biss erneut in die Keule und zerrte einen Fleischfladen in seinen Mund.

»Ich schmecke förmlich diesen herben Geschmack der Eicheln auf meiner Zunge«, schmatzte Delidix und sog an einem Fleischstück, das er in seinen Mund gleiten ließ.

»Vor allem Schweine beherrschen seine Gedanken«, dachte Pona, »dabei bemerkt er nicht, dass er selbst wie ein Schwein wirkt.«

Sie erschrak über ihre abfälligen Gedanken und beeilte sich zu einer Höflichkeit.

»Wahrlich, ein guter Braten, edler Delidix. Ihr könnt euch glücklich schätzen, denn euer Koch ist ein Meister seines Fachs.« Der Fürst nickte geschmeichelt und grunzte genüsslich vor sich hin. Seine Gefolgsleute taten es ihm gleich und eine gefräßige Stille griff um sich, nur unterbrochen vom Krachen der gebratenen Schwarten, dem Schmatzen und Schlürfen an der Tafel und dem zufriedenen Rülpsen der Männer.

»Wie widerlich der Geruch von Wein, Brot, Fleisch und Weihrauch sein kann, obwohl ich alles sehr schätze!«, dachte Pona und biss tapfer in ihr Bratenstück. Dabei ertappte sie sich, dass auch sie das Fleisch schmatzend zerkaute und ihren Wein schlürfte.

Pona sah kurz zu Quinus, der unverdrossen Fleisch und Brot zu sich nahm und ihr dabei mit den Fingern eine Botschaft zukommen ließ. »Lasst uns schnell essen und diesen Albtraum beenden!«, hieß sie.

Aufreizend langsam wischte sich Delidix einige Speisereste mit einem Tuch von seinen Lippen, tupfte einige Spritzer von der Toga und unterbrach die Stille: »Santima bring' mir das Huhn! Auch mein Liebling soll mit seinem Schnäbelchen in den Köstlichkeiten picken.«

Er legte seine Hände vor sich in den Schoß.

»Etwas möchte ich noch zu eurem Vorhaben hinzufügen, Pona. Natürlich werde ich gestatten, dass ihr innerhalb des Ringwalls rasten könnt, wenn ihr mit dem Wagenzug an Runidurum vorbeizieht!«

Pona sah ihn dankbar lächelnd an. »Wir wissen es zu schätzen, in den sicheren Mauern von Runidurum lagern zu dürfen, Fürst Delidix. Es könnte allerdings sein, dass die Stadt für die vielen Menschen und Tiere zu klein ist«, stichelte sie zurück.

Delidix schien ihre Antwort nicht zu beachten. Er nahm das Huhn mit ausgestreckten Armen entgegen und setzte es auf seinen Schoß. Zärtlich begann er den Hals des Tieres zu kraulen, glättete die Federn der Flügel und fütterte es, währenddessen er fortfuhr: »Es ist das Mindeste, was ich für ...« Er unterbrach sich, als einer der Palastwachen zu ihm trat und ihm etwas zuflüsterte. Delidix nickte und entließ seinem Mund einen langgezogenen Rülpser.

»Ihr habt Glück, Vindeliker von der Isura. Unvorhergesehen früh sind meine römischen Kunden eingetroffen. Ich lade euch ein, bei diesem Gespräch zugegen zu sein. Spätestens dann werdet ihr verstehen, warum mich nichts dazu bewegen kann, diese Stadt zu verlassen.« Wieder entfuhr ein Magenwind seinem Mund.

»Warum sprecht ihr bei dieser Gelegenheit nicht mit den Römern über euer Vorhaben, weise Pona? Vielleicht könntet ihr euch den weiten Weg zum Rhenos ersparen?«

Quinus und Pona sahen sich erstaunt an. Der Fürst hatte das ausgesprochen, worüber sie ebenfalls nachgedacht hatten.

Fürst Delidix warf sein Mundtuch einem der Knaben zu, übergab Santima die Henne und klatschte in die Hände, während er sich erhob.

»Legat Loreius Tiburtinus wird nun dem besten Waffenproduzenten nördlich der Blauen Berge seine Aufwartung machen!«, dabei reckte er sich selbstgefällig.

»Ihr werdet nun miterleben, welche Macht Waffen besitzen, auch wenn man sie nicht selbst gebraucht. Die Blechschwerter der römischen Legionen aus eigener Produktion sind verbogen und an den Schädeln der Kelten stumpf geworden. Nun brauchen sie etwas Besseres, etwas von mir, vom Meister des keltischen Stahls.«

In diesem Moment betrat eine Gruppe römischer Legionäre den Raum.

»Der mit dem goldenen Helm, der am prachtvollsten Gekleidete, das muss Loreius Tiburtinus sein«, dachte Pona und erhob sich mit den anderen Gästen. Delidix schritt mit würdevoller Miene den Männern entgegen, die den Saal betreten hatten. Er verneigte sich und begrüßte die Gäste unterwürfig.

»Seid in meiner unwürdigen Halle willkommen, erlauchte Römer. Fürst Delidix steht euch zu Diensten, Legat Loreius Tiburtinus!«

Wieder verneigte er sich, wobei sich sein Gesichtsausdruck in seltsamem Gegensatz zu seinen Worten befand.

»Heuchler«, dachte Quinus, »skrupelloser Heuchler!«

Der Mann an der Spitze der Besucher erfasste mit einem schnellen Blick die Situation, nickte kurz und winkte den Legionären, die mit eingetreten waren, sich wieder zurückzuziehen.

»Auch ich möchte euch meinen Gruß entbieten, Fürst Delidix, und den Gruß des ehrwürdigen Konsuls Cäsar«, antwortete der Römer kühl und sah sich nochmals im Raum um.

»Dies ist im Übrigen Präfekt Gaius Victor, unser Waffenexperte.«

Er wies beiläufig auf einen kleinen Mann der an seiner Seite stand. Daraufhin trat der Römer zur Tafel.

»Diener«, rief Delidix, »bewirtet meine Gäste, rasch! Unterwürfig wandte sich der Fürst dem Römer zu und verbeugte sich mehrmals. »Legat Loreius Tiburtinus, nehmt bitte Platz an meiner bescheidenen Tafel, auch ihr, Präfekt Gaius Victor! Und du, Santima, kannst Vindelica wieder in den Käfig einsperren!«

Delidix sank mit einem Ächzen auf seinen Stuhl zurück, sein Bauch schob sich entlang seiner Oberschenkel, wölbte sich unter der Toga und kam wabern zum Stillstand. Er mahlte seine Zähne unentwegt aufeinander, als wenn er an etwas kauen würde, sodass sich seine fleischigen Backen immer wieder nach außen wölbten. Währenddessen musterte er die Römer abschätzend, so als erwartete er, dass sie das Gespräch sofort auf den Handel mit ihm richten würden, auf dessen Abschluss er selbst so begierig brannte. Dann würde sich die Gelegenheit bieten, vor der Tafelrunde seine Schlauheit und Geschäftstüchtigkeit zum Besten geben zu können. Er schnaufte tief ein, doch er beherrschte sich.

»Stellt uns bitte diese Druiden vor, Delidix«, durchkreuzte der römische Legat die Gedanken des Fürsten, als hätte er sie geahnt.

»Ein Gespräch mit Vertretern dieser Bruderschaft, ohne das sie sonst begleitende Kriegsgeschrei, ist eine seltene Gelegenheit für uns Römer; oder sollte ich besser sagen – auch Schwesternschaft?«

Der Römer sah Pona kühl aber nicht uninteressiert an.

Pona kam Delidix mit ihrer Antwort zuvor. Sie hielt es nun für angebracht, sich und ihre Begleiter vorzustellen, was sie auch tat. Sie schloss mit den Worten: »Auch für uns ist es eine Ehre und eine hochwillkommene Gelegenheit, mit Vertretern des mächtigen Cäsar zusammenzutreffen. Um ein derartiges Gespräch führen zu können, hatten wir eigentlich eine weite Reise an den Rhenos vor.«

Bei ihren Worten sah Pona dem Römer in die Augen und dachte, dass man mit dieser Art von Männern andere Gespräche würde führen können, als mit dem eitlen und weibischen Kaufmanns- und Waffenfürsten. Ihr entging nicht der fragende Blick des Legaten, der mehr über sie wissen wollte und über das Anliegen, das Pona andeutete.

»Nun, ehrwürdiger Legat, ich sollte erklären, warum wir hier sind!«, ergriff Pona das Wort. Ohne die Versuche des Fürsten Delidix zu beachten, dieses Gespräch zu unterbinden, schilderte Pona ihre eigene Flucht an die Isura, die Gründe, welche sie und die Vindeliker bewogen hatten, das Land zu verlassen und in Gallien Schutz zu suchen, danach vielleicht weiterzuziehen; unter Umständen nach Britannien.

Loreius Tiburtinus folgte interessiert den Worten der Druidin und meinte: »Seid ihr etwa die Druidin der Boier, von jenem Stamm, welchem Cäsar Land im Stammesgebiet der Triboker zugewiesen hat? Land das die Sueben menschenleer gekämpft haben? Jene Druidin, welche die Zukunft lesen kann, wie die Boier es Cäsar berichteten? Und neben euch, das muss Quinus sein, der stumme Heilkundige, der mit den Boiern am Rhenos eintraf. Was für ein Zufall! Euer Ansinnen ist in der Tat ein ungewöhnliches, wie es auch das der Boier war. Wahrlich ungewöhnlich!«

Der Legat schwieg für einen Moment und horchte in sich hinein, dabei betrachtete er Pona nachdenklich. In seinen Augen leuchtete überraschend ein Funken auf, der Pona verwirrte. Sie fühlte, dass dieser Mann etwas in ihr ausgelöst hatte und es mochte ihm gleich ergehen. Eine Gänsehaut lief über ihren Nacken. Sie fühlte förmlich, wie die Härchen den Stoff ihres Hemdes berührten. Verwirrt senkte sie ihre Augen.

»Wie viele Menschen werden es sein, die euch folgen wollen?«, fuhr der Legat sachlich fort. Der Funke in seinen Augen schien erloschen zu sein.

»Mit Kind und Kegel zählen wir an die fünfzigtausend Seelen, die sich entschlossen haben mit uns zu ziehen.«

»Nicht gerade viel«, meinte der Legat. Pona sah ihn erstaunt an und fragte: »Nicht viel? Könnt ihr mir das erklären?«

»Allein mehr als zweimal hunderttausend Menschen«, antwortete der Legat, »sind in den vergangenen Kämpfen mit uns Römern und in den Kämpfen der Kelten untereinander umgekommen. Ein Werk eurer Bruderschaft, dieser Druiden und der von ihnen gepredigten Wiedergeburt und Waffenbrüderschaft mit euren Göttern.«

Pona schüttelte unmerklich den Kopf: »Genau das ist es, was ich vermeiden möchte, was meinen Entschluss nur noch gefestigt hat. Unser keltisches Volk wird seinen Göttern derzeit nur dann gerecht, wenn es von ihnen das erhält, wofür die Menschen ihnen Opfer bringen. Geschieht das nicht oder nicht in dem Maße wie sie es erhoffen, wenden sie sich neuen Göttern zu, die ihre Wünsche vielleicht erfüllen könnten. So ist die Zahl unserer Götter über Generationen beträchtlich angewachsen. Vielleicht liegt es auch daran, dass wir Druiden es nicht vermochten, die Magie der alten Götter immer wieder aufs Neue zu entfachen. Wer weiß! Wir Kelten jedenfalls müssen lernen das hinzunehmen was die Allmächtige Erdenmutter, die Urmutter unserer Götter, uns jeden Tag aufs Neue schenkt – und nicht das was wir fordern. Wir müssen glauben und vertrauen lernen. Dies ist einer der Gründe, warum wir uns von der Heimat an der Isura lösen müssen, die in vielen Hunderten von Jahren durch diese Götterschar geprägt wurde. In dieser vertrauten Umgebung würden wir niemals diese Erneuerung erfahren. Die Menschen würden eigensinnig an ihren Göttern festhalten, sich an ihr Hab und Gut klammern und schließlich unter den Schwertern der Eroberer sterben, die bereits im Norden und Süden lauern. Auch ihr Römer werdet daran beteiligt sein, wie es mich die geografische Lage unseres Landes lehrt.« Sie sah dem römischen Legat in die Augen.

Pona steigerte sich während ihrer Worte in eine Begeisterung hinein, welche die Männer an der Tafelrunde fesselte und tiefe Einblicke in ihre weitsichtigen Gedanken gab.

»Ihr habt noch mehr zu sagen, und ich habe mindestens genau so viel zu fragen«, meinte Loreius Tiburtinus, dem bewusst wurde, dass die Unterhaltung mit dieser Druidin seine Verhandlungen mit Delidix hinauszögern würde; und eigentlich wollte er diese so schnell wie möglich hinter sich bringen.

»Lasst uns dieses angefangene Gespräch dort weiterführen wo ihr derzeit zu Gast seid!«, schlug der Legat vor. »Ich nehme an, beim Druiden dieses Ortes.«

Delidix witterte eine Gelegenheit, das an ihm vorbei geführte Gespräch wieder an sich reißen zu können und erwiderte eilfertig:

»Richtig, Legat Loreius Tiburtinus, ich meine ...«, doch der alte Druide Vendeles schnitt ihm das Wort ab. Mit seiner ihm eigenen leisen Stimme beantwortete er den Vorschlag des Legaten: »Es ist mir eine Ehre, euch Römer, morgen nach dem Abendgebet, in meinem bescheidenen Haus zu empfangen.« Dabei verbeugte er sich höflich.

Fürst Delidix fluchte innerlich und schluckte seine angefangenen Worte ärgerlich hinunter. Während der Unterhaltung der Druidin mit dem Römer rückte er unruhig auf seinem Stuhl hin und her, wie ein Huhn in einem viel zu großen Käfig. Er ärgerte sich darüber, dass es ihm trotz mehrfacher Versuche nicht gelungen war, der Unterhaltung den Verlauf zu geben, der seinen Vorstellungen entsprach. Der Wortgewandtheit dieses Druidenpacks war er nicht gewachsen, musste er grollend feststellen. Er konnte nicht verwinden, dass er mit seinen Gedanken immer um einen Schritt langsamer war als Pona.

Kaum hatte der Druide ausgesprochen, wandte sich Delidix eilfertig an den Legaten: »Ich stimme euch zu, auch ich möchte das Gespräch mit euch, ehrwürdiger Legat, allein weiterführen«, und er fügte abfällig hinzu: »Die Worte der Druiden werden euch kaum interessieren!«

»Wir waren ohnehin am Ende unseres Gesprächs«, erklärte Pona geistesgegenwärtig und erhob sich. Sie war erleichtert darüber, einen geeigneten Anlass zum Verlassen dieses düsteren Raumes gefunden zu haben. Pona spürte förmlich wie der Fürst innerlich kochte.

»Geschäfte der Art, wie sie nun anstehen, sind nicht unsere Welt«, fügte sie ungerührt hinzu und wandte sich an den Fürsten.

»Habt Dank für eure Gastfreundschaft, Fürst Delidix! Vielleicht überdenkt ihr eure Entscheidung ein letztes Mal! Ihr wisst wovon ich spreche!«

Vendeles erhob sich ebenfalls, blieb jedoch zögernd stehen, als wollte er Delidix noch etwas sagen. Unschlüssig sah er auf die Sklavin Santima und fasste sich schließlich ein Herz: »Fürst Delidix, ihr wolltet die Sklavin Santima dem Heiler Quinus schenken. Wie Pona es gesagt hat, lasst sie mit mir gehen! Ich benötige dringend jemanden in meinem Haushalt. Bei den zahlreichen Besuchern, die ich in meinem Haus beherberge, wäre sie mir als Dienerin hochwillkommen.«

Iduras und Pona sahen erstaunt auf und Quinus lächelte dem Druiden dankbar zu.

Fürst Delidix betrachtete belustigt den alten Druiden, dachte sich wohl, dass der alte Mann mit Santima das vorhatte, was er mit den Knaben regelmäßig tat.

»Gut, nehmt sie mit! Ich hatte sie euch bereits geschenkt.«

Er wandte sich um und rief nach Santima, die sofort heraneilte.

»Gehe mit deinem neuen Herrn, Santima! Jetzt auf der Stelle! Deine Sachen werde ich noch heute zu Vendeles bringen lassen.« An den Druiden gewandt fügte er hinzu: »Beklagt euch aber nicht, Vendeles, sollte die Sklavin euren Ansprüchen nicht genügen!«

Vendeles bemerkte in den Augen der Sklavin ein Aufleuchten und er freute sich, den Fürsten beim Wort genommen zu haben. Er warf Santima einen freundlichen Blick zu und meinte: »Du wirst mir eine große Hilfe sein, Santima!«

»Die Götter mögen deine Großzügigkeit segnen, Fürst Delidix!«, sagte Vendeles an Delidix gewandt, dabei verneigte er sich.

Quinus verfolgte die Szene mit undurchdringlicher Miene, nichts von seinen Gedanken war darin zu erkennen. Pona schüttelte ihren Kopf und freute sich für Quinus, dessen leidenschaftliche Blicke auch sie bemerkt hatte. Die Druiden verbeugten sich höflich vor dem Gastgeber und seinen Gästen und verließen mit Santima die Halle des Fürsten.

Entscheidung

»Die Götter sind uns wohlgesonnen«, sprudelte Iduras atemlos hervor, als sie sich auf der Hauptstraße dem Tempelbezirk näherten.

»Vielleicht ist unser Weg zu Cäsar tatsächlich hier in Runidurum zu Ende.«

Pona brummte nur etwas Unverständliches unter ihrem Mundtuch hervor und Quinus schwenkte seinen Kopf, wobei er einen flehenden Blick zum Himmel warf.

Vendeles ging einstweilen zufrieden am Ende der Gruppe. Santima stützte ihn beim Gehen. Er musterte den Afrikaner von der Seite und empfand, dass dieser junge Heiler dem Fürsten Delidix, einem Teufel, seine Beute entrissen hatte und diese junge Frau nun einer besseren Zukunft entgegenging.

Am nächsten Tag wollten Quinus, Cavarinus und Iduras die Manufakturen Runidurums besichtigen, wohin sie der Fürst eingeladen hatte. Die Wunderdinge, die man von den Handwerkern hier erzählte, wollten sie mit eigenen Augen betrachten.

»Bring' mir wieder einen Heiler und einen Jäger zurück, Cavarinus!«, mahnte Pona, als sie aufbrachen, »und nicht einen Schmied oder Emaillierer, Bronzegießer oder Wagenbauer.«

Sie lachten und Iduras bemerkte: »Schmied, Emaillierer, Bronzegießer, dazu Heiler und Druide, keine schlechte Mischung.«

»Die Manufaktur der Stadt hat System«, musste sich Quinus eingestehen, als sie das Handwerkerviertel durchschritten.

»Sie produzieren in Richtung Stadtzentrum, in Richtung der Handelhäuser mit ihren Lagerschuppen, an den wichtigsten Ausfallstraßen gelegen«, bemerkte Cavarinus, der die Gedanken des Heilers zu lesen schien, »dabei werden die Produkte immer feiner und wertvoller, je weiter sie sich dem Zentrum der Stadt nähern.«

Der riesige Gebäudekomplex der Manufaktur des Fürsten erstreckte sich entlang mehrerer Straßenzüge. In den langen Hallen verarbeiteten die Handwerker das angelieferte Vormaterial – Eisen, Bronze, Silber, Gold und anderes mehr – und produzierten daraus vielfältige Erzeugnisse. Sie formten mit ihren Fertigkeiten das Angelieferte zu ihrem spezifischen Produkt, bekamen das Benötigte dort zugeführt, wo sie es brauchten. War ihre Arbeit vollendet, dann fügten sie es, musste es noch weiter bearbeitet werden, wieder dem Herstellungsfluss zu. Ohne unnötige Transporte, auf kürzestem Weg, entstanden auf diese Weise Erzeugnisse in einer Menge und Vielfalt, wie ein herkömmlicher Handwerksbetrieb sie nie hätte herstellen können.

Die längste und größte Manufakturhalle war die der Eisenverarbeiter und der Schmiede, spezialisiert auf Waffen, Rüstungen, Werkzeuge, Flachband, Nägel, Beschläge und eiserne Gefäße. Nicht merklich kleiner war die der Holzbearbeiter, der Böttcher, Wagner, Zimmerleute, Tischler und Drechsler. Ihnen schlossen sich die wesentlich kleineren Hallen der Sattler, Schuster und Gürtler, der Bronzegießer, der Töpfer, Emaillierer, Glaszieher, Schmuckschmiede und der Webereien an. Sie waren eng miteinander verbunden, dort wo sich Berührungspunkte ergaben.

Quinus konnte nachfühlen, dass vor allem die Halle der Schmiede das besondere Interesse von Cavarinus weckte, daher fügte er sich ohne Widerstreben dessen Führung.

»Wenn es hier eine Manufaktur für medizinische Geräte gegeben hätte, würde ich sie zuallererst besichtigten wollen und mich am längsten in ihr aufhalten«, dachte er, »und auch Cavarinus würde mit mir gehen, ohne Ungeduld zu zeigen. Vielleicht werden wir in den Hallen auch Werkzeuge und Geräte sehen, die ich zum einen für meine Arbeit gebrauchen, zum andern auf unserem Wagenzug mitnehmen könnte.«

Im ersten Hallenbereich wurde die Eisenluppe aus den Rasenerzöfen der Umgebung erneut geschmolzen und gleichzeitig gereinigt. Die Temperatur der riesigen, mit Holzkohle befeuerten Öfen, wurde mit Blasebälgen aufrechterhalten. Unerträgliche Hitze und Rauch lähmten fast jede Bewegung, selbst für sie, die nur kurz darin verweilten. Sie waren alle froh, diesen Bereich rasch verlassen zu können.

»Wir sind einer Feuerhölle entronnen«, empfand Iduras und wischte sich mit einem Tuch den Schweiß von der Stirn.

Der hochwertige Eisenschwamm wurde anschließend in handliche Eisenbarren festgelegter Größe und verschiedenster Formen geschmiedet. In der Grobschmiede empfing sie der ohrenbetäubende Lärm unzähliger Schmiedehämmer. Männer mit ledernen Schurzen und geschwärzten Hemden schmiedeten die Barren in unterschiedlich geformte Rohlinge um. Schulter an Schulter standen sie an den Ambossen, der Schweiß floss in Strömen und hinterließ schwarze Schlieren an ihren Schläfen und Schultern. Neben ihnen standen große Fässer mit Wasser, aus denen sie fortwährend tranken oder sich befeuchteten. Quinus schüttelte sich, als sie den Raum verlassen hatten.

In den angrenzenden Räumen befanden sich die eigentlichen Schmiedewerkstätten, aufgeteilt nach Art der Produkte, die sie herstellten. Natürlich waren es die Waffenschmiede, die Cavarinus besonders interessierten. Bewundernd registrierte er die Arbeitsteilung. Zuerst wurden die Rohlinge in eine ungefähre Form des Endproduktes gebracht, von nachgeordnet arbeitenden Schmieden die eigentliche Form der Waffe hergestellt – Schwert, Beil, Hiebmesser, Messer, Lanze oder Pfeil. In der Feinschmiede erhielten die Waffen ihr endgültiges Profil, wurden die mehrfach gefalteten Schwertschneiden geschmiedet, wobei sie auch gehärtet und dann angelassen wurden.

Bewundernd gingen sie durch die Querhalle, in welcher riesige Stapel der hergestellten Werkzeuge und Waffen zwischengelagert wurden, bevor sie an riesigen Schleifscheiben ihre Schärfe erhielten. Die Verzierungen der Waffen oder anderer Werkzeuge erfolgte in besonderen Räumen. Sie konnten verschiedene Arten des Ätzens und Tauschierens und andere Techniken beobachten. Zuerst wurden die Schwerter in Wachs getaucht, dann das Muster im Wachs geritzt und anschließend das gesamte Schwert in eine ätzende Flüssigkeit getaucht. So entstanden Muster in den Waffen, die je nach Auftraggeber, später mit Bronze, Silber oder Gold durch einen Schmiedevorgang, eben diesem Tauschieren, wieder ausgefüllt wurden und herrliche Verzierungen ergaben.

Cavarinus sprach mit einem der Aufseher. Er wollte wissen, wo die Schwerter der Römer geschmiedet wurden. Man führte sie zu den entsprechenden Schmiedefeuern. Cavarinus beobachtete die Schmiede eine Weile und wandte sich dann an Iduras und Quinus: »Ich kann es nicht glauben! Sie fertigen die Schwerter aus einem Stück in weichem Stahl. Dann härten sie die Waffe oberflächlich mit einer speziellen Technik. Diese Waffen werden zwar nicht so schnell stumpf, doch sie können leicht zerbrechen. Vielleicht sind sie für die kleineren Römer und deren Kraft ausreichend. Ein Schwert in dieser Technik gefertigt würde nicht ein einziger meiner Kunden abnehmen. Kein Krieger unseres Clans verwendet Schwerter dieser Art, er würde sich durch die mangelnde Qualität dieser Waffe selbst bedroht fühlen. Mehr als zwei Schichten sollten mindestens ineinander geschmiedet werden, damit die Klinge elastisch bleibt und haltbarer wird. Diese hier werden nicht lange halten.« Er pfiff leicht durch die Zähne.

Sie waren noch mehrere Stunden in verschiedensten Werkstätten unterwegs, bewunderten die Herstellung von ein- und zweirädrigen Wagen, die Produktion von Schmuck und Töpferwaren.

Quinus äußerte mit seinen Händen den Wunsch, die Herstellung von Getreidemühlen zu besichtigen, vielleicht könnten sie etwas in der Mahltechnik lernen, denn kleine leistungsfähige Geräte wären bei ihrem Zug nach Westen sehr willkommen. Was sie dort sahen war beeindruckend, sodass sie beschlossen, einige dieser Mühlen zu erwerben. Zuvor wollten sie allerdings noch einmal mit Pona darüber sprechen. Schließlich war sie für den Tempelschatz zuständig, aus dem Beschaffungen für die Allgemeinheit erfolgten.

Quinus war der Erste, der ins Freie flüchtete um frische Luft in seine Lungen einströmen zu lassen. Diese Dichte von schwitzenden Menschen, Funken sprühenden Feuern, Hitze, ohrenbetäubendem Lärm und stinkendem Rauch waren für ihn schwer erträglich.

»Wenn diese Umgebung und Arbeitsweise das Schicksal der Handwerker sein wird«, dachte er resigniert, »das in Zukunft Schule macht, dann möge die Allmächtige Erdenmutter diesen Menschen und ihrer Gesundheit gnädig sein.«

Er wischte sich mit einem Tuch den Schweiß von der Stirn und starrte ungläubig auf die schwarzen Schlieren, die sich darauf abzeichneten.

»Die in diesen Hallen arbeitenden Handwerker«, bemerkte Cavarinus, »mögen ihr Geschäft zwar verstehen, aber sie sind Werkzeuge von Delidix, wie jene, welche sie benutzen. Wenn sie stumpf werden, mustert er sie aus. Er hat bestimmt einen großen Verschleiß an Handwerkern, denn diese Hölle in den Schmiedewerkstätten kann kein Mensch über längere Zeit ertragen, ohne zu erkranken.«

Für den Abend des folgenden Tages hatte der römische Legat Loreius Tiburtinus seinen Besuch angekündigt. Unruhig wanderte Pona in der Wohnhalle des Druiden Vendeles auf und ab. Wenn sie nicht ins Feuer starrte, fuhr sie unablässig mit ihren Fingern die Verzierung ihrer Gürtelschnalle nach, eine dreifache Lebensspirale, so als wollte sie mit ihren Gedanken auf einen Punkt kommen. Quinus verfolgte belustigt die Unrast der Druidin, während er in einer Bronzeschale getrocknete Blätter von Heilkräutern mit einem Klöppel zerkleinerte.

»Ponas Körpersprache ist einmalig«, dachte Quinus belustigt.

»Ihre Gefühle gleichen einem aufgeschlagenen Buch, in dem wir alle lesen können was sie bewegt. Obwohl ihr bekannt ist, wann die Römer kommen werden verbreitet sie eine Unruhe, als hätten diese ihren Besuch abgesagt. Pona weiß, wie auch ich, dass die Würfel längst zu unseren Gunsten gefallen sind, dennoch plagen sie letzte Zweifel. Sie will endlich aus berufenem Mund hören, dass wir das tun können, wofür wir so lange gekämpft haben.«

Schließlich wurde Quinus ihre Unrast zu bunt. Er warf den Stößel in den Mörser, schob seinen Arm sacht unter ihren und deutete mit seinen Händen an, dass sie sich setzen solle. Nachdem die Druidin nicht reagierte, drängte er sie entschlossen zu einem Stuhl, auf den sie sich schließlich widerstandslos fallen ließ.

»Du hast ja recht, Quinus, meine Ungeduld ist kein guter Ratgeber«, gestand Pona zerknirscht und fügte hinzu: »Warum muss gerade dieser Legat über die Macht verfügen, unser Gesuch genehmigen zu können und nicht irgendein anderer Römer um Cäsar? Es gibt doch einige von ihnen. Und gerade an ihn muss ich geraten – müssen wir geraten«, verbesserte sie sich.

»Nur wenige verfügen über seinen Einfluss«, deutete Quinus mit seinen Händen an, »und das sollte auch dir genügen!«

In diesem Moment betrat ein Diener die Halle und meldete, dass die Römer eingetroffen wären und fragte, ob er sie in die Halle führen könne.

»Führt sie herein!«, wies Vendeles ihn an.

Legat Loreius Tiburtinus erschien, wie am Tag zuvor, in Begleitung seines Waffenexperten Gaius Victor. Beide Männer hatten bequeme Kleidung angelegt, so wie Männer es tun, wenn sie einen angenehmen Abend mit anregenden Gesprächen erwarteten. Die Legionäre, die sie begleiteten, verließen nach einem Wink des Legaten den Raum.

»Nehmt bitte an meinem bescheidenen Herdfeuer Platz«, sagte Vendeles und verbeugte sich höflich.

»Wir können euch nur das anbieten, was wir selbst essen und trinken. Das mag euren Ansprüchen vielleicht nicht genügen«, beeilte sich Vendeles einem besonderen Wunsch seiner Gäste zuvorzukommen.

»Lasst es gut sein, ehrwürdiger Druide!«, beschwichtigte der römische Legat.

»Wir schätzen eure Gastfreundschaft und die Offenheit, in der wir uns unterhalten können, so jedenfalls hoffe ich es. Das ist mehr, als zahlreiche Diener mit bestem Wein und auserlesenen Speisen es vermögen, die den Gästen nur den falschen Zungenschlag ihres Herrn verschleiern sollen«, antwortete der Legat vielsagend.

»Vielleicht habe ich noch etwas Wein aus der Gegend um Mediolanum in meinen Vorräten«, überlegte Vendeles, noch immer damit beschäftigt, den Römern etwas Besonderes anbieten zu können. Er deutete auf eine Bodenluke und bat Iduras: »Es ist eine der kleineren Amphoren, bitte hole sie nach oben!«

»Nun, sind die Geschäfte so gelaufen wie ihr es erwartet habt?«, fragte Pona den römischen Legaten und fügte hinzu: »Delidix ist, wie ihr bemerkt habt, ein gerissener Geschäftsmann.«

»Wir werden sehen ob das, was er uns in den nächsten Tagen liefert, auch seinen Preis wert ist. Die Muster, die er uns zukommen ließ, versprachen es jedenfalls«, antwortete Loreius Tiburtinus.

Iduras füllte die Trinkbecher mit dem Wein aus der von Vendeles bezeichneten Amphore und sie kosteten den Rebensaft. Der Legat schob den

Wein prüfend auf seiner Zunge hin und her und stellte fest: »Hervorragend dieser Tropfen, ehrwürdiger Vendeles.«

Er nahm ein Stück Brot von einer Platte und riss einen Streifen ab. Genüsslich kaute er daran.

»Herrlich dieses keltische Brot. Warum verträgt sich der Kelte und der Römer nicht so gut, wie dieser römische Wein und das keltische Brot in meinem Mund?«, sinnierte Loreius Tiburtinus laut vor sich hin, dabei trommelte er mit seinen Fingern auf den Tisch.

»Weil Wein und Brot sich ergänzen wollen«, antwortete Iduras schlagfertig und keck, »Durst und Hunger stillen und ein wenig Genuss erzeugen, nicht mehr. Dabei bleibt die hohe Politik außen vor. Für beide ist ausreichend Platz in unserem Mund, weder Wein noch Brot muss die Vorherrschaft erlangen, denn sie brauchen sich gegenseitig, um diesen ausgewogenen Geschmack für uns Menschen zu erreichen.«

Iduras roch an der Amphore und verschloss sie mit einer Lederstulpe, dabei richtete er seine Augen genüsslich nach oben und schnalzte mit der Zunge.

»Nun, Iduras' Gedanke ist nicht abwegig«, nahm Pona dieses eigenwillige Gedankenspiel auf.

»Wenn auch Iduras einen kühnen Vergleich gewagt hat, zwischen uns Menschen kann es sich in der Tat ähnlich verhalten und zugleich anders. Wenn Menschen Macht über andere erlangen wollen, ihnen das nehmen, was ihnen gehört, wehren sich diese mit der gleichen Gewalt – wobei ich nicht zwangsläufig an Waffenkampf denke. Verliert der Unterlegene seine Macht, ist für ihn kein Platz mehr vorhanden. In diesem Fall gibt es keine Gemeinsamkeit. Wenn der Unterlegene jedoch lernt, auf Macht und Gewalt zu verzichten, bestrebt ist Gemeinsamkeiten zu finden, kann er mit dem Sieger wie Wein und Brot verschmelzen, zum größten Nutzen für beide. Der Sieger wird irgendwann nicht einmal mehr bemerken, dass diejenigen, die sich fügten, nicht mehr aus diesem Wechselspiel ihrer Gemeinsamkeiten wegzudenken sind – wie eben Brot und Wein. Sie werden lernen, dass sie sich brauchen, damit das Beste aus beidem sich vereint.«

Der Legat lächelte, schob ein Stück Brot nach und nippte am Wein. Er suchte die Augen von Pona.

»Ihr meint damit, wir Römer trachten immer nach der Macht und ihr Kelten seid diejenigen, die sich fügen müssen. Nun, das muss nicht so sein. Wir haben damals dem Arvernerfürsten Vercingetorix ein Miteinander angeboten. Doch was sag' ich da. Ihr kennt die Seele eures Volkes am besten, kennt deren aufbrausenden Charakter, vor allem dann, wenn er von den Worten ihrer Druiden angestachelt wird. Worte der Druiden waren es, die den Arvernerfürsten dazu verführt haben, die Vorherrschaft des keltischen Brotes über den römischen Wein anzustreben.«

Loreius Tiburtinus seufzte und nahm nochmals Brot und trank Wein dazu.

»Es ist richtig, dass immer an ein Miteinander gedacht war, wenn auch unter römischer Oberhoheit. Rom ist Weltmacht, und wer sonst kann und will Ordnung in Gallien und an den Grenzen zu den Germanen schaffen, als wir Römer. Die Gallier unter Vercingetorix vermochten es nicht. Sie bekämpften sich gegenseitig noch heftiger, als sie es gegen uns taten. Die keltischen Stämme lebten in stetem Streit miteinander und ich könnte sagen, dass es der starken römischen Hand bedurfte, um diesem Treiben ein Ende zu bereiten. Es scheint, als wenn dieses ewige Aufbegehren, oft nur durch Kleinigkeiten ausgelöst, ein Teil der Lebensbedürfnisse der Kelten ist. Aufbegehren scheint für euch Kelten ein Genuss besonderer Art zu sein, vor allem dann, wenn er in der Lieblingsbeschäftigung eurer Stämme endet, in einem Kampf Mann gegen Mann. Rom hingegen bietet allen Völkern seine Macht an, die äußeren und inneren Frieden verspricht, weit über deren Land hinaus. Natürlich verlangt Rom einen Preis dafür und muss daher Tribut erheben. Legionen kosten Geld, viel Geld! Ein Friede nach römischen Vorstellungen ist der Preis für den Wohlstand, der er sich unter ihrem Schutz entfalten kann. Vercingetorix' Frieden, den Frieden nach seinen Vorstellungen hätte er, nach einem Sieg über uns Römer, seinen eigenen Brüdern in Gallien mittels Waffen diktiert. Niemals wäre er in der Lage gewesen, ihnen diesen Schutz zu bieten, den wir Römer gewähren. Am Schluss bliebe euch nur: Viel gallisches Brot, kein römischer Wein und anstatt dessen Unmengen von Blut.«

Pona sah den Legaten nachdenklich an und antwortete: »Besitzt man Stärken und kennt sie, ist es in vielen Fällen besser, deren Kraft dem System eines Imperiums unterzuordnen. Es erscheint vielen Edlen unseres vindelikischen Stammes als Schwäche, ist jedoch eine Stärke des Geistes. Dabei muss man die eigene Stärke nicht zwangsläufig verlieren. Im Gegenteil: Sie wird sich weiterentwickeln können, zu etwas Größerem, das wir jetzt noch nicht ermessen können und erst in der Zukunft innere und äußere Macht erlangen wird.«

Pona schwieg, zog ihren rechten Fuß aus der Sandale und spielte mit den Zehen an den Riemen.

»Letzteren Weg haben wir für unser Volk gewählt, Legat Loreius Tiburtinus. Wir Vindeliker suchen eine Macht, die uns beschützt, um unsere Stärken entfalten zu können. Das bedeutet, dass wir freiwillig unser Land verlassen wollen, weil wir diesen Schutz in der Zukunft in der alten Heimat nicht finden können; weder die Seele unserer Menschen, noch deren Leben, geschweige denn deren Besitz. Aus den Fehlern der Helvetier haben wir gelernt und wollen daher nicht ungefragt unsere Götter in fremder Erde Wurzeln schlagen lassen, sondern vorher um die Zustimmung Roms bitten. Erst dann werden wir unsere Dörfer niederbrennen und mit ihnen Einfluss und Macht der Götter, damit wir uns wieder auf die Allmächtigen besinnen können, die nichts als Frieden wünschen, Frieden in Demut, gepaart mit innerer Stärke.«

Sie suchte unwillkürlich die Augen des Legaten und las Sympathie in ihnen. Pona dachte, dass sie jetzt ihre Frage formulieren sollte, jene Frage, die ihr alles bedeutete.

»Um unserem Volk dies zu ermöglichen, bedarf es der Zustimmung von eurer Seite, Legat. Deshalb möchte ich die Frage an euch richten, welche unsere Zukunft beeinflussen wird, vielleicht mehr als ihr es euch denken könnt.«

Sie unterbrach sich für einen Moment, um endlich auf den Punkt zu kommen:

»Kann sich mein Volk unter der römischen Hoheit am Rhenos niederlassen, ehrwürdiger Loreius Tiburtinus? Ich nehme an, dass ihr als Stellvertreter Cäsars befugt seid, darüber zu befinden. Oder ist gar ein Beschluss des Senats von Rom erforderlich, den Cäsar dazu ermächtigen muss?«

Loreius Tiburtinus beobachtete die Körpersprache der Druidin und verglich sie mit dem Gehalt ihrer Worte. Er musste sich eingestehen, dass er diese kluge Frau falsch eingeschätzt hatte, zumindest was ihre Einstellung betraf, welchen Stellenwert sie den Druiden und damit sich selbst gab. Sie dachte anders, auch wenn sie dieser verschworenen Gemeinschaft der Druiden ihres Volkes angehörte, die aus mystischen Ritualen Zeichen las und mit diesen Macht auf die Menschen ausübte. Mit dem kollektiven Gedächtnis der Druiden, das sie nur für sich beanspruchten, stachelten sie auch den Widerstand der Gallier an und empfanden sich als Gewissen ihres Volkes. Dabei war es ihnen gleichgültig, ob ihr Volk dabei zugrunde ging oder nicht. Sie selbst entkamen immer zum richtigen Zeitpunkt und arbeiteten im Verborgenen gegen die Römer weiter.

Die demütige Haltung der Druidin erstaunte ihn daher und er bewunderte die Frau, welche diesen Entschluss mit großer Klugheit und Weitsicht gefasst hatte. Sicherlich besaß sie auch die innere Größe und Stärke, die jenen Druiden die er bisher kennengelernt hatte weit überlegen war. Wie schwer musste es für sie gewesen sein, sich von ihrer göttlichen Macht über ihr Volk zu trennen, um die neue Macht Roms anzuerkennen, in der sie eine von vielen war.

»Demut und Weisheit und dennoch Stärke, die niemanden bedroht, das trifft man selten an«, dachte der Legat und musste sich eingestehen, dass er diese Frau zu bewundern begann.

»Derartige Frauen verfügen über eine innere Kraft, welche diesem zerstrittenen Gallien zum Vorteil gereichen kann. Warum also sollte ich nicht selbst darüber entscheiden, auch dem Konsul Cäsar würden die Gedanken dieser Frau gefallen. Er wird, er kann nichts dagegen haben! Wenn ich den Entschluss selbst fasse, werde ich ihn mit diesen Überlegungen der Druidin begründen können.«

Pona forschte in diesem Moment nach einer Antwort in seinen Augen und erkannte, dass er sich dazu entschlossen hatte, selbst über ihre Bitte zu befinden.

Loreius sah der Druidin länger in die Augen als notwendig. Ihn bewegte innerlich noch etwas ganz anderes, während er weitersprach. Dabei verfolgte er die denkenden Handbewegungen des schwarzen Heilers und sah sie als Ermunterung an, mit seinen Fragen fortzufahren.

»Werdet ihr selbst mit eurem Stamm an den Rhenos ziehen? Wie viele Menschen sagtet ihr, fünfzigtausend?«, fragte Loreius Tiburtinus, obwohl er die Zahl bereits kannte. Gerne hätte er noch einige andere Fragen gestellt, die ihn persönlich bewegten, doch er empfand sie zu diesem Zeitpunkt unpassend.

»Es wird sich eine andere Gelegenheit ergeben«, dachte er, während Pona zu seiner vorangegangenen Frage nickte. Der Legat fuhr fort: »Wann wollt ihr euer Land verlassen?«

»Im kommenden Herbst «, antwortete Pona, »nach der Ernte, am Ende des keltischen Jahres, dem Monat November. Wir denken, wenn die Wege gefroren sind wird es weniger beschwerlich sein, nach Westen voranzukommen. Nur ein frühzeitiger Wintereinbruch mit Schnee könnte unsere Ankunft verzögern. Nach unseren Wetteraufzeichnungen ist in diesem Jahr allerdings nicht damit zu rechnen. Wir könnten mit der Bestellung der Äcker in der neuen Heimat im Frühjahr beginnen und in den ersten Monaten des Jahres unsere Häuser bauen.«

Pona und der Legat sahen sich verständnisvoll an und schwiegen.

»Dieser Wunsch ist ungewöhnlich. Wahrlich ungewöhnlich! Doch er ist nicht unerfüllbar, denke ich«, unterbrach Vendeles das Schweigen, welches er bedrohlicher empfand als es war; ja er fühlte darin sogar den Keim einer Ablehnung. Nervös zupfte er an seinen weißen Augenbrauen, die in Büscheln über seinen Augen wucherten, als wollte er einzelne Haare heraus reißen. Er fügte entschuldigend hinzu: »Menschen wie Fürst Delidix werden allerdings nicht dabei sein, Legat. Das solltet ihr wissen! Sie erwartet ein anderes Schicksal.«

Der alte Druide hob seine Stimme an und rief: »Das sagen mir die vielen Zeichen, die sich über dieser Stadt wie dunkle Wolken eines Gewitters auftürmen. Eine furchtbare Faust wird über ihn fahren, welche sich im Recht fühlt und sie wird ihn zerschmettern; ihn und seine käufliche Götter- und Sotiatenschar.«

Vendeles nahm einen tiefen Zug aus seinem Becher, dabei erschauerte er, als hätte er dieses Verderben bereits im Wein geschmeckt. Loreius Tibertinus musterte den Druiden erstaunt. Er hatte den Hinweis des Druiden verstanden.

»Ich werde euch morgen meine schriftliche Erklärung zukommen lassen!«, zog der Legat einen Schlussstrich und fügte hinzu: »Lasst mir umgehend die Rollen unterschrieben zukommen! Bringt sie, wenn möglich, selbst, ehrwürdige Pona!«

Die Entscheidung war gefallen. Pona und Loreius wussten in diesem Moment, warum sie gefallen war.

Die Blicke der Hochweisen und des Legaten trafen sich ein letztes Mal bevor er den Raum verließ.

Als am nächsten Tag ein Bote die Erklärung in zweifacher Ausfertigung überbrachte, legte Pona die Schriftrollen ungelesen zur Seite und betrachtete sie stirnrunzelnd. Sie wusste, was darin stand, denn sie hatte den Inhalt bereits in den Augen des Römers gelesen.

Quinus musterte Pona, schüttelte seinen Kopf, nahm eine der Rollen an sich und öffnete sie. Als er den Text gelesen und das Siegel des Legaten betrachtet hatte nickte er, dabei vermied der Heiler, Pona in die Augen zu sehen, während er die Rolle wieder verschloss und zur Seite legte.

»Cavarinus«, wandte sich Pona mit heiserer Stimme an den Schmied, »sag' den anderen Bescheid. Sie sollten wissen, dass wir das, was wir am Rhenos verhandeln wollten hier und jetzt erreicht haben! Sag' den Männern ferner, dass wir Runidurum noch heute verlassen werden, und diese Stadt auf unserem Zug nach Westen, am Ende des Jahres, nicht wiedersehen werden.«

Pona nahm die Schriftrolle in ihre Hände, betrachtete sie fast ehrfürchtig, dann breitete sie eines der Pergamente vor sich aus, glättete nicht vorhandene Falten und beschwerte es an beiden Enden. Länger als erforderlich überflog sie den Schriftsatz und ein Lächeln spielte um ihren Mund, während sie Tinte und Feder zur Hand nahm.

Ohne Hast unterschrieb Pona die beiden Ausfertigungen. Sie tat es mit einer inneren Genugtuung, während ihr all das durch den Kopf ging, was sie hierfür getan hatten und was nun wie selbstverständlich schien. Fast zärtlich blies sie den Sand von ihrer Unterschrift und reichte Iduras eine der Rollen.

»Bring' sie dem Legaten, Iduras, er wartet auf unsere Antwort!«

Quinus legte seine Stirn in Falten und bedeutete mit seinen Händen:

»Der Legat erwartet eigentlich, dass du ihm die Rolle selbst bringen wirst, Pona. Sicherlich würde er gerne noch einmal mit dir sprechen.«

»Zwischen ihm und mir ist alles gesagt, was könnten wir noch bereden! Im Übrigen warten die Abordnungen der anderen Dörfer bereits auf uns. Die Zeit drängt.«

Sie fuhr mit ihrer Hand durch die Luft, als wollte sie ein Hindernis zur Seite schieben.

Erfüllung des Orakels

An einem regnerischen Frühsommertag kehrte die Abordnung der Mittleren Vindeliker aus Runidurum zurück. Auf mehreren Packpferden hatten sie einen Teil ihrer Einkäufe aus den Manufakturen verstaut. Die neuen transportablen Mühlen befanden sich auf Ochsenwagen, die in einigen Tagen nachkommen sollten.

Als die Reiter von den Hügeln über der Ampurnum auf ihr Dorf blickten, bemerkten sie aus der Ferne ein Gewirr von provisorisch errichteten Handwerkerhütten auf dem Höhenzug vor dem Reitersattel. Je näher sie heranritten, desto größer war ihr Erstaunen, dass in den Grubenhütten viele fremde Handwerker, wohl aus anderen Dörfern, arbeiteten. Eine gemeinsame Vorbereitung war zwar besprochen worden, dass bereits in ihrer Abwesenheit damit begonnen wurde erstaunte die Heimkehrer. Schmiede, Wagenbauer, Tischler und Ledermacher benutzten gemeinschaftliche Werkstätten, als wenn dies immer schon so gewesen wäre. In schilfgedeckten Remisen standen Dutzende bereits fertiggestellter Wagen, hatte man eine Unzahl von neuen Fässern gestapelt. Auf Gestellen hing das nach dem letzten Gerbbad trocknende Leder. Selbst die Töpfer arbeiteten bereits außerhalb des Dorfes und stapelten ihre Produkte in kleinen Hütten. Die Ledermacher hatten ihre Becken zum Gerben des Leders am Hang zum See aufgebaut. Sie nutzten die Nähe des Wassers für ihre Arbeit. Verwundert betrachteten die Heimkehrer das geschäftige Treiben. Pona war beeindruckt und gleichermaßen erfreut darüber, dass die gemeinsamen Anstrengungen bereits jetzt begonnen hatten.

Quinus zeigte während der allgemeinen Begeisterung keinerlei Regung. Zielstrebig ritt er zu den Ledermachern und beobachtete die Männer, wie sie das Leder aus den Gerbbecken über Rutschen zum See hinuntergleiten ließen, im See wässerten, bevor sie es zum Trocknen aufhingen. Er stieg zum Ufer hinab, tauchte seine Hand in das Wasser, roch und leckte daran.

Vom Seerosenhügel her hatte man die Reiter bereits bemerkt, als sie von den Hügeln zu den Ampurnumauen hinunterritten. Kaum erreichten sie den Reitersattel strömte eine Menschenmenge zusammen, welche die frühe Heimkehr von Pona und den Kriegern aufgeregt beschwatzte. Diese frühe Rückkehr war kein gutes Zeichen, dachten sie. Es kursierten bereits Gerüchte, dass die Bitte ihrer Druidin von den Römern abgelehnt worden wäre – das sei im Gesicht der Druidin zu lesen, hieß es, obwohl noch niemand die Möglichkeit dazu hatte. Die Handwerker unterbrachen ihre

Arbeit. Ängstlich und voller Zweifel drängten sich die Menschen vor die Reiter und umringten sie. Gespannt beobachteten sie ihre Fürstin, ihre Blicke hingen an ihren Lippen, verfolgten ihr Mienenspiel und das ihrer Begleiter. Sie versuchten zu ergründen, welche Nachrichten sie mitbrachte. Pona hob mit unbewegtem Gesicht ihre Hand. Augenblicklich verstummte das aufgeregte Stimmengewirr.

»Männer und Frauen«, begann Pona und tat nichts, um mit einer schnellen Nachricht das Unbehagen der Menschen zu beseitigen, »ihr wundert euch, warum wir so früh zurückgekehrt sind und habt Angst, dass unser Vorhaben von den Römern nicht gutgeheißen wurde.«

»Nun«, sie nestelte an ihrem Umhang und strich ihn zurecht, »es gibt eine gute und eine schlechte Nachricht. Die schlechte ist ...«, dabei musterte sie die Männer und Frauen, welche sie umstanden und genoss es, wie die Menschen bei ihren Worten erstarrten, »die Wagen mit den neuen transportablen Mühlen werden erst in zwei oder drei Tagen eintreffen. Die gute ist ...« Sie zögerte und starrte auf ihre Hände. In diesem Augenblick begannen die Menschen zu jubeln und zu tanzen, sodass Pona Mühe hatte sich Gehör zu verschaffen. Als die erste Begeisterung verebbt war, sprach sie weiter:

»Die gute Nachricht ist, dass der römische Legat Tiburtinus uns die Erlaubnis für unsere Ansiedlung in Gallien bereits in Runidurum gewährt hat; wir konnten ihn dort sprechen und überzeugen.«

Sie zog eine Rolle aus ihrer Satteltasche und schwenkte sie über ihrem Kopf.

»Hier, auf dieser Rolle ist die Vereinbarung mit den Römern festgehalten und vom Legaten Loreius Tiburtinus persönlich unterzeichnet worden!«

Der Jubel kannte nach dieser Nachricht keine Grenzen mehr. Die Menschen umarmten sich und schrieen wie von Sinnen durcheinander. Handwerker ließen ihre Werkzeuge fallen, nahmen Frauen und Kinder an den Händen und vollführten wahre Freudentänze.

Pona genoss die entfesselte Freude, gleichzeitig war sie in ihrem Innersten berührt. Dass die Menschen das Vorhaben so verinnerlicht hatten, erstaunte sie. Auch die Krieger aus Ponas Begleitung sprangen von den Pferden und beteiligten sich spontan am Jubel. Nachdem die erste Begeisterung nicht verklingen wollte bat Pona, dass Quinus in sein Horn blasen sollte, damit sie ihren Bericht beenden konnte.

Als sich die Menschen wieder beruhigt hatten fuhr sie fort: »Wir erhielten die Erlaubnis, auf der anderen Seite des Rhenos ein entvölkertes Gebiet zu besiedeln. Wir werden mehr als vier Dutzend große Dörfer der Triboker wieder aufbauen, die zum Teil aus festem Stein gebaut sind und daher die Brandschatzung der Sueben einigermaßen überstanden haben. Ob wir dort länger bleiben werden oder weiter nach Brittanien ziehen hängt davon ab, ob das Land uns ernähren kann und wie wir uns einleben werden.«

Als sie in die Runde blickte bemerkte Pona eine Gruppe von jungen Leuten, die sich merkwürdig ruhig verhielt und sie meinte Tatomi darunter gesehen zu haben.

Die Nachricht verbreitet sich wie ein Lauffeuer an Isura und Ampurnum flussaufwärts und flussabwärts. Abordnungen der Dörfer aus dem Osten, Norden und Süden trafen in den folgenden Tagen ein und ließen sich Einzelheiten berichten. Eine Aufbruchstimmung griff um sich, die niemand für möglich gehalten hatte, am wenigsten Pona und Quinus.

»Wie kannst du dir diesen Sinneswandel erklären, Quinus?«, fragte Pona an einem Abend, als sie in ihrem Wohnraum saßen. Quinus breitete die Arme aus und signalisierte mit seinen Händen:

»Die Menschen brauchen ein festes Ziel. Bisher gab es für sie nicht Greifbares, alles hing von der Zustimmung anderer ab, die sie nicht kannten. Jetzt wissen sie, wohin sie gehen werden, was sie erwartet und dass sie willkommen sind. Menschen brauchen Ziele, die sie sich vorstellen und die sie begreifen können.«

»Nicht zuletzt könnte es sein«, gab Pona zu bedenken, »dass ihre Lust nach Abenteuern wieder entfacht wurde, welche Teile unseres Volkes bis nach Griechenland und Kleinasien geführt hat. Wenn man die Freude unserer Vorfahren an Schwertkämpfen und Beute bedenkt, könnte das eine nicht unbedeutende Rolle gespielt haben.«

Quinus lächelte bei Ponas Überlegungen und lehnte sich in den Stuhl zurück. Er dehnte sich, bis seine vom Sitzen steifgewordenen Gelenke knackten. Danach sank er wieder in sich zusammen und betrachtete zufrieden seine Aufzeichnungen auf dem Schreibleder, welches vor ihm auf dem Schreibpult lag.

Plötzlich sprang er auf und schüttelte Pona erregt an den Schultern. Er zog sein Schreibbrett heraus und steckte hastig zwei Worte darauf.

»Die Seerosen!«, las Pona.

In seiner Zeichensprache erklärte er Folgendes: »Sie sind das Wahrzeichen dieses Dorfes und den Bewohnern heilig, ist es nicht so Pona? Wird nicht erzählt, wenn die Seerosen nicht mehr blühen würden, das Dorf dem Untergang geweiht wäre, die Menschen es verlassen müssten?«

Pona nickte, wusste aber nicht, worauf Quinus hinauswollte.

»Die Seerosen werden in diesem Jahr nicht weiterblühen«, fuhr Quinus fort.

»Nicht eine davon. Sie werden zu sterben beginnen, bereits in den nächsten Tagen.«

Pona erregte sich und rief: »Wie kannst du so etwas behaupten, Quinus, welcher Geist reitet dich?«

»Es sind nicht Geister, die mich zu dieser Behauptung zwingen«, zeigte Quinus mit seinen Händen an, »es ist«, er zögerte, »es ist das Gerbsalz!«

Er deutete auf das Wort, das er auf seinem Brettchen gelegt hatte, und erklärte mit seinen Gesten weiter: »Es haftet im Leder, welches die Kürschner im See reinigen und vergiftet damit sein Wasser. Pona, dir ist bekannt, dass auch der Urin von Menschen und Tieren dazu verwandt wird, die Leder zu entfetten und darüber hinaus giftige Salze zum Gerben verwendet werden. Gerber mehrerer Dörfer arbeiten hier an unserem See und entleeren ihre Gerbtröge in ihn. Zuviel Gift auf einmal, welches das Wasser des Sees nicht verkraften kann. In dem auf diese Weise vergifteten Wasser werden die Seerosen sterben.«

Pona schwieg und betrachtete mit bleichem Gesicht die Gefäße, die sie vor sich aufgestellt hatte, um deren Muster zu skizzieren.

Sie schüttelt ungläubig den Kopf: »Du meinst ...? Aber das wäre doch ein weiterer Grund dafür, dass wir das Land verlassen müssen!«

Quinus nickte.

»Morgen sollten wir zum See gehen! Das, was du sehen wirst, wird dich überzeugen, Pona«, bedeutete er mit seinen Händen. Er forschte in den Augen der Druidin, die ihren Federkiel wieder aufgenommen hatte. Scheinbar ungerührt setzte sie ihre Arbeit fort.

Pona war vom Gestank, der auf Gestellen aufgehängten rohen Häute, angewidert, als sie am nächsten Morgen, zusammen mit Quinus, das Ufer mit einem Kahn befuhr. Sie beobachtete die Verfärbung des Wassers und als sie mit ihrer Hand eine Kostprobe an die Lippen führte, spuckte sie das Wasser angewidert aus. Ihre Miene verdunkelte sich und sie sah in Quinus' Augen ein triumphierendes Leuchten, wobei er mit seinen Händen sagte: »Die Götter entschieden sich für uns, ob wir es wollen oder nicht.«

Pona nickte unentwegt mit ihrem Kopf, so als wollte sie sich diese unglaubliche Tatsache damit glaubhafter machen. Sie hatte begriffen und war von der Tragweite dieser Erkenntnis fasziniert. In ihrem Innersten dachte sie jedoch, dass sie noch keine einzige welke Seerose gesehen hatte. »Könnte es nicht sein, dass Quinus einem Irrtum erlegen ist und dass die Seerosen weiter blühen?«, beruhigte sie sich.

Unerwarteter Besuch

Die Saat auf den Feldern der Mittleren Vindeliker keimte und wuchs wieder heran und die traditionellen Rundgänge um die Felder fanden statt – ein letztes Mal. Viele der Bewohner vergossen bei diesem Umgang bittere Tränen. Es wurde ihnen bewusst, dass es der letzte Gang um ihre Felder war, in dem sie die Götter um eine gute Ernte für ihre vertrauten Felder baten. Die Bauern kannten jeden Handbreit ihres Bodens und wussten, wo sie welches Korn, Rüben oder andere Feldfrüchte pflanzen mussten, welche Fruchtfolge die beste war und wann sie den Boden ruhen lassen mussten. Das Wissen hatte sich über Generationen überliefert; und nun sollte alles zu Ende sein? Betrübt dachten sie an die Geister, welche auf den Feldern wohnten und ihre Ernte bewachten. All diese hilfreichen Wesen mussten in diesem Land zurückbleiben, so hatte es die Druidin gesagt. Und wenn diese Geister hierbleiben mussten, wer würde die Wache auf ihren neuen Feldern übernehmen? Was würde mit ihnen geschehen?

»Ihr werdet diesen Feldumgang in der neuen Heimat auch durchführen können, wenn die Allmächtige Erdenmutter uns neue Wiesen und Äcker geschenkt hat«, beantwortete Pona ihre Fragen. »Vertraut ihr, fordert nichts! Dann wird sie uns helfen und das gutheißen was wir tun – auch ohne die Hilfe der Geister eurer Felder, die ihr bisher angerufen habt. Wo waren denn in manchen Jahren diese Erdgeister? Konnten sie euch in der Vergangenheit vor Sturm- und Hagelschäden bewahren, den die Allmächtige Erdgöttin gesandt hatte? Sie taugen nichts für das neue Land, sage ich euch! Daran könnt ihr ermessen, wem ihr zukünftig vertrauen müsst!«

Je näher der Zeitpunkt kam, an dem die Vindeliker nach Westen aufbrechen würden, desto mehr wuchs die Angst der Menschen vor diesem Exodus und die Trauer um das, was sie zurücklassen mussten.

An einem der Sommerabende, in dieser für alle schwierigen Zeit, das Vieh war gefüttert und lag ruhig in den Ställen, beschloss Pona, mit Quinus zum Tempel auf den Sieben Drachenrippen zu reiten. Die kühle Luft des Auenwaldes nahm die Hitze des heißen Sommertages von ihnen, als sie unter den Baumkronen in den Abend ritten, sich auf ein Bad im kühlen Wasser der Isura freuten.

»In diesem Jahr sind die Mücken so gut wie nicht erschienen, die so oft eine wahre Plage sind«, meinte Pona zufrieden und fühlte im Vorbeireiten die wohltuende Kühle aus den Tümpeln und Altwassern aufsteigen. Sie hatten die Isura fast erreicht, als Quinus den Schimmel Ponas mit seinem

Rappen seitlich in die Büsche drängte und seine Hand auf ihren Mund legte. Mit seinen Händen erklärte er: »Ungewöhnliche Geräusche, Pona! Als würden viele Männer, wahrscheinlich Krieger, vor uns an der Isura lagern.« Er löste seine Hand von Ponas Mund.

Sie blieben für eine Weile wie erstarrt auf ihren Pferden sitzen. Quinus schien in die Geräusche des Waldes zu horchen, dann sprang er ab und bedeutete Pona dasselbe zu tun. Der Heiler gab ihr ein Handzeichen zu warten und verschwand in der aufkommenden Dämmerung. Die Pferde hatten bereits damit begonnen nach Gras zu suchen; auch sie genossen die wohltuende Abendluft hier im Auenwald und rupften an Grasbüscheln. Nach einiger Zeit erschien Quinus wieder.

»Römer«, bedeutete er mit seinen Händen, dabei huschte ein belustigter Zug um seine Lippen, »zwei Dutzend Legionäre, unter dem Befehl eines Mannes, den wir gut kennen. Ich habe ihn an der Stimme erkannt«, bedeutete Quinus.

»Lass mich nicht raten, Quinus! Sag', ist es Loreius Tiburtinus?«

Der Heiler nickte.

»Was sucht er hier? Was sollen die Soldaten?« Pona betrachtete Quinus ratlos und fuhr fort:

»Ich wüsste nicht ...«

Quinus schnitt mit einer Handbewegung Ponas Einwand ab und bedeutete mit seinen Händen: »Mach' dir nichts vor, Pona! Ich werde nicht vergessen, was ich in seinen Augen damals in Runidurum gelesen hatte und was deine Augen ihm antworteten. Nicht zuletzt bist du damals in Runidurum regelrecht vor ihm geflohen, als du unseren Männern den Aufbruch befohlen hast. Er wird seine Gründe haben und vielleicht Neuigkeiten mitbringen.«

Quinus bestieg sein Pferd und wendete es. Er deutete auf das Hochufer und trieb das Tier an. Pona verstand und fügte sich. Schweigend ritten sie zurück. Pona versorgte die Tiere, dabei ließ sie sich viel Zeit.

Als sie in die Wohnhalle zurückkehrte, legte ihr Quinus sein Wortbrett vor.

»Loreius Tiburtinus wird mit einigen seiner Offiziere nach dem Morgenmahl vor unserem Dorf erscheinen und am Torhaus nach dir fragen.«

Quinus lächelte, denn er wusste, was Pona darauf antworten würde.

»Und wenn schon«, entrüstete sich Pona, »warum sollte er unserem Dorf keinen Besuch abstatten?« Quinus lächelte wieder.

Die Druidin lief zur Herdstelle, machte sich daran zu schaffen und kehrte zurück, dabei hielt sie ein Holzscheit in der Hand.

»Ich jedenfalls will ihn nicht sehen! Erledige du das für mich!«, erwiderte Pona, deren Gesicht rot anlief.

Quinus schüttelte seinen Kopf.

»Du bist Loreius in Runidurum ausgewichen, man könnte auch sagen, vor ihm geflohen«, bedeutete Quinus mit seinen Händen.

»Nun holt er sich seine Antwort selbst. Wundert dich das? Ich bin mir darüber hinaus ziemlich sicher, er wird auch andere Neuigkeiten mitbringen. Ihn nicht zu begrüßen wäre eine Unhöflichkeit, die einer Fürstin nicht würdig ist. Immerhin hat er uns sehr geholfen – aber was sage ich, du musst es mit dir selbst ausmachen!«

Pona entgegnete nichts, sondern zog sich in ihre Kammer zurück, dabei gab sie vor müde zu sein.

Quinus sah ihr lächelnd nach.

»Ich werde die Römer morgen selbst in Empfang nehmen, bevor Pona irgendeine Ausrede findet, sie nicht begrüßen zu können«, dachte Quinus und beugte sich wieder über seine Arbeit.

In dieser Nacht schlief Pona unruhig. Sie stand mehrmals auf, bestieg den Wall und wanderte auf ihm rund um das Dorf. Gedankenverloren starrte sie dabei in die Nacht hinaus, vor allem in Richtung Isura, dort wo die Römer lagern mussten. Pona versuchte, mit dem toten Indobellinus Kontakt aufzunehmen, doch es gelang ihr nicht. Ratlos klammerte sie ihre Hände um die Spitzen der Palisaden, presste ihre Handflächen darauf, bis sie schmerzten. Enttäuscht ging sie wieder zu Bett. Schlaflos wälzte sie sich auf ihrem Lager hin und her und war am folgenden Morgen eine der Ersten, die den Tag begannen.

Sie beaufsichtigte die Arbeit der Knechte und Mägde – was sie nur selten tat – fragte, ob das Vieh schon gefüttert und die Eier eingesammelt worden seien. Die Knechte und Mägde waren verwundert. Was mochte in die Hochweise gefahren sein, die sich zu dieser frühen Morgenzeit um Dinge kümmerte, die sie sonst selten interessierten, die auch nicht ihre Aufgaben waren? Die Mägde zeigten ihr die in einem Korb aufgehäuften Eier und als ein Knecht sie in den Stall führen wollte, winkte sie ab.

»Ist schon gut, ich wollte nur ...«

Sie führte ihren Satz nicht mehr aus, als sie Quinus bemerkte. Sie eilte erleichtert auf ihn zu.

»Wann wird er kommen, Quinus?«

Der Heiler hob seine Achseln und bedeutete mit ausgebreiteten Armen, dass er es nicht wisse.

»Gut, dann lass' uns das Morgengebet verrichten und anschließend unser Morgenmahl vorbereiten.«

An diesem Morgen nahmen sie das Essen so wortlos ein, wie sie es sonst nie taten. Quinus unterließ alles, was dieses Schweigen unterbrechen könnte. Draußen krähte ein Hahn, aufgeregtes Gackern und Flügelschlagen folgte.

»Pona muss die Angelegenheit mit Loreius selbst ins Reine bringen. Ich werde ihr diesmal nicht helfen«, dachte der Heiler, »auch wenn ich weiß, wie heikel die Begegnung für sie sein wird.«

Er beobachte Pona, wie sie ihren Brei löffelte, das Brot verschlang und mit Kuhmilch hinunterspülte.

Quinus hingegen genoss das Morgenmahl ausgiebig, aß und trank wie immer reichlich und mit viel Genuss und ließ sich von der Unrast Ponas nicht anstecken.

Schließlich erhob er sich und bedeutete Pona, dass er noch einige Kräuter in den Auenwäldern pflücken wollte. Rasch eilte Quinus zum Stall, sattelte sein Pferd und ritt zum Tor, das noch geschlossen war.

Er wies die Wachen im Torhaus an es zu öffnen und überquerte den Reitersattel, folgte dem Weg in den Auenwald zur Isura und verbarg sich und sein Pferd hinter einer Buschgruppe. Von hier aus konnte er vom Dorf und vom Weg her, der von der Isura vorbeiführte, nicht gesehen werden. Seelenruhig kramte er sein Wortbrett heraus und setzte in lateinischer Sprache folgenden Satz:

»Seid willkommen im Dorf auf dem Seerosenhügel, ehrwürdiger Loreius Tiburtinus! Die Fürstin erwartet euch bereits!« Zufrieden betrachtete er die gesetzten Worte und zog Darmsteifen darüber, damit sie nicht verrutschen konnten.

Quinus hatte sich nicht getäuscht. An der Biegung, wo sich der Weg von der Isura zum Reitersattel hochschlängelte, sah er Loreius mit zwei Legionären heranreiten. Die Römer hatten es offenbar nicht eilig und genossen den herrlichen Morgen. Als sie Quinus bemerkten, hielten sie an und beratschlagten. Kurz darauf näherten sie sich Quinus. Der schwarze Heiler erwartete sie, unbeweglich auf seinem Rappen sitzend. Als die Römer vor ihm anhielten, hob er seine Hand und grüßte. Dann drängte er sein Pferd an das des Legaten Loreius Tiburtinus und übergab ihm das Wortbrett.

Loreius schüttelte unmerklich den Kopf, nachdem er die Begrüßung gelesen hatte.

»Seid ebenfalls gegrüßt, edler Quinus, von Loreius Tiburtinus und den beiden Tribunen Rufus und Marcus. Wir wollten euch eigentlich überraschen, doch ich sehe, den Augen eines Heilers entgeht nichts. Dabei haben wir uns größte Mühe gegeben.«

Der Legat lachte, als er Quinus das Wortbrett zurückreichte.

»Eine geniale Erfindung«, meinte er, »vor allem wenn man um Formulierungen ringt und sie dann wohlgesetzt auf eine Papyrusrolle übertragen kann.«

Quinus nickte ihm freundlich zu. Er mochte diesen Römer, dessen Persönlichkeit rasch Sympathien gewinnen konnte. Sein edles Gesicht, seine strahlenden dunklen Augen und das Lachen, das um seinen Mund schwebte, verliehen ihm eine Ausstrahlung, der man sich nicht leicht entziehen konnte. Und da war nicht zuletzt sein blitzender Verstand, Pona zumindest ebenbürtig.

»So mochte es auch Pona ergangen sein«, dachte Quinus. Er bedeutete den Männern, ihm zu folgen. Als sie den Wassergraben überquerten, verhielt Loreius sein Pferd auf der Brücke an und nickte anerkennend:

»Ein schwer zu überwindender, tiefer und breiter Graben. Ziemlich ungewöhnlich. Zusammen mit dem Wall und dem Zangentor ist er zumindest von dieser Seite her nur schwer zu überwinden.«

Quinus lächelte ihm zu. Er konnte verstehen, dass Loreius, als Soldat, solche Überlegungen anstellte. Als er mit den Römern das Tor durchquerte nickte er den erstaunten Wachen freundlich zu.

Vor dem Gehöft Ponas angelangt, führten sie ihre Pferde durch das Hoftor in den Wirtschaftshof. Dort überließen sie die Tiere den herbeigeeilten Knechten. Quinus geleitete die Römer zum Innenhof, der sich in dieser Morgenstunde von seiner schönsten Seite zeigte. Quinus wusste, warum er das tat: Wo man hinsah blühten Kräuter, Blumen und Büsche, Rosenhecken beugten sich vom Hang des Walls in den Hof und die ersten Früchte lugten aus dem Grün der Obstbäume. An Schnüren hingen Sommerpilze zum Trocknen unter dem Vordach aufgereiht, und sie verströmten einen würzigen Geruch. Er beobachtete den Legaten aus den Augenwinkeln. Dieser dehnte und reckte sich genussvoll, sog die Luft tief ein und sagte: »Ein wunderschöner Fleck Erde, in dem ihr lebt. Mein Garten in Pompeji ist mir nicht schöner in Erinnerung, als das was ich hier sehe.«

»Gut«, dachte Quinus, »dann sollst du das Schönste sehen, das dieser Garten zu bieten imstande ist, denn du bist seiner würdig.«

Mit einer Handbewegung deutete Quinus den Römern an, dass sie sich auf den Stühlen am Brunnen niederlassen sollten und ging ins Haus.

Pona saß am Tisch und hatte sich in ihre Schriften vertieft. Als Quinus sie an der Schulter berührte schreckte sie auf und stammelte:

»Ich dachte schon, dass er es wäre, der sich heimlich in mein Haus eingeschlichen hat.«

Quinus empfand, dass Pona in ihrer Natürlichkeit und Ausstrahlung mit den Blumen im Garten konkurrieren könne, in dem der Römer auf sie wartete.

Bedächtig nahm er sein Wortbrett und legte den Satz:

»Pona, Loreius Tiburtinus bittet seine Aufwartung machen zu dürfen. Er wartet draußen im Innenhof.«

Er legte das Wortbrett neben Pona auf den Tisch, die sich wieder über ihre Arbeit gebeugt hatte und das Brett zunächst nicht bemerkte.

»Quinus, hast du die Kräuter gefunden, die du gesucht hast?« Pona hob bei der Frage ihren Kopf leicht an und musterte den Heiler, der mit seinem Zeigefinger auf den Tisch deutete.

Kaum hatte Pona die Worte auf dem Brett gelesen, sprang sie mit einem Satz auf.

»Loreius, hier in meinem Hof? Er ist wirklich hier?«

Quinus nickte und ging ungerührt zur Türe, so als hätte er Ponas Antwort nicht gehört. Er sah noch, wie Pona aufgeregt vor einen Spiegel eilte, über ihr Gesicht tastete und ihren Umhang hastig zurechtzupfte.

Quinus ging währenddessen in den Hof zum Brunnen, zog mit der Kurbel das Fass mit dem Bier hoch, schenkte drei Krüge ein und stellte sie an den Brunnenrand.

Pona erschien schneller als er dachte. Sie eilte auf Loreius zu, dabei streckte sie beide Hände zum Willkommen aus, als hätten sich ihre Bemerkungen von heute Morgen in nichts aufgelöst.

»Seid herzlich willkommen in meinem Haus, Loreius! Ihr habt euch die schönste Stunde des Tages ausgesucht. Meine Blumen haben euch hoffentlich gebührend empfangen.«

Der Römer erhob sich und strahlte ebenfalls. Er hatte Pona als schöne Frau in Erinnerung, doch was er in diesem Moment sah, brachte ihn schier aus der Fassung.

»Soeben ist die schönste der Blumen erblüht, hochweise Pona; mit euch«, rief Loreius beschwingt.

»Ihr schmeichelt mir, Loreius, wenn ich auch gestehen muss, dass ich diesen Fleck Erde über alles liebe, vor allem im Frühsommer, wenn die Blumen und Sträucher blühen.«

Loreius ergriff ihre Hände und hielt sie lange fest.

»Zu lange«, dachte Quinus zufrieden.

»Er ist ihrem Zauber erlegen und sie seiner Ausstrahlung.«

Ein fröhliches Gespräch entwickelte sich, die beiden Tribunen wurden vorgestellt und schließlich gestand Pona dem Legaten:

»Wir haben euch und eure Legionäre bereits gestern Abend beobachtet. Ihr lagert unten am Fluss, in der Nähe unseres Tempels, ist es nicht so?«

Loreius sah sie ungläubig an.

»Und warum habt ihr uns nicht besucht?«

»Bedenkt, was geschehen wäre: Ein Mann und eine Frau tauchen nachts in eurem Lager auf und müssten eine unwürdige Prozedur über sich ergehen lassen, bevor sie zum Befehlshaber geführt werden. So dachten wir, dass es sinnvoller sei, ihr würdet uns besuchen. Ihr seht, wie Recht wir hatten!«

Ihr dankbarer Blick streifte Quinus, der zum Brunnen zurückging und die drei Krüge mit dem Bier auf ein Holzbrett stellte.

»Ich sehe, Quinus hat an alles gedacht. Was ist ein Morgen wie dieser, für Männer wie ihr es seid, ohne unser keltisches Bier? Es wird euch schmecken, denn auch unsere Götter trinken es. Quinus, fülle bitte auch einen Krug für dich und mich! Seltene Gäste sollten gebührend empfangen werden!«

Der Legat ließ keinen Blick mehr von Pona, und Quinus bemerkte zufrieden, dass die Druidin ihm darin nicht nachstand. Er hatte inzwischen einer Dienerin angewiesen das dickbauchige Brot, geschnittenen Räucherspeck und die weißen Riesenwurzeln, welche erst frisch geerntet worden waren, aufzutischen. Gemeinsam nahmen sie an einem Tisch in der Nähe des Brunnens Platz. Quinus begann als Erstes mit den weißen Riesenwurzeln, schnitt sie in einer kreisenden Bewegung – wie eine räumliche Lebensspirale – salzte sie, schnitt Brot ab und reichte dem Legat einen Teller mit dieser keltischen Spezialität. Anfänglich zögerte der weltgewandte Mann, kostete vorsichtig daran, nahm einen Schluck Bier dazu, doch schließlich langte er kräftig zu. Seine Begleiter standen ihm nicht nach und es dauerte nicht lange, bis Quinus die Bierkrüge nachfüllte und Brot und Speck auf den Tellern nachlegen ließ.

»Ihr Römer beeindruckt die Menschen mit euren Bauwerken, mit eurem Wein und mit der Wortgewandtheit und Weisheit eurer Dichter und Philosophen«, sagte Pona und lachte Loreius entwaffnend an.

»Und was haben wir? Nun, wir Kelten können mit den weisen Gedanken unserer Druiden – die euch fremd sind – dem Einfallsreichtum und der Fertigkeit unserer Handwerker und dem Gesang unserer Barden dagegenhalten. Das ist zwar nicht wenig, doch verglichen mit dem kühlen Bier und den Köstlichkeiten, die euch Quinus bereits auftischen ließ, kann an diesem herrlichen Morgen nichts mithalten.«

Ein lockeres Gespräch begann. Loreius erkundigte sich über den Stand der Vorbereitungen für den Wagenzug und Pona wollte von ihm wissen, auf welchem Weg er bis zum Seerosenhügel geritten war – und ob er die Absicht habe noch weiter nach Osten zu reiten. Loreius verneinte. Er ließ sich vom Wall aus den See zeigen, bewunderte, wie viele vor ihm, die bunten Seerosenteppiche und den langgezogenen sichelförmigen Bergsporn, an dessen Ende die Äcker lagen.

»Es scheint mir«, meinte Loreius, »ich muss noch einiges von eurer schönen Heimat kennen lernen! Vieles von dem, was euch beim Verlassen dieses Landes bewegt, ahne ich bereits. Doch ich möchte mehr darüber erfahren!«

»Dann seid einfach unser Gast, Loreius!«, meinte Pona und deutete auf das Herrenhaus mit seinen weitläufigen Anbauten.

»Eure Männer werden für einige Tage ohne euch auskommen können. Wenn sie fischen und jagen wird es ihnen nicht langweilig. Wir beide haben noch viel zu bereden!« Pona sah den Römer lächelnd an.

Im Gesicht von Loreius tauchte ein Schatten auf. Quinus bemerkte die Reaktion und dachte sofort an Cavarinus' Bemerkung über die Waffen, die in Runidurum für die Römer gefertigt wurden. Eine schreckliche Ahnung stieg in ihm auf.

»Loreius, was habt ihr uns zu berichten?«, fragte Pona, der die Reaktion des Legaten ebenfalls nicht entgangen war. »Ich ahne nichts Gutes!«

Auf der Stirn des Römers erschienen steile Falten.

»Woher wisst ihr davon, Pona?« Sie schüttelte ihren Kopf.

»Was sollten wir wissen, Tibertinus? Hat es etwa mit euren Geschäften mit Delidix tun, Loreius?«

Loreius war es sichtlich unangenehm, über die Vorkommnisse in Runidurum zu berichten. Zögernd begann er zu erzählen:

»Sieben Monate nachdem wir sämtliche in Runidurum gefertigten Waffen abtransportiert hatten kehrten wir mit einer Legion nach Runidurum zurück. Das hatte einen schwerwiegenden Grund, denn inzwischen war etwas Schreckliches geschehen: Durch die minderwertige Qualität der Waffen, die Fürst Delidix uns geliefert hatte, erlitt eine unserer Legionen erhebliche Verluste, als wir gegen die Arverner zu Felde zogen. Auch die Arverner kämpften mit Delidix' Waffen. Diese waren jedoch von vorzüglicher Qualität. Diese Tatsache hatte bei Cäsar einen Wutausbruch zur Folge. Wie die Dinge sich darstellten musste er annehmen, dass Delidix in seiner Selbstüberschätzung mit seinen keltischen Brüdern ein Komplott gegen uns Römer geschmiedet hatte. Cäsar tobte und wollte sofort losmarschieren, um Delidix zu bestrafen und seine Stadt – Runidurum – zu zerstören. Nur mühsam konnte ich ihn davon abbringen. Ich schlug vor, mit Delidix zu verhandeln und Sühne sowie Schadenersatz von ihm zu fordern, um Delidix die Möglichkeit zu geben für seine Schandtat einzustehen.«

Loreius rieb seine Augen, als wollte er die Bilder des Geschehens von damals aus seiner Vorstellung wegwischen.

»Fürst Delidix wusste sofort«, fuhr Loreius fort, »was unser Erscheinen zu bedeuten hatte. Ich ließ ihm eine Nachricht überbringen, die ihn aufforderte die minderwertige Waffenlieferung zu ersetzen. Die Legion, die mit diesen Waffen gekämpft und erhebliche Verluste zu beklagen hatte, brachte ich mit, um unserer Forderung mehr Gewicht zu verleihen. Fürst Delidix erhielt seine Chance, doch er nutzte sie nicht. Vielmehr zeigte er sich uneinsichtig, und er beschloss uns die Stirn zu bieten. ›Ihr könnt den mächtigen Wall nach Herzenslust berennen!‹, höhnte er in seiner Selbstüberschätzung. ›Holt euch nur blutige Köpfe, Gold werdet ihr nicht von mir erhalten!‹, ließ er mir ausrichten. Der Hochweise Vendeles ließ uns mehrmals Nachrichten darüber zukommen, dass er Delidix überzeugen wollte unserer Forderungen nachzukommen. Der Druide erklärte dem Fürsten, dass die Götter ihm

Zeichen gesandt hätten, wonach er, Delidix, nachgeben sollte; andernfalls würde er mit seiner Stadt untergehen. ›Meine Waffen sind unbesiegbar, sie werden die Römer in alle Winde zerstreuen!‹, lachte Delidix den Druiden aus und winkte verächtlich ab. ›Sagt das dem Römer!‹, befahl er Vendeles.«

Loreius Tiburtinus stöhnte leise auf bevor er weitersprach:

»Der Fürst saß während seines Gesprächs mit dem Hochweisen auf dem seltsamen Stuhl den ihr kennt, kraulte die Henne auf seinem Schoß und sonnte sich in der Bewunderung seiner Gefolgsleute, ob seiner kühnen Sprüche. Er, der große Delidix, bot uns Römern die Stirn, das sollten sie wahrnehmen. Der Fürst ließ, wie Vendeles erzählte, seine Weinkeller öffnen und seine Sklaven verteilten Wein und Bier an die Krieger auf den Wällen. Offenbar hatte er bereits zu diesem Zeitpunkt, den Bezug zur Wirklichkeit völlig verloren. Mir, dem Befehlshaber der Legion, ließ er nämlich durch den Hochweisen ausrichten – offenbar in fortgeschrittener Weinlaune – wir sollen uns doch das selbst holen was wir von ihm forderten. Er würde mir sogar einen Krug Wein kühlstellen.«

Loreius drehte nachdenklich an seinem Siegelring, als wollte er die Zeit zurückdrehen.

»Delidix war von der Unzerstörbarkeit seiner Welt so überzeugt«, fuhr er fort, »dass er sogar die Manufakturen während der Belagerung weiterarbeiten ließ, denn seiner Ansicht nach würden die keltischen Krieger unseren Angriff ohne Mühe abwehren. Die Schmiede sollten Waffen produzieren, nicht kämpfen, denn er hatte Aufträge zu erledigen. Die Einhaltung der Liefertermine war ihm offenbar wichtiger als das Leben der Bewohner seiner Stadt.« Loreius sah forschend auf Pona.

»Unsere Belagerung dauerte mehrere Tage. Wir beschädigten mit unseren Katapulten den Mauerring am Osttor und schossen das Torhaus in Brand, doch die Mauer hielt stand. Auf der Freifläche vor dem Osttor stellte sich schließlich das Heer des Delidix auf – ohne ihn. Die keltischen Krieger schlugen sich tapfer, doch sie wurden von uns vernichtend geschlagen, während ihr Fürst in seinem Palast abwartete. So nahm das Ende der Stadt seinen Anfang. Als meine Soldaten in die Stadt eindrangen erschlugen sie alle, die sich ihnen entgegenstellten. Selbst Weiber und Kinder wurden von meinen wie von Sinnen rasenden Legionären anfänglich nicht verschont. Sie rächten sich für den Blutzoll ihrer Kameraden gegen die Arverner und die Hinterhältigkeit von Delidix. Zumindest das verbot ich, nachdem mir von ihrem Blutrausch berichtet wurde. Vendeles und seinen Anhang ließ ich von einigen Legionären aus der Stadt bringen. Der Hochweise Vendeles musste mit seinen Druiden bereits die Wälder auf den Hügeln über der Danuviusebene erreicht haben, als der Elendszug von Männern, Frauen und Kindern in die Sklaverei in Richtung Westen die Stadt verließ – wie Cäsar es befohlen hatte. So ersparte ich dem Greis wenigstens diesen Anblick. Dann drangen wir in den Palast ein, dem letzten Widerstandsnest in der Stadt. Die Stadt selbst zündeten wir nicht an, nur den Palast des Fürsten und die seiner Edlen. Wir zogen uns zurück, als sein Heer besiegt und die Stadt gefallen war. Teile der Bevölkerung konnten auf Flussbooten fliehen und nahmen beträchtliche Mengen von Waren mit sich. Das geschah offenbar bereits während wir mit Delidix verhandelten. Wo Delidix selbst geblieben ist, davon haben wir nichts erfahren – selbst seine gefangenen Hauptleute wussten es nicht. Trotz intensiver Suche konnten wir ihn nicht ergreifen. Er blieb verschwunden. Vermutlich ist er, wie die anderen Geflohenen auch, auf Flussbooten entkommen. Rücksichtslose und grausame Menschen wie Delidix sorgen stets für alle Fälle vor! Ihm war das Schicksal der Bewohner seiner Stadt gleichgültig – wie gerissene und gewissenlose Geschäftsleute eben denken und handeln. Ich würde mich daher nicht wundern, wenn er mit seinen Schätzen bereits wohlbehalten in Norikum angekommen ist, oder bei seinen markomannischen Freunden Unterschlupf gefunden hat.«

Als Loreius seinen Bericht über die Geschehnisse in Runidurum schloss, blieb Pona anfänglich wie versteinert sitzen. Nach einer Weile sprang sie auf und stürzte in ihr Haus. Der Legat sah ihr verwirrt nach. Quinus trat zu ihm und legte seine Hand beschwichtigend auf Loreius' Schulter.

»Ihr habt richtig gehandelt, Loreius! Pona macht euch keinen Vorwurf, doch es sind niederschmetternde Nachrichten für sie«, zeigte er mit seinen Händen an. Der Legat nickte. Er hatte die Antwort aus Quinus' Händen so empfunden, wie der Heiler sie meinte, obwohl er deren Sprache nicht kannte.

Nach einiger Zeit erschien Pona wieder und wischte sich über das Gesicht. Ihren roten Augen war anzusehen, dass sie geweint hatte. Loreius vermied es sie anzusehen. Er war über ihre Reaktion sichtlich zerknirscht, fühlte sich dennoch im Recht.

»Es war der Befehl unseres Konsuls, Julius Cäsar«, versuchte er seine Rolle bei diesem Geschehen behutsam zu rechtfertigen.

»Ich führte seinen Willen aus, wenn ich auch nicht verschweigen will, dass ich ebenso dachte wie er und auch heute alles wieder so tun würde wie damals. Nach meinem Vorschlag hätten wir alles friedlich regeln können. Wir versuchten es mehrmals, doch dieser eitle Fürst war uneinsichtig und hochmütig und überschätzte sich und seine Stadt. Immerhin haben wir durch sein Verschulden mehr als fünfhundert Männer verloren. Bedenkt, Pona, fünfhundert Leben wurden durch seine Gewinnsucht vernichtet! Ich weiß, dass dies keine Entschuldigung in euren Augen sein mag, doch sollten wir den Verlust unserer Männer klaglos hinnehmen? Nicht annähernd so viele Kelten sind in Runidurum zu Tode gekommen.«

»Ich verstehe eure Beweggründe gut, Loreius! Aber warum mussten die Frauen und Kinder in die Sklaverei gehen?«, erwiderte Pona.

»Ihr hättet die Weiber dieser Handwerker sehen müssen, die zum größten Teil aus der Gegend von Mediolanum und Venetien stammten. Sie waren gewalttätig, beteiligten sich aktiv an den Kämpfen und bespuckten unsere Legionäre, als wir sie gefangennahmen, dabei Rücksicht auf Frauen und Kinder nehmen wollten. Diese Weiber waren in meinen Augen keinen Deut besser als Fürst Delidix.«

Quinus nickte und deutet mit seinen Händen an, dass er die Ansicht des Legaten teilte. Pona sah starr auf die Hände des Heilers.

»Runidurum existiert also nur mehr als verlassene Stadt, wie wir es befürchtet haben!«, sagte sie mit heiserer Stimme und tupfte mit einem Tuch über ihre Augen. Wenigstens ist sie nicht niedergebrannt worden. Unser Schmied Cavarinus hat den Betrug mit den Schwertern bereits damals erkannt, als wir in Runidurum waren, doch er dachte, dass die Herstellung eurer Schwerter von euch so gewollt war.«

Loreius schüttelte seinen Kopf.

»Nein, es war niederträchtige Berechnung. Die Musterschwerter, die uns Delidix sandte, waren andere als die, welche er uns danach lieferte – und wir haben es leider zu spät bemerkt.« Ponas Augen wurden ganz groß und Tränen standen in ihnen.

»Verzeiht, Loreius, wenn ich mich nun erneut zurückziehe! Ihr werdet verstehen, dass ich diese traurige Botschaft erst verarbeiten muss. Es würde mich aber sehr freuen, wenn ihr ab morgen für einige Zeit mein Gast sein würdet!«

Pona erhob sich und verschwand im Haus.

Am Abend desselben Tages beschloss Pona zum Tempel zu reiten. Sie wollte in der Stille der Isura ein Gebet für die Opfer von Runidurum sprechen, vor allem aber wollte sie alleine sein. In weitem Bogen ritt sie um das Lager der Römer. Als sie das Plateau unter dem Tempel erreichte, schob sich die Mondscheibe über die Baumkronen und verbreitete ein fahles Licht. Gedankenverloren stieg sie die Treppen zum Tempelumgang empor. Als sie ihn erreicht hatte stutzte sie. Im Schlagschatten eines Stützbalkens, etwas hinter dem Eingang zum Inneren des Tempels, lag jemand ausgestreckt am Boden und betete leise vor sich hin. Der Stimme nach war es ein Mann.

»Wer mag das sein?«, wunderte sie sich und beobachtete das flache Schattenspiel, das der ausgestreckte Körper auf den Boden warf. Sie empfand keine Angst vor dem Unbekannten, denn irgendetwas in ihr sagte ihr, dass sie bleiben sollte. Ein Arm löste sich aus dem Schatten. »Komm' zu mir, Pona, lass uns gemeinsam beten!«

Überrascht trat sie näher. Im ersten Ansturm ihrer Gefühle dachte sie, es wäre Indobellinus' Stimme gewesen. Beschämt und zugleich erfreut erkannte sie den Legaten Loreius Tiburtinus. Er hob seinen Kopf und stützte sich auf.

»Hab' keine Angst! Ich bin keiner dieser unwirklichen Schatten aus dem Jenseits. Eigentlich wollte ich hier nur in mich gehen und eine kurze Andacht verrichten. Meine innere Stimme sagte mir, dass der Tempel ein geeigneter Ort sei, Ruhe und Einkehr zu finden. Dass du kommen würdest hoffte ich, wirklich damit gerechnet habe ich nicht!«

Loreius streckte seine Hand nach Pona aus. Sie zögerte nicht einen Herzschlag, als sie sich zu ihm legte und ihre Arme ausbreitete. Beide versanken in ihren Gebeten – der Römer rief seine Götter an, die Druidin ihre Allmächtigen. Sie beteten in verschiedenen Sprachen und dachten beide an die Menschen, die sie verloren hatten.

Die Schatten des Mondlichtes wanderten weiter, Fledermäuse spielten am Tempelfirst mit dessen Licht, als Loreius nach Ponas Hand tastete. Schweigend zog er sie hoch und watete mit ihr flussabwärts im seichten Wasser zur mondbeschienenen Kiesbank, die wie ein riesiges weißes Tuch vor ihnen lag. Pona empfand das Plätschern der Strömung an ihren Beinen wie gemurmelte Gedanken, die sie selbst nicht in Worte fassen konnte, und die rollenden Kieselsteine unter ihren Fußsohlen gaben ihr das Gefühl, als würde bei jedem Schritt der Boden unter ihr weggleiten.

Die beiden setzten sich ans Ufer, ließen ihre Beine im Wasser dümpeln, schickten ihre Gedanken dem Plätschern des Wassers nach, beobachteten den Mond hinter den Baumwipfeln, hörten die Nachtgeräusche der Wasservögel und suchten die Sterne, unter denen sie mit einem geliebten Menschen einst geträumt hatten, den es nur mehr in ihren Gedanken gab.

»Es ist wie damals mit Indobellinus«, dachte Pona und es dämmerte ihr, dass er mit dem Römer ein Zeichen gesandt hatte. Sie sollte Loreius ihrem Leben anvertrauen, an diesem Ort, den sie so oft mit ihm aufgesucht hatte und sie sollte Abschied von ihm nehmen. Pona begriff, dass Indobellinus es war, der sie hierher geführt hatte. Er wollte, dass sie seinen Tod endlich akzeptieren sollte, damit ihr Leben mit einem anderen Mann beginnen könne.

Sie drückte Loreius' Hand fester als zuvor und erkannte, dass ihre Gefühle zu dem Römer die Schatten der Vergangenheit aufgelöst hatten – stark genug für eine gemeinsame Zukunft mit diesem Mann. Endlich hatte sie ihren inneren Frieden gefunden und Indobellinus' Seele mochte in der Anderwelt lächeln, als Pona und der Römer ihre Pferde bestiegen und zum Seerosendorf ritten.

Quinus erwartete Pona und Loreius am Torhaus des Seerosendorfes. Er schien nicht verwundert darüber zu sein, dass sich die beiden an der Isura getroffen hatten und nun gemeinsam zurückkehrten. Wortlos fasste Quinus den Legaten Loreius an der Schulter und führte ihn zur Hütte, die einst Pona bewohnt hatte.

»Fühl' dich wohl in unserem Dorf!«, sagte Pona, die nachgekommen war.

»Richte dich ein, du bist in meinem Haus herzlich willkommen!«

In Gedanken fügte sie hinzu: »Auch in meinem Herzen, Loreius!«

Als Pona und Quinus in das Herrenhaus zurückkehrten meinte sie: »Du bist mir fast unheimlich, Quinus! Nichts entgeht deinen Ahnungen!«

Quinus schüttelte seinen Kopf und bedeutete, dass er zu Bett gehen wolle.

Sie legte einige Holzscheite in das Herdfeuer, hüllte sich in ein Fell und starrte in die aufflackernden Flammen. Pona war so mit sich beschäftigt, dass sie Loreius nicht eintreten hörte.

»Welche deiner Gedanken verbrennen in diesem Moment, Pona, deren Flammen du zusiehst? Ihr Druiden dürft doch nichts aufschreiben«, hörte sie Loreius' Stimme.

Sie wandte sich um und sah dem Römer in die Augen.

»Ich verbrenne die Kälte in mir, Loreius, die Palisaden, die ich gegenüber dem Leben aufgebaut habe.« Der Legat sah sie erstaunt an.

»Das musst du mir näher erklären, Pona!« Sie schüttelte ihren Kopf.

»Die Schatten der Vergangenheit haben mich verlassen! Endlich kann ich mich dem Leben wieder unbeschwert zuwenden!« Mittels ihrer beiden Zeigefinger rieb sie ihre Schläfen.

»Ich kenne dieses Gefühl, Pona!«, erwiderte Loreius und ließ sich neben ihr nieder.

»Als meine Frau mit unserem Sohn, unserem einzigen Kind, auf der Überfahrt nach Alexandria ein Opfer des Meeres wurde, hatte ich mich lange dem Leben verweigert, wie auch du es getan hast. Ihre Schatten standen bei allem was ich dachte und tat hinter mir. Doch es war ein von mir selbst geworfener Schatten. Die Mutter meines Kindes, meine geliebte Frau, wollte meine Trauer nicht, die mein Leben seit ihrem Tod bestimmt hatte. Als ich dir in Runidurum begegnete, lächelte sie mir in der darauffolgenden Nacht zu, und sie ermunterte mich, dem Leben wieder die Hand zu reichen – so wie ich es heute an der Isura tat.« Er starrte ins Leere.

»Wir haben offenbar das Gleiche erfahren, Pona, und die Schatten der Vergangenheit haben uns endlich verlassen.«

Pona nickte und sah den zärtlichen Glanz in den Augen des Römers, der seinen Erinnerungen galt, aber auch sie mit einschloss. Sie verfolgte die Flammen des Feuers und fühlte eine Wärme in sich aufsteigen, die sie schon lange nicht mehr empfunden hatte.

»Die Erinnerungen bleiben in unseren Gedanken, Zuneigung und Liebe leben in unseren Herzen!«, flüsterte Pona und sog Loreius' männlichen Duft in sich ein.

Er nahm ihre Hände und streichelte sie, dabei suchte er ihren Blick. In einer spontanen Aufwallung zog Pona den Legaten an sich. Sie schmiegte sich an ihn und fühlte seinen warmen Körper. Loreius erwiderte ihre Umarmung und ahnte, dass künftig nur dieser Frau sein Herz gehören würde.

»Seine Welt ist meiner fremd!«, dachte Pona und schrak für einen Herzschlag von ihm zurück. »Beide werden zu unserer gemeinsamen Welt heranreifen, wenn wir es wollen!«, beruhigte sie ihre Gedanken.

»Du solltest vor einem Leben mit mir keine Angst haben, Pona, denn meine Welt wird dir nicht fremd bleiben und ich kenne deine bereits ein wenig«, raunte Loreius ihr ins Ohr, als hätte er ihre Gedanken gelesen.

»Er kennt meine Empfindungen«, dachte sie, »als hätte ich mit ihm darüber gesprochen.«

Pona drängte sich enger an ihn, suchte seine Lippen und sie versanken in einem Kuss, als wäre es der erste in ihrem Leben gewesen. Sie ließen auch dann nicht voneinander, als sie ihn zu ihrer Schlafkammer zog. Mit einem lauten Schlag schloss sich die Türe hinter ihnen, als wenn damit im Lebensbuch dieser beiden ungleichen Menschen ein Kapitel beendet und ein neues aufgeschlagen worden wäre.

»Tue es nicht, Loreius! Du bestimmst damit den weiteren Lauf deines Lebens, denn mein Geist und Körper werden dich nicht mehr loslassen«, flüsterte Pona.

»Vor beiden hab' ich keine Angst – denn ich will dich ohne wenn und aber«, antworteten seine Lippen auf den ihren. Sie dehnte sich ihm in einer Lust entgegen, die sie selbst verwirrte und in der sie bedingungslos versank.

Pona erwachte durch die vertrauten Geräusche des Morgens, die den erwachenden Tag ankündigten, hörte das Hantieren der Knechte und Mägde mit ihren Geräten und deren verhaltene Zurufe beim Füttern der Tiere. Auf dem Dach gurrten einige Tauben und im Hühnerhof krähte ein Hahn. Sein lustvolles Krähen wurde wie so oft von aufgeregtem Gackern und Flattern begleitet. Vom See mit den Seerosenteppichen wehten die Zurufe der Fischer herüber und das Schnattern der Enten, die sich von den Fischerbooten gestört fühlten. Eine unendliche Zufriedenheit breitete sich in Pona aus. Zärtlich betrachtete sie den schlafenden Loreius und strich behutsam eine Haarsträhne aus seinen Augen. Sanft rupfte sie mit ihren Lippen über seine Stirn und erhob sich leise. Sie schob den Vorhang am Fenster zurück und genoss den anbrechenden Morgen. Die feurige

Sonnenscheibe hatte sich bereits zur Hälfte über die Hügel im Osten geschoben, erste Strahlen huschten durch die Dunstschleier über den See und erreichten ihr Haus und das Fenster an dem sie stand. Pona trat einige Schritte zurück. Auch vom Inneren ihres Schlafraums konnte man die glühende Sonnenscheibe sehen, die zu dieser Morgenstunde inmitten des Fensters stand.

»Ein wunderschöner Anblick!«, sagte eine Stimme hinter ihr.

»Noch schöner geworden durch die klügste und begehrenswerteste Frau vor diesem Leben spendenden Gestirn.«

Loreius stand lächelnd hinter ihr. Sie legte ihren Kopf zur Seite und zog ihn nach draußen in den Innenhof, dann auf den Wall mit den zugespitzten Pfählen. Pona deutete über das weite Tal.

»Ein Sonnenaufgang wie dieser, lässt mich manchmal schier das Atmen vergessen. In solchen Momenten«, sagte sie leise, »wenn sich die Dunkelheit der Kraft der Sonnenstrahlen beugt, weichen auch meine Ängste und Nöte. Sieh', wie der Nebel über dem See unter ihren Strahlen verdampft, wie die Farben der Blumen und Blätter aufleuchten, sie sich öffnen und ihrem Licht entgegendehnen. Kraftvoll eilen ihre Strahlen weiter über das Tal, haben selbst die Dörfer auf der anderen Seite des Flusses im Westen schon mit Licht und Wärme überflutet.«

Pona fasste seine Hand und führte sie an ihren Mund.

»Wie soll ich dieses Land verlassen können, wenn dessen Schönheiten sich so innig mit meinen Gefühlen verbunden haben?«

Nach einer Weile fügte sie hinzu: »Ich selbst habe diesen Exodus befohlen und mir diesen Schmerz selbst zugefügt!« Sie lehnte sich an Loreius.

»Empfindungen gegenüber dem Land, in dem man lebt, Pona, sind eine wichtige Lebensgrundlage, machen uns dankbar und zufrieden. Daraus gedeihen die Wurzeln, die uns halten und nähren. Doch das ist nicht alles!«, sagte Loreius ruhig.

»Diese Wurzeln schließen den Kreis von uns Menschen zu dem was das Land, in dem wir leben, uns geben kann. Sie lassen uns fühlen, wie und ob wir uns dieses Land erhalten können, ob die Kraft ausreichend ist, die sie aus ihm ziehen können. Ist das nicht möglich, werden sie verkümmern und wir mit ihnen! So gesehen ist es manchmal besser, die Wurzeln durchzutrennen und in ein neues Land zu verpflanzen!« Loreius fasste nach Ponas Hand und hielt sie fest in seiner.

»Ähnlich wirst du für dich und auch für dein Volk handeln müssen, Pona. Ihm bist du verantwortlich, den vielen Leben, deren Zukunft bedroht ist. Die Sonne, das Isuratal, die Blumen und Bäume und das Wild in den Wäldern sind nicht davon betroffen – ihr Menschen hier seid es. Würden du und ich uns in Rehe verwandeln, und wären diese Tiere mit unserem

Verstand ausgestattet, gelänge es keinem von ihnen uns zu erlegen – ob Kelten, Römer oder Germanen – und wir würden hier überleben. Wir sind aber nur Menschen und daher wird uns das nicht möglich sein. Der Mensch beherrscht das Land, andere Menschen werden es ihm streitig machen, nicht aber den Tieren und den Pflanzen. Denk an die Setzlinge der Weinreben! Sie wurden aus ihrer Heimaterde herausgerissen und haben wieder Wurzeln geschlagen. Ähnlich wird es mit eurem Volk geschehen.«

Er nahm sie in die Arme und sagte: »Komm mit mir nach Pompeji, Pona, wenn du dein Volk sicher an den Rhenos gebracht hast!« Sie wurde steif in seinen Armen.

»Genau das bekümmert mich, Loreius! Ich sehe zwei Zukunftsvisionen vor mir: Die eine sieht mich bei meinem Volk und die andere bei dir. Dazwischen gähnt eine Schlucht, von der ich nicht weiß wie ich sie überwinden kann.«

»Du musst diese Schlucht nicht überwinden Pona, nicht jetzt! Es werden noch einige Jahre vergehen, in denen ich als Soldat in Gallien bleiben werde. Die Zeit wird voranschreiten und viele Veränderungen mit sich bringen. Das, was wir für uns in die Zukunft eingeordnet haben, für uns erhoffen, wird in naher Zeit Gegenwart sein, vielleicht früher als wir es denken und sich dann anders entwickelt haben. Auch wir beide werden uns diesem steten Fluss nicht entziehen können. Ich fordere daher keine Entscheidung von dir – wie auch du sie von mir erwarten könntest. Du hast mir dein Vertrauen und dein Herz geschenkt. Das ist mehr, als ich zu hoffen wagte. Ich bin dankbar, dass du meines im Sturm erobert, den Kummer von ihm verscheucht hast. Ich liebe dich Pona, und ich fühle, dass auch ich geliebt werde. Nur das zählt für mich. Das ist eine Basis, mit der ich auch getrennt von dir leben kann. Die Frage ist nur, ob du damit leben kannst.«

Loreius trat einen Schritt zurück und sah sie forschend an.

»Ihr Römer seid gute Strategen, Loreius, sogar in Liebesdingen.«

Sie lachte, trat zu ihm und küsste seine Augen.

»Auch ich werde damit umgehen können, Loreius! Zunächst gehören die nächsten Tage nur uns, bevor sich diese vermeintlich unüberwindbare Schlucht auftun wird. Sie jagt mir keine Angst mehr ein, denn wir beide werden eine Brücke finden, die uns beide trägt.« Pona nahm seine Hände und legte ihr Gesicht darauf.

»Als nächstes werde ich die Druiden davon überzeugen«, sagte sie, »warum ich, entgegen ihrem Wunsch, keinen keltischen Gemahl nehmen werde. Der Druidenrat meint nämlich, auf dem Wagenzug sollte einer von ihnen mein Lager teilen, damit nicht alles auf meinen Schultern lastet. Falls erforderlich, könne ich seines männlichen Schutzes gewärtig sein – also eine Zweckgemeinschaft.« Sie zupfte seine Toga an seinem Gürtel zurecht.

»Wie einfach die Dinge nun geworden sind. Ich werde ihnen mitteilen, dass der Schutz eines Mannes, den ich liebe – zufällig bist du es, ein Römer – mir mehr bedeutet als der eines ungeliebten Mannes. Auch dann, wenn dieser Römer nicht immer bei mir ist.« Sie legte ihren Arm um seine Hüfte und zog ihn mit sich.

»Ich denke, wir sollten nun ins Haus gehen! Quinus wird uns an diesem herrlichen Morgen mit einem besonders köstlichen Mahl verwöhnen. Allerdings weiß ich nicht, ob er deinen Geschmack treffen wird!«

»Sei beruhigt, Pona! Ich lebe lange genug in Gallien, und ich habe die Speisen deines Volkes schätzen gelernt. Du hast in Delidix' Palast sicherlich bemerkt, dass ich kein Kostverächter bin, so wie ich damals den Speisen zugesprochen hatte. Ich muss allerdings gestehen, wir hatten an diesem Tag einen anstrengenden Ritt hinter uns und kaum etwas gegessen. Leider hat sich meine Größe, trotz meines guten Appetits, nicht verändert.« Er blickte schräg zu ihr hoch, dabei strich er mit beiden Händen über seinen Bauch. Pona lachte und zog ihn den Hang hinunter.

»Wenn du auch ein wenig kleiner bist als ich, was bedeutet das, angesichts der Größe deiner Gedanken.«

Quinus' letzte Kräuter

Am Morgen eines sonnigen Spätsommertages an der Isura, an dem dieses unvergleichliche Herbstblau den Himmel überspannte, das Quinus so liebte, beschloss er einige Kräuter zu ernten, deren Pflückzeitpunkt nicht mehr aufschiebbar war. Der Wind trieb am Himmel sein unermüdliches Spielchen mit den weißen Wölkchen, jagte die luftigen Wollknäuel vor sich her, die ihm immer wieder entwichen, sich ausbreiteten und erneut von ihm angetrieben sich zu Wolkenschleiern verdichteten. Quinus beobachtete fasziniert dieses Wolkenspiel, während er über den See ruderte. Die Luft war an diesen Tagen frei von Staub und Dunst. Nächtliche Gewitter hatten die Kräuter an den Wiesen und Feldrainen vom Staub befreit. Solche Tage waren dazu geeignet, bestimmte Kräuter zu sammeln. Quinus verfuhr dabei nach einem alten Brauch: Er umfasste die Stängel der ausgesuchten Heilkräuter vorsichtig mit der linken Hand und schnitt sie unterhalb der Blüten oder kurz über der Wurzel mit einem gekrümmten Messer ab. Dieses Messer hatte er sich von Cavarinus eigens für die Kräuterernte anfertigen und von Casina weihen lassen.

Nachdem er mit dem winzigen Kahn den See und die Ampurnum überquert hatte ruderte er in ein Altwasser, zog den Kahn auf das Ufer. Von dort aus machte er sich auf den Weg.

Zuerst durchstreifte er die von Wasserläufen durchzogenen Auenwiesen, schnitt die Sommerwedel des Zinnkrauts und die Blütenstände der Goldrute, wanderte den Weg nach Westen zu den Wäldern hoch, sammelte am Waldrand Grundheil, der besonders gut unter Eichen am Waldrand gedieh. Nachdem die Sonne bereits sehr hoch stand, beschloss er Drudenkraut zu schneiden, das am besten in der Mittagszeit geschehen sollte. Hatte er sich danach ein wenig ausgeruht, wollte der Heiler noch im Wald die Blütenkerzen des Bärlapps sammeln, die er in besonderen Säckchen verwahrte, da er ihren Blütenstaub nicht verlieren wollte. Sollte ihm noch ausreichend Zeit bleiben, würde er auf dem Rückweg noch Wurzeln vom Beinwurz ausgraben. Mittels Trageschlaufen hatte sich Quinus ein seltsam anmutendes geflochtenes Gestell auf den Rücken geschnallt, welches durch Ruten in Fächer unterteilt war. Dabei achtete er vor allem darauf, dass die Säckchen der verschiedenen Heilpflanzen sich nicht berührten.

Quinus war mit seiner Ausbeute zufrieden. Mehr als ein Dutzend Kräuterbündel lagen bereits auf seinem Traggestell, sorgfältig nach Art der Kräuter unterschieden.

»Die Sonne steht hoch, das Traggestell ist gut gefüllt – was also steht einer Rast auf meinem bevorzugten Platz entgegen?«, überlegte er. Nach kurzer Zeit hatte er ihn erreicht, setzte das Traggestell ab, wischte sich den Schweiß aus der Stirn, zog sein Hemd aus und legte sich ins Gras. Nach einer Weile richtete er sich wieder auf und sah in das Tal. Quinus liebte diesen Platz, von dem sich ein herrlicher Rundblick erschloss. Wie oft hatte er diesen Platz aufgesucht und immer wieder bewunderte er das beeindruckende Bild der beiden Flusstäler, die sich flussabwärts, hinter dem beherrschenden Höhenrücken des Seerosenhügels, zu einem mächtigen breiten Tal vereinten. An diesem Tag konnte er sogar die weit entfernt auf dem gegenüberliegenden Ufer der Isura liegenden Dörfer ausmachen. Auf dem blanken Wasserspiegel des Sees zogen einige Fischerboote eine schimmernde Kette von Wellen hinter sich her, vor dem Hang zum Seerosenhügel bewegten sich Farbkleckse im Wind, offenbar Wäschestücke, und manchmal trug der Wind das Geschrei von badenden Kindern heran.

»Welch eine Erhabenheit und Ruhe strahlt dieser Seerosenhügel aus!«, dachte Quinus und bewunderte ein um das andere Mal den wuchtigen Bau des Sonnentempels, der wie eine Festung außerhalb des Seerosendorfes thronte, auf dem höchsten Punkt des Höhenrückens. Ganz tief atmete er durch, schob seine Beinkleider über die Knie, legte den Umhang ab und streckte sich in den Sonnenstrahlen aus. Vorsichtig goss er aus einer Tonflasche Wasser über seine Füße, das in der Hitze der Sonne prickelnd abtrocknete. Danach ließ er einen Wasserstrahl in seinen Mund rinnen, dabei hielt er ein Tongefäß eine Armlänge über sich, welches er hob und senkte, sodass der Wasserstrahl beim Aufprall auf seiner Zunge zerstob und ein erfrischender Tröpfchenregen über Gesicht und Hals perlte. Er lächelte über diese Angewohnheit und dachte: »Diese Unsitte werde ich wohl nie ablegen, aber das Wasser schmeckt, auf diese Weise getrunken, doppelt erfrischend, und auch mein Gesicht ist dankbar für den Wassernebel der dabei entsteht.«

Langsam weichte das Brot in seinem Mund auf. Er schob ein Stück Räucherfleisch dazu, kaute genüsslich darauf und trank erneut Wasser.

Was immer Quinus tat, nicht die kleinste Bewegung in seiner Umgebung entging ihm. Er registrierte jedes Geräusch, ob es zu der ihn umgebenden Natur gehörte oder nicht. So verhielt es sich auch jetzt, während er das erfrischende Wasser und seine mitgebrachten Speisen ausgiebig genoss.

Erschrocken fuhr Quinus aus seiner Mittagsruhe hoch. Er hatte ein unbekanntes, seltsam anmutendes Geräusch gehört. Das Rumpeln eines Fuhrwerks oder den Hufschlag von Pferden hätte er erkannt, dieses aber konnte er nicht einordnen.

»Seltsam!«, stellte Quinus fest und rieb sich seinen Nacken. Er versteckte sein Traggestell unter Sträuchern und schlich den Weg hoch, stets bereit sich hinter Büschen verbergen zu können. Wieder vernahm er dieses ungewöhnliche Geräusch. Es hörte sich wie ein Schleifen an, begleitet von Stöhnen und Hufschlag. Eine Weile war es wieder still. Erneut vernahm er den Hufschlag und das Schleifen, doch diesmal viel näher. Geduldig wartete er hinter den Brombeerhecken. Nach einiger Zeit waren ein langgezogenes Stöhnen und Stimmen zu hören, dann wieder der Hufschlag mehrerer Pferde und wieder dieses Schleifen. So ging es eine Weile weiter, ohne dass er jemanden auf dem Weg zu Gesicht bekam und sich ein Bild darüber machen konnte, was sich ihm näherte.

Quinus konnte sich keinen Reim darauf machen und beschloss, seinen Beobachtungsplatz zu verlassen und den verwirrenden Geräuschen auf den Grund zu gehen. Im lichten Wald schlich er weiter in die Hügel, dabei benutzte er dicke Buchenstämme als Deckung. Wieder waren diese unerklärlichen Geräusche zu vernehmen. Als er einen vor sich liegenden Hügel erklommen hatte, die dahinterliegende Wegstrecke einsah, klärte sich alles auf: Mehrere Männer mit Packtieren schleppten sich den Weg entlang und hielten immer wieder erschöpft an. Sie schienen am Ende ihrer Kräfte zu sein. Quinus erkannte fünf Druiden mit Lasttieren, dahinter schritt eine Frau in keltischer Tracht, die ein Pferd am Zügel führte, das eine Bahre nach sich schleifte. Wenn die Frau anhielt, wischte sie mit einem Tuch über die Stirn eines Mannes, der auf der Bahre lag. Ihre Gesichter konnte er nicht erkennen.

Gerade wollte er sich bemerkbar machen, als vier Männer aus dem Unterholz auf den Weg sprangen. Sie sahen heruntergekommen aus, waren in Felle gehüllt und fuchtelten drohend mit ihren Waffen. Mit Geschrei, unflätigen Verwünschungen und Gebärden bauten sie sich vor der Reisegruppe auf.

»Strauchdiebe!«, dachte Quinus, während er näher heranschlich. »Dieses widerliche Gesindel! So manches Rind haben sie von unseren Weiden gestohlen und stets sind sie uns entwischt.«

Die Überfallenen waren wie gelähmt. Keiner von ihnen versuchte sich zu wehren. Sie waren offenbar zu erschöpft. Gleichgültig sahen sie zu, wie die Räuber damit begannen, Bündel und Taschen von den Tragtieren zu zerren und zu öffnen.

Quinus beobachtete die Wegelagerer abschätzend, studierte deren Körpersprache, besonders die ihres Anführers, der breitbeinig vor der Bahre stand und die Druiden mit unflätigen Ausdrücken bedachte. Quinus beschloss, etwas gegen die Männer zu tun. Er überlegte, ob er diesen vierschrötigen Mann zuerst angreifen sollte. Der Überraschungsmoment wäre auf seiner Seite, verschaffte ihm einen entscheidenden Vorteil. Dabei würde er auch schneller denken als dieser riesige Kerl, der offenbar nicht der Hellste zu sein schien – wie es seine Worte verrieten.

»Erledige ich den Kopf der Bande, werde ich leichtes Spiel haben, werden seine Mitläufer das Weite suchen!«, überlegte er und strich über das Kräutermesser in seiner Hand.

»Das ist meine Chance!«, dachte Quinus, als er die Schärfe des Stahls an seinen Fingern spürte.

Er huschte hinter einigen Büschen so nah wie möglich an den Anführer heran. Mit all seiner Kraft schnellte er in einer katzenhaften Bewegung auf den Mann zu, dabei brüllte er wie ein Löwe seiner heimatlichen Savanne. Zwar geriet der Schrei aus seinem stummen Mund mehr zu einem schrecklich anzuhörenden Gurgeln und Röcheln, doch auch dieses verfehlte seine Wirkung nicht. Dem Anführer blieb der Mund offen stehen, als er den dunkelhäutigen Riesen aus dem Gebüsch hervorbrechen sah. Noch bevor er einen Gedanken fassen konnte traf ihn das Kräutermesser und drang in seine Brust ein. Der massige Kerl heulte vor Schmerz auf und starrte entsetzt auf Quinus' rollende Augäpfel. Mit einer blitzschnellen Bewegung zog Quinus das Messer aus dem Körper des Mannes, der fürchterlich aufheulte, und hielt es an dessen Kehle. Er beobachtete mit zugekniffenen Augen, wie das Blut aus der Wunde herausquoll, an der Lende des Räubers herabtropfte und dieser langsam in die Knie sackte. Drohend fuchtelte Quinus mit dem blutverschmierten Messer vor dessen Augen und setzte es wieder an seine Kehle. Quinus wartete eiskalt ab, was sich nun ereignen würde. Er wappnete sich innerlich gegen einen Angriff der anderen Wegelagerer. In diesem Fall würde er diesem Fleischberg die Kehle durchschneiden müssen.

Doch alles verlief einfacher als er dachte. Kaum dass ihr verletzter Anführer in die Knie gesunken war, flüchteten die drei Männer aufheulend in das schützende Buschwerk.

»Feiglinge!«, dachte Quinus, »Mitläufer! Ihr seit nur stark, wenn ihr euch hinter ihm verbergen könnt!«

Als hätte er die Gedanken des Heilers gehört, tauchte einer der Männer wieder hinter den Büschen auf und kam langsam auf ihn zu. Quinus bedeutet ihm mit einer unmissverständlichen Geste, den Gürtel mit den Waffen zu lösen. Anfänglich zögerte der Mann. Schließlich schien er einzusehen, dass ihm nichts anderes übrigblieb und befolgte Quinus' Aufforderung. Argwöhnisch beäugte der Heiler jede seiner Bewegungen, dabei tänzelte er, wie ein Krieger im Schwertkampf, zwischen dem eingeschüchterten Mann und seinem verletzten Anführer hin und her. Mit dem Schwert, das er dem Anführer abgenommen hatte, vollführte er einige Lufthiebe, die der Schneide ein Zischen entlockten.

Der Mann vor ihm winkte den beiden anderen zu, die wie verängstigte Tiere aus den Büschen hervorlugten. »Er braucht ihre Hilfe!«, dachte Quinus und wandte sich den beiden zu.

»Ihr dort, werft eure Waffen weg, sonst ist es um euren Häuptling geschehen!«, dachte Quinus und unterstrich seine stumme Drohung mit entsprechenden Gebärden. Wortlos folgten die beiden Männer seiner Aufforderung, verließen das Gebüsch und näherten sich.

Der überraschende Angriff des dunkelhäutigen Riesen, die Verletzung, welche er ihrem Anführer zugefügt hatte, seine katzenhaften Bewegungen, begleitet vom zornigen Funkeln seiner Augen und dem drohenden Gurgeln, das alles hatte ihnen Angst gemacht.

»Sie haben weder bemerkt, dass ich alleine, noch dass ich stumm bin. Es ist wohl meine Größe, die dunkle Farbe meiner Haut, die sie verwirrt und meine schrecklichen Laute«, dachte Quinus. Er riss mehrere Stoffstreifen von einem Tuch, das beim durchwühlten Gepäck lag und warf sie den Männern vor die Füße.

»Verbindet ihn!«, dachte er und zeigte den Männern mit einer Handbewegung an was sie zu tun hatten. »Damit er nicht verblutet«, fügte er in Gedanken hinzu.

Quinus umkreiste die Gruppe wie eine sprungbereite Katze. Kein Wort fiel, als die Männer ihren Anführer notdürftig verbanden, ihm auf die Beine halfen und ihn in den Wald führten.

»Lasst euch nie wieder hier blicken ihr Strauchdiebe! Das nächste Mal werden eure Körper an den Bäumen entlang dieses Weges baumeln«, dachte er und vollführte entsprechende Drohgebärden. Keiner der Männer sah sich um, sie fühlten seine Drohungen in ihren Rücken, und sie hatten es sehr eilig im Wald zu verschwinden. Quinus hatte den Männern seinen Willen aufgezwungen und sein Schweigen war ein Teil davon.

Die überfallenen Druiden waren über das unerwartete Erscheinen von Quinus ebenso erschrocken wie die Wegelagerer, drängten sich hinter ihre Packtiere und verfolgten entsetzt das Geschehen. Sie dachten, dass es ihnen so ergehen würde wie den Wegelagerern.

Erleichtert stieß Quinus das Kräutermesser in den Boden, wischte sich den Schweiß von der Stirn und wandte seinen Blick zum Himmel:

»Verzeih' Allmächtige Erdenmutter! Ich musste das geweihte Messer benutzen, ich hatte keine andere Wahl.«

Er beugte sich über sein Messer und wollte es aus dem Boden ziehen, als er wie angewurzelt stehen blieb.

»Es ist Quinus«, hörte er eine Stimme hinter sich rufen, »es ist Quinus, der Heiler vom Seerosendorf, der uns beistand!«

Langsam wandte sich Quinus um und versank in den Augen der dunkelhäutigen Frau, die neben der Bahre stand. Sie hielt seinem Blick stand. Es war Santima, die Dienerin des Druiden Vendeles. Wären es andere Umstände gewesen, dann hätte Quinus die junge Frau umarmt, doch nun blieben seine Arme regungslos an seinen Schultern hängen.

Quinus fasste sich wieder. Sein Blick flog verwundert von der Frau auf das Schleppgestell, dann wieder auf die Frau und noch einmal auf das Gestell. Erschrocken erkannte er den Druiden Vendeles. Das Gesicht des Greises war eingefallen, seine geschlossenen Augen lagen in dunklen Höhlen und waren kaum zu erkennen. Die Nase ragte wie ein Knochen aus dem Gesicht. Santima schlug das Fell zurück und wies auf seine notdürftig geschienten Beine; offenbar waren sie gebrochen. Santima zupfte den Heiler am Arm und bat mit einem flehentlichen Blick: »Weiser Quinus, helft mir! Der Druide Vendeles ist sehr krank, er hat das Wundfieber.«

»Das Fieber hat ihn sehr geschwächt, deshalb ist er ohne Bewusstsein«, dachte der Heiler und überlegte, wie er dem Druiden so rasch wie möglich helfen konnte. Er winkte zwei der Druiden zu sich, wies auf das Tal, bewegte sich, mit kurzen Schritten laufend, ein Stück den Weg entlang, streckte beide Hände vor sich hin und deutete Ruderbewegungen an. Dann winkte er mit einer Hand zu sich und hielt danach beide Hände hoch. Verständnislos beobachteten die Männer Quinus.

»Er meint, zwei von euch sollen ins Dorf laufen und zehn Männer holen! Sein Kahn liegt unten am Fluss«, erklärte Santima. Quinus nickte ihr dankbar zu und genoss ihren Blick dabei.

»Diese Frau hier zu sehen, ist wie ein Traum«, sinnierte er. Dass sie hierher zum Seerosenhügel geflüchtet waren, verwunderte ihn nicht, bedachte er Loreius Tiburtinus' Schilderungen und Santimas Blicke in Runidurum.

Während Santima, einige Druiden und deren Gepäck mit einigen Kähnen über den See gebracht wurde – Quinus fuhr auf einem der Kähne mit – die Packtiere sich auf dem Weg zum Seerosenhügel befanden, wurde ihm schmerzlich bewusst, dass das Leben von Vendeles nur mehr an einem dünnen Faden hing.

Auf dem Weg zum Dorfeingang ritt ihnen Pona entgegen. Die Druiden hatten ihr berichtet, wie es um Vendeles stand, und sie hatte alles vorbereitet, damit Quinus den Greis sofort behandeln konnte.

Santima bettete Vendeles in der Behandlungshütte entsprechend der Anweisung von Quinus auf ein Lager. Danach untersuchte er den Druiden.

Er löste die blutverschmierten Verbände und Holzschienen von den Beinen des Druiden und stellte zufrieden fest, dass Santima mit den beschränkten Mitteln, die ihr zur Verfügung standen, alles richtig gemacht hatte. Mehr hätte sie nicht tun können.

»Die Vergiftung seines Blutes konnte sie nicht verhindern! Das liegt vor allem an Vendeles' Alter«, dachte er traurig und nickte Santima anerkennend zu, die seine Untersuchungen angstvoll beobachtete.

Nachdem er dem Druiden ein Schmerzmittel eingeflößt hatte, reinigte er die entzündeten Wunden an der Bruchstelle der Knochen und betrachtete sorgenvoll die rote Linie, die sich bereits bis zu den Lenden hinaufzog. Auch Pona schüttelte bedenklich ihren Kopf, als sie dem Heiler bei der Arbeit zusah.

»Er wird ein Mittel für Vendeles finden, um ihm zu helfen!«, bemerkte Pona zu den Druiden, »darin ist Quinus ein unübertroffener Meister – ob er Vendeles damit retten kann, wissen die Götter.«

Vendeles stöhnte während der Behandlung auf und stammelte unverständliche Worte.

»Brand, Tod!«, rief er immer wieder. Quinus und Pona sahen sich an, sie wussten was er meinte.

Quinus suchte aus einem Schrank verschiedene Tinkturen und Salben heraus, wusch die Wunden nochmals mit dem gereinigten Saft vergorenen Korns, tupfte sie mit einer blutstillenden Tinktur ab, strich eine herbriechende gelbe Salbe in die Wunden und legte einen Verband an. Anschließend schiente er die Beine wieder. In einer Tonschale verrührte er ein Pulver in heißem Wasser und flößte dem Druiden diesen Sud ein. Santima verfolgte mit schmalen Augen jeden seiner Handgriffe. Es schien als würde sie darauf warten, dass Quinus ein Fehler unterlief, doch es war die Art ihres Lernens, das mit jedem von Quinus' Handgriffen ihr Wissen um ein Stück bereicherte. Als er die Behandlung beendet hatte bedeutete Quinus mit einigen Gesten, dass Vendeles nun schlafen würde.

»Es sind bewährte Mittel, die Quinus dem Druiden gegeben hat, Santima«, bemerkte Pona. »Sei unbesorgt! Quinus hat alles Menschenmögliche getan. Wenn du möchtest, können wir dir dein Nachtlager bei Vendeles richten lassen.«

Santima nickte erleichtert.

Pona fuhr fort: »Entweder Vendeles wacht wieder auf, oder er schläft für immer ein. Mehr kann Quinus nicht für ihn tun!« Der dunkelhäutige Mann sah niedergeschlagen auf den alten Druiden.

»An Quinus' Gesicht erkenne ich derzeit nicht«, fügte Pona hinzu, »ob Vendeles es schaffen wird.«

Quinus nickte bei diesen Worten und wusch nachdenklich seine Hände.

Quinus behandelte Vendeles über mehrere Tage mit all dem Wissen, das ihm zur Verfügung stand. Dennoch hatte sich der Zustand des alten Druiden verschlechtert. Das Wundfieber wollte nicht weichen. Manchmal hatte er den Eindruck, dass Vendeles den Toten von Runidurum in die Anderwelt folgen wollte. Am dritten Tag nach seiner Ankunft verstarb Vendeles, obwohl die Entzündung überraschend zurückgegangen und das Fieber gesunken war. Er hatte seine Augen noch einmal geöffnet und zu Quinus gesagt: »Santima ist eine freie Frau. Sei gut zu ihr!«

Nach Vendeles' Tod zog Santima in die Hütte von Quinus, wie es der Druide gewünscht hatte und Quinus' Herz erfasste an diesem Tag das Gefühl, dass er seine verlorene Heimat wieder gefunden hatte.

Sterben der Seerosen

Der tragische Untergang von Runidurum schien nur der Anfang einer Kette von unglückseligen Ereignissen zu sein.

Pona berichtete dem Druidenrat über die Hintergründe der Eroberung von Runidurum und Fürst Delidix' Flucht. Die Druiden aus Runidurum ergänzten und bestätigten das Geschehen mit ihren Schilderungen. Viele der Druidinnen und Druiden kämpften um ihre Fassung oder weinten nur still vor sich hin.

»Runidurum ist also für uns Vindeliker verloren«, sagte Pona bei der denkwürdigen Versammlung mit brüchiger Stimme.

»Wieder einmal haben Unschuldige für die Überheblichkeit und Uneinsichtigkeit ihrer Herren bezahlt!«

Pona schwieg für einen Moment. Dann erhob sie ihre Stimme, so durchdringend und laut, dass die Versammelten auf ihren Sitzen zusammenfuhren.

»Der Sturmwind, der uns vernichten will hat also eingesetzt. Er wurde von der Gier eines Einzelnen entfacht, durch die Nichtachtung heiliger Regeln. Die Allmächtige Erdenmutter hat diesen Mann bestraft und wird ihn weiterverfolgen, sollte er überlebt haben. Seine Selbstüberschätzung vernichtete nicht nur seine Herrschaft und die seiner Gefolgsleute, sondern auch das Leben vieler Unschuldiger, Menschen wie wir es sind. Sie sind ihm blind gefolgt, wollten an seinem Reichtum teilhaben, nun haben sie Anteil an seiner Niederlage. Er wird für seine Schandtaten einst vor die Allmächtige treten und Rechenschaft ablegen müssen!«

Es wurde still in der Runde, während die hochweise Pona ihren Gefühlen weiter freien Lauf ließ.

»Wie sich die Bilder gleichen«, sprach sie weiter, »als wären sie voneinander abgemalt worden! Die Bilder vom Danuvius und die von Runidurum tragen die gleiche Handschrift.«

Sie fasste sich an die Stirn und fuhr fort: »Mir ist, als hörte ich in diesem Augenblick wieder sein verächtliches Lachen und seine überheblichen Worte, als er unser Ansinnen von sich wies. Nie hatte er die Hintergründe des Opfers begriffen, welches von uns verlangt wird, nun ist er selbst ein Opfer geworden – ein unwürdiges, wie ich meine.«

Pona ordnete an, dass am nächsten Tag alle Bewohner des Seerosendorfes für die Opfer von Runidurum beten sollten. Mit diesem Gebet sollten die Menschen verinnerlichen, so dachte sie, welchem Schicksal sie entronnen waren.

Die Zeichen, die nichts Gutes für die Zukunft in ihrer alten Heimat verhießen, mehrten sich. Das Vieh wurde von einer seltsamen Krankheit befallen. Der Tod der Tiere begann damit, dass sie nichts mehr fressen und im Endstadium der Krankheit sich nicht mehr auf den Beinen halten konnten. Quinus beobachtete an einigen befallenen Tieren den Verlauf der Krankheit. Stand der Tod der Tiere kurz bevor, versagten die Vorderläufe und sie konnten nicht mehr aufstehen.

»Die Krankheit ist ansteckend, auch für uns Menschen«, dachte Quinus.

»Etwas Ähnliches habe ich in unseren Dörfern am Nil beobachtet.«

Er teilte Pona seine Beobachtungen mit was zu tun war. Auf Geheiß der Hochweisen wurde eine Gruppe von Kriegern zusammengestellt, welche die kranken Tiere aussonderten und ihnen den Gnadenstoß gaben. Auf riesigen Scheiterhaufen in den Auen verbrannten sie die Tierleichen. Pona untersagte es bei Strafe, das Fleisch dieser Tiere zu essen oder einzusalzen.

»Die Krankheit kann sich auf uns übertragen, sie kann wie die Pest wüten«, erklärte sie den Menschen. »Quinus hat in seiner Heimat beobachtet, dass auch Menschen davon befallen worden sind.«

Das größte Unglück aber, das die Bewohner des Seerosenhügels und der umliegenden Dörfer zutiefst erschütterte war das, was Quinus als Erster bemerkt hatte und dessen volle Tragweite nun sichtbar wurde.

Nach der Getreideernte wüteten schwere Gewitter – meist bis in die Nacht hinein. Quinus kehrte morgens, nach einer dieser Gewitternächte, mit einem Korb voller Seerosenblüten vom See zurück. Er stellte ihn vor Pona auf den Tisch und wies mit einer Handbewegung auf den Inhalt. Fragend sah Pona auf den Korb.

»Was ist damit, Quinus? Nach jedem Gewitter werden vom sturmgepeitschten Wasser Blüten losgerissen.« Sie sah ihn betreten an und fuhr sich an die Stirn, sie schien sich an etwas zu erinnern.

»Du willst sagen, dass ...?«

Quinus nickte, nahm eine der Blüten in die Hand und deutete auf den Stängel unterhalb der Blüte, der eine Verengung aufwies.

»Sie wurden nicht durch Schnecken oder Fische so verengt, sondern sind verkrüppelt gewachsen«, bedeutete Quinus mit seinen Händen.

»Die Blüte konnte nicht genügend Saft ziehen und musste früher oder später verkümmern.«

Nachdem sie einige der Blüten gemeinsam untersucht hatten, starrte Pona ungläubig auf den Korb mit den Blüten und dann auf den Heiler. Sie wurde sich der Erinnerung bewusst, dass Quinus, unmittelbar nach ihrer Rückkehr aus Runidurum, dieses Seerosensterben und dessen Grund bereits erkannt hatte. Diese welken Blüten konfrontierten sie nun mit einer Wirklichkeit, die sie bisher weit von sich geschoben hatte.

»Ich hätte es besser wissen müssen – auch das Orakel von der Abusna hat das Sterben vorausgesagt!«, dachte sie bestürzt.

»Vergeblich wartete ich auf ein Zeichen der Allmächtigen – aber nicht auf diese Weise!« Nun musste sie sich diesem Seerosensterben stellen und allen Bewohnern des Seerosendorfes diese traurige Botschaft mitteilen.

»Ich möchte die kranken Seerosen sehen! Zeig' sie mir, Quinus!«, sprudelte es aus ihr heraus.

Sie stiegen den Hang hinter der Hofstelle hinunter und bestiegen einen Kahn. Quinus lenkte ihn gezielt zum Uferstreifen, an dem die Kürschner ihr Leder gespült hatten. Längst waren die Arbeiten abgeschlossen, doch das Wasser hatte seinen fauligen Geruch beibehalten. Pona riss eine Blüte aus dem Wasser und betrachtete den Stängel. Dieser war ebenso verengt, wie sie es an den Blüten im Korb gesehen hatte.

»Alle Seerosen werden langsam verkümmern, so ist es doch, Quinus? Damit tritt das ein, was du vorausgesehen hast. Ich selbst habe deine Befürchtung damals ignoriert. Nun, da sie sich unwiderruflich bewahrheitet hat, kann ich es kaum glauben!« Pona presste ihre Lippen zusammen und schüttelte ihren Kopf.

Gemeinsam suchten sie weitere Seerosenteppiche auf und fanden bei allen Blüten die gleichen Merkmale.

»Die Zeit ist also gekommen, Quinus! Wir müssen den Menschen dieses Ereignis als Zeichen der Götter nahe bringen! Manch einem, der nicht in voller Überzeugung mit uns gezogen wäre, wird nun die Richtigkeit unseres Vorhabens endgültig vor Augen geführt. Die Erdenmutter hat uns eine Botschaft gesandt, entsprechend der Weissagung von der Abusna. Damit erfüllt sich das Orakel – allerdings erwartete ich von ihr andere Zeichen!«

Schweigend ruderten sie zurück. Als sie das Ufer erreichten, suchten sie Casina umgehend auf.

»Unsere Seerosen sterben!«, sagte Pona ohne Umschweife. Ihr Gesicht war bekümmert.

»Nun wird sich das erfüllen, was die Weissagung des Orakels über unserem Dorf schweben ließ: Unser Volk muss den Seerosenhügel verlassen! Daran ist nichts zu ändern, damit hat sich das Orakel erfüllt!«

Pona nahm eine Seerose und zeigte Casina die Ursache.

»Worauf es wirklich zurückzuführen ist, wissen wir nicht!«, log sie. Fassungslos betrachtete Casina die Blüten und die verkümmerten Stängel.

»Die Götter meldeten sich zu einem Zeitpunkt zu Wort, wie er nicht günstiger für uns sein konnte«, überlegte Casina. Sie musterte Pona und Quinus nachdenklich.

»Erklärt mir, was wirklich dahinter steckt! Ich sehe es euren Gesichtern an, dass ihr dahinter etwas verbirgt. Sprecht, es wird unser Geheimnis bleiben!«

Pona trat verlegen von einem Bein auf das andere, obwohl sie saß.

»Um ehrlich zu sein, Casina, der Grund ist tatsächlich ein anderer: Die giftigen Abwässer der Kürschner verursachten das Sterben. Sie verunreinigten das Wasser während ihrer Arbeit. Es bedurfte einiger Zeit, bis das Gift in die Wurzeln der Seerosen geströmt ist. So gesehen haben wir Menschen das Orakel selbst erfüllt, vor dem sich das Dorf bereits seit Generationen fürchtet. Es wird sie verwirren, wenn sie vom Seerosensterben erfahren, vor allem deswegen, weil es zu einem Zeitpunkt geschieht, an dem wir ohnehin das Dorf verlassen wollen. Vielleicht werden die Seerosen im nächsten Jahr wieder blühen, doch dann leben wir bereits am Rhenos.« Casina lächelte die beiden an.

»Quinus hat die Ursache bereits sehr früh erkannt«, gestand Pona. »Damals, als wir von Runidurum zurückgekehrt sind, hatte er mir bereits von seinen Befürchtungen berichtet. Man könnte sagen, dass Menschen so manches selbst verursachen, was sie dann den Göttern zuschreiben.«

»Uns kann es nur recht sein!«, bemerkte Casina trocken. Sie sah augenzwinkernd auf Pona.

»Was ist? Worauf wartet ihr? Diese gute Nachricht für unser Vorhaben muss als schlechte den Menschen so rasch wie möglich mitgeteilt werden!«

Das Sterben der Seerosenfelder verbreitete sich bei den Mittleren Vindelikern wie ein Brand auf den Stoppelfeldern. Mit unzähligen Booten befuhren sie den See, überzeugten sich selbst von dem, was der Heiler und ihre Druidinnen gesehen hatten und konnten nicht glauben, was sie sahen.

»Quinus sieht die Zeichen der Götter wie kein anderer«, meinte Casina abends zu Cavarinus, »ihm können wir vertrauen.«

»Mir will es dennoch nicht in den Kopf«, sagte Cavarinus. Er schlug mit den Fäusten auf seine Stirn.

»Warum bemerkten wir diesen schleichenden Tod nicht früher? Irgendetwas hätten wir doch tun können!«, zürnte Cavarinus.

»Was hätte das sein können?«, fragte Casina und fuhr fort:

»Wir waren in Gewohnheit erstarrt, wie in vielen Dingen, die unseren Glauben betreffen. Für uns war es selbstverständlich, dass die Seerosen – wie in jedem Jahr – wieder wachsen und blühen würden. Und jetzt? Wie sollte es uns möglich gewesen sein, den Wuchs der Pflanzen zu beeinflussen, wenn wir nicht einmal die ersten Anzeichen bemerkt haben? Vielleicht hätten wir ihnen mehr Beachtung schenken müssen. Nein, Cavarinus! Die Erdenmutter hat uns ihr letztes unwiderrufliches Zeichen gesandt, ein Zeichen, das uns Mütter und Väter unserer Vorfahren bereits in die Wiege gelegt haben.«

Cavarinus sprang, ohne zu antworten auf und rannte hinaus. Er hastete zu seiner Werkstatt, entfachte das Schmiedefeuer und arbeitete die ganze Nacht in seiner Werkstatt. Als er am Morgen erschöpft zurückkehrte, wies er auf einen Korb, den er vor Casina abstellte und legte sich schlafen.

Casina traute ihren Augen nicht. In dem Korb lagen mehr als zwei Dutzend Seerosenblüten, die Cavarinus angefertigt hatte. Sie betrachtete die fein geschmiedeten Seerosen, bewunderte das zartrosa und weiße Email der Blütenblätter und das Grün der Stängel und Blätter. Zärtlich strich sie über die eisernen Seerosen. Sie ergriff eine der geschmiedeten Blüten, hielt sie hoch über sich, und begeistert lief sie damit zu Pona.

»Sieh' dir diese Blüten an, Pona! Wie wunderschön sie aus dem Eisen erwachsen, wie in ewiger Blüte erstarrt. Mein Cavarinus hat sie gefertigt!«

Bewundernd betrachtete Pona die kunstvolle Schmiedearbeit, drehte sie in ihren Händen hin und her und meinte: »Cavarinus hat auf seine Art Abschied von den Seerosen genommen. Er hat etwas für unsere Erinnerungen und die Zukunft geschaffen. Eisen hat ein langes Gedächtnis, länger als die Blüten auf dem See, die sich jedes Jahr erneuern müssen. Welch zartes Gefühl mag ihm beim Schmieden dieser Blüten die Hand geführt haben?«

»Cavarinus' Hand besitzt die Wucht eines Hammers, doch sein Gefühl hat die zarte Seele der Blumen beim Schmieden erkannt«, meinte Casina schwärmerisch.

»Diese eisernen Blumen werden uns allen den Abschied vom Seerosendorf erleichtern, denn sie werden nie verwelken und immer für uns blühen.«

Casina sah begeistert in den blauen Morgenhimmel, auf dem leuchtend weiße Schäfchenwolken den Himmel noch blauer erschienen ließen. Pona nickte zustimmend.

»Es geschieht alles so, wie die Allmächtige Erdenmutter es bestimmt hat!

Sie lenkt unsere Schritte auf den Weg, welchen sie uns befohlen hat«, meinte Pona nachdenklich.

Während ihrer Worte erschrak sie und dachte an das, was Casina im letzten Jahr von ihr gefordert hatte.

Ponas Entscheidung

Für Pona war die Forderung des Druidenrates irgendwie erledigt, so jedenfalls empfand sie es. Erinnerte sie sich daran, vertröstete sie sich stets damit, dass ihr noch genügend Zeit bliebe, den Druiden ihre Entscheidung mitzuteilen, die damals, als Loreius auf dem Seerosenhügel weilte, für sie unwiderruflich gefallen war. In dieser Zeit würde sie sich eine Begründung zurechtlegen, die alle zufrieden stellte.

Je näher der Zeitpunkt ihres Aufbruchs nach Westen herannahte, desto mehr schob sich diese Angelegenheit wieder in ihr Bewusstsein. Pona fühlte, dass eine Entscheidung unmittelbar bevorstand und Casina sie in den nächsten Tagen aufsuchen würde. Der Druidenrat erwartete eine klare Antwort von ihr für welchen Mann sie sich entschieden hatte. Notfalls, so drohte Casina damals unmissverständlich, würde der Rat der Druidinnen einen Mann für sie bestimmen.

»Wie kann das Bild eines Mannes in meinem Herzen wohnen, das mir aufgezwungen wurde?«, fragte sie sich ratlos und starrte aus dem Fenster.

»Ich liebe Loreius! Daher werde ich keinen anderen Mann an meiner Seite dulden! Wie aber soll ich diese Tatsache den Druiden beibringen? Mein erwählter Mann ist ein Römer, einer der nicht bei mir sein wird, wenn wir den Wagenzug nach Westen antreten.«

»Die Frage der Druiden entspringt eigennützigen Vorstellungen von Lebenden«, antwortete ihr die Eule, die, wie aus dem Nichts erschienen, auf dem Fenstersims hockte. Pona erschrak über die unerwartete Antwort.

»Pona, du solltest vor allem deine Bedürfnisse beachten, die Teil deines künftigen Weges sind«, sprach die Eule weiter. »Vor dir selbst hast du die Frage bereits beantwortet. Gib' diese Antwort weiter! Indobellinus wird deiner Seele verbunden bleiben. Er liebt dich aus der Anderwelt auf seine Art und würde auch einen anderen Mann an deiner Seite lieben, wenn er es wert wäre. Entscheide dich daher für Loreius! Er ist es wert, das solltest du wissen, auch wenn er ein Römer ist.«

Der Vogel flog in die Dunkelheit zurück und hinterließ ein Blütenblatt einer Seerose auf dem Fenstersims, das im Wind zitterte.

Pona nahm das Blütenblatt mit ihren Fingern behutsam auf und legte es in Gedanken über ihre Lippen. Sie hatte die Botschaft verstanden.

Während sie der Eule nachsah und sich mit deren Worten auseinandersetzte, erschien ein Diener und meldete ihr, dass Casina sie zu sprechen wünschte.

»Ich habe sie erwartet! Nun ist es soweit, Klarheit zu schaffen!«, dachte sie. »Casina will meine Entscheidung einholen! Sie wird sie bekommen! Doch anders, als sie es erwartet!«

Die Druidin trat alleine ein. Pona war dankbar, dass die Druidin alleine erschienen war. Während sie Casina begrüßte, dachte sie an ihre Antwort. Als hätte Casina die Gedanken von Pona geahnt, sagte sie, während sie Platz nahm:

»Auch ich würde nicht wollen, dass jemand anderer unser Gespräch verfolgt, deshalb bin ich alleine gekommen.«

»Pona«, begann Casina ohne Umschweife auf das Anliegen des Druidenrates einzugehen, »wir haben dir Zeit gelassen, mehr als dir ursprünglich zugestanden wurde. Wie du selbst weißt hättest du uns deine Entscheidung bereits mitteilen müssen! Je schneller, desto besser, dachten wir! Doch du hast nichts verlauten lassen, Pona!« Casina atmete ihre Anspannung aus.

»Lass' nun deinen Verstand, vielleicht dein Gefühl sprechen! Ich werde den Druidenrat umgehend von deiner Entscheidung informieren. Mit Gefühlen und Herz hat das, was wir von dir fordern, wenig zu tun. Das weiß ich!«

Casina sah Pona aufmunternd an, dabei zupfte sie bräunliche Wollflocken von ihrem karierten Kleid. Pona wich ihrem Blick aus. Sie war sichtlich verlegen. Eine Herzensangelegenheit mit einer anderen Frau zu besprechen war zwar nicht unüblich, doch es widerstrebte ihr dennoch. Casina bemerkte Ponas Verlegenheit und sprach das aus, was deren Verstand überzeugen sollte, aber ihr Herz in Zweifel stürzte: »Indobellinus lebt nicht mehr. Mit seiner Seele wird er dir immer nahe sein! Das weißt du besser als wir und ferner, dass er, als einer der in der anderen Welt wandert, dein Herz, deine Gefühle und deinen Körper freigegeben hat. Niemals wird er deinen lebendigen Bedürfnissen als Frau gram sein, wie immer du dich entscheiden wirst. Er hat seinen und auch deinen Körper verlassen, das solltest du dir eingestehen!«

Casina schwieg und seufzte leise.

»Wie soll ich es Pona noch erklären? Wie kann ich von ihr eine Entscheidung erwarten, wenn sie sich offenbar über ihre Gefühle nicht im Klaren ist?«, dachte die Druidin bekümmert. Sie hatte dieses Gespräch lange vor sich hergeschoben. Vielleicht zu lange. Auch der Druidenrat hatte Pona ausreichend Zeit für eine Entscheidung gewährt, doch nun musste sie sich endlich mitteilen.

Pona empfand Casinas Schweigen noch eindringlicher als die Frage selbst. Es war an Unerbittlichkeit in nichts zu überbieten. Innerlich hatte sie sich zwar entschieden, doch sie kämpfte mit sich, wie sie Casina ihre Entscheidung beibringen sollte – vor allem hatte sie Angst vor deren Reaktion. Nervös zupfte sie an den Haarsträhnen über ihrer Stirn, glättete ihren Umhang, öffnete eine Fibel, betrachtete die Abbildung eines Hirsches auf ihr, steckte sie wieder an ihre Kleidung und verschloss sie, sprang auf und ordnete geistesabwesend Schriftrollen in den Regalen. Während Pona scheinbar sinnvolle Tätigkeiten vornahm, suchte sie nach geeigneten Worten.

Casina sah ihr geduldig zu. Langsam beruhigte sich Pona wieder und nahm Platz. Sie schenkte sich einen Becher Wein ein und bemerkte beiläufig, ob Casina auch einen trinken wolle.

»Natürlich, wenn wir auf deinen Entschluss anstoßen können«, antwortete die Druidin freundlich.

Pona fühlte in diesem Moment die Nähe von Loreius Tiburtinus und dachte daran, dass Casina über ihren Entschluss mehr als erstaunt sein würde. Beim Gedanken an ihn lächelte sie vor sich hin, als sie sich vorstellte, wie dieser drahtige und kluge Römer, gemäß dem Wunsch der Druiden, als ihr Begleiter auf einem der Wagen sitzen und die Peitsche schwingen würde. Er war nach dem Tod von Indobellinus der einzige Mann gewesen, der Gefühle in ihr geweckt hatte, die so etwas denkbar erscheinen ließen.

Während Pona das Glas von Casina füllte gestand sie verlegen: »Es ist Loreius Tiburtinus, der römische Legat, der mein Herz gewonnen hat. Ihn habe ich als meinen Mann erwählt!«

Fast hätte das Plätschern des Weins in den Becher ihr Geständnis verschluckt. Pona war froh, ihren Entschluss endlich mitgeteilt zu haben, dennoch hatte sie Angst vor den Folgen ihrer ungewöhnlichen Entscheidung, die den Widerstand des Druidenrates nach sich ziehen könnte. Sie beobachtete Casina verlegen und gleichzeitig erwartungsvoll.

»Diese Entscheidung für Loreius erstaunt mich«, erwiderte Casina gefasst, »auch wenn mich der Besuch des Römers etwas ahnen ließ. Hast du bedacht, Pona, dass er Römer und wir ihm fremd sind? Wie soll er dich bei unserem Zug nach Westen unterstützen, wenn er sich bei seinen Soldaten am Rhenos aufhält? Die Wahl, welche du getroffen hast, ist sehr ungewöhnlich und mehr als überraschend. Ich kann mir nicht vorstellen, dass sie dem Druidenrat gefallen wird. Da ich die Sprache deines Herzens gut verstehen kann, möchte ich deiner Entscheidung nicht widersprechen und werde sie dem Druidenrat so mitteilen! Wie er darauf reagieren wird, ich ...«

Casina beendete ihren Satz nicht, legte ihren Kopf auf die Seite und rieb ihn an ihrer hochgezogenen Schulter, so als wollte sie etwas abstreifen.

»Nur die Götter wissen, was von uns noch verlangt wird. Ich weiß, dass niemand dich umstimmen kann. Lieber würdest du alleine nach Westen ziehen, als deinen Entschluss aufzugeben!« Pona nickte.

Casina hob ihren Becher und nahm einen kräftigen Schluck Wein.

»Loreius ist nicht nur ein kluger Mann«, fuhr sie fort, »sondern hat großen Einfluss, der auch für uns von Bedeutung sein wird. Das ist unumstritten und wird im Druidenrat Gewicht haben.«

Die Druidin starrte vor sich hin und fühlte, wie der Wein ihr Blut erwärmte.

»Schade, dass es nicht ein anderer ist! Dieser könnte viel von dir lernen, auch du, liebe Pona, könntest manches von einem unserer Männer erfahren. Wenn Mann und Frau eine Lebensgemeinschaft eingehen, dann werden beide voneinander lernen können.«

Casina rieb mit den Händen über ihre Kniescheiben.

»Ist dein Entschluss unumstößlich?«

Pona nickte.

»Nichts wird mich davon abbringen, Casina! Du kennst mich! In dieser Angelegenheit hat mein Herz gesprochen, und dieses hat sich für den Römer Loreius Tiburtinus entschieden. Wir lieben uns, auch wenn wir aus zwei verschiedenen Welten stammen. Unsere gemeinsame Zukunft, so wie wir sie uns vorstellen, ist sicherlich nicht für jeden begreifbar. Würde der Druidenrat nicht zustimmen, wäre die einzige Möglichkeit für mich die, euch zu verlassen und ihm zu folgen. Auch Loreius würde sich dann entscheiden und seinen Militärdienst aufgeben. Wäre mir die Zukunft unserer Vindeliker egal, wie leicht würde es mir fallen, mit ihm nach Pompeji zu gehen und dort glücklich zu leben.«

Sie unterbrach sich und strich ihr Kleid zurecht.

»Ich konnte und wollte mich nicht gegen unser Volk entscheiden, aber auch nicht gegen mein Herz. Letztlich auch Indobellinus zuliebe nicht, dessen Vermächtnis ich zu verwalten habe. Loreius ist klug, hat meinen Konflikt erkannt und meine Entscheidung respektiert. Wir haben einen Weg gefunden, der uns beiden gerecht wird. Auch wenn wir zeitweise getrennt voneinander leben werden, fühlen wir eine Gemeinsamkeit, die uns verbindet. Sein Schutz wird mich begleiten, damit auch unseren Wagenzug, und seine Zuneigung wird stets mein Herz erwärmen und mir Halt bieten.«

Aus Ponas Augen liefen Tränen und die junge Fürstin begann hemmungslos zu schluchzen.

Casina rückte näher an Pona heran, nahm sie in die Arme und wartete geduldig, bis sich die junge Frau beruhigt hatte. Sanft strich sie ihr das Haar aus der Stirn.

»Diesen Zwiespalt zwischen Vernunft und Gefühlen kann ich gut nachfühlen, Pona. Auch der Druidenrat wird vor deinen Beweggründen und deinem Gewissenskonflikt größten Respekt haben.«

Sie entließ Pona behutsam aus ihren Armen und erhob sich.

»Der Segen der Mutter Erde möge euch beide begleiten! Ich weiß, dass dir der unserer Götter nichts bedeutet«, meinte sie im Weggehen, als wenn es eine Nebensächlichkeit wäre.

Die Hochzeit von Quinus und Santima war das letzte große Fest, welches im Dorf auf dem Seerosenhügel gefeiert wurde. Quinus hatte sich ausbedungen, dass er seiner Santima noch vor dem Wagenzug zum Rhenos die Hand zum Lebensbund reichte.

»Wir müssen an unsere Vorräte denken«, hatte Pona dem Druidenrat Quinus' Begründung erläutert.

»Weder während des Wagenzuges noch danach wird es uns möglich sein, ein gebührendes Fest für die beiden auszurichten. Das was wir bei diesem Fest essen und trinken werden müssen wir nicht mitnehmen!«, argumentierte Pona und fand allgemeine Zustimmung.

Die Vindeliker feierten diese Hochzeit so ausgelassen wie sie es immer taten – als wäre es nicht das letzte Fest auf dem Seerosenhügel. Wie immer aßen und tranken sie ausgiebig, es wurde getanzt und gescherzt, man verliebte sich in den Augenblick und den Menschen, der darin eine Rolle spielte, liebte sich in den verschwiegenen Auen von Isura und Ampurnum, wie es bei diesen Festen immer geschah. Wie so oft, feierten sich die Kelten selbst, huldigten ihrer Lebensfreude, in der sie die Genüsse des Lebens vorbehaltlos für sich in Anspruch nahmen. Dennoch trugen sie die Gewissheit in ihren Herzen, dass es die letzte Hochzeit, das letzte Fest in diesem Land war. Niemand wollte an das denken was bevorstand. Warum auch! Würde sich denn der Heiler vermählen, wenn er keine Zukunft für sich und seine Frau am Rhenos sähe? So überwog die Lebensfreude und nährte die Hoffnung der Menschen auf eine gute Zukunft.

Pona nutzte das Fest, ihren Römer, Loreius Tiburtinus dem Druidenrat vorzustellen. Mit einigen Legionären traf er kurz vor der Hochzeit ein. Es war eine gute Gelegenheit, dass er dem Druidenrat nochmals die Erwartungen vortrug, die Cäsar mit der Ansiedlung des Volkes der Mittleren Vindeliker verknüpfte. Gleichzeitig legte er ihnen eine Karte vor, auf der die Dörfer eingezeichnet waren, die sie wieder aufbauen müssten, beschrieb das Land und dessen Möglichkeiten und bezifferte die Ackerflächen, die sie bewirtschaften konnten. Der Druidenrat war zufrieden. Sie verstanden nach diesem Zusammentreffen Ponas Entscheidung für diesen Römer, und sie erkannten, dass die Hochweise auch das Wohl ihres Volkes dabei bedacht hatte.

»Es soll ein Fest der Hoffnung für uns alle sein! Vor allem für Quinus und Santima. Und das ist gelungen«, sagte Pona, als sie mit Loreius am Abend nach der Hochzeit am Wall bei einem Rosenstrauch saß, der noch viele Blüten trug.

»Den Glanz eurer römischen Feste mag diese Vermählung nicht erreicht haben, aber du konntest das Feuer in den Menschen beobachten, die unbändige Lebensfreude, die uns Kelten auszeichnet, die Leidenschaft des Einzelnen für seine Empfindungen, die er unbeirrt auslebt, auch wenn es ihm zum Schaden gereichen könnte. So empfindet die Seele der Kelten, sie ist unsere Stärke und zugleich unsere Schwäche.«

Pona beobachtete zufrieden die kleine Siane, die mit bunten Steinen zu ihren Füßen spielte und vergnügt kicherte, wenn sie ihrer Meinung nach etwas Schönes mit ihnen gebaut hatte.

»Ja, dieses Fest war ein Erlebnis für mich und in seiner Art schön«, sagte Loreius verträumt, »schöner sind jedoch die Abende mit dir unter diesen duftenden Rosen, die mich an mein sonnendurchflutetes Haus in Pompeji erinnern.«

Er zog Ponas Kopf an seine Schulter.

»Ich rieche gerade die Zukunft in den Blüten der Rosen«, träumte Pona vor sich hin.

»Wenn die Rosen, an einem Spätsommerabend wie diesem, so betörend duften – hatte meine Mutter einst gesagt – werden Menschen, die das bemerken, ihre Herzen so öffnen wie die Blüten es tun. Es wird ihnen eine glückliche Zukunft beschieden sein.«

Pona lächelte Loreius an.

»Meine Vorstellungen von den Rosen sind für dich vielleicht eine schwärmerische Prophezeiung, doch ich fühle in diesem Moment sehr intensiv, dass sie nicht ganz abwegig ist. Wie gefällt dir diese Weissagung Loreius?«

»Ich bin ein Mann, der häufig im Sturm des Lebens steht, der viel mit Tod und Leiden zu tun hat. Aus diesem Grund genieße ich solche Worte mehr als andere, gebe mich daher gerne solchen Träumen und Weissagungen hin«, sagte Loreius.

»Sie frischen meine Gefühle auf, werden meinen eigenen Träumen gerecht und so mancher von ihnen birgt meine romantischen und zarten Empfindungen, auch wenn ich manchmal ein Handwerker des Todes bin. Nur so lässt sich das Kriegshandwerk ertragen, Pona!«

Er ließ eine Biene über den dunklen Haarflaum seines Handrückens krabbeln, und er beobachtete, wie sie aufflog und eine Rosenblüte aufsuchte.

»Dazu gehören die Bienen, die den Blütenstaub der Rosen emsig in sich aufnehmen. Sie saugen das Leben aus der Blüte, die verblühen muss und dennoch im nächsten Jahr wieder knospen und blühen wird.«

Loreius deutete auf den Rosenstrauch und Pona schmiegte sich noch enger an seine Schulter.

»Ach, Loreius! Deine Worte klingen nicht wie die eines Kriegers, sie verraten vielmehr eine zarte und empfindsame Seele.« Sie tippte mit ihrer Hand auf seine dunkel behaarte Brust.

Als der Abend sich langsam über die Auen und den See senkte, saßen sie immer noch am gleichen Platz. Der Mond ging auf und überzog den dunklen Wasserspiegel mit einem gleißenden Schimmer.

»Wie ein Leichentuch!«, sinnierte Pona und erschrak über ihre Bemerkung.

»Nein, ich sollte lieber sagen, dass der See das Mondlicht dankbar aufnimmt!«, ließ sie ihre Gedanken vor sich hertreiben, »umso mehr, da die Seerosen derzeit in seinen Armen sterben.«

»Nicht der See ist es, der ihnen den Tod gebracht hat«, sagte Loreius, »sondern die Menschen. Es waren eure Gerber, die das Wasser mit dem Salz vergifteten und damit die Seerosen. So eine Wahrheit konntet ihr den Menschen nicht offenbaren. Nie hätten sie diese verstanden, die Gerber vielleicht geächtet, welche nur ihren Beitrag für eure Vorbereitungen geleistet hatten. Wir, du und ich, Quinus und Casina, ziehen beruhigt nach Westen, da wir wissen, dass sie im nächsten Jahr wieder blühen werden. Niemand von uns wird ihre neue Blütenpracht sehen, und das ist gut so.«

Loreius sah Pona verträumt an.

»Ich verstehe gut, Pona, warum du diese Wahrheit deinem Volk verschwiegen hast. Warum sollte man Unwissenheit bestrafen, dann müsstest du auch mich bestrafen, denn in vielen Dingen, die dich und dein Volk betreffen, wirst du meine Lehrerin sein!« Er spielte verträumt mit einem Zipfel seiner Toga und ergänzte: »Auch ich werde dir dabei nicht nachstehen, dir manchmal Rätsel aufgeben, die du nur mit meiner Hilfe lösen kannst. In diesem Fall müsste ich dich für deine Unwissenheit bestrafen.«

»Das wirst du nicht tun!« Pona drängte sich an ihn.

Er lachte und fügte hinzu: »Pona, du weißt, auch das gereifte Alter trägt eine gewisse Unerfahrenheit und auch Widersprüche in sich, die es entwirren muss! Bedenke die unterschiedlichen Kulturen unserer Völker! Hab' deshalb Geduld mit mir und dir, so wie wir es bereits begonnen haben!«

Loreius sah Pona verträumt an und küsste ihre Nasenflügel. Sie kicherte, als sich seine Barthaare in ihren Nasenlöchern verfingen und sie kitzelten.

»Du hast mein Herz im Sturm erobert, Pona, als wir uns in Runidurum das erste Mal sahen! Ich wusste, dass auch du mich seit diesem Abend in deines aufgenommen hattest, ich sah es damals in deinen Augen. Wir sollten den Mut zu dieser Liebe aufrechterhalten, durch nichts erschüttern lassen, auch wenn die Wirklichkeit uns weit voneinander entfernt. Der Druidenrat hat dich zu einer Entscheidung gezwungen und du hast sie getroffen, dich für dein Volk entschieden und gleichzeitig für mich. Ich danke dir dafür und bitte dich, gehe weiter so vorsichtig mit unseren Gefühlen um wie du es bisher getan hast! Ich werde es dir belohnen, auch wenn wir lange voneinander getrennt sein werden. Vertraue mir und deinem Herzen! Indobellinus wird niemals zwischen uns stehen. Er fühlt mit dir und mit uns. Die Zeit, die wir vor uns haben, wird manches zu unserem Vorteil fügen.«

Loreius umarmte die junge Frau heftig und genoss ihren Duft, der ihn nicht mehr so verwirrte wie damals an diesem ersten Abend bei Vendeles.

»Ich liebe dich, Pona!«, sagte der Legat bedächtig.

»Auch ich liebe dich, Loreius!«, antwortete die stolze Druidin. In diesem Augenblick fühlte sie, dass etwas in ihr zusammenbrach, dessen Schmerz sie mit Freude ertrug.

»Lass' mir Zeit, damit wir endgültig zueinander finden können«, flüsterte sie heiser und umarmte Loreius.

»Ich reise morgen ab«, sagte Loreius, »und wenn ihr am Rhenos eintreffen werdet, ist alles für euch vorbereitet, das verspreche ich dir! Ich denke, ich werde dann nicht weit von dir entfernt sein.«

Loreius nahm Siane auf den Arm, fasste Pona an der Hand und sie gingen in das Herrenhaus. Eine kleine glückliche Familie, so gewahrte es der Mond, welcher hinter den Baumwipfeln hervorlugte, auch wenn er Bedenken hatte, als seine Strahlen über die Falten der römischen Toga des Mannes glitten.

Letzte Vorbereitungen

Die Getreideernte war in diesem Jahr ergiebig gewesen. Ein feuchter und regenreicher Herbst hatte hingegen Rüben und Kohl fast vernichtet. Die Flüsse schwollen an und der langanhaltende Regen ließ es nicht zu, dass die Felder abtrockneten. Auch darin sahen die Menschen den Willen der Götter, dass dieses Land sie nicht mehr haben wollte. Sie hatten ihren Willen erneut mitgeteilt. Pona betrachtete die verfaulten Kohlköpfe und Rüben, die einige Bauern ihr brachten.

»Wie viele davon könnt ihr mitnehmen?«, fragte sie und musterte die verdutzten Männer. »Nicht mehr, als wir noch retten konnten«, gaben sie zur Antwort. Pona hob ihre Hände.

»Ihr seht, die Götter haben euch Arbeit abgenommen, die ihr nun für andere Vorbereitungen nutzen könnt!«

Der November, das Ende des keltischen Jahres brach an. Das letzte Jahr der Kelten auf dem Seerosenhügel ging damit zu Ende. Der Abschied stand bevor, unwiderruflich und schmerzlich für alle. Sie würden die Zukunft des Landes in andere Hände legen, in namenlose Hände, in Hände die sie nicht kannten. Vielleicht bewohnte diesen Hügel niemand mehr, die Weisheit der Götter mochte es wissen.

An den Tagen vor dem Aufbruch vom Seerosendorf, wurden die langen Wagenreihen auf dem Feld vor dem Wall bereitgestellt – angeordnet wie eine Lebensspirale – und von den Druiden geweiht. So geschah es in vielen anderen Dörfern zur gleichen Zeit. Ein letztes Mal zählte man die Vorräte beim Beladen der Wagen. Quinus führte mit seinen Helfern sorgfältig Buch darüber, was von welcher Familie auf welchen Wagen zu verstauen war. Selbst die täglichen Rationen legte er fest und wieviel Wasser täglich verbraucht werden durfte. Er plante den Wagenzug bis ins kleinste Detail. Jeder Wagen, jede Familie, jeder Clan hatte einen festgelegten Platz in der Wagenreihe. Er bestimmte wer, wo die Erkundungstrupps führen und welche Strecke sie täglich zurücklegen mussten. Quinus achtete auch darauf, dass die ärmeren Familien nicht am Ende des Wagenzuges reisen mussten. Auch Ruhetage hatte er sorgfältig eingeplant. Bei allen Vorbereitungen für das eigene Dorf vergaß Quinus nicht, die Treffpunkte festzulegen, wo sich die anderen Wagengruppen in den Wagenzug einzureihen hatten.

Quinus rechnete aus, wieviele Wagenburgen aufgestellt werden mussten, wie oft dies erforderlich war und welche Clans in einem inneren oder äußeren Ring dies gemeinsam bewerkstelligen mussten. Er ließ die Männer und Frauen das Aufstellen der Wagenburgen üben, bis jeder kleinste Griff saß. Dabei hatte er sich ein besonderes System ausgedacht, das die Boier erfolgreich genutzt hatten. Die Wagen, welche gemeinsam eine Wagenburg aufbauen sollten, schwenkten gemeinsam auf eine Seite des Wegs aus, die dahinter und davor Fahrenden errichteten ihre Wagenburg auf der anderen Seite des Weges. Bei einem möglichen Angriff, sahen sich die Angreifer einer keltischen Wagenburgsäge gegenüber, die kaum zu überwinden war.

»Es wird ein langer Wagenzug werden«, dachte Quinus. »Träfen die ersten Wagen in Runidurum ein, müssten sie auf die letzten zwei ganze Tage warten.«

Auch den Weg des Wagenszugs zum Rhenos hatte Quinus bis ins kleinste Detail ausgearbeitet. Als er damals von den Boiern zu Ponas Hochzeit geritten war versäumte er es nicht, den Verlauf der Straßen sorgfältig aufzuzeichnen. In seinen Karten waren Besonderheiten des Geländes und Gefahrenstellen vermerkt, geeignete Rastplätze und Dörfer von befreundeten Keltenclans eingezeichnet.

»Die Wege werden sich in diesen beiden Jahren nicht wesentlich verändert haben«, bedeutete er Pona, als er seinen sorgfältig ausgearbeiteten Plan erläuterte.

»Da dem Wagenzug Kundschafter vorausreiten werden können wir schnell erkennen, wie wir unseren Weg verändern müssen, falls er durch ein Hochwasser fortgeschwemmt sein sollte, oder sich andere Hindernisse auftun.«

Quinus erläuterte Pona seine Vorstellungen mit beredten Fingern und Händen. Mit dem Daumen wies er auf einen Punkt der Karte, wo Runidurum liegen musste.

»Entgegen unserer ursprünglichen Absicht sollten wir dieses Oppidum nicht meiden, Pona«, deutete er mit seinen Händen an. Die Menschen des Wagenzugs sollen sehen, welchen Gefahren wir entronnen sind. Und noch etwas ist dabei zu bedenken: Es würde mich nicht wundern, wenn in den Wäldern um Runidurum Flüchtlinge auf uns warten, die sich uns anschließen möchten.«

»Du hast Recht, Quinus! Wir sind ihre letzte Hoffnung«, erwiderte Pona nachdenklich.

Quinus nickte und blies zufrieden den Sand von einem dicht beschriebenen Leder.

»Wir haben unser Schicksal vom Wohlwollen der Götter gelöst und in unsere eigenen Hände gelegt«, dachte er. »Wir vertrauen dem Willen und Schutz der Allmächtigen Erdenmutter!«

In den letzten Tagen vor dem Aufbruch des Wagenzugs verwelkten alle Seerosenblüten. Ihre Reste schwammen als brauner Brei auf dem See.

Fäulnisgeruch stieg auf. Die Menschen wandten sich enttäuscht von ihrem See ab, der ihnen nicht mehr wohlgesonnen war. Die Götter hatten ihr Urteil gesprochen!

Santima

Quinus hatte sich in den letzten Wochen, seit seiner Hochzeit mit Santima scheinbar nicht verändert; jedenfalls zeigte er es nicht. Er war ein fröhlicher Mensch, der trotz seiner Stummheit immer versuchte, die Kranken durch kleine Scherze aufzumuntern, und sie verstanden dankbar die Sprache seiner Augen und seiner Gesten. Santima hatte auf eine bestimmte Weise Anteil an der Veränderung seiner inneren Haltung, die kaum jemandem auffiel, nur Pona beobachtete sie mit stiller Freude.

Quinus pflegte mit Pona, seitdem sie sich kannten, einen intensiven Gedankenaustausch, der weit über das hinausging was gewöhnliche Menschen miteinander teilten. Sie sprachen über ihre Sorgen, tauschten ihre Gedanken und Meinungen und Visionen aus.

Santima fügte dem etwas hinzu, das Quinus bisher nicht kannte. Ihre Einfühlsamkeit und Zuneigung, ihre körperliche Hingabe erfüllten ihn mit einer Zuversicht und Freude auf die Zukunft, die er in dieser Intensität bisher noch nicht gefühlt hatte. Das konnte eine Frau nur dem Mann vermitteln, der sich von ihr geliebt fühlte. Nicht zuletzt war Santima ein Stück seiner Heimat am Nil, die sein Heimweh besänftigte und ihm in ihren Armen ein Gefühl der Geborgenheit gab.

»Die Zukunft, auf die ich ohne Vorbehalte neugierig bin, kann ich nun besser ermessen, weiß, wie sie aussehen kann, wie sie aussehen wird. Sie bereitet mir keine Sorgen mehr. Ich freue mich auf das, was ich in der Zukunft mit Santima gemeinsam gestalten werde, auch wenn uns Misserfolge bevorstehen, die wir mühelos gemeinsam bewältigen werden.«

Quinus sah seiner Frau dankbar in die Augen. Obwohl Santima nicht wusste was er in diesem Moment dachte strahlten ihre Augen all das aus, was sie in diesem Moment empfand; und das war seinen Gedanken sehr ähnlich.

»Welch seltsames Schicksal hat uns beide hier im kühlen Norden zusammengeführt, weit weg von unserer warmen Heimat!«, dachte Quinus.

Er hielt ihre dunklen Augen mit seinem Blick fest. Santima las seine Gedanken daraus, als sie sagte: »Die Götter unserer Heimat haben uns damals verlassen, Quinus. Wir wurden als Sklaven entführt und ihre Macht verließ uns. Niemand schützte uns, als wir entwurzelt wurden. Nun haben uns andere Götter eine Zukunft eröffnet, die mich mit Zuversicht erfüllt, da du an meiner Seite bist. Ich vertraue ihnen, nein nicht ihnen, sondern der Höchsten unter ihnen, der Allmächtigen Erdenmutter! Sie gab mir wieder Hoffnung, als mir Vendeles von ihr erzählte. Dafür sollte ich ihm dankbar sein!«

Sie nahm ihn in ihre Arme, diesen klugen und einfühlsamen Mann, welchem die Ideen nur so aus den Händen sprudelten, vielen Menschen Hoffnung gaben, dass sie wieder in einem gesunden Körper leben würden.

»Niemand kann Krankheiten aus den Körpern der Menschen so lesen wie Quinus«, dachte Santima, als sie in seinen Armen lag.

»Um welche es sich auch handelt, welche seiner Tinkturen und Pulver für die Behandlung am besten geeignet ist, die er aus Kräutern, der Rinde von Bäumen und anderem mischt, er ist ein begnadeter Heiler. Auch meine Krankheit hat er geheilt, die Medizin jedoch ist er selbst.«

Zweitausend Jahre später – Die Prüfung

Als Kathrin den Prüfungsraum betrat wusste sie bereits, dass sie jede Frage die man ihr stellte, in einer Art und Weise beantworten würde die den Prüfer verblüffen musste. Ihre Gedanken kreisten unablässig um das was sie und Alex gefunden hatten. Es war nur eine Frage des Umweges, den sie zu beschreiten hatte, um auf ihr Wissen, ihre Gefühle und Vorstellungen zurückgreifen zu können. Alles lag vorbereitet und formuliert in ihren Gedanken. Mochten die Prüfer fragen was sie wollten, sie würde einen Weg finden, um ihre eigene Sicht darzustellen.

Der prüfende Studienrat sah sie verwundert an, als auf seine Frage, wie es sich denn mit dem Götterkult der Kelten verhielt und warum die Kelten dieses Land verlassen hatten, Kathrin folgendermaßen antwortete:
»Die Kelten«, sagte sie, »huldigten vielen Göttern. Sie suchten Halt in Ritualen und vermeintlichen Zeichen dieser Überirdischen, die ihre Fragen und Unsicherheiten beantworten sollten – stets über den Mund ihrer Druiden. So ist die Neigung der Kelten zu verstehen, sich einen Gott selbst zu erschaffen, von dem man sich eine Antwort versprach, wenn andere Götter keine befriedigende Antwort geben konnten. Bedenken Sie, es waren etwa dreihundert Götter, die die Kelten verehrten! Zumeist waren es Halbgötter und Geister der Gegend, die in den jeweiligen Besonderheiten der Landschaft wohnten, z. B. in Mooren, Seen, Flüssen, Felsen und Höhlen. Die meisten Druiden dachten in diesem Muster und förderten diese Art der Götterverehrung. Es gab allerdings andere Druiden, die sich von dem Aberglauben gelöst hatten. Solche, die nur eine übergeordnete Macht anerkannten, die über ihren Entscheidungen und Gefühlen wachte. Mit anderen Worten: Diese aufklärerischen Menschen verehrten eine beherrschende Allmächtige. Damit waren sie ihrer Zeit weit voraus.«
Sie sah in das fassungslose Gesicht des Prüfers und ließ ihm keine Gelegenheit, sie aus ihrem Gedankengang herauszulösen. Unbeirrt fuhr sie fort: »Es müssen nicht immer die Sagen und Geschichten sein, die wir von den alten Griechen und Römern oder von den Kelten aus Irland kennen, die Nachfahren geflüchteten Kelten aus unserem Land waren. Die Liebe der Keltin von der Isar, welche sinnbildlich mit dem Skelett des Mannes im Grab in den Auen gefunden wurde, überdauerte die Zeit. Einzelheiten der Liebesgeschichte eines Paares, ihre Gefühle zueinander, waren bisher unbekannt, da die Kelten nichts Schriftliches überliefert haben. Mit der Grabung in der Isaraue ist die Liebe einer Frau zu einem Mann aus dem

Dunkel der Jahrtausende in unser Bewusstsein getreten. Mit den Grabbeigaben hat diese Frau, zwischen Trauer und Liebe hin und her gerissen, Zeichen hinterlassen, die wir leicht lesen können, sofern wir es zulassen. Wenn Sie an dieses unlängst entdeckte Grab in den Isarauen denken, türmen sich viele Fragen auf. Wer war dieser Mann, den man dort fand? Er muss groß und sehr männlich gewesen sein, wie sein Skelett es zeigte. Er war sicherlich klug und musste daher Macht besessen haben, die jedoch mit Zuneigung beantwortet wurde, betrachtet man die Grabbeigaben und Zeichen, die man gefunden hat und dazu die zu dieser Zeit ungewöhnliche Bestattungsart. Keine Feuerbestattung, das ist selten, müssen Sie zugeben.«

Kathrin atmete tief durch und sah den Prüfer triumphierend an.

»Nicht alles ist mit Macht und Unterwürfigkeit zu erklären, welche die damalige Zeit beherrschte. Es gab, fünfzig Jahre vor Beginn unserer Zeitrechnung, am Ende der La-Téne-Zeit schöne und kluge Frauen die, wie ihre Männer, bedingungslos lebten und liebten, in der Art wie es in unserer Literatur so wunderbar beschrieben wird. Die Kelten in unserem Land blieben bis heute leider stumm, ihre Geschichten wurden nicht weitererzählt, denn sie haben nichts Schriftliches überliefert. So müssen wir in den Spuren lesen, die wir in unserem Boden finden, die Kunstwerke zu Tage fördern, die nahezu expressionistisch anmuten. Man bestattete diesen Mann in den Isarauen mit einer liebevollen Sorgfalt, mit vielen persönlichen Grabbeigaben, die mehr verraten als das was man in anderen Gräbern gefunden hat. Hätte man denn mit seinem Grab in den Isarauen einen derartigen Aufwand betrieben, der damals in unserer Gegend nicht üblich war? Warum hat man ihn nicht verbrannt, wie es damals die Regel war? Jemand wollte seinen Körper unversehrt bestatten und hatte ihm, neben den üblichen Grabbeigaben und kostbarem Schmuck, eindeutige Zeichen in das Grab gelegt, wie nur Liebende es tun können. Es war eine Frau, welche für den Toten tiefe Zuneigung empfand, das Gefühlte in ihren Grabbeigaben äußerte. Sie könnten sagen, dass man damit Macht und Reichtum demonstrieren wollte. Ja, das musste die Frau dieses Toten ebenfall tun, doch die Details sprechen eine unendlich vielschichtigere Sprache.«

Sie sah den Prüfer offen an, der nicht wusste, was er darauf antworten sollte und den eine Ahnung beschlich, dass er es war, der examiniert wurde, denn diese Details kannte er nicht.

»Denken sie an Schmuckstücke wie Spiralfibeln, Ringe und Armreife, Halsketten und Halsringe, Brust- und Gürtelplatten und die sorgsam bereitgestellte Wegzehrung. Alles trug die Handschrift eines hier ansässigen Clans, doch auf eine Weise zusammengetragen, wie nur die Liebe einer Frau zu ihrem Mann es vollbringen kann, auch wenn die Trauer sie fast aus der Bahn geworfen hatte.«

Sie fuhr mit ihren Erläuterungen fort, dabei blitzten ihre dunklen Augen auf, als sie bemerkte, dass der Prüfer sich hilflos an die Prüfungskommission wandte. Er tuschelte aufgeregt mit den anderen Herren. Ihm schien die Antwort des Mädchens den Kern seiner Frage nicht zu treffen, doch irgendetwas hielt ihn ab, ihren Redefluss zu unterbrechen. Kathrin ließ sich nicht beirren und fuhr mit ihrem Vortrag fort. Während sie weitersprach, flüsterte der Prüfer: »Das, was dieses Mädchen sagt, ist unzutreffend, man sollte ihren Vortrag unterbrechen!«

Kathrin unterbrach sich selbst. Sie wandte ihren Blick fragend auf das Lehrerkollegium.

Der Älteste der Prüfungskommission durchschnitt mit der Hand die Luft und damit die Bedenken des Lehrers und entschied: »Fahren sie fort, eigene Gedanken zu diesem Thema sind selten«, dabei sah er stirnrunzelnd auf seinen Kollegen, der sich dieser Ansicht mit hilflos zuckenden Achseln beugte.

»Nun, der Mann in dem Grab«, fuhr Kathrin fort, »muss kurz vor dem Exodus dieses, in unserer Gegend, auch in unserer Stadt ansässigen keltischen Volkes, gestorben sein. Zur Frage, warum die Kelten unser Land hier verlassen haben, kann ich nur sagen: Es gab in dieser Zeit kühn und aufklärerisch denkende Menschen in unserem Land. Es waren Druiden, welche die Clans – dies ist im Übrigen ein keltisches Wort – aus dieser Gegend und weit darüber hinaus vereinten und das Verlassen des Landes systematisch geplant haben. Sie dachten, dass nur durch die Dynamik der Ortlosigkeit, durch den Leidensdruck eines entbehrungsreichen Trecks, die Menschen von der Vielzahl der örtlichen Götter abfallen und sich auf die eine höhere Macht ihrer früheren Religion besinnen würden, ähnlich der unseres heutigen Glaubens.

Diese Druiden dachten richtig, wie wir nachträglich wissen, aber ihre Zeit war noch nicht gekommen. Man halte sich die stete Unruhe und Bewegung vor Augen, in der sich das Volk der Kelten zu dieser Zeit befand. Die Menschen aus unserer Gegend konnten sich dem nicht entziehen. Als sie eine neue Heimat gefunden hatten, bedachten die Druiden die Wankelmütigkeit der Menschen nicht, die diese neugewonnenen Vorstellungen von einer allmächtigen Kraft schnell beiseite schoben, als die nach dem Exodus nach Westen, vielleicht Süden oder Osten, wieder eigenes Land unter ihren Füßen spürten. Not schweißt zusammen, reduziert die Bedürfnisse der Menschen auf das Wesentliche, Zufriedenheit und Überfluss lässt ihre Wünsche Kapriolen schlagen. Wenn man diese Gedanken auf die heutige Zeit übertragen würde, dann müssen sie mir Recht geben. Was mag die Kelten aus unserer Gegend letztlich überzeugt haben, das Land zu verlassen?«

Sie sah die Prüfer fragend an.

»Ein schwierige Frage«, antwortete sie selbst.

»Dass der militärische Druck, welcher von den aus Süden heranziehenden Römern eine Rolle gespielt hat, mag richtig sein; auch die Bedrohung durch die Germanen im Norden, nicht zuletzt die in ihrem Blut immer noch vorhandene Abenteuerlust. Dem keltischen Volk war es ein Anliegen, Genuss an eigenem und fremdem Eigentum auszuleben. Ihnen war das Auskosten des Erfolges ihrer Kämpfe und des Eroberten wichtiger als alles andere. Denken Sie an die gewaltigen Stürme der Kelten nach Süden, vierhundert Jahre vor Christus, der Fall von Rom und der Triumph ihres Führers Brennus, als er sein Schwert in die Wagschale warf, um das Lösegeld zu erhöhen, das sie danach sicherlich mit vollen Händen wieder für ihre Genüsse ausgaben. Ein eigenes Reich zu gründen, dazu waren sie nicht fähig, aber sie genossen und gestalteten das Leben in einer Perfektion – auch einer technischen – wie kaum ein Volk ihrer Zeit.

Die Kelten unseres Landes wären in ihrer angestammten Heimat, die sie liebten, wahrscheinlich untergegangen, hätten sich fremden Mächten in blutigen Kämpfen beugen müssen. Sie taten es aber letztlich doch nicht. Gelenkt durch die Visionen und Macht der Gedanken ihrer Druiden verließen sie zum großen Teil freiwillig ihre Heimat. Nie hätten einfach denkende Menschen die Gefahren richtig eingeschätzt, wenn nicht ein wohlüberlegter Plan dieser geistigen Führer bestanden hätte. Die Vindeliker, das keltische Volk, das diese Gegend einst bewohnt hat, zündeten ihre Dörfer selbst an, ähnlich wie die keltischen Helvetier, obwohl Forscher die Brandschichten auf Feindeinwirkung zurückführen. Glauben, Liebe und Loslassen sind eben eng miteinander verwoben und sind oft die Ursachen dessen, was wir von früheren Völkern im Boden finden, auch in dem unserer Heimat. Die Erde hat ein langes Gedächtnis und gibt die Wahrheit manchmal nie preis. Die Archäologen folgen derlei Gedanken nur ungern. Für sie sind Brandsschichten immer Spuren fremder Vernichtungskraft, zumal die Machtverhältnisse aus dieser Zeit dafür sprachen und mit den Berichten der römischen Kriegsführung übereinstimmen – was davon ansatzweise zu halten ist, wissen wir spätestens nach Cäsars Schrift vom gallischen Krieg.

Im Übrigen befinden wir uns hier auf historischem Boden. Aus dieser Siedlung, auf dem geschützten Bergrücken, stammte wahrscheinlich der Tote aus den Isarauen, auf dem er und seine Frau wohnten. Die Seerosen auf den Gewässern um unseren Ort blühten weiter, so wie sie es damals in noch viel größerer Vielfalt taten. Die einsickernden Germanen fanden und liebten diese Rosen, wie ihre Vorgänger, bis deren Nachfahren und die keltischen Boier aus Böhmen die Rosen schließlich als Wappen unserer Stadt auswählten. Ein Druide der damaligen Zeit würde sagen ...«

Sie zögerte, sah sich in der Runde um und beschloss damit ihren Vortrag: »Wir alle, die hier leben, tragen etwas von dem Geist dieses Ortes in uns, wir müssen uns diesem nur öffnen, um ihn zu erkennen.«

Kathrin wartete nicht ab wie das Ergebnis ihrer Darstellungen ausfallen würde, sondern ging entschlossen zur Tür. Das was sie gesagt hatte, war eine Mischung aus dem, was sie gelernt, in der letzten Zeit selbst erlebt hatte und ihrer eigenen Gefühle und Gedanken. Die Vorstellung, eine Notenverbesserung erreichen zu wollen, war ihr in diesem Moment völlig entglitten. Als sie den Raum verließ fühlte sie sich als Siegerin über ihre eigene Ängstlichkeit, hatte das Thema nach ihr bekannten Fakten, nach ihren Vorstellungen und Gefühlen beantwortet und dabei nicht auf ein Ergebnis geschielt. Das war es was im Moment für sie zählte!

Als sie aus dem Prüfungsraum trat empfing sie riesiger Beifall der wartenden Abiturienten, die an der Türe gelauscht hatten.

»Woher hast du dir diese Gedanken reingezogen, Kathrin? Was hat dich zu diesem Vortrag bewogen?«, wurde sie bestürmt. »Sensationell! Cool! Nenn' uns die Internetseite! Unserem Geschichtslehrer hat es offenbar schier den Boden unter den Füßen weggezogen. Er musste deine Worte von der Liebe dieser Frau und dieses Mannes als romantisches Gestammel empfinden und war fassungslos, dass keiner der anderen Prüfer ihm beipflichtete!«

Kathrin sagte nichts dazu. Sie schüttelte nur ihren Kopf und hatte in diesem Moment die Vorstellung, dass sie auf einem Teppich schwimmender Seerosenblättern schwebte, der sich über den Gang vor dem Prüfungsraum ausbreitete. Die Prüfungskommission hockte wie eine Schar von Fröschen vor ihr, belauerte sie mit hervorquellenden Augen und knabberte an den Blättern, nur darauf bedacht, das Grün unter ihren Füßen zu verzehren. Einer der Frösche sah dem aufmerksam zu. Mit ergrauter Haut und Nickelbrille hatte er Ähnlichkeit mit ihrem Klassenlehrer. Er gebot mit seinem verkrüppelten Armstummel den zahnlosen Nagern, es nicht weiter zu versuchen. Die anderen Frösche akzeptierten, schnappten nicht mehr nach den Blättern und machten wieder Jagd auf Fliegen.

Abschied

Pona ritt an einem der letzten Abende auf dem Seerosenhügel zum Heiligtum auf den Sieben Drachenrippen. Während ihr Schimmel gemütlich durch die Isuraauen trabte, bedachte Pona alles was in den letzen Tagen geschehen war. Sie selbst hatte bestimmt, dass der Tempel unzerstört bleiben sollte so wie alle Kultstätten des Landes, die vielen Viereckwälle mit kleinen Heiligtümern und die Stelen auf den Feldern. Würden je wieder Menschen dieses Land betreten sollten sie an den heiligen Stätten den Atem der Vergangenheit spüren, der von Kelten bestimmt worden war.

In den vergangenen Tagen hatten Krieger die Hütten auf den Weiden und Feldern niedergebrannt und sämtliche Boote und Stege am See und am Fluss zerstört. Würde der letzte Wagen hinter den Hügeln über der Ampurnum verschwunden sein wollte sie, mit Quinus und einigen Kriegern, sämtliche Wohnhäuser, Ställe, Werkstätten und Vorratshäuser des Seerosendorfes in Brand setzen – ähnlich würde es auch in den anderen Dörfern geschehen. Pona erinnerte sich noch lebhaft an die traurigen Szenen weinender Frauen und Männer am Danuvius, als sie vor ihrem brennenden Dorf standen; das wollte sie den Menschen hier ersparen. Die Zurückgebliebenen – oder fremde Stämme, die das Land irgendwann in Besitz nähmen – sollten nichts mehr von den Dörfern vorfinden, nichts mehr nutzen können. Das hatten sie gemeinsam beschlossen.

In den letzten Tagen erschien Indobellinus oft in ihren Gedanken und sie ließ die schmerzlichen Erinnerungen an ihn zu. Im Tempel sah sie ihn das erste Mal, sie verliebten und sie verbanden sich mit großer Leidenschaft und Liebe. Die Bilder der Vergangenheit wanderten weiter, zeigten ihr seinen Tod und Sianes Geburt, erinnerten an ihren Selbstmordversuch, an die Feste im Seerosendorf. Sie dachte an den Garten ihres Hofes mit den Rosenhecken am Wall, wo sie mit Indobellinus so oft Ruhe und Einkehr gefunden hatte – auch er würde den Flammen zum Opfer fallen. Es schmerzte besonders, wenn sie an die gemeinsam mit Indobellinus verfasste Schrifttafeln dachte und an ihre Pläne für die Zukunft.

»Eine Hälfte der Platte mit unseren ersten gemeinsamen Gedanken liegt vergraben unter dem Tempel an der Isura«, dachte sie wehmütig, »die andere liegt in Indobellinus' Grab. Eine Kopie habe ich Cermunnos nach Kleinasien geschickt, diese hier in der Satteltasche werde ich nun dem Fluss anvertrauen. Die vierte Kopie der Tafel mit unseren Gedanken wird mit mir reisen, wohin es mich auch verschlagen mag.«

Inzwischen war sie am Tempel auf den Sieben Drachenrippen angekommen und band ihr Pferd vor der Treppe zum Tempelraum an – wie so oft zuvor. Während sie über das Original der Tafel nachdachte, das sie damals in zwei Hälften geteilt hatte, nahm sie die Kopie aus ihrer Satteltasche und zerschlug sie mit einem Flussstein. Sie sammelte die Scherben sorgfältig ein und watete eine viertel Meile in der Isura flussaufwärts. Wie wenn ein Bauer seine Saat ausstreuen wollte verteilte sie die Scherben in einer ausholenden Armbewegung in das Flussbett. Sie sah ihnen nach, wie sie auffauchend versanken und watete zum Tempel zurück.

»Der Fluss wird sie in unendlich vielen Jahren zu den Sieben Rippen schwemmen«, sagte sie laut und summte das Lied der Hirten aus ihrer Heimat, das der Barde im letzten Winter so oft gespielt hatte.

»In den Gedanken derjenigen, die sich für unsere Geschichte interessieren, werden sie wie eine Saat aufgehen.«

Sie dachte an die Endgültigkeit ihrer Handlung und dass sie damit einen Schlussstrich unter die Vergangenheit an der Isura setzte. Ab jetzt konnte und wollte sie hier nichts mehr beeinflussen. Alles würde seinen vorbestimmten Lauf auch ohne die Vindeliker nehmen. Sie nestelte eine Fibel von ihrem Mantel, die eine keltische Spirale darstellte, und sie warf sie zu den Scherben in den Fluss.

»Unendlich viele Menschen werden in der Zukunft dem Murmeln des Flusses lauschen, wie ich es jetzt tue. Sie werden diese Botschaft hören, die einzige, die sich nie verändern wird, gleichzeitig Vergangenheit und Zukunft in sich trägt. Es soll ihr Lohn sein, wenn sie die Scherben finden, vielleicht entziffern und lesen!«

Pona schlüpfte in ihre Stiefel und verschloss ihren Mantel mit mehreren Fibeln. Es war kalt geworden, Nebel stiegen vom Fluss auf und es begann leicht zu regnen. Ein letztes Mal drehte sie sich um und betrachtete den First des Tempels, dessen Giebel aus den Nebelschwaden aufragte – bis auch er im wabernden Grau verschwand.

Es war ein warmer Tag im ersten Monat des keltischen Jahres. Die Luft war klar, sodass die Blauen Berge aus der Ferne in unmittelbare Nähe gerückt schienen. Mächtige Schneefelder blitzten an den Flanken der Bergmassive auf. Ein angenehm warmer Wind blies aus Süden.

Seit dem frühen Morgen stand, weithin sichtbar, eine Staubwolke über den Hügeln im Westen. Knarrende Fuhrwerke, widerspenstig brüllende Ochsen und das ungeduldige Geschrei der Fuhrknechte, störten die Beschaulichkeit der Hügel im Westen. Die eisenbereiften Speichenräder hinterließen unzählige Schlaglöcher und tiefe Radfurchen, die Viehherden niedergetretenes Gras und geknicktes Buschwerk. Tierdung dampfte zwischen den Fahrrinnen, Viehherden meckerten, blökten und muhten zwischen den Wagen, begleitet vom Peitschenknallen der Viehhüter. Nach zwei Tagen verebbte der Lärm. Hin und wieder wehte der Wind Geräuschfetzen und aufgewirbelten Staub in die Ampurnumauen und zum See vor dem Seerosenhügel. Dann verstummten auch diese Geräusche und Stille breitete sich aus. Gemächlich verteilte der Wind die herabsinkenden Staubreste über den See und breitete sie wie ein braunes samtenes Tuch auf das glitzernde Wasser und die breiigen Reste der Seerosen aus, unter welchen schnatternde Entenfamilien unentwegt nach Futter suchten.

Zwei Reiher stelzten auf einer Schilfinsel hin und her; sie beobachteten die Fischschwärme und stießen mit schnellen Kopfbewegungen nach Beute. Biber nagten an Baumstämmen nahe der Ampurnum, einige hatten sie bereits gefällt. Sie bauten an ihrem Winterquartier, legten letzten Zahn an. Über dem See kreisten unzählige Möwen, tauchten im Sturzflug in den See und holten sich ihre Beute. Die Vögel beachteten den Staub nicht, der auf das Wasser niederschwebte, sich aus den Hügeln heraus immer wieder erneuerte. Sie fühlten nur die unendliche Ruhe die diesen Ort nun umgab.

In den Hügeln im Westen holperte währenddessen ein Fuhrwerk hinter dem anderen einher, knarrend und ächzend. Rad hinter Rad mahlte durch die Wegfurchen. Ochsen brüllten mit halbgeschlossenen gequälten Augen, in knarrende Holzjoche eingespannt. Fuhrleute knallten unerbittlich mit ihren Peitschen und trieben mit lautem Geschrei die Tiere voran. Menschen schritten neben den Wagen, riefen sich aufmunternde Worte zu oder hefteten ihre Blicke auf den Weg und die Hügel vor sich. Neben den Wagen rannten und spielten Kinder und auf den Werkstattwagen hatten die Handwerker alle Hände voll zu tun. Neben und hinter den vollbepackten Wagen trotteten riesige Viehherden. Je ein Trupp Krieger sicherte Anfang und Ende des Zuges einer Wagenburg.

All das verlor sich in den Windungen des Weges in die Hügel, und es schien, als legte sich der Staub wie ein Trauerflor über den Wagenzug der Vindeliker und das Land welches sie verließen.

In den nächsten Wochen würden sich die gleichen Bilder und Geschehnisse Tag um Tag wiederholen, die endlosen Wagenreihen begleiten, die mühsam durch Hügel, Ebenen oder durch Flusstäler krochen – und hoffentlich am Rhenos endeten.

Ein Mann und eine Frau zügelten ihre Pferde an der Wegbiegung auf dem Hügelkamm – dort, wo Quinus nach dem Kräutersammeln so oft gerastet hatte.

Es waren Pona und Quinus. Sie beobachteten die Staubfahnen, die von den Hügeln auf den See herabsanken. Langsam glitten sie von ihren Pferden.

Mit traurigen Augen verfolgten sie das was auf dem Seerosenhügel geschah. Ihre Gesichter blieben unbewegt, als sie die Flammen beobachteten, die sich im See widerspiegelten und die dichter werdenden Rauchschwaden, welche den Hügel zu verhüllen begannen.

»Indobellinus und ich hatten in unserem Haus eine Herdstelle«, sagte Pona betrübt, »die, zusammen mit den Herdstellen der anderen Häuser, niemals so rauchte wie dieses gemeinsame Feuer unseres Dorfes. Von den Mühen und der Arbeit vieler Generationen wird in wenigen Stunden nicht mehr übriggeblieben sein als schwelende Holzbalken, geborstene Mauern, verglühte Herdstellen und eingestürzte Brunnen.«

Quinus bohrte seinen Blick in Ponas Augen und las den unendlichen Schmerz in ihnen. Als ob sie diesen von sich weisen wollte, durchschnitt sie mit einer Armbewegung die Luft, dabei legte sie die flache Hand auf ihr Herz. In diesem Moment sprühte fauchend ein Funkenregen aus dem Rauch und Flammen loderten jäh auf. Das erste Gebäude war in diesem Moment eingestürzt. Pona wusste welches es war. An ihrem Herrenhaus legten sie zuerst Feuer, und sie bestand darauf die Talgkugel selbst zu werfen. Einige Krieger, Cavarinus, Iduras, Quinus und sie selbst hatten die Brände entfacht. Sie begannen im Norden, gingen von Haus zu Haus, wie damals im Dorf des Totenkopfkultes. Dabei hielten sie eine festgelegte Reihenfolge ein – als wäre es das Ritual eines Feueropfers – und warfen die gleichen Feuerkugeln.

Das Prasseln des Feuers, das Bersten von Mauern und Dächern hallte über den See. Unaufhaltsam, wie die Kelten es gewollt hatten, suchten sich die Flammen ihre Nahrung und zerfraßen mit ihren roten Zähnen die Häuser, bis diese krachend zusammenstürzten. Dickbackige Rauchwolken quollen hoch, Flammengarben schossen hinterher und spien ihre Botschaft als sprühenden Funkenregen in den Himmel.

»Niemand wird die Häuser je wieder bewohnen! Sie werden zu Staub zerfallen und die Natur wird sie gnädig zu sich nehmen«, sagte Pona mit trauriger Stimme. In ihren Gedanken blieb die Zeit stehen.

Sie schloss die Augen und sinnierte: »Die Vögel, die in den fernen grauen Nebeln der Zukunft über diesem Ort kreisen werden, wissen dann nichts mehr von dem Dorf das einst hier stand. Doch irgendwann werden wieder Menschen den Seerosenhügel bewohnen. Sie werden ein Dorf oder eine Stadt bauen, werden beim Graben der Fundamente und Vorratsgruben ihrer Häuser erstaunt sein, wenn sie auf Brandspuren stoßen, und werden den Flug der Vögel verfolgen die, so wie jetzt, über dem Rauch der Herdfeuer kreisen. Sie gehören hierher, werden sie denken, wie es ihrer uralten Gewohnheit entspricht. Diese Menschen, welchem Volk sie auch angehören mögen, werden die Kraft dieses Landes wieder entdecken. Es wird sie glücklich machen. Ich gönne ihnen all das wovon wir Abschied nehmen!« Sie wischte sich mit dem Ärmel über ihre Augen und wandte sich ab.

Pona und Quinus stiegen auf ihre Pferde, als nähmen sie nicht wahr was sie taten. Sie wandten sich der fernen Staubfahne des Wagenzugs zu, der über den Hügeln stand, und sie überließen dieses Land seiner Vergangenheit und Zukunft und ihre Häuser der Asche über der Isura.

Und wir stellen mit Freude fest, dass es unser Land ist, das die Kelten freigaben, in dem sie ihre Spuren hinterließen, die wir bewegt betrachten. Wir entdecken in unendlicher Kleinarbeit ihre Wirklichkeit und bewahren sie als Teil der Vergangenheit dieses Landes in den Vitrinen unserer Museen auf. Das Interesse der Menschen unserer Zeit an den Spuren dieses genialen und lebenszugewandten Volkes – das seinen Anfang in unserem Land nahm – unsere Phantasie und viele ausgegrabene Spuren, werden ihre Leistungen, Gedanken und Hoffnungen, das was sie mit ihren Händen schufen, wieder lebendig werden lassen. Wie die Namen unserer Flüsse und Gebirge, viele Sagen und ein verschütteter Teil von uns selbst.

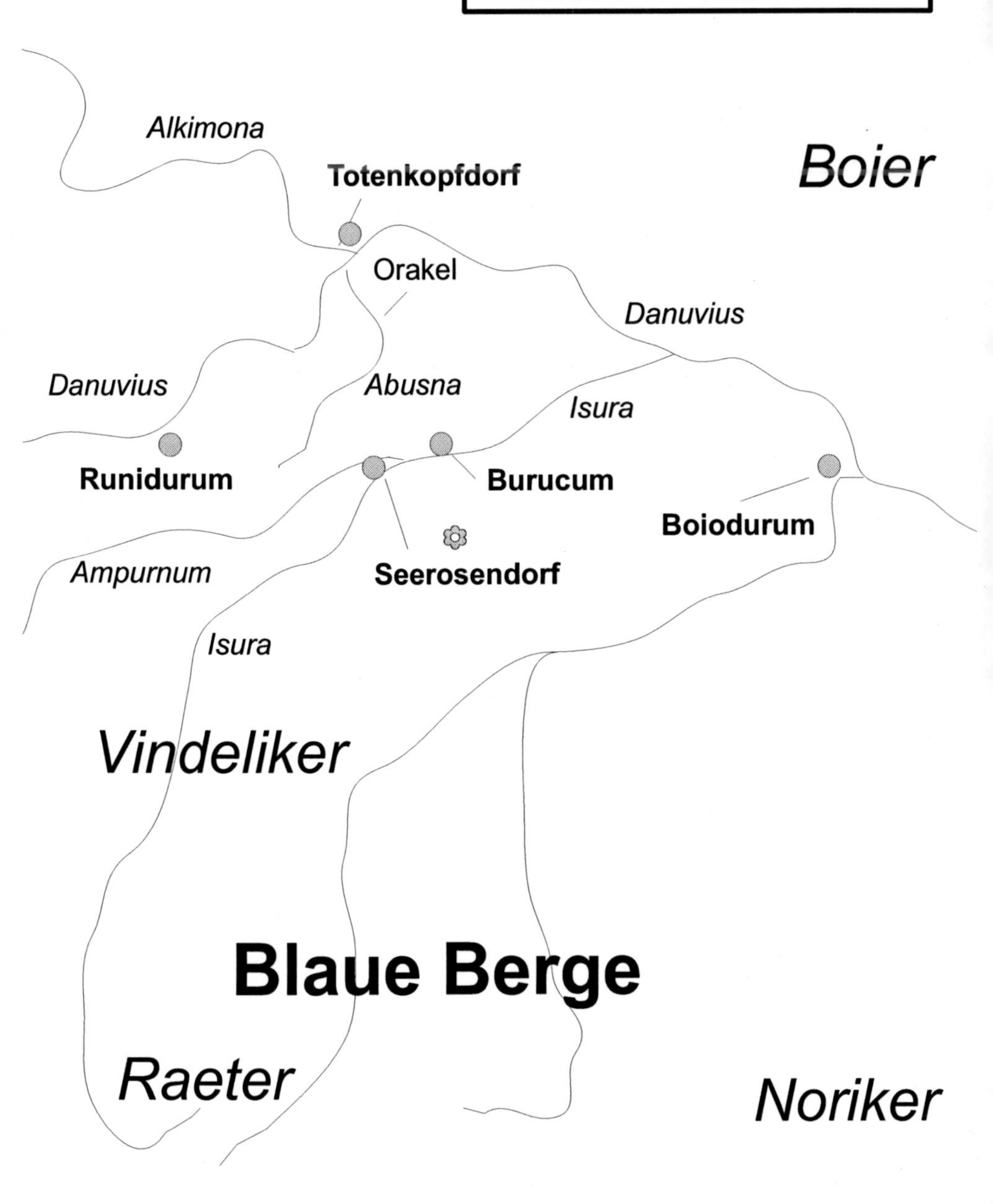
Germanen
Orte der Handlung
ca. 60 J. vor Chr.
Alkimona
Totenkopfdorf
Boier
Orakel
Danuvius
Danuvius
Abusna
Isura
Runidurum
Burucum
Boiodurum
Seerosendorf
Ampurnum
Isura
Vindeliker
Blaue Berge
Raeter
Noriker